복수의 칼날은 차갑게 1

BEST SERVED COLD
by Joe Abercrombie

Copyright © Joe Abercrombie 2009
All rights reserved.

Korean translation edition is published by arrangement with
The Orion Publishing Group Ltd through Duran Kim Agency.

Korean Translation Copyright © Minumin 2025

이 책의 한국어 판 저작권은 듀란킴 에이전시를 통해
The Orion Publishing Group Ltd와 독점 계약한 ㈜민음인에 있습니다.
저작권법에 의해 한국 내에서 보호를 받는 저작물이므로 무단 전재와 무단 복제를 금합니다.

복수의 칼날은 차갑게 1

조 애버크롬비 장편소설
배지혜 옮김

BEST
SERVED
COLD

황금가지

차례

베나 머카토, 목숨을 구하다 —7

I 탈린 —41
II 웨스트포트 —121
III 시파니 —222
IV 비세린(상) —381

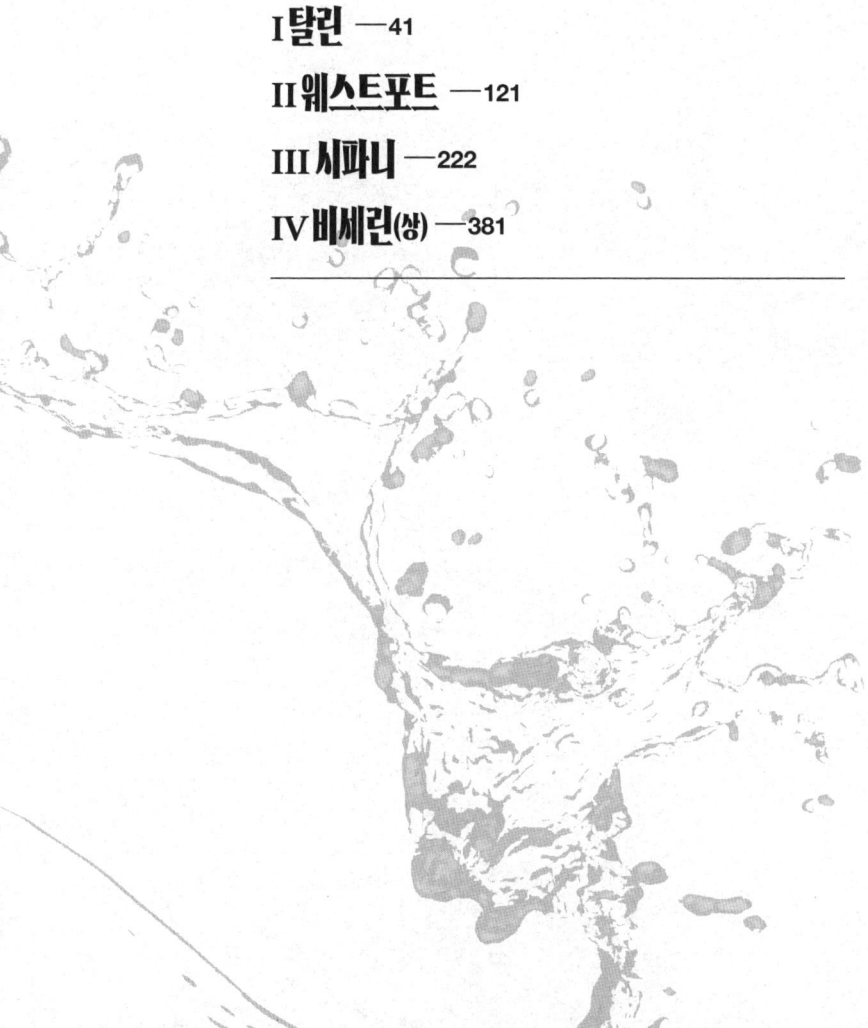

베나 머카토, 목숨을 구하다

태양이 떠오르며 하늘을 핏빛으로 물들이고 있었다. 어두운 동쪽 하늘을 비집고 나온 해는 붉은 기운을 뿜어내며 훔쳐 온 듯한 금빛으로 구름이 있는 자리를 가리켰다. 그 아래 산허리를 따라 폰테자르모 요새로 이어지는 구불구불한 길이 보였다. 폰테자르모 요새의 뾰족한 잿빛 탑들은 상처 입은 하늘을 등진 채 우뚝 서 있었다. 일출은 붉고, 검고, 금빛이었다.

두 사람의 삶과 꼭 어울리는 색이었다.

"몬자 누나, 오늘따라 특히 예쁘네."

그녀는 진절머리 난다는 듯 한숨을 쉬었다. 거울 앞에서 한 시간이나 몸단장을 했다는 사실은 기억에서 지운 듯했다. "그건 사실이잖아. 사실을 말한다고 내 기분이 좋아지지는 않아. 네가 장님이 아니라는 건 알겠네." 그녀는 안장에 앉아 기지개를 켜고 하품을 하면서 베나를 조금 더 기다리게 만들었다. "하지만 좀 더 해 보든지."

베나는 장대한 연설을 준비하는 삼류 배우처럼 시끄럽게 목청을 가다듬으며 한 손을 허공에 올렸다. "누나의 머리칼은…… 빛나는 흑담비 털로 만든 베일 같아."

"허풍쟁이 자식. 어제는 뭐랬더라? 밤의 장막이랬잖아. 차라리 그게 더 나았어. 더 시적이랄까. 형편없긴 하지만."

"이런." 그는 실눈을 뜨고 구름을 바라보았다. "누나의 눈은 값을 매길 수 없는 사파이어처럼 날카롭게 빛나!"

"지금 내 얼굴에 돌이 박혔다는 말이야?"

"입술은 장미 꽃잎 같고!"

그녀는 베나에게 침을 뱉었지만 그는 미리 준비하고 있었다는 듯 능숙하게 몸을 피했고, 그녀의 침은 그가 탄 말을 아슬아슬하게 피해 길가의 마른 돌에 떨어졌다. "이 멍청이. 그런 말은 장미를 키울 때나 해. 그보다 더 좋은 말도 많잖아."

"매일 더 어려워지는군." 베나가 중얼거렸다. "내가 사 준 보석이 정말 잘 어울려."

그녀는 오른손을 치켜들고 보석을 감상했다. 아침 첫 햇살의 희미한 빛을 받은 아몬드만 한 루비가 갓 생긴 생채기 같은 선홍색으로 반짝였다. "이보다 형편없는 선물을 많이 받긴 했지."

"특히 누나의 불같은 성격과 잘 어울려."

그녀가 콧방귀를 뀌었다. "빌어먹을 내 평판과도 잘 어울리고."

"그딴 게 다 무슨 소용이야! 멍청한 놈들이 떠드는 헛소리일 뿐인데! 누나는 꿈이나 환상에서나 만날 수 있는 존재야. 누나는……" 그는 손가락을 튕기며 말했다. "전쟁의 여신 같아!"

"하, 여신?"

"전쟁의 여신. 마음에 들어?"

"꽤나 마음에 들어. 멍청한 오르소 공작에게 그 반만큼만 알랑방귀를 뀌면 특별 보너스를 받겠는걸."

베나는 그녀를 향해 입술을 쭉 내밀며 말했다. "저는 둥글고 풍만한 각하의 볼기짝을 볼 수 있는 이 아침을 그 무엇보다도 사랑합니다. 그것은 마치…… 권력의 맛이랄까요."

말이 저벅저벅 흙길을 걷기 시작하자 안장과 마구가 덜거덕거렸다. 길이 구부러지고 또 구부러졌다. 그들 발밑의 세상이 점점 멀어지고 있었다. 동쪽 하늘에서 퍼져 나온 진홍빛은 도살장의 분홍빛으로 변해 가고 있었다. 가을이 내린 가파른 계곡 기슭을 가로지르며 굽이쳐 흐르는 강줄기가 천천히 모습을 드러냈다. 강은 행진하는 군대처럼 찬란한 빛을 뿜어내며 바다를 향해, 탈린을 향해 거침없이 유유히 흐르고 있었다.

"난 아직 기다리는 중이야." 그가 말했다.

"뭘?"

"물론, 내가 마땅히 받아야 할 칭찬이지."

"머리가 커지도록 놔두지 말았어야 했는데. 조금만 있으면 곧 터지겠어." 그녀는 비단 소맷단을 위로 비틀어 걷었다. "새 옷에 네 뇌 파편이 튀면 안 되니까."

"상처받았어." 베나는 한 손으로 그의 가슴을 움켜쥐었다. "마음이 아프네! 피도 눈물도 없는 여신님 같으니라고, 이제껏 헌신한 나한테 이런 대접이라니!"

"무지렁이인 네가 감히 어떻게 나에게 헌신을 할 수 있지? 진드기가 호랑이를 섬기는 게 더 말이 되겠다."

"호랑이? 웃기시네! 사람들은 보통 누나를 뱀에 비유하곤 하지."

"구더기보단 낫잖아."

"창녀는 어때?"

"겁쟁이 새끼 주제에."

"살인마는?"

부인하기 힘든 별명이었다. 다시 그들에게 침묵이 찾아왔다. 길가의 메마른 나무에서 새 한 마리가 지저귀었다.

베나는 천천히 말을 몰아 그녀의 옆으로 다가와서 아주 부드럽게 중얼거렸다. "몬자 누나, 오늘 아침 특히 아름답네."

그 말에 그녀의 입가에 미소가 번졌다. 베나는 그 미소를 보지 못했다. "뭐, 사실은 사실이니까."

한 번 더 가파른 모퉁이를 돌자 그들 앞에 우뚝 솟은 성채의 바깥벽이 나타났다. 아찔한 협곡에서 성문까지 놓인 좁은 다리 밑으로 반짝이는 계곡물이 흘렀다. 저 멀리에 무덤 입구처럼 생긴 아치형 성문이 하품하며 그들을 반기고 있었다.

"작년부터 벽을 강화했다더라." 베나가 중얼거렸다. "나라면 이 안으로 쳐들어갈 생각조차 하지 않을 거야."

"사다리로 성벽을 오를 배짱은 있는 것처럼 이야기하네."

"음 그럼, 다른 사람한테 벽을 타라는 명령도 못 내릴 것 같다고 정정할게."

"명령을 내릴 배짱은 있는 것처럼 이야기하네."

"누나가 공격하라는 명령을 내리는 것도 쳐다보기 힘들 것 같다고 하지 뭐."

"그러시겠지." 그녀는 안장에서 조심스럽게 몸을 왼쪽으로 기울이며 까마득한 낭떠러지를 보고 눈살을 찌푸렸다. 그러고는 오른쪽에 펼쳐진 깎아지른 듯 높은 벽을 올려다보았다. 밝은 하늘을 배경으로 총안이 뚫린 흉벽이 들쭉날쭉 검은 윤곽을 드러내고 있었다. "공작 전하께서 자객이 들이닥칠까 벌벌 떨고 계시나 보군."

"공작한테 적이 있었나?" 베나가 눈을 커다랗게 뜨고 놀라는 체하며 중얼거렸다.

"스티리아의 절반 정도."

"그럼…… 우리도 적이 있나?"

"스티리아의 절반보다 조금 더 많겠네."

"하지만 난 유명해지려고 엄청 노력했는데……" 그들은 소름 끼치도록 번쩍이는 강철 투구와 창으로 무장한 채 어두운 얼굴로 걷고 있는 두 군인 사이를 빠르게 지나쳤다. 그들은 긴 터널의 어둠 속에서 말발굽 소리를 울리며 점차 오르막을 올랐다. "누나 지금 그 표정 짓고 있어."

"무슨 표정?"

"오늘 더 이상 농담은 없다고 마음먹은 표정."

"하," 그녀는 이미 길이 잡혀 있는 얼굴 주름을 찌그러뜨리며 인상을 썼다. "웃을 여유도 있고, 넌 참 속도 좋다."

잿빛 산허리를 뒤로하고 아치문을 지나자 라벤더 향이 가득한 별천지가 펼쳐져 있었다. 바짝 깎인 잔디밭 위에 갖가지 모양으로 멋지게 다듬어 놓은 산울타리가 보였고, 분수에서는 반짝이는 물보라가 뿜어져 나오고 있었다. 그 꿈같은 분위기와 어울리지 않게 냉혹한 표정을 한 근위병들이 탈린을 상징하는 검은 십자가가 수놓인 흰색 외투를 입고 출입구마다 서 있었다.

"몬자 누나……."

"응?"

"전투는 이번 건으로 마무리하자." 베나가 그녀를 달래듯 말했다. "이번 여름이 전장의 먼지 속에서 보내는 마지막 여름인 걸로 해. 좀 더 편한 일을 찾자. 우리가 조금이라도 젊을 때."

"천검단은 어쩌고? 우리 입에서 명령이 떨어지길 기다리는 사람들이 이제 거의 10만이야."

"용병단은 얼마든지 있어. 우리 용병단에 들어온 건 약탈하기 위해서고 우린 할 만큼 했어. 약탈할 기회를 주지 않으면 어차피 충성할 사람들도 아니야."

그녀 역시 천검단이 인류 역사상 최고의 군대라고 생각하지는 않았다. 용병단만 놓고 봐도 최고로 꼽힐 수는 없을 터였다. 천검단의 용병들 대부분은 범죄자보다 약간 나은 정도의 인간에 불과했고, 그 나머지는 범죄자보다 약간 못한 수준이었다. 하지만 그런 사실은 중요하지 않았다. "살면서 뭐 하나는 끈기 있게 해야지." 그녀는 투덜댔다.

"왜 그래야 하는지 모르겠어."

"너답네. 한 철만 더 버티면 비세린이 무너지고 로곤트도 항복할 거야. 여덟 기사단은 기억 속에 사라지겠지. 오르소가 스티리아의 왕이 되고 나면 그때 흩어져서 잊히면 돼."

"우리는 기억될 자격이 있어. 우리만의 도시를 가질 수도 있다고. 누나도 고귀한 몬즈카로 공작이 될 수 있잖아…… 어느 도시가 될지는 아직 모르지만."

"그리고 너는 용맹한 베나 공작이 되고?" 그녀는 자기가 한 말에 웃음을 터뜨렸다. "멍청한 자식. 넌 내가 도와주지 않으면 네 뱃속도 다스릴 줄 모르잖아. 전쟁만 해도 충분히 어두운 거래고, 나는 정치는 질색이야. 우리는 오르소가 즉위하고 나면 은퇴할 거야."

베나는 한숨을 쉬었다. "나는 우리가 용병인 줄 알았는데. 코스카는 이렇게 한 고용주에 묶인 적이 없잖아."

"나는 코스카가 아니야. 그리고 탈린의 공작의 명령을 거절하는 건 현명하지 않아."

"누나는 그냥 싸우는 게 좋은 거잖아."

"아니. 나는 이기는 게 좋은 거야. 한 철만 더 버티면 우리가 원하던 대로 세상을 구경하며 살 수 있어. 구제국을 방문하고, 천섬을 여행하고, 아두아까지 배를 타고 가서 메이커의 저택도 찾아갈 수 있겠지. 우리가 여태 얘기했던 것처럼." 베나는 자기 생각대로 되지 않을 때 늘 그렇듯 얼굴을 찌푸렸다. 하지만 얼굴을 찌푸릴 뿐 그녀의 말에 반대하지는 않았다. 그녀는 혼자 모든 결정을 내려야 한다는 사실이 가끔 부담이 되기도 했다. "우리 둘 중에 배짱이 있는 사람은 나 하나뿐인 것 같은데 너도 좀 배짱을 키워 봐야겠다는 생각은 안 해 봤어?"

"그런 건 누나한테 더 잘 어울려. 게다가 누나가 더 똑똑하잖아. 배짱과 머리를 함께 가지고 있는 게 나아."

"그럼 네가 얻는 게 없잖아?"

베나가 그녀를 향해 웃어 보였다. "승리의 미소를 얻잖아."

"그래, 미소라도 가져가. 한 철만 더 버티면서." 그녀는 안장에서 내려와 허리띠를 곧게 펴고 고삐를 마부에게 던진 다음 문안으로 성큼성큼 걸어갔다. 베나는 그녀를 서둘러 따라잡으려다가 검 때문에 걸음이 꼬이고 말았다. 전쟁으로 먹고사는 용병이라기에 그는 여전히 창피할 정도로 무기를 잘 다루지 못했다.

산꼭대기에 펼쳐진 성 안뜰은 여러 개의 넓은 단으로 나누어져 이국적인 야자수가 심겨 있었고, 바깥 정원보다 훨씬 더 삼엄하게 보호되고 있었다. 중앙에는 스칼피우스 궁전에서 가져왔다는 고대 양식 기둥이 우뚝 서 있었는데, 은빛 물고기가 헤엄치고 있는 둥근 웅덩이에 기둥의 반영이 반짝였다. 유리와 청동, 대리석으로 만들어진 오르소 공작의 거대한 궁전이 마치 양발 사이에 쥐를 가둔 고양이처럼 안뜰의 삼면을 둘러싸고 있었다. 오르소는 봄부터 북쪽 벽을 따라 거대한 건물을 새로 짓기 시작했는데, 석조 장식의 반 정도가 아직 비계에 가려진 상태였다.

"건물을 짓고 있었네." 그녀가 말했다.

"당연하지. 아리오 왕자 신발을 보관하는 데만 해도 방 열 개로는 부족할 테니까."

"신발장으로 쓸 방이 스무 개쯤 있지 않고선 패션을 논할 수 없는 세상이지."

베나는 금색 버클이 달린 군화를 내려다보며 눈살을 찌푸렸다. "난 신발이라곤 서른 켤레뿐인데. 부족해도 한참 부족하네."

"보통 사람이라면 그게 당연하지." 그녀가 중얼거렸다. 지붕 윤곽을 따라 반쯤 완성된 조각상들이 서 있었다. 가난한 사람들에게 선행을 베푸는 오르소 공작, 무지한 자에게 지식을 전하는 오르소 공작, 약자가 위험에 처하지 않도록 보호하는 오르소 공작의 모습이었다.

"오르소의 똥구멍을 핥는 스티리아 시민들의 조각상이 없다니 놀랍네." 베나가 그녀의 귀에 속삭였다. 그녀는 조각이 되다 만 대리석 덩어리를 가리키며 말했다. "저게 그 조각상 아닐까!"

"베나!"

오르소 공작의 막내아들인 포스카 백작이 주근깨를 붉히며 연못 주위에 막 깔린 듯한 자갈밭을 들뜬 강아지처럼 바스락바스락 뛰어오고 있었다. 몬자와 마지막으로 만난 이후 어울리지도 않는 수염을 기르려고 노력한 모양이었지만, 맥없이 흩날리는 가느다란 수염 때문에 오히려 더욱 소년처럼 보였다. 그가 가문의 다른 특징들을 물려받았을지 모르지만, 외모만은 아니었다. 베나는 활짝 웃으며 포스카의 어깨에 한 팔을 두르고 그의 머리를 헝클어뜨렸다. 다른 사람이 그런 행동을 했다면 모욕적으로 보였겠지만, 베나는 달랐다. 그는 사람들을 행복하게 만드는 재주가 있었고 몬자는 늘 그 재주가 마법 같다고 생각했다. 그녀에게는 그와 정반대되는 재주가 있었다.

"아버님께서는 오셨습니까?" 그녀가 물었다.

"그렇지. 형도 왔어. 은행가랑 함께 계시고."

"기분은 어떠십니까?"

"괜찮아 보이는데, 아버지 성정을 잘 알잖아. 그래도 두 사람한테 화를 낸 적은 없을 텐데? 두 사람은 늘 좋은 소식을 들고 오니까. 오늘도 좋은 소식이 있겠지?"

"몬자 누나, 말할까? 아니면……."

"볼레타가 무너졌습니다. 캔틴이 죽었고요."

포스카는 기뻐하지 않았다. 아버지의 성정을 닮지 않은 그는 사람을 죽이는 데는 흥미가 없었다. "캔틴은 좋은 사람이었는데."

몬자의 입장에서는 전혀 중요하지 않은 이야기였다. "그는 아버님의 적이셨지요."

"하지만 존경할 수 있는 사람이었지. 스티리아에 몇 안 남은 귀한 인재였는데. 그가 정말 죽었어?"

베나는 뺨을 부풀렸다. "글쎄요, 머리가 잘려서 성문 위에 꽂혀 있으니, 끊어진 숨을 다시 붙여 놓을 수 있는 의사를 알지 못하는 이상……."

그들은 높은 아치형 통로를 지났고, 그 너머에는 황제의 무덤처럼 어두침침하고 소리가 울리는 방이 있었다. 먼지 낀 기둥 사이로 스며든 빛이 대리석 바닥에 고여 있었다. 차렷 자세로 서서 은은하게 빛나고 있는 낡은 갑옷들의 강철 주먹에는 유물이나 다름없는 무기가 들려 있었다. 어두운색 제복을 입은 남자가 그들을 향해 걸어오자 벽을 울리는 군화 굽의 날카로운 소리가 점점 가까워졌다.

"젠장." 베나가 그녀의 귀에 대고 낮은 목소리로 말했다. "도마뱀

새끼 간마크잖아."

"무슨 상관이야."

"사람들 말로는 저 피도 눈물도 없는 새끼가 검을 그렇게 잘 쓴다던데……."

"맞아."

"내가 능력만 됐으면……."

"안 되잖아. 그러니까 그만둬."

간마크 장군의 표정은 이상할 정도로 부드러웠다. 축 늘어진 콧수염과 언제나 촉촉하게 젖어 있는 창백한 회색 눈 때문에 그는 늘 슬퍼 보였다. 소문에 따르면 그는 다른 장교와 성적인 관계로 엮이는 바람에 연합군에서 쫓겨난 뒤 좀 더 아량이 넓은 주군을 찾아 바다를 건넜다고 했다. 오르소 공작은 능력이 있는 부하에게는 무한한 아량을 베푸는 사람이었다. 그녀와 베나가 좋은 예였다.

간마크는 몬자를 향해 뻣뻣하게 고개를 끄덕였다. "머카토 장군께서 오셨군." 그는 베나에게도 뻣뻣하게 고갯짓을 했다. "베나 머카토 장군도 안녕하신가. 포스카 백작 저하, 훈련은 계속하고 계시겠지요?"

"결투 연습을 매일 하고 있습니다."

"언젠가는 검객이 되시겠군요."

베나가 콧방귀를 뀌었다. "아니면 누구처럼 지루하기 짝이 없는 사람이 될 수도 있고요."

"어느 쪽이든 나쁘지 않군." 간마크가 딱딱한 연방 억양으로 웅얼거렸다. "훈련하지 않는 사람은 개나 다름없습니다. 훈련하지 않는 군인은 시체나 마찬가지고. 사실 시체보다 못하지요. 시체는 동료들에게 위협이 될 수 없으니까."

베나가 입을 뗐지만 몬자가 그의 말을 막았다. 잡담은 나중에 언제든 할 수 있을 터였다. "이번 철은 어떠셨습니까?"

"로곤트와 그의 오스프리아로부터 자네의 측방을 보호하는 역할을 했네."

"꾸물거림의 공작을 막는 역할 말인가요?" 베나가 이죽거렸다. "어마어마한 임무였군요."

"그저 조연일 뿐이었네. 크나큰 비극 속에 심어진 희극적 반전이라고나 할까. 관객들이 좋아하길 바라야지."

그들은 발소리를 울리며 또 다른 아치형 복도를 지나 궁의 중심에 우뚝 솟은 둥근 홀로 들어섰다. 둥근 벽은 고대의 사건들을 묘사하는 거대한 조각 패널들로 이루어져 있었다. 악마와 마술사 사이의 전쟁이나 그와 비슷한 말도 안 되는 사건들이 조각의 주제였다. 거대한 돔으로 된 높은 천장에는 폭풍우 치는 하늘을 배경으로 갑옷을 입고 무장한 채 화난 표정을 짓고 있는, 날개를 단 일곱 여인이 프레스코화로 그려져 있었다. 지상에 운명을 가져오는 운명의 여신들을 묘사한 그림으로, 아로펠라의 가장 위대한 작품이었다. 그림을 완성하기까지 8년이 걸렸다고 했다. 방 안에 들어서자 몬자는 자신이 한없이 작고, 약하고, 하찮게 느껴졌다. 이 공간이 주어진 역할을 제대로 해내고 있다는 뜻이었다.

그들은 족히 여덟 명은 나란히 걸을 수 있을 만큼 폭이 넓은 계단을 올랐다. "그래서 장군님의 그 희극적 재능이라는 건 어떻게 되었나요?" 그녀가 간마크에게 물었다.

"방화와 살인으로 끝이 났네. 푸란티의 성문 앞까지 갔다가 돌아왔지."

베나는 입을 삐죽거렸다. "진짜 전투는요?"

"굳이 그렇게까지 할 필요가 있나? 스톨리쿠스를 읽지 않았나? '동물은 싸워서 승리를 쟁취하지만…….'"

"'장군은 승리를 향해 행군한다.'" 몬자가 대신 말을 마쳤다. "그 재능으로 재미 본 사람은 많던가요?"

"적들은 당연히 아니었지. 사실 즐거워하는 사람은 그다지 많지 않았네. 그게 전쟁 아니겠나."

"저는 가끔 웃곤 합니다." 베나가 덧붙였다.

"어떤 사람들은 쉽게 웃기도 하지. 저녁 식사에 초대하기 딱 좋은 이들이라네."

간마크는 부드럽게 시선을 옮겨 몬자와 눈을 맞췄다. "자네는 웃지 않는군."

"웃을 겁니다. 여덟 기사단을 해산하고 오르소 공작 전하께서 스티리아의 왕이 되면 말이지요. 그때가 되면 비로소 검을 내려놓을 수 있을 테니까요."

"내 경험에 비춰 보면 검은 잠자코 걸려 있기 힘든 물건이더군. 어떻게든 다시 주인의 손으로 되돌아갈 방법을 찾는다니까."

"장군은 오르소 공작께 계속 쓰임이 있으실 것 같은데요." 베나가 말했다. "바닥 청소부로라도요."

간마크는 날카롭게 한숨을 쉴 뿐이었다. "그렇게 된다면 우리 공작 전하께서 스티리아에서 가장 깨끗한 바닥을 가지실 수 있겠군."

계단 끝에 다다르자 높이 솟은 문짝 두 개가 그들을 기다리고 있었다. 은은하게 광택이 나는 문짝에는 사자 머리가 상감으로 새겨져 있었다. 덩치 큰 남자가 주인의 침실 앞을 지키는 충실하고 늙은 사냥개처럼 문 앞을 이리저리 왔다 갔다 했다. 천검단을 가장 오랫동안 충실히 이끌어 온 페이스풀 카르피였다. 세월의 흔적이 역력하며 정직함이 묻어나는 넙데데한 얼굴에는 수백 번의 교전에서 생긴 흉터가 남아 있었다.

"페이스풀!" 베나는 늙은 용병의 거대한 손바닥을 꽉 쥐며 말했다. "그 연세에 여기까지 올라오셨습니까? 사창가에서 즐기실 나이가 아니던가요?"

"그럴 수 있으면 좋겠네만," 카르피가 어깨를 으쓱했다. "전하께서 부르신 걸 어쩌겠나."

"그리고 그 명을…… 고분고분 따르고 계시고요."

"내 별명이 페이스풀인 이유지."

"볼레타 일은 어떻게 됐죠?" 몬자가 물었다.

"잠잠하네. 군대는 안디체와 빅투스의 지휘 아래 성벽 밖에 주둔하고 있네. 그들이 불을 지르지 않는 게 좋을 것 같은데 말이야. 캔틴의 궁전에 세사리아를 포함해 믿을 만한 사람들을 좀 남겨 그들을 예의 주시하라고 해 두었지. 코스카 시절부터 있었던 나 같은 베테랑들일세. 산전수전 다 겪어서 충동적으로 행동하지 않을 인물들이지."

베나가 키득거렸다. "대신 두뇌 회전은 좀 느리겠군요?"

"느리지만 꾸준하게 할 일을 하는 이들일세. 결국은 목적을 달성할 줄 아는."

"그럼 들어가실까요?" 포스카가 한쪽 어깨로 문을 열었다. 간마크와 페이스풀이 그의 뒤를 따랐다. 몬자는 문턱 위에서 잠시 걸음을 멈추고 최대한 냉정한 표정을 지었다. 그녀가 고개를 들어 베나를 보았을 때, 베나는 그녀를 향해 미소 짓고 있었다. 그녀도 무의식적으로 그를 향해 웃어 보였다. 그녀는 몸을 기울여 베나의 귀에 속삭였다.

"사랑해."

"알고 있어." 그가 문안으로 들어섰고 몬자는 그의 뒤를 따랐다.

광장 하나가 통째로 들어갈 정도로 큰 오르소 공작의 개인 집무실 바닥에는 대리석이 깔려 있었다. 한쪽 면에 위풍당당하게 줄지어 선 높은 창문들은 모두 열려 있었다. 창문을 통해 불어오는 날카로운 바람에 밝은색 휘장들이 흔들거리며 바스락거리는 소리를 냈다. 창 너머에 보이는 긴 테라스는 산 정상에서 가장 가파른 낭떠러지를 내려다보고 있어 마치 아무것도 없는 허공에 떠 있는 것처럼 보였다.

반대쪽 벽은 역사 속의 위대한 전투를 묘사한 거대한 그림들로 가득 채워져 있었다. 스티리아에서 가장 유명한 예술가들의 작품이었다. 스톨리쿠스, 해로드 대왕, 파란스와 버추리오의 영웅담이 유화물감으로 그려져 보존되어 있었다. 그의 증조부는 왕위를 찬탈한 범죄자에 불과했을지언정, 오르소가 그 승자의 계보를 이을 인물이라는 메시지는 뚜렷하게 전달되고 있었다.

가장 큰 그림들은 모두 문을 마주 보고 있었는데, 높이가 적어도 열 걸음은 되는 듯했다. 당연히 대공 오르소를 그린 그림이었다. 그는 앞발을 쳐든 군마에 앉아 빛나는 검을 높이 든 채, 날카로운 시선으로 먼 지평선을 응시하며 에트리아 전투에 참여한 병사들을 승리로 이끌고 있었다. 그림을 그린 화가는 오르소가 전투 반경 80킬로미터 안으로는 들어간 적도 없다는 사실을 몰랐던 모양이었다.

하지만 오르소 공작은 그녀에게 자주 이야기하곤 했다. 잘 꾸며진 거짓은 고리타분한 진실을 이긴다고.

지금 탈린의 공작은 책상에 구부정하게 앉아 검 대신 펜을 휘두르고 있었다. 그의 옆에는 키가 크고 깡마른 매부리코 남자가 서서 마치 목마른 여행자가 죽기를 기다리는 독수리처럼 매서운 눈빛으로 그를 내려다보고 있었다. 그들과 멀지 않은 그림자가 드리워진 벽에 거대한 형체가 숨어 있었다. 살찐 수퇘지처럼 두꺼운 목을 가진 오르소의 경호원 고바였다. 공작의 장남이자 후계자인 아리오 왕자는 그들과 가까운 거리에 놓여 있는 금박 의자에 느긋하게 앉아 있었다. 한쪽 다리를 다른 다리 위에 올린 채 와인 잔을 무심하게 들고 있는 그의 무미건조하게 잘생긴 얼굴에는 냉담한 미소가 걸려 있었다.

"성을 헤매고 있는 이 무법자들을 발견했지 뭡니까." 포스카가 큰 소리로 외쳤다. "이들을 아버지의 관대함에 맡겨야겠다고 생각했지요."

"관대함이라?" 오르소의 날카로운 목소리가 거대한 방 안에 울려 퍼졌다. "영 관심이 없는 단어군. 친구들, 편히 계십시오. 곧 그쪽으로 가겠습니다."

"카프릴의 도살자와 그 동생 베나가 아니던가." 아리오가 중얼거렸다.

"전하. 안색이 좋아 보이십니다." 몬자는 그가 게으른 한량처럼 생겼다고 생각했지만 입 밖에 내지는 않았다.

"자네도 그렇군. 모든 병사들이 그대만 같다면 내가 직접 전투에 나설 수도 있을 텐데. 보석을 새로 장만했나?" 아리오는 반지가 주렁주렁 끼워진 손을 흐느적거리며 몬자의 손가락에 끼워진 루비 반지를 가리켰다.

"옷을 입을 때 집히는 대로 꼈을 뿐입니다."

"내가 그 자리에 있었더라면 좋았을걸. 와인 하겠나?"

"이제 막 동이 텄는데요."

그는 반쯤 감긴 눈으로 창문 쪽을 힐끔 보았다. "아직 밤이 안 끝났다고 생각하게." 늦게까지 잠을 자지 않은 게 자랑이라도 되는 듯한 당당한 말투였다.

"그러지요." 허풍이라면 누구에게도 결코 뒤지지 않는 베나는 이미 자신의 잔에 와인을 따르고 있었다. 그는 한 시간 안에 얼큰하게 취해 망신을 당할 테고, 몬자는 그런 그의 뒷수습을 하는 데 이골이 난 터였다. 그녀는 유벤스와 카네디아스의 조각상이 받치고 있는 웅장한 벽난로를 지나 오르소의 책상 쪽으로 계속 걸음을 옮겼다.

"여기, 여기, 그리고 여기에 서명하시면 됩니다." 앙상하게 마른 남자가 앙상한 손가락으로 서류 위를 훑으며 말했다.

"자네도 모티스를 알 테지?" 오르소가 남자 쪽을 떨떠름하게 보며 말했다. "내 목줄을 쥐고 있는 자일세."

"공작 전하의 충실한 종이지요. 발린트앤드벌크 은행은 1년 만기로 추가 대출을 승인했습니다. 그 후에는 유감입니다만, 이자가 발생하게 됩니다."

오르소가 콧방귀를 뀌었다. "차라리 전염병이 죽음을 애석해한다고 하는 편이 훨씬 납득이 가겠군." 그는 한껏 힘을 주어 서명의 마지막 부분을 장식한 후 펜을 내려놓았다. "누구든 어딘가에는 무릎을 굽혀야 하는 법이지, 안 그런가? 내가 그대들의 관대함에 무한히 감사하고 있다고 그대의 주인에게 전해 주게나."

"물론이지요." 모티스가 서류를 모아 잡았다. "이제 다 됐습니다, 공작 전하. 웨스트포트로 가는 저녁 배를 타려면 지금 당장 떠나야……"

"아닐세. 좀 더 있다 가게. 상의할 문제가 하나 더 있으니까."

모티스의 무미건조한 눈동자가 몬자를 향했다가 다시 오르소 공작에게로 돌아갔다. "분부대로 하겠습니다."

공작은 자리에서 부드럽게 일어났다. "이제 좋은 이야기를 좀 해보자고. 몬즈카로, 자네는 물론 좋은 소식을 듣고 왔겠지?"

"그럼요, 전하."

"하, 자네 없이 내가 무엇을 할 수 있을까." 공작의 검은 머리에는 마지막으로 만났을 때는 보이지 않았던 은빛 머리칼이 듬성듬성 섞여 있었고 눈가 주름도 더 깊어진 것 같았다. 하지만 좌중을 압도하는 그의 위엄은 그 어느 때보다도 인상적이었다. 그는 앞으로 몸을 숙여 몬자의 양 볼에 입을 맞추고는 귀에 속삭였다. "간마크의 통솔력이 나쁘지는 않지만 남색을 즐기는 자치고는 조금도 유머 감각이 없단 말일세. 자, 이리 와서 자네의 영웅담을 털어놓게나."
그는 몬자의 어깨에 한 팔을 두른 채 냉소를 짓고 있는 아리오 왕자를 지나 활짝 열린 창문을 통해 높은 테라스로 나아갔다.

해가 점점 높이 떠오르자 세상은 다채로운 색을 드러내고 있었다. 핏기가 사라진 하늘에는 생생한 푸른색이 채워졌고, 흰 구름이 높은 하늘 위를 천천히 헤엄치고 있었다. 절벽 바로 아래에는 옅은 녹색과 타는 듯한 주홍, 창백한 노랑, 강렬한 빨강으로 물든 빽빽한 가을 숲 사이를 세차게 흐르며 은빛으로 반짝이고 있는 계곡이 보였다. 동쪽의 숲은 점점 옅어지며 여러 색깔의 밭들로 이어졌다. 초록빛 휴경지와 비옥한 검은 흙, 황갈색 그루터기가 모자이크 같은 풍경을 만들어 내고 있었다. 그보다 먼 곳을 바라보면 부채꼴로 넓게 퍼져 흐르며 회색빛 바다로 흘러들어 간 강물이 섬들과 만나는 모습이 보였다. 몬자는 희미하게 보이는 작은 탑과 건물들, 다리들, 성벽들을 겨우 알아볼 수 있었다. 위대한 도시 탈린이 그녀의 엄지손톱보다도 작아 보였다.

몬자는 세찬 바람에 눈을 가늘게 뜨고 얼굴 위로 흩날리는 머리칼을 걷어 냈다. "절대 질리지 않을 것 같은 풍경이군요."

"절대 질릴 수 없네. 이 빌어먹을 산꼭대기에 궁전을 지은 것도 이 경치 때문이지. 책임감 있는 부모가 자식을 지켜보듯 나의 백성들을 굽어볼 수 있거든. 아이가 뛰어놀다 다치지 않도록 항상 지켜 주는 것처럼 말일세. 자네라면 이해할 걸세."

"이토록 공정하고 자상한 전하 같은 아버지를 둔 백성들은 참 운이 좋군요." 몬자는 아주 자연스럽게 아첨을 떨었다.

"공정하고 자상하다라." 오르소 공작이 먼바다를 지그시 바라보며 인상을 썼다. "후손들이 나를 그렇게 기억하리라 생각하나?"

몬자는 절대 그럴 일이 없으리라 생각했다. "'역사는 승자에 의해 쓰여진다.'고 바이알로벨드가 말하지 않았던가요?"

공작은 손에 힘을 주며 그녀의 어깨를 지그시 눌렀다. "자네는 능력이 좋은 것도 모자라 교양까지 갖췄군. 아리오는 야망이 넘치지만 통찰력이 모자라. 한자리에서 표지판은 끝까지 읽을 수 있는지 의문이네. 머릿속에는 온통 계집질과 신발 생각뿐이지. 그런가 하면 내 딸 테레즈는 왕에게 시집을 보내 놨더니 비통에 빠져 있지. 내 장담컨대 위대한 외즈에게 시집을 보냈어도 더 나은 신랑감을 찾아 달라고 징징거렸을 걸세." 그는 깊은 한숨을 쉬었다. "자식들 누구도 나를 이해하지 못한다네. 자네도 알다시피 우리 증조부께서는 돈을 받고 싸우는 용병이셨지. 어디서 별로 떠벌리고 싶지 않은 사실이긴 하네만." 그렇다고 하기에 그는 심심찮게 증조부의 이야기를 꺼내곤 했다. "살면서 눈물 한 번 흘리지 않으셨다네. 제대로 된 군화도 한 켤레 가져 본 일이 없으시지. 천한 신분의 부모 밑에서 태어났지만, 날카로운 통찰력과 검 실력만으로 탈린을 장악하셨어." 몬자가 들은 다른 이야기에서는 그가 누구보다 무자비하고 잔혹했기 때문에 탈린을 장악할 수 있었다고 했다. "자네와 내게는 그분과 같은 피가 흐른다네. 맨손으로 모든 걸 일궈 내는 사람들이지."

오르소 공작은 스티리아에서 가장 부유한 귀족 가문에서 태어나 생전 거친 일이라고는 해 본 적이 없는 인물이었지만, 몬자는 하고 싶은 말을 삼켰다. "제게 너무 과분한 평입니다, 전하."

"자네의 능력에 한참 못 미치는 평일세. 이제 볼레타에 관해 이야기해 주게나."

"하이뱅크 전투 소식은 들으셨는지요?"

"자네가 스위트파인스에서와 마찬가지로 여덟 기사단의 군대를 격파했다더군! 간마크 말로는 샐리어 공작의 군대가 세 배는 많았다고 하던데."

"게으르고 준비도 되어 있지 않은 데다 지휘관마저 멍청한 군대는 숫자가 많을수록 불리하지요. 볼레타의 농부와 아포이아의 구두 수선공과 비세린의 유리 세공인 들을 모아 놨으니, 오합지졸일 수밖에요. 우리 군이 아직 멀리 있는 줄 알고 강가에 진을 치더니 보초병도 거의 세우지 않았습니다. 한밤중에 숲을 가로질러 들어가 해가 뜰 무렵에 기습했는데, 무장도 하고 있지 않더군요."

"침대에서 뛰쳐나와 둔한 몸을 이끌고 뒤뚱거리며 도망치는 샐리어의 모습이 눈에 선하군!"

"페이스풀이 선봉에 섰지요. 적진에 빠르게 침입해 보급품을 확보했습니다."

"황금빛 밀밭이 선홍색으로 물들었다더군."

"놈들은 제대로 싸우지도 못했습니다. 싸우다 죽은 병사보다 도망치다 강물에 빠져 죽은 병사가 열 배는 더 많았을 겁니다. 4000명이 넘게 포로로 잡혔고요. 몸값을 받고 풀어 준 병사도 있고, 그렇지 않은 병사들은 교수형을 당하기도 했지요."

"몬자 자네는 그들을 조금도 동정하지 않았을 테고, 그렇지?"

"딱히요. 살고 싶었다면 진작에 항복을 했어야죠."

"카프릴에서처럼 말이지?"

몬자는 오르소의 검은 눈동자를 똑바로 보았다. "카프릴에서처럼 말입니다."

"볼레타는 그럼 포위된 건가?"

"이미 무너졌다고 보시면 됩니다."

공작의 얼굴이 생일을 맞은 소년처럼 환하게 빛났다. "무너졌다고? 캔틴이 항복했다는 건가?"

"샐리어가 대패했다는 소식을 들은 백성들이 희망을 잃었거든요."

"희망을 잃은 군중은 위험하지. 공화국에서는 더욱 그렇고."

"공화국에서는 더욱 그렇더군요. 폭도들이 캔틴을 궁정에서 끌어내더니 가장 높은 탑에 그의 목을 매달았습니다. 그러고는 스스로 성문을 열어 천검단에 자비를 구걸하더군요."

"세상에나! 그가 그들을 자유인으로 만들겠다고 얼마나 애를 썼는데, 그들에게 그리 처참히 당할 줄이야! 서민들은 은혜를 원수로 갚는다던가? 캔틴은 내가 돈을 제시했을 때 받아들였어야 했네. 그렇게 했으면 우리 둘 다 손해를 덜 봤을 텐데 말이야."

"볼레타 사람들은 모두 전하의 백성이 되고 싶어 안달입니다. 가능하면 거둬 주라고 명령을 해 두었습니다."

"자비를 베푸는 건가?"

"자비와 비겁함은 같은 말이지요." 몬자가 단호하게 대꾸했다. "하지만 전하께서는 그들의 목숨이 아니라 영토를 원하시는 게 아닌가요? 죽은 자들을 복종하게 만들 수는 없는 법이지요."

오르소는 미소 지었다. "내 아들들은 대체 왜 자네만큼 내 이야기를 귀담아듣지 못하는 건가? 자네 말이 다 맞네. 지휘관들만 처형하도록 하게. 캔틴의 머리는 성문 앞에 걸어 두고. 그의 백성들이 내게 절대 복종하게 만드는 좋은 본보기가 될 테니까."

"이미 아들들의 머리와 함께 성문 앞에 걸려 썩어 가고 있는 중입니다."

"훌륭해!" 탈린의 군주는 머리통이 썩어 간다는 소식만큼 기분 좋은 음악을 들어 본 적이 없다는 듯이 손뼉을 쳤다. "전리품들은 어찌 되었나?"

회계는 베나 담당이었고, 베나는 앞으로 나서며 가슴팍에 달린 주머니에서 접힌 종이를 꺼냈다. "도시를 철저히 수색했습니다. 모든 건물의 모든 층을 샅샅이 뒤지고 남녀노소 할 것 없이 모두 수색했지요. 용병 계약에 따라 통상적인 규칙이 적용되었습니다. 전리품을 찾은 이가 4분의 1, 그의 상관이 4분의 1, 장군들이 4분의 1을 차지하게 됩니다." 베나는 허리를 낮게 숙여 절을 하며 펼친 종이를 내밀었다. "그리고 나머지 4분의 1은 고귀하신 제 고용주님의 몫이지요."

종이에 적힌 숫자들을 살피며 오르소의 미소는 전보다 더 환히 빛났다. "4분의 1 규칙은 늘 옳다니까! 덕분에 한동안은 자네들을 계속 고용할 수 있겠군." 그는 몬자와 베나 사이로 다가가서 그들의 어깨에 살포시 손을 얹고 다시 열린 창문 안쪽으로 걸어 들어갔다. 그들은 방 중앙에 놓인 검은색 탁자로 향했다. 탁자에는 커다란 지도가 펼쳐져 있었다. 간마크, 아리오, 페이스풀은 이미 탁자 주변에 모여 있었다. 하지만 고바만은 여전히 어둠 속에서 가슴팍 위에 팔짱을 낀 채 꼼짝도 하지 않았다. "한때 동지였으나 이제는 우리의 적이 된 비세린의 배반자들은 어떻게 하면 좋겠나?"

"이미 도시를 둘러싼 들판이 성문 코앞까지 타 버렸습니다." 몬자가 손가락을 휘저어 파괴된 지역들을 가리켰다. "농부들은 도망쳤고 가축들도 전부 몰살당했지요. 샐리어 공작에게는 유난히 힘든 겨울이 되겠군요. 봄이 오면 더 힘들어질 테고요."

"로곤트 공작과 오스프리아 사람들에게 빌붙어야겠군." 간마크가 옅은 미소를 지으며 말했다.

아리오 왕자가 킥킥거렸다. "말만 많고 하는 일은 없는 오스프리아가 무슨 도움이 되려나요."

"내년에는 비세린을 손에 넣으실 수 있을 것입니다. 전하."

"여덟 기사단의 중심은 갈가리 찢길 테고요."

"스티리아의 왕좌는 전하의 것입니다."

왕좌라는 단어를 듣자 오르소 공작의 미소가 더욱 짙어졌다. "몬즈카로, 다 자네 덕이야. 잊지 않겠네."

"저 혼자 한 일이 아닙니다."

"겸손함은 넣어 두게. 베나도 그의 역할을 했고 우리의 훌륭한 지휘관인 간마크와 페이스풀도 자기 몫을 다했지만 자네의 공이 가장 크다는 걸 부인할 사람은 없을 걸세. 자네의 책임감, 성실함, 신속한 행동력이 이뤄 낸 결과가 아니겠나! 자네는 위대한 영웅 아울커스 경이 그랬던 것처럼 대승을 거두게 될 걸세. 그리고 탈린의 거리를 행진하게 될 테지. 내 백성들은 자네가 수없이 거둔 승리를 축하하며 자네에게 꽃비를 뿌려 줄 걸세." 베나는 활짝 웃었지만 몬자는 웃을 수 없었다. 그녀는 축하를 받는 데 익숙하지 않았다. "시민들은 내 아들들보다 자네에게 더 크게 환호하겠지. 그들이 그토록 많은 빚을 진, 정당한 군주인 나에게조차 한 번도 보낸 적 없는 환호를 말이야." 오르소 공작의 얼굴에서 웃음기가 사라지자, 곧 지치고 애통하고 수척한 얼굴이 드러났다. "그들의 환호가 좀 과할지도 모르겠군."

그녀는 시야 가장자리에서 무언가가 움직이는 것을 느끼고 반사적으로 손을 들어 올렸다.

그녀의 턱 아래에 철사가 쉭 소리를 내며 감기더니 질식할 정도로 강하게 목을 조여 오기 시작했다.

베나가 앞으로 다가섰다. "몬……." 아리오 왕자의 검이 번쩍이더니 베나의 목을 찔렀다. 검은 베나의 목을 비껴가 귀 바로 아래를 베었다.

오르소 공작은 바닥 타일에 붉은 피가 튀자 한 발짝 물러섰다. 포스카의 입이 떡 벌어졌고, 그의 손에서 떨어진 와인 잔이 산산조각이 났다.

몬자는 비명을 지르려 했지만 기도가 반쯤 막힌 탓에 쿵쿵거리는 돼지 울음 같은 소리 말고는 아무 소리도 낼 수 없었다. 몬자는 반대 손으로 단검 자루를 잡았지만 누군가 그녀의 손목을 꽉 붙잡았다. 페이스풀 카르피가 그녀의 왼쪽 옆구리에 딱 붙어 있었다.

"미안하게 됐군." 그가 몬자의 귀에 대고 웅얼거리며 그녀의 검집에서 검을 뽑아 바닥이 뎅그렁 울리도록 던져 버렸다.

베나가 입에서 피를 뿜으며 휘청거렸다. 뺨을 움켜쥔 흰 손가락 사이로 검붉은 피가 새어 나오고 있었다. 아리오는 자리에 얼어붙은 채, 검을 뽑기 위해 다른 손을 더듬거리는 그의 모습을 지켜보았다. 베나가 서툰 손길로 간신히 검을 뽑았을 때 간마크가 성큼성큼 다가가 부드럽고 정확한 손놀림으로 한 번, 두 번, 세 번, 그에게 칼을 꽂아 넣었다. 몸통에 가느다란 칼날이 들락날락하는 동안, 그의 벌어진 입에서 나오는 나직한 숨소리 말고는 아무 소리도 들리지 않았다. 뿜어져 나온 피가 바닥에 긴 줄무늬를 그렸고, 베나의 흰 셔츠에는 검붉은 얼룩이 둥글게 퍼지기 시작했다. 베나는 비틀거리며 앞으로 몇 걸음을 옮기다가 자신의 발에 걸려 넘어졌고, 반쯤 뽑혀 있던 그의 검은 대리석 바닥을 긁으며 떨어졌다.

몬자는 온몸의 근육이 떨릴 정도로 철사에서 벗어나려 애를 썼지만, 마치 끈끈이에 붙은 파리처럼 아무것도 할 수 없었다. 고바가 힘을 주며 끙끙거리는 소리가 귀에 들렸다. 까슬한 그의 수염이 그녀의 뺨을 눌렀고 그의 거대한 몸에서 뿜어져 나오는 열기가 등 뒤에서 느껴졌다. 목에 단단히 둘린 철사가 천천히 목 옆과 손날 깊숙한 곳까지 파고들었다. 팔꿈치를 타고 피가 흘러내려 셔츠 깃 안쪽으로 스며드는 것이 느껴졌다.

베나는 한 손을 더듬거려 몬자를 향해 뻗었다. 그리고 목에 핏대를 세우며 몇 센티미터쯤 몸을 들어 올렸다. 간마크는 몸을 앞으로 기울여 침착하게 그의 심장에 칼을 꽂아 넣었다. 잠깐 부르르 떨던 베나는 축 늘어지더니 피가 가득 고인 바닥에 창백한 뺨을 묻은 채 잠잠해졌다. 그의 밑에서 흘러나온 검붉은 피가 타일 틈새를 따라 퍼져 나갔다.

"그럼," 간마크는 몸을 더 숙여 베나의 셔츠 등판으로 검을 닦았다. "다 됐군."

모티스는 인상을 쓰며 그 광경을 바라보았다. 셈이 맞지 않는 수치표를 지켜보는 듯, 당혹감과 짜증, 지루함이 섞인 표정이었다.

오르소 공작은 시체를 향해 손짓하며 말했다. "아리오, 치워 버려라."

"제가요?" 아리오 왕자가 입술을 일그러뜨리며 대꾸했다.

"그래. 네가 하거라. 포스카 너도 돕도록 해. 너희도 우리 가문의 권력을 지키기 위해 뭘 해야 하는지 배워야지."

"싫어요!" 포스카가 비틀거리며 뒷걸음질 쳤다. "저는 이 일에 관여하기 싫습니다!" 그는 돌아서서 대리석 바닥을 쿵쿵 구르며 방 밖으로 뛰쳐나갔다.

"마음이 저리 약해서야 원." 오르소 공작이 그의 뒤에 대고 중얼거렸다. "간마크, 좀 도와주게."

몬자는 툭 불거진 눈으로 테라스 문밖으로 끌려 나가는 베나를 바라보았다. 간마크는 음울한 표정으로 신중하게 베나의 머리를 들어 올렸지만 아리오는 그의 한쪽 군화를 마지못해 잡으며 욕을 뱉었다. 베나의 다른 다리는 그들 뒤로 붉은 핏자국을 남겼다. 그들은 베나를 들어 올리더니 난간 바깥으로 던져 버렸다. 그렇게 베나는 사라졌다.

"아야!" 아리오 왕자가 한 손을 털며 꽥 소리를 질렀다. "젠장! 손이 긁혔잖아!"

간마크가 그를 빤히 보았다. "송구합니다, 왕자 저하. 하지만 목숨을 거두는 일에는 고통이 따르는 법입니다."

왕자는 피 묻은 손을 닦을 만한 무언가를 찾아 두리번거렸다. 그는 창문 옆에 걸린 두툼한 휘장을 향해 손을 뻗었다.

"거긴 안 된다!" 오르소가 소리쳤다. "한 조각에 쉰 냥이나 하는 캔틱 비단이란 말이다."

"그럼 어디다 닦으란 말입니까?"

"뭐든 찾아보든지 아니면 그냥 놔두거라! 이 아비가 어떤 가문 출신인지 네 어미가 말을 안 하더냐!" 아리오가 툴툴거리며 셔츠 앞섶에 손을 문질렀다. 몬자는 숨이 부족해 벌겋게 달아오른 얼굴로 그 광경을 지켜보았다. 그녀를 향해 찡그리고 있는 오르소의 형체가 눈물이 고인 몬자의 시야에 흐릿하게 들어왔다. 머리카락이 그녀의 얼굴에 엉겨 붙어 있었다. "아직도 살아 있나? 고바 자네는 뭐 하는 게야?"

"빌어먹을 철사가 이년 손에 걸렸습니다." 고바가 쉭쉭거렸다.

"멍청한 놈 같으니. 다른 방법을 찾아 끝내든지 하게!"

"제가 처리하지요." 페이스풀이 한쪽 손으로 몬자의 손목을 잡은 채 그녀의 허리띠에 달린 단검을 꺼냈다. "미안하게 됐군."

"빨리 끝내게!" 고바가 으르렁거렸다.

강철 칼날이 한 줄기 빛을 반짝이며 시야에서 사라졌다. 몬자는 마지막 힘을 쥐어짜 내 고바의 발을 힘껏 밟았다. 고바는 끙 하는 신음 소리를 내며 철사에서 손을 놓았고, 몬자는 으르렁거리며 목에서 철사 줄을 풀었다. 그러고는 자신에게 칼을 찌르려는 카르피를 피해 몸을 비틀었다.

크게 빗맞은 칼날은 그녀의 갈비뼈 아래쪽으로 미끄러져 들어갔다. 차가운 칼날에 찔린 자리가 마치 불타는 것처럼 뜨겁게 타올랐다. 배에서 등까지 불길이 치솟는 듯했다. 칼은 그녀의 몸을 그대로 관통해 고바의 배를 찔렀다.

"카악!" 고바가 철사를 완전히 놓자 몬자는 정신없이 악을 지르며 팔꿈치를 휘둘러 그를 휘청이게 했다. 방심하고 있던 페이스풀은 그녀의 가슴팍에 꽂힌 칼을 더듬거리며 뽑아내다가 바닥에 떨어뜨리고 말았다. 칼은 회전하며 바닥 저편으로 미끄러졌다. 몬자는 그의 낭심을 향해 발을 휘두르다 엉덩이를 맞혔고, 그는 허리가 푹 꺾였다. 그녀는 그 틈을 타 그의 허리띠에서 단검을 뽑는 데 성공했지만, 철사에 베인 손은 마음처럼 움직이지 않았고, 그를 찌르기도 전에 손목을 붙잡히고 말았다. 두 사람은 이를 악문 채 서로의 얼굴에 침을 튀기고 앞뒤로 비틀거리면서 단검을 두고 치열하게 싸웠다. 피범벅이 된 손이 끈적거렸다.

"죽여라!"

순간, 뭔가 부딪치는 소리가 들리더니 시야가 환해졌다. 바닥이 그녀의 등을 때리고 뒤통수를 쳤다. 그녀는 피를 뱉어 냈다. 광기 어린 그녀의 비명은 이제 길게 늘어지는 껵껵거리는 신음으로 바뀌었고, 손톱은 매끈한 바닥을 긁어 댔다.

"이 빌어먹을 년이!" 고바가 커다란 군화로 그녀의 오른손을 뭉갰고, 팔꿈치를 타고 전해지는 통증에 몬자는 헉하고 메마른 신음을 뱉었다. 그의 발은 그녀의 손바닥과 손가락, 손목을 차례로 짓이겼다. 동시에 페이스풀이 그녀의 가슴을 몇 번이나 발로 찼고, 몬자는 덜덜 떨며 기침을 토했다. 너덜너덜해진 그녀의 손은 뒤틀린 채 옆으로 돌아가 있었다. 고바가 발꿈치로 다시 한번 힘껏 내리찍자, 뼈가 부서지는 소리와 함께 그녀의 손은 완전히 으스러져 차가운 대리석 바닥에 널브러졌다. 그녀는 숨도 제대로 쉬지 못하는 상태로 털썩 쓰러졌다. 벽에 걸린 그림 속 영웅들이 빙글빙글 돌며 그녀를 비웃는 듯했다.

"날 찔렀잖아 이 멍청한 노인네야! 날 찌르면 어떻게 하냐고!"

"살짝 베인 정도 가지고 유난이군! 이년을 잘 잡고 있었어야지!"

"쓸모없는 자네들 둘 다 내 손으로 찔러 죽이기 전에 빨리 끝내게!" 오르소가 쉭쉭거렸다.

고바는 커다란 손을 내려 몬자의 목을 잡고 들어 올렸다. 그녀는 왼손으로 고바를 붙잡으려 했지만 옆구리와 목에 난 상처로 모든 힘이 다 빠져나간 듯했다. 그녀의 힘없는 손가락은 까슬한 고바의 얼굴에 붉은 핏자국만 간신히 남길 수 있을 뿐이었다. 고바는 그녀의 팔을 완전히 뒤로 꺾어 비틀었다.

"허먼의 금은 어디 있지?" 고바가 거친 목소리로 물었다. "응? 머카토? 금을 가지고 뭘 했냐고?"

몬자는 간신히 머리를 들었다. "엿이나 먹어 개새끼야." 지금 상황에 도움이 될 말은 아니었지만, 마음 깊은 곳에서 나오는 진심이었다.

"금은 처음부터 없었다고!" 페이스풀이 톡 쏘아붙였다. "내가 말했지? 돼지 같은 새끼야!"

"그래도 이건 챙길 수 있겠군." 몬자의 힘없는 손가락에서 피범벅이 된 반지를 하나씩 빼며 고바가 말했다. 그녀의 손가락은 벌써 형체를 알아볼 수 없을 정도로 퉁퉁 부어 썩어 가는 소시지 같은 시퍼런 보랏빛으로 변해 가고 있었다. "값이 좀 나가겠군." 그가 루비를 빤히 보며 말했다. "썩 괜찮은 장난감을 버리는 기분인데, 잠깐 둘만의 시간을 주면 안 되겠나? 잠깐이면 되는데."

아리오 왕자가 킥킥거렸다. "빠른 게 항상 좋은 것만은 아닐 텐데요."

"자중하게!" 오르소 공작의 목소리였다. "우린 동물이 아닐세. 테라스 밖으로 던져 버리고 빨리 끝내게. 배가 고프군."

그녀는 머리를 축 늘어뜨린 채 질질 끌려가고 있었다. 눈부신 햇빛이 다시 한번 그녀를 찌르는 듯했다. 누군가 그녀를 들어 올렸고, 돌바닥 위를 절뚝거리며 걷는 발소리가 들렸다. 푸른 하늘이 빙글빙글 돌았다. 난간 위로 들어 올려진 듯했다. 콧속을 긁듯 들이켠 숨에 가슴에 경련이 일었다. 그녀는 몸을 비틀며 발버둥 쳤다. 살아남기 위한 헛된 몸부림이었다.

"제가 확실히 끝내겠습니다." 간마크가 말했다.

"이보다 어떻게 더 확실하게 하겠나?" 눈가에 흘러내린 피 묻은 머리칼 사이로 오르소의 주름진 얼굴이 흐릿하게 보였다. "이해해 주리라 믿네. 우리 증조부도 용병이셨지. 날카로운 통찰력과 검만으로 탈린을 장악한 미천한 출생의 군인. 그런 용병이 다시 나타나 탈린을 차지하는 모습을 보고만 있을 수는 없었다네."

그녀는 오르소 공작의 얼굴에 침을 뱉고 싶었지만 피가 섞인 침방울을 턱 아래로 흐르게 하는 것 말고는 아무것도 할 수 없었다.
"엿이나 먹……."
그리고 그녀는 허공에 던져졌다.
찢어진 셔츠 속으로 바람이 들어와 얼얼한 살갗 위에서 펄럭였다. 그녀는 끝없이 빙글빙글 돌며 추락했다. 마치 세상이 그녀를 둘러싸고 빙빙 도는 것 같았다. 조각구름이 걸린 푸른 하늘과 산꼭대기에 우뚝 선 탑의 검은 윤곽들, 잿빛 암벽, 알록달록한 나무와 반짝이는 강이 빠르게 시야를 스치더니 다시 조각구름이 걸린 푸른 하늘이 나타났다. 그리고 아까와 같은 풍경들이 같은 순서로 빠르게, 더 빠르게 반복되어 스쳐 지나갔다.
차가운 바람이 머리칼을 흐트러뜨리며 그녀의 귓가에 고함을 질러 댔고, 공포에 질린 그녀의 숨소리와 함께 이 사이로 휘파람 소리를 냈다. 이제 나무와 나뭇가지와 나뭇잎 들이 아주 잘 보이기 시작했다. 나무들이 그녀 위로 솟구쳐 올랐다. 그녀는 소리를 지르려고 입을 벌렸지만…….
나뭇가지들이 그녀를 움켜잡고 낚아채며 그녀 위로 채찍질을 해 댔다. 부러진 굵은 가지 하나가 회전하며 추락하는 그녀를 세차게 때렸다. 끝없이 아래로, 아래로 떨어지는 동안 그녀가 훑고 지나간 나무들이 부러지고 꺾이는 소리가 들렸다. 그녀는 산비탈에 곤두박질쳤다. 추락하는 순간 그녀의 무게가 실렸던 다리는 산산조각이 났고, 어깨도 단단한 땅에 부딪쳐 부러졌다. 하지만 나무 밑동에 끼인 채 널브러져 있던 베나의 피 묻은 가슴팍에 턱을 먼저 찧은 덕분에 바위에 머리를 박지는 않았다.

베나 머카토가 누이의 목숨을 살린 셈이었다.

그녀는 거의 정신이 나간 상태로 베나의 시체에서 멀어져 망가진 인형처럼 허우적거리며 가파른 산길을 정처 없이 굴렀다. 바위와 나무뿌리와 단단한 땅이 그녀를 때리고 찌르고 내동댕이쳤다. 마치 망치 수백 개로 두드려 맞은 사람처럼 그녀의 몸은 으스러져 갔다.

그녀는 수풀을 헤치며 나아갔고, 채찍질하듯 그녀를 때리고 옷덜미를 붙잡는 가시덤불을 지나쳤다. 흙과 나뭇잎으로 덮인 비탈을 구르고 또 구르던 그녀는 구부러진 나무뿌리에 걸려 이끼 낀 바위에 몸을 부딪히며 몸을 웅크렸다. 그녀는 천천히 미끄러지듯 움직임을 멈췄고, 바닥에 등을 댄 채 가만히 누웠다.

"흐어어어어엉……."

돌과 나뭇가지, 자갈 들이 데굴데굴 굴렀다. 천천히 흙먼지가 가라앉았다. 나뭇가지와 나뭇잎이 바람에 나부끼며 서걱거리는 소리가 들렸다. 어쩌면 그녀 목구멍에서 나는 소리인지도 몰랐다. 검은 나무 그림자 사이로 새어 들어온 햇빛에 한쪽 눈이 부셨다. 다른 쪽은 아직 어둠 속에 있는 듯했다. 따뜻한 아침 공기 속에 귓가를 스치며 날아다니는 파리 떼의 윙윙거리는 소리가 들렸다. 그녀는 오르소의 주방에서 버린 음식물 쓰레기 위에 널브러져 있었다. 지난달에 있었던 만찬에서 남은 썩은 채소와 끈적한 기름 찌꺼기, 악취를 뿜어내는 동물 내장들 한가운데, 그녀는 힘없이 대자로 뻗어 있었다. 쓰레기와 다를 게 없는 처지였다.

"흐어어어어어엉……."

들쭉날쭉하고 알 수 없는 소리였다. 당황스러운 소리였지만, 멈출 수가 없었다. 짐승들이 낼 법한, 절망에 사로잡힌 소리. 지옥에서 죽은 자들이 신음하는 소리 같았다. 그녀는 절망적으로 주변을 살폈다. 완전히 형태를 잃은 채 보라색 장갑처럼 변해 버린 오른손이 눈에 들어왔다. 손날에 아직 피가 고여 있었다. 손가락 한 개가 살짝 떨렸고, 떨리는 손가락 끝으로 찢어진 팔꿈치를 쓸어 보았다. 팔뚝이 반으로 접히면서 튀어나온 회색 뼈가 피 묻은 비단 셔츠 밖으로 삐져나와 있었다. 진짜 팔이 아니라 싸구려 연극 소품 같았다.

"흐어어어엉……."

그녀를 사로잡은 공포는 숨을 쉴 때마다 점점 짙어졌다. 머리를 움직일 수가 없었다. 입속의 혀조차 움직일 수 없었다. 고통이 정신을 갉아먹고 있는 것 같은 기분이었다. 끔찍한 무언가가 그녀를 짓누르고 온몸 구석구석을 으스러뜨리며 점점 더 힘을 더해 가는 것 같았다.

"흐어어어…… 허어엉……."

베나는 죽었다. 눈을 깜빡이자 눈물이 뺨을 축축하게 적시며 천천히 흘러내렸다. 그녀는 왜 죽지 않았을까? 어떻게 그녀가 죽지 않을 수 있었을까?

오래 걸리지 않길. 고통이 더 심해지기 전에, 부디 어서 끝이 나길.

"흐어어어…… 으어어…… 어어어엉."

제발, 죽음이 오길.

I 탈린

> "좋은 적이 필요하거든 친구 중에서 고르라.
> 나의 약점을 잘 아는 인물일 테니."
>
> —디안 드푸아티에

자포 머카토는 자신이 어떻게 그토록 좋은 검을 가지게 되었는지 한 번도 입 밖으로 말한 적이 없지만, 어떻게 다뤄야 하는지는 누구보다 잘 알았다. 그의 아들은 딸보다 다섯 살이나 어린 데다 병약했기 때문에 그는 아주 어릴 때부터 딸에게 자신의 기술을 가르쳤다. 몬즈카로는 원래 그녀 할머니의 이름이었다. 당시는 아직 그녀의 가족이 귀족 행세를 할 수 있던 시절이었다. 몬자의 어머니는 그 이름을 조금도 좋아하지 않았지만. 베나를 낳다 세상을 떠났기 때문에 어차피 그녀의 의견은 중요하지 않게 되었다.

스티리아에 금만큼 보기 드문 평화가 계속되고 있었다. 경작기가 되면 몬자는 아버지의 뒤를 바삐 쫓아 쟁기가 막 뒤집어 놓은 검은 흙에서 큰 돌멩이들을 골라내 숲에 가져다 버렸다. 수확기에는 낫을 휘두르는 아버지를 따라다니며 잘린 줄기들을 주워 모아 단으로 묶는 일을 도맡았다.

"몬자," 자포 머카토는 몬자를 내려다보며 말하곤 했다. "네가 없이 어찌 살았을까?"

몬자는 타작을 돕고, 씨앗을 뿌리고, 장작을 패고, 물을 길었다. 요리와 청소, 빨래를 하고 가축을 돌보고 염소의 젖을 짜는 것도 그녀의 몫이었다. 고된 노동에 시달리는 몬자의 손은 늘 부르터 있었다. 남동생 베나도 결코 가만히 있지 않았지만 너무 작고 병약해서 할 수 있는 일이 별로 없었다. 힘든 나날이었지만 세 가족은 행복했다.

몬자가 열네 살이 되었을 때 자포 머카토는 열병에 걸렸다. 몬자와 베나는 기침을 토해 내고 식은땀을 흘리며 점점 쇠약해져 가는 그를 바라볼 수밖에 없었다. 어느 날 밤 자포 머카토는 몬자의 손목을 꼭 붙들고 눈물을 글썽이며 그녀를 바라보았다.

"내일 당장 윗밭을 갈거라. 그러지 않으면 제때 싹을 틔울 수 없을 게다. 가능한 한 많이 심거라." 그는 몬자의 뺨을 어루만졌다. "네게 모든 짐을 떠안기게 되어 미안하다만. 베나가 너무 어리잖니. 잘 돌봐 주거라." 그리고 그는 숨을 거뒀다.

베나는 목 놓아 울고 또 울었지만, 몬자는 눈물 한 방울 흘리지 않았다. 어떤 씨앗을 어떻게 심어야 할지 골똘히 생각할 뿐이었다. 그날 밤, 베나는 혼자 자기가 무섭다고 했고, 두 남매는 몬자의 좁은 침대에서 서로를 꼭 껴안고 잠들었다. 이제 서로 말고는 의지할 곳이 없었다.

다음 날 아침, 어둠이 채 걷히기도 전에 몬자는 아버지의 시신을 집 밖으로 끌고 나가 뒤편에 있는 숲을 지나 강물 속에 던져 넣었다. 아버지를 사랑하지 않아서가 아니라 아버지를 묻을 시간이 없었기 때문이었다.

동이 틀 무렵, 그녀는 윗밭을 갈고 있었다.

기회의 땅

배가 울렁거리며 선창에 가까워지는 동안 시버스가 가장 먼저 깨달은 것은 스티리아가 그가 기대했던 것만큼 따스하지 않다는 사실이었다. 그가 들은 이야기에서 스티리아는 늘 햇살이 가득하다고 했다. 1년 내내 따뜻한 욕조 속 같은 기분 좋은 온도가 유지되는 곳이라고 했던가. 하지만 이런 온도의 목욕물이라면 차라리 씻지 않고 더러운 채로 있는 편이 나을 터였고, 목욕물을 받은 사람에게 욕도 몇 마디 해 줘야 할 것 같았다. 탈린은 구름이 두텁게 낀 잿빛 하늘 아래 찬 바닷바람을 피해 잔뜩 옹송그린 것 같은 모습을 하고 있었다. 차가운 빗방울이 떨어져 뺨을 적시자, 그는 고향을 떠올렸다. 별로 좋은 기억은 아니었다. 그래도 그는 상황을 긍정적으로 보려고 노력했다. 어쩌면 그저 오늘 일진이 사나운 것일 수도 있었다. 스티리아가 아니라도 어디건 그런 날은 있게 마련이다.

하지만 선원들이 부두에 서둘러 배를 대는 동안 그의 눈에 들어온 풍경은 분명 음침하기 그지없었다. 회색빛 만을 따라 다닥다닥 줄지어 선 벽돌 건물들에는 하나같이 좁은 창문들이 나 있었고, 지붕들은 주저앉은 데다 페인트칠도 벗겨져 있었다. 갈라진 회반죽 벽은 흰 소금 얼룩과 녹색 이끼와 검은 곰팡이로 얼룩덜룩했다. 미끌미끌한 자갈 해변 근처 벽에는 커다란 벽보들이 여기저기 아무렇게나 붙어 있었는데, 모두 너덜너덜하게 찢긴 채 겹겹이 덧붙여 있었다. 찢어진 벽보들의 가장자리가 바람에 펄럭였다. 벽보에는 얼굴 그림과 함께 글귀가 적혀 있었다. 경고문일지도 모른다고 생각했지만 시버스는 글을 잘 몰랐다. 특히 스티리아어는 더 서툴렀는데, 말을 할 수 있게 된 과정만 해도 그에게는 충분히 어려운 도전이었다.

해안가는 사람들로 북적였지만 누구도 즐거워 보이지 않았다. 건강해 보이는 사람도, 주머니 사정이 넉넉해 보이는 사람도 없었다. 좋지 않은 냄새가 났다. 더 정확히 말하자면 악취가 진동하고 있었다. 썩어 가는 바닷물고기와 오래된 송장, 석탄이 뿜어내는 매캐한 연기와 흘러넘친 변소에서 나는 구린내가 한데 섞여 코를 찔렀다. 그가 되고 싶었던 위대한 남자의 보금자리가 이런 곳이라니, 시버스는 솔직히 실망을 감출 수 없었다. 아주 짧은 찰나, 그는 남은 돈을 다 털어 다음 배를 타고 곧장 고향인 북쪽으로 돌아가야 할지 생각했다. 하지만 그는 곧 그 생각을 떨쳐 버렸다. 전쟁이라면 지긋지긋했고, 대장 노릇을 하며 멀쩡한 사람들을 사지로 모는 것도, 사람을 죽이는 것도, 사람을 죽이며 겪어야 하는 모든 과정에

넌덜머리가 났다. 그는 더 나은 사람이 될 준비가 되어 있었다. 이제부터는 옳은 일만 하며 살기로 했고, 바로 이곳에서 그 삶을 시작할 참이었다.

"좋군요." 그는 가장 가까이 있는 선원에게 힘차게 고갯짓을 해보였다. "이제 가 보겠소." 그에 대한 화답은 짜증 섞인 끙 소리뿐이었지만, 그의 형은 그에게 '사람은 자기가 받은 것이 아니라 베푼 것에 의해 만들어진다.'라고 이야기하곤 했다. 그 말을 떠올린 시버스는 마치 선원에게 따듯한 배웅을 받은 것처럼 미소를 지으며 덜컹거리는 판자를 건너 스티리아에서의 새로운 삶을 향해 힘차게 걸어갔다.

그는 한쪽 편에 우뚝 서 있는 건물들과 그 반대편의 일렁이는 돛대들을 번갈아 바라보며 걷고 있었다. 그렇게 열댓 걸음쯤 갔을 때, 누군가가 그를 들이받는 바람에 그는 하마터면 길옆으로 넘어질 뻔했다.

"미안합니다." 시버스는 스티리아어로 최대한 정중하게 말했다. "앞에 있는지 몰랐소." 그와 부딪힌 남자는 뒤도 돌아보지 않고 제 갈 길을 가고 있었다. 그 남자의 태도에 시버스의 자존심이 상했다. 여전히 굽혀지지 않은 그의 자존심은 그의 아버지가 그에게 남긴 유일한 유산이었다. 7년 동안 전장에서 치열한 접전을 벌여 가며 눈 덮인 담요 아래서 아침을 맞고 형편없는 음식과 더 형편없는 군가를 견딘 그인데, 여기까지 와서 무시나 당하고 있을 수는 없었다.

하지만 나쁜 놈이 되자니 범죄로 처벌을 받게 될 수도 있었다. 그의 형이 있었다면 그러려니 하라고 이야기했을 것이다. 게다가 시버스는 이곳에서 긍정적인 면을 보려고 노력하는 중이었다. 결국 그는 부두에서 멀어져 넓은 길로 방향을 틀어 도시로 나아갔다. 곧 담요를 깔고 옹기종기 모여 잘린 팔과 비쩍 마른 손을 흔들며 구걸하는 부랑자들을 지났다. 미간을 찌푸린 채 허공을 가리키는 거대한 동상이 서 있는 광장도 지났다. 시버스는 동상의 주인공이 누구인지 알지 못했지만, 그가 자부심에 가득 차 있다는 것만큼은 확실히 알 수 있었다. 음식 냄새가 풍기자 시버스의 배가 꼬르륵 소리를 내며 요동쳤다. 노점상이 있는 쪽으로 가 보니 깡통 난로 위에서 고기 꼬치가 구워지고 있었다.

"저거 하나." 시버스가 꼬치를 가리키며 말했다. 딱히 다른 말이 더 필요할 것 같지는 않아서 그는 최대한 짧은 문장으로 주문했다. 그렇게 하면 실수를 덜 할 수 있을 터였다. 노점 주인이 꼬치의 가격을 말했을 때 그는 거의 숨이 넘어갈 뻔했다. 북쪽에서는 양 한 마리를 통째로, 어쩌면 암수 짝을 맞춰 두 마리를 살 수도 있을 금액이었다. 꼬치에 꿰인 고기는 반이 비계였고 나머지 고기에도 연골이 붙어 있었다. 냄새에 비해 맛이 형편없었지만 그는 이제 더 이상 놀라지 않았다. 스티리아의 모든 것이 소문과는 완전히 딴판인 듯했다.

굵어지기 시작한 빗줄기가 음식을 먹고 있는 시버스의 눈 위로 흘러내렸다. 그가 북쪽에서 웃어넘긴 태풍들에 비하면 아무것도 아닌 비였지만 오늘 밤 어디서 묵어야 할지를 걱정해야 하는 처지인지라 기분이 약간 우울해졌다. 이끼 낀 처마에서 떨어진 빗방울이 금이 간 홈통을 따라 흘러 자갈길을 적셨다. 사람들은 허리를 잔뚝 숙인 채 욕을 뱉으며 걸었다. 그는 다닥다닥 붙은 건물들을 지나 돌을 쌓아 튼튼하게 지은 넓은 강둑으로 향했다. 그는 잠시 걸음을 멈추고 어느 쪽으로 갈지 고민했다.

도시는 그의 시야 끝까지 이어지고 있었고 강 상류와 하류에 다리들이 놓여 있었다. 강둑 저편에 있는 건물들은 이쪽 건물들보다도 더 거대해 보였다. 끝없이 이어지는 탑과 돔, 높은 지붕 들이 빗줄기에 반쯤 가린 채 몽환적인 회색 윤곽을 드러내고 있었다. 이곳에서도 바람에 펄럭이는 찢어진 벽보들이 보였다. 벽보에는 밝은색 물감으로 글자들이 덧칠해져 있었는데, 글자들에서 씻겨 내린 물감이 자갈길 사이사이로 흐르고 있었다. 사람 키보다 더 크게 적힌 글자들도 있었다. 시버스는 글귀를 이해하려고 애쓰며 글자들을 자세히 들여다보았다.

이번에도 행인에게 갈비뼈를 들이받힌 그는 헉하고 숨을 들이켰다. 그는 으르렁거리며 뒤를 휙 돌아보았다. 그의 주먹에는 칼 대신 가느다란 고기 꼬치가 들려 있었다. 그는 숨을 들이마셨다. 블러디 나인을 놓아준 게 불과 얼마 전이었다. 마치 어제처럼 그날 아침을 떠올릴 수 있었다. 창밖에 눈이 와 있었고, 손에 쥐고 있던 칼이 댕그랑 소리를 내며 바닥에 떨어졌다. 그는 좋은 사람으로 거듭나기 위해 형을 죽인 원수에게 복수할 기회를 포기하고 그를 놓아주었다. 더 이상 피를 보지 말자고 다짐한 그였다. 인파 사이에서 그에게 실수로 어깨를 부딪힌 놈을 순순히 보내 주는 것은 그리 힘든 일도 아니었다.

그는 다시 억지 미소를 지으며 반대쪽으로 걸어 다리 위로 올라갔다. 그에게 어깨를 부딪힌 행인을 떠올리며 며칠 동안 저주를 퍼부을 수도 있었지만, 새로운 삶이 시작되기도 전에 부정적인 기운에 물들고 싶지는 않았다. 다리 양쪽에서 강물을 응시하고 있는 괴물 같은 석상들은 흰 새똥 자국으로 더럽혀져 있었다. 사람들은 강물 위를 가로지르는 또 다른 강처럼 다리 위를 오갔다. 다양한 피부색을 가진 온갖 사람들이 섞여 있었다. 그들 사이에 있으니 그는 자신이 아무것도 아닌 존재처럼 느껴졌다. 이런 곳에서는 어깨를 부딪히지 않으면 오히려 이상할 것 같았다.

무언가가 그의 팔에 스쳤다. 그는 무의식적으로 옆 행인의 목덜미를 잡고 그의 상체가 난간 밖으로 나가도록 밀쳤다. 스무 걸음 아래에서 세차게 흐르는 강물 위로 그는 닭 모가지를 잡듯 가볍게 행인의 목을 쥐고 있었다. "날 쳤어, 자식아?" 그는 북부 말로 으르렁거렸다. "눈을 확 뽑아 버릴라!"

행인은 체구가 작은 남자였는데, 두려움에 덜덜 떨고 있었다. 시버스보다 머리 하나는 작고 덩치는 그의 반도 안 되는 것 같았다. 욱하고 치밀어 오른 화가 한 김 식고 나니 그는 이 불쌍한 남자가 그저 자신과 살짝 스쳤을 뿐이라는 사실을 깨달았다. 남자에게 악의 같은 건 없었다. 더 아프게 맞고도 잘 참았는데 이깟 일에 왜 그토록 화가 났던 것일까? 그의 가장 큰 적은 언제나 그 자신이었다.

"미안하게 됐군." 그는 스티리아어로 행인에게 말했다. 진심이었다. 그 남자를 조심스럽게 놓아주고 투박한 손으로 행인의 구겨진 코트 앞섶을 털어 주었다. "정말 미안하게 됐어. 작은…… 뭐라고 하더라…… 실수였어. 미안하군. 혹시 이거……" 시버스는 자신도 모르게 기름진 고깃덩이 하나가 아직 붙어 있는 꼬치를 내밀고 있었다. 행인은 꼬치를 빤히 보았다. 시버스는 뜨끔했다. 행인이 꼬치를 원할 리 없을 것 같았다. 시버스 자신도 먹을까 말까 한 고기였으니까. "미안하……." 행인이 얼른 돌아서서 인파 사이에 섞이며 두려움 가득한 얼굴로 그를 한번 돌아보았다. 미친 남자의 행패에서 가까스로 빠져나왔다는 듯한 표정이었다. 어쩌면 그게 사실인지도 몰랐다. 시버스는 다리에 서서 세차게 흐르는 황토색 강물을 내려다보며 인상을 찌푸렸다. 북쪽에서 봤던 강들과 별다를 게 없어 보였다.

더 나은 사람으로 거듭나기가 생각보다 어려울 수도 있을 것 같았다.

뼈 도둑

눈을 뜨자 뼈들이 보였다.

긴 뼈, 짧은 뼈, 굵은 뼈, 얇은 뼈, 흰 뼈, 누런 뼈, 갈색 뼈.

석회 칠이 다 벗겨진 벽을 가릴 만큼, 바닥부터 천장까지 온통 뼈들이 가득했다. 수백 개는 족히 되는 뼈들이 일정한 규칙에 따라 벽에 못 박혀 있었다. 정신병자가 만든 모자이크 작품 같았다. 몬자는 시리고 뻑뻑한 눈으로 아래를 내려다보았다. 검게 그을린 난로 안에서 불길이 타고 있었고, 벽난로 위쪽 선반에 3층으로 가지런히 쌓인 머리뼈들이 그녀를 향해 공허한 미소를 짓고 있었다.

사람 뼈다. 피부가 차갑게 식는 것 같은 느낌이 들었다.

몬자는 일어나 앉아 보려고 했다. 마비된 듯 뻐근한 느낌이 갑자기 고통으로 번지면서 헛구역질이 나왔다. 어두운 방 안이 뿌옇게 변하면서 빙그르르 돌았다. 그녀는 딱딱한 무언가 위에 단단히 묶여 있었다. 정신이 하나도 없었고, 어떻게 이곳까지 오게 됐는지 기억이 나지 않았다.

고개를 옆으로 돌리자 탁자가 보였다. 탁자에는 금속 쟁반이 놓여 있었고, 쟁반에는 각종 집기들이 가지런히 놓여 있었다. 펜치와 집게, 바늘과 가위 같은 도구들이었다. 작지만 꽤 실용적으로 보이는 톱도 하나 보였다. 열 자루는 족히 넘을 듯한 다양한 크기와 모양의 칼들도 있었다. 몬자는 눈을 부릅뜨고 잘 닦인 칼날들을 훑어보았다. 난롯불을 반사해 반짝이고 있는 둥근 칼, 곧은 칼, 울퉁불퉁한 칼 들은 무자비하고 간절해 보였다. 외과 의사가 쓰는 도구들일까?

아니면 고문관의 도구일까?

"베나?" 몬자는 쉰 목소리로 유령처럼 신음했다. 가죽을 벗겨 낸 동물의 피부처럼 연약해진 그녀의 혀와 잇몸, 목구멍, 콧구멍이 화끈거렸다. 다시 한번 몸을 움직여 보았지만, 머리만 간신히 들어 올릴 수 있을 뿐이었다. 고작 그 정도를 움직였을 뿐인데, 신음이 터지기에 충분한 통증이 목부터 어깨를 타고 전해졌다. 다리와 오른팔, 갈비뼈를 따라 둔하게 맥박이 뛰는 느낌이 들었다. 통증은 두려움을 불러왔고 두려움은 다시 통증이 되었다. 숨이 가빠지고 몸이 덜덜 떨리면서 바싹 마른 콧구멍 사이로 쌕쌕거리는 소리가 새어 나왔다.

딸깍, 딸깍.

몬자는 그대로 얼어붙었고 침묵이 그녀의 귀를 간지럽혔다. 곧 열쇠가 잠금장치 안을 긁는 소리가 들렸다. 몬자는 미친 듯이 몸을 꿈틀거렸다. 모든 관절이 끊어지고 근육이 찢어지는 것 같은 고통이 전해지면서 눈으로 피가 몰려 곧 튀어나올 것 같은 느낌이 들었다. 그녀는 퉁퉁 부은 혀로 이 사이사이를 틀어막아 비명을 삼켰다. 문이 삐걱거리며 열리더니 쿵 하는 소리와 함께 닫혔다. 누군가 아무것도 깔리지 않은 마룻바닥을 걷고 있었다. 발소리는 거의 나지 않았지만 발소리가 가까워질 때마다 두려움이 차올라 목구멍을 틀어막는 듯했다. 바닥에 거대한 그림자가 드리워졌다. 덩치가 크고 몸이 뒤틀린 괴물 같은 형체였다. 몬자는 방 구석구석을 살폈지만, 최악의 상황을 기다리는 것 말고는 아무것도 할 수 없었다.

문안으로 들어온 형체는 그녀를 지나쳐 높은 찬장으로 향했다. 자세히 보니 그는 금발 머리에 중간 키 정도 되는 남자였다. 그림자가 기괴하게 보였던 이유는 그가 어깨에 짊어지고 있던 자루 때문이었다. 그는 나직한 소리로 음이 거의 없는 콧노래를 부르면서 자루에 담긴 물건들을 꺼내 선반의 정해진 자리에 놓고는 물건의 앞면이 방 쪽을 향하도록 이리저리 돌려 가며 정리했다.

그가 괴물이라 해도, 오와 열을 맞추는 데 집착하는 것 말고는 지극히 평범해 보이는 괴물이었다.

그는 찬장 문을 조심스럽게 닫고 자루를 두 번 차곡차곡 접어 찬장 아래에 밀어 넣었다. 그런 다음 얼룩진 코트를 벗어 옷걸이에 걸고 손으로 먼지를 털어 냈다. 그는 뒤를 돌다가 그대로 멈춰 섰다. 창백하고 여윈 얼굴이었다. 나이가 많은 것 같지는 않지만 주름이 깊게 패고 광대뼈가 툭 불거져 있었다. 퀭한 눈구멍 안에서 강렬한 눈빛이 반짝였다.

몬자와 남자는 둘 다 깜짝 놀라 잠깐 동안 서로를 빤히 바라보았다. 그러다 남자의 핏기 없는 입술이 꿈틀거리더니 일그러진 미소가 지어졌다.

"일어났군!"

"당신 누구야?" 말라붙은 목구멍을 비집고 공포에 잠긴 목소리가 새어 나왔다.

"내 이름은 중요하지 않소." 연방 억양이 희미하게 묻어나는 말투였다. "물리학을 공부하는 학생이라고 해 두지."

"의원인가?"

"내가 하는 일 중 하나지. 눈치챘겠지만, 난 뼈에 관심이 많소. 그래서 기뻤소. 그쪽이⋯⋯ 내 앞에 나타나 줘서." 그는 다시 한번 미소 지었지만, 눈에는 전혀 웃음기가 없이 입만 웃는 해골의 미소와 닮아 있었다.

"어떻게⋯⋯" 턱뼈가 녹슨 경첩처럼 굳어 버린 탓에 몬자는 말을 하기 위해 애를 써야 했다. 마치 입안에 똥 덩어리를 물고 말하는 것 같은 느낌이었고, 맛도 다르지 않을 듯했다. "내가 어떻게 여기에 있지?"

"연구를 하려면 시체가 필요하거든. 당신을 찾은 곳에서 시체를 발견하곤 하지. 목숨이 붙어 있는 사람을 발견한 건 처음이고. 당신은 운이 끝내 주게 좋은 것 같소." 그는 잠시 자기가 한 말을 곱씹는 듯했다. "위에서 떨어지지 않았다면야 더 좋았겠지만…… 어쨌든……."

"내 동생은? 베나는 어디 있지?"

"베나?"

갑자기 기억이 물밀듯 떠올랐다. 베나의 손가락 사이로 뿜어져 나오던 피, 긴 칼날이 베나의 가슴팍을 관통하는 모습을 지켜볼 수밖에 없었던 무력한 자신, 피범벅이 된 채 힘없이 늘어진 베나의 얼굴까지.

그녀는 몸을 마구 뒤틀며 꺽꺽거렸다. 순식간에 모든 관절에 고통이 번지면서 몸을 더 배배 꼬며 부르르 떨고 헛구역질을 했다. 하지만 그녀의 몸은 단단히 묶여 있었다. 그녀를 묶어 둔 남자는 밀랍처럼 창백하고 공허한 얼굴로 그저 지켜보기만 했다. 몬자는 등을 대고 축 늘어졌고, 점점 심해지는 통증에 침을 흘리며 신음했다. 통증은 악마의 올가미처럼 점점 그녀의 숨통을 조여 왔다.

"화를 내도 달라지는 건 없소."

그녀가 할 수 있는 일이라고는 으르렁거리며 꽉 문 이 사이로 씩씩거리는 것뿐이었다.

"통증이 좀 있을 것 같은데." 그는 찬장 서랍을 열어 머리가 검게 그을린 긴 파이프를 하나 꺼냈다. "고통에 익숙해지도록 노력하는 게 좋겠소." 그는 집게로 난로 안에서 뜨거운 숯 몇 조각을 꺼냈다. "앞으로도 계속 통증이 있을 테니까."

낡은 파이프 끝이 그녀 앞에 다가왔다. 그녀는 허스크를 피우는 사람들을 자주 봐 왔다. 그들은 식물 껍데기로 만든 허스크 그 자체가 되곤 했다. 껍데기만 남은 채 아무 쓸모 없이 축 늘어져 허스크 파이프 말고는 무엇에도 관심을 두지 않았다. 허스크는 자비와 같았다. 약한 사람들을 위한, 겁쟁이를 위한 물건이었다.

그는 해골 같은 미소를 다시 지어 보였다. "좀 도움이 될 거요."

극심한 통증 앞에서는 누구나 겁쟁이가 되는 모양이었다.

몬자의 폐 깊숙한 곳까지 연기가 채워지면서 욱신거리던 갈비뼈가 경련을 일으키는 듯했다. 연기를 한 모금 들이켤 때마다 손끝까지 충격이 전해졌다. 몬자는 신음하며 얼굴을 찡그렸고, 다시 한번 몸부림을 쳤지만 이번에는 한결 견디기가 수월했다. 기침을 한 번 더 뱉은 몬자는 힘없이 누웠다. 통증이 한결 무뎌지고 있었다. 날카로운 공포와 불안도 무뎌지고 있었다. 마치 눈이 녹듯 모든 감각이 스르르 녹는 기분이었다. 부드럽고, 따뜻하고 편안했다. 누군가가 낮은 신음을 길게 뱉고 있었다. 아마도 그녀 자신의 신음일 것이다. 몬자는 자기 뺨을 타고 흘러내리는 축축한 눈물을 느꼈다.

"더 하겠소?" 몬자는 이번에는 연기가 따갑게 느껴질 때까지 빨아들였다. 그리고 반짝이는 연기를 천천히 뱉어 냈다. 숨이 점점 느려지면서 머릿속에서 미친 듯이 뛰던 맥박도 잔잔한 파도처럼 잦아들었다.

"한 모금 더?" 그의 목소리가 잔잔한 해변에 부딪히는 파도처럼 그녀의 귓가에 닿았다. 눈앞의 뼈들이 점점 흐릿하게 보이기 시작했고, 뼈 주변으로 따뜻한 후광이 둘렸다. 난로 속 숯들은 다채로운 색으로 빛나는 값비싼 보석이 되어 있었다. 통증은 거의 느껴지지 않았고, 이제 남아 있는 통증은 중요하지 않았다. 그 무엇도 중요하지 않았다. 몬자는 즐겁게 눈을 깜빡이다가 더 즐겁게 스르르 감았다. 그녀의 눈꺼풀 안쪽에서 모자이크 무늬가 춤을 추며 떠다녔다. 몬자는 꿀처럼 달콤하고 따뜻한 바다 위에 떠 있었다…….

"정신이 듭니까?" 항복을 의미하는 백기처럼 하얗고 축 늘어진 그의 얼굴이 점점 또렷하게 보였다. "사실 좀 걱정했소. 깨어나지 못할 줄 알았는데 용케 정신을 차렸군. 이제 더는……."

"베나?" 몬자의 정신은 여전히 둥둥 떠다니고 있었다. 그녀는 끙끙거리며 한쪽 발목을 움직여 보려고 했고, 발목이 욱신거리는 느낌에 정신이 들었다. 그녀의 얼굴은 절망으로 일그러졌다.

"아직도 고통스럽소? 기분이 좀 나아질 만한 소식이 있소." 그는 길쭉한 손을 비볐다. "실밥을 다 제거했소."

"얼마나 잔 거지?"

"몇 시간 정도."

"그 전에는?"

"한 12주쯤?" 그녀는 멍하니 그를 바라보았다. "가을이 다 가고 이제 겨울이 왔소. 곧 새해가 시작될 거요. 새로운 시작을 하기에 정말 좋은 시기지. 깨어난 건 정말 기적이나 다름 없소. 그 정도 부상이었으면…… 글쎄, 내 의술에 감사해야 할 거요. 어쨌든 나는 만족하오."

그는 그녀가 누워 있는 긴 의자 아래에서 지저분한 쿠션을 꺼내 그녀의 머리를 받쳤다. 그는 푸줏간 주인이 고기를 다루듯이 그녀를 움직여 그녀가 자신의 몸을 볼 수 있도록 고개를 앞으로 당겨 주었다. 그녀는 자기의 몸을 볼 수밖에 없었다. 거친 회색 담요 밑으로 울퉁불퉁하게 몸의 윤곽이 보였다. 가슴과 엉덩이, 발목 부분에 가죽띠가 묶여 있었다.

"가죽띠는 당신을 보호하려고 해 둔 거요. 자는 동안 떨어지지 말라고." 그가 갑자기 웃음을 터뜨렸다. "더 이상 뼈가 부러지면 안 되니까. 그렇지 않소? 하…… 하! 더 부러지면 안 되지." 그는 마지막 가죽띠를 풀어 엄지와 검지로 담요를 잡았다. 몬자는 그 모습을 지켜보며 자신의 상태가 어떤지 간절히 알고 싶으면서도, 모르고 싶기도 했다.

그는 마치 자신의 자랑스러운 작품을 공개하는 발명가처럼 담요를 홱 걷었다.

그녀는 자신의 몸을 거의 알아볼 수 없었다. 완전히 벌거벗은 몸은 부랑자처럼 수척하고 시들시들해져 있었다. 보기 흉하게 울퉁불퉁해진 뼈 위로 팽팽하게 늘어진 창백한 피부는 검은색, 갈색, 보라색, 노란색 멍으로 온통 얼룩져 있었다. 엉망진창이 된 몸을 살피며 현실을 받아들이려고 애쓰는 동안 그녀의 눈은 점점 휘둥그레졌다. 온몸에 붉은색 금이 그어져 있었다. 어둡고 진한 붉은 줄 가장자리로 분홍색 새살이 돋아 있었고 실밥을 뽑아낸 자리에는 점이 찍혀 있었다. 툭 불거져 나온 갈비뼈의 곡선을 따라 붉은 줄 네 개가 차례로 그어져 있었다. 엉덩이와 다리, 오른팔과 왼발에는 흉터가 더 많았다.

그녀는 떨기 시작했다. 이 도륙을 당한 시체 같은 몸이 자신의 것일 리가 없었다. 달그락거리는 이 사이로 씩씩거리는 숨이 새어 나왔고, 숨을 쉴 때마다 얼룩덜룩하고 쪼그라든 가슴팍이 들썩였다. "으……." 몬자가 끙끙거렸다. "으……."

"그래, 알아요! 멋지지 않소?" 그는 그녀의 몸통 위로 몸을 기울여 그녀의 가슴에 남은 붉은 흉터들을 따라 손을 날카롭게 움직였다. "여기 갈비뼈랑 흉골은 완전히 산산조각 났소. 고치려면 가슴을 열 수밖에 없었소. 게다가 폐도 치료해야 했고. 당신도 이해할 거요. 가급적 조금만 절개하려고 했는데 부상이 워낙……."

"으……."

"특히 왼쪽 엉덩이는 치료가 정말 잘됐소." 쑥 꺼진 배 한쪽 끝에서 바싹 마른 다리 안쪽까지 지그재그로 난 진홍빛 흉터를 가리키며 그가 말했다. 흉터 양쪽으로 붉은 점들이 남아 있었다. "안타깝게도 여기 허벅지 뼈가 안쪽으로 부러졌소." 그는 혀를 끌끌 차며 손가락 하나를 다른 손 주먹에 찔러 넣었다. "다리가 조금 짧아졌는데, 다행인지 모르지만 다른 쪽 정강이가 부러져 있길래 가장 작은 뼛조각을 제거해 이쪽 다리와 길이를 맞췄지." 그는 그녀의 무릎을 모으며 인상을 찌푸렸다. 그리고 그녀의 무릎이 다시 벌어져 발이 바깥쪽으로 털썩 떨어지는 모습을 지켜보았다. "그래도 한쪽 무릎이 다른 쪽 무릎보다 약간 높지. 원래 키보다 작아지기는 했지만, 그래도……."

"으……."

"다 끝났소." 그는 쪼글쪼글한 그녀의 다리를 허벅지 가장 위쪽부터 울퉁불퉁한 발목까지 부드럽게 주무르며 미소 지었다. 닭을 손질하는 요리사처럼 자신의 다리를 주무르는 그를 몬자는 그저 지켜보았다. 아무것도 느껴지지 않았다. "치료는 다 끝났고, 나사도 모두 제거했소. 정말 기적이지. 학교에 있는 회의론자들도 당신 몸을 봤다면 비웃음이 쏙 들어갈 거요. 내 옛 스승님이 이걸 보셨다면 아마……."

"으……." 몬자는 천천히 오른손을 들었다. 아니, 팔 끝에 매달려 덜덜 떨리고 있는 무언가를 들어 올렸다. 손바닥은 구부러지고 오그라들어 있었고 고바의 철사 줄이 파고들어 생긴 흉터가 남아 있었다. 손가락들은 나무뿌리처럼 굽어 서로 붙어 있었는데, 새끼손가락만 이상한 각도로 뻗어 있었다. 몬자가 주먹을 쥐기 위해 손을 오므리자 앙다문 이 사이로 씩씩거리는 숨소리가 새어 나왔다. 손가락은 거의 움직이지 않았지만 팔 전체에 통증이 전해지면서 목구멍 뒤쪽이 쓰라렸다.

"최선을 다했소. 하지만 뼈가 너무 작고, 부상은 너무 심했지. 새끼손가락 힘줄은 거의 끊어졌소." 남자는 꽤 실망한 듯 보였다. "충격이겠지. 흉터는 언젠가는 옅어질 거요……. 하지만 떨어진 높이를 생각하면…… 자, 여기." 파이프 물부리가 입에 가까워지자 그녀는 게걸스럽게 연기를 빨아들였다. 마치 허스크가 그녀의 마지막 희망인 것처럼 파이프 주둥이를 이로 꽉 물었고, 실제로도 그랬다.

그는 새에게 모이를 줄 때처럼 빵 귀퉁이를 조금 뜯었다. 그 모습을 지켜보던 몬자의 입에 침이 고였다. 허기와 고통은 매우 닮아 있었다. 그녀는 아무 말 없이 입술로 빵 조각을 받아들였다. 몸이 너무 약해진 나머지 앞니로 문 빵을 목으로 넘기는 동안 왼손이 덜덜 떨렸다.

목구멍으로 넘어가는 빵이 마치 깨진 유리 조각 같았다.

"천천히." 그가 중얼거렸다. "아주 천천히. 사고 이후로 우유랑 설탕물 말고는 아무것도 먹은 게 없소."

빵이 목구멍에 걸리는 바람에 그녀는 구역질을 하고 말았다. 페이스풀의 칼에 찔린 내장이 단단히 조여 왔다.

"여기." 그가 부드럽지만 단단한 손길로 그녀의 머리를 들어 올린 다음 입술에 기울인 물병 주둥이를 갖다 댔다. 물을 두 모금 삼키던 그녀는 문득 그의 손가락 쪽을 바라보았다. 그녀의 머리 옆쪽에서 부자연스럽게 불룩 튀어나온 부분이 느껴졌다. "머리뼈 조각 몇 개를 제거해야 했소. 그 자리는 동전으로 메웠고."

"동전?"

"뇌가 그대로 노출되도록 놔둘 수는 없지 않소? 금은 녹슬지 않지. 썩지도 않고. 비싼 치료이기는 하지만 당신이 죽으면 금은 언제든 회수할 수 있소. 어쨌든 죽지 않았고, 글쎄…… 목숨 살린 대가로는 적절했다고 생각하오. 두피가 불룩한 느낌이 들겠지만 곧 그 머리카락이 다시 자랄 거요. 당신은 참 아름다운 머리칼을 가졌소. 마치 한밤중처럼 칠흑 같은."

그는 그녀의 머리를 다시 긴 의자에 조심스럽게 내려놓은 뒤 잠시 그 상태로 머물렀다. 그의 손길은 부드러웠다. 애정이 담겨 있다고 해도 과하지 않을 것 같았다.

"평소 나는 과묵한 사람이지. 혼자 보내는 시간이 많아서 그런 것 같소." 특유의 해골 같은 미소가 얼굴에 잠시 스쳤다. "그런데 당신이…… 내 좋은 모습들을 끌어내는 것 같군. 내 아이들의 엄마도 마찬가지였소. 당신을 보면 어쩐지 그녀가 떠오른단 말이지."

 몬자는 애써 웃어 보였지만 점점 혐오스럽다는 생각이 들기 시작했다. 혐오는 이제까지 그녀를 괴롭히던 역겨움과 뒤섞였다. 식은땀이 날 정도로 허스크 한 모금이 간절했다.

 그녀는 침을 삼켰다. "혹시……."
 "물론." 그는 이미 파이프를 그녀에게 내밀고 있었다.

 "더 꽉."
 "안 된다고!" 그녀는 씩씩거렸다. 손가락 세 개가 간신히 구부러졌고, 새끼손가락은 여전히 쭉 뻗어 있었다. 아니, 원래보다도 더 뻣뻣하게 뻗어 있다고 해야 할 것 같았다. 예전의 자신이 얼마나 민첩하고 정확하고 빠르게 손을 움직일 수 있었는지 떠올린 몬자는 통증보다 훨씬 날카로운 좌절과 분노를 느꼈다. "주먹이 안 쥐어진다니까!"
 "몇 주 동안 누워 있었으니까. 하는 일도 없이 허구한 날 허스크나 피우라고 치료해 준 게 아니니. 노력해 보시오."
 "당신이 한번 해 봐. 빌어먹을!"
 "좋지." 그는 망설임 없이 자신의 손으로 그녀의 손을 감싼 다음 굽은 손가락들을 으스러뜨릴 듯 꽉 쥐어 주먹을 만들었다. 몬자의 눈은 튀어나올 듯했고, 비명이 나올 틈도 없이 숨이 너무 빠르게 새어 나왔다.

"내가 당신을 얼마나 돕고 있는지 잘 모르는 것 같은데." 그가 손아귀에 점점 힘을 더하며 말했다. "고통을 겪어야 성장하는 거요. 고통이 없으면 발전할 수 없소. 우리가 큰일을 이루게 해 주는 동력이 바로 고통이란 말이오." 몬자는 다치지 않은 손가락으로 그의 주먹을 무력하게 더듬고 긁었다. "사랑은 편히 기댈 수 있는 등받이지만, 더 나은 사람이 되게 만드는 건 오직 증오뿐이오." 그는 그녀를 놓아주었고 그녀는 흐느끼면서 몸을 축 늘어뜨리며 덜덜 떨리는 손가락들이 반쯤 펼쳐지는 모습을 바라보았다. 흉터는 보랏빛으로 도드라져 있었다.

몬자는 그를 죽이고 싶었다. 자신이 아는 모든 욕을 퍼부어 주고 싶었다. 하지만 그녀는 그가 간절히 필요했다. 그래서 목구멍까지 차오르는 욕을 삼키며, 그녀는 흐느끼고, 숨을 헐떡이고, 이를 갈며 긴 의자에 뒤통수를 쾅쾅 부딪쳤다.

"이제 주먹을 쥐어 봐요." 몬자는 막 흙을 파낸 못자리처럼 텅 빈 그의 얼굴을 빤히 응시했다. "안 하면 내가 해 주지."

그녀는 온 힘을 다하며 으르렁거렸고, 온 팔과 어깨가 욱신거렸다. 손가락이 서서히 접히기 시작했지만 새끼손가락은 여전히 뻣뻣하게 펴져 있었다. "자, 됐어?" 그녀는 얼얼하고 울퉁불퉁하고 뒤틀린 주먹을 그의 코밑에서 흔들었다. "됐냐고!"

"생각보다 어렵지 않았지?" 그는 허스크 파이프를 그녀에게 건넸고 그녀는 파이프를 낚아챘다. "나한테 감사할 필요는 없소."

"이제 할 수 있는지 보자고."

그녀는 무릎이 꺾이자 비명을 질렀고, 그가 잡아 주지 않았더라면 넘어질 뻔했다.

"아직도?" 그가 인상을 썼다. "지금쯤이면 걸어야 하는데. 뼈는 다 붙었거든. 당연히 아프겠지만…… 아직 금이 간 관절이 있는지도 모르겠군. 어디 아픈 데가 있소?"

"안 아픈 데가 있겠어?"

"아픈 게 단순히 당신 성질머리 때문만은 아닌 것 같소. 불필요하게 상처를 다시 열고 싶지는 않은데." 그는 한 손을 그녀의 무릎 뒤에 넣어 가뿐히 그녀를 안아 올린 다음 긴 의자 위로 옮겼다. "한참 집에 못 돌아올 거요."

그녀는 그를 꽉 붙들었다. "곧 돌아오지?"

"응. 곧."

그의 발소리가 복도 끝에서 사라졌다. 현관이 딸깍하고 닫히고 열쇠로 자물쇠를 잠그는 소리가 들렸다.

"나쁜 새끼." 몬자는 의자에 걸터앉았다. 발이 바닥에 닿자 잠시 움찔했지만 이를 꽉 물며 몸을 일으켰고, 나직이 끙끙거리며 의자에서 손을 떼어 두 발로 섰다.

고통은 지옥만큼 끔찍했지만 기분이 좋았다.

그녀는 숨을 길게 들이쉬며 마음을 가다듬고 방 저편을 향해 뒤뚱뒤뚱 걷기 시작했다. 발목, 무릎, 엉덩이까지 통증이 밀려왔고 허리도 아팠지만, 균형을 잡기 위해 양팔을 넓게 벌렸다. 간신히 찬장에 다다른 그녀는 모서리를 붙잡고 서랍을 열었다. 서랍에는 파이프와 함께 표면이 올록볼록한 초록색 유리 단지가 들어 있었다. 유리 단지 바닥에는 검은 허스크 덩어리들이 조금 남아 있었다. 그것들을 얼마나 간절히 원했던가. 입속이 바짝 마르고 병적인 갈망 때문에 손바닥이 끈적끈적하게 젖었다. 그녀는 서랍을 밀어 닫고 절뚝절뚝 긴 의자로 돌아갔다. 시리고 쑤시는 느낌은 여전했지만 그녀는 매일 더 강해지고 있었다. 얼마 후면 떠날 준비가 될 것 같았다. 하지만 아직은 아니었다.

인내는 성공의 부모다. 스톨리쿠스는 말했다.

그녀는 방 저편까지 갔다가 이를 꽉 물고 끙끙거리며 돌아왔다. 그리고 다시 한번 방 저편까지 갔다가 몸을 휘청거리고 얼굴을 찌푸리며 돌아왔다. 또 한 번 방 저편까지 간 그녀는 흐느끼느라 몸을 덜덜 떨고 침을 흘리며 돌아왔다. 그리고 숨을 다시 고르게 쉴 수 있을 때까지 의자에 등을 기댔다.

그리고 다시 방 저편까지 갔다가 돌아왔다.

금이 간 거울을 보며 몬자는 차라리 거울이 산산조각 나 있었으면 더 좋았겠다고 생각했다.

머리칼이 밤의 장막 같네!

민머리였던 머리통 왼쪽 아래에 까칠한 머리카락이 듬성듬성 자라고 있었다. 떡 진 나머지 머리칼은 마른 해초처럼 엉켜 축 늘어져 있었다.

누나의 눈은 값을 매길 수 없는 사파이어처럼 날카롭게 빛나!

검푸른 멍이 든 눈두덩이 아래 누렇고 핏발이 선 눈이 보였다. 속눈썹은 자기들끼리 뭉쳐서 끈적거리고 있었다.

입술은 장미 꽃잎 같고!

갈라지고, 바싹 마른, 핏기 없는 회색 입가에는 누런 찌꺼기마저 붙어 있었다. 밀랍처럼 창백하고 움푹 팬 뺨에 갈색 딱지가 진 긴 상처가 세 줄로 나 있었다.

몬자 누나, 오늘따라 특히 예쁘네…….

양쪽 힘줄이 툭 불거질 정도로 바싹 마른 목은 고바의 철사가 남긴 붉은 상처에 묶여 있는 듯했다. 그녀의 몰골은 흑사병으로 방금 죽은 시체나 다름없었다. 벽난로 위에 쌓인 해골보다 약간 나은 수준이었다.

거울 너머에 그녀를 살려 준 남자가 웃고 있었다. "내가 뭐랬소? 괜찮다니까."

전쟁의 여신 같아!

"빌어먹을 서커스 구경거리랑 다를 게 없잖아!" 그녀가 으르렁거리자 거울 속에 있던 추한 모습의 노파도 그녀를 향해 으르렁거렸다.

"처음 발견했을 때보다는 훨씬 나아졌는걸. 긍정적으로 보려고 노력해 보시오." 그는 거울을 내려놓고 일어서서 코트를 입었다. "당분간 집에 못 오겠지만 늘 그랬듯 돌아올 거요. 손 운동을 계속하되 체력이 떨어지지 않도록 하시오. 돌아오면 다리를 째서 왜 아직도 걷기가 힘든지 알아봐야 하니까."

그녀는 기운 없는 미소를 억지로 지으며 말했다. "알겠어."

"그럼 곧 돌아오겠소." 그는 어깨에 자루를 멨다. 그가 멀어지는 동안 복도 바닥이 삐걱거렸고, 곧 자물쇠가 잠기는 소리가 들렸다.

그녀는 천천히 열까지 셌다.

그녀는 다시 긴 의자로 돌아가 쟁반에 놓인 바늘과 칼을 낚아챘다. 그러고는 절뚝거리며 찬장으로 가서 서랍을 홱 열어젖히고 엉덩이에 간신히 걸치다시피 한, 남자에게 빌려 입은 바지 주머니에 파이프와 초록색 유리병을 쑤셔 넣었다. 그리고 삐걱거리는 마룻바닥을 밟으며 비틀비틀 복도를 걸어갔다. 침실로 들어간 그녀는 얼굴을 찡그리며 침대 밑에서 낡은 군화 한 켤레를 꺼내 끙끙거리며 신었다.

그녀는 다시 복도로 나갔다. 힘을 쓰기도 했거니와 통증과 공포가 밀려와 숨이 가빠졌다. 그녀는 현관 앞에 무릎을 꿇었다. 무릎을 꿇었다는 표현보다는 화끈거리는 무릎이 삐걱거리는 바닥에 닿을 때까지 몸을 낮췄다고 하는 편이 더 적절할 듯했다. 이미 오래전부터 자물쇠를 열려고 노력해 온 그녀였다. 그녀는 바늘을 자물쇠에 찔러 넣고 뒤적이며 비틀었다.

"돌아가라 이 빌어먹을 자물쇠야, 제발. 돌아가."

다행히 자물쇠는 그리 튼튼하지 않았다. 회전판이 바늘 끝에 걸리더니 만족스러운 달그락 소리를 내며 돌아갔다. 그녀는 문고리를 잡고 문을 힘껏 열었다.

밤이었다. 그것도 혹독한 밤이었다. 잡초가 무성한 마당 위로 차가운 비가 쏟아지고 있었다. 우거진 잡초 가장자리가 희미한 달빛을 받아 반짝였고, 무너진 벽은 빗물에 젖어 미끌미끌했다. 기울어진 울타리 너머로 앙상한 나무들이 서 있었다. 환자가 나다니기에는 너무 힘든 날씨였다. 하지만 찬바람이 그녀의 얼굴을 때리고 깨끗한 공기가 입속으로 들어오자 새로 태어난 기분이 들었다. 해골이 가득한 방에서 계속 지내느니 자유롭게 얼어 죽는 편이 나을 것 같았다. 그녀는 몸을 숙이고 빗속으로 뛰쳐나가 절뚝거리며 마당을 가로질렀다. 쐐기풀이 그녀의 발목을 붙잡았다. 그녀는 줄기를 반짝거리며 서 있는 나무들 사이로 들어갔다. 그리고 길에서 멀어져 다시는 뒤를 돌아보지 않았다.

그녀는 몸을 푹 숙인 채 다치지 않은 손으로 진흙 바닥을 짚어 가며 긴 언덕 위로 올라섰다. 발이 미끄러질 때마다 온몸의 근육이 비명을 지르는 통에 욕이 절로 나왔다. 검은 나뭇가지에서 바닥에 깔린 낙엽 위로 검은 빗물이 후드득 떨어졌다. 머리카락 사이로 스며든 빗물이 얼굴에 머리카락을 착 붙였다. 빗물에 젖은 옷도 쓰라린 피부에 들러붙었다.

"한 걸음만 더."

긴 의자와 칼, 그 희고 축 늘어진 표정 없는 얼굴로부터 멀어져야만 했다. 그 얼굴과 거울 속에 비치던 얼굴에서도.

"한 걸음만 더…… 한 걸음만…… 한 걸음만 더……."

검은 땅이 휘청거리며 눈앞을 지나갔다. 몬자는 손으로 젖은 진흙땅 위를 훑었고 나무뿌리가 만져졌다. 오래전 쟁기로 밭을 가는 아버지를 쫓아다니며 엎어진 흙을 손으로 헤집어 돌을 고르던 기억이 되살아났다.

몬자, 네가 없이 어찌 살았을까?

그녀는 추운 숲속에서 코스카와 나란히 무릎을 꿇고 매복 공격을 기다리던 때가 떠올랐다. 축축하고 상쾌한 나무 냄새가 콧속으로 밀려들어 왔고 두려움과 흥분으로 가슴이 터질 것 같았다.

네 속엔 악마가 들어앉아 있구나.

그녀는 계속 나아가기 위해 무엇이 필요한지 떠올렸다. 서툰 발걸음을 옮기기 전 옛 기억들이 그녀의 머릿속을 빠르게 스쳐 갔다.

테라스 밖으로 던져 버리고 빨리 끝내게.

그녀는 생각을 멈추고 구부정하게 일어서서 축축한 밤공기에 떨리는 입김을 불어 넣었다. 그녀가 얼마나 멀리 왔는지, 어느 쪽에서 왔는지, 어디로 가고 있는지 알 수 없었다. 하지만 지금 그런 것들은 중요하지 않았다.

몬자는 미끌미끌한 나무줄기에 등을 대고 손날로 허리띠를 밀면서 다치지 않은 손으로 버클을 풀어냈다. 그리고 이를 악물고 한참 씨름을 한 끝에 허리띠를 완전히 풀 수 있었다. 다행히 바지를 직접 내릴 필요는 없었다. 자기 무게에 못 이긴 허리띠가 뼈만 남은 엉덩이와 상처투성이 다리를 따라 흘러내렸다. 몬자는 바지를 다시 어떻게 올릴지 고민하며 잠시 멈췄다.

한 번에 한 전투만 생각하라. 스톨리쿠스는 말했다.

그녀는 낮은 곳에 솟아 있는 비에 젖은 나뭇가지를 붙잡고 그 아래로 자세를 낮추면서 오른손으로 젖은 셔츠를 붙잡았다. 맨살이 드러난 무릎이 덜덜 떨리고 있었다.

"제발." 터질 것 같은 방광의 긴장이 풀리길 기다리며 그녀가 씩씩거렸다. "나오려면 빨리 좀 나와라. 빨리. 제발……."

비와 섞인 오줌이 진흙 바닥 위로 쏟아져 언덕 아래쪽으로 흐르기 시작하자 몬자는 안도의 한숨을 내쉬었다. 오른쪽 다리는 그 어느 때보다 욱신거렸고 쇠약해진 근육들이 덜덜 떨렸다. 그녀는 잔뜩 인상을 쓴 채 나뭇가지를 따라 손을 움직이며 다른 다리에 힘을 실었다. 눈 깜짝할 새, 한쪽 발이 밖으로 미끄러지면서 그녀는 숨을 헐떡이며 뒤로 넘어졌다. 난간에서 떨어지던 아찔한 기억이 떠오르자 이성이 흐려졌다. 그녀는 진흙 바닥에 머리를 부딪치며 혀를 깨물었고, 두어 걸음쯤 미끄러지다 썩어 가는 나뭇잎으로 가득 찬 축축한 웅덩이에서 멈춰 섰다. 그녀는 발목에 바지가 엉킨 채로 쏟아지는 빗속에 누워 구슬프게 흐느꼈다.

이보다 더 비참할 수 없을 것 같았다.

그녀는 아이처럼 울부짖었다. 어쩌면 이렇게 무력하고, 무모하며, 절망적일 수 있을까. 흐느끼는 것조차 힘이 들었다. 숨이 막히고 망가진 몸은 덜덜 떨렸다. 마지막으로 울어 본 게 언제인지 기억도 나지 않았다. 어쩌면 운 적이 없었던 것 같기도 했다. 베나가 언제나 두 사람 몫을 울어 주었다. 암담했던 수년 동안 쌓여 있던 고통과 두려움이 이제 찡그린 얼굴 밖으로 터져 나오고 있었다. 진흙 바닥에 누운 채, 그녀가 잃어버린 모든 것들을 떠올리며 스스로를 괴롭혔다.

베나는 죽었다. 그리고 그녀의 좋은 면들도 모두 그와 함께 죽어 버렸다. 함께 웃을 수 있는 누군가가 사라졌다. 삶을 함께하며 그녀를 가장 깊이 이해하던 누군가가 사라졌다. 베나는 그녀에게 집이었고, 가족이었고, 모든 것이었다. 그 모든 것들이 한순간에 사라진 셈이었다. 싸구려 양초처럼 무심하게 꺼져 버렸다. 그녀의 손도 망가졌다. 그녀는 한때 손이었던 욱신거리는 덩어리를 가슴에 품었다. 검을 휘두르고, 펜을 사용하고, 굳은 악수를 나누던 손이 고바의 군홧발 아래 망가져 버렸다. 걷고 뛰고 말을 타던 일상은 오르소 공작의 발코니 아래 흩어져 부서졌다. 10년 동안 피땀 흘려 세상으로부터 얻어 낸 그녀의 자리도 연기처럼 사라졌다. 그녀가 일군 것들, 바랐던 것들, 꿈꿨던 것들 모두.

다 죽었다.

그녀는 허리띠를 추켜올리고 서툰 손길로 도로 채웠다. 젖은 나뭇잎이 바지에 붙어 있었다. 마지막으로 몇 번 더 흐느낀 그녀는 쿵 하며 코를 삼킨 다음 코 밑에 흐른 콧물을 차가운 손으로 쓱 문질러 닦았다. 그녀의 예전 삶은 이제 사라졌다. 예전의 모습도 잃었다. 그들은 다시 고칠 수도 없게 그녀의 모든 것을 망가뜨렸다.

하지만 울어 봐야 아무 소용이 없었다.

그녀는 어둠 속에서 덜덜 떨며 아무 말 없이 진흙 바닥에 무릎을 꿇었다. 그녀가 잃은 것들은 그냥 사라진 게 아니라 빼앗긴 것이었다. 베나는 그냥 죽은 게 아니라 살해당했다. 그것도 짐승처럼 난도질당한 채. 그녀는 손을 덜덜 떨며 뒤틀린 손가락을 굽혀 주먹을 쥐었다.

"다 죽이겠어."

그녀는 그들의 얼굴을 하나씩 떠올렸다. 어둠 속에 몸을 감추고 있던 살찐 돼지 새끼, 고바. 괜찮은 장난감을 버리는 기분인데. 그의 군홧발이 그녀의 손을 으스러뜨릴 때의 통증이 다시 느껴지는 것 같아 그녀는 얼굴을 찡그렸다. 성가신 일거리가 생겼다는 듯 차가운 눈으로 그녀 남동생의 시신을 바라보던 은행가 모티스. 수년 동안 그녀와 나란히 행군하고, 먹고, 싸웠던 페이스풀 카르피. 미안하게 됐군. 그녀를 찌르기 위해 그가 팔을 뒤로 빼던 모습이 떠오르자 옆구리의 흉터가 저릿한 느낌이 들었다. 그녀는 젖은 셔츠 위로 흉터를 꾹 눌러 그녀의 분노만큼 뜨겁게 타는 느낌이 들 때까지 문질렀다.

"다 죽일 거야."

나른하고 부드러운 얼굴을 일그러뜨리며 검으로 베나의 몸을 찔렀던 간마크. 얼굴. 다 됐군. 의자에 늘어져 무심하게 와인 잔을 돌리던 아리오 왕자. 그의 단검이 베나의 목에 스쳤고, 베나의 손가락 사이로 피가 새어 나왔다. 그녀는 모든 장면과 모든 대화를 아주 세세한 부분까지 떠올렸다. 그리고 포스카. *저는 이 일에 관여하기 싫습니다!* 하지만 결국 방관자일 뿐이었다.

"다 죽일 거야."

마지막으로 오르소가 남아 있었다. 그녀는 그를 위해 전투에 나가 치열하게 싸우며 수많은 사람들의 목숨을 빼앗았다. 하지만 탈린의 군주 오르소 대공은 떠도는 소문을 핑계로 그들을 등져 버렸다. 정당한 이유도 없이 그녀의 남동생을 살해하고 그녀를 산산이 부서뜨렸다. 단지 그들이 자신의 자리를 차지할지도 모른다는 두려움 때문에. 자신도 모르게 이를 너무 꽉 문 탓에 몬자의 턱이 얼얼해졌다. 어깨를 다정하게 감싸 쥐던 대공의 자상한 손길이 느껴지는 것 같아, 그러지 않아도 떨고 있던 살갗에 소름이 돋았다. 그의 미소가 눈에 선했고, 지끈거리는 머릿속에는 그의 목소리가 울려 퍼졌다.

자네 없이 내가 무엇을 할 수 있을까?

일곱 명이었다.

그녀는 앞니로 쓰라린 입술을 물며 힘겹게 몸을 일으켰고 비틀비틀 어두운 숲을 걸었다. 머리카락 속으로 스며든 빗방울이 얼굴을 타고 흘러내렸다. 그녀의 다리와 옆구리, 손, 머리뼈가 욱신거렸지만 몬자는 애써 통증을 삼키며 앞으로 나아갔다.

"다 죽일 거야…… 다 죽일 거야…… 다 죽일 거야……."

더는 입 밖으로 꺼낼 필요가 없었다. 몬자는 이제 울음을 그쳤다.

오래된 길에는 거의 알아볼 수 없을 정도로 잡초가 무성하게 자라 있었다. 나뭇가지가 욱신거리는 몸을 사정없이 때렸고 가시덤불이 자꾸만 걸음을 붙잡았다. 무성하게 자란 산울타리 건너편으로 몸을 비집고 들어가 마침내 자신이 태어난 곳에 도착한 몬자는 인상을 찌푸릴 수밖에 없었다. 그녀는 그 단단한 땅에서 지금 무성하게 자라고 있는 가시덤불과 쐐기풀만큼 풍성한 수확을 거둘 수 있었으면 좋았겠다고 생각했다. 윗밭에는 죽은 덤불들이 가득했다. 아랫밭은 가시덤불로 덮여 있었다. 허름한 농장 집의 잔해가 숲 가장자리에서 애처롭게 그녀를 바라보는 듯했고, 그녀도 그 집을 슬프게 바라보았다.

그녀의 집과 그녀 자신 모두 가혹한 시간을 보낸 듯했다.

그녀는 쪼그려 앉았다. 뒤틀린 뼈를 감싼 쇠약해진 근육들이 당겨지자 몬자는 이를 악물어야 했다. 떨어지는 해를 향해 깍깍거리는 새들의 울음을 들으며 바람이 잡초를 흔들고 쐐기풀을 낚아채는 모습을 지켜보았다. 자신의 어린 시절 집이 보이는 것처럼 확실히 버려졌는지 확인하려는 것이었다. 그녀는 곧 망가진 다리에 힘을 불어 넣으며 조심스럽게 일어나서 집 쪽으로 절뚝거리며 걸어갔다. 그녀의 아버지가 숨을 거둔 그 집은 외벽이 무너져 내린 데다 기둥 두어 개마저 썩어 가고 있어 폐허나 마찬가지였다. 너무 좁아서 한때 자신이 그 집에 살았다는 사실을 믿기 힘들 정도였다. 그것도 아버지와 베나와 함께. 그녀는 고개를 돌려 마른 땅에 침을 뱉었다. 쓸쓸한 과거나 추억하자고 이곳에 온 게 아니었다.

그녀가 이곳에 온 이유는 복수하기 위해서였다.

삽은 그녀가 2년 전 두고 간 그 자리에 있었다. 지붕 없는 헛간 구석의 잡동사니 더미에 깔려 있던 낫도 여전히 쓸 만했다. 숲속으로 서른 걸음. 삽을 질질 끌며 절뚝절뚝 잡초 사이를 걷고 있자니, 어릴 적 가벼운 발걸음으로 마냥 즐겁게 그 길을 오가던 자신이 낯설게 느껴졌다. 조용한 숲속으로 접어들며 그녀는 발걸음을 내디딜 때마다 얼굴을 찌푸렸다. 저녁이 깊어 가고 있었고, 부서진 햇빛이 바닥에 떨어진 나뭇잎 위로 춤을 추듯 흩어졌다.

드디어 서른 걸음을 다 걸었다. 그녀는 삽날로 가시덤불을 잘게 자른 다음 썩어 가는 나무 밑동을 간신히 밀어내고 땅을 파기 시작했다. 양팔과 다리가 멀쩡했더라도 꽤나 힘들었을 일이고, 더구나 지금의 그녀에게는 끙끙거리며 땀을 쏟고 이를 갈아야 하는 고된 작업이었다. 하지만 몬자는 한번 시작한 일을 중간에 포기하는 법이 없었다. 네 속에는 악마가 들어앉아 있구나. 코스카는 말했고, 그는 틀리지 않았다. 그는 그 사실을 너무 힘들게 깨달았다.

밤이 깊어질 무렵, 드디어 삽이 나무에 부딪히는 텅 빈 소리가 들렸다. 그녀는 마지막 남은 흙을 모두 치우고 손톱이 부러진 손가락으로 흙 밖으로 나온 쇠고리를 힘껏 잡아당겼다. 끙끙대며 안간힘을 쓰느라 훔친 옷이 흉터 가득한 피부에 차갑게 달라붙었다. 끼익 하는 소리와 함께 작은 문이 열리더니 캄캄한 구멍이 나타났다. 어둠을 향해 뻗은 사다리의 윗부분이 보였다.

그녀는 더 이상 뼈를 부러뜨리고 싶지 않아 아주 조심하며 천천히 아래로 내려갔다. 어둠 속에서 손을 더듬거려 선반을 하나 찾았고, 성치 않은 손으로 부싯돌과 씨름한 끝에 마침내 램프에 불을 붙일 수 있었다. 지하 창고 안을 비춘 연약한 불빛은 그들이 두고 간 자리에 놓여 있는 베나의 비상시 대비물품 상자의 가장자리에 닿았다.

베나는 늘 계획을 세우길 좋아했다.

벽에 일렬로 박힌 녹슨 고리에 열쇠들이 걸려 있었다. 스티리아 이곳저곳에 있는 빈 건물들의 열쇠였다. 은신처로 쓸 수 있는 곳들이었다. 왼쪽 벽을 따라 줄지어 놓인 받침대에는 길고 짧은 검들이 가득 걸려 있었다. 몬자는 그 옆에 놓인 상자를 열었다. 한 번도 입지 않은 옷들이 가지런히 개켜져 있었다. 망가진 몸에 그 옷들이 맞을지 알 수 없었다. 그녀는 비단을 고르던 베나의 모습을 떠올리며 베나의 셔츠 중 하나에 손을 뻗다가 램프 불빛에 비친 자신의 오른손에 시선을 뺏겼다. 그녀는 서둘러 장갑을 꺼내 한 짝을 내팽개친 다음 다른 한 짝에 다친 손을 쑤셔 넣었다. 손가락을 움직일 때마다 얼굴이 찌푸려졌다. 새끼손가락은 여전히 뻣뻣하게 쭉 뻗어 있었다.

지하 창고 뒤쪽에는 나무 상자들이 쌓여 있었다. 전부 스무 개였다. 그녀는 절뚝거리며 가장 가까이에 있는 상자로 가서 뚜껑을 밀어 열었다. 허먼의 금이 그녀를 향해 반짝였다. 상자에는 금이 가득 들어 있었다. 상자 하나만으로도 평생 먹고살 수 있을 터였다. 그녀는 손가락 끝으로 조심조심 자신의 머리뼈를 어루만져 피부 아래 불룩 솟은 부분을 찾았다. 금화를 넣었다고 했다. 머리에 생긴 구멍을 막는 것 말고도 금으로 할 수 있는 일은 셀 수 없이 많았다.

몬자는 손을 금화 더미에 집어넣어 손가락 사이를 간질이는 동전의 느낌을 만끽했다. 금이 가득한 궤짝과 홀로 남은 이상 그렇게 해야만 할 것 같은 기분이 들었다. 금화는 그녀에게 힘을 줄 것이다. 그리고…….

그녀는 장갑 낀 손으로 받침대에 놓인 검들을 쓸다가 그중 하나를 골라 들었다. 회색 강철을 사용해 실용적으로 만들어진 장검이었다. 별 장식은 없었지만, 그녀는 그 검이 가공할 만한 아름다움을 지니고 있다고 생각했다. 쓰임새에 딱 맞게 만들어진 물건이 가지는 그런 아름다움이었다. 검은 스티리아에서 제일가는 대장장이인 칼베즈의 작품이었다. 몬자는 좋은 검과 당근이 어떻게 다른지 알지도 못하는 베나에게 그 검을 선물했다. 베나는 선물 받은 칼베즈를 일주일쯤 차고 다니더니 다시 손잡이에 촌스러운 금박 장식이 있는 비싼 고철 덩어리를 들고 다니기 시작했다.

그들에게 난도질당할 때 베나가 뽑으려 했던 그 검이었다.

그녀는 손가락을 오므려 차가운 손잡이를 쥐었다. 왼손으로 쥐는 느낌이 낯설었지만, 몇 센티미터쯤 검을 뽑아 보았다. 검날이 밝고 날카롭게 등불을 반사했다. 좋은 검은 휘어질 뿐, 부러지지 않는다. 좋은 검은 언제나 날이 서 있으며 준비가 되어 있다. 좋은 검은 고통, 연민, 그리고 후회를 느끼지 않는다.

몬자는 자신의 얼굴에 미소가 떠오르는 것을 느꼈다. 고바의 철사가 그녀의 목에 감긴 이후, 몇 달 만에 처음이었다.

복수는 시작되었다.

물 밖에 나온 고기

바다에서 불어온 차가운 바람이 탈린의 부두를 세차게 때리고 있었다. 옷을 얼마나 단단히 입었느냐에 따라, 혹독하게 매질한다는 표현이 더 적절할 수도 있을 것 같았다. 시버스는 따뜻하게 입고 있지 않았다. 어깨 부분이 조이도록 얇은 코트를 여며 봤지만 그런다고 뭐가 달라질 것 같지는 않았다. 그는 눈을 가늘게 뜬 채 거센 바람을 헤치며 걸어가고 있었다. 시버스라는 그의 이름대로 몸이 덜덜 떨렸다. 요 몇 주 내내 그는 이름값을 톡톡히 치렀다.('시버'는 '몸을 떨다'라는 뜻으로도 쓰인다 — 옮긴이)

그는 북부 어프리스에 있던 좋은 집에서 고기로 배를 채운 다음 따뜻한 불가에 앉아 보술라와 탈린이라는 멋진 도시에 관해 이야기하며 꿈을 키우던 때를 떠올렸다. 기억과 함께 씁쓸함이 밀려왔다. 이 악몽 같은 스티리아로 자신을 끌어들인 사람이 바로 보술라

였기 때문이었다. 눈을 반짝이며 자신의 고향에 관해 달콤한 이야기를 늘어놓던 그 빌어먹을 장사꾼.

보술라는 그에게 탈린에는 언제나 햇살이 든다고 이야기했다. 그래서 시버스는 집을 떠나오기 전 좋은 코트를 모두 팔아 버렸다. 낯선 도시에서 땀을 흘리며 다니고 싶지는 않았으니까. 하지만 지금, 돌돌 말린 채 나뭇가지에 아슬아슬하게 매달린 가을 낙엽처럼 떨고 있으려니, 보술라가 진실을 단단히 왜곡했다는 생각이 들었다.

시버스는 거침없이 밀려와 선창을 삼키는 파도를 지켜보았다. 낡은 부둣가에 떠 있는 낡은 통통배들에 부딪힌 파도는 차디찬 물보라를 일으키며 흩어졌다. 굵은 밧줄이 삐걱거리는 소리, 병약한 바닷새가 꺽꺽대는 소리, 느슨해진 덧문이 바람에 덜그럭거리는 소리, 그의 주변에 서 있는 사람들이 끙끙거리며 투덜대는 소리가 들려왔다. 사람들은 혹시라도 일거리를 찾을 수 있을지 모른다는 희망을 품고 부두에 옹기종기 모여 있었다. 세상에서 가장 사연 많은 사람들이 모이는 장소 같았다. 남루한 차림에 꼬질꼬질하고 수척하고 여윈 얼굴을 한 절망 가득한 사람들. 이곳이 고향이라는 점만 빼면 시버스와 같은 처지에 있는 사람들이었다. 이런 곳에서 새 삶을 시작하기로 하다니 어리석기 짝이 없는 선택이었다.

그는 지갑에서 돈을 꺼내는 구두쇠처럼 안주머니에 넣어 두었던 빵의 딱딱한 끝부분을 조심스럽게 꺼낸 다음 한 입 뜯어 소중하게 음미했다. 그리고 가장 가까운 곳에 서 있던 남자가 창백한 입술을 핥으며 자신을 빤히 보고 있는 모습을 발견했다. 측은한 마음이 든 시버스는 빵을 조금 뜯어 남자에게 건넸다.

"고맙소, 친구." 게걸스럽게 빵을 삼키며 그가 말했다.

"별거 아니오." 시버스가 말했다. 사실 몇 시간 동안 통나무를 썰어 산 빵이었고, 빵은 그에게 별거였다. 이제 나머지 사람들도 배고픈 강아지처럼 애처로운 눈을 동그랗게 뜬 채 그를 쳐다보았다. 그는 손을 치켜들며 말했다. "다들 배불리 먹일 빵이 있었으면 여기서 있겠소?"

사람들은 툴툴거리며 돌아섰다. 그는 킁 하고 콧물을 삼킨 다음 입으로 뱉었다. 방향이 반대이기는 했지만, 묵은 빵을 제외하고 콧물이 오늘 아침 그의 입술을 거쳐 간 유일한 것이었다. 그는 희망에 부푼 가슴을 안고 주머니 가득한 은화와 환한 미소와 함께 스티리아에 왔다. 스티리아에서 열 주를 보낸 지금은 그 세 가지 모두 바닥을 드러내고 있었다.

보술라는 그에게 탈린 사람들이 새끼 양처럼 온화하며 외국인을 귀한 손님처럼 대한다고 했다. 하지만 그가 사람들에게서 느낀 감정은 경멸이었고, 점점 줄어드는 그의 전 재산을 가로채기 위해 어처구니없는 속임수를 쓰려는 사람도 많았다. 이곳에서도 두 번째 기회는 찾기 힘들었다. 북쪽에서 그랬던 것처럼.

배 한 척이 부두로 들어와 선창에 밧줄을 댔다. 어부들은 주변을 바삐 왔다 갔다 하며 밧줄을 당기고 돛을 거두며 욕을 퍼부었다. 시버스 주위에 서 있는 절박한 사람들은 선원들 중 교대가 필요한 사람이 있을지도 모른다는 희망에 부풀었다. 그 역시 가슴속에 피어오르는 암울한 희망을 도저히 억누를 수가 없어 까치발을 들고 선원들을 지켜보았다.

은빛 물고기들이 그물에서 부두 위로 미끄러져 나와 축축한 햇살 아래 꿈틀거렸다. 낚시는 정직하고 정당한 몫을 얻을 수 있는 일이었다. 뱃사람들은 짠 바닷물 위에서 서로를 비난하지 않고 함께 바람에 맞서 싸우며 반짝이는 보물을 건져 올린다. 시버스는 악취 따위는 무시한 채 낚시가 고귀한 일이라고 자신을 설득했다. 그에게 일할 기회를 줄 수 있는 직업이라면 모두 고귀하게 느껴졌다.

오래된 문설주처럼 세월의 흔적이 묻어나는 얼굴을 가진 한 남자가 배에서 뛰어내려 거들먹거리며 걸어왔다. 부랑자들은 그와 눈을 마주치기 위해 서로를 밀쳤다. 시버스는 그 남자가 선장일 것이라고 짐작했다.

"두 사람이 필요하다." 그가 말했다. 그는 낡은 모자를 뒤로 젖히더니 희망에 가득 찬 절망적인 얼굴들을 둘러보았다. "거기, 그리고 거기."

당연히 시버스는 선택을 받지 못했다. 다른 사람들과 마찬가지로 시버스도 고개를 떨군 채 선장을 따라 서둘러 배로 향하는 운 좋은 두 사람을 지켜보았다. 그중 하나는 그에게 빵을 얻어먹은 놈이었다. 놈은 시버스를 위해 말 한마디는 못 해 줄망정 뒤도 돌아보지 않고 가 버렸다. 사람은 자기가 받은 것이 아니라 베푼 것에 의해 만들어진다고 그의 형은 말했지만, 배가 고프지 않으려면 다른 사람들의 도움이 간절히 필요했다.

"빌어먹을." 그는 팔딱이는 물고기들을 양동이와 수레에 나눠 싣고 있는 어부들 사이를 헤치며 그들을 따라가기 시작했다. 그리고 그가 지을 수 있는 가장 친절한 미소를 지으며 선장이 분주하게 움직이고 있는 갑판으로 올라갔다. "멋진 배군요." 사실 배 안은 거대한 똥통이나 마찬가지였다.

"그래서?"

"저도 태워 주시렵니까?"

"당신을? 물고기 잡이에 대해 뭘 아는데?"

도끼와 검, 창, 방패는 자유자재로 다루는 시버스였다. 그는 북부 전역에서 전투를 이끌며 전선을 방어하던 이름난 용사 중 하나였고, 가끔 부상을 입기도 했지만 상대에게는 늘 훨씬 치명적인 부상을 안기곤 했다. 하지만 그는 더 나은 사람이 되기로 했고, 물에 빠진 사람이 지푸라기를 잡듯 그 결심을 꽉 붙들었다.

"어릴 때 아버지와 함께 호숫가에서 낚시를 많이 했습니다." 그가 말했다. 햇빛을 머금어 반짝이는 호숫가에서 맨발로 자갈을 밟던 때가 떠올랐다. 아버지와 형의 미소가 눈에 선했다.

하지만 선장에게 그의 추억 따위는 중요하지 않았다. "호수? 우리는 바다낚시를 하지."

"바다낚시는 솔직히 해 본 적 없기는 합니다."

"그럼 왜 내 시간을 낭비하는 거지? 원한다면 바다에서 십수 년을 보낸 노련한 스티리아 어부를 얼마든지 구할 수 있는데." 그는 부두에 한가로이 줄지어 선 남자들을 향해 손을 휘저으며 말했다. 그들은 바다가 아니라 술독 안에서 십수 년을 보낸 것처럼 보였다. "왜 북부 출신 부랑자에게 일거리를 줘야 하지?"

"열심히 일하겠습니다. 부랑자가 된 건 단지 운이 따르지 않았을 뿐이에요. 기회를 주십시오."

"안 그런 사람이 있던가? 그게 당신에게 일을 줘야 할 이유는 될 수 없지."

"한 번만 기회를……."

"내 배에서 썩 나가, 창백하게 덩치만 큰 자식아!" 선장은 갑판에서 거칠고 긴 나무를 집어 들더니 짐승에게 겁을 줄 때처럼 앞으로 한 발짝 나섰다. "꺼져, 내 배에 재수 옴 붙게 말고."

"내가 고기는 잘 못 잡아도 사람은 잘 잡거든. 그 막대기는 얌전히 내려놔. 네놈 입속에 처넣기 전에." 시버스가 경고에 어울리는 살벌한 표정을 지으며 말했다. 북쪽에서 온 살인자의 눈빛이었다. 선장은 잠시 주춤하다 툴툴거리며 멈춰 섰다. 그리고 나무 막대기를 멀리 던지고는 선원 중 한 명에게 고래고래 소리를 지르기 시작했다.

시버스는 어깨를 움츠린 채 뒤를 돌아보지 않고 자리를 떴다. 그는 터덜터덜 골목 입구에 다다랐고 잔뜩 붙은 벽보 위로 낙서가 빼곡하게 그려진 벽을 지났다. 다닥다닥 붙은 건물 사이 어두운 골목으로 들어가자 부두의 소음이 등 뒤에서 먹먹해졌다. 대장장이든, 제빵사든, 이 빌어먹을 도시의 모든 고용주들은 결국 똑같았다. 꽤 친절해 보였던 구두 수선공마저도 결국은 그에게 꺼지라며 면박을 줬다.

스티리아에는 늘 일자리가 있어서 말 한마디면 일을 구할 수 있다고 보술라는 말했다. 왜 그랬는지는 알 수 없지만, 보술라가 그에게 새빨간 거짓말을 늘어놓은 게 틀림없었다. 시버스는 그에게 수만 가지 질문을 했다. 하지만 낡은 군화를 신고 터벅터벅 부랑자들이 모여 사는 빈민굴로 계단을 내려가면서 그는 꼭 물어봤어야 할 질문 한 가지를 하지 않았다는 사실을 깨달았다. 이곳에 온 이후로 계속 그의 머릿속에 떠오르던 의문이었다.

 말해 주게, 보술라, 만약 스티리아가 그렇게 멋진 곳이라면 자네는 대체 왜 북쪽으로 왔는가?

"빌어먹을 스티리아." 시버스는 북부 말로 씩씩거렸다. 코끝이 찡해지며 곧 울음이 터질 것 같았다. 그는 훌쩍이는 게 더 이상 부끄럽지 않았다. 콜 시버스. 래틀넥의 아들. 산전수전 공중전에서 죽음과 맞서 싸우던 이름난 용사. 러드 스리트리스, 블랙다우, 도그먼, 하딩그림 같은 북부의 유명한 전사들과 맞서 싸웠던 남자. 컴누르 근방에서 연방 군대와의 전투를 이끌었던 남자. 던브렉에서 샨카 수천만 명을 상대로 전선을 지켜 낸 남자. 자신이 살았던 야만적이고 용감했던 삶을 떠올리자 입꼬리가 올라가며 미소가 지어졌다. 그 시절 동안 그는 내내 겁에 질려 있었지만, 지금 돌이켜 보니 그때가 행복했던 것처럼 느껴졌다. 적어도 그때는 혼자가 아니었다.

 발소리가 들리자 그는 고개를 들었다. 남자 네 명이 그가 왔던 길을 따라 느릿느릿한 걸음으로 골목으로 들어오고 있었다. 그들은 못된 짓을 꾸미는 이들이 으레 짓는 음흉한 표정을 짓고 있었다. 시버스는 그들이 무슨 짓을 하든 자신은 연루되지 않길 바라며 어느 문간에 몸을 웅크렸다.

 그들이 시버스를 둘러싸고 반원형으로 서서 내려다보자, 그의 심장이 덜컥 내려앉았다. 한 사람은 술독에 빠져 사는 사람처럼 코가 빨갛게 부풀어 올라 있었다. 민머리가 군화 앞코처럼 반짝이는 다른 한 사람은 다리 옆으로 긴 각목을 들고 있었다. 세 번째 사람은 빈약한 턱수염에 이가 누렇게 변해 있었다. 셋 다 보기 좋은 모습은 아니었고 그들이 하려는 짓도 좋은 일은 아니리라고 시버스는 생각했다.

맨 앞에 선 남자가 쥐새끼 같은 뾰족한 얼굴로 이죽거리며 그를 내려다보았다. "우리한테 줄 게 있을 텐데."

"뭐라도 있으면 좋겠지만 안타깝게도 그렇지가 않군. 그냥 가던 길 가시지."

빈손으로 돌아가게 될 것 같자, 쥐새끼 같은 남자가 짜증이 난 표정으로 대머리 친구를 바라보았다. "군화라도 내놔."

"이 날씨에? 얼어 죽으란 소리군."

"그럼 얼어 죽든가. 내가 상관이나 할 것 같아? 군화 내놔. 신나게 두들겨 맞고 뺏기지 말고."

"빌어먹을 탈린." 시버스가 거의 입 모양으로만 투덜거렸다. 재가 된 줄 알았던 자기 연민이 갑자기 뜨겁게 활활 타오르는 듯했다. 그가 이렇게까지 추락하다니 믿을 수가 없었다. 이 나쁜 놈들은 군화가 필요하지도 않으면서 힘을 과시하려고 억지를 부리는 중이었다. 하지만 무기도 없이 네 명을 상대할 수는 없었다. 날은 추웠지만, 낡아 빠진 군화 한 켤레 때문에 목숨을 내놓을 수도 없었다.

그는 툴툴거리며 몸을 숙이고 군화를 벗다가 무릎으로 딸기코 남자의 낭심을 정확히 가격했다. 남자는 쌕쌕거리며 앞으로 고꾸라졌다. 그들만큼이나 시버스 자신도 깜짝 놀랐다. 그의 자존심이 맨발로 돌아다니는 것을 허락할 수 없는 모양이었다. 그는 쥐새끼 같은 남자의 턱에 주먹을 세게 날린 다음 코트 깃을 잡아 다른 한 명을 향해 밀쳤고, 두 남자는 함께 넘어지며 폭풍을 만난 고양이처럼 비명을 질렀다.

시버스는 민머리 남자가 휘두른 각목을 피해 고개를 꺾은 다음 어깨에서 각목을 떨쳐 냈다. 민머리 남자는 입을 벌린 채 균형을 잃고 비틀거렸다. 시버스는 주먹으로 그의 턱을 때린 다음 머리통이 뒤로 젖혀진 틈을 타 한쪽 발로 다리를 걸어 뒤로 넘어뜨렸다. 그리고 그 남자의 몸통 위에 앉았다. 시버스의 주먹이 그의 얼굴에 꽂혔다. 두 번, 세 번, 네 번을 내리치자 그의 얼굴이 엉망이 되면서 시버스의 더러운 코트 소매에 핏방울을 튀겼다.

시버스는 급히 몸을 일으켜 도랑에 이를 토해 내는 민머리 남자에게서 멀어졌다. 딸기코 남자는 여전히 몸을 웅크린 채 손을 다리 사이에 넣고 울부짖고 있었다. 하지만 다른 두 사람은 이제 날카롭게 번쩍이는 칼을 꺼내 들고 있었다. 시버스는 몸을 숙이고 주먹을 쥐었다. 숨을 거칠게 쉬며 눈으로 그들을 번갈아 쳐다보았다. 그의 분노는 이미 식어 가고 있었다. 그냥 군화를 포기했어야 했다. 어차피 시체가 된 그의 발에서 군화를 벗기는 데는 몇 초도 걸리지 않을 것이었다. 늘 그에게 해만 끼치는 그 망할 놈의 자존심.

쥐새끼 같은 남자가 코에서 피를 닦았다. "이제 죽을 준비나 하시지, 북부 촌뜨기 새끼야! 넌 이제……." 그의 다리가 갑자기 꺾이더니 남자는 비명을 지르며 털썩 넘어졌다. 손에서 떨어진 칼은 바닥을 굴렸다.

남자 뒤쪽 그림자에서 누군가 모습을 드러냈다. 키가 크고 후드를 뒤집어쓴 누군가가 창백한 왼손에 느슨하게 검을 쥐고 있었다. 길고 얇은 칼날이 골목으로 들어오는 얼마 안 되는 빛을 받아 살기를 띠며 반짝였다. 군화 도둑들 중에서 마지막 남은 누런 이 남자는 긴 강철 검을 바라보며 눈이 휘둥그레졌다. 그가 들고 있던 칼은 졸지에 형편없는 장난감처럼 보였다.

"도망가는 게 좋을걸." 깜짝 놀란 시버스가 인상을 썼다. 여자의 목소리였다. 누런 이 남자에게 경고는 한 번이면 충분했다. 그는 당장 돌아서서 골목을 따라 줄행랑을 쳤다.

"내 다리!" 쥐새끼 같은 남자가 피범벅이 된 손으로 오금을 쥐고 소리쳤다. "내 다리!"

"그만 징징대. 다른 쪽도 그어 버리기 전에."

민머리 남자는 아무 말 없이 누워 있었다. 딸기코 남자가 끙끙거리며 무릎으로 일어섰다.

"군화를 원한다고?" 시버스는 한 발 앞으로 가서 그의 낭심을 다시 한번 발로 찼고, 그는 붕 날아 얼굴을 처박고 넘어지며 가냘픈 소리로 울었다. "군화 맛이나 봐라." 시버스는 새로 나타난 사람을 바라보았고, 눈 뒤에 피가 쏠리는 느낌이 들었다. 왜 아직 자신의 내장에 강철 날이 박히지 않았는지 이해할 수가 없었다. 앞으로 칼에 찔리지 않으리라는 보장도 없었다. 갑자기 나타난 여자가 좋은 소식을 들고 있을 것 같지는 않았다. "원하는 게 뭐요?" 그가 으르렁거리듯 물었다.

"곤란해질 일은 없어." 그는 후드 밑으로 살짝 드러난 미소를 보았다. "당신에게 할 일을 줄 수 있을 것 같은데."

소스가 뿌려진 고기와 채소로 가득 찬 커다란 접시와 함께 두껍고 말랑말랑한 빵이 곁들여져 나왔다. 맛이 있는지 없는지 느낄 새도 없이 시버스는 더 이상 들어갈 자리가 없을 때까지 입안에 음식을 쑤셔 넣었다. 두 주 이상 면도를 하지 못한 데다 썩 좋아 보이지도 않는 남의 집 문간을 전전하며 지내느라 몰골은 초췌하고 지저분했다. 하지만 그는 여자가 지켜보고 있는데도 자기 몰골이 어떤지 전혀 신경이 쓰이지 않았다.

그녀는 실내로 들어온 이후에도 여전히 후드를 뒤집어쓰고 있었다. 그녀는 계속 벽에 등을 대고 어두운 그늘 속에 앉아 있었고, 가까이 오는 사람이 있으면 고개를 앞으로 숙였다. 그럴 때마다 칠흑같이 검은 머리가 뺨을 타고 흘러내렸다. 음식에서 잠시 눈을 뗀 순간 그녀의 얼굴이 언뜻 보였고, 그는 그녀가 아름다우리라 생각했다.

강인하고 단단한 뼈대와 날카로운 턱 선, 옆으로 푸른 핏줄이 드러난 가느다란 목. 위험해 보였다. 하지만 그녀가 망설임 없이 남자의 무릎을 베는 것을 직접 본 이상 놀라운 추리는 아니었다. 어쨌든 그녀의 가느다란 눈은 어쩐지 그를 긴장하게 만들었다. 그녀는 차분하고 차가운 눈빛으로 그가 어떤 사람인지 이미 꿰뚫어 보고 다음에 무엇을 할지도 아는 듯했다. 어쩌면 그 자신보다도 더 잘 알 수도 있었다. 그녀의 한쪽 뺨에는 긴 흉터 세 개가 있었는데, 오래

전에 생긴 상처가 아직 나아 가고 있는 중인 듯했다. 그녀는 장갑을 낀 오른손을 거의 사용하지 않았다. 오는 길에 보니 다리도 절뚝거렸다. 그녀가 어두운 일에 연루된 사람인지도 모른다고 생각했지만 지금 시버스는 친구를 가려 사귈 처지가 아니었다. 누구든 그의 배를 불려 주는 사람에게 충성을 다할 수 있을 것 같았다.

그녀는 그가 먹는 모습을 지켜보았다. "배고팠나 봐?"

"꽤."

"고향은 멀어?"

"꽤."

"운이 나빴나?"

"내가 생각했던 것보다는. 선택을 잘못한 것도 있고."

"운과 선택은 늘 함께하지."

"사실이야." 그는 칼과 숟가락을 빈 접시에 놓았다. "그래도 생각을 잘했어야 했어." 마지막 남은 빵으로 접시에 남은 소스를 닦아 먹으며 그가 말했다. "하지만 나의 가장 큰 적은 늘 바로 나였지." 그가 빵을 씹는 동안 두 사람은 아무 말도 없이 서로 마주 보고 앉아 있었다. "이름을 말해 주지 않았군."

"안 할 거야."

"그렇게 나오시겠다?"

"내가 밥을 사잖아. 내 마음대로 할 거야."

"왜 밥을 사는 거지? 내 친구 중 하나가……" 그는 목청을 가다듬다가 문득 보술라가 그의 친구이기는 했는지 의심이 들었다. "내가 아는 사람이 그러는데 스티리아에는 공짜가 없다더군."

"좋은 충고를 해 줬네. 나도 당신한테 원하는 게 있거든."

시버스는 입속을 핥았고, 신맛을 느꼈다. 그는 그녀에게 빚을 졌고, 그 대가가 무엇인지는 아직 확실치 않았다. 그녀의 표정을 보니 그가 치러야 할 대가가 꽤 큰 것 같았다. "필요한 게 뭐지?"

"우선 목욕을 좀 해. 그런 꼴로는 아무도 당신이랑 일하고 싶어 하지 않을걸."

추위와 배고픔이 사라지자, 그 자리에 수치심이 작게 자리 잡았다. "믿거나 말거나 나도 냄새를 풍기기는 싫어. 나도 빌어먹을 자존심이 있다고."

"잘됐네. 그럼 당장 씻을 수 있겠군."

그는 불편한 어깨를 한번 돌렸다. 얼마나 깊은지 모르는 웅덩이로 걸어 들어가는 기분이었다. "그다음은?"

"별거 아니야. 허스크 소굴에 가서 사잠이라는 남자를 찾아. 그리고 니코모가 늘 만나는 장소로 나오라고 했다고 전해. 그리고 나한테 데려오면 돼."

"왜 당신이 직접 찾아가지 않고?"

"당신을 고용했으니까." 그녀는 장갑 낀 손으로 동전을 내밀었다. 저울 무늬가 찍힌 은화가 난롯불을 받아 반짝였다. "사잠을 데려오면 이거 하나를 줄게. 그 뒤에도 여전히 물고기를 원하면 한 통 가득 살 수도 있겠지."

시버스는 인상을 썼다. 매력적인 여자가 갑자기 튀어나와 목숨을 구해 주더니 이제 이런 좋은 제안을 한다고? 이제껏 그의 운이 그렇게 좋았던 적은 없었다. 하지만 한바탕 식사를 하고 나자 그가 맛있는 음식을 얼마나 좋아했는지 기억이 되살아난 참이었다. "할 만하겠군."

"좋아. 아니면 은화 쉰 냥짜리 다른 일을 할 수도 있어."

"쉰 냥이라고?" 갈라진 시버스의 목소리에서 간절함이 묻어났다. "장난치는 건가?"

"내가 장난할 사람으로 보여? 쉰 냥. 낚시를 하고 싶으면 배 한 척을 통째로 사서 취향에 맞게 고칠 수도 있는 돈이지. 어때?"

시버스는 창피한 듯 코트의 너덜너덜한 가장자리를 슬며시 잡아당겼다. 그 돈이면 어프리스까지 가는 다음 배를 잡아타고 보술라의 말라빠진 엉덩이를 발로 차서 도시 저편으로 날려 버릴 수 있었다. 아주 오랜만에 하는 유쾌한 상상이었다. "무슨 일을 하면 되는데?"

"별거 아니야. 아까 허스크 소굴에 가서 사잠이라는 남자를 찾아, 니코모가 늘 만나는 장소로 나오라고 했다고 전한 다음 나한테 데려오라고 했지?" 그녀는 잠시 말을 멈췄다. "그리고 그를 죽이는 걸 도와주면 돼."

솔직히 말하면 별로 놀랍지 않았다. 그가 잘하는 일이 딱 한 가지 있었다. 누군가 은화 쉰 냥을 주고 그를 고용할 만한 유일한 일이기도 했다. 그는 더 나은 사람이 되기 위해 이곳에 왔다. 하지만 결국은 도그먼이 말한 대로 됐다. 한번 손에 피가 묻으면 손을 깨끗이 씻어 내기는 힘들다고 그는 말했다.

테이블 밑으로 무언가가 그의 허벅지를 찔렀고 그는 의자에서 거의 튀어 오를 뻔했다. 그의 다리 사이에 긴 칼자루 끝이 놓여 있었다. 주황색 가로대를 가진 전투용 칼이었고, 칼집에 든 날 부분은 그녀의 장갑 낀 손에 들려 있었다.

"가져가는 게 좋을 거야."

"누군가를 죽이겠다고는 안 했어."

"당신이 한 말은 기억하고 있어. 칼은 사잠에게 당신이 진지하다는 걸 보여 주기 위해 가져가는 거야."

솔직히 시버스는 허벅지 사이로 칼자루를 건네며 자신을 놀래는 여자가 그리 마음에 들지 않았다. "사람을 죽이겠다고는 안 했어."

"죽이라고 한 적 없어."

"좋아. 알고 있다면야." 그는 그녀에게서 칼을 낚아채 코트 안으로 숨겼다.

그가 걷는 동안 가슴팍에 칼의 무게가 전해졌다. 칼은 헤어졌다 다시 만난 오래된 연인처럼 그를 꼭 붙들었다. 자랑스러워할 만한 일이 아니라는 사실을 시버스는 잘 알았다. 칼은 누구라도 가지고 다닐 수 있었다. 하지만 그렇다 해도 갈비뼈를 누르는 칼의 묵직함이 싫다고 할 수는 없었다. 다시 중요한 사람이 된 것 같은 기분이 들었다.

그는 정직한 일을 해 보려고 스티리아에 왔다. 하지만 지갑이 텅 빈 이상 명예롭지 않은 일이라도 해야만 했다. 시버스는 스티리아보다 정직하지 않은 도시는 본 적이 없었다. 더럽고 칠이 벗겨진, 창문 없는 벽에 난 문 양쪽에 덩치 큰 남자 두 명이 서 있었다. 두 사람이 서 있는 모양만 봐도 무기를 가지고 있고, 언제든 사용할 마음이 있다는 사실을 알 수 있었다. 어두운 피부에 검은 머리를 얼굴 아래까지 기른 남자는 남부 출신으로 보였다.

"무슨 일이지?" 그가 물었다. 다른 남자는 시버스를 훑어보았다.

"사잠을 만나러 왔소."

"무기 있나?" 시버스는 자루가 위쪽으로 향하도록 칼을 잡아당겨 꺼냈고, 남자는 그의 칼을 받아 들었다. "따라와." 문이 열리며 경첩이 삐걱거리는 소리가 들렸다.

문 안쪽 공기는 텁텁했고 달콤한 연기가 가득 퍼져 있었다. 들이쉰 연기가 목 안을 긁는 것 같아 기침이 나오려 했고 눈이 매워지면서 눈물이 날 것 같았다. 실내는 어두침침하고 조용했고, 추운 밖에 있다 들어오니 공기가 따뜻하다 못해 불편할 정도로 끈끈하게 느껴졌다. 색을 입힌 유리 등잔이 얼룩진 암울한 벽에 초록, 빨강, 노랑 무늬를 드리웠다. 나쁜 꿈에나 나올 만한 공간이었다.

더러운 비단 커튼이 어둠 속에서 바스락 소리를 내며 일렁이고 있었다. 옷을 걸치다 만 사람들이 반쯤 잠든 채 쿠션에 누워 있었다. 입을 크게 벌린 채 등을 대고 누운 남자의 손에 파이프가 쥐어져 있었고, 담배통에서는 아직 연기가 피어오르고 있었다. 한 여자가 그에게 딱 붙어 옆으로 누워 있었다. 두 사람은 얼굴이 땀으로 범벅이 된 채 시체처럼 늘어져 있었다. 기쁨과 절망 사이를 불안하게 오가는 듯 보였고, 굳이 따지자면 절망 쪽에 가까운 것 같았다.

"이쪽." 시버스는 문지기를 따라 연기를 헤치며 그늘진 복도를 걸어갔다. 한 여자가 문 앞에 몸을 기댄 채 생기가 하나도 없는 눈으로 말없이 그를 바라보았다. 어딘가에서 신음 소리가 들려왔다.

"아아, 아, 아." 어쩐지 따분한 신음이었다.

달그락거리는 구슬 문발을 지나자 커다란 방이 나왔다. 연기는 덜했지만 안에 펼쳐진 광경은 아까보다 험악했다. 피부색이 다양한 남자들이 방 안에 흩어져 있었다. 생김새로 보아 모두 폭력에 익숙해 보였다. 여덟 명이 탁자에 앉아 카드놀이를 하고 있었다. 탁자에는 유리잔, 술병, 돈더미 들이 어지럽게 흩어져 있었다. 다른 사람들은 방 안의 어둠 속에 느긋하게 누워 있었다. 시버스의 시선이 손 뻗으면 닿을 거리에 있는 흉측하게 생긴 손도끼에 머물렀다. 이 방 안에 있는 무기가 손도끼만은 아닐 것이었다. 벽에 못 박힌 시계의 시계추가 이쪽저쪽으로 흔들리고 있었다. 똑, 딱, 똑, 딱. 덕분에 신경이 더욱 곤두섰다.

북부에서라면 대장의 자리였을 탁자 끝자리에 덩치가 큰 남자가 앉아 있었다. 오래된 가죽처럼 얼굴에 잔주름이 가득한 나이 든 남자였다. 번들거리는 어두운 피부에 짧은 머리와 턱수염은 강철 같은 회색으로 희끗희끗 세어 있었다. 그는 손가락 사이에 금화를 끼우고 손가락을 꿈지락거려 이리저리 옮기고 있었다. 문지기가 몸을 기울여 그의 귀에 뭐라고 속삭이며 시버스의 칼을 그에게 건넸다. 그와 다른 사람들의 눈이 일제히 시버스를 향했다. 이 일의 대가로 은화 한 닢이 모자랐을 수도 있다는 생각이 문득 들었다.

"당신이 사잠이오?" 그가 생각했던 것보다 더 큰 목소리였다. 자욱한 연기 때문에 목소리가 쉬어 있었다.

늙은 남자가 미소를 짓자 이가 드러나며 어두운 얼굴에 노란색 곡선이 그려졌다. "내 이름이 사잠이고, 여기 내 친구들에게 물어보면 확인해 줄 거요. 한데, 들고 다니는 무기를 보면 그 사람이 어떤 사람인지 꽤 알 수 있단 말이지."

"그래서요?"

사잠은 칼집에서 칼을 꺼내 바로 들었다. 강철 날이 촛불을 반사했다. "값이 나가는 칼날이지만 그렇다고 엄두도 못 낼 정도는 아니고. 아주 실용적이고 날에 불필요한 장식도 없군. 날카롭고 단단하고 진중한 친구구먼. 내가 맞소?"

"대충 그렇소." 떠들기를 좋아하는 사람인 것 같아서 시버스는 칼이 자신의 것이 아니라는 말은 하지 않았다. 말을 덜 해야 빨리 그곳을 벗어날 수 있을 것 같았다.

"친구, 이름이 뭐요?" 친구라는 말이 그저 불편하게만 느껴졌다.

"콜 시버스."

"으으으." 사잠은 추위에 떨듯 넓은 어깨를 부르르 떨어 보였고, 사람들 사이에서 킥킥거리는 웃음이 터져 나왔다. 웃기기가 쉬운 청중들 같았다. "고향에서 먼 길을 오셨군 그래."

"나도 알고 있소. 전할 말이 있어서 왔수다. 니코모가 보자더군."

목이 베인 사람에게서 피가 빠져나가듯, 방 안에서 순식간에 웃음기가 사라졌다. "어디서?"

"늘 보던 곳에서."

"나를 오라고 했다고?" 사잠의 무리 중 두어 명이 벽에서 멀어져 가까이 다가왔다. 어둠 속에서 손들이 움직이고 있었다. "겁을 상실한 모양이군. 우리 친구 니코모가 왜 허여멀겋게 덩치만 큰 북부 촌뜨기에게 칼을 들려 주면서 그 말을 전하라고 했을까?" 그제야 시버스는 그 여자가 어떤 알 수 없는 이유로 자신을 곤경에 빠뜨렸을지도 모른다는 생각을 하기 시작했다. 그녀가 니코모라는 인물이 아닌 것만은 확실했다. 하지만 지난 몇 주 내내 비웃음을 당하는 데 넌덜머리가 났던 그는 더는 비웃음을 견디지 않을 작정이었다.

"직접 물어보면 될 일 아니오. 나는 선생 궁금증을 풀어 주려고 여기 온 게 아니오. 니코모가 늘 보던 곳에서 보자고 했고 내가 아는 건 그게 다요. 내 심기가 더 불편해지기 전에 어서 일어나시오."

사람들이 그의 말을 곱씹는 동안 길고 숨 막히는 침묵이 이어졌다.

"마음에 드는군." 사잠이 으르렁거리듯 낮은 소리로 말했다. "자네도 마음에 드나?" 그가 자기 부하 중 한 명에게 물었다.

"뭐, 괜찮군. 저런 스타일이 마음에 든다면야."

"가끔은. 말본새를 보니 배포도 있어 보이고, 허세도 부릴 줄 알고, 남자다운 가슴털이라. 너무 많으면 금방 질리지만, 약간만 있으면 보기에 좋지. 그래서, 니코모가 나더러 오랬다는 거지?"

"그렇소." 시버스가 말했다. 그가 원하는 대로 대화를 이어 가며 무사히 일이 끝나기를 기다리는 수밖에 없었다.

"그럼 좋네." 나이 든 남자는 자기 카드를 테이블에 내려놓고 천천히 일어섰다. "늙은이 사잠이 은혜도 모른다는 소문이 나면 안 되겠지. 니코모가 부른다라…… 늘 보던 곳에서 말이지." 그는 시버스가 가져온 칼을 자신의 허리띠에 찔러 넣었다. "하지만 이건 내가 보관해도 되겠지? 잠시 동안만 말일세."

여자가 알려 준 장소에 도착했을 때는 이미 날이 저문 후였고, 썩어 가는 정원은 지하실처럼 캄캄했다. 시버스가 보기에 지하실처럼 텅 비어 있기도 했다. 미끄러운 벽돌담에 붙은 오래된 신문지들이 찢어진 채 밤공기에 나부끼고 있었다.

"그래서?" 사잠이 불쑥 말을 걸었다. "코스카는 어디 있지?"

"곧 그녀가 올 거요." 거의 혼잣말하듯 시버스가 중얼거렸다.

"그녀라고?" 그가 칼자루에 손을 가져다 대며 말했다. "지금 무슨 소릴……."

"여기야, 늙은이." 그녀가 후드를 벗은 채, 나무줄기 뒤에서 희미한 빛 아래로 모습을 드러냈다. 시버스는 그녀의 얼굴을 제대로 볼 수 있었다. 그녀는 그가 생각했던 것보다 훨씬 예뻤고, 더 차가워 보였다. 목 옆에는 교수형 당한 시체에 생기는 빨간 흉터가 있었다. 미간에는 주름이 져 있었다. 그녀는 눈썹에 한껏 힘을 주고 입술을 꽉 다문 채 가늘게 뜬 눈으로 정면을 바라보고 있었다. 결과가 어떻든, 머리로 문을 부수겠다고 결심한 사람처럼 보였다.

사잠의 얼굴이 물먹은 셔츠처럼 축 늘어졌다. "살아 있었군."

"아직 꽤 쓸 만해 보이지?"

"하지만……."

"아니었어."

나이 든 남자는 곧 이성을 찾았다. "머카토, 자넨 탈린에 있으면 안 돼. 탈린 반경 150킬로미터 이내로는 들어오면 안 된다고." 그는 시버스가 알아들을 수 없는 언어로 욕을 뱉더니 어두운 하늘을 향해 고개를 들었다. "신이시여, 신이시여, 제게 왜 정직한 삶을 주지 않으셨나이까?"

 여자가 콧방귀를 뀌었다. "왜냐하면 당신은 그렇게 살 배짱이 없는 인간이니까. 그리고 돈을 너무 좋아하기도 하고."

 "안타깝게도 다 사실이군." 두 사람은 오래된 친구처럼 대화를 나눴지만 사잠의 손은 계속 칼자루에 머물러 있었다. "원하는 게 뭔가?"

 "사람 죽이는 것 좀 도와줘."

 "카프릴의 도살자가 내게 사람을 죽이는 걸 도와달라고 하다니. 오르소 공작과 아주 가깝게 지내는 놈들만 아니라면······."

 "그놈이 마지막이야."

 "허 참, 정말 미친 계집이라니까." 사잠은 천천히 고개를 저었다. "몬즈카로, 또 나를 시험하는군. 자넨 우리 모두를 시험하곤 했지. 자네가 원하는 대로 되지 않을 걸세. 태양이 재가 되기 전에는 절대로."

 "하지만 할 수 있다면? 당신도 오랫동안 간절히 바라 왔던 일이잖아."

 "자네가 놈을 위해 스티리아 이곳저곳을 불태우고 사람을 죽이고 다니던 그 시절 동안 말인가? 자네는 그의 금화에 눈이 멀어 기꺼이 그의 명령에 따랐지. 살점이 붙은 뼈다귀를 바라는 강아지처럼 온갖 아양을 떨면서 말이야. 자네가 이야기하는 게 그 시절인가? 그 시절에 자네가 나를 위해 준 적은 없는 것 같은데."

 "그가 베나를 죽였어."

 "그래? 신문에서는 로곤트 공작의 심복들이 자네와 동생을 죽였다고 하던데." 사잠이 그녀 등 뒤 벽에 붙은 채 펄럭이고 있는 오래된 신문지를 가리켰다. 신문지에는 여자와 남자의 얼굴이 그려져 있었다. 시버스는 그 얼굴이 자신 앞에 있는 여자의 얼굴이라는 사실을 깨닫고 심장이 덜컥 내려앉는 기분이었다. "여덟 기사단에 의해 살해당했다고. 모두들 분노했지."

"사잠, 나는 농담할 기분이 아니야."

"자네가 농담을 할 줄은 알던가? 하지만 농담이 아니야. 자네는 이 도시에서 영웅이었어. 너무 많은 사람을 죽여서 살인자라는 말로는 설명이 안 되는 인물을 영웅이라 부르지. 오르소는 연설에서 우리 모두 더 열심히 싸워 자네의 복수를 해야 한다고 하더군. 사람들은 모두 흐느꼈고. 베나 일은 정말 유감이야. 나는 늘 베나를 좋아했지. 하지만 나는 내 안의 악마와 화해를 했어. 자네도 그렇게 해야 해."

"죽은 사람만 용서를 할 수 있고, 용서를 받을 수 있는 거야. 하지만 우리는 뭔가 더 할 수 있어. 난 당신 도움이 필요하고, 당신은 나에게 빚이 있잖아. 갚아, 배은망덕한 인간아."

그들은 말없이 오랫동안 서로를 빤히 바라보았다. 그러다 사잠이 몸을 들썩이며 긴 한숨을 내쉬었다. "언젠가 자네가 나의 가장 큰 약점이 될 거라고 했지. 내가 어떻게 갚으면 되나?"

"이제 대화가 좀 되는군. 사람들을 좀 소개해 주면 돼. 당신이 요즘 하는 일 아닌가?"

"사람들을 좀 알긴 하지."

"냉정하고 무기를 잘 쓰는 사람도 한 명 필요해. 피를 봐도 당황하지 않는 사람으로."

사잠은 그녀의 요구를 곱씹는 듯 보였다. 그러다 고개를 돌리고 어깨 너머로 외쳤다. "그런 사람 혹시 아나, 프렌들리?"

시버스가 걸어온 길을 따라 어둠 속에서 발소리가 들려왔다. 그들을 따르는 누군가가 있었던 모양이었고, 꽤 임무를 잘 수행한 것 같았다. 여자가 눈을 가늘게 뜨고 싸울 태세로 몸을 숙였다. 왼손은 검 손잡이 위에 놓여 있었다. 시버스도 무기가 있었더라면 대비를 했겠지만 어프리스에서 자신의 무기를 전부 팔았고, 여자에게 받은 칼은 사잠이 가지고 있었다. 그래서 그는 아무런 도움도 되지 못한 채, 그저 손가락만 초조하게 꼼지락거릴 수밖에 없었다.

누군가가 눈을 내리깔고 구부정한 자세로 터덜터덜 걸어오고 있었다. 시버스보다 키는 약간 작았지만 위협적으로 다부진 몸을 가지고 있었다. 머리통보다 목이 두꺼웠고 두꺼운 코트 소매 끝에는 커다란 손이 달려 있었다.

"프렌들리," 사잠은 자신의 깜짝쇼에 만족한 듯 환하게 미소 짓고 있었다. "내 오랜 친구 머카토일세. 괜찮다면 한동안 이 친구 밑에서 일 좀 해 주게." 남자는 육중한 어깨를 한번 으쓱해 보였다. "자네는 이름이 뭐라고 했더라?"

"시버스."

프렌들리의 눈이 잠시 그를 올려다보다 다시 바닥으로 향했고, 계속 그곳에 머물렀다. 슬프고 이상한 눈빛이었다. 잠시 정적이 흘렀다.

"믿을 만한 사람인가?" 머카토가 물었다.

"내가 아는 가장 믿을 만한 사람일세. 반대편에 선다면 가장 나쁜 놈일 수도 있고. 세이프티 감옥에서 만났지."

"당신 같은 사람과 같은 감옥에 갇히려면 무슨 짓을 저질러야 하지?"

"생각할 수 있는 모든 일과 그 이상."

다시 정적이 흘렀다. "이름은 프렌들리인데, 말이 없군."

"나도 이 친구를 처음 만났을 때 딱 그렇게 생각했네." 사잠이 말했다. "모순을 담아 붙인 이름이라 생각했지."

"모순? 감옥에서?"

"감옥에는 별의별 사람들이 드나든다네. 유머 감각을 가진 사람들도 물론 있고."

"그렇군. 그리고 허스크도 좀 필요해."

"자네가? 그런 물건은 자네 동생이 좋아하지 않았나? 허스크로 뭘 하려고?"

"늙은 양반, 언제부터 고객한테 이유를 묻기 시작했지?"

"하긴." 그는 주머니에서 무언가를 꺼내 그녀에게 던졌고 그녀는 물건을 공중에서 홱 낚아챘다.

"필요한 게 생기면 말할게."

"카운트다운이 시작됐군. 언젠가 자네가 나의 가장 큰 약점이 될 거라고 내가 늘 말했지, 몬즈카로." 사잠이 돌아섰다. "치명적인 약점 말일세."

시버스가 그의 앞으로 다가갔다. "내 칼." 시버스는 자신이 들은 대화를 전부 이해하지는 못했지만 자신이 어둡고 끔찍한 일에 휘말렸다는 사실은 알 수 있었다. 좋은 칼이 필요할 것 같았다.

"물론." 사잠이 시버스의 손바닥에 칼을 척 올려놓자 칼의 묵직함이 느껴졌다. "어쨌든 저 친구와 같이 다닐 생각이라면 더 큰 칼을 구하라고 자네에게 충고하고 싶군." 그는 모두를 둘러보며 천천히 고개를 저었다. "자네들 셋이서 오르소 공작을 끝낸다고? 오르소 공작의 친구들에게 죽임을 당하게 되거든, 내 부탁을 들어주게. 되도록 빨리 죽고 내 이름은 입 밖에 꺼내지 말아 줘." 쾌활하게 인사를 남긴 그는 어둠 속으로 느릿느릿 사라졌다.

시버스가 돌아섰을 때, 머카토라는 여자는 그의 눈을 똑바로 바라보고 있었다. "당신은 어떻게 할 거야? 낚시로는 먹고살기가 빠듯할 텐데. 농사만큼 힘든데 냄새는 더 심하지." 그녀는 장갑 낀 손을 내밀었다. 은화가 손바닥에서 반짝였다. "다른 사람을 쓸 수도 있고. 이 일로 끝낼 거야? 아니면 쉰 냥을 더 받을 거야?"

시버스는 인상을 쓰고 반짝이는 동전을 내려다보았다. 따지고 보면 그보다 훨씬 적은 돈으로도 사람을 수없이 죽였다. 전투에서는 물론, 사소한 다툼이나 결투를 포함한 이런저런 상황에서 다양한 방법으로 사람들을 죽였다. 하지만 그때는 이유가 있었다. 늘 정당한 이유는 아니었지만 어쨌든 정당하다고 꿰맞출 만한 이유가 있었다. 하지만 아무 이유 없이 돈을 위해 사람을 죽여 본 적은 없었다.

"우리가 죽이려는 사람이…… 무슨 짓을 했는데?"

"내가 은화 쉰 냥으로 사람을 구할 만한 짓을 했지. 그걸로는 부족한가?"

"나한테는."

그녀는 오랫동안 인상을 쓴 채 그를 바라보았다. 직설적인 그녀의 눈빛은 이미 그를 불안하게 만들고 있었다. "당신도 그런 부류구나?"

"어떤?"

"이유를 붙이기 좋아하는, 변명이 필요한 부류. 너희 부류는 위험해. 예측하기 힘들지." 그녀가 어깨를 으쓱했다. "도움이 된다면 말해 주지. 놈이 내 동생을 죽였어."

시버스는 눈을 끔뻑였다. 그녀의 입에서 나온 말들을 듣고 있자니 어쩐지 그날이 떠올랐다. 지난 몇 년 중 그 어느 때보다 선명하게 기억이 되살아났다. 모든 사실을 안 아버지의 얼굴이 잿빛이 되었던 그날. 자비를 약속받았던 형이 살해당했다는 소식을 들은 그날. 그는 긴 방에 앉아 재가 된 유골 앞에서 복수를 다짐하며 눈물을 흘렸다. 그리고 더 이상 손에 피를 묻히지 않고 더 나은 사람이 되기 위해 그는 그 맹세를 깼다.

그런데 갑자기 한 여자가 나타나 복수를 하겠다며 일자리를 제안하고 있었다. 동생이 살해당했다고 했다. 그 이유만 아니었다면 거절할 수 있었을 텐데. 어쩌면 그저 돈이 필요한지도 몰랐다.

"알게 뭐람." 그가 말했다. "쉰 냥으로 하지."

여섯과 하나

주사위는 여섯과 하나가 나왔다. 주사위에서 나올 수 있는 가장 높은 숫자와 낮은 숫자. 프렌들리의 삶에 꼭 맞는 수였다. 공포의 밑바닥과 승리의 절정이 반복되는 그의 삶.

여섯 더하기 하나는 일곱이다. 일곱 살은 프렌들리가 처음 범죄를 저지른 나이다. 하지만 범죄를 처음 들켜 형량을 선고받은 것은 그로부터 6년 후였다. 처음 범죄자 기록에 이름을 올렸을 때, 세이프티 감옥에서의 나날이 시작되었다. 죄명은 그도 알다시피 도둑질이었지만 자신이 무엇을 훔쳤는지는 기억하지 못했다. 당연히 왜 훔쳤는지도 기억할 수 없었다. 그의 부모는 그에게 부족함 없이 지원해 주려고 열심히 일했다. 하지만 여전히 그는 물건을 훔쳤다. 나쁜 짓을 하려고 태어나는 사람들도 있는 모양이었다. 판사들은 그에게 그렇게 말했다.

프렌들리는 주사위를 쥐고 주먹 안에서 흔들다가 다시 돌바닥에 던져 어떤 숫자가 나오는지 지켜보았다. 주사위를 던지면 기대하는 재미가 있었다. 던진 주사위가 데굴데굴 구르는 동안에는 어떤 숫자든 기대할 수 있었다. 그는 주사위가 구르는 모습을 지켜보았다. 기회, 확률, 그의 삶과 북쪽에서 온 남자의 삶. 위대한 도시 탈린의 모든 삶이 주사위와 함께 굴렀다.

여섯과 하나.

프렌들리가 옅은 미소를 지었다. 또다시 여섯과 하나가 나올 확률은 18분의 1이었다. 미래를 예측하자면 나오기가 아주 힘든 숫자였다. 하지만 지금처럼 과거를 돌아본다면 다른 숫자는 나올 수 없었다. 미래는 늘 가능성으로 가득 차 있다. 반면 과거는 모든 과정이 끝나 단단하게 된, 빵이 된 반죽 같은 것이었다. 절대 되돌릴 수 없었다.

"주사위가 뭐라던가?"

프렌들리는 손으로 주사위들을 한데 모으며 고개를 들었다. 시버스라는 남자는 키가 컸지만, 키 큰 사람들이 종종 그런 것처럼 삐쩍 마른 유형은 아니었다. 그는 강인해 보였다. 하지만 농부나 육체노동자 같은 강인함이 아니었다. 그는 움직임이 둔하지 않았고 일머리가 있었다. 그가 어떤 사람인지 알 수 있는 몇 가지 단서들이 있었고, 프렌들리는 이해했다. 세이프티에서는 상대방이 어떤 위협을 품고 있는지 짧은 찰나에 파악할 수 있어야 했다. 사람을 파악하고 그에 맞게 행동하면서 눈 하나 깜짝하지 않을 수 있어야 했다.

그의 흉터, 얼굴 표정, 폭력을 쓰기 전의 눈빛으로 보아 아마도 전장에서 싸운 군인인 듯했다. 그는 폭력을 편하게 생각하지는 않지만 싸울 준비가 되어 있었다. 도망치거나 자제력을 잃는 유형도 아니었다. 문제가 터졌을 때 날카로운 판단력을 잃지 않는 보기 드문 남자였다. 두꺼운 왼쪽 손목에는 흉터가 남아 있었는데, 어떤 각도에서 보면 숫자 7처럼 보이기도 했다. 오늘 7은 행운의 숫자였다.

"주사위는 말을 하지 않소. 그냥 주사위일 뿐이지."

"그럼 왜 굴리고 있나?"

"주사위니까. 그럼 주사위로 뭘 하겠소?"

프렌들리는 눈을 감고 주사위를 든 손을 오므려 뺨에 가져다 대고 손바닥을 누르는 따뜻하고 둥근 모서리의 감촉을 느꼈다. 지금은 주사위들이 어떤 숫자를 보여 줄 준비를 하고 있을까? 이번에도 여섯과 하나일까? 짜릿한 흥분이 느껴졌다. 세 번 연속으로 여섯과 하나가 나올 확률은 324분의 1이었다. 324는 세이프티 감옥에 있는 감방의 숫자였다. 징조가 좋았다.

"그들이 온다." 북부 사나이가 나직이 말했다.

모두 네 명이었다. 남자 셋과 창녀 하나. 창녀의 몸에 달린 종이 딸랑거리는 소리가 들렸고, 남자 중 한 명이 웃음을 터뜨렸다. 그들은 모두 취해 있었다. 형체를 구분하기 힘든 그들의 윤곽이 비틀거리며 어두운 골목을 따라 내려오고 있었다.

프렌들리는 한숨을 쉬면서 부드러운 천으로 주사위를 한 번, 두 번, 세 번, 조심스럽게 감싼 다음 캄캄한 안주머니 깊숙이 안전하게 넣었다. 그는 자신도 따뜻한 담요를 두르고 어두운 곳에 안전하게 숨어 있을 수 있으면 좋겠다고 생각했지만 어차피 벌어진 일이었다. 여기서 물러설 수는 없었다. 그는 몸을 일으키고 무릎에 묻은 골목 바닥의 흙을 털어 냈다.

"어떻게 할 계획이지?" 시버스가 물었다.

프렌들리가 어깨를 으쓱했다. "여섯과 하나."

그는 후드를 덮어쓴 다음 고개를 숙이고 주머니에 손을 찔러 넣은 채 앞으로 나아갔다. 높은 창문에서 흘러나오는 빛이 점점 가까이 다가오는 네 사람을 비췄다. 그들은 기괴한 축제용 마스크를 쓴 채 음탕하게 웃고 있었다. 가운데 걸어오는 덩치 큰 남자는 작고 날카로운 눈매에 매끈한 피부를 가졌고, 탐욕스럽게 웃고 있었다. 그

옆으로 화장을 두껍게 한 여자가 굽이 높은 신발을 신고 휘청거리며 걷고 있었다. 날씬한 체형에 턱수염을 기른 왼쪽 남자는 그녀를 힐끗 보며 히죽거리는 중이었다. 오른쪽 남자는 행복의 눈물을 창백한 뺨에서 닦아 내고 있었다.

"그래서?" 오른쪽 남자가 목구멍을 울리며 불필요하게 큰 목소리로 말했다.

"어쨌겠어? 똥을 지릴 때까지 밟아 줬지." 왁자지껄한 웃음이 계속 이어졌다. 여자가 신경질적으로 깔깔대는 소리가 덩치 큰 남자의 낮은 웃음소리와 화음을 이뤘다. "내가 오르소 공작은 예스맨을 좋아한다고 했더니, 야 이 거짓말쟁이······."

"당신이 고바요?" 프렌들리가 말을 걸었다.

고바는 매끈한 얼굴에서 웃음기를 거두고 고개를 홱 돌렸다. 프렌들리는 걸음을 멈췄다. 주사위를 굴리던 자리에서 마흔한 걸음을 걸어온 참이었다. 여섯 더하기 하나는 일곱이고, 일곱 곱하기 여섯은 마흔둘이다. 한 걸음만 더 가면······.

"누구지?" 고바가 으르렁거리며 말했다.

"여섯과 하나."

"뭐라는 거야?" 오른쪽에 있던 남자가 술에 취한 팔로 프렌들리를 밀쳤다. "꺼져, 이런 미친······."

프렌들리는 식칼로 남자의 머리를 콧등까지 갈랐다. 왼쪽에 있던 그의 친구가 놀란 입을 다 벌리기도 전에 프렌들리는 골목을 가로질러 그의 몸통에 칼을 꽂아 넣었다. 긴 칼은 그의 복부를 다섯 번 관통했고, 프렌들리는 한 발 물러나 백핸드 스냅으로 그의 목을 그은 다음 다리를 발로 찼다. 그는 돌길에 털썩 쓰러졌다.

프렌들리가 길고 낮게 숨을 내쉬는 동안 잠시 정적이 흘렀다. 맨 처음 칼을 한 방 제대로 맞은 남자의 머리뼈가 벌어지면서 검은색 뇌 조각이 사시가 된 눈 위로 흘러내렸다. 몸통에 칼을 다섯 방 맞은 이의 베인 목에서는 피가 뿜어져 나왔다.

"좋아." 프렌들리가 말했다. "여섯과 하나."

창녀가 소리를 지르기 시작했다. 분칠한 뺨에 검붉은 핏자국이 튀어 있었다.

"죽여 버리겠어!" 고바가 포효하듯 외쳤다. 휘청거리며 뒤로 물러선 그는 허리띠를 더듬어 번뜩이는 칼을 꺼냈다. "맛을 보여 주지." 하지만 그는 여전히 나서지 않고 있었다.

"도대체 언제?" 프렌들리가 칼을 쥔 손을 내리며 물었다. "내일까지 기다릴까?"

"내 너를……."

시버스의 몽둥이가 고바의 머리뼈 뒤쪽을 가격했다. 뒤통수를 제대로 맞은 그는 무릎이 종잇장처럼 풀려 버렸고, 풀썩 주저앉더니 축 늘어진 뺨을 돌길에 처박으며 쓰러졌다. 느슨해진 주먹에서 차가운 돌길로 칼이 떨어지며 덜그럭 소리를 냈다.

"내일도, 앞으로도 아무 짓도 안 할게요." 창녀가 비명을 지르듯 말했다. 프렌들리의 시선이 그녀를 향했다. "아직도 도망을 안 갔네?" 그녀는 높은 구두를 신은 채 휘청거리며 어둠 속으로 도망쳤다. 그녀의 흐느끼는 숨소리가 골목을 따라 울려 퍼졌고 딸랑거리는 종소리가 그 뒤를 따랐다.

시버스는 인상을 쓰며 길바닥에 쓰러진 채 피를 쏟아 내고 있는 시체들을 내려다보았다. 피 웅덩이 두 개에서 뻗어 나온 피가 돌길 틈새를 따라 흐르며 서로 만나고 갈라지고 다시 합쳐져 결국 하나가 되었다. "맙소사." 시버스가 북부 말로 중얼거렸다.

프렌들리가 어깨를 으쓱하며 말했다. "스티리아에 온 걸 환영하네."

피의 교훈

몬자는 장갑 낀 손을 내려다보며 입술을 잔뜩 오므린 채 아직 움직이는 손가락 세 개를 굽혔다 폈다 해 보았다. 주먹을 쥘 때마다 어디에서 덜그럭거리고 딱딱거리는 소리가 나는지 가늠해 보는 중이었다. 칼날 위에 중심을 잡고 서 있는 것 같은, 삶이라고 할 수 없을 것 같은 처지를 생각하면 그녀는 이상하리만치 차분했다.

자신이 얻을 수 있는 것 이상으로 무언가를 하려는 사람을 믿지 마라. 버추리오는 말했다. 오르소 대공과 그의 측근들을 살해하는 것은 쉬운 일이 아니었다. 사잠도 믿지 못할 마당에, 말 없는 전과자는 더 믿을 수 없었다. 그들에게 가진 신뢰란 그녀의 오줌이 튈 수 있는 거리, 딱 그만큼이었다. 북부에서 온 남자는 꽤 정직한 것 같았지만, 그녀는 한때 오르소도 그렇다고 생각했고, 그를 믿은 결과는 참혹했다. 그들이 환히 미소 짓는 고바와 함께 돌아와서 그녀를 폰테자르모로 끌고 가 다시 한번 산 밑으로 던진다 해도 그리 놀랄 일이 아니었다.

누구도 믿을 수 없었다. 하지만 그녀 혼자서는 아무것도 할 수 없었다.

밖에서 급한 발소리가 들렸다. 문이 벌컥 열리더니 남자 세 명이 안으로 들어왔다. 오른쪽에는 시버스, 왼쪽에는 프렌들리가 서 있었고, 그 가운데, 두 사람의 어깨에 양팔을 걸친 채 머리를 축 늘어뜨린 고바가 보였다. 끌려 들어오는 그의 군화 앞코가 바닥에 깔린 톱밥을 쓸며 선명한 자국을 남겼다. 적어도 아직까지는 두 사람을 믿을 수 있을 것 같았다.

프렌들리가 모루대까지 고바를 끌고 왔다. 바다 한가운데 고정된 검은 강철 덩어리에는 흠집이 가득했다. 시버스는 양쪽 끝에 수갑이 달린 긴 사슬을 모루대에 빙빙 둘렀다. 그는 내내 인상을 쓰고 있었다. 마치 자신의 선한 양심에 상처를 입었다고 말하는 듯한 표정이었다.

선한 양심이라니, 물론 필요한 때가 있겠지만 지금 같은 상황에서는 거슬리기만 할 뿐이었다.

부랑자와 전과자치고 두 사람은 꽤 합이 잘 맞았다. 그들은 시간을 낭비하거나 쓸데없이 움직이지 않았다. 곧 살인을 저지를 사람들치고 긴장하는 것처럼 보이지도 않았다. 그도 그럴 것이, 몬자는 일에 어울리는 사람을 잘 고르는 재주가 있었다. 프렌들리가 고바의 두꺼운 손목에 탁 소리가 나도록 수갑을 채웠다. 시버스는 손을 뻗어 램프 스위치를 돌려서 유리관의 불꽃이 더 활활 타도록 만들었다. 쏟아져 나온 빛이 지저분한 대장간을 가득 채웠다.

"깨워."

프렌들리가 물 한 양동이를 고바의 얼굴에 쏟아부었다. 그는 기침을 하고 숨을 헐떡이면서 머리를 흔들었고, 머리칼에서 물방울이 튀었다. 그가 일어서려 하자 사슬이 달그락하는 소리를 내며 그를 다시 바닥으로 잡아끌었다. 그는 단춧구멍 같은 눈에 잔뜩 힘을 주며 주변을 노려보았다.

"덜떨어진 새끼들! 너희 둘은 이제 죽은 목숨이야. 죽은 목숨이라고! 내가 누군지 몰라? 내가 누구 밑에서 일하는지 모르냐고!"

"알지." 몬자는 예전처럼 자연스럽게 걸음을 옮기려 최선을 다했지만 역시 역부족이었다. 그녀는 절뚝거리며 빛으로 나아가면서 후드를 젖혔다.

고바의 뚱뚱한 얼굴이 잔뜩 일그러졌다. "아니, 아닐 거야." 그의 눈이 커졌다. 그리고 더 커졌다. 충격은 두려움이 되었고, 두려움은 공황을 불러왔다. 그가 비틀거리면서 뒤로 물러서자 사슬이 짤랑거리는 소리가 들렸다. "네가 살아 있을 리 없다고!"

"왜 없어?" 그녀는 고통을 참으며 미소 지었다. "잘 지내셨나? 살이 더 쪘군. 나는 살이 빠졌는데. 세상 돌아가는 게 참 웃기지. 그거 혹시 내 반지인가?"

그의 새끼손가락에 루비 반지가 끼워져 있었다. 검은 테두리 안에서 붉은 보석이 반짝이고 있었다. 프렌들리는 몸을 숙여 반지를 비틀어 빼서 그녀에게 던졌다. 그녀는 왼손으로 반지를 낚아챘다. 베나가 준 마지막 선물이었다. 오르소 공작에게 향하는 산길을 오르며 두 사람을 웃게 했던 그 반지였다. 두꺼운 테두리가 약간 휘고 긁힌 자국도 생겼지만, 루비는 그 어느 때보다 강렬하게 반짝이고 있었다. 베인 목에서 흘러나오던 피의 빛깔 그대로.

"네놈이 날 죽이려 했을 때 부상을 좀 당했어. 하지만 우리 중에 안 그런 사람이 있나?" 그녀는 한참 동안 더듬거리며 왼손 중지에 반지를 끼워 넣었고, 마침내 반지를 비틀어 손가락 깊숙이 끼는 데 성공했다. "이 손에도 딱 맞네. 운이 좋군."

"잠깐만! 거래를 할 수도 있잖아!" 고바의 얼굴에는 구슬 같은 땀방울이 맺히기 시작했다. "생각을 좀 해 보자고!"

"나는 이미 충분히 생각했어. 근데 여긴 밀쳐서 떨어뜨릴 산이 없지 뭐야." 그녀는 선반에서 망치를 꺼냈다. 손잡이가 짧고 육중한 강철 대가리가 달린 망치였다. 그녀는 장갑 낀 손으로 망치를 꽉 쥐면서 손가락 관절이 돌아가는 것을 느꼈다. "그래서 이 망치로 너를 부숴 버리려고 해. 좀 잡아 줄래?" 프렌들리가 고바의 오른팔을 접어 모루대에 올린 다음, 잔뜩 힘이 들어간 창백한 손가락들을 어두운 모루판에 펼쳤다. "나를 제대로 죽였어야지."

"오르소가 알아낼 텐데! 다 알아낼 거라고!"

"당연히 그럴 테지. 내가 테라스 밖으로 던지러 갈 거니까. 그 전에 알게 될 수도 있고."

"넌 못 해! 그가 널 죽일 거니까!"

"이미 한 번 죽였잖아, 기억하지? 실패했지만."

고바는 목덜미에 핏대를 세우며 버둥거렸다. 하지만 프렌들리는 덩치 좋은 그를 꼼짝 못 하게 잡고 있었다. "너는 공작을 이길 수 없어!"

"그럴지도 모르지. 한번 보자고. 확실한 게 하나 있긴 해." 그녀가 망치를 높이 들었다. "너는 어차피 결과를 절대 알 수 없다는 거."

금속끼리 부딪치는 희미한 소리와 함께 그의 손가락으로 망치가 한 번, 두 번, 세 번 떨어졌다. 망치질을 할 때마다 몬자의 손에 충격이 전해졌고 팔까지 통증이 느껴졌다. 하지만 고바가 느끼는 고통에는 비할 수 없었다. 그는 숨을 헐떡거리며 비명을 지르고 몸을 떨었다. 잔뜩 긴장한 고바의 머리통에 프렌들리의 무표정한 얼굴이 짓눌리고 있었다. 고바가 모루대에서 몸을 홱 젖히는 바람에 손날이 위로 향했다. 몬자는 입꼬리가 올라가는 것을 느끼며 망치를 들어 손이 납작해지도록 힘껏 내리찍었다. 그렇게 연달아 손목을 내리치자, 그의 손은 시커멓게 변했다.

"내가 다쳤던 것보다 더 많이 다친 것 같네." 그녀가 어깨를 으쓱했다. "뭐, 빚을 갚을 때는 이자를 쳐서 갚는 게 예의니까. 다른 손을 올려 줘."

"안 돼!" 고바가 침을 흘리며 꽥꽥거렸다. "우리 아이들을 생각해 줘."

"내 동생도 좀 생각해 주지 그랬어!"

곧 그의 다른 손도 망치에 완전히 으스러졌다. 그녀는 그의 손을 똑바로 보며 신중하게 때릴 자리를 선정했다. 손끝, 손가락, 손마디, 엄지, 손바닥, 손목이 차례로 부서졌다.

"여섯에 여섯이네." 고바의 고통스러운 포효 속에 프렌들리가 낮은 소리로 말했다.

귀에서 심장이 뛰는 소리가 들렸다. 몬자는 프렌들리가 한 말을 자신이 제대로 들었는지 확신할 수 없었다. "뭐?"

"여섯 번, 그리고 여섯 번." 프렌들리가 고바를 놓아주고 손을 털며 몸을 일으켰다. "망치로 때린 횟수."

"그런데?" 몬자가 따지듯 물었다. 때린 횟수가 무슨 의미가 있는지 그녀는 이해할 수 없었다.

고바는 다리로 몸을 지탱하며 모루 위로 몸을 숙인 다음 사슬을 이리저리 끌면서 침이 튀어나올 정도로 온 힘을 다해 거대한 모루대를 움직이려 애를 썼지만, 검게 변한 손은 그저 허우적거릴 뿐이었다.

그녀가 그를 향해 몸을 기울이며 말했다. "내가 일어나라고 했던가?" 망치가 날카로운 쾅 소리를 내며 그의 무릎을 내리쳤다. 바닥에 등을 대고 쓰러진 그는 비명을 지르기 위해 숨을 들이쉬었고, 망치는 다시 한번 그의 다리를 내리쳤다. 다리는 기괴한 방향으로 꺾였다.

"힘드네." 코트를 벗던 그녀는 어깨가 욱신거려 움찔하고 말았다. "내가 예전만큼 유연하지가 못해서 말이야." 그녀는 팔 앞쪽에 남아 있는 긴 흉터가 드러나도록 검은색 셔츠 소매를 말아 올렸다. "계집들이 땀을 흘리게 만드는 방법을 안다고 늘 떠들어 댔지, 고바? 내가 항상 비웃었잖아." 그녀는 팔등으로 얼굴을 닦았다. "이제 보니 네놈이 맞았네. 풀어 줘."

"확실해?" 프렌들리가 물었다.

"발꿈치라도 물릴까 봐 무서워? 잡기 놀이 한번 해 보자고." 프렌들리가 어깨를 으쓱하더니 몸을 숙여 고바의 손목에 감긴 수갑을 풀었다. 시버스는 인상을 찌푸린 채 어둠 속에서 그녀를 바라보고 있었다. "뭐가 잘못됐어?" 그녀가 시버스를 향해 신경질적으로 물었다.

그는 아무 말도 하지 않았다.

고바는 팔꿈치로 톱밥을 헤치며 정처 없이 바닥을 기었다. 그의 입에서는 아무 뜻 없는 신음이 흘러나오고 있었다. 폰테자르모 아래 산기슭에 던져져 몸이 산산조각 났을 때 몬자가 냈던 것과 닮은 소리였다.

"흐어어어엉……."

이 상황은 몬자가 기대했던 것보다 훨씬 즐겁지 않았고, 오히려 더 화만 돋울 뿐이었다. 그의 신음은 왠지 모르게 몹시 신경에 거슬렸다. 손에 욱신거리는 통증이 전해졌다. 그녀는 점점 더 즐거워지고 있다는 듯 미소를 지으려 애를 쓰며 그를 따라 절뚝거리며 걸었다.

"좀 실망이야. 오르소 공작은 자기 경비병이 엄청 힘이 좋다면서 입에 침이 마르도록 자랑했잖아? 이제 네가 얼마나 센지 볼까? 이 망치보다……."

발이 미끄러지면서 발목이 삐끗한 그녀는 소리를 지르며 용광로 옆에 쌓인 벽돌 쪽으로 휘청거렸고, 중심을 잡으려 왼손을 뻗었다. 그리고 곧 벽돌이 뜨겁게 달궈져 있다는 사실을 깨달았다.

"빌어먹을!" 광대처럼 우스꽝스럽게 비틀거리며 반대쪽으로 걸음을 옮기던 그녀는 양동이를 발로 차는 바람에 왼쪽 다리에 더러운 물을 튀기고 말았다. "제기랄!"

그녀는 고바를 향해 몸을 숙여 신경질적으로 망치를 휘둘렀다. 창피를 당했다는 생각에 갑작스럽게, 어처구니없을 정도로 화가 치밀었다. "나쁜 새끼! 개새끼!" 강철 망치가 그의 갈비뼈를 쿵 하고 내리치자 그는 숨 넘어가는 소리로 신음을 뱉었다. 그가 몸을 웅크리며 그녀를 반쯤 자기 위로 끌어당기자 그녀의 다리가 비틀렸다.

엉덩이에 찌르는 듯한 고통에 그녀는 찢어질 듯한 비명을 질렀다. 그녀는 고바의 귀가 반쯤 찢어질 때까지 옆머리를 망치 자루로 내리찍었다. 시버스가 한 발 앞으로 나왔지만 그녀는 이미 그를 놓고 한 발 뒤로 물러난 참이었다. 고바는 낑낑거리며 간신히 몸을 일으켜서 커다란 물통에 기대앉았다. 그의 손은 원래 크기보다 두 배는 부풀어 있었다. 힘없이 축 늘어진 보라색 장갑 같았다.

"빌어!" 그녀가 씩씩거렸다. "나한테 빌라고, 살찐 돼지 새끼야!"

하지만 고바는 정신이 나간 채 자기 팔 끝에 달린 고깃덩어리를 뚫어져라 보고 있었다. 그리고 비명을 질렀다. 거칠고 구슬픈, 짧은 비명이었다.

"누가 듣겠군." 그러든 말든 상관없다는 투로 프렌들리가 말했다.

"그럼 입을 닥치게 만들든가."

프렌들리는 뒤에 있던 술통으로 몸을 기울이더니 철사를 꺼내 양손으로 잡고 고바의 목 아랫부분에 감은 다음 힘껏 위로 당겼다. 그러자 그의 고함 소리가 불안정하게 쉭쉭거리는 소리로 줄어들었다.

몬자는 고바와 얼굴을 마주 볼 수 있도록 쪼그려 앉았다. 살이 덕지덕지 붙은 그의 목에 감긴 철사를 구경하는 동안 그녀의 무릎이 불타는 것 같았다. 고바의 철사가 그녀의 목에 감겼을 때와 똑같은 모양새였다. 그녀의 흉터가 간질간질했다. "느낌이 어때?" 그녀는 조금이라도 통쾌함을 느껴 보려고 눈을 깜빡이며 그의 얼굴을 살폈다. "느낌이 어떠냐니까?" 하지만 그녀 자신보다 그 느낌을 잘 아는 사람은 없을 것이었다. 고바의 눈이 툭 불거져 나왔고, 축 늘어진 턱살은 분홍색이었다가 붉은색, 보라색으로 변하며 덜덜 떨리고 있었다. 그녀는 자리에서 일어섰다. "아까운 장난감을 버린다고 말해 주고 싶은데, 넌 아깝지가 않아서 말이야."

그녀는 눈을 감고 고개를 뒤로 젖힌 다음 코로 숨을 길게 들이쉬면서 망치를 꽉 움켜쥐고 높이 쳐들었다.

"죽이지도 못할 거면서 날 배신해?"

망치가 고바의 통통한 눈 사이를 때렸고, 돌이 쪼개지는 듯한 날카로운 소리가 났다. 그의 허리가 뒤로 휘어졌고, 입은 하품하듯 벌어졌지만 아무 소리도 나오지 않았다.

"죽이지도 못할 거면서 내 도움을 받았어?"

망치로 코를 때리자 고바의 얼굴에 깨진 달걀처럼 움푹 팬 자국이 생겼다. 고바는 몸이 움츠러들면서 부러진 다리에 경련을 일으켰다.

"날 죽이지도 못할 거면서 내 동생을 죽였어?"

마지막 한 방에 그의 머리뼈는 완전히 박살이 났다. 보라색으로 변한 얼굴을 타고 검붉은 피가 흘러내렸다. 프렌들리가 철사를 놓자 고바는 옆으로 미끄러지듯 쓰러졌다. 그리고 그의 몸은 조용하게, 거의 우아하다고 할 수 있을 정도로 부드럽게 앞으로 한 번 구른 다음 움직임을 멈췄다.

죽었다. 전문가가 아니라도 알 수 있었다. 몬자는 인상을 쓰며 저린 손가락을 꾸역꾸역 펼쳤고, 망치가 땡그랑 소리를 내며 바닥에 떨어졌다. 붉은 피로 번들거리는 망치 머리 한쪽 귀퉁이에 머리카락 뭉치가 끼여 있었다.

하나가 죽었다. 여섯이 남았다.

"여섯과 하나." 그녀가 혼잣말로 중얼거렸다. 프렌들리가 휘둥그레진 눈으로 그녀를 빤히 보았지만, 그녀는 그저 어리둥절할 뿐이었다.

"어땠어?" 어둠 속에서 그녀를 지켜보고 있던 시버스가 물었다.

"뭐가?"

"복수. 만족스럽던가?"

몬자는 다친 손과 데인 손, 두 다리와 머리통이 욱신거리는 느낌 말고는 아무것도 느낄 수 없었다. 베나는 여전히 죽었고, 그녀의 몸도 여전히 성치 않았다. 그녀는 얼굴을 찌푸린 채 자리에 서서 아무 대답도 할 수 없었다.

"이건 치울까?" 프렌들리가 한 팔을 휘둘러 시체를 가리키며 말했다. 다른 손에는 번뜩이는 커다란 칼이 쥐어 있었다.

"아무도 찾을 수 없게 처리해."

프렌들리는 고바의 발목을 잡고 모루대 쪽으로 질질 끌기 시작했고, 톱밥 사이로 핏자국이 그려졌다. "토막 내서 하수관에 버리지. 쥐새끼들 밥이나 되게."

"과분한 처사군." 말은 그렇게 했지만 몬자는 비위가 상하는 것 같았다. 허스크가 필요했다. 그 시간이 다가오고 있었다. 허스크 한 모금이면 마음이 차분해질 것이었다. 그녀는 은화 쉰 냥이 든 작은 주머니를 꺼내 시버스에게 건넸다.

그가 주머니를 받아 들자 주머니에서 동전이 짤랑거리는 소리가 들렸다. "이제 됐나?"

"이제 됐어."

"좋아." 그는 할 말이 있는 것처럼 멈칫했지만 아무 말도 떠오르지 않았다. "남동생 일은 유감이군."

그녀는 등불 빛 아래 시버스의 얼굴을 바라보았다. 신중한 눈빛으로, 그를 찬찬히 뜯어보았다. 그는 그녀나 오르소 공작에 대해 아무것도 알지 못했다. 겉으로 보기에는 아무것도 모르는 듯했다. 하지만 그는 싸울 줄 아는 사람이었고, 그녀는 그 모습을 두 눈으로 똑똑히 목격했다. 사잠의 소굴에 혼자 들어가는 것은 용기 없이는 할 수 없는 행동이었다. 용기 있는 남자. 어쩌면 양심도 있는 남자. 자존심이 센 남자. 그녀가 잘만 다룬다면 충성심도 끌어낼 수 있다는 이야기였다. 충성심 있는 남자는 스티리아에서 보기 드문 자원이었다.

그녀는 혼자 시간을 보낸 적이 거의 없었다. 언제나 베나가 옆에 있었다. 옆에 없을 때는 뒤에 있었다. "유감이라니."

"그래. 나도 형이 있었거든." 그는 문을 향해 돌아서고 있었다.

"일이 더 필요해?" 그녀는 그에게 시선을 고정한 채 한 발짝 나아

가면서 멀쩡한 손을 등 뒤로 가져가 칼자루를 찾았다. 그는 그녀의 이름을 알고 있었고, 오르소의 이름도, 사잠의 이름도 알고 있었다. 그것만으로도 죽일 이유는 차고 넘쳤다. 그가 무슨 답을 하든 들어야만 했다.

"이런 일인가?" 그가 얼굴을 찌푸리며 발밑에 깔려 있는 피로 물든 톱밥을 내려다보았다.

"살인이지. 그 단어를 말한다고 큰일이 나진 않아." 그녀는 그의 가슴팍을 찌를지 턱 밑을 찌를지 아니면 돌아서길 기다렸다가 등을 노릴지 생각하고 있었다. "무슨 일일 거라 생각했는데? 염소젖 짜기?"

그는 긴 머리칼을 휘날리며 고개를 저었다. "바보같이 들릴지 모르지만, 나는 더 나은 사람이 되려고 고향을 떠나왔어. 당신도 물론 나름의 이유가 있겠지만, 왠지 내가 잘못된 방향으로 가고 있는 기분이야."

"여섯 명 남았어."

"아니, 아니야. 나는 됐어." 그는 마치 자기 자신을 설득하려는 듯했다. "얼마나 더 남았든······."

"5000냥."

이미 거절을 하려고 입을 연 참이었지만 그는 아무 말도 할 수 없었다. 그는 그녀를 빤히 보았다. 처음에는 깜짝 놀란 표정이었지만 이내 생각에 잠긴 듯했다. 5000냥이 얼마나 큰 돈인지, 그 돈으로 무엇을 할 수 있는지 생각할 수밖에 없었을 것이다. 몬자는 사람에게 걸맞은 값을 제시하는 재주가 있었다. 모든 사람은 가격을 매길 수 있는 법이다.

그녀는 그의 얼굴을 올려다보며 한 걸음 앞으로 다가갔다. "당신은 좋은 사람이야. 나는 알아. 그리고 열심히 일하는 사람이지. 나는 그런 사람이 필요해." 그녀는 눈을 깜빡이며 그의 입술 아래를 바라보다가 다시 그의 눈을 보며 말했다. "도와줘. 나는 당신 도움이 필요하고, 당신은 내 돈이 필요하잖아. 5000냥이야. 그만한 돈을 가지면 더 나은 사람이 되기도 쉬울 거야. 도와줘. 아마 북부의 반을 사들일 수도 있을 거야. 왕이 될 수도 있어."

"왕이 되고 싶다고 누가 그래?"

"그럼 여왕이 되든가. 어쨌든 난 당신이 절대 하지 않을 일을 알아." 그녀는 몸을 기울여 자신의 숨이 그의 목에 닿을 정도로 그에게 가까이 다가갔다. "일을 달라고 애원하는 거. 내 생각에, 당신처럼 자존심 강한 남자는 그런 삶을 살아서는 안 돼." 그리고 그녀는 눈길을 거뒀다. "물론, 강요할 수는 없겠지."

그는 자리에 멈춰 손에 든 주머니의 무게를 느꼈다. 그녀는 이미 칼자루에서 손을 떼고 있었다. 그녀는 그가 뭐라고 답할지 이미 알고 있었다. 돈은 모두에게 다른 물건이지만 늘 좋은 물건이다. 바이알로벨드는 말했다.

그가 고개를 들었을 때 그의 표정은 단호하게 변해 있었다. "누구를 죽일 건데?"

예전 같았으면 지금 이 순간, 그녀는 베나의 이죽거리는 미소를 보기 위해 곁눈질을 하며 웃었을 것이다. 우리가 또 이겼어. 하지만 베나는 죽었고, 몬자는 그다음에 죽일 사람을 생각하고 있었다.

"은행가."

"누구?"

"돈 세는 사람."

"돈 세는 걸로 돈을 번다고?"

"그래."

"여긴 참 별의별 일을 하는 사람이 다 있군. 그 사람이 무슨 짓을 했는데?"

"내 남동생을 죽였어."

"또 복수인가?"

"또 복수야."

시버스는 고개를 끄덕였다. "일자리가 생겼군. 뭘 하면 돼?"

"프렌들리를 도와서 쓰레기를 치워. 그리고 여길 떠날 거야. 더는 탈린에서 어슬렁거릴 이유가 없으니까."

시버스는 모루대 쪽을 바라보며 날카롭게 숨을 들이마셨다. 그리고 그녀가 준 칼을 꺼내며 고바의 시체를 토막 내기 시작한 프렌들리를 향해 걸어갔다.

몬자는 자신의 왼손을 내려다보며 손등에 튄 핏자국을 문질러 닦아 냈다. 그녀의 손가락이 약간 떨리고 있었다. 사람을 죽여서인지, 아니면 사람을 죽이지 않아서인지, 허스크가 간절해서인지, 그녀는 알 수 없었다.

어쩌면 셋 다일 수도 있었다.

II 웨스트포트

"사람들은 점차 독에 익숙해진다."
— 빅토르 위고

첫해에 그들은 늘 배가 고팠다. 몬자가 밭과 씨름하고 숲을 뒤지는 동안 베나는 마을에 가서 구걸을 해야 했다.

두 번째 해에는 수확이 약간 더 괜찮았고, 헛간 옆에 뿌리 작물을 키우는 밭도 꾸몄다. 그리고 눈보라가 몰아쳐 계곡에 하얀 적막만 흐르게 되었을 때는 늙은 방앗간 주인 데스토트에게서 빵도 조금 얻을 수 있었다.

세 번째 해에는 날씨가 좋았고, 비도 때에 맞춰 내렸다. 몬자는 윗밭을 잘 일궈 냈다. 아버지가 살아 계실 때만큼 풍작을 거둘 수 있을 것 같았다. 국경에 문제가 생기면서 곡물 가격이 올랐다. 남매는 돈을 벌 예정이었고, 그 돈으로 지붕을 고치고 베나에게 몸에 맞는 셔츠도 사 입힐 생각이었다. 몬자는 바람에 일렁이는 밀밭을 지켜보며 자신의 힘으로 뭔가를 일궈 냈다는 사실에 뿌듯했다. 아버지가 늘 이야기하던 자부심을 그녀는 이제 이해할 수 있었다.

수확을 며칠 앞둔 어느 날, 어둠 속에서 깨어난 몬자의 귀에 낯선 소리가 들렸다. 그녀는 옆에서 자고 있던 베나를 흔들어 깨우고, 한 손으로 그의 입을 막았다. 그녀는 아버지의 검을 꺼내 들고 덧창을 열었다. 그리고 베나와 함께 창문으로 몰래 빠져나가 숲으로 들어갔다. 남매는 나무줄기 뒤 가시덤불 속에 몸을 숨겼다.

그들의 집 앞에 어두운 형체가 나타났다. 어둠 속에서 횃불이 흔들리고 있었다.

"누구야?"

"쉿."

몬자는 그들이 문을 부수고 집과 헛간으로 쳐들어가는 소리를 들었다.

"원하는 게 뭘까?"

"쉿."

그들은 들판으로 흩어져 횃불로 불을 질렀고, 불길은 밀을 집어삼키며 포효하듯 활활 타올랐다. 누군가 환호하는 소리가 들렸다. 또 다른 누군가가 웃음을 터뜨렸다.

그 광경을 바라보던 베나의 얼굴이 오렌지 빛으로 빛났다. 동생의 마른 뺨에 반짝이는 눈물이 흘러내렸다. "그렇지만 저 사람들이 왜…… 우리 밭을 왜……?"

"쉿."

몬자는 맑은 하늘 위로 연기가 피어오르는 모습을 지켜보았다. 그녀의 노력, 땀과 고통이 모두 하늘 위로 사라지고 있었다. 그녀는 사람들이 모두 사라지고 난 후에도 그 자리에 머물러 타오르는 불길을 바라보았다.

아침이 되자 사람들이 더 많이 몰려왔다. 계곡 근처에 사는 사람들은 단호한 표정으로 복수심에 불타고 있었다. 방앗간 주인 데스토트가 앞장을 섰고 세 아들이 그의 뒤를 따랐다.

"놈들이 여기에도 왔구먼그래. 살아 있어서 다행이구나. 놈들이 계곡 상류에 사는 크레비와 그의 아내를 죽였어. 그의 아들도 죽었단다."

"어떻게 하실 계획이에요?"

"뒤쫓아야지. 그리고 목을 매달 게다."

"저희도 갈게요."

"너희는……."

"갈게요."

평생을 방앗간 주인으로만 살지는 않았던 데스토트는 무엇을 해야 하는지 정확히 알았다. 그들은 다음 날 밤에 침입자들을 따라잡았다. 남쪽으로 돌아가던 그들은 숲속에 불을 피우고 마땅한 보초병도 없이 야영을 하고 있었다. 군인이라기보다 좀도둑에 가까운 자들이었다. 농부들도 있었다. 그들은 국경 하나를 사이에 두고 반대편에 살고 있을 뿐이었고, 제 잇속을 챙기느라 바쁜 영주들이 꾸며낸, 있지도 않은 원한을 갚기 위해 선택된 이들이었다.

"살인을 할 준비가 되지 않은 사람은 여기 남게." 데스토트는 자신의 검을 뽑았고, 다른 사람들도 칼과 도끼, 직접 만든 창을 치켜들었다.

"기다려!" 베나가 몬자의 팔에 매달리며 외쳤다.

"안 돼."

그녀는 아버지의 검을 들고 몸을 낮춰 조용하게 달렸다. 어두운 나무 사이로 춤을 추는 불꽃이 보였다. 울음소리와 금속이 부딪히는 소리, 활시위를 당기는 소리가 들렸다.

그녀는 수풀 밖으로 나갔다. 남자 두 명이 모닥불 옆에 몸을 웅크리고 있었다. 모닥불 위에 걸린 냄비에서 김이 모락모락 피어오르고 있었다. 굵은 턱수염을 기른 남자는 손에 나무 도끼를 쥐고 있었다. 그가 도끼를 반쯤 들어 올렸을 때 몬자는 그의 눈을 가로지르도록 칼을 휘둘렀고, 그는 비명을 지르며 고꾸라졌다. 다른 한 명은 도망치기 위해 돌아섰고, 몬자는 그가 한 걸음을 떼기도 전에 등에 칼을 꽂아 넣었다. 턱수염 사나이는 두 손으로 얼굴을 감싼 채 울부짖고 또 울부짖었다. 몬자가 가슴팍을 찌르자 그는 침이 가득 고인 신음을 뱉다가 마침내 잠잠해졌다.

몬자는 얼굴을 찌푸리며 시체 두 구를 내려다보았다. 싸우는 소리가 점점 잦아들고 있었다. 베나가 나무 사이에서 살금살금 다가오더니 턱수염 사나이의 허리띠에서 지갑을 뜯어내 손바닥에 은화를 쏟아 냈다.

"열일곱 냥이야."

1년 내내 밭을 일궈 벌 수 있는 것보다 두 배는 많은 돈이었다. 베나는 눈이 휘둥그레진 채 다른 남자의 지갑을 그녀에게 건넸다. "이건 서른 냥."

"서른 냥?" 몬자는 아버지의 검에 묻은 피를 바라보았고, 자신이 살인자가 되었다는 사실이 이상하게 느껴졌다. 이렇게 쉽게 사람을 죽일 수 있다는 것도 이상했다. 먹고살기 위해 돌투성이 땅을 파는 것보다 쉬웠다. 훨씬, 훨씬 쉬웠다. 그녀는 후회가 밀려오기를 기다렸다. 아주 오랫동안.

후회는 그녀를 찾아오지 않았다.

독

모비어가 가장 좋아하는 유형의 오후였다. 공기는 차갑기보다는 서늘하며, 주위는 완전히 고요하고, 하늘은 티 없이 맑았다. 밝은 해가 짙은 고동색 과일나무 가지 사이로 반짝이며 도금이 벗겨진 구리 삼각대의 막대와 나사 사이에 남아 있는 금빛을 찾아내고, 연기가 자욱하게 끼어 빙글빙글 돌고 있는 유리병 안에서 소중한 불꽃을 일으켰다. 이런 날 야외에서 작업하는 것보다 즐거운 일은 없었다. 게다가 치명적일 수도 있는 증기가 그에게 아무 해도 입히지 않고 공중으로 흩어질 수 있다는 것도 좋았다. 모비어와 같은 분야에 종사하는 사람들은 자기가 다루던 물질 때문에 목숨을 잃는 경우가 많았고, 모비어는 그런 이들 중 하나가 되고 싶은 생각은 전혀 없었다. 무엇보다도 그렇게 되면 그의 명성에 돌이킬 수 없는 흠이 생기게 될 것이기 때문이었다.

모비어는 램프 불빛의 잔물결을 보며 미소 지었고, 이따금 응축기와 증류기가 부드럽게 딸깍거리는 소리, 쉭 하고 증기가 빠져나가는 편안한 소리, 시약이 보글보글 끓는 소리에 맞춰 고개를 끄덕이기도 했다. 검술의 대가에게는 칼을 뽑는 소리가, 거상에게는 금화가 짤랑거리는 소리가 그렇듯, 이 소리들은 모비어에게 일이 잘 돼 가고 있다고 알려 주는 소리였다. 그래서 그는 위로 갈수록 좁아지는 플라스크의 구부러진 유리 너머로 얼굴을 찡그리며 집중하고 있는 데이의 얼굴을 만족스럽게 바라보았다.

의심할 여지 없이 예쁜 얼굴이었다. 곱슬한 금발 머리카락이 하트형 얼굴을 살짝 덮고 있었다. 하지만 특별한 구석이 없고 전혀 도발적이지 않은, 그런 종류의 예쁨이었다. 상대방을 무장해제시키는 순진한 눈빛 덕에 온화한 인상을 풍겼다. 호감을 주지만 그 이상의 주목을 받기는 힘든, 잊기 쉬운 얼굴이기도 했다. 모비어가 그녀를 선택한 이유도 그녀의 외모 때문이었다. 그는 어떤 일도 우연히 하는 법이 없었다.

응축기 끝부분에 보석 같은 액체 방울이 만들어졌다. 방울은 점점 크기를 키우며 부풀었고, 마침내 스스로 떨어져 나와 허공을 구르다가 소리 없이 플라스크 바닥으로 떨어졌다.

"아주 좋아." 모비어가 중얼거렸다.

더 많은 액체 방울들이 엄숙한 행렬을 이루며 부풀어 오르고 떨어졌다. 마지막 방울은 유리병에 아슬아슬하게 매달렸고, 데이는 손을 뻗어 유리병을 부드럽게 흔들었다. 마지막 방울이 떨어져 나머지 방울들과 합쳐졌고, 유리병 바닥에 물기가 고인 것처럼 보였다. 간신히 입술을 적실 수 있을 정도의 양이었다.

"데이 양, 이제 아주 조심스럽게, 아주, 아주 조심스럽게 다뤄야 하네. 한 끗 차이로 인생이 달라질 수 있으니까. 자네 삶뿐만 아니라 내 삶도."

그녀는 혀로 아랫입술을 누르며 이전보다 더 조심스러운 손길로 응축기를 비틀어 분리한 다음 쟁반에 올려놓았다. 나머지 장치도 천천히 하나씩 분리되었다. 모비어의 견습생인 그녀의 손은 세심하고 부드러웠다. 그녀가 하는 일에 꼭 맞게 민첩하고 안정적으로 움직일 줄도 알았다. 그녀는 코르크 마개를 유리병 주둥이에 밀어 넣고 빛을 향해 들었고, 햇빛에 비친 액체는 다이아몬드 같은 빛을 내며 반짝였다. 그녀는 순수하고 예쁘지만 잊어버리기 쉬운 미소를 지었다. "별로 대단해 보이지는 않네요."

"그게 가장 중요한 거라네. 색도, 향도, 맛도 없지. 하지만 극소량이라도 입으로 섭취하든, 부드러운 수증기로 들이켜든, 피부에 아주 살짝 닿든, 단 몇 분 안에 목숨을 잃게 되지. 해독제도 없고, 치료법도 없고, 면역도 키울 수 없네. 진정한…… 독물의 왕이라 할 수 있지."

"독물의 왕이라." 그녀가 경외심을 담아 속삭였다.

"데이 양, 가슴에 새기게. 이 독은 아주 절박하게 필요할 때만 써야 한다네. 가장 위험하고 음흉하며 교활한 적에게만, 독의 예술에 정통한 이들에게만 써야 한다는 말일세."

"알겠습니다. 늘 조심 또 조심할게요."

"아주 좋아. 그게 가장 귀중한 교훈이지." 모비어는 의자에 등을 기대앉아 양 손가락을 모아 뾰족한 탑 모양이 되도록 만들었다. "이제 내 비법의 가장 깊은 부분까지 알게 되었군. 견습 생활은 이걸로 끝이네. 하지만…… 내 조수로 계속 일을 해 주면 좋겠군."

"선생님 밑에 계속 있을 수 있다면 영광이죠. 아직 배울 게 많은 걸요."

"그건 우리 모두 마찬가지지." 모비어는 멀리서 초인종이 울리는 소리에 고개를 번쩍 들었다. "우리 모두 마찬가지일세."

과수원을 가로지르는 긴 길을 따라 두 형체가 다가오고 있었다. 모비어는 망원경을 홱 낚아채 그들 쪽으로 향하게 들었다. 남자 한 명과 여자 한 명이었다. 키가 매우 크고 힘이 세 보이는 남자는 낡은 코트를 입고 긴 머리를 휘날리고 있었다. 외모로 보아 북부 사람인 듯했다.

"원시인이구먼." 그는 혼잣말처럼 중얼거렸다. 북쪽 사람들은 잔인하고 미신에 빠지기 일쑤였고, 그는 아무 가책도 느끼지 않고 그들을 경멸했다.

그는 망원경을 여자 쪽으로 움직였다. 남자 같은 차림을 한 그녀는 흔들림 없는 눈빛으로 집 쪽을 응시하고 있었다. 그를 보고 있는 것 같기도 했다. 얼굴은 의심할 여지 없이 아름다웠고 머리칼은 칠흑같이 검었다. 하지만 그녀의 아름다움은 차갑고 마음을 불안하게 하는 구석이 있었고, 음울한 목적을 품은 듯한 어두운 분위기 때문에 그 아름다움은 한층 더 강렬한 인상을 남겼다. 도전 의식을 불러일으키고 동시에 위협을 느끼게 하는 얼굴, 한번 흘깃 보더라도 쉽게 잊기 힘든 얼굴이었다. 물론 모비어의 어머니에는 비할 수 없는 아름다움이지만, 아름다움으로 어머니를 이길 수 있는 인간은 세상에 없었다. 그의 어머니는 인간이 가질 수 있는 모든 장점을 초월한 아름다움을 지녔다. 햇살을 머금은 듯한 어머니의 순수한 미소는 모비어의 기억에 영원히 새겨져 있었다. 마치…….

"방문객인가요?" 데이가 물었다.

"그 머카토라는 여자가 왔군." 그는 손가락으로 테이블을 두드리며 말했다. "이것들을 전부 치우게. 아주 신중하게 처리하는 것 잊지 말고. 와인이랑 케이크를 내오게."

"케이크에 넣고 싶으신 게 있나요?"

"자두랑 살구 약간. 저들을 죽이는 게 아니라 환영하고 싶으니까."

데이가 신속하게 테이블을 치우고 식탁보를 깔고 의자를 다시 가져다 놓는 동안 모비어는 그들을 맞을 준비를 했다. 그리고 의자에 앉아 무릎까지 오는 광이 나는 군화를 신은 다리를 꼬고 가슴팍 앞으로 손을 모아 잡았다. 그는 자기 농지에서 겨울 공기를 즐기는 시골 신사처럼 보였다. 어쨌든, 그는 이 모든 것을 누릴 자격이 있지 않던가?

방문객들이 집 가까이 다가오자 그는 알랑거리는 미소를 지으며 자리에서 일어났다. 머카토는 살짝 절뚝거리며 걸어왔다. 불편함을 잘 감추고 있었지만, 오랜 세월 동안 이 일을 해 오면서 칼날처럼 날카로운 통찰력을 길러 온 모비어는 세세한 부분이라도 놓치는 법이 없었다. 그녀는 오른쪽 엉덩이 아래로 검을 차고 있었다. 좋은 검인 것 같지만 그는 딱히 관심을 두지 않았다. 검은 흉하고 세련되지 못한 도구였다. 신사들이라면 검을 차고 다니지만. 거칠고 험악한 자들만 분에 못 이겨 검을 휘두르는 법이었다. 그녀는 오른손에 장갑을 끼고 있었다. 뭔가 숨기고 싶은 게 있는 게 분명했다. 왜냐하면 왼손에는 장갑을 끼지 않은 데다 엄지손톱만큼 크고 피처럼 붉은 보석까지 끼워져 있었기 때문이다. 만약, 아마 확실히 그렇겠지만, 보석이 루비라면, 그 값어치는 어마어마할 것이었다.

"내 이름은……."

"몬즈카로 머카토 양이시겠군요. 한때 천검단의 수장으로 최근까지 탈린의 공작 오르소를 위해 일했던." 장갑 낀 손을 피하는 게 좋겠다고 생각한 모비어는 겸손함과 복종을 담아 그의 왼손을 손바닥이 보이도록 내밀었다. "우리의 친구이자 캔틱의 신사인 사잠이 여러분이 찾아오리라고 미리 귀띔해 주었지요." 그녀는 그의 손을 맞잡고 짧고 단호하게, 사무적으로 흔들었다. "친구분의 성함은 어떻게 되십니까?" 모비어는 황송하다는 듯 허리를 숙여 북부 남자의 커다란 손을 양손으로 잡았다.

"콜 시버스요."

"그렇군요, 그래요. 저는 언제나 북부 사람들의 이름이 유쾌하게 독창적이라고 생각해 왔지요."

"뭐라고 했소?"

"좋다는 말입니다."

"그렇군."

모비어는 그의 손을 조금 더 잡고 있다가 놓아주었다. "부디 앉으십시오." 그는 머카토가 자리에 앉을 때 그녀의 얼굴에 살짝 스친 찡그리는 표정을 보며 미소 지었다. "머카토 양께서 이렇게까지 아름다우리라고는 기대하지 않았습니다."

그녀는 인상을 썼다. "당신이 이렇게까지 상냥하리라고는 기대하지 않았는데."

"아하, 필요할 때는 상냥하지 않은 모습을 보일 수도 있습니다." 데이가 소리 없이 나타나 탁자에 달콤한 케이크와 와인 한 병, 잔들을 올려놓았다. "지금은 그럴 일이 없지 않겠습니까? 와인 한잔하시지요?"

그의 방문객들은 의미심장한 눈빛을 교환했다. 모비어는 웃는 얼굴로 코르크를 열고 자기 잔에 와인을 따랐다. "두 분은 용병이지만 만나는 모두에게 강도 짓이나 협박 또는 갈취 같은 걸 하지 않으시지요. 마찬가지로 저도 제가 만나는 모든 사람에게 독을 먹이지는 않는답니다." 그는 와인이 안전하다는 사실을 강조하려는 듯 후루룩 소리를 내며 와인을 들이켰다. "만약 그렇다면 누가 저를 고용하겠습니까? 걱정 마십시오."

"어쨌든 양해를 해 주시리라 믿겠어요."

데이가 케이크에 손을 뻗으며 말했다. "제가……."

"자네 많이 드시게." 그리고 그는 머카토에게 말했다. "제 와인 때문에 오신 건 아니군요."

"맞아요. 의뢰할 일이 있어 왔어요."

모비어는 자신의 손톱을 들여다보며 말했다. "오르소 대공과 그의 측근들을 처리할 방법이겠지요." 그녀는 아무 말도 하지 않았지만, 그는 마치 그녀가 어떻게 알았냐고 물은 것처럼 설명을 이어 갔다. "그리 똑똑하지 않은 사람도 충분히 할 수 있는 추론이랍니다. 오르소는 머카토 양과 남동생이 여덟 기사단의 자객에게 살해당했다고 선언했지요. 그런데 머카토 양의 친구이자 내 친구이기도 한 사잠이 전하길, 소문과는 달리 머카토 양께서 아직 살아 있다고 하더군요. 오르소와 눈물 겨운 재회도 없었고, 머카토 양께서 기적적으로 살아났다는 낭보가 공표된 적도 없는 걸 보니 오스프리아 자객 이야기는 모두…… 소설이라고 생각할 수 있습니다. 탈린 공작의 질투심은 온 세상이 다 알지요. 그리고 연이은 승전보로 머카토 양께서는 공작의 인내심이 받아들일 수 있는 것보다 더 유명해지셨고요. 제가 옳은 방향으로 가고 있습니까?"

"대체적으로 그렇군요."

"그렇다면 진심 어린 유감을 전합니다. 두 분 사이가 매우 가까웠다 들었는데, 그래서 남동생분이 이 자리에 오지 않으셨군요." 그녀의 차디찬 푸른 눈은 이제 얼음장처럼 식어 버렸다. 북부 남자는 힘상궂은 얼굴로 그녀의 옆에 말없이 서 있었다. 모비어는 조심스럽게 목청을 가다듬었다. 검이 세련되지 못할지는 모르지만 칼끝에 내장이 찔리는 순간 똑똑한 사람이나 멍청한 사람이나 똑같이 비참한 죽임을 당하게 되어 있었다. "제가 이 분야에서 단연 최고라는 사실을 알고 계시리라 생각합니다."

"사실이에요." 데이가 케이크에서 잠시 멀어지며 덧붙였다. "누구도 부인할 수 없는 사실이지요."

"저의 능력을 실제로 경험한 인사가 여럿이니 가능하기만 했다면 그들이 증언을 해 줄 수 있었을 겁니다. 물론 그럴 수 있는 사람이 없지만요."

데이가 안타깝다는 듯 고개를 저었다. "단 한 사람도요."

"그래서요?" 머카토가 물었다.

"돈이 많이 든다는 뜻입니다. 고용인을 잃은 머카토 양께서 지불할 수 있는 것보다 많이요."

"소메누 허먼이라는 이름을 들어 본 적이 있겠지요?"

"들어 본 이름이군요."

"저는 아니에요." 데이가 말했다.

모비어는 설명을 하기 시작했다. "허먼은 한때 가난한 캔틱 이민자였다가 뮈셀리아에서 가장 부유한 상인이 된 인물이라네. 사치스러운 생활을 하고 선심 쓰기를 좋아하는 사람으로 유명했지."

"그리고요?"

"안타깝게도, 허먼은 오르소 공작의 명을 받은 천검단이 소리 소문 없이 뮈셀리아를 점령했을 때 그곳에 있었지. 사망자 수는 매우 적었지만 도시는 약탈당했고, 그 이후 허먼의 소식도 끊겼네. 그의 돈도 행방이 묘연했지. 사람들은 상인들이 종종 그러는 것처럼 그 역시 자기 재산을 부풀려 소문냈다고 생각하게 되었다네. 그의 화려하고 눈부신 장신구 외에는…… 말 그대로…… 빈털터리였거든." 모비어는 와인을 천천히 한 모금 마시며 잔 가장자리 너머로 머카토를 힐끔 쳐다보았다. "하지만 저보다 훨씬 잘 아는 사람들이 있겠지요. 그 작전의 지휘관들은…… 이름이 뭐였더라? 남매였다던데요…… 그렇지요?"

그녀는 흔들림 없는 눈빛으로 그를 뚫어져라 보았다. "허먼은 알려진 것보다 더 부유했어요."

"더 부유했다고요?" 모비어는 의자에 앉은 채 움찔했다. "더 부유했다니! 맙소사. 머카토 양에게는 잘된 일이군요! 제게 열두 번은 더 값을 치르실 수 있을 만큼 금이 많을 테지요. 의심하지 않습니다! 허먼의 금에 관해 이야기하기만 해도 제가 얼마나 몸을 배배 꼬는지 보이시지요! 왜냐하면…… 저는 탐욕에 눈이 멀어……" 그는 손을 펼쳐 들었다가 테이블을 내리쳤다. "마비가 될 지경이니까요."

시버스가 천천히 옆으로 기울어졌다. 의자에서 미끄러진 그는 과일나무 밑 얼룩덜룩한 잔디에 쿵 하는 소리를 내며 넘어졌다. 몸이 바닥에서 구르며 그는 등을 대고 눕게 되었고, 무릎은 앉아 있던 자세 그대로 공중에 떠 버렸다. 몸은 나무토막처럼 굳었고, 시선은 무기력하게 하늘을 바라보고 있었다.

"아," 모비어가 테이블 너머로 그를 살폈다. "모비어에게 유리한 상황이군요."

머카토의 눈이 옆을 향해 깜빡였다가 다시 앞으로 돌아왔다. 얼굴 한쪽에 한 차례 경련이 일었다. 그녀의 장갑 낀 손이 테이블 위에서 약간 떨리더니 그대로 멈췄다.

"효과가 있네요." 데이가 중얼거렸다.

"나를 의심했나?" 마비된 청중을 앞에 두고 이야기하기를 좋아하는 모비어는 자신이 무슨 수를 썼는지 설명하지 않을 수 없었다. "옐로시드 오일을 먼저 내 손에 발랐지요." 그는 손가락을 펼친 채 손을 들어 보였다. "독이 제게 영향을 미치면 안 되니까요. 저 자신이 마비되고 싶은 생각은 없거든요. 확실히 불쾌한 경험이 될 테니까요!" 그는 쿡쿡거리며 웃었고 데이가 새된 소리로 그를 따라 웃으며 몸을 숙여 시버스의 맥박을 쟀다. 두 번째 케이크가 그녀의 입에 물려 있었다. "활성 성분은 증류한 거미 독이었습니다. 피부에 닿았을 때 치명적이지요. 손을 더 오래 잡고 있었기 때문에 머카토 양의 친구분에게 독이 훨씬 많이 묻었을 겁니다. 오늘 안에 움직일 수 있다면 운이 좋은 겁니다……. 물론 제가 움직일 수 있도록 조처를 했을 때 이야기지요. 머카토 양께서는 아직 말씀을 하실 수 있을 텐데요."

"개새끼." 머카토가 얼얼한 입으로 받아쳤다.

"그것 보십시오." 그는 자리에서 일어나 탁자를 빙 돌아 그녀 옆으로 가서 탁자에 걸터앉았다. "사과의 말씀을 드려야 마땅하겠지요. 하지만 저는 머카토 양과 마찬가지로 제 분야의 정점에 아슬아슬하게 서 있다는 사실을 알아주셨으면 좋겠군요. 특출난 재능을 가지고 엄청난 성과를 이룬 우리 같은 사람들은 언제나 특별히 주의를 기울여야 하는 법입니다. 머카토 양께서 몸이 묶여 움직일 수 없는 자유로운 시간 동안 허심탄회하게 이야기를 나눌 수 있겠군요…… 대공작 오르소에 관해서 말입니다." 그는 잔에 든 와인을 빙글빙글 돌리며 나뭇가지 사이를 옮겨 다니는 새들을 바라보았다. 머카토는 아무 말도 하지 않았지만 상관없었다. 모비어는 기꺼이 두 사람 몫을 떠들어 줄 의향이 있었다.

"머카토 양께서 끔찍한 배신을 당하셨다는 것은 알겠습니다. 헌신한 이에게 배신을 당하셨지요. 사랑하는 남동생은 살해당하고 머카토 양 자신도…… 전과 같지 않으시고요. 제 삶도 아픈 실패로 가득 차 있답니다. 그래서 저도 완전히 공감합니다. 하지만 세상은 끔찍한 일들로 가득 차 있고, 한낱 인간에 불과한 우리는 자신의 운명을 아주 조금씩만 바꿀 수 있지요." 그는 우적우적 소리를 내며 음식을 씹는 데이를 향해 얼굴을 찌푸렸다.

"뭐가 잘못됐나요?" 입에 음식을 가득 문 채 그녀가 툴툴거렸다.

"좀 조용히 먹게. 이야기 중이잖나." 그녀는 어깨를 으쓱하더니 쪽쪽거리는 소리를 내며 손가락을 빨았다. 모비어는 못마땅해하며 한숨을 내쉬었다. "젊은이들은 조심성이 없어요. 곧 알게 되겠지만 말입니다. 우리 모두의 시간은 같은 방향으로 흐르니까요. 그렇지요, 머카토 양?"

"철학은 집어치워." 몬자가 뻣뻣해진 입술 사이로 내뱉었다.

"그럼 실용적인 부분만 이야기해 보죠. 아가씨가 혁혁한 공을 세운 덕분에 오르소는 스티리아에서 가장 힘센 인물이 되었습니다. 제가 머카토 양만큼 군사적인 지식을 갖추지는 못했습니다만, 머카토 양께서 작년 하이뱅크에서 영광스러운 승리를 거둠으로써 여덟 기사단이 붕괴될 위험에 처했다는 사실은 스톨리쿠스 같은 지식인이 아니더라도 누구나 알 수 있지요. 여름이 오면, 기적이 일어나지 않는 이상 비세린도 살아남지 못할 것입니다. 오스프리아는 오르소 공의 기분에 따라 평화 교섭을 맺게 될 수도, 짓밟힐 수도 있겠지요. 물론, 다른 누구보다 아가씨께서 잘 아시겠지만, 짓밟힐 가능성이 더 큽니다. 내년 말까지 별다른 일이 없는 이상 스티리아에는 마침내 왕이 탄생할 것입니다. 피의 시대는 막을 내리겠지요." 그는 잔을 비운 다음 과장되게 흔들며 말했다. "세상 모든 이에게 평화와 번영을! 더 나은 세상 아닌가요? 용병에게는 아니겠지만요."

"독물학자에게도 마찬가지지."

"사실, 저희는 평화의 시대에도 쏠쏠한 수입을 거두곤 한답니다. 어찌 됐건, 제 말의 요점은 오르소 대공을 살해하는 계획은 거의 불가능할 뿐만 아니라 누구에게도 이득이 되지 않는다는 것입니다. 머카토 양께도 도움이 되지 않지요. 그런다고 남동생이 살아 돌아오는 것도 아니고 손이나 다리가 멀쩡해지지도 않을 테니까요." 그녀의 얼굴에는 어떤 동요도 없어 보였지만 그것은 단지 얼굴이 마비되었기 때문인 듯했다. "암살 시도 끝에는 결국 머카토 양 자신의 죽음만 있을 테고, 어쩌면 제 죽음도 있겠군요. 그러니까 제 말은, 이 미친 짓을 당장 그만두라는 것입니다, 친애하는 몬즈카로 양. 당장 모든 계획을 멈추고 더는 생각도 하지 마세요."

그녀의 눈이 두 개의 독약 항아리처럼 무자비하게 빛났다. "나를 멈출 수 있는 건 죽음뿐이야. 내가 죽거나, 오르소가 죽거나."

"어떤 대가를 치르더라도 말입니까? 어떤 고통이 따라도요? 그 과정에서 누가 목숨을 잃더라도 상관없다는 뜻입니까?"

"상관없어." 그녀가 으르렁거렸다.

"머카토 양이 얼마나 진심인지 충분히 이해한 것 같군요."

"난 모든 걸 다 걸었어." 그녀는 거의 울부짖고 있었다.

모비어는 활짝 웃었다. "그렇다면 함께 일을 할 수 있겠군요. 오직 그 마음을 바탕으로 말입니다. 데이 양, 내가 결코 거래를 하지 않는 때가 언제지?"

"거래가 임시변통 수단일 때죠." 그의 조수가 접시에 남은 케이크 조각을 쳐다보며 중얼거렸다.

"맞네. 우리가 몇이나 죽여야 합니까?"

"여섯." 머카토가 말했다. "오르소를 포함해서."

"그렇다면 제 수당은 1만 냥이 되겠군요. 그들이 사망했다는 사실을 확인한 다음 지불하시면 됩니다. 탈린의 공작은 5만 냥으로 하지요."

그녀의 얼굴이 약간 움찔했다. "고객을 꼼짝 못 하게 해 놓고 흥정을 하다니 예의가 없군."

"살인을 공모하면서 예의를 차리는 건 터무니없는 짓입니다. 어쨌든 저는 흥정은 하지 않습니다."

"그럼 거래하는 걸로 하지."

"매우 기쁘군요. 해독제를 주게."

데이가 유리병에서 코르크를 뽑더니 병 바닥에 있는 끈적한 용액에 가느다란 칼을 담갔다가 반들반들한 손잡이가 그에게 향하도록 건넸다. 그는 잠시 멈춰 머카토의 차가운 푸른 눈을 바라보았다.

조심 또 조심해야 했다. 이 여인은 탈린의 독사라 불릴 만큼 극도로 위험한 인물이었다. 모비어가 만약 그녀의 명성과 그들의 대화, 그에게 제안한 일을 통해 그 사실을 알 수 없었다고 하더라도 그녀의 눈빛을 보고 틀림없이 알게 되었을 것이었다. 그는 그녀에게 치명적인 독을 주사하고 그녀의 북부 친구를 강에 던져 버린 다음 모든 일을 잊어버릴까 하고 진지하게 고민했다.

하지만 스티리아에서 가장 힘이 센 인물인 오르소 대공을 죽인다면? 자신의 재능을 발휘해 역사의 흐름을 바꾼다면? 그의 이름은 아니더라도 그의 업적은 세대를 뛰어넘어 길이 기억되지 않을까? 불가능한 일을 성공시키는 것보다 자신의 경력을 빛나게 하는 완벽한 방법이 있을까? 생각만으로도 그의 얼굴에는 환한 미소가 걸렸다.

그는 길게 한숨을 쉬었다. "내가 이 일을 후회하지 않길 바랍니다." 그리고 그는 머카토의 손등에 칼끝을 찔러 넣었다. 그녀의 살갗에 검붉은 핏방울이 천천히 맺혔다.

해독제는 몇 분이 채 지나기도 전에 효력을 발휘했다. 그녀가 고개를 천천히 이쪽저쪽으로 돌리며 굳어졌던 근육을 풀자, 찌푸린 것 같은 표정이 지어졌다. "놀랍군." 그녀가 말했다.

"그렇습니까? 어떻게요?"

"대단한 독물학자를 기대했거든." 그녀는 손등에 생긴 자국을 문질렀다. "내가 이렇게 좀스러운 장난질에 놀아날 줄 누가 알았겠어?"

모비어는 얼굴에서 웃음기가 사라지는 것을 느꼈지만, 곧 평정을 되찾았다. 킥킥거리며 웃는 데이를 날카로운 눈초리로 나무란 후였다. "잠깐 무기력하셨겠지만 너무 불편하게 생각하지 않으셨으면 합니다. 용서해 주시겠지요? 서로 협력하려면 숨기는 게 없어야 하니까요."

"물론." 그녀는 이제 어깨를 움직이면서 한쪽 입꼬리를 올리며 웃었다. "나는 당신에게 필요한 것이 있고, 당신은 내게 필요한 것이 있으니까. 거래는 거래일 뿐이고."

"아주 좋습니다. 멋지네요. 비할 데 없는 설명이군요." 그리고 모비어는 가장 간사한 웃음을 지어 보였다.

하지만 그는 그녀의 말을 진심으로 믿지 않았다. 매우 위험한 의뢰인과 목숨이 걸린 일을 함께하기로 작당한 참이었다. 카프릴의 도살자 몬즈카로 머카토는 아량이 넓은 사람이 아니었다. 그는 절대 용서받을 수 없었다. 용서 비슷한 것이라도 받을 수 있을 리 만무했다. 이제 그는 조심 또 조심하고, 한 번 더 조심해도 안심할 수 없는 신세가 되었다.

과학과 마법

시버스는 언덕 위에서 말고삐를 당겼다. 언덕 밑으로 펼쳐진 나라가 한눈에 보였다. 어지럽게 펼쳐진 어두운 들판에 여기저기 농장과 마을이 옹기종기 모여 있었고, 드문드문 벌거벗은 나무들도 보였다. 20킬로미터쯤 떨어진 곳에는 검은 바다의 경계선과 넓은 만의 곡선, 그리고 그 가장자리를 따라 창백한 도시의 테두리가 뻗어 있었다. 강철 같은 회색빛 하늘 아래, 차가운 바다를 내려다보는 언덕 세 개 위로 옹기종기 모인 작은 탑들이 보였다.

"웨스트포트." 프렌들리가 말했다. 그러고는 혀를 끌끌 차더니 계속 말을 몰았다.

빌어먹을 도시에 점점 가까워질수록 시버스는 점점 더 걱정이 되었다. 게다가 몸도 아픈데, 점점 더 춥고 지루해졌다. 그는 후드를 뒤집어쓴 채 어두운 풍경 속에 어두운 형상으로 혼자 앞서가고 있는 머카토를 향해 인상을 썼다. 수레바퀴가 길에서 달그락거리는 소리를 냈다. 말들은 발굽 소리를 내며 투레질을 했다. 까마귀 몇 마리가 벌거벗은 들판 위를 날며 깍깍 울었다. 그러나 말을 하는 사람은 없었다.

그들 일행은 여기까지 오는 내내 암울했다. 암울한 목적을 가진 이들이었으니 어쩌면 당연했다. 그 목적이란 바로 살인이었다. 시버스는 아버지가 뭐라고 하셨을지 궁금했다. 래틀넥은 늘 배에 붙은 따개비처럼 옛날 방식을 고수했고, 옳은 일을 하려 노력했다. 한 번도 만난 적 없는 사람을 돈 때문에 죽이는 건 도저히 아버지의 방식에 맞지 않았다.

갑자기 큰 웃음이 터져 나왔다. 데이가 반쯤 먹은 사과를 손에 들고 수레 안 모비어의 옆자리에 앉아 있었다. 한동안 웃음소리를 거의 듣지 못했기에, 시버스는 불을 본 나방처럼 그 소리에 이끌렸다.

"뭐가 그렇게 재미있소?" 웃음소리에 이미 입꼬리가 올라가기 시작한 시버스가 물었다.

그녀는 수레의 흔들림에 맞춰 그를 향해 몸을 기울였다. "당신이 발라당 뒤집힌 거북이처럼 의자에서 떨어졌을 때 똥을 지리지 않았는지 궁금했어요."

"저는 지렸다는 쪽이었습니다만." 모비어가 말했다. "어차피 냄새로 알 수는 없었을 거라고 생각했지요."

시버스의 얼굴이 굳어졌다. 그는 과수원에서 위협적으로 보이려고 애쓰며 인상을 쓰고 앉아 있었던 때를 떠올렸다. 갑자기 경련이 일더니 머리가 어질어질해졌다. 손을 머리 가까이 들어 올리려고 했지만 그럴 수 없었다. 무슨 말이라도 해 보려고 했지만 입이 떨어지지 않았다. 그러다가 세상이 뒤집혔다. 그 후의 일은 거의 기억이 나지 않았다.

"어떻게 한 거요?" 그는 목소리를 낮추며 말했다. "마법이오?"

데이는 씹던 사과를 뿜으며 웃음을 터뜨렸다. "아, 너무 재미있네요."

"저는 머카토 양의 친구분께서 같이 여행하기에 시시한 동행이 되리라고 생각했는데, 제가 틀렸군요." 모비어가 낄낄거리며 웃었다. "마법입니다. 옛날이야기에 나오는."

"크고, 두껍고, 따분한 책들 말이에요! 동방박사와 악마가 등장하는!" 데이가 조용히 킬킬거렸다. "꼬마들이나 좋아하는 유치한 이야기요!"

"좋소." 시버스가 말했다. "알겠어요. 나는 꿀단지에 빠진 물고기 마냥 굼뜬 사람이오. 마법이 아니군. 그럼 뭡니까?"

데이는 뽐내듯 웃었다. "과학요."

시버스는 그 말에 별로 관심이 없어 보였다. "그게 뭐요? 다른 종류의 마법이오?"

"아니요. 단언컨대 아닙니다." 모비어가 비웃듯 말했다. "과학은 세상을 연구하고 세상이 돌아가는 법칙을 확립하기 위해 고안된 합리적인 사고 체계입니다. 과학자는 결과를 얻기 위해 이러한 법칙을 활용하지요. 원시인의 눈에는 마법처럼 보이긴 하겠군요." 시버스는 어려운 스티리아어 단어를 이해하기가 힘들었다. 자신이 똑똑하다고 생각하는 사람치고 모비어는 쉬운 것도 어렵게 만드는 어리석은 구석이 있었다. "반대로 마법은 바보들을 속이기 위해 고안된 거짓말과 모순의 체계이지요."

"잘 알겠소. 세상에서 내가 제일 어리석은 놈인가 보군. 그렇지 않소? 매 순간 엉덩이를 들여다보지 않고 어떻게 똥을 참는지 모를 일이오."

"그 생각을 하긴 했어요."

"마법은 존재한다니까." 시버스가 툴툴거렸다. "난 안개를 부르는 여인을 본 적이 있소."

"그렇습니까? 보통의 안개와 어떻게 다르던가요? 마법의 색으로 빛이 납디까? 초록색? 주황색?"

시버스가 인상을 썼다. "보통의 안개 색이었소."

"그렇다면 여자가 뭔가를 불렀고, 안개가 꼈군요." 모비어가 자신의 조수를 바라보며 한쪽 눈썹을 들어 올렸다. "정말 놀랍네요." 그녀는 사과를 베어 물며 웃었다.

"몸에 글자가 새겨진 남자도 본 적이 있소. 그의 몸 반쪽은 어떤 칼날도 이길 수 있더군. 내가 직접 그 남자를 창으로 찔렀소. 있는 힘껏 찔렀는데도 흠집 하나 남지 않았지."

"와아아아아!" 모비어가 유령을 흉내 내는 아이처럼 두 손을 치켜든 채 손가락을 꼼지락거렸다. "마법의 글자군요! 부상을 당하지 않는…… 부상을 당하지 않는다고요? 제 주장을 철회해야겠군요! 세상은 기적으로 가득 차 있네요." 데이가 계속 킬킬거렸다.

"정말 봤소."

"신비로운 친구, 아닙니다. 봤다고 믿는 거지요. 마법 같은 건 없습니다. 더욱이 스티리아에는 말이지요."

"반역만 있을 뿐." 데이가 노래하듯 말했다. "전쟁과 전염병 그리고 벌어야 할 돈도요."

"왜 스티리아에 있으려고 하십니까?" 모비어가 물었다. "왜 북쪽 마법의 안개 속에 남지 않으셨지요?"

시버스는 목덜미를 천천히 문질렀다. 입 밖으로 꺼낼 말이 그 어느 때보다 더욱 어리석게 느껴졌다. "더 나은 사람이 되기 위해 왔소."

"지금 상태로 봐서는 그렇게 어려울 것 같진 않은데요."

시버스의 자존심은 아직 완전히 꺾이지 않았고, 모비어의 깐족거림에 심기가 불편해지기 시작했다. 마음 같아서는 도끼로 모비어가 탄 수레를 박살 내 버리고 싶었다. 하지만 더 나은 사람이 되고 싶었던 그는 몸을 앞으로 기울이고 북부 말로 친절하고 신중하게 말했다. "당신 머리에는 똥이 가득 차 있군. 궁둥이같이 생긴 상판을 생각하면 놀랄 일도 아니지. 당신같이 작은 남자들은 늘 똑같아. 자신이 얼마나 똑똑한지를 증명함으로써 자존감을 찾으려고 하지. 하지만 당신이 나를 얼마나 비웃든 상관없어. 어차피 승자는 나거든. 당신 키가 더 자라지는 않을 테니까." 그리고 곧 그의 얼굴에 미소가 피어올랐다. "당신은 죽었다 깨어도 사람들 머리 꼭대기 너머로 방 저편을 볼 수 없을 테지."

모비어는 인상을 찌푸렸다. "방금 내게 뭐라고 지껄인 거요?"

"빌어먹을 과학자 양반께서 열심히 생각해 보라고."

데이가 깔깔거리며 웃음을 터뜨렸고, 모비어는 살기 가득한 눈빛으로 그녀의 입을 다물게 했다. 하지만 씨 부근까지 베어 문 사과를 수레 밖으로 던져 버릴 때까지도 그녀의 얼굴에서 웃음기는 완전히 사라지지 않았다. 시버스는 속도를 늦추고 그의 뒤로 사라지는 빈 들판과 아침 서리를 맞아 반쯤 얼어붙은 땅을 바라보았다. 고향이 떠올랐다. 그가 한숨을 내쉬자 입김이 회색빛 하늘 아래 퍼져 나갔다. 시버스가 평생 사귀어 온 친구들은 모두 전사들이었다. 전선에서 함께 싸운 전우들이었던 칼즈와 다른 용사들, 그들은 지금쯤 모두 진흙 속에 묻혀 있을 터였다. 스티리아에서 옛 친구들과 가장 비슷한 대상을 찾자면 프렌들리일 것이라고 시버스는 생각했다. 그래서 그는 말의 엉덩이를 발로 쿡 질러 프렌들리의 옆으로 다가갔다.

"이봐." 프렌들리는 아무 말도 하지 않았다. 시버스가 부르는 소리를 들었다는 뜻으로 고개를 까딱이지도 않았다. 침묵이 길어졌다. 벽돌처럼 굳은 그의 얼굴을 보면 그와 친구가 되어 농담 따먹기를 하는 상상이 잘되지 않았다. 하지만 사람이라면 희망을 품어야 마땅하지 않은가? "자네는 군인이었나?"

프렌들리가 고개를 저었다.

"하지만 전투에서 싸우지 않았나?"

이번에도 그는 고개를 저었다.

시버스는 그렇다는 대답을 들은 것처럼 꿋꿋하게 말을 이었다. 이제 와서 어쩔 도리가 없기도 했다. "나는 몇 번 전투에 나갔네. 컴

누르 북부에서 베소드의 칼즈와 함께 안개 속에서 적진으로 돌격을 했지. 던브렉에서 러드 스리트리스와 나란히 전선을 지키기도 했고, 도그먼과 함께 7일 동안 산속에서 전투를 벌이기도 했지. 7일 동안 매일 매일 필사적으로 싸웠네."

"7일?" 프렌들리가 흥미롭다는 듯 두꺼운 눈썹 한쪽을 올리며 물었다.

"그렇네." 시버스가 한숨을 쉬었다. "7일." 그곳에서 싸운 사람들과 지역 이름은 이곳 사람들에게는 아무 의미도 없을 터였다. 그는 반대편에서 덮개가 씌워진 수레가 다가오는 모습을 지켜보았다. 철모를 쓰고 석궁을 든 남자들이 수레에 앉아 그를 향해 인상을 찌푸렸다. "싸우는 법은 어떻게 배웠나?" 그가 물었다. 좋은 대화를 나눌 수 있으리라는 희망이 빠른 속도로 식어 가고 있었다.

"세이프티에서."

"뭐?"

"범죄자들을 잡아다 넣어 두는 곳."

"그리고 안전하게 지켜 준다고?"

"안에 있는 사람을 안전하게 지켜 줘서 세이프티라고 부르는 게 아닐세. 바깥에 있는 사람들이 안전해진다는 뜻이지. 며칠이든 몇 달이든 몇 년이든 기간이 결정되면 빛이 들어오지 않는 지하 저 아래에서 더 이상 남은 날이 없을 때까지 며칠, 몇 달, 몇 년을 갇혀 있는 거야. 그러면 '감사합니다.' 하고 풀려나게 되지."

시버스가 듣기에는 야만적인 방법인 것 같았다. "북부에서는 범죄를 저지르면 엄청난 벌금을 내서 일을 바로잡게 하지. 아니면 족장의 결정에 따라 목이 매달리거나. 사람을 죽이면 피의 십자가를 몸통에 새기기도 해. 하지만 동굴에다 사람을 가둔다고? 그것 자체도 범죄 같은데."

프렌들리가 어깨를 으쓱했다. "그 안에는 나름 합리적인 규칙들이 있어. 하는 일마다 시간이 정해져 있지. 거대한 시계에 정해진 시간이 표시되어 있는 것처럼. 바깥세상과는 달라."

"그렇군. 좋아. 숫자 뭐 그런 거." 시버스는 처음부터 물어보지 말았어야 했다고 생각했다.

프렌들리는 그의 말을 듣고 있지도 않은 것 같았다. "여기는 하늘도 높고 사람들도 자기가 좋을 때 좋아하는 일을 하지. 하는 일마다 횟수가 정해져 있지도 않고." 그는 여전히 차가운 만을 따라 흐릿하게 펼쳐진 웨스트포트를 바라보며 인상을 찌푸렸다. "세상은 빌어먹을 혼돈 속이야."

그들은 한낮이 되어서야 성벽 앞에 도착했고 성안으로 들어가려는 줄이 이미 길게 늘어서 있었다. 군인들이 성문 앞에 서서 사람들에게 질문을 하며 짐 꾸러미나 궤짝을 검사하고, 창 자루 끝으로 성의 없이 수레를 찔러 보았다.

"볼레타가 무너진 이후로 행정 관리들이 긴장했다더군요." 모비어가 자리에 앉은 채 말했다. "들어가는 사람 모두를 확인하고 있답니다. 저들이 질문하면 제가 답하지요." 시버스는 자기 목소리를 그토록 좋아하는 모비어가 원하는 대로 하도록 내버려뒀다.

"이름?" 보초병이 지겨워 죽겠다는 눈빛으로 물었다.

"리브롬이요." 독물학자가 활짝 웃으며 말했다. "푸란티의 미천한 상인입니다. 이 사람들은 내 밑에서 일하는……."

"웨스트포트엔 무슨 일로 왔지?"

"사람을 죽이러요." 불편한 침묵이 이어졌다. "오스프리아산 와인으로 사람들을 진정으로 죽여 볼 생각입니다. 제가 성안 사람들을 다 죽일 수 있으면 좋겠군요." 모비어가 자신의 농담에 빙긋 웃었고 데이도 옆에서 키득거렸다.

"우리 사람들에게 필요한 인물은 아닌 것 같은데." 다른 보초병이 시버스를 보며 얼굴을 찌푸렸다.

모비어는 여전히 웃고 있었다. "아, 걱정 마십시오. 저 사람은 지능이 좀 부족합니다. 어린아이 정도 될까요. 그래도 술통 한두 개는 거뜬히 옮길 수 있을 정도로 힘이 세답니다. 그냥 딱한 마음에 데리고 있는 겁니다. 내가 어떤 사람인가, 데이?"

"동정심 많은 분이시죠." 그녀가 말했다.

"마음이 너무 약해서 말입니다. 어릴 때부터 그랬지요. 아주 어릴 때 어머니가 돌아가셨는데, 정말 멋진 분이셨지요……."

"빨리 좀 갑시다." 그들 뒤에서 누군가 외쳤다.

모비어가 수레 뒤쪽을 덮고 있는 캔버스 천을 잡으며 말했다. "혹시 확인을……."

"이 문으로 스티리아 사람 절반이 지나다니는데, 내가 일일이 확인하고 싶겠어? 가." 보초병은 지쳤다는 듯 손을 흔들며 말했다. "움직이라니까."

고삐가 채찍처럼 휘둘러지자, 수레가 웨스트포트 시내로 굴러

들어갔고, 머카토와 프렌들리가 그 뒤를 따랐다. 시버스는 최근 늘 그랬듯 인상을 쓰며 그들 꽁무니를 쫓았다.

성벽 너머는 전쟁터처럼 사람들로 가득 차 있었고, 그 속에서 느끼는 두려움 또한 전쟁터와 다르지 않았다. 높은 건물들 사이에 뻗어 있는 포장된 도로 양쪽으로 앙상한 나무들이 심겨 있었다. 그 사이를 꽉 채운 온갖 피부색의 사람들이 떼를 지어 이리저리 밀려다니고 있었다. 수수한 옷을 입은 창백한 남자, 밝은 비단옷을 입은 눈이 찢어진 여자, 흰 로브를 입은 어두운 피부의 남자, 사슬과 금속판으로 된 갑옷을 입은 군인과 용병 들이 뒤섞여 있었다. 그들은 하인, 노동자, 무역상, 귀족, 부자와 가난한 사람, 멀끔한 사람과 꼬질꼬질한 사람, 귀족과 부랑자 들이었다. 놀랍게도 부랑자가 아주 많았다. 걷는 사람들과 말을 탄 사람들이 눈 깜짝할 새 나타났다 사라졌다. 말과 수레, 덮개를 씌운 마차가 보였고, 땀에 젖은 하인들이 짊어진 가마에는 높이 올린 머리에 무거운 장신구를 단 여인들이 타고 있었다.

시버스는 탈린에 이상한 사람들이 가득하다고 생각했다. 웨스트포트는 그보다 몇 수 위였다. 목이 아주 긴 동물들이 가는 사슬로 줄줄이 묶인 채 줄을 지어 인파를 가로지르고 있었다. 높이 달린 작은 머리가 흔들거렸다. 그는 눈을 꼭 감고 머리를 흔들어 보았다. 하지만 다시 눈을 떴을 때도 그 괴물들은 아직 그의 눈앞에 있었다. 사람들 위로 괴물의 머리가 까딱까딱하는데도 이상하게 쳐다보는 이가 없었다. 마치 꿈같았다. 절대 행복한 꿈은 아니었다.

그들은 좁은 길로 방향을 틀었다. 길옆으로 상점과 노점상이 줄

지어 있었다. 여러 가지 냄새들이 연달아 코를 찔렀다. 생선, 빵, 곡물 껍데기, 과일, 기름, 향신료 들과 정체를 알 수 없는 갖가지 것들에서 풍기는 냄새였다. 냄새를 맡고 있자니 숨이 막히고 위가 울렁거렸다. 갑자기 나타난 수레에 앉아 있던 소년이 고리버들로 엮은 우리를 시버스의 얼굴에 들이밀었고, 안에 들어 있던 작은 원숭이가 쉭쉭거리며 그를 향해 침을 뱉었다. 시버스는 깜짝 놀라 안장에서 떨어질 뻔했다. 각양각색의 언어로 오가는 고성이 귓가에 울려 퍼졌다. 소음 너머로 성가 같은 소리가 들려왔고, 그 소리는 점점 커졌다. 낯설지만 머리칼이 쭈뼛 서고 팔에 소름이 돋을 만큼 아름다운 선율이었다.

커다란 돔 지붕이 덮인 건물이 광장 한쪽에서 그들을 내려다보고 있었다. 앞쪽 벽 위로 작은 탑 여섯 개가 솟아 있었고, 뾰족한 탑 지붕에는 반짝반짝 빛나는 금이 씌워져 있었다. 성가는 그 건물에서 흘러나오고 있었다. 깊고 높은 수백 개의 목소리가 하나로 어우러졌다.

"사원이야." 머카토가 고삐를 늦추어 시버스 옆에 서며 말했다. 후드를 쓰고 있어 찡그린 미간을 제외하고는 얼굴이 거의 보이지 않았다.

솔직히 말하면 시버스는 그녀에게 두려움을 넘어선 공포를 느끼고 있었다. 그녀가 망치로 사람을 산산조각 내며 즐거워 죽겠다는 표정을 짓는 모습을 본 것만 해도 충분히 두려울 만했는데, 그 뒤에 자신에게 일자리를 제안하며 칼로 그를 거의 찌를 뻔했다는 사실도 소름 끼쳤다. 게다가 그녀는 늘 한 손에 장갑을 끼고 있었다. 그는 여태 여자를 두려워해 본 적이 없었기 때문에 그녀를 두려워하는 자신이 창피하기도 하고 불안하기도 했다. 하지만 장갑과 망치, 위험해 보이는 분위기에도 불구하고 그녀가 아름답다는 사실은 부인할 수 없었다. 그녀는 매우 아름다웠다. 그녀의 그 위험한 분위기를 필요 이상으로 좋아하고 있는 건 아닌지 헷갈릴 지경이었다. 이 모든 생각들이 합쳐지며, 그녀가 말을 걸 때마다 말문이 막혔다.

"사원?"

"남쪽 사람들이 신에게 기도할 때 가는 곳."

"신이라고?" 시버스는 눈을 가늘게 뜨고 높은 첨탑들을 올려다보았다. 첨탑들은 그가 태어난 계곡의 가장 큰 나무들보다 더 높았다. 그는 남쪽 사람이 하늘에 누군가 산다고 믿는다는 이야기를 들었다. 세상을 만들고 모든 것을 내려다보는 사람이라고 했다. 이제까지는 미친 생각이라고 생각해 왔지만 사원을 보니 신이라는 존재가 믿길 지경이었다. "아름답군."

"100년 전, 구르컬이 다와를 정복했을 때 남쪽 사람들 대부분은 피난을 떠났어. 그중에는 바다를 건너와 이곳에 정착한 사람들이 있었고, 그 사람들은 자신들이 구원받은 데 감사하는 마음으로 사원을 지었지. 웨스트포트는 스티리아 땅이면서 남부의 일부이기도 해. 하지만 구르컬과 연방 중에서 한쪽을 골라야 했을 때, 웨스트포트 의회의 의원들은 연방의 편에 서기로 했고, 구르컬과의 전쟁에서 연방의 왕이 승리한 이후에는 연방에 속해 있기도 하지. 그들은 이곳을 세계의 건널목이라 불렀어. 거짓말쟁이 소굴이라고 부르는 사람들도 있지만 말이지. 천섬에서 건너와 정착한 사람들도 있고,

술주크나 시쿠르, 손드나 구제국에서 온 사람들도 있지. 북쪽 사람들도 있어."

"그 멍청이들까지 와 있다니."

"남자들은 원시인이라 불리지. 여자처럼 머리를 기르기도 한다고 들었어. 하지만 여기에는 누구나 올 수 있지." 그녀는 장갑 낀 손으로 광장 저편에 놓인 작은 단상에 길게 줄지어 선 남자들을 가리켰다. 이곳에서조차 별나 보이는 이들이었다. 나이 든 사람과 젊은 사람, 키가 큰 사람과 작은 사람, 뚱뚱한 사람과 비쩍 마른 사람, 이상한 로브를 입거나 머리에 뭔가를 쓴 사람, 반쯤 헐벗은 사람과 몸에 문신이 있는 사람, 얼굴을 뚫어 동물 뼈를 단 사람도 보였다. 그들 중 몇 사람은 갖가지 언어가 적히고 구슬, 장신구로 장식된 팻말 앞에 서 있었다. 그들은 손을 머리 위로 들고 하늘을 바라보며 춤을 추고 자리에서 뛰다가, 무릎을 꿇고 울고 웃고 분노했고, 노래를 하고, 비명을 지르고, 구걸하기도 했다. 그들은 시버스가 한 번도 들어 본 적 없는 다양한 언어로 서로에게 떠들었다.

"대체 저놈들은 뭐야?" 그가 중얼거렸다.

"성인들. 아니면 미치광이거나. 누구에게 묻느냐에 따라 다를 거야. 구르컬에서는 예언자가 말하는 대로 기도해야 하지. 하지만 여기에서는 각자 원하는 방식으로 기도할 수 있어."

"기도하는 거라고?"

머카토가 어깨를 으쓱했다. "저 사람들은 다른 사람들에게 자기가 기도하는 방식을 설득하는 중인 셈이지."

행인들은 자리에 서서 그들을 지켜보았다. 그들의 말에 고개를 끄덕이는 사람도 있었다. 어떤 사람들은 고개를 흔들며 그들을 비웃고 고함을 지르기도 했다. 지루해 보이는 표정으로 지켜보기만 하는 사람도 있었다. 성인 혹은 미치광이 중 한 명이 말을 타고 지나가는 시버스를 향해 도무지 무슨 뜻인지 알 수 없는 언어로 괴성을 질렀다. 그는 무릎을 꿇고 자신의 팔을 펼친 다음 목에 걸린 구슬 목걸이를 달그락거리면서 거친 목소리로 애원했다. 시버스는 빨갛게 충혈된 그의 눈을 보고 깨달았다. 그는 자신이 평생 동안 할 일 중에서 가장 중요한 일을 하고 있다고 믿고 있는 듯했다.

"좋을 것 같군." 시버스가 말했다.

"뭐가?"

"모든 답을 아는 기분……" 시버스는 한 남자를 끈에 묶어 끌고 가는 한 여자를 보고 말끝을 흐렸다. 반짝이는 금속 목줄에 매달린 몸집이 크고 검은 남자가 양손에 자루를 들고 눈을 땅바닥에 고정한 채 걷고 있었다. "보여?"

"남쪽 사람들은 대부분 누군가를 소유하고 있거나 누군가에게 소유당하거나 둘 중 하나야."

"거지 같은 관습이네." 시버스가 웅얼거렸다. "여기도 연방 소속이라고 하지 않았나?"

"그리고 연방은 자유를 사랑하지. 거기서는 사람을 노예로 부릴 수 없어." 그녀는 군말 없이 고분고분하게 한 줄로 끌려가는 다른 노예들을 보며 고개를 끄덕였다. "하지만 저 사람들이 지나가는데도 아무도 풀어 주지 않는 건 확실하네."

"망할 연방. 영토 늘릴 생각밖에 없는 것들이라니까. 북쪽에도 그

놈들이 그 어느 때보다 많아졌어. 전쟁이 시작되고 난 뒤로 어프리스에는 놈들이 득시글하지. 도대체 땅은 얻어서 뭘 하게? 그들이 점령한 도시를 당신도 봐야 하는데. 여긴 촌구석으로 보일 정도야."

그녀는 날카로운 눈빛으로 그를 바라보았다. "아두아?"

"맞아."

"가 본 적 있어?"

"그럼. 구르컬과 전투를 벌였어. 그러다 이 흉터가 생겼고." 그는 소매를 걷어 손목에 난 흉터를 드러냈다. 다시 그녀를 보았을 때 그녀는 알 수 없는 눈빛으로 그를 바라보고 있었다. 거의 존경이라고 부를 수 있는 눈빛이었다. 그는 기분이 좋아졌다. 경멸이 아닌 다른 무언가를 담은 시선을 마지막으로 느낀 것이 너무 오래전이었다.

"메이커의 저택 그늘 속에 서 본 적이 있어?" 그녀가 물었다.

"도시의 모든 건물이 하루에 한 번은 그 그늘에 들어가게 돼."

"어땠어?"

"햇빛 아래보다 어두웠지. 내 경험으로는 그늘이란 게 그렇던데."

"허," 시버스는 그녀의 얼굴에서 이제껏 본 것 중 가장 웃음과 가까운 표정을 보았다. 그리고 그 웃음이 그녀에게 잘 어울린다고 생각했다. "나도 늘 가고 싶다고 생각했어."

"아두아에? 왜 못 갔는데?"

"죽일 사람이 아직 여섯 명 남아서!"

시버스는 볼을 부풀렸다. "아, 그렇지." 걱정이 밀려왔다. 그리고 자신이 대체 왜 그녀와 거래를 하겠다고 했는지 새삼 궁금해졌다. "내 가장 큰 적은 나 자신이라니까." 그가 중얼거렸다.

"나랑 붙어 있으면 되겠네." 그녀의 미소가 조금 더 환해졌다. "더 한 적을 가지게 될 거야. 다 왔다."

목적지라고 하기에는 그다지 안심이 되지 않는 장소였다. 빛이 잘 들지 않는 좁은 골목에는 이미 황혼이 내린 것 같았다. 그 안으로 다 쓰러져 가는 건물들이 빽빽이 들어서 있었다. 덧창들은 낡아 빠져 너덜너덜한 데다 축축한 벽돌에서는 석회 반죽이 떨어지고 있었다. 그는 수레 뒤를 따라 말을 몰아 어두운 아치형 입구를 지났고, 머카토는 그의 등 뒤에서 삐걱거리는 문을 닫고 녹슨 빗장을 걸었다. 잡초와 깨진 타일로 가득한 정원으로 들어간 시버스는 썩어 가는 기둥에 말을 묶었다.

"궁전이네." 그가 정사각형의 회색 하늘을 올려다보며 중얼거렸다. 주위를 둘러싼 벽은 마른 잡초들로 덮여 있었고, 덧창은 낡아서 경첩에 간신히 매달려 있었다. "옛 궁전."

"위치 때문에 여기에서 묵기로 한 거야." 머카토가 말했다. "장식 때문이 아니라."

그들은 음울한 현관과 빈방들로 이어지는 복도를 지났다. "방이 많군." 시버스가 말했다.

프렌들리가 끄덕였다. "스물두 개."

그들은 낡아 빠진 건물의 내장 같은 계단을 타고 위층으로 올라갔고, 삐걱거리는 계단을 지나는 그들의 군화 굽 소리가 쿵쿵 울렸다.

"어떻게 시작할 생각이지?" 머카토가 모비어에게 물었다.

"이미 시작했지요. 소개 편지를 보내 두었습니다. 내일 아침 발린 트앤드벌크 은행에 상당한 액수의 보증금을 맡길 생각입니다. 은행 최고 책임자의 관심을 끌 만큼 큰 금액이지요. 나와 내 조수와 머카토 양의 친구 프렌들리가 상인과 그의 동료인 척하며 은행에 잠입할 겁니다. 그리고 모티스를 만나 죽일 생각이지요."

"그렇게 간단하게?"

"이런 일을 할 때는 기회를 포착할 수 있느냐가 관건이지요. 하지만 때가 오지 않으면 기초 작업을 좀 더 하면 됩니다. 좀 더 체계적으로 접근할 수 있도록 말이지요."

"우리는 뭘 하면 되지?" 시버스가 물었다.

"우리 의뢰인께서는 한번 보면 잊을 수 없는 외모를 가지셔서 얼굴을 알아보는 사람이 있을 수 있고, 당신은……" 모비어가 계단 아래의 그를 내려다보며 비웃었다. "늑대 무리에 낀 소마냥 눈에 띄어서 쓸모가 없답니다. 은행에 드나드는 고객이라기엔 너무 크고, 흉터가 많고, 옷차림도 너무 촌스러워요. 게다가 그 머리칼은……."

"흐음." 데이가 고개를 저으며 말했다.

"무슨 뜻이지?"

"들리는 대로요. 당신은 너무, 뭐랄까……" 모비어가 한 손을 빙글빙글 돌리며 말했다. "북부 사람 같달까."

머카토는 마지막 계단에서 칠이 다 벗겨진 문의 잠금장치를 풀고 밀어젖혔다. 탁한 빛이 새어 나왔고 시버스는 눈을 깜빡이며 다른 사람들을 따라 들어갔다.

"맙소사." 온갖 모양과 기울기의 지붕들이 혼란스럽게 사방으로 뻗어 있었다. 붉은 기와 지붕, 회색 석판 지붕, 흰색 납 지붕, 썩어가는 짚으로 덮인 지붕, 서까래가 훤히 드러난 채 이끼가 수북이 쌓인 지붕, 흙으로 얼룩진 청동 지붕, 캔버스 천과 오래된 가죽으로 덧댄 지붕 들이 보였다. 기울어진 지붕과 작은 다락방, 페인트가 벗겨지거나 잡초가 자라는 기둥, 덜렁거리는 빗물통, 사슬로 묶인 비뚤어진 배수구, 축 늘어진 빨랫줄 들이 보였고, 모든 각도에서 서로 얽히고설킨 건물들이 당장이라도 길 위로 미끄러질 것 같았다. 수도 없이 많은 굴뚝에서 피어오른 뿌연 연기에 가려진 해가 흐릿하고 습한 빛을 뿜어냈다. 어지러운 건물들 위로 우뚝 솟은 탑들과 돔들, 혼란 속에서 간신히 가지를 내민 벌거벗은 나무들도 보였다. 저 멀리 회색 바다가 흐릿하게 보였고, 항구에 세워진 배들의 돛대가 이룬 숲이 파도에 불안하게 흔들리고 있었다.

위에서 듣는 도시의 소음은 거대한 쉭쉭거림에 가까웠다. 일을 하거나 노는 사람들의 소리, 사람 소리와 짐승 소리, 물건을 사고파는 소리, 바퀴가 덜컹거리고 망치가 쿵쿵거리는 소리, 노래의 조각과 음악의 단편, 환희와 절규가 커다란 냄비 안에서 끓고 있는 스튜처럼 한데 섞여 있었다.

시버스는 이끼로 덮인 난간 앞에 머카토와 나란히 서서 도시를 내려다보았다. 저 아래 돌길을 따라 이쪽저쪽으로 움직이는 사람들이 골짜기에 흐르는 계곡물 같았다. 그들의 반대편에 괴물처럼 거대한 건물이 우뚝 서 있었다.

깎아지른 듯한 건물 벽은 매끈하게 깎인 창백한 돌로 이루어져 있었다. 시버스의 두 팔로도 완전히 감싸 안을 수 없을 것 같은 두꺼운 돌기둥들이 스무 걸음마다 한 개씩 세워져 있었다. 기둥 꼭대기에는 나뭇잎과 얼굴 들이 새겨져 있었다. 사람 키의 두 배쯤 되는 높이에 작은 창들이 줄지어 있었고, 그 윗줄에는 같은 크기의 창이, 그 윗줄에는 더 큰 창이 일렬로 나 있었다. 큰 창들은 쇠창살로 막혀 있었다. 그 위로 평평한 지붕을 따라 시버스가 서 있는 곳과 비슷한 높이에 엉겅퀴 가시 같은 검은 철제 가시가 삐죽삐죽 박혀 있었다.

모비어는 건너편 건물을 바라보며 미소 지었다. "신사, 숙녀와 야만인 여러분, 금융회사…… 발린트앤드벌크의 웨스트포트 지점을 소개합니다."

시버스는 고개를 저었다. "요새처럼 보이는데."

"감옥 같군." 프렌들리가 중얼거렸다.

"은행 같군요." 모비어가 비웃으며 말했다.

세상에서 가장 안전한 장소

발린트앤드벌크 웨스트포트 지점의 내부는 붉은색 반암과 검은색 대리석으로 만들어진 동굴 같았다. 황제의 묘를 떠올리게 하는 암울하고 장엄한 공간에는 높은 곳에 달린 작은 창을 통해 아주 최소한의 빛만 들어오고 있었고, 두꺼운 창살 때문에 반짝이는 바닥에는 격자무늬 그림자가 드리워졌다. 커다란 대리석 흉상이 높은 곳에서 그들을 거만한 눈빛으로 내려다보고 있었다. 스티리아의 역사에 길이 남은 위대한 상인과 자본가 들인 듯했다. 범죄자도 엄청난 성공을 거두면 영웅이 되는 법이다. 모비어는 소메누 허먼의 흉상도 있을지 궁금해졌다. 그 유명한 상인이 자신의 보수를 간접적으로 지불하고 있다는 생각이 들자, 그의 미소가 약간 더 짙어졌다.

예순 명은 넘어 보이는 은행원들이 똑같이 생긴 책상에 똑같은 높이의 서류를 쌓아 놓고 앉아 있었고, 그들 앞에는 모두 가죽 제본된 커다란 장부가 놓여 있었다. 온갖 피부색을 가진 다양한 인종의 은행원들이었다. 자랑스럽게 두건을 쓴 사람, 터번을 쓴 사람, 캔틱종파 특유의 독특한 머리 모양을 한 사람도 보였다. 이곳에 편견이 존재한다면, 아마 이들이 돈을 빨리 벌 수 있는 사람들을 선호한다는 것뿐이리라. 잉크병에 펜을 넣고 달그락거리는 소리, 펜촉이 두꺼운 종이를 긁는 소리, 페이지가 넘어가는 소리가 들렸다. 상인들이 무리 지어 서서 속삭이듯 흥정을 하고 있었다. 진짜 동전은 단 한 닢도 보이지 않았다. 이곳에서 부(富)란 화려한 금 또는 소박한 은으로는 값어치를 매기기가 어려운 말, 생각, 소문, 거짓말로 이루어졌다.

방문자들에게 경외심과 충격, 위협을 주도록 마련된 장소였지만 모비어는 쉽게 위협을 느끼는 사람이 아니었다. 그는 언제 어디서나 그래 왔듯, 자신이 그곳의 분위기에 완벽히 적응했다고 생각했다. 사실은 단 한 순간도 어딘가에 속하지 못했지만. 그는 신흥 부자 특유의 거들먹거리는 표정을 지으며 좋은 옷을 입고 대출을 신청하기 위해 줄을 서 있는 사람들 사이를 지나쳤다. 프렌들리는 금고를 몸에 딱 붙여 든 채 그의 뒤를 느릿느릿 걸었고, 데이는 맨 뒤에서 요조숙녀인 체하며 얌전히 걸었다.

모비어는 가장 가까운 은행원을 향해 손가락을 튕겼다. "약속이 잡혀 있습니다만……" 그는 일부러 편지를 확인하는 체하며 말했다. "모티스 씨와 말입니다. 상당한 규모를 예치하려고 하는데요."

"물론입니다. 잠시만 기다려 주십시오."

"잠시만이오. 그 이상은 안 됩니다. 시간은 돈이니까."

모비어는 눈에 띄지 않게 은행의 보안 체계를 살폈다. 단순히 대단하다는 표현으로는 충분하지 않았다. 무장한 남자 열두 명이 내부를 빙 둘러서 있었는데, 마치 연방 왕의 경호원처럼 완벽하게 무장한 상태였다. 거대한 이중문 바깥에도 마찬가지로 열두 명이 서 있었다.

"거의 요새네요." 데이가 숨을 내쉬며 나직하게 말했다.

"요새보다 방어가 더 철저하지." 모비어가 답했다.

"얼마나 걸릴까요?"

"왜 그러나?"

"배고파서요."

"벌써? 맙소사! 도대체 자네가 배가 안 고플…… 으흠."

수척한 얼굴, 눈에 띄게 뾰족한 매부리코, 숱이 적은 흰머리를 가진 키 큰 남자가 목에 털이 달린 어두침침한 색 가운을 입고 높은 아치형 복도에서 걸어 나오고 있었다. "모티스군." 머카토의 꼼꼼

한 묘사를 통해 그를 알아본 모비어가 중얼거렸다. "우리 목표지."

 모티스는 그다지 호화롭지 않은 차림이었고, 환히 미소를 짓고 있는 젊은 곱슬머리 남자를 앞세워 걸어오고 있었다. 너무 평범해 보였다. 직업이 독물학자라고 해도 충분히 납득할 만한 외모였다. 게다가 은행의 책임자라면서도 마치 자신이 젊은 남자 밑에서 일하는 직원인 양 두 손을 모은 채 서둘러 걸어오고 있었다. 모비어는 두 사람의 목소리가 잘 들릴 만한 거리까지 조심스럽게 다가갔다.

 "······설퍼 님, 윗분들에게 모든 게 예상대로 잘 처리되고 있다고 전달해 주십시오." 모티스는 약간 당황한 것 같은 목소리였다. "철저하고 완전하게······."

 "물론일세." 설퍼라고 불린 사람이 무뚝뚝하게 답했다. "일이 어떻게 돼 가는지에 대해 보고를 받을 필요가 없으신 것 같기는 하지만 말일세. 다 지켜보고 계시더군. 모든 게 잘돼 가고 있다면 이미 만족하고 계실 걸세. 만약 아니라면······." 그는 모티스를 향해 환히 웃더니 곧 모비어를 바라보며 웃었다. 모비어는 그의 양쪽 눈동자 색이 다르다는 사실을 알아챘다. 한쪽은 파란색, 한쪽은 초록색이었다. "좋은 하루 보내시오." 그는 발걸음을 뗐고, 곧 인파 속으로 사라졌다.

 "도움이 필요하신가요?" 성가시다는 듯한 말투였다. 모티스는 일생 동안 한 번도 크게 웃어 본 적 없는 사람 같았다. 이제는 그렇게 웃으려고 노력할 시간조차 얼마 남지 않았지만.

 "도움을 주시면 고맙지요. 나는 푸란티의 상인 리브롬이라고 합니다." 모비어는 그 가명을 사용할 때면 늘 그렇듯, 자신의 연극에 속으로 웃음을 터뜨렸다. 하지만 악수를 청하는 그의 얼굴에는 따뜻한 친절함만이 드러나 있었다.

"리브롬. 가문 이름을 들어 본 적 있습니다. 모시게 되어 영광이군요." 모티스는 그의 손을 무시하면서 불쾌하지 않을 정도의 거리를 신중하게 유지했다. 그는 조심스러운 사람이었다. 그 자신의 안위를 위해서는 현명한 처사였다. 모비어의 중지에 끼워진 무거운 반지의 아랫부분에는 표범꽃 용액과 전갈 독이 묻은 작고 뾰족한 침이 붙어 있었다. 악수를 했다면 은행가는 그들과의 만남을 유쾌하게 마친 후 한 시간 안에 사망한 채 발견되었을 것이다.

"제 조카입니다." 방금 전의 시도는 실패했지만 조금도 낙담하지 않고 모비어가 말을 이었다. "저는 잠재적인 구혼자에게 제 조카를 소개하는 임무를 맡았답니다." 데이는 속눈썹을 내리깐 채 살짝 올려다보며 수줍은 듯한 표정을 완벽하게 지어 보였다. "이쪽은 제 일을 돕고 있고요." 그는 곁눈질로 프렌들리를 가리켰고, 프렌들리는 인상을 쓰며 그를 바라보았다. "제가 그를 과하게 신뢰하기는 하지요. 제 경호원 차밍입니다. 대화를 좋아하는 사람은 아니지만 경호에 있어서는…… 사실 그쪽도 그럭저럭 적당한 수준이기는 하지요. 하지만 저는 그의 노모와 약속을 했거든요. 그를 제……"

"여기에 사업 때문에 오셨다고요?" 모티스가 단조롭게 물었다.

모비어는 허리를 숙이며 말했다. "상당한 액수를 예치하려고 합니다."

"죄송하지만 다른 분들은 여기 남아 계셔야 합니다. 하지만 저와 함께 가시면 예치를 도와드리고 영수증을 써 드리지요."

"제 조카는 저와 함께······."

"보안을 위해 예외는 없다는 점을 이해해 주셔야 합니다. 조카분도 여기에서 절대 불편하지 않으실 겁니다."

"물론, 물론입니다. 차밍! 금고 주게!" 프렌들리는 금속 상자를 안경 쓴 직원에게 건넸고, 직원은 금고의 무게에 몸을 휘청거렸다. "이제 여기서 기다리게. 허튼짓은 절대 하지 말고!" 모비어는 모티스의 뒤를 따라 건물의 깊은 곳으로 들어가는 동안, 자신의 돈을 맡길 만한 곳을 찾기가 엄청나게 어려웠다는 듯 무거운 한숨을 내쉬었다. "돈은 여기서 안전할까요?"

"은행 외벽 두께가 365센티미터에 달합니다. 입구는 하나뿐이고, 낮에는 무장한 경호원 열두 명이 문을 지킵니다. 밤에는 서로 다른 자물쇠 세 개로 만들어진 삼중 잠금장치로 문을 지킵니다. 열쇠는 직원 세 명이 하나씩 가지고 있고요. 아침이 될 때까지 두 개의 순찰대가 끊임없이 은행 주변을 순찰합니다. 물론 건물 안에도 매의 눈을 한 경호원들이 상주하고 있고요." 그는 징이 박힌 가죽조끼를 입고 지루한 표정으로 복도 가장자리에 놓인 책상에 앉아 있는 남자를 향해 손짓했다.

"저 사람은 계속 여기 있는 겁니까?"

"밤새요."

모비어는 심기가 불편한 입 모양을 만들어 냈다. "보안 체계가 매우 삼엄하군요."

그는 손수건을 꺼내 조심스럽게 코를 푸는 척했다. 비단 손수건에는 겨자 뿌리 용액이 흠뻑 묻어 있었다. 겨자 뿌리는 그가 오랫동안 면역을 길러 온 가장 효과가 좋은 독이었다. 단 몇 초만 단둘이 있을 수 있다면 모티스의 얼굴을 손수건으로 덮을 수 있었다. 약간만 마셔도 단 몇 초 만에 피를 토할 때까지 기침을 하다 죽게 될 터였다. 하지만 금고를 든 은행원이 그들 사이에서 걸어가고 있었고, 당장은 틈이 조금도 생기지 않을 것 같았다. 모비어는 치명적인 독이 묻은 손수건을 다시 주머니에 찔러 넣어야 했고, 눈을 가늘게 뜬 채 커다란 그림이 걸린 긴 복도로 들어섰다. 위에서 빛이 쏟아져 들어오고 있었다. 머리 꼭대기 한참 위에 있는 천장이 수십만 개의 마름모꼴 유리 조각을 붙여 만든 창문으로 덮여 있었다.

"유리로 만든 천장이라니!" 모비어가 고개를 치켜든 채 천천히 빙글빙글 돌며 말했다. "참으로 경이로운 건축물입니다."

"완전히 현대적인 건물입니다. 귀하의 돈은 이곳에서 안전하게 보관될 것입니다. 믿으셔도 좋습니다."

"아울커스의 폐허가 묻힌 깊은 곳보다 더 안전하다는 말입니까?" 왼쪽에서 고대 도시를 과장되게 묘사한 미술 작품을 발견한 모비어가 농담을 건넸다.

"그 정도는 약과지요."

"금고에서 돈을 꺼내기는 훨씬 어렵겠군요. 하하, 하하."

"그렇습니다." 모티스의 얼굴에는 웃음기가 전혀 없었다. "금고에는 순수 연방 강철로 만들어진 두께 30센티미터짜리 문이 달려 있습니다. 이곳이 세상에서 가장 안전한 장소라는 말은 절대 과장이 아닙니다. 이쪽입니다."

모비어는 무거운 분위기의 어두운 목재 패널로 둘러싸인 커다란 방으로 안내되었다. 매우 호사스러우면서 불편함을 주는 방이었다. 가난한 사람들의 집보다 큰 책상이 방 안을 압도하고 있었다. 거대한 벽난로 위에는 칙칙한 유화가 걸려 있었다. 그림 속 땅딸막한 대머리 남자는 모비어가 나쁜 짓을 하려는 게 아닌지 뜯어보는 듯한 눈초리로 그를 내려다보았다. 그림 속 남자가 과거 연방 관료일 것이라고 모비어는 추측했다. 졸러이거나 바이알로벨드일 수도 있었다.

모티스가 높고 딱딱한 의자에 자리를 잡았고 모비어는 그의 반대쪽에 앉았다. 은행원은 금고 뚜껑을 열어 동전 적재기를 사용해 돈을 세기 시작했다. 숙련되고 효율적인 움직임이었다. 모티스는 눈을 거의 깜빡이지 않으며 그 모습을 지켜보았다. 그는 금고나 동전을 직접 만지지 않았다. 조심스러운 남자였다. 지독하게, 짜증 날 정도로 조심스러웠다. 그는 책상 건너편으로 천천히 시선을 옮겼다.

"와인 하시겠습니까?"

모비어가 높은 찬장의 유리문 너머로 찌그러져 보이는 유리잔들을 향해 한쪽 눈썹을 치켜올렸다. "감사하지만 됐습니다. 취하면 당황하게 돼서 자주 난처한 일이 생기더군요. 결국 완전히 금주하기로 결심하고 남들에게 파는 데만 집중하게 됐지요. 저한테는…… 독이거든요." 모비어는 환히 웃었다. "저는 개의치 마시고 와인을 드시지요." 그는 스타 주스 약병이 든 재킷 비밀 주머니에 조용히 손을 넣었다. 모티스가 딴 데 정신을 팔게 만든 다음 와인 잔에 몇 방울만 넣을 수 있으면 아주 간단하게…….

"저도 술은 자제하려고 합니다."

"아." 모비어는 안주머니에서 약병을 놓고 마치 원래 의도였던 것처럼 접힌 종이를 꺼냈다. 그러고는 종이를 펼쳐서 읽는 척하며 사무실 안을 빠르게 훑어보았다. "총 오천……" 그는 문에 달린 잠금장치의 모양과 문의 구조, 문틀 모양을 살폈다. "이백……" 바닥에 깔린 타일과 벽에 덧댄 목재, 천장의 회반죽, 모티스가 앉은 의자의 가죽, 불이 피워지지 않은 벽난로의 석탄도 살폈다. "그리고 열두 냥일 겁니다." 무엇도 도움이 될 것 같지 않았다.

모티스는 액수를 듣고도 아무 감정도 드러내지 않았다. 거금이든 잔돈이든 다 똑같다는 듯한 표정이었다. 그는 책상 위에 있는 커다란 장부의 겉장을 펼쳤다. 손가락 하나를 혀로 핥더니 바스락거리는 소리를 내며 페이지를 천천히 넘겼다. 모비어는 그 장면을 보고 뱃속에서 사지로 따뜻한 만족감이 퍼져 나가는 것을 느꼈다. 그는 승리의 환호성이 터져 나오는 것을 꾹 참아야 했다. 그는 점잖게 미소를 지었다. "시파니 출장에서 거둔 수확이지요. 오스프리아산 와인은 늘 돈이 된다니까요. 이렇게 혼란스러운 시기에도 말입니다. 모티스 선생, 사람들이 모두 우리처럼 절주를 하지 않으니 얼마나 다행입니까!"

"물론입니다." 모티스는 손가락을 다시 한번 핥은 뒤 마지막 몇 장을 넘겼다.

"오천이백과 열한 냥입니다." 은행원이 말했다.

모티스의 눈이 깜빡였다. "일부러 틀리신 겁니까?"

"제가요?" 모비어는 가짜 웃음을 쿡쿡거리며 대답을 미뤘다. "저 빌어먹을 차밍 놈이 문제군요. 숫자도 제대로 못 세다니! 셈에는 젬병이라니까요."

모티스의 펜촉이 장부를 긁는 소리가 들렸다. 그가 절제된 손놀림으로 감정 없이 정확하게 예금 증서를 쓰는 동안 은행원은 기록장에 재빨리 숫자를 갈겨썼다. 그는 빈 금고와 함께 예금 증서를 모비어에게 건넸다.

"총금액과 발린트앤드벌크 은행의 이름이 적힌 증서입니다." 모티스가 말했다. "스티리아 내에 있는 유수의 상업 기관 어디에서든 상환이 가능합니다."

"서명이 필요합니까?" 모비어는 안주머니에 든 펜을 줄 준비를 하며 희망에 찬 목소리로 물었다. 펜은 매우 효과적인 분무기이기도 했다. 펜 속에 숨겨진 바늘에는 치명적인 용량의……

"아니요."

"잘됐군요." 모비어는 미소를 지으며 종이를 접어서 숨겨진 칼날에 찢어지지 않도록 신경 써서 주머니에 넣었다. "금보다 낫군요. 훨씬 가볍기도 하고요. 그럼 저는 이만 가 보겠습니다. 참으로 즐거운 시간이었습니다." 그는 손을 내밀었고, 반지의 독침이 반짝 빛났다. 시도해서 나쁠 것은 없었다.

모티스는 의자에서 움직이지 않은 채 말했다. "마찬가지입니다."

악한 친구

이곳은 웨스트포트에서 베나가 가장 좋아하는 장소였다. 웨스트포트에 머무를 때면 베나는 일주일에 두 번은 몬자를 끌고 여기에 왔다. 이곳은 거울과 유리 장식, 윤이 나는 나무와 반짝이는 대리석으로 이루어진 신전 같은 곳이었다. 남성 미용의 신을 모시는 사원. 이곳의 대제사장인 작고 마른 이발사는 화려하게 수놓은 앞치마를 두른 채 턱을 한껏 치켜들고 바다 중앙에 꼿꼿이 서 있었다. 마치 그들이 그 순간에 들어오리라는 것을 알고 있었던 듯 보였다.

"부인! 다시 뵙게 되어 영광입니다!" 그는 잠시 눈을 깜빡였다. "남편분께서는 안 오셨나요?"

"걘 제 남동생입니다." 몬자가 침을 삼켰다. "남동생은…… 이제 안 올 겁니다. 오늘은 더 어려운 과제를 드리려고요."

시버스가 현관 앞에서 한 발짝 앞으로 나왔다. 양털 깎는 헛간에 발을 들인 양처럼 겁에 잔뜩 질린 채 얼이 빠진 표정을 짓고 있었다. 몬자가 입을 떼기도 전에 이발사가 선수를 쳤다. "어떤 과제인지 잘 알겠군요." 이발사는 인상을 쓴 채 그를 내려다보고 있는 시버스의 주변을 한 바퀴 돌며 말했다. "이런, 이런. 다 벗겨 낼까요?"

"뭐요?"

"다 벗겨 내 주세요." 몬자가 이발사의 팔꿈치를 붙잡고 그의 손에 쿼터 한 닢을 찔러 넣으며 말했다. "살살 해 주세요. 이런 곳에 와 본 적이 없어 놀랄 수도 있으니까." 그녀는 시버스가 마치 말인 것처럼 이야기하고 있다는 사실을 깨달았다. 어쩌면 그조차 과분할지도 모른다고 그녀는 생각했다.

"물론입니다." 이발사는 돌아서서 짧게 숨을 들이쉬었다. 문 앞에 선 시버스는 이미 새로 산 셔츠를 벗고 창백한 근육질 몸을 드러낸 채 허리띠를 풀고 있었다.

"당신 머리카락 이야기하는 거야. 바보 같긴." 몬자가 말했다. "옷은 가만히 둬."

"아. 이상하다고 생각하기는 했는데, 뭐, 남쪽 유행일 수도 있고……." 몬자는 그가 당황하며 셔츠 단추를 채우는 모습을 지켜보았다. 어깨부터 가슴팍까지 분홍빛의 구불구불한 흉터가 이어져 있었다. 예전 같으면 흉하다고 생각했겠지만 지금은 그의 흉터와 다른 몇 가지 특징들을 보는 시각이 조금 달라져 있었다.

시버스는 몸을 굽혀 의자에 앉았다. "평생 기른 머리카락인데."

"그 숨 막히는 더벅머리에서 벗어날 때가 한참 지났다는 이야기군요. 고개를 숙여 주실까요?" 이발사가 화려한 손놀림으로 가위를 꺼냈고, 시버스는 움찔하며 자리에서 일어났다.

"생판 모르는 남자가 얼굴에 칼을 들이대도록 내가 가만 놔둘 거라 생각하시오?"

"그런 말씀을! 저는 웨스트포트에서 가장 귀한 신사분들의 머리카락을 자르는 사람입니다!"

"이발사님." 몬자가 뒷걸음질 치는 이발사의 어깨를 붙잡고 다시 앞으로 밀며 말했다. "입 닫고 할 일을 해 주시죠." 그녀는 이발사의 앞치마 주머니에 쿼터 한 닢을 더 쑤셔 넣으며 시버스를 빤히 노려보았다. "당신은 입 닫고 자리에나 앉아."

그는 뒷걸음질을 쳐서 의자에 앉았고 손등에 힘줄이 튀어나오도록 의자 팔걸이를 꽉 잡았다. "다 보고 있다고." 그가 으르렁거리며 말했다.

이발사는 길게 한숨을 내쉰 후 입술을 오므리고 머리칼을 자르기 시작했다.

몬자는 가위질 소리를 등지고 방 안을 돌아보았다. 선반을 둘러보던 그녀는 무심코 색이 입혀진 병의 뚜껑을 열고 안에 든 향유의 냄새를 맡았다. 거울 속에 비친 자신의 모습이 보였다. 여전히 냉정해 보이는 얼굴이었다. 예전보다도 더 마르고, 수척하고, 날카로워져 있었다. 다리의 지속적인 통증과 그 통증을 잠재워 줄 허스크에 대한 지속적인 갈망 때문에 눈은 퀭해져 있었다.

누나, 오늘따라 유난히 더 예쁘네…….

허스크 생각이 목에 걸린 가시처럼 머릿속을 괴롭혔다. 날이 갈수록 허스크를 피우고 싶은 생각이 점점 더 자주 들고 있었다. 그리고 욱신거리는 고통 속에 초조해하는 시간은 늘었다. 그녀는 파이프와 단둘만 남은 공간에서 따뜻한 무의식 속으로 가라앉기까지 남은 시간을 분 단위로 세며 기다리곤 했다. 허스크 생각에 손끝이 얼얼해졌고, 그녀의 혀는 마른 입속을 공허하게 핥았다.

"머리는 원래 기르라고 있는 거요."

그녀는 돌아서서 방으로 들어갔다. 시버스가 고문당하는 사람처럼 몸을 움찔거리고 있었다. 잘린 머리카락 뭉치가 바닥으로 떨어져 윤이 나는 바닥 타일에 쌓이고 있었다. 긴장하면 입을 꼭 다무는 사람이 있는가 하면 입을 좀처럼 다물지 못하는 사람도 있는데, 시버스는 아무래도 후자 쪽인 것 같았다. "우리 형이 머리를 길렀는데, 그래서 나도 따라 했단 말이지. 늘 형을 따라 하곤 했어. 존경심에 우러러보면서. 원래 동생들이란 그런 거지…… 당신 동생은 어땠지?"

거울을 보며 웃던 베나의 얼굴과 그를 지켜보던 자신이 떠오른 몬자의 뺨이 씰룩거렸다. "좋은 사람이었어. 다들 베나를 좋아했지."

"우리 형도 좋은 사람이었어. 나보다 훨씬 나았지. 우리 아버지는 그렇게 생각하셨어. 형 칭찬할 기회는 놓치지 않으셨지…… 그러니까, 내 고향에서 긴 머리는 흉이 아니란 말이야. 전쟁에 나가면 머리카락 대신 자를 수 있는 게 많거든. 블랙다우는 나를 비웃곤 했지. 그는 돌진하는 데 방해가 된다면서 머리를 짧게 잘랐어. 하지만 블랙다우는 뭐든 트집을 잘 잡는 사람이었어. 입이 거칠고, 성격도 거칠었지. 그보다 거친 사람은 블러디나인뿐이었을 거야. 내 생각에는……."

"말도 유창하지 않으면서 참 말이 많단 말이지. 내가 무슨 생각을 하는 줄 알아?"

"뭔데?"

"사람들은 할 말이 없을 때 말을 많이 한다는 거."

시버스는 한숨을 내쉬었다. "나는 그냥 내일이 오늘보다 좀 더 나았으면 하는 거야. 그 뭐냐…… 그런 사람을 말하는 단어가 있지 않나?"

"바보들?"

그는 곁눈질로 그녀를 보았다. "내가 생각한 말은 그게 아니었는데."

"낙관주의자."

"그거야. 나는 낙관주의자야."

"그래? 어떻게 돼 가는데?"

"완벽하진 않지만 늘 노력하고 있지."

"낙관주의적이네. 낙관주의자들은 아무것도 못 배우지." 그녀는 기름지고 엉킨 수염에 가려 있던 시버스의 얼굴이 드러나는 모습을 지켜보았다. 선이 굵은 얼굴에 콧날은 날카로웠고, 한쪽 눈썹에 흉터 자국이 나 있었다. 그녀의 기준으로, 잘생긴 얼굴이었다. 그녀는 자신이 생각했던 것보다 그에게 신경을 많이 쓰고 있다는 사실을 깨달았다. "군인이었지? 북쪽에서는 뭐라고 부르더라…… 칼이라고 하던가?"

"나는 이름난 용사였어." 그의 목소리에서 자부심이 느껴졌다.

"좋았겠네. 대장이었어?"

"나를 따르는 사람들이 몇 있었지. 우리 아버지가 유명한 분이셨거든. 형도 마찬가지고. 그 덕분에 나를 따르는 사람들도 좀 있었던 것 같아."

"그럼 왜 다 버리고 왔지? 이곳에서는 네가 아무도 아니잖아?"

그는 가위가 얼굴 주변을 왔다 갔다 하는 동안 거울을 통해 그녀를 바라보았다. "모비어가 당신도 군인이었다고 하던데. 유명했다고."

"유명하지는 않았어." 반은 맞고 반은 틀린 말이었다. 그녀는 유명하기보다 악명이 높았으니까.

"내 고향에서는 여자한테 안 어울리는 일이라고 생각했을 거야."

그녀는 어깨를 으쓱하며 말했다. "농사보다 쉽던데."

"그럼 당신은 싸움을 잘하겠군?"

"그렇지."

"전투도 나가 봤겠네. 사람도 죽이고."

"그렇지."

"그럼 전투가 어떤지도 알겠군. 행군, 기다림, 지긋지긋함도. 잘못한 것도 없는 사람들을 다치게 하고, 약탈하고, 죽이고, 불태우지."

몬자는 수년 전, 자신의 들판이 불타던 장면을 떠올렸다. "맞는 말 같네. 계속해 봐."

"피가 피를 부르는 거야. 보복은 또 다른 보복을 일으키지. 전쟁은 미치지 않은 사람에게는 쓸쓸함을 안겨. 시간이 갈수록 상황은 더 나빠질 뿐이야." 그녀는 반박하지 않았다. "거기서 벗어난 이유를 이해할 거야. 난 뭔가를 발전시키고 싶어. 자랑스러울 만한 뭔가를. 때려 부수는 거 말고. 더 좋은…… 사람이 되는 거지."

싹둑, 싹둑. 머리카락이 데굴데굴 굴러 바닥에 떨어졌다. "좋은 사람?"

"그래 맞아."

"그럼 죽은 사람들도 봤겠네."

"충분히 봤지."

"여태 본 시체를 다 합치면 엄청 많겠네?" 그녀가 물었다. "전투가 끝나고 나면 전염병이 돈 다음처럼 시체가 쌓이지 않던가?"

"그래. 본 적이 있어."

"광이 나는 시체들도 있었어? 봄날 아침의 장미처럼 향기가 난다던가?"

시버스가 인상을 찌푸렸다. "전혀."

"착한 사람과 나쁜 사람이 다 똑같아 보였다는 거지? 분명 나한테는 그랬거든." 이번에는 시버스가 잠자코 그녀의 말을 들었다. "당신이 착한 사람이고 어떤 일이 옳은 일인지 매일 생각하면서 자랑스러울 만한 무언가를 일궈 낸다면 말이야, 못된 놈들이 한순간에 그것들을 불태우고 당신을 엿 먹일 때마다 친절하게 감사 인사를 한다면 말이지, 놈들이 당신 시체를 진흙탕에 처박았을 때, 당신이 금으로 변할 수 있을까?"

"뭐?"

"아니면 우리랑 똑같이 썩어 문드러질까?"

그는 천천히 고개를 끄덕였다. "맞아. 썩어 문드러지지. 하지만 죽고 난 뒤에도 사는 동안 일군 좋은 것들은 남겠지."

그녀는 그를 향해 웃음을 터뜨렸다. "우리가 남길 수 있는 건 아직 하지 않은 일, 하지 못한 말, 완성하지 못한 업적뿐이야. 주인 없는 옷, 빈방, 우리를 알던 누군가의 마음속에 공허함만 남기겠지. 바로잡지 못한 실수랑 의미를 잃은 희망도 남으려나?"

"희망은 다른 사람에게 전해질 수 있지. 내가 한 좋은 말도. 행복한 기억도."

"당신이 가슴속에 죽은 사람들의 행복한 얼굴을 품고 있었으면, 내가 당신을 처음 찾았을 때 그들 덕분에 따뜻했겠네? 배가 고플 때는 어땠는데? 당신이 절망적인 순간에도 그들 덕분에 미소가 지어지던가?"

시버스는 볼을 부풀렸다. "하, 정말 따뜻한 격려군. 그들이 나한테 좋은 운을 준 걸 수도 있지."

"은화 한 주머니가 더 도움이 되지 않았을까?"

그는 그녀를 향해 눈을 깜빡이다가 시선을 거뒀다. "그럴지도. 하지만 나는 앞으로도 내 방식대로 생각할 거야."

"하, 행운을 빌어, 착한 양반." 그녀는 그렇게 황당한 소리는 처음 듣는다는 듯 고개를 저었다. 악한 사람만 친구로 삼아라. 이해할 수 있는 자들일 테니. 버추리오는 말했다.

마지막 가위질을 끝낸 이발사가 한쪽 소매로 눈썹에 맺힌 땀을 훔치며 물러섰다. "다 끝났습니다."

시버스는 거울을 빤히 보았다. "다른 사람 같군."

"스티리아의 귀족 같으십니다."

몬자가 콧방귀를 뀌었다. "북부 거지 티는 좀 벗었군."

"그럴지도." 시버스는 그리 행복해 보이지 않았다. "아마도 저게 훨씬 나은 모습이겠지. 똑똑해 보여." 그는 짧아진 머리칼을 손으로 쓸어 올리며 거울 속 자신을 향해 인상을 썼다. "저놈을 믿을 수 있을지 모르겠지만."

"이제 마지막으로……." 이발사가 앞으로 몸을 기울였다. 그의 손에는 색이 입혀진 크리스털 병이 들려 있었고, 그는 시버스의 머리 위로 향수를 칙칙 뿌렸다.

북부 사나이는 뜨거운 석탄을 밟은 고양이처럼 자리를 박차고 일어섰다. "젠장, 뭐요?" 그는 으르렁거리면서 커다란 주먹을 꽉 쥔 채 다른 손으로 이발사를 밀쳤고, 이발사는 캑캑거리며 방 저편으로 비틀비틀 밀려났다.

몬자는 웃음을 터뜨렸다. "진짜 스티리아 귀족 같네." 그녀는 동전 몇 닢을 더 꺼내 입을 벌린 채 자리에 얼어 있는 이발사의 앞치마 주머니에 쑤셔 넣었다. "하지만 예절을 배우려면 아직 멀었군."

두 사람이 낡은 저택에 도착했을 때 날은 이미 어두워지고 있었다. 몬자는 후드를 걸었고, 시버스는 새 코트를 입고 의기양양하게 집 안으로 걸어 들어갔다. 폐허나 다름없는 안마당에 차가운 비가 쏟아지고 있었고, 1층 창문에 걸린 등 하나에 불이 켜져 있었다. 그녀는 인상을 쓰고 등을 바라보다가 시버스 쪽으로 시선을 돌렸다. 그러고는 왼손을 허리띠 뒤쪽에서 더듬거리며 칼 손잡이를 찾았다. 모든 가능성에 대비해야 했다. 삐걱거리는 계단을 올라가자 칠이 벗겨진 문이 약간 열려 있었고, 방 안에서 새어 나온 빛이 바닥을 환히 비추고 있었다. 몬자는 마지막 계단을 올라 군화 앞코로 문을 밀어 열었다.

검댕이 가득한 난로 안에서 장작 두어 개가 타고 있었는데, 방 반대편까지 그 열기가 전해지지는 않았다. 프렌들리가 저쪽 창가 옆에 서서 덧창 너머로 은행 쪽을 바라보고 있었다. 모비어는 곧 무너질 듯한 낡은 탁자에 종이를 가득 펼쳐 놓고 얼룩이 묻은 손으로 자신의 위치를 가리키고 있었다. 데이는 상판에 다리를 꼬고 앉아 단검으로 오렌지 껍질을 까는 중이었다. "장족의 발전이네요." 그녀가 시버스를 한번 쓱 보더니 중얼거렸다.

"오, 동의하지 않을 수 없군." 모비어가 웃으며 말했다. "아침에 분명 꼬질꼬질한 장발의 멍청이가 건물을 나섰는데 말이지. 돌아온 건 깨끗하고 머리가 짧은 멍청이군. 이게 마법이 아니고 뭔가."

몬자는 칼 손잡이에서 손을 뗐고, 시버스는 북부 말로 툴툴거렸다. "자랑을 늘어놓지 않는 걸 보니 일이 안 끝난 모양이군."

"모티스는 매우 신중하고 방어적인 사람입니다. 은행은 낮에도 경비가 매우 삼엄하고요."

"그가 은행으로 출근하는 길을 노려야겠군."

"무장한 마차를 타고 경비병 열두 명의 보호를 받으며 출근한답니다. 그들을 막아서거나 위협하는 것 자체가 너무 위험하지요."

시버스는 난로에 장작을 하나 더 던져 넣고 타오르는 불 쪽으로 손바닥을 펼쳤다. "그의 집은?"

"하." 모비어가 비웃었다. "집까지 따라갔지요. 만 근처에 있는 웨스트포트의 의원 몇몇이 소유한 섬 안에 살더이다. 섬에는 성벽이 둘려 있고, 외부인은 출입 금지랍니다. 어떤 건물이 그의 소유인지 알아낸다고 해도 들어갈 방법이 전혀 없어요. 경호원이나 하인은 몇 명이고 가족은 몇이나 있는지도 알 수 없고요. 완전 미궁 속입니다. 하지만 단순한 추측으로 이렇게 어려운 작업을 시도하는 것은 단호히 거절합니다. 데이, 내가 절대 하지 않는 게 뭐지?"

"운에 맡기는 거요."

"그렇지. 머카토 양, 나는 확실한 거래만 합니다. 머카토 양이 나에게 온 것도 그 때문이지요. 나는 신원이 확실한 사람을 확실히 죽이도록 고용되었고, 도살자처럼 난장판을 만들고 그 혼란을 틈타 목표물이 도망치게 할 수는 없습니다. 여기는 카프릴이 아니니까…….."

"우리가 어디에 있는지는 나도 알아. 그래서 계획이 뭐지?"

"필요한 정보를 수집했고 원하는 결과를 얻을 확실한 방법을 고안해 냈습니다. 어둠이 내린 동안 은행으로 들어갈 방법만 있으면 됩니다."

"어떻게 할 계획인데?"

"데이, 내가 어떻게 할 계획인가?"

"관찰, 논리, 방법론을 적용해 문제를 해결할 계획이죠."

모비어의 얼굴에 다시 의기양양한 미소가 스쳤다. "정확해."

몬자는 베나를 향해 곁눈질했다. 베나는 죽었고, 대신 시버스가 그 자리에 있었다. 북부 사나이는 눈썹을 치켜올리며 길게 숨을 내쉬고는 다시 난로 쪽을 향해 시선을 돌렸다. 악한 사람만 친구로 삼아라. 버추리오는 말했다. 하지만 악한 사람 모두와 친구가 될 수는 없었다.

둘과 둘

주사위 둘 다 둘이 나왔다. 둘 곱하기 둘은 넷이다. 둘 더하기 둘도 넷이다. 더해도, 곱해도 같은 숫자였다. 그 생각에 프렌들리는 무력한 기분이 들었다. 무력했지만 평온하기도 했다. 그의 일행은 목표를 이루려고 머리를 쥐어짜고 있었지만, 그들이 무슨 아이디어를 생각하든 결과는 같았다. 역시 주사위에는 배울 점이 많았다.

제대로 읽을 줄만 안다면.

그들 일행은 두 쌍으로 나뉘었다. 스승과 제자인 모비어와 데이가 한 쌍이었다. 두 사람은 늘 함께 다녔고, 같은 공간에 머물렀으며, 다른 사람들을 비웃으며 함께 웃었다. 하지만 프렌들리가 보기에 머카토와 시버스도 한 쌍이 되어 가고 있었다. 그들은 난간 앞에 나란히 몸을 웅크리고 있었다. 어두운 밤하늘 아래 검은 윤곽만 남은 두 사람은 거대한 검은 덩어리로 변한 은행 건물을 바라보고 있었다. 프렌들리는 이제껏 본능적으로 짝을 만들고 싶어 하는 인간들을 자주 봐 왔다. 그는 아니었다. 그는 늘 그림자 속에 혼자 남았다. 판사의 말처럼 어쩌면 그에게 문제가 있는 것 같기도 했다.

사잠도 세이프티에서 그의 짝으로 자신을 선택했다. 하지만 프렌들리는 짝 같은 환상 따위는 가진 적이 없었다. 사잠이 자신을 선택한 이유는 쓸모가 있었기 때문이었다. 사잠은 다른 사람들처럼 어둠을 무서워했다. 하지만 사잠은 무섭지 않은 척하지 않았다. 그는 프렌들리가 아는 유일하게 정직한 사람이었고, 따라서 두 사람의 관계도 정직했다. 덕분에 감방에서 돈을 많이 번 사잠은 판사에게 돈을 주고 자유를 살 수 있게 되었다. 하지만 그는 정직한 남자였고, 풀려난 뒤에도 프렌들리를 잊지 않았다. 그는 프렌들리도 자유롭게 풀어 주었다.

규칙이 없는 세이프티 밖에서는 모든 것이 달랐다. 사잠은 다른 사업을 시작했고, 프렌들리는 또 혼자 남았다. 하지만 그는 신경 쓰지 않았다. 혼자 지내는 게 익숙했고, 그에게는 함께할 주사위가 있었다. 지금도 그는 웨스트포트의 지붕 위 어둠 속에서 혼자 추위에 맞서고 있었다. 어울리지 않는 두 쌍의 정직하지 않은 사람들과 함께.

은행 경비병들도 둘씩 짝을 지어 한 번에 네 사람이 함께 다녔다. 네 사람으로 이루어진 경비조 둘이 은행 주변을 밤새 돌고 또 돌았다. 무장한 경비조 하나가 양쪽 어깨에 창을 메고 터벅터벅 지나가고 있었다.

"다시 오는군." 시버스가 말했다.

"저도 보입니다." 모비어가 비웃듯 말했다. "지금부터 숫자를 세게."

데이가 높고 쉰 듯한 목소리로 속삭이는 소리가 밤공기 속에 섞여 들었다. "하나…… 둘…… 셋…… 넷…… 다섯……" 프렌들리는 입을 벌리고 그녀의 입술이 움직이는 모습을 멍하니 보았고, 주사위는 머릿속에서 지워진 채 축 처진 손에 들려 있었다. 어느새 그의 입은 데이를 따라 조용히 움직이고 있었다. "스물둘…… 스물셋…… 스물넷……"

"지붕까지 어떻게 가면 좋을까?" 모비어가 곰곰이 생각하듯 말했다. "지붕까지 어떻게 가면 좋을까?"

"밧줄과 갈고리로?" 머카토가 물었다.

"너무 느리고 소리도 많이 나서 불확실합니다. 게다가 갈고리를 단단하게 고정한다고 해도 작업하는 내내 밧줄이 공중에 훤히 걸려 있게 될 텐데요. 안 됩니다. 사고가 일어날 가능성이 없는 방법이 필요합니다."

프렌들리는 데이가 숫자를 세는 소리를 들을 수 있게 다들 입을 다물었으면 좋겠다고 생각했다. 숫자를 세는 그녀의 목소리를 듣고 있으니 아랫도리가 저릿해졌다. "백열둘…… 백열셋……" 그는 눈을 감고 벽에 머리를 기댄 다음 한 손가락을 숫자 세는 소리에 맞춰 앞뒤로 왔다 갔다 했다. "백팔십둘…… 백팔십삼……"

"아무 장치도 없이 저길 올라갈 수 있는 사람은 없어." 머카토의 목소리였다. "아무도. 벽이 너무 매끈하고 가파르잖아. 제일 위에는 뾰족한 가시까지 박혔는데."

"완전히 동의합니다."

"은행 안으로 들어갔다가 위로 나와야 하나?"

"불가능합니다. 보는 눈이 너무 많아요. 벽을 타고 올라가서 지붕 위에 있는 커다란 창문을 노려야 합니다. 적어도 어두울 때는 사람이 잘 다니지 않는 것 같으니, 잘됐지요."

"건물의 다른 쪽은 어때?"

"북쪽은 이쪽보다 사람이 많이 지나다니고 더 밝습니다. 동쪽은 주 출입구가 있어 밤새 경비조 하나가 상주하며 지키고 있지요. 남쪽은 이쪽과 똑같지만 건물로 접근할 수 있는 가까운 지붕이 없습니다. 안 됩니다. 이쪽 벽이 유일한 선택지이지요."

프렌들리는 건물 아래 길 위에서 희미하게 깜빡이는 불빛을 보았다. 둘 더하기 둘, 둘 곱하기 둘처럼 두 명씩 두 쌍으로 이루어진 경비병 넷이 전과 같은 속도로 은행 바깥을 돌았다.

"이걸 밤새 계속한다고?"

"네 명으로 이루어진 두 조가 서로 교대로 돈다고 합니다. 아침이 올 때까지 순찰을 멈추지 않지요."

"이백아흔하나…… 이백아흔둘…… 다음 조가 와요." 데이가 혀로 딱 소리를 냈다. "삼백 정도 되네요."

"삼백이라." 모비어가 쉭쉭거리는 소리로 말했고, 프렌들리는 어둠 속에서 그가 고개를 젓는 모습을 보았다. "충분하지 않아."

"그럼 어쩌자는 거지?" 몬자가 쏘아붙였다.

프렌들리는 주사위를 다시 한데 모으며 손바닥을 누르는 주사위 가장자리의 친숙한 압력을 느꼈다. 그들이 어떻게 은행 안으로 들어가든, 설사 못 들어간다 해도 그는 딱히 상관하지 않았다. 그는 그저 데이가 빨리 숫자를 다시 세길 바랐다.

"방법이 있을 겁니다…… 반드시……."

"내가 할 수 있어." 그들은 일제히 고개를 돌렸다. 시버스가 난간에 팔꿈치를 걸치고 흰 손을 덜렁 늘어뜨린 자세로 기대어 앉아 있었다.

"당신이?" 모비어가 비웃었다. "어떻게 말입니까?"

프렌들리는 어둠 속에서 북부 사나이의 입꼬리가 올라가는 모습을 보았다. "마법으로."

계획과 사고

경비병들이 터벅터벅 길을 따라 내려갔다. 총 네 사람이었다. 흉갑과 철모, 미늘창이 그들이 들고 있는 흔들리는 등불을 반사했다. 시버스는 경비병들이 철컹거리며 지나가는 동안 어느 집 문간 안

쪽으로 몸을 깊이 숨겼다. 긴장되는 순간이 지나고, 소리가 나지 않도록 길을 건너서 미리 봐 둔 기둥 그림자 속으로 들어갔다. 그는 숫자를 세기 시작했다. 삼백까지 세는 동안 건물 꼭대기까지 올라가 지붕에 도착해야 했다. 그는 건물을 올려다보았다. 건물은 말도 안 되게 높아 보였다. 이 짓을 왜 한다고 했을까? 모비어의 얼간이 같은 얼굴에서 웃음기를 걷어 내고 머카토에게 자신의 가치를 증명하기 위해서?

"내 가장 큰 적은 언제나 나라니까." 그가 속삭였다. 그는 자존심이 너무 강했다. 게다가 미녀에게는 한없이 약했다. 그가 그런 사람인 줄 누가 생각이나 했을까?

그는 3미터 정도 되는 밧줄을 꺼냈다. 밧줄 한쪽 끝에는 구멍이 나 있었고, 다른 쪽에는 갈고리가 달려 있었다. 그는 자신 앞에 있는 건물들의 창문을 쓱 훑어보았다. 찬 밤공기를 막기 위해 창문 대부분이 닫혀 있었지만 열려 있는 창문도 있었고, 그중 몇 개에서는 불빛이 새어 나오고 있었다. 그는 누군가 창문 밖을 내다보고 은행 벽을 기어오르는 자신을 발견할 확률이 얼마나 될지 생각했다. 확실히 그가 바라는 것보다는 확률이 높을 것 같았다.

"내 가장 큰 적." 그는 기둥 받침대 위로 올라설 채비를 했다.

"여기쯤에서 잃어버린 것 같은데."

"어디냐고 멍청아."

시버스는 자리에 얼어붙었다. 그의 손에서 밧줄이 덜렁거리고 있었다. 이제 발소리와 갑옷이 철컹이는 소리가 들렸다. 경비대 놈들이 가던 길을 돌아오고 있었다. 은행을 쉰 바퀴 도는 동안 그들은 한 번도 발걸음을 돌린 적이 없었다. 과학이니 뭐니 하며 떠들어 대던 빌어먹을 독물학자가 모든 걸 망쳐 버렸고, 시버스는 길 한복판에서 빼도 박도 못 하는 신세가 되어 버렸다. 그는 등에 멘 활이 돌벽을 긁는 소리가 들릴 때까지 그림자 속에 깊이 몸을 숨겼다. 도대체 무슨 변명을 할 수 있을까? 한밤중에 온통 검은 옷을 입고 오래된 활까지 챙겨 산책을 하고 싶었다고 하는 수밖에.

갑자기 도망을 치면 오히려 눈에 띌 테고, 그들은 그를 쫓을 것이다. 그러다 그들이 가진 무언가에 찔린대도 이상하지 않았다. 어쨌든 그들은 누군가가 은행으로 몰래 들어가려 했다는 사실을 알게 될 테고, 그러면 모든 일이 수포로 돌아가게 된다. 가만히 있는다면…… 그들에게 찔릴 가능성이 조금 더 높다는 것 말고는 달라질 게 없어 보였다.

목소리가 점점 가까워졌다. "멀리 가면 안 돼. 계속 같은 곳을 뱅뱅 도는 게 우리 일……."

한 명이 무언가를 잃어버린 듯했다. 시버스는 자신의 불운을 저주했고, 그런 적이 이번이 처음은 아니었다. 이미 도망치기엔 너무 늦어 버렸다. 그는 칼자루를 꼭 쥐었다. 기둥 바로 반대편에서 저벅저벅 발소리가 들렸다. 몬자가 내민 은화를 왜 거절하지 못했을까? 그는 미인뿐만 아니라 돈에도 한없이 약한 듯했다. 그는 이를 꽉 물고 그들이 오기를…….

"저기요!" 머카토의 목소리였다. 그녀가 후드를 쓴 채 긴 외투를 휘날리며 길 건너편에서 걸어오고 있었다. 시버스는 검을 가지고 있지 않은 그녀를 처음 보았다. "방해해서 정말, 정말 죄송해요. 숙소로 돌아가려고 하는데 길을 완전히 잃어버렸어요."

경비병 중 한 명이 시버스를 등진 채 기둥 반대편으로 멀어졌고, 나머지 한 명도 그 뒤를 따랐다. 나머지 두 사람은 그와 몬자 사이, 엎어지면 코 닿을 거리에 있었다. 손을 뻗으면 그들의 등갑을 만질 수 있을 정도였다.

"어디에 묵으시죠?"

"친구들이랑 같이 묵고 있는데, 로드사벨디가(街)에 있는 분수 근처예요. 저는 이 도시가 처음이라," 그녀는 멋쩍은 듯한 웃음을 터뜨렸다. "그게 어디쯤인지 가늠이 잘되지 않아서요."

경비병 중 한 명이 헬멧을 뒤로 밀었다. "아마 그러시겠군요. 그쪽은 도시 반대편입니다."

"도시를 몇 시간은 걸어 다녔을 거예요." 그녀는 슬슬 움직이기 시작했다. 경비병들이 자연스럽게 그녀를 따라 움직이도록 하려는 것이었다. 나머지 경비병 중 한 명이 그들 뒤를 따랐고 뒤이어 또 다른 한 명도 일행에 합류했다. 경비병 넷은 이제 모두 시버스에게 등을 보이고 서 있었다. 그는 숨을 죽이고 그 모습을 지켜보았고, 심장이 너무 크게 뛰어서 아무도 그 소리를 듣지 못하는 게 신기할 따름이었다. "여러분 중 한 명이 방향을 제대로 알려 주시면 너무 감사하겠네요. 어리석은 저 때문에 고생이 많으세요."

"아니, 아닙니다. 웨스트포트가 좀 복잡하지요."

"밤에는 더 그렇죠."

"저는 순찰을 돌다가도 가끔 길을 잃는걸요." 남자들이 웃었고, 몬자도 따라 웃으며 그들을 계속 유인했다. 그녀의 눈이 시버스와 잠시 마주쳤고 두 사람은 서로 정면으로 마주 보게 되었다. 그녀는 곧 다음 기둥 뒤로 사라졌고, 경비원들도 마찬가지였다. 그들이 열정적으로 떠드는 소리도 점차 잦아들었다. 시버스는 눈을 감고 천천히 숨을 내쉬었다. 여자에게 약한 남자는 그 혼자만이 아닌 듯했다.

그는 네모난 기둥 받침 위로 잽싸게 뛰어올라 기둥에 밧줄을 한 바퀴 두른 다음 자신의 엉덩이 밑으로 지나게 해 고리 모양으로 만들어 묶었다. 숫자를 셌다면 지금 어디까지 셌을지 알 수는 없지만, 어쨌든 빨리 건물을 올라야만 했다. 그는 기둥을 오르기 시작했다. 무릎과 군화 굽 가장자리로 돌기둥을 붙잡고, 밧줄 고리를 끌어 올렸다. 다리를 움직이는 동안에는 밧줄을 꽉 붙잡았다가 자리가 잡히면 밧줄을 다시 끌어 올리기를 반복했다.

그가 아직 어렸을 때 형에게 배운 재주였다. 그는 이 재주를 사용해 계곡에서 가장 높은 나무에 올라 새알을 훔치곤 했다. 그는 나무 밑동 근처까지 미끄러지기 일쑤였고, 그럴 때마다 두 형제는 깔깔거리며 웃곤 했다. 지금은 이 재주를 사람을 죽이기 위해 사용하고 있었고, 여기서 떨어졌다가는 그의 목숨이 위험할 터였다. 그의 삶은 그가 바랐던 대로 흘러가지 않은 듯했다.

그래도 그는 매끄럽고 빠르게 기둥을 오르고 있었다. 꼭대기에 새알이 없고, 불알에 나무 가시가 박힐 위험도 없다는 점만 빼면 나무를 오를 때와 별로 다르지 않았다. 어쨌든 힘든 작업이었다. 기둥을 거의 다 올랐을 무렵에는 온몸이 땀으로 흠뻑 젖어 있었지만, 아직 가장 오르기 힘든 부분이 남아 있었다. 그는 한 손으로 기둥 꼭대기에 있는 조각 장식을 붙잡고 다른 손으로 밧줄을 푼 다음 어깨에 걸쳤다. 그리고 장식의 파인 부분에 손가락과 발가락을 묻고 몸을 힘껏 위로 끌어 올렸다. 숨이 가쁘고 팔은 불타는 듯했다. 그는 찡그리고 있는 여자 조각상의 얼굴을 밟고 올라가 앉았다. 길은 이미 저 아래로 멀어져 있었고, 그는 돌로 만든 잎사귀 한 쌍을 붙잡으며 잎사귀가 진짜 잎사귀보다는 튼튼하길 바랐다.

앞으로 넘어야 할 장애물에 비하면 이제까지 온 길은 그나마 쉬운 편이었다. 하지만 그는 밝은 면을 보려고 노력했다. 다리 사이에 여자 얼굴을 끼고 있는 게 얼마나 오랜만인가. 길 건너편에서 쉭 하는 소리를 들은 그는 지붕 위에서 데이의 검은 형체를 알아보았다. 그녀는 아래를 가리켰다. 다음 순찰조가 다가오고 있었다.

"젠장." 그는 조각상에 몸을 딱 붙여 조각의 일부처럼 보이려고 애썼고, 밧줄에 쓸린 손이 찌릿찌릿했다. 제발 아무도 올려다보지 않길 간절히 바라는 수밖에 없었다. 밑에서 덜그럭거리는 소리가 들리자 그는 길게 숨을 내쉬었고, 그의 귓가에는 심장이 뛰는 소리가 그 어느 때보다 크게 울려 퍼지고 있었다. 그는 그들이 건물 모퉁이 뒤로 사라질 때까지 기다렸다가 마지막 힘을 쥐어짤 준비를 하며 숨을 골랐다.

벽을 따라 쇠가시가 박힌 장대가 둘려 있었다. 손을 대면 빙글빙글 돌아가도록 설계된 방범 장치였다. 도저히 넘어갈 수 없을 것 같았다. 하지만 기둥 꼭대기에 박힌 쇠가시들은 단단히 고정되어 있었다. 그는 대장장이들이 사용하는 두꺼운 장갑을 꺼내 손에 꼈다……. 그러고는 그 쇠가시 쪽으로 가까이 다가가 숨을 한 번 크게 들이쉰 다음 손으로 쇠가시 두 개를 꽉 잡았다. 그는 다리를 허공으로 내리고 몸을 위로 잡아 올리며 코앞에 박힌 쇠가시를 사팔뜨기가 되도록 빤히 바라보았다. 잘못하다가 눈이 빠질 수도 있다는 것만 빼면 나뭇가지 속으로 몸을 끌어당길 때와 다를 게 없었다. 눈 두 개가 멀쩡한 채로 일을 마치고 싶으면 신중해야 했다.

그는 그네 타듯 몸을 뒤로 뺐다가 허공에서 발을 굴러 반대쪽으로 몸을 끌어 올린 다음, 기둥 위 턱에 군화를 걸쳤다. 두꺼운 조끼가 긁히는 것 같은 느낌이 들었지만 그는 몸을 틀어 지붕 위로 올라갔고, 쇠가시는 그의 가슴을 할퀴었다.

곧 그는 몸을 일으켰다.

"칠십팔…… 칠십구…… 팔십……." 시버스가 난간을 넘어가 은행 지붕 위에 오르는 모습을 보는 동안 저절로 프렌들리의 입술은 움직이고 있었다.

"해냈네요." 믿을 수 없다는 듯 데이가 날카롭게 속삭였다.

"시간도 충분하군." 모비어가 낮은 소리로 쿡쿡 웃었다. "저렇게 기둥을 오를 수 있을 줄 누가 상상이나 했겠나. 마치…… 원숭이처럼 말이지."

몸을 일으켜 선 북부 사나이의 검은 그림자가 어두운 하늘 밑에 나타났다. 그는 등에서 커다란 활을 끌어당겨 잠시 만지작거렸다.

"활 실력도 원숭이 같으면 안 될 텐데요." 데이가 속삭였다.

시버스가 활시위를 당겼다. 툭 하고 활시위가 느슨해지는 소리가 프렌들리의 귀에 들리더니 이내 화살이 그의 가슴팍을 때리는 느낌이 들었다. 그는 인상을 쓰며 화살대를 재빨리 낚아챘다. 아프지는 않았다.

"화살촉이 없어서 얼마나 다행입니까." 모비어는 화살 날개 부분에서 철사를 풀었다. "당신이 요절하는 불상사가 일어나서는 안 되니까요."

프렌들리는 뭉툭한 화살을 던져 버리고 철사 끝에 줄을 묶었다.

"이게 저 친구 무게를 견딜 수 있을까요?" 데이가 중얼거렸다.

"술주크 비단 줄일세." 모비어가 으스대듯 말했다. "거위털만큼 가볍지만, 강철만큼 강하지. 우리 셋이 동시에 매달려도 끊어지지 않을 정도로 튼튼한 데다, 누군가 하늘을 올려다보더라도 절대 발견하지 못할 걸세."

"그러길 바라요."

"데이 양. 내가 절대 감수하지 않는 게 뭐지?"

"네, 네, 무슨 말씀인지 알겠어요."

시버스가 철사를 당기자 검은 비단 줄이 쉭 소리를 내며 프렌들리의 손을 벗어났다. 프렌들리는 조용히 허공을 가로질러 지붕 사이를 건너는 비단 줄을 바라보며 그 길이를 가늠했다. 시버스는 열다섯 걸음 떨어져 있었다. 두 사람은 줄의 양쪽 끝을 팽팽하게 잡았고, 프렌들리는 자신이 잡은 쪽 끝을 지붕 대들보에 미리 박아 둔 강철 고리에 걸어 세 번 꽁꽁 묶었다.

"매듭을 잘 묶은 게 확실합니까?" 모비어가 물었다. "줄이 많이 처지면 안 될 텐데요."

"스물두 걸음."

"뭐가요?"

"높이가."

잠시 정적이 흘렀다. "별 도움이 안 되는군요."

팽팽한 검은 줄이 두 건물을 잇고 있었다. 줄이 놓여 있다는 사실을 알고 보아도 어둠에 묻혀 잘 보이지 않았다.

데이는 줄을 가리켰다. 그녀의 곱슬머리가 바람에 살짝 흩날렸다. "먼저 가시죠."

모비어는 거친 숨을 쉬며 비틀비틀 난간을 넘었다. 줄을 타고 건물 사이를 건너는 이런 모험은 아무리 생각해도 즐길 만한 구석이 없었다. 쌀쌀한 바람이 건물 사이로 불자 가슴이 쿵쿵거리기 시작했다. 악명 높은 무마인벡 밑에서 일을 배우는 동안에는 그도 고양이처럼 우아하게 곡예를 부릴 수 있었다. 하지만 그런 능력은 풍성했던 머리카락과 함께 사라진 지 오래였다. 잠시 마음을 가다듬고 이마에서 차게 식은 땀을 닦았다. 문득 옆에 앉아 있던 시버스가 그를 향해 미소를 짓고 있다는 사실을 깨달았다.

"뭐 재미있는 일이라도 있습니까?" 모비어가 물었다.

"뭐가 웃기다고 생각하는지에 따라 다르겠지. 거기에 얼마나 있을 생각이지?"

"있고 싶은 만큼 있을 생각인데요."

"줄을 탈 때보다는 서둘러 움직이는 게 좋을 텐데. 그렇게 꾸물대다간 내일 은행 문을 열 때도 빠져나오기 힘들 테니 말이야." 그는 여전히 웃음을 머금은 채 난간을 넘더니 큰 덩치와는 어울리지 않게 날렵하고 흔들림 없는 동작으로 숙소 건물을 향해 줄을 타기 시작했다.

"신이 있다면 내가 이들과 인연을 맺도록 저주를 내리신 것 같군." 모비어는 원시인 시버스가 반쯤 줄을 건넜을 때 아주 잠시 매듭을 잘라 버릴까 하는 생각을 했지만, 곧 경사진 지붕 사이의 좁은 배수로를 따라 건물 중앙을 향해 내려갔다. 커다란 유리 지붕이 그의 앞에서 은은하게 빛나고 있었다. 올록볼록한 유리 조각 수천 개 너머로 건물 안을 비추는 희미한 불빛이 보였다. 프렌들리는 이미 지붕 옆에 쭈그리고 앉아서 그의 허리에 둘러진 비단 줄을 풀고 있었다.

"세상 참 많이 발전했군." 모비어는 데이 옆에 무릎을 꿇고 앉아 유리 지붕 위에 손을 살포시 얹었다. "이다음엔 또 무엇을 발명하려나?"

"이런 시대에 살고 있다니 정말 축복이네요."

"우리 모두 그렇게 느껴야 마땅하네." 그는 은행 안을 조심스럽게 살폈다. "우리 모두 그래야 마땅해." 복도에는 거의 불이 밝혀져 있지 않았다. 복도 양쪽 끝에 등이 하나씩 켜져 있어 금박을 입힌 거대한 액자 틀을 은은하게 밝혔다. 하지만 복도 대부분은 그늘 속에 숨겨져 있었다. "은행들이란." 속삭이는 그의 얼굴에 보일 듯 말 듯 한 미소가 스쳤다. "항상 아끼려고 혈안이지."

그는 광이 나는 도구들을 꺼낸 다음 펜치로 납을 떼어 내기 시작했고 접착제 덩어리와 함께 유리를 한 조각 한 조각 조심스럽게 들어 올렸다. 그의 손재주는 나이를 먹었어도 전혀 녹슬지 않은 듯 보였고, 순식간에 유리 조각 아홉 개를 뜯어낸 다음 작은 펜치로 격자틀을 자르고 벗겨 내 원하는 크기의 마름모꼴 구멍을 만들어 냈다.

"시간이 딱 맞았군." 그가 중얼거렸다. 경비병의 등불에서 나온 불빛이 나무가 덧대진 복도 벽을 밝혔다. 어둠에 가려져 있던 그림들은 잠깐 새벽을 맞이했다. 경비병의 발소리가 그들 아래 복도에 메아리처럼 울렸고, 하품 소리도 우렁차게 울려 퍼졌다. 대리석 타일 바닥에 그의 긴 그림자가 길게 드리워졌다. 모비어는 취관에 공기를 불어 넣어 독침을 쐈다.

"아야!" 경비병이 머리 꼭대기를 손바닥으로 탁 쳤고 모비어는 창가에서 재빨리 물러났다. 아래쪽에서 질질 끄는 발소리가 들리더니 숨을 헐떡이는 소리가 이어졌고 경비병이 넘어지며 쿵 하는 소리와 달그락 소리가 들렸다. 다시 천장에 뚫린 구멍을 통해 복도를 살폈을 때 경비병은 등을 대고 대자로 누워 있었고, 등불은 아직 꺼지지 않은 채 그의 팔 옆에 넘어져 있었다.

"훌륭하네요." 데이가 숨을 내쉬었다.

"당연한 소릴."

"과학이라고 누누이 이야기하셨지만 늘 마법 같아요."

"우리는 현대의 마법사나 마찬가지라 할 수 있지. 프렌들리 선생, 밧줄을 주시지요." 프렌들리는 비단 줄 한쪽 끝을 건네주고 다른 쪽 끝은 자기 허리에 묶었다. "제 무게를 견딜 수 있겠습니까?"

"그렇소." 과묵한 프렌들리에게서는 모비어 같은 의심 많은 사람도 신뢰할 수 있을 정도로 어마어마한 힘이 느껴졌다. 모비어는 자신이 고안한 매듭으로 밧줄을 묶은 후 다이아몬드 모양의 구멍 아래로 부드러운 신을 신은 발 한쪽을 내린 다음 곧 다른 쪽 발도 내렸다. 그러고는 엉덩이와 어깨를 차례로 내리고 은행 안으로 들어갔다.

"내려 주시오." 그리고 그는 기계에 앉은 듯 매끄럽고 신속하게 밑으로 내려갔다. 그의 신발이 바닥 타일에 닿자 그는 손목을 한 번 흔들어 매듭을 풀고 복도의 어둠 속으로 미끄러져 들어갔다. 그의 손에는 장전된 취관이 들려 있었다. 모비어는 건물 안에 경비병이 한 명만 있으리라고 생각하고 있었지만 그 생각이 꼭 맞으리라는 법은 없었다.

조심 또 조심해야 했다.

그의 시선이 바쁘게 어두운 복도를 위아래로 훑었고, 자신이 수행 중인 어마어마한 임무에 희열을 느낀 그의 피부가 찌릿찌릿해져 왔다. 아무런 기척이 느껴지지 않았다. 복도에 흐르는 완벽한 정적이 따끔거리는 귀를 짓누르는 것 같았다.

그는 천장을 올려다보았고, 구멍 사이로 데이의 얼굴이 보였다. 그는 그녀를 향해 손짓했다. 데이는 서커스 단원처럼 민첩하게 구멍을 빠져나와 아래로 내려왔다. 그녀는 장비가 든 가죽띠를 몸에 두르고 있었다. 발이 땅에 닿자 그녀는 밧줄을 놓고 미소를 지으며 몸을 웅크렸다.

모비어도 그녀를 향해 웃을 뻔했지만, 애써 표정을 감췄다. 데이가 그의 밑에서 3년을 보내는 동안, 그가 그녀의 재능과 판단력, 성품에 점점 더 감탄하게 되었다는 사실을 알리고 싶지 않았기 때문이었다. 그녀가 자신의 감정의 깊이를 눈치채게 해서는 안 됐다. 그렇게 하면 사람들은 그를 배신했다. 보육원에서도, 서커스단 수련 시절에도, 결혼 생활에서도, 일을 하면서조차 그는 가슴 아픈 배신을 당하기 일쑤였다. 그의 가슴속에는 흉터가 많았다. 그래서 그는 모든 일을 철저히 직업적으로 처리해서 그녀와 자신 모두를 지킬 것이다. 그를 그녀로부터 지키고, 그녀를 그로부터 지킬 방법은 그것뿐이었다.

"아무도 없나요?" 그녀가 낮게 속삭였다.

"빈 체스판 같군." 그가 바닥에 널브러진 경비병을 내려다보며 중얼거렸다. "모두 계획대로네. 우리가 가장 경멸하는 게 무엇인가?"

"겨자요."

"또?"

"사고요."

"정확해. 즐거운 사고란 존재하지 않으니까. 그의 신발을 잡게."

낑낑거리며 애를 쓴 끝에 그들은 경비병을 복도 끝에 있는 그의 책상 앞에 앉힐 수 있었다. 고개가 뒤로 홱 젖혀지더니 그는 코를 골기 시작했다. 긴 콧수염이 입술 위에서 퍼덕거렸다.

"아아, 아기처럼 자는군. 소품들 주게."

데이가 그에게 빈 술병을 건넸고, 모비어는 경비병의 신발 옆에 그것을 조심히 내려놓았다. 뒤이어 반쯤 찬 술병을 건네받아서는, 뚜껑을 열어 대원이 입고 있는 징이 박힌 조끼에 찰박거리는 소리가 나도록 부은 다음, 술병을 눕혀 경비병의 덜렁거리는 손가락 옆에 조심스럽게 놓았다. 술병에서 쏟아져 나온 술이 타일 바닥에 고여 매캐한 냄새를 풍겼다.

모비어는 뒤로 물러서서 손으로 만든 사각형 액자 너머로 그 광경을 바라보았다. "작품 하나가…… 준비되었군. 야간 경비원이 규율을 어기고 밤새 술 한두 잔쯤 하는 게 아닌지 의심하지 않는 상사가 있을까? 늘어진 자세로 술 냄새를 지독하게 풍기며 세상이 떠나가라 코를 고는 것 좀 보게. 이 모든 게 증거가 되어 새벽에 발견되는 즉시 해고를 당하겠지. 결백을 아무리 주장해도 증거가 없는 이상……" 그는 장갑 낀 손으로 경비병의 머리칼을 뒤져 두피에서 침을 뽑아냈다. "다른 의심은 일으키지 않을 걸세. 다른 건 완벽하게 평상시와 다름없을 테니까. 실상은 평상시와 다를 테지만 말이야. 이런, 이런. 발린트앤드벌크 웨스트포트 지점의 조용한 복도에 치명적인 비밀 하나가 생기겠구먼." 그는 경비병의 등불을 후 불어 꺼서 주변을 더 어둡게 만들었다. "이쪽으로 오게, 데이 양. 서두르게."

그들은 복도를 살금살금 걷기 시작했고, 그들의 그림자는 모티스가 사용하는 집무실의 육중한 문 옆에서 멈췄다. 허리를 굽혀 잠금장치를 조작하는 동안 데이가 들고 있는 꼬챙이가 반짝였다. 얼마 지나지 않아 묵직한 철컥 소리와 함께 손잡이가 돌아가더니 문이 살짝 열렸다.

"은행에서 쓰기에는 잠금장치가 너무 형편없네요." 그녀는 꼬챙이를 제자리에 넣었다.

"돈을 감춰 두는 곳에만 좋은 잠금장치를 달았겠지."

"그리고 저희는 돈을 훔치러 온 게 아니고요."

"오, 그럼, 그럼. 우리는 도둑과는 거리가 멀지. 우리는 선물을 남기고 가지 않나." 그는 발소리가 나지 않도록 모티스의 거대한 책상을 돌아가 위치가 머리카락만큼도 달라지지 않도록 조심스럽게 장부를 열었다. "용액 주게."

그녀는 그에게 끈적한 반죽으로 거의 꽉 찬 단지 하나를 건넸고, 그는 코르크 마개를 조심스럽게 비틀어 뽑았다. 그리고 가는 화필을 사용해서 장부에 반죽을 바르기 시작했다. 막대한 재능을 가진 예술가에게 꼭 맞는 도구였다. 그는 바스락거리며 모든 장을 넘겨 잽싼 손놀림으로 모서리마다 붓칠을 했다.

"데이 양, 보이나? 신속하고, 부드럽고, 정교하고, 세심하게. 할 수 있는 한 세심하게 작업해야 하네. 우리와 같은 직업을 가진 사람들에게 가장 치명적인 게 뭐지?"

"본인이 만든 독이요."

"매우 정확해." 그는 아주 세심한 주의를 기울여 장부를 닫았다. 장부 모서리는 이미 거의 다 말라 있었다. 그는 붓을 집어넣고 코르크 뚜껑을 눌러 닫았다.

"이제 가요." 데이가 말했다. "배고파요."

"가자고?" 모비어의 미소가 더 환하게 빛났다. "오, 이런, 데이 양. 안 되지. 아직 끝나려면 한참 멀었네. 저녁값을 하려면 할 일이 더 남았다고. 밤새 할 일이 산더미일세. 아주 길고 긴…… 밤이 될 거야."

"여기."

시버스는 거의 난간을 뛰어넘을 뻔했다. 너무 깜짝 놀라서 심장이 목구멍 밖으로 튀어나올 것처럼 뛰었다. 그가 비틀거리며 돌아섰을 때, 머카토는 뒤에서 미소를 지으며 웅크리고 있었다. 그녀의 그늘진 얼굴 위에 입김이 아직 남아 있었다.

"젠장, 깜짝 놀랐잖아!" 그가 씩씩거렸다.

"경비원들보다는 덜 놀라게 한 것 같은데." 그녀는 쇠고리까지 걸어가서 매듭을 잡아당겼다. "결국 성공했나 보네?" 그녀는 꽤 놀란 듯했다.

"내가 못 할 줄 알았나?"

"높이 올라가더라도 결국은 떨어져서 머리통이 깨지지 않을까 했는데?"

그는 손가락으로 머리를 두드렸다. "몸에서 가장 단단한 부분이야. 떨거지들은 다 따돌렸나?"

"로드사벨디가까지 거의 다 가서야 떨어져 나가더군. 그렇게 쉽게 졸졸 쫓아올 줄 알았으면 처음부터 내가 나설걸 그랬어."

시버스가 미소 지었다. "당신이 마지막에 그들을 따돌리지 않았으면 딱 걸릴 뻔했어."

"그럴 순 없지. 할 일이 많이 남았으니까." 시버스가 불편한 듯 어깨를 들썩였다. 그들이 사람을 죽이는 임무를 수행하고 있다는 사실을 그는 자꾸만 잊어버렸다. "춥지 않아?"

그는 콧방귀를 뀌었다. "내 고향에서 이 정도는 여름 날씨야." 그는 병에서 코르크 마개를 뽑은 다음 그녀에게 건넸다. "몸을 덥히는 데 도움이 될 거야."

"참 사려가 깊네." 그녀는 길게 한 모금을 들이마셨고 그는 그녀의 목 근육이 움직이는 모습을 지켜보았다.

"돈 받고 사람을 죽이는 일당의 일원인 것치고 사려 깊은 편이지."

"청부살인업자 중에는 꽤 괜찮은 사람들도 있어." 그녀는 다시 한 모금을 들이켠 다음 그에게 병을 건넸다. "지금 이 일당 중에서는 없지만."

"젠장. 전혀 아니지. 우린 쓰레기 같은 놈들, 아니 연놈들이야."

"아직 저 안에 있어? 모비어와 그의 메아리 말이야."

"그래. 좀 된 것 같은데."

"프렌들리도 저기 있어?"

"다 같이 있지."

"모비어가 얼마나 걸린다고 얘기했어?"

"그놈이 나한테 말해 줬을 리가 없잖아? 당신 참 낙관적이네."

그들은 차가운 정적 속에서 난간 앞에 몸을 웅크린 채 은행 건물의 검은 윤곽을 건너다보았다. 이유는 알 수 없지만 그는 매우 초조했다. 살인을 저지르러 갈 때보다 더욱 불안한 것 같았다. 그는 곁눈질로 그녀를 바라보았고, 그녀가 그를 향해 고개를 돌릴 때까지도 미처 시선을 거두지 못하고 있었다.

"여기서 추위에 떨며 기다리는 것 말고는 할 일이 없네." 그녀가 말했다.

"딱히 없지. 내 머리를 손수 더 짧게 자르고 싶은 게 아니면."

"당신이 옷을 벗을까 봐 무서워서 가위도 못 꺼내겠어."

그녀의 말에 시버스는 웃음이 터졌다. "똑똑한데. 한 모금 더 할 자격이 생겼어." 그는 병을 내밀었다.

"청부살인업자를 고용하는 여자치고 내가 좀 웃긴 편이지." 그녀는 병을 받으려고 가까이 다가왔다. 그러자 그녀와 가까운 쪽 옆구리에 찌릿함이 느껴졌다. 가빠진 숨이 목구멍을 드나드는 것이 느껴졌다. 그는 시선을 피했다. 지난 몇 주 동안보다 더 바보 같은 모습을 보이고 싶지는 않았다. 그녀가 병을 기울여 술을 들이켜는 소리가 들렸다. "다시 한번 고마워."

"별 말씀을. 할 일이 있으면 뭐든 말만 해, 대장."

그가 고개를 돌렸을 때 그녀는 그를 똑바로 쳐다보고 있었다. 입을 굳게 다물고 그의 눈에 시선을 고정한 채, 그의 가치가 얼마나 되는지 계산하는 듯한 특유의 표정이었다. "할 일이 하나 있어."

모비어는 섬세한 손길로 유리 지붕 틀의 마지막 한 조각을 제자리에 밀어 넣고 장비를 집어넣었다.

"괜찮을까요?" 데이가 물었다.

"폭풍이 내리면 어떨지 몰라도 내일까지는 버틸 수 있지. 그때까지 저들에게는 지붕에 물이 새는 것보다 훨씬 큰 걱정거리가 생길 테고." 그는 유리 조각에 남은 접착제 자국을 마지막으로 한 번 더 닦은 뒤 조수를 따라 지붕 끝에 있는 난간으로 향했다. 프렌들리는 이미 비단 줄을 건넌 뒤였다. 허공 저편에 쭈그리고 앉아 있는 형체가 보였다. 모비어가 아래를 내려다보았다. 뾰족한 쇠가시가 박힌 벽 아래로 조각된 장식들이 보였고, 매끄러운 돌기둥이 아찔하게 뻗어 돌길에 닿아 있었다. 경비원 중 한 명이 흔들리는 등불과 함께 그 옆을 지나갔다.

"줄은 어쩌죠?" 서로의 소리가 들릴 정도로 가까워지자 데이가 말했다. "해가 뜨면 누군가가······."

"세세한 것 하나도 놓치면 안 되지." 모비어가 안주머니에서 작은 유리병을 꺼내며 씩 웃었다. "몇 방울만 뿌려 두면 우리가 줄을 건넌 다음 곧 매듭이 불에 탈 걸세. 반대편에서 기다렸다가 줄을 거두면 되겠지."

어둠 속에 보이는 조수의 얼굴에는 확신이 없었다. "다 건너기 전에 타 버리면······."

"그럴 리 없네."

"하지만 너무 위험해 보이는걸요."

"데이 양, 내가 절대 감수하지 않는 게 무엇이지?"

"위험이요. 하지만······."

"그럼 자네가 먼저 가게."

"그렇게 말씀하신다면야." 데이가 재빨리 줄 아래로 몸을 내리고 손을 번갈아 움직여 가며 줄을 건넜다. 서른을 세기 전에 그녀는 반대편에 도착했다.

모비어는 작은 병을 열어 매듭에 몇 방울을 떨어뜨렸다. 그리고 매듭을 확인한 다음 몇 방울을 더 떨어뜨렸다. 해가 떠서 이 위험한 물건이 훤히 드러날 때까지 기다리고 싶지 않았다. 그는 다음 경비대가 지나갈 때까지 기다렸다가 자신의 조수보다 훨씬 덜 우아한 몸놀림으로 난간을 넘었다. 어쨌든 지나치게 서두를 필요는 없었다. 언제나 조심 또 조심해야 하는 법이니까. 그는 장갑 낀 손으로 줄을 잡고 매달린 다음 그 위에 한쪽 발을 올렸다. 다른 발을 마저 올리려는 찰나…….

거칠게 찢기는 소리가 들리더니 갑자기 그의 무릎을 스치는 차가운 바람이 느껴졌다.

모비어는 아래를 내려다보았다. 다른 쇠가시들보다 훨씬 위에 박혀 있던 구부러진 쇠가시에 걸리는 바람에 바지 한쪽이 거의 엉덩이까지 찢어져 있었다. 그는 쇠가시에 걸린 부분을 풀어 보려고 발을 허우적거렸지만, 오히려 더 단단하게 붙들리고 말았다.

"망할." 당연히 계획에 없던 일이었다. 매듭이 묶인 쪽 난간 근처에서 희미한 연기가 피어오르고 있었다. 산성 성분이 예상보다 빠르게 반응을 일으킨 모양이었다.

"망할." 그는 몸의 반동을 이용해 다시 은행 지붕 위로 올라가서 연기가 나는 매듭 위에 앉아 한 손으로 줄을 잡았다. 그리고 안주머니에서 칼을 꺼낸 다음 팔을 뻗어 쇠가시에 걸린 부분을 능숙한 손놀림으로 잘라 내기 시작했다. 외과 의사 같은 손놀림으로 한 번, 두 번, 세 번 칼을 대자 바지가 거의 잘렸고, 마지막으로 한 번 더…….

"아!" 그는 자신이 칼로 발목을 그었다는 사실을 깨닫고 짜증이 솟구쳤다가 곧 공포에 휩싸였다. "망할!" 칼날 가장자리에는 라링크 용액이 묻어 있었는데, 아침마다 메스꺼움을 일으키는 바람에 면역을 기르길 포기했던 물질이었다. 치명적인 물질은 아니었다. 그 자체로는 그랬다. 하지만 줄을 건너다 떨어지게 만들 수는 있었고, 그는 딱딱한 돌바닥에 처박히는 사고에 대한 면역은 길러 본 적이 없었다. 그와 같은 독물학자들이 결국 자기가 다루던 물질에 의해 죽는다는 이야기는 정말 대단한 역설이었다.

그는 한쪽 장갑을 이로 물어 벗은 다음 주머니들을 뒤져 해독제를 찾았다. 갖은 욕을 뱉으며 가죽 외투를 더듬거리는 동안, 세차게 부는 찬바람에 맨살이 드러난 다리에 닭살이 돋았다. 그의 손가락 끝에 닿은 작은 유리관들이 달그락거리는 소리를 냈다. 유리관에는 손끝으로 만져 확인할 수 있도록 표식이 새겨져 있었다.

하지만 이런 상황에서는 그런 작업조차도 간단히 해내기가 힘들었다. 그가 트림을 뱉자 갑자기 어지러워지더니 뱃속이 뒤틀리기 시작했다. 손끝에 드디어 맞는 표식이 느껴졌다. 입에 물고 있던 장갑을 떨어뜨린 그는 손을 덜덜 떨며 외투에서 작은 유리관을 꺼낸 다음 이빨로 코르크를 뽑아 안에 든 내용물을 마셨다.

그는 쓴맛에 헛구역질을 했고, 저 아래 돌길 위로 신 침을 뱉어냈다. 줄을 꽉 잡고 어지러움과 싸우는 동안, 저 아래 어두운 돌길이 기울어진 채 그의 주위를 빙빙 도는 것 같았다. 어린아이가 된 것 같은 무력한 느낌이었다. 그는 숨을 헐떡이고 끙끙거리면서 두 손으로 줄에 매달렸다. 그리고 사람들이 그를 데리러 왔을 때 어머니의 시신에 매달렸던 것처럼 필사적으로 줄을 붙잡았다.

해독제가 효과를 발휘하기 시작한 듯했다. 캄캄한 세상은 더 이상 빙빙 돌지 않았고, 꾸르륵거리던 뱃속도 차분해졌다. 언제나처럼 길은 그의 아래로, 하늘은 그의 위로 돌아왔다. 신경을 매듭에 집중하고 보니 아까보다 연기가 더 짙어진 데다 쉭쉭거리는 소리까지 나고 있었다. 매듭이 타는 매캐한 냄새도 뚜렷하게 맡을 수 있었다.

"빌어먹을!" 그는 두 다리를 줄 위에 올리고 앞으로 나아가기 시작했다. 그가 직접 몸에 바른 거나 마찬가지인 라링크 용액 때문에 몸에 힘이 잘 들어가지 않았다. 한 치의 실수도 용납될 수 없다는 두려움에 잔뜩 쪼그라든 목구멍에서 씩씩거리는 숨소리가 들렸다. 반대편에 도착하기 전 매듭이 다 타 버린다면? 내장이 다시 경련을 일으키자 그는 이를 꽉 물고 잠시 멈춰 공중에서 위아래로 흔들렸다.

그는 다시 움직이기 시작했지만, 참담할 정도로 너무 지쳐 있었다. 팔이 덜덜 떨리고, 손도 자꾸만 미끄러졌다. 줄에 쓸린 맨손바닥과 맨다리는 화끈거렸다. 비단 줄의 반 이상을 건넌 그는 조금씩 앞으로 나아갔다. 고개를 뒤로 젖힌 채 마지막 힘을 쥐어짜 내기 위해 숨을 크게 들이쉬었다. 프렌들리가 그를 향해 팔을 뻗고 있었고, 몇 걸음도 채 안 되는 거리에 그의 커다란 손이 보였다. 데이가 그를 빤히 보고 있었다. 어둠에 가려진 그녀의 얼굴에 약간이라도 비웃음이 보이지는 않는지 살피며 갑자기 짜증이 솟구쳤다.

그때 비단 줄 저편에서 희미하게 찢어지는 소리가 들려왔다.

뱃속이 뒤집히는 듯한 느낌이 들면서 그는 아래로, 아래로 버둥거리며 떨어졌다. 벌어진 입속으로 차가운 공기가 들어왔다. 낡은 저택 벽이 그를 향해 돌진했다. 그는 사람들이 그를 죽은 어머니의 손에서 떼어 놓을 때처럼 미친 듯이 울부짖기 시작했다. 그러다 몸이 벽에 세차게 부딪히는 순간, 그는 숨을 훅 내뱉으며 비명을 멈추면서 손에 쥐고 있던 비단 줄을 놓고 말았다.

나무가 부서지는 쿵 하는 소리가 들렸다. 그는 허공에 손을 휘저으며 추락하기 시작했다. 절망의 소용돌이 속을 허우적거리는 동안 그의 툭 불거진 눈에는 아무것도 보이지 않았다. 팔다리를 아무리 휘저어 보아도 세상은 빙글빙글 돌기만 할 뿐이었고, 세찬 바람이 얼굴을 때렸다. 그는 계속해서 추락했다. 이제 바닥까지 몇 걸음 정도 남은 것 같았다. 그는 나무 바닥에 뺨을 처박았고, 나무 파편들이 주위에 와르르 떨어졌다.

"에?" 그가 중얼거렸다.

그는 멱살을 잡힌 채 허공으로 들려 괴물 같은 힘으로 벽에 내다 꽂혔다. 깜짝 놀란 그는 몇 분 만에 두 번째로 쌕쌕거리는 숨을 길게 내쉬었다.

"당신! 도대체 뭐야?" 시버스였다. 북부 사나이는 어찌 된 영문인지 완전히 벌거벗고 있었다. 뒤로 보이는 지저분한 방은 난로에 쌓인 석탄 몇 조각이 내는 빛으로 희미하게 밝혀져 있었다. 허공을 떠돌던 모비어의 시선이 침대 쪽에서 멈췄다. 침대에는 머카토가 팔꿈치로 몸을 지탱한 채 누워 있었는데, 셔츠 단추가 풀린 채 헝클어져 있어 갈비뼈에 딱 붙은 맨가슴이 드러나 보였다. 그녀는 약간 놀란 표정으로 그를 빤히 보았다. 약속보다 일찍 나타난 손님을 맞이한 안주인의 눈빛 이상도 이하도 아니었다.

모비어는 상황을 파악했다. 벽에 몰아세워져 있는 자신의 모습이 창피하기도 했고, 아직 죽음의 공포가 다 가시지도 않은 데다 얼굴과 손에 난 상처는 따끔거렸지만 그는 쿡쿡거리며 웃기 시작했다. 비단 줄이 일찍 끊어진 모양이었고, 기이하면서도 고마운 우연

덕분에 그는 무너져 가는 저택의 낡디낡은 덧창 중 하나를 정확하게 관통하는 완벽한 호를 그리며 하늘에서 떨어진 것이었다. 참으로 반가운 모순이었다.

"이제 보니, 사고가 즐거울 수도 있는 모양이군요!" 그가 웃음을 터뜨렸다.

머카토는 침대 위에서 눈을 가늘게 뜬 채 멍한 표정을 짓고 있었다. 모비어는 그녀의 옆구리에 갈비뼈 모양을 따라 남아 있는 흥미로운 흉터들을 발견했다.

"당신 왜 연기가 나?" 그녀가 거친 목소리로 말했다.

모비어의 눈에 침대 옆 바닥에 놓인 허스크 파이프가 들어왔다. 그제야 난데없이 창문을 뚫고 방 안에 쳐들어온 그를 보고도 그녀가 놀라지 않은 이유를 이해하게 되었다. "지금 혼란스러운 건 이해합니다만, 연기를 낸 쪽은 머카토 양인 것 같군요. 그 물질은 독극물이나 다름없습니다. 절대적으로……."

그녀는 팔을 앞으로 쭉 뻗더니 흐느적거리는 손가락으로 그의 가슴팍을 가리켰다. "연기, 바보." 그는 아래를 내려다보았다. 셔츠에서 매캐한 연기 한 줄기가 피어오르고 있었다.

"망할!" 그는 비명을 질렀고, 시버스가 놀라서 뒷걸음질을 치자 모비어는 바닥에 풀썩 주저앉게 되었다. 그는 급히 외투를 벗어 던졌고, 산성 용액이 들어 있던 깨진 병 조각이 쨀랑거리는 소리를 내며 마룻바닥에 떨어졌다. 모비어는 허둥거리며 앞면에 거품이 일기 시작한 셔츠를 찢다시피 벗어서 바닥에 던졌다. 셔츠에서 점점 짙은 연기가 피어오르면서 지저분한 방이 지독한 악취로 채워지고 있었다. 세 사람은 모두 최소 반쯤은 옷을 벗은 채 멍하니 그의 셔츠를 바라보았다. 아무도 예상하지 못한 운명의 장난이었다.
"사과드립니다." 모비어가 목소리를 가다듬었다. "이건 분명 계획에 없던 일이군요."

전액 상환

몬자는 침대를 바라보며, 그다음에는 침대에 누워 있는 시버스를 바라보며 인상을 찌푸렸다. 그는 담요를 배에 덮고 대자로 뻗어 있었다. 긴 한쪽 팔이 매트리스 바깥으로 삐져나와 있었고, 흰 손은 마룻바닥에 힘없이 축 늘어져 있었다. 커다란 발 한쪽이 담요 밖으로 삐져나와 있었는데, 때가 낀 발톱이 검은색 초승달처럼 보였다. 그의 얼굴이 그녀 쪽으로 향해 있었다. 눈을 감은 채 입을 살짝 벌리고 있는 모습이 아이처럼 편안해 보였다. 그가 숨을 쉴 때마다 가슴팍이, 그리고 그 위를 가로지르는 흉터까지 천천히 들썩거렸다.
해가 뜨고 보니 모든 것이 잘못된 것 같았다.
그녀는 시버스에게 동전들을 던졌고, 동전들은 그의 가슴팍에 쨍그랑 소리를 내며 떨어져 침대 여기저기로 흩어졌다. 벌떡 잠에서 깨어난 그는 눈을 껌뻑이며 주변을 돌아보았다.
"뭐야?" 그는 게슴츠레한 눈으로 가슴팍에 떨어진 은화를 뚫어져라 보았다.
"은화 다섯 닢. 지난밤에 대한 대가치고 후하지."

"에?" 그는 두 손가락으로 눈을 찔러 졸음을 몰아냈다. "돈을 준다고?" 그는 가슴팍에 놓인 동전들을 담요에 떨어뜨렸다. "매춘부가 된 것 같네."

"아니었나?"

"아닌데. 나는 자존심이 있는 남자라고."

"돈을 받고 사람은 죽이면서 여자는 못 빨겠나 보지?" 그녀는 콧방귀를 뀌었다. "대단한 양심이네. 조언 하나 해 줄까? 은화 챙기고 앞으로는 사람 죽이는 데만 집중해. 잘하는 일만 하자고."

시버스는 털썩 자리에 누워 담요를 목까지 끌어당겼다. "나갈 때 문 좀 닫고 나갈래? 얼어 뒈질 것 같아."

칼베즈의 검이 잔인하게 허공을 갈랐다. 칼날은 왼쪽, 오른쪽, 높고 낮은 허공을 왔다 갔다 했다. 그녀는 안마당 구석에서 한 바퀴를 돌고는 군화 신은 발을 부서진 돌바닥 위에서 바삐 움직였고, 왼팔이 허공을 찌를 때마다 가슴 높이에서 칼끝이 번뜩였다. 가쁘게 숨을 쉬느라 얼굴이 입김에 가려졌고, 추운 날씨에도 땀에 젖은 셔츠가 등에 착 달라붙어 있었다.

몬자의 다리는 점점 나아지고 있었다. 여전히 빠르게 움직이면 타는 듯한 통증이 느껴졌고, 아침이면 오래된 나뭇가지처럼 뻣뻣한 데다 저녁에는 미칠 듯이 욱신거렸지만, 적어도 이제 그녀는 인상을 쓰지 않고 걸을 수 있었다. 무릎도 여전히 딱딱거리는 소리가 나기는 했지만, 예전에 비하면 훨씬 상태가 좋았다. 어깨와 턱도 긴장이 많이 풀어졌다. 머리뼈 구멍을 막은 동전을 눌러도 거의 통증이 느껴지지 않았다.

하지만 오른손은 상태가 조금도 나아지지 않았다. 그녀는 베나의 검을 겨드랑이에 끼고 장갑을 벗었다. 그조차도 고통스러웠다. 뒤틀린 손이 덜덜 떨렸고, 힘없이 창백한 손날에는 고바의 철사가 남긴 끔찍한 보라색 흉터가 남아 있었다. 휜 손가락들을 오므리려고 얼굴을 잔뜩 찌푸리며 손에 힘을 줘 봤지만, 새끼손가락은 여전히 고집스럽게 쭉 뻗어 있기만 했다. 평생 이렇게 우스꽝스러운 골칫거리를 달고 살아야 하는 저주에 걸렸다는 생각이 들자 몬자는 갑자기 분노가 치밀었다.

"개새끼." 그녀는 꽉 다문 이 사이로 씩씩거리면서 다시 장갑을 꼈다. 여덟 살 무렵 아버지에게서 처음 검을 받아 쥐었을 때가 떠올랐다. 그리고 오른손에 쥔 검이 얼마나 무겁게 느껴졌는지, 얼마나 거추장스러웠는지를 떠올렸다. 왼손으로 검을 잡으려니 그때와 비슷한 느낌이 들었다. 하지만 어쩔 수 없이 적응해야만 했다.

그래야만 한다면 처음부터 시작하자.

그녀는 다 썩어 가는 덧창을 마주 보고 손목이 바닥과 평행이 되도록 유지하면서 덧창을 향해 검을 겨눴다. 그리고 검을 세 번 찌르자 덧창 틀에서 나무 조각 세 개가 차례로 떨어졌다. 그녀는 으르렁거리며 손목을 돌려서 검을 아래로 휘둘렀고, 덧창은 파편을 튀기며 깔끔하게 두 동강이 났다.

매일 점점 나아지고 있었다.

"훌륭하군요." 모비어가 문 앞에 서 있었다. 그의 한쪽 뺨에 갓 생긴 상처들이 보였다. "스티리아에서 덧창에 앞길이 막힐 일은 없겠네요." 그는 뒷짐을 진 채 안마당 안으로 천천히 걸어 들어왔다. "물론 오른손이 멀쩡했다면 훨씬 더 뛰어났겠지만 말입니다."

"그건 내가 판단할게."

"당연히 그러셔야지요. 어젯밤 북쪽 손님과의…… 일 때문에 힘들지는 않으신지요?"

"내 침대에서 일어난 일은 내가 알아서 해. 당신은? 창문까지 박살 내며 떨어지느라 힘들지 않았나?"

"약간 긁힌 정도지요."

"아쉽군." 그녀는 칼베즈의 검을 칼집에 탁 하고 집어넣었다. "일은 다 끝냈나?"

"곧 끝납니다."

"죽었나?"

"곧 죽을 겁니다."

"언제?"

모비어는 그들 머리 위 창백한 정사각형 하늘을 올려다보며 미소 지었다. "머카토 장군, 인내심은 가장 중요한 미덕입니다. 은행이 방금 문을 열었고, 제가 사용한 물질은 효력을 발휘하기까지 시간이 좀 걸립니다. 완벽한 마무리를 하려면 급하게 마음을 먹어서는 안 되지요."

"어쨌든 효력은 발휘하는 건가?"

"오, 당연합니다. 거장의 작품이니까요."

"내 눈으로 보고 싶군."

"그러시겠지요. 아무리 저라도 죽는 시간까지 정확히 계산하지는 못합니다만, 한 시간 정도 후면 딱 죽기 좋은 시간이 될 겁니다. 하지만 은행 안에서 아무것도 만지지 마시라는 말씀을 꼭 드리고 싶군요." 그는 돌아서면서 어깨 너머로 손가락 하나를 흔들었다. "그리고 아가씨를 알아보는 사람이 없도록 조심하시고요. 우리의 협업은 이제 막 시작이니까요."

은행 안은 분주했다. 은행원 열댓 명이 묵직해 보이는 책상에 앉아 장부를 들여다보고 있었다. 펜으로 무언가를 적는 쓱쓱 소리와 달그락거리는 소리, 그리고 다시 글씨를 쓰는 소리가 이어졌다. 경비병들이 지루한 표정으로 벽 앞에 서 있었다. 마지못해 은행 안을 보고 있는지 아니면 전혀 보고 있지 않은지 알 수 없었다. 몬자는 옷을 말쑥하게 차려입고 멋을 부린 부자들 사이로 비집고 들어가서 번드르르하게 보석으로 치장하고 말다툼하는 사람들 사이를 지났고, 시버스도 어깨로 사람들을 밀며 그녀 뒤를 따랐다. 무역상, 가게 주인, 부유한 남자의 아내, 경호원, 금고와 돈 가방을 든 하인들이 보였다. 엄청난 자금이 오가고 있었지만, 발린트앤드벌크 은행에서는 별로 특별할 것 없는 풍경일 것이라고 몬자는 생각했다.
이곳은 오르소 공작이 자금을 조달하는 곳이었으니까.
그때 그녀의 눈에 날씬한 매부리코 남자가 들어왔다. 그는 모피 코트를 입은 상인들과 이야기를 나누고 있었는데, 양옆에는 옆구리에 장부를 끼고 있는 은행원 두 명이 서 있었다. 독수리 같은 그의 얼굴이 군중 속에 나타나자 지하 저장고에 난데없이 피어오른 불꽃처럼 그녀의 마음속에 불이 붙었다. 모티스였다. 그녀는 그를 죽이기 위해 웨스트포트에 왔다. 그리고 의심할 필요도 없이, 그는 여전히 멀쩡하게 살아 있었다.

은행 구석에서 누군가가 외치는 소리가 들렸지만, 몬자는 시선을 앞으로 고정한 채 이를 꽉 깨물었다. 그러고는 오르소의 자금줄 앞에 서 있는 사람들을 밀치기 시작했다.

"뭐 하는 거지?" 시버스가 그녀의 귀에 속삭였지만 그녀는 그를 뿌리친 다음 앞에 있던 높은 모자를 쓴 남자를 밀쳤다.

"물러서!" 누군가 외쳤다. 사람들은 수군거리며 무슨 일인지 보려고 고개를 쭉 빼고 두리번거렸다. 질서 정연했던 줄은 점점 엉망이 되어 갔다. 몬자는 점점 앞으로 나아가 모티스에게 가까이 다가갔다. 그녀가 생각했던 것보다 더욱 가까워지고 있었다. 그에게 가서 무엇을 할지조차 생각해 둔 게 없었다. 물어뜯기라도 해야 할까? 인사를 할까? 이제 열 걸음도 남지 않았다. 그는 죽어 가는 그녀의 남동생을 이 정도 거리에서 내려다봤다.

모티스의 얼굴이 갑자기 일그러졌다. 몬자는 속도를 늦추며 군중 사이로 조심조심 걸었다. 모티스가 명치를 주먹으로 맞은 것처럼 고개를 푹 숙였다. 그리고 계속해서 기침을 뱉었다. 구역질에 가까울 만큼 심한 기침이었다. 그는 비틀거리며 손으로 벽을 짚었다. 사람들이 이리저리 움직이기 시작했고, 은행 안에는 호기심 가득한 속삭임과 이상한 고함 소리가 울려 퍼졌다.

"물러서요!"

"이게 무슨 일이야?"

"똑바로 눕혀!"

모티스의 눈이 촉촉하게 젖어 반짝였고, 가는 목에서 핏줄이 불거져 나왔다. 무릎에 힘이 풀린 그는 옆에 있던 은행원을 향해 손을 허우적거렸다. 은행원은 휘청거리며 자신의 상사를 바닥에 천천히 앉혔다.

"선생님? 선생님?"

죽음의 기운에 매료된 장내에 정적이 흘렀다. 곧 공포가 휘몰아쳐 산산이 깨질 정적이었다. 몬자는 벨벳으로 덮인 누군가의 어깨 너머로 상황을 살피며 그에게 점점 더 가까이 다가갔다. 모티스의 놀란 두 눈이 그녀를 향했고, 두 사람은 잠시 서로의 눈을 똑바로 바라보았다. 그의 얼굴이 팽팽해지면서 시뻘겋게 변했고, 근육이 결을 드러내며 뻣뻣해졌다. 그는 덜덜 떨리는 한쪽 팔을 들어 올려 바싹 마른 손가락으로 그녀를 가리켰다.

"머," 그가 입을 벙긋거렸다. "머⋯⋯ 머⋯⋯."

그의 눈이 뒤집어졌다. 곧 그는 춤을 추기 시작했다. 다리를 퍼덕거리며 허리를 뒤로 꺾더니 물 밖에 나온 물고기처럼 대리석 바닥 위에서 미친 듯이 몸을 떨었다. 옆에 있던 은행원들은 공포에 질린 채 그를 내려다볼 뿐이었다. 그중 한 사람이 몸을 반으로 접으며 갑자기 기침을 토했다. 은행에 있는 사람들은 비명을 질러 댔다.

"도와줘요!"

"여기요!"

"누가 좀 도와줘요!"

"좀 물러서라고!"

은행원 한 명이 의자를 달그락거리며 손으로 목을 움켜쥔 채 비틀비틀 일어났다. 휘청거리며 앞으로 몇 걸음을 옮기던 그의 얼굴이 보라색으로 변했고, 곧 그는 바닥에 철푸덕 엎어지고 말았다. 그가 발버둥을 치는 동안 한쪽 발에서 신발이 벗겨져 날아갔다. 모티스의 옆에 있던 은행원은 무릎을 꿇고 숨을 쉬려고 애쓰고 있었다. 여자 한 명이 찢어질 듯한 비명을 질렀다.

"맙소사……." 시버스의 목소리였다.

모티스의 입에서 분홍색 거품이 끓어올랐다. 격렬했던 발작은 까딱거리는 경련으로 바뀌었다. 그리고 곧 아무런 움직임도 보이지 않았다. 몸이 축 늘어지면서 부릅뜬 공허한 눈은 몬자의 어깨 너머 벽에 세워진 미소 짓는 흉상들을 멍하니 바라보았다.

둘이 죽었고, 다섯이 남았다.

"전염병이야!" 누군가가 날카롭게 소리쳤다. 마치 전쟁터에서 돌격 명령을 내린 장군의 목소리라도 들은 것처럼 장내는 곧장 혼란스러운 아수라장으로 변했다. 모티스와 대화를 나누던 상인이 갑자기 뒤로 돌아 뛰기 시작하면서 몬자는 거의 넘어질 뻔했다. 시버스가 앞으로 나서서 그를 밀쳤고 그는 모티스의 시체 위에 나동그라졌다. 붉은 얼굴의 남자가 그녀를 붙들었다. 비뚤어진 안경 너머 툭 불거진 그의 눈이 괴이할 정도로 확대되어 보였다. 그녀는 무의식적으로 오른손으로 주먹을 날렸고 구부러진 손가락이 그의 뺨에 부딪치는 순간 어깨까지 찌릿한 통증이 밀려와 숨이 턱 막혔다. 그녀는 왼 손바닥의 볼록한 부분으로 그를 찍어내려 뒤로 쓰러뜨렸다.

공포보다 빨리 퍼지는 전염병은 없다. 공포보다 치명적인 전염병도 없다. 스톨리쿠스는 말했다.

　문명이라는 겉치장은 순식간에 벗겨졌다. 부자들과 허영심 가득했던 이들은 이제 짐승이 되어 있었다. 길을 막고 있는 사람들은 옆으로 떠밀렸다. 넘어져 있는 사람들은 가차 없이 짓밟혔다. 그녀는 뚱뚱한 상인이 옷을 빼입은 숙녀의 피투성이 얼굴에 주먹을 날리는 모습을 보았다. 나이 지긋한 남자가 바닥을 기어가다가 불량배들에게 짓밟히기도 했다. 바닥에 내동댕이쳐진 금고에서 은화들이 쏟아졌지만 누구의 관심도 받지 못한 채 우왕좌왕하는 사람들의 발에 차이고 있었다. 광기에 휩싸인 채 패주하는 병사들의 모습과 다를 게 없었다. 비명과 몸싸움, 욕설과 공포, 나뒹구는 시체와 부서진 잡동사니 들이 방 안에 가득했다.

　누군가 그녀를 밀치자 그녀는 팔꿈치로 그를 쳤고, 무언가 부서지는 소리와 함께 뺨에 피가 튀었다. 그녀는 이제 강가에 버려진 나뭇가지처럼 부러지고 뒤틀리고 찢긴 채 엉켜 있는 사람들 사이에서 옴짝달싹할 수 없게 되고 말았다. 그녀는 은행 출입구를 지나 거리로 밀려 나갔다. 발이 땅에 거의 닿지 않을 지경이었다. 사람들은 그녀를 밀치며 몸부림을 치고 그녀에게 달라붙었다. 그녀는 옆으로 밀려나면서 발을 헛디뎌 계단에서 미끄러지고 말았다. 그 바람에 돌바닥에서 다리를 삐끗했고, 휘청거리며 은행 외벽에 몸을 부딪쳤다.

　시버스가 그녀의 팔꿈치를 잡더니 그녀를 거의 들다시피 해서 끌고 가기 시작했다. 경비병 몇몇이 미늘창 자루를 꼭 쥔 채 공포에 질린 군중을 제지해 보려고 애썼지만 아무 소용이 없었다. 사람들이 움직이는 방향이 갑자기 바뀌자 몬자는 뒤로 밀려났다. 허우적거리는 팔들 사이로 바닥에 누워 덜덜 떨면서 붉은색 거품을 뱉어내는 남자가 보였다. 그와 가까이 있던 사람들은 두려움과 호기심이 섞인 눈으로 앞 사람의 어깨 위로 고개를 내밀며 그를 지켜보았고, 그사이 다른 사람들은 그에게서 멀어지기 위해 서로 몸싸움을 하기 시작했다.

몬자는 어지럽고 메스꺼웠다. 시버스는 코로 숨을 가쁘게 쉬며 그녀와 나란히 걸으면서 어깨 너머를 돌아보았다. 두 사람은 은행 모퉁이를 돌아 마침내 낡은 저택에 도착했다. 미친 군중의 소란스러운 소음이 점점 희미해졌다. 그녀는 마치 극장 박스석에서 연극을 관람하는 부유한 귀족처럼 높은 창가에 서 있는 모비어를 발견했다. 그는 미소 띤 얼굴로 아래를 내려다보며 한 손을 흔들었다.

시버스가 북부 말로 으르렁거리듯 혼잣말을 하면서 신경질적으로 무거운 문을 당겨 열었고, 몬자는 그의 뒤를 따랐다. 그리고 칼베즈의 검을 낚아채듯 쥔 다음 무릎 통증도 잊은 채 계단을 두 개씩 올랐다.

몬자가 그의 방에 도착했을 때 모비어는 여전히 창가에 서 있었다. 그의 조수는 테이블에 다리를 꼬고 앉아서 빵 반 덩어리를 입안에 쑤셔 넣고 있었다. "길에 꽤 큰 소동이 일어났더군요!" 독물학자가 방 안을 향해 돌아섰고, 몬자를 발견한 그의 얼굴에서 미소가 사라졌다. "뭡니까? 그가 살아 있다는 건가요?"

"죽었어. 열 명이 넘는 사람들도 같이."

모비어의 눈썹이 살짝 치켜져 올라갔다. "그런 장소니까요. 장부들은 건물 안에서 계속 돌고 돌지요. 모티스가 엉뚱한 장부를 만질 가능성은 남겨 두고 싶지 않았습니다. 내가 절대 감수하지 않는 게 뭐지, 데이?"

"위험이요. 언제나 조심 또 조심해야죠." 데이가 빵 한 입을 더 베어 물고는 씹으며 웅얼거렸다. "그래서 모든 장부에 약을 발랐습니다. 은행에 있는 장부 전부 다요."

"나는 그러라고 한 적 없는데." 몬자가 으르렁거렸다.

"제 생각에는 하신 것 같습니다만. '무슨 수를 써서라도'라고 말씀하지 않으셨습니까. 그 과정에서 누가 죽든 상관없다고요. 저는 그 조건에 맞춰 일할 뿐입니다. 오해의 소지가 있을 수도 있겠군요." 모비어는 어리둥절하다는 표정을 지었지만 어쩐지 즐거워 보였다. "사람들이 한꺼번에 많이 죽어 나가면 불편하게 느끼는 사람이 있다는 걸 잘 압니다. 하지만 탈린의 독사이자 카프릴의 도살자인 몬즈카로 머카토 양께서 그러실 줄은 몰랐군요. 돈은 걱정하지 않으셔도 됩니다. 약속한 돈 1만 냥만 주시지요. 나머지는 공짜로……."

"돈이 문제가 아니잖아!"

"그럼 도대체 뭐가 문젭니까? 저는 의뢰인께서 지시한 대로 임무를 수행했고, 성공했습니다. 제가 무엇을 잘못했지요? 그런 결과는 생각해 보지 않으셨다지만, 직접 임무를 수행하신 것도 아닌데 아가씨께서 잘못한 게 있나요? 이 일의 책임은 우리 중 누구에게도 떨어지지 않고 중간에서 사라져 버린 것 같은데요. 거지의 똥구멍에서 나온 오물이 하수구로 곧장 빨려 들어간 것처럼 영원히, 누구도 괴롭히지 않고 우리 눈앞에서 사라졌단 말입니다. 안타까운 오해라고나 할까요? 사고라고 해 두지요. 갑자기 부는 바람에 거대한 나무가 쓰러지면 그 자리에 있던 곤충들은 전부…… 깔려 죽는 법이니까!"

"깔려 죽는 법이죠." 데이가 재잘거리듯 말했다.

"그렇게 양심이 찔리시면……."

몬자는 화가 치밀었다. 장갑 낀 손으로 아플 정도로 칼집을 꽉 잡고 있느라 손가락뼈가 뒤틀리며 딱딱 소리가 났다. "양심은 해야 할 일을 하지 말아야 할 핑계일 뿐이야. 내 말은, 우리가 적당히 자제해야 한다는 뜻이야. 앞으로는 죽이려는 사람 하나에만 집중하도록 해."

"꼭 그래야 할까요?"

몬자가 갑자기 방 안으로 성큼 걸어 들어가자 독물학자는 방 가장자리로 물러났다. 그는 잔뜩 긴장한 눈으로 그녀의 검을 내려다보다가 다시 몬자를 바라보았다. "내 인내심을 시험하지 마. 절대로. 한 번에…… 한 명씩…… 이라고."

모비어는 조심스럽게 목을 가다듬었다. "의뢰인 말씀을 들어야지요. 분부대로 하겠습니다. 화내실 일이 아니랍니다."

"내가 진짜 화가 나면 어떻게 되는지 모르는군."

그는 개탄스럽다는 듯 한숨을 쉬었다. "우리 일에서 비극적인 점이 뭐지, 데이?"

"감사 인사를 받지 못하는 거요." 그의 조수가 마지막 빵 부스러기를 입안에 털어 넣었다.

"정확해. 자, 우리의 의뢰인이 살인 목록에서 우리의 다음 표적이 될 인물을 결정하는 동안 우리는 도시 구경이나 하자꾸나. 이 안은 어쩐지 위선으로 오염된 것 같으니까." 그는 상처받은 순진한 표정으로 방을 나섰다. 데이는 옅은 속눈썹을 내리깐 채 그를 올려다보며 어깨를 한번 으쓱하더니 곧 자리에서 일어서서 셔츠에 떨어진 빵부스러기를 털어 낸 다음 스승을 따라나섰다.

몬자는 뒤로 돌아 창밖을 바라보았다. 사람들은 이제 거의 흩어져 있었다. 도시 경비대가 긴장한 얼굴로 나타나 돌바닥에 널브러진 고요한 시체들과 충분한 거리를 유지하며 은행 앞 도로를 막았다. 그녀는 베나가 이 광경을 보고 뭐라고 했을지 궁금해졌다. 아마도 진정하라고 다독였을 것이었다. 잘 생각하라는 조언과 함께.

그녀는 양손으로 궤짝 하나를 들어 올려 으르렁거리면서 방 안에 내동댕이쳤다. 궤짝은 벽으로 날아가 부딪혔고, 그 바람에 회반죽이 깨진 파편이 사방에 튀었다. 바닥에 쿵 하고 떨어지며 뚜껑이 열린 궤짝에서는 옷들이 쏟아져 나왔다.

시버스는 문가에 서서 그녀를 바라보았다. "나는 이쯤에서 그만할게."

"안 돼!" 그녀는 감정을 억눌렀다. "아직 도울 일이 남았어."

"사람 대 사람으로 맞설 수는 있어…… 하지만 이건……."

"다른 사람들한텐 이렇게 안 해. 내가 책임져."

"깔끔하고 친절한 살인이 있던가? 난 모르겠어. 사람을 죽이기로 마음먹었으면 그 과정에서 총 몇 명이 죽을지는 마음대로 정할 수 없어." 시버스는 천천히 고개를 저었다. "모비어와 그 조수는 한 발짝 물러나서 웃을 수 있을지 모르지만 난 아니야."

"그래서?" 몬자는 겁 많은 말이 달아나지 않도록 다가갈 때처럼 그에게 눈을 맞추며 천천히 걸음을 옮겼다. "은화 쉰 냥만 챙겨서 북부로 돌아가려고? 다시 냄새나는 셔츠를 입고 긴 머리를 휘날리며 눈 속에서 전쟁이나 하며 살 건가? 당신이 자존심이 있는 남잔 줄 알았는데. 그보다는 나은 삶을 원할 줄 알았어."

"맞아. 나는 더 나아지고 싶었지."

"그렇게 될 수 있어. 여기 남아. 혹시 알아? 사람을 살릴 수도 있잖아." 그녀는 왼손을 그의 가슴팍에 살포시 올렸다. "나를 올바른 길로 안내해 줘. 그럼 착한 부자가 될 수 있잖아."

"그 두 가지를 한 번에 이룰 수 있는지에 대해 의심이 들기 시작했어."

"도와줘. 난 이 일을 해야만 돼…… 동생을 위해서."

"그래? 죽은 사람을 도울 수는 없어. 복수는 너를 위한 거야."

"그럼 나를 위해서 있어!" 그녀는 애써 목소리를 부드럽게 눌렀다. "당신 마음을 돌릴 방법은 없어?"

그의 입술이 씰룩거렸다. "나한테 은화라도 던지게?"

"그건 내가 너무했어." 그녀는 손을 들어 손끝으로 시버스의 턱선을 따라가면서 그가 다시 협상을 하게 만들 적당한 말을 생각했다. "그러지 말았어야 했어. 나는 동생을 잃었고, 걘 내 전부였어. 또 사람을 잃고 싶지 않아……." 그녀는 말끝을 흐렸다.

시버스의 눈빛이 묘해졌다. 분노와 간절함, 창피함이 섞인 눈빛이었다. 그는 한참 동안 그 자리에 아무 말 없이 서 있었고, 몬자는 그의 얼굴 옆 근육이 긴장했다가 풀어지는 모습을 보았다.

"1만 냥." 그가 말했다.

"6000냥."

"8000냥."

"알겠어." 그녀가 손을 떨궜고 두 사람은 빤히 마주 보았다. "가서 짐 싸. 한 시간 안에 떠나야 돼."

"좋아." 그는 몬자를 혼자 남겨 둔 채 죄지은 사람처럼 그녀의 눈을 피하면서 슬그머니 문밖으로 나갔다.

훌륭한 남자들은 너무 돈이 많이 드는 게 흠이었다.

III 시파니

> "악의 뿌리를 악마에게서 찾을 필요 없다.
> 인간은 스스로 모든 악을 행할 수 있으니."
> ─ 조셉 콘래드

2주가 채 되지 않아, 남자들이 국경을 넘어 피의 대가를 치르러 왔다. 그들은 데스토트와 그의 아내를 목매달고 그들의 방앗간을 불태웠다. 일주일 후, 그의 아들들은 복수를 위해 길을 떠났고, 아버지의 검을 찬 몬자도 그들을 따라갔다. 베나도 칭얼거리며 그녀의 꽁무니를 쫓았다. 그녀는 기뻤다. 더 이상 농사일을 하고 싶지 않았기 때문이었다.

계곡을 떠난 그들은 원한을 갚은 후에도 2년 동안 끊임없이 떠돌아다녔다. 그들을 따르는 사람들도 생겼다. 일자리나 터전, 가족을 잃은 사람들이었다. 얼마 지나지 않아, 그들은 농작물을 불태우고 농가에 쳐들어가 닥치는 대로 물건을 훔치는 무리가 되었다. 얼마 지나지 않아, 그들은 죄 없는 이들의 목을 매다는 무리가 되었다. 쑥쑥 자란 베나는 인정사정없는 날카로운 아이가 되었다. 달리 무엇이 될 수 있었을까? 그들 무리는 죽음에 대해, 도둑질에 대해, 사람들을 욕보이는 이들에 대해, 사람들을 욕보이는 소문을 퍼뜨리는 이들에 대해 앙갚음을 해 주며 돈을 벌었다. 전쟁 중인 나라에서 복수할 거리는 늘 차고 넘쳤다.

여름이 끝날 무렵, 탈린과 뮈셀리아가 나뒹구는 시체들 말고는 아무 소득도 얻지 못한 채 평화 협정을 맺었다. 황금 테가 둘린 망토를 입은 남자가 군인들을 끌고 계곡으로 들어와 보복 행위를 금지한다고 했다. 데스토트의 아들들과 다른 이들은 전리품을 챙겨 뿔뿔이 흩어졌다. 그들은 피바람이 불기 전의 삶으로 돌아가거나 새롭게 피바람이 부는 곳을 찾아 떠났다. 그때쯤 그녀는 다시 농사를 지어도 좋겠다는 생각을 하고 있었다.

그들이 마을 근처에 거의 다다랐을 무렵이었다.

부서진 분수대 가장자리에 멋지게 차려입은 군인 한 명이 서 있었다. 그는 빛나는 강철 흉갑을 입고 허리에는 보석이 박힌 칼을 차고 있었다. 계곡에 사는 사람들 중 절반이 그의 말을 듣기 위해 모여들었다.

"나는 태양의 부대 대장 니코모 코스카입니다. 스티리아 최고의 용병단인 천검단과 함께 싸우는 저명한 조직입니다! 우리는 오스프리아의 젊은 공작 로곤트 님이 서명한 용병 계약서를 바탕으로 병사를 찾고 있습니다! 전쟁 경험이 있거나 용기가 충만하거나 모험을 좋아하거나 돈을 좋아하는 사람이 있습니까? 먹고 살기 위해 진흙땅을 고르는 데 지쳤거나 더 나은 삶을 바라는 사람이 있습니까? 명예를 얻고 싶거나, 영광을 누리고 싶거나, 부를 거머쥐고 싶은 사람이 있습니까? 우리와 함께합시다!"

"우리도 할 수 있겠다." 베나가 조용히 속삭였다.

"안 돼." 몬자가 말했다. "싸움은 이제 그만할 거야."

"전투는 많이 치르지 않아도 됩니다!" 마치 몬자의 마음을 읽은 듯 코스카가 소리쳤다. "제가 보장하지요! 그리고 지금보다 세 배는 더 벌 수 있습니다! 일주일에 은화 한 냥씩, 거기다 전리품도 가질 수 있습니다! 여러분은 전리품과 동료들에 둘러싸여 살게 될 겁니다! 우리의 대의는 정당합니다…… 정당한 편이지요. 그리고 우리는 늘 승리합니다!"

"우리도 할 수 있겠다." 베나가 조용히 속삭였다. "다시 진흙이나 만지면서 살 거야? 손톱에 때가 잔뜩 낀 채로 매일 밤 지쳐 쓰러지면서? 난 그렇게 못 해!"

몬자는 윗밭을 청소하기 위해 해야 할 일을 떠올렸고, 그 노동의 대가로 얼마를 벌 수 있는지를 따져 보았다. 태양의 부대에 자원하고자 하는 사람들이 열성적으로 줄을 서기 시작했다. 대부분 부랑자거나 농부 들이었다. 피부가 검은 공증인이 장부에 이름을 적었다.

몬자는 그들을 밀치고 앞으로 나갔다.

"나는 자포 머카토의 딸 몬즈카로 머카토입니다. 얘는 내 동생 베나고 우리는 전사예요. 우리도 부대에서 할 일이 있나요?"

코스카는 그녀를 향해 얼굴을 찌푸렸고 검은 피부의 남자는 고개를 저었다. "우리는 전쟁 경험이 있는 남자를 찾고 있거든. 여자와 소년이 아니라." 그는 팔로 그녀를 밀어내려 했다.

그녀는 물러나지 않고 자리에서 버텼다. "우리도 경험 있어요.

이런 잔챙이들보다 많을걸요."

"내가 너한테 일을 주지." 농부들 중 한 사람이 용병 계약서에 서명을 하며 용기가 충만해졌는지, 그녀의 말에 대꾸했다. "내 거시기나 빨아 주면 어떨까?" 그는 자기 농담에 웃음을 터뜨렸다. 몬자는 그를 진흙 바닥에 때려눕힌 다음 군화 굽으로 그의 치아 몇 개를 부숴 목구멍으로 삼키도록 만들었다.

니코모 코스카는 한쪽 눈썹을 치켜올린 채 노련하게 움직여 남자를 때려눕히는 몬자를 지켜보았다. "사잠, 용병 계약서에 남자만 모집한다고 명시되어 있나? 정확히 뭐라고 쓰여 있지?"

공증인은 눈을 가늘게 뜨고 서류를 읽었다. "'기병 200명, 보병 200명, 좋은 장비를 가지고 기술이 뛰어난 사람들'이라는군. '사람'이라고만 되어 있네."

"기술이 뛰어나다는 건 어차피 판단하기 애매하잖나. 너, 머카토 계집! 너도 우리 부대원이다. 네 동생도. 서명해라."

그녀는 시키는 대로 했고, 베나도 그녀를 따라 서명했다. 그들은 그렇게 간단하게 천검단의 군인이 되었다. 그들은 이제 용병이었다. 아까 그 농부가 몬자의 다리를 붙잡고 늘어졌다.

"내 이빨."

"똥을 뒤져서 찾아내시지." 그녀가 말했다.

유명한 용병인 니코모 코스카는 신나는 피리 소리와 함께 그의 새로운 부대원들을 이끌고 계곡을 떠났다. 그날 밤 그들은 별이 수놓인 밤하늘 아래 야영지를 꾸리고 어둠 속에 피워진 모닥불 주변에 둘러앉아 곧 있을 출정에서 얼마나 부자가 될 수 있을지 이야기를 나눴다.

몬자와 베나는 어깨에 담요 하나를 나눠 두른 채 꼭 붙어 앉아 있었다. 어둠 속에서 코스카가 나타났다. 그의 흉갑이 모닥불 빛을 반사해 반짝거렸다. "아, 우리의 소년대원들이구나! 내 행운의 마스코트들! 춥지?" 그는 진홍색 망토를 벗어 그들에게 건넸다. "받거라. 뼈가 덜 시릴 게야."

"이걸 받으면 뭘 해 드려야 하죠?"

"그냥 호의라고 생각하고 받아. 나는 또 있으니까."

"왜요?" 몬자가 의심이 가득 담긴 목소리로 퉁명스럽게 물었다.

"'대장은 자기를 돌보기 전에 자기 사람들을 먼저 돌보는 것'이라고 스톨리쿠스가 말했거든."

"그게 누군데요?" 베나가 물었다.

"스톨리쿠스? 역사상 가장 뛰어난 장군이지!" 몬자는 멍하니 그를 바라보았다. "옛날 옛적의 황제이기도 하고. 황제 중에 가장 유명한 사람이야."

"황제가 뭐예요?" 베나가 물었다.

코스카가 눈썹을 치켜올렸다. "왕 같은 건데, 더 높은 사람. 이걸 읽어 보렴." 그는 주머니에서 무언가를 꺼내 몬자의 손에 쥐여 주었다. 손때 묻은 빨간 겉표지에 흠집이 가득한 작은 책이었다.

"그럴게요." 몬자는 책의 첫 번째 장을 펼치고 인상을 찌푸리며 그가 사라지길 기다렸다.

"우리 둘 다 읽을 줄 몰라요." 몬자가 미처 눈치를 주기도 전에 베나가 불쑥 말했다.

코스카는 얼굴을 찌푸리면서 왁스를 바른 콧수염 끝을 엄지와 검지 사이로 비틀었다. 몬자는 그가 자신들을 농장으로 되돌려 보내리라고 생각했지만, 대신 그는 남매 사이에 자리를 잡고 앉아 다리를 꼬았다. "자, 얘들아." 그는 책의 첫 장을 가리키며 말했다. "이건 'A'라는 글자란다."

안개와 속삭임

 시파니에서는 썩어 가는 바닷물 냄새와 석탄 연기 냄새, 똥오줌 냄새, 빠른 삶과 느린 부패의 냄새가 났다. 시버스는 토하고 싶은 기분이었다. 앞이 보이기만 해도 냄새는 참을 만할 것 같았다. 코앞까지 손을 들어 올려도 아무것도 보이지 않았다. 밤은 어두웠고, 안개가 너무 짙게 끼어 있었다. 손 뻗으면 닿을 거리에서 걷고 있는 몬자의 윤곽조차 유령처럼 흐릿하게 보일 정도였다. 그의 등불은 앞에 놓인 돌길의 자갈 열 개도 간신히 비출 만큼 희미한 빛을 내고 있었다. 자갈들은 차가운 이슬을 맞아 반짝이고 있었다. 그는 적어도 한 번 이상 물 위로 걸어 들어갈 뻔했다. 어려운 일도 아니었다. 시파니에서 물은 어디에나 숨어 있었으니까.
 성난 거인이 모습을 드러내 몸을 비틀거리다가, 때 묻은 건물로 둔갑해 슬금슬금 그의 옆을 지나쳤다. 던브렉 전투에서의 샨카처럼 안개 속에서 튀어나온 형체들은 다리였다가, 난간이었다가, 조각상이었다가, 수레가 되기도 했다. 길모퉁이마다 기둥에 걸린 등불, 건물 출입구 옆에서 타고 있는 횃불, 불이 켜진 창문에서 새어 나온 빛이 도깨비불처럼 어두운 허공에 매달려 있었다. 시버스는 불빛들을 따라가려다가 안개 속에서 눈을 가늘게 떴다. 갑자기 집이 허공에 둥둥 뜨는 것처럼 보이기 시작했다. 그는 눈을 깜빡이며 머리를 흔들었다. 발밑의 땅이 어지럽게 울렁거리는 듯한 느낌이 들었다. 곧 그는 자신이 바지선을 바라보고 있다는 사실을 깨달았다. 바지선은 돌길 옆으로 흐르는 물을 따라 빛을 데리고 사라졌다. 그는 도시도, 안개도, 짠 바닷물도 좋아하지 않았다. 세 개가 합쳐진 이곳은 악몽이나 다름없었다.

"빌어먹을 안개." 시버스는 웅얼거리면서 혹시 도움이 될까 기대하며 등불을 높이 치켜들었다. "아무것도 안 보여."

"여긴 시파니야." 몬자가 어깨 너머로 대꾸했다. "안개의 도시, '속삭임의 도시'라고."

차가운 공기 속에 온갖 이상한 소리들이 섞여 있었다. 물이 철썩거리는 소리가 사방에서 들려왔고, 출렁이는 운하에 떠 있는 통통배가 흔들리며 밧줄이 찌걱대는 소리도 들렸다. 어둠 속에서 종소리가 울려 퍼졌고, 서로를 부르는 각양각색의 목소리들이 귓가에 울렸다. 가격을 부르는 소리, 흥정하는 소리, 경고하는 소리가 들렸고, 사람들끼리 농담을 던지고 협박하는 소리도 들렸다. 개가 짖고 고양이가 쉭쉭거리는 소리, 쥐가 찍찍거리고 새가 꺽꺽대는 소리도 간간이 들려왔다. 음악 한 소절이 들렸다가 안개 속으로 사라졌다. 소용돌이치는 물가 반대편에서 유령 같은 웃음소리가 울려 퍼졌고, 선술집에서 사창가로, 도박장으로, 허스크 소굴로 향하는 유흥객들이 든 등불들이 어둠을 뚫고 움직이고 있었다. 시버스는 머리가 핑 돌면서 참을 수 없이 메스꺼워졌다. 몇 주는 끙끙 앓은 것 같은 느낌이었다. 웨스트포트를 떠난 이후 내내.

 발소리가 어둠 속에서 울려 퍼졌고, 시버스는 벽에 몸을 붙였다. 오른손은 코트 주머니 속 손도끼 자루에 올려져 있었다. 남자들이 나타나 그를 아슬아슬하게 스쳐 지나갔다. 여자들도 마찬가지였다. 어떤 여자는 높이 올린 머리에 쓴 모자를 손으로 고정한 채 달려갔다. 취기 가득한 미소를 짓는 악마 같은 얼굴들이 비틀거리며 그에게 다가와 곧 어둠 속으로 사라졌다. 그들의 펄럭이는 망토 자락에 안개가 소용돌이치는 듯했다.

 "개새끼들." 시버스는 그들 등 뒤에 나직이 속삭이며 손도끼를 놓고 끈끈한 벽에서 떨어졌다. "용케 사지 멀쩡하게 지나갔군."

 "적응해. 여긴 시파니야. 유흥의 도시이자 부랑자들의 도시라고."

 부랑자들은 확실히 많은 것 같았다. 계단에, 길모퉁이에, 다리 옆에 불만 가득한 표정을 한 남자들이 웅크리고 있었다. 여자들도 별반 다르지 않았다. 문안에 켜진 등불 앞에 서 있는 여자들의 검은 윤곽이 보였다. 어떤 여자들은 추운 날씨에도 옷을 거의 걸치지 않은 듯했다. "은화 한 냥!" 한 여자가 창문 너머로 시버스를 향해 외치면서 어둠 속으로 가느다란 다리 한쪽을 늘어뜨리고 있었다. "은화 한 냥에 평생 기억에 남을 밤을 보낼 수 있어! 그럼 열 비트! 여덟 비트!"

"자기 몸을 팔다니." 시버스가 툴툴거렸다.

"누구나 자기 몸을 팔아." 몬자의 목소리가 먹먹하게 들렸다. "여기는……."

"그래, 그래. 여기는 빌어먹을 시파니니까."

몬자가 걸음을 멈추는 바람에 시버스는 그녀를 들이받을 뻔했다. 그녀는 후드를 다시 뒤집어쓰고 눈을 가늘게 뜬 채 부서진 벽돌 담에 나 있는 좁은 문을 바라보았다. "여기야."

"좋은 곳만 데리고 다니는구나."

"구경은 나중에 시켜 줄게. 지금은 할 일이 있어. 위협적으로 보여야 해."

"알겠어, 대장." 시버스는 꼿꼿하게 서서 있는 힘껏 인상을 썼다. "가자고."

그녀는 문을 두드렸고, 얼마 지나지 않아 덜컹거리며 문이 열렸다. 거미처럼 길쭉하고 마른 여자 한 명이 희미하게 불이 밝혀진 문간에 서서 밖을 뚫어져라 살폈다. 그녀는 엉덩이를 한쪽으로 느슨하게 기울인 채 팔을 문틀에 올리고 가느다란 손가락으로 문틀을 두드렸다. 안개도 밤도, 그리고 그들도 그녀의 것이라는 듯한 태도였다. 시버스가 등불을 그녀에게 약간 더 가까이 가져다 댔다. 붉은 까까머리에 얼굴에는 주근깨가 가득한, 단호하고 날카로운 인상의 여자가 의미심장한 미소를 짓고 있었다.

"샤일로 비타리?" 몬자가 물었다.

"당신이 머카토겠군요."

"맞아."

"죽음이 잘 어울리는 얼굴이군요." 그녀는 눈을 가늘게 뜨고 시버스를 바라보았다. 차가운 눈빛에 짓궂은 장난기가 서려 있었다. "애인분은 성함이 어떻게 되시나?"

그는 스스로 대답했다. "콜 시버스요. 이 여자랑은 그런 사이가 아니오."

"그래요?" 그녀는 몬자를 향해 미소 지었다. "그럼 저 남자의 주인은 누구시지?"

"내 주인은 나요."

그녀는 그의 대답에 날카로운 웃음을 터뜨렸다. 그녀가 가진 모든 것들은 전부 날이 서 있는 것 같았다. "친구분, 여기는 시파니랍니다. 다들 주인이 있어요. 북부 사람이시죠?"

"그게 문제가 됩니까?"

"북부 사람 하나가 저를 계단 아래로 던진 적이 있거든요. 그 뒤로 북부 사람들을 편하게 대할 수가 없게 됐네요. 이름은 왜 시버스인가요?"

시버스는 그녀의 말에 어리둥절해졌다. "뭐요?"

"제가 듣기로 북부에서는 행동에 따라 이름이 지어진다던데요. 그 사람의 업적 같은 것에서 이름을 따온다고 들었어요. 당신 이름은 왜 시버스죠?"

"어……." 그는 몬자 앞에서 바보처럼 보이고 싶지 않았다. 그는 언젠가 그녀의 침대에 다시 누울 수 있기를 내심 바라고 있었다. 그래서 '원수들이 나를 만나면 두려워서 벌벌 떨기 때문'이라고 거짓말을 했다.

"그래요?" 비타리가 문에서 뒤로 물러나면서 낮은 문틀에 부딪히지 않으려 고개를 숙인 그를 향해 조롱 섞인 미소를 지었다. "적들이 겁이 많았나 보네요."

"사잠 말로는 당신이 마당발이라더군." 여자가 그들을 좁고 긴 응접실로 안내하는 동안 몬자가 말했다. 난로에서 연기를 내뿜으며 타고 있는 숯이 응접실을 간신히 밝히고 있었다.

"여기 사람은 다 알죠." 그녀는 불에서 김이 모락모락 나는 냄비를 내렸다. "수프 한 그릇 하시겠어요?"

"난 괜찮소." 가슴 앞에 팔짱을 낀 채 벽에 기대서 있던 시버스가 말했다. 그는 모비어를 만난 후, 손님으로서 환대를 받는 것이 불편해졌다.

"나도." 몬자가 말했다.

"편한 대로 하시죠." 비타리가 수프 한 컵을 덜어 자리에 앉았고, 긴 다리 한 짝을 반대쪽 무릎 위에 올리고는 검은 군화 앞코를 앞뒤로 까딱까딱하기 시작했다.

몬자는 하나 남은 의자로 다가가서 얼굴을 찌푸리며 몸을 굽혀 자리에 앉았다. "사잠 말로는 당신이 일 처리가 확실하다던데."

"두 분이 하려는 일이 무엇인데요?"

몬자는 시버스를 바라보았고 그는 그녀에게 어깨를 으쓱해 보였다. "연방의 왕이 시파니로 온다고 들었는데."

"그렇다더군요. 이 시대의 위대한 정치인이 되고 싶은가 보죠." 비타리는 깨끗하고 날카로운 치아를 보이며 활짝 웃었다. "그가 스티리아에 평화를 가져올 거래요."

"그런가?"

"소문일 뿐이죠. 그가 오르소 대공과 여덟 기사단을 중재하기 위해 회의를 소집했답니다. 군주들이 전부 오고 있다네요. 적어도 살아 있는 군주들은 모두요. 로곤트와 샐리어가 앞장서서 오고 있다더군요. 중립 지역인 여기 시파니에서 회의를 열고 정계 원로인 소토리우스가 의장을 맡는답니다. 연방 왕의 처남들이 그의 아버지 대신 온다네요."

몬자는 죽은 동물을 발견한 독수리처럼 열정적으로 목을 쭉 늘였다. "아리오와 포스카 둘 다?"

"아리오와 포스카 둘 다요."

"평화 협정을 맺는답니까?" 시버스가 물었고, 그와 동시에 말을 꺼낸 것을 후회했다. 두 여자는 각자의 방식으로 그를 비웃었다.

"여기는 시파니예요." 비타리가 말했다. "여기서 제대로 만들어지는 건 안개뿐이죠."

"이 회의에서도 마찬가지일 테고." 몬자가 의자 등받이에 몸을 기대며 얼굴을 찡그렸다. "안개와 속삭임뿐."

"여덟 기사단은 뿔뿔이 흩어졌어요. 볼레타는 무너졌고요. 캔틴은 죽었고. 비세린은 날씨가 풀리면 포위될 테죠. 이 회의가 그런 사실을 바꿀 수는 없지 않겠어요?"

"아리오는 자리에 앉아 이죽거리면서 듣는 척하며 고개나 끄덕일 테지. 자기 아버지가 평화를 원할 수도 있다는 여지를 남기면서, 오르소의 군대가 비세린의 성벽 앞에 도착하기 바로 전까지."

비타리가 다시 컵을 들더니 실눈을 뜨고 몬자를 바라보았다. "천검단이 그와 함께하겠죠."

"샐리어와 로곤트, 그리고 나머지 사람들도 잘 알 거야. 바보가 아니니까. 절망으로 가득 찬 겁쟁이인지는 몰라도 바보들은 아니지. 그들은 묘책을 꾸밀 시간을 버는 거야."

"묘책?" 낯선 단어가 들리자 시버스가 물었다.

"속임수요." 비타리가 다시 그를 향해 이를 드러내며 말했다. "오르소는 평화를 가져올 수 없고 여덟 기사단도 평화를 바라지 않아요. 안개 말고 다른 걸 위해 시파니에 오는 사람이 있다면 우리 폐하뿐인데, 그분은 자기를 기만하는 재주가 있으시거든요."

"왕관을 쓰면 그렇게 되는 법이지." 몬자가 말했다. "하지만 그는 나한테 아무 의미 없어. 내 관심사는 오직 아리오랑 포스카야. 거짓말하는 것밖에 할 게 없을 텐데 왜 오는 걸까?"

"회의 첫날 밤에 소토리우스 궁전에서 왕과 왕비의 방문을 기념해 가면무도회가 열린답니다. 아리오랑 포스카도 참석한다네요."

"경비가 삼엄하겠군." 시버스가 이야기의 흐름을 쫓으려 애쓰며 말했다. 계속 어딘가에서 아이 울음소리가 들리는 것 같아 집중이 잘되지 않았다.

비타리가 코웃음을 쳤다. "세상에서 가장 삼엄한 경비의 보호를 받는 인간들이 그들의 적과 함께 모두 한 방에 모여 있겠죠? 확실한 건 아두아 전투에서보다 군인들이 많을 겁니다. 거기서 그들 형제를 공격할 기회를 찾기는 어려울 거예요."

"그것 말고는?" 몬자가 말을 가로챘다.

"봐야죠. 저는 아리오의 친구가 아니니까요. 하지만 친구 중 한 명을 알고는 있죠. 아주, 아주 가까운 친구요."

몬자의 짙은 눈썹 사이가 좁혀졌다. "그럼 그 사람과 이야기를……."

문이 삐걱거리며 갑자기 열렸고, 손도끼를 이미 반쯤 꺼낸 채 시버스가 돌아섰다.

어린아이 한 명이 문가에 서 있었다. 여덟 살쯤 된 여자아이가 바닥에 끌리는 원피스를 입고 서 있었다. 앙상한 발목과 맨발이 원피스 밖으로 삐져나와 있었고, 붉은 머리칼은 마구 헝클어진 채 삐죽삐죽 뻗쳐 있었다. 아이는 파랗고 커다란 눈망울로 시버스를 빤히 보다가 몬자와 비타리에게 차례로 시선을 옮겼다. "엄마. 카스가 울어요."

비타리는 무릎을 꿇고 아이의 머리를 쓰다듬어 주었다. "신경 쓸 거 없어 아가. 엄마도 들었단다. 네가 잘 달래 주렴. 곧 엄마가 올라가서 자장가를 불러 줄게."

"네." 여자아이가 시버스를 다시 한번 쳐다보았고, 그는 약간 창피한 얼굴로 손도끼를 감추며 멋쩍은 미소를 지었다. 아이는 뒤로 물러나 문을 당겨 닫았다.

"아들 녀석이 감기에 걸려서요." 비타리가 말했다. 목소리에 다시 날이 서 있었다. "하나가 아프면 나머지 녀석들도 다 아파지고 결국은 나도 아프게 되죠. 엄마 되기 참 힘들죠?"

시버스가 눈썹을 치켜올렸다. "어차피 엄마가 못 되게 태어나서."

"난 가족 복이 좀 없는 편이라." 몬자가 말했다. "당신도 도울 거지?"

비타리의 시선이 시버스에게 잠시 향했다가 다시 몬자에게로 돌아왔다. "다른 일행이 있나요?"

"프렌들리라는 남자. 힘깨나 쓰는 사람이지."

"좋네요. 이름대로 친근한가요?"

"엄청나게." 탈린의 거리에서 난도질당한 두 남자를 떠올리며 시버스가 말했다. "좀 특이한 구석이 있기는 하지."

"이런 일 하는 사람들이 다 그렇죠. 더 없나요?"

"독물학자와 조수."

"유능한가요?"

"본인 말에 따르면. 이름은 모비어야."

"하!" 비타리는 오줌이라도 마신 것 같은 표정을 지었다. "캐스터 모비어요? 전갈만큼도 믿을 수 없는 자식인데."

몬자는 단호하고 흔들림 없는 표정으로 그녀를 마주 보았다. "전갈도 나름의 쓸모가 있지. 도와줄 수 있냐고 물었는데?"

비타리의 가늘어진 눈이 난롯불 빛을 받아 반짝였다. "도와줄 수 있지만 대가가 있어야죠. 일을 다 하고 나면 더 이상 시파니에서 발붙이고 살긴 힘들 것 같으니까."

"돈은 걱정 마. 두 형제에게 가까이 갈 수 있게만 해 줘. 그 일을 도와줄 만한 사람이 있을까?"

비타리가 컵을 비우고 안에 남은 찌꺼기를 지지직거리는 소리가 나도록 난로 속에 던졌다. "오, 제가 모르는 종류의 사람은 없답니다."

설득의 기술

이른 시간이었고, 시파니의 구불구불한 거리는 고요했다. 몬자는 외투 앞섶을 단단히 여미고 손을 겨드랑이에 낀 채 문간에 웅크리고 서 있었다. 안개 낀 허공에 입김을 뱉어 내며 점점 차게 식어 가는 몸을 웅크리고 있은 지 적어도 한 시간은 넘은 것 같았다. 귀 가장자리와 콧구멍이 불쾌하게 찌릿찌릿했다. 콧물이 얼지 않는 게 신기할 정도였다. 하지만 참을 수 있었다. 그럴 수밖에 없었으니까.

전쟁의 9할은 기다림이다. 스톨리쿠스는 말했지만, 아무리 생각해도 기다림이 차지하는 비율은 9할보다 많은 것 같았다.

한 남자가 지푸라기 더미를 실은 수레와 함께 지나갔고, 옅어지는 안개 속에 음 없는 휘파람 소리가 울려 퍼졌다. 몬자의 눈은 흐릿한 윤곽이 되어 사라지는 그를 좇았다. 그녀는 베나가 옆에 있으면 좋겠다고 생각했다.

그리고 이왕이면 베나가 허스크 파이프도 가지고 있으면 좋겠다고 생각했다.

그녀는 마른 입속을 혀로 훑으며 허스크 생각을 떨쳐 버리려고 했다. 하지만 허스크는 그녀에게 손톱 밑에 박힌 가시 같은 것이었다. 폐로 빨아들이는 고통스러우면서도 경이로운 한 모금, 입으로 연기를 불어 낼 때 느껴지는 그 맛은 팔다리를 축 처지게 하고 세상을 말랑하게 만들었다. 의심과 분노, 두려움이 몸에서 빠져나가도록 하는……

젖은 판석을 저벅저벅 걷는 발소리가 들리더니 어둠 속에서 두 형체가 흐릿하게 나타났다. 몬자는 바짝 긴장한 채 양 주먹을 꽉 쥐었고, 뒤틀린 손가락에서 고통이 밀려왔다. 가장자리에 금색 수가 놓인 밝은 빨간색 외투를 입은 여자가 보였다. "서둘러!" 그녀가 무거운 가방을 들고 느릿느릿 따라오고 있는 남자를 연방 억양이 살짝 섞인 말투로 다그쳤다. "또 늦고 싶지는 않다고……."

비타리의 날카로운 휘파람이 텅 빈 거리를 갈랐다. 시버스가 문 밖으로 잽싸게 나와 여자의 하인 뒤로 가서 그의 팔을 비틀었다. 어디선가 튀어나온 프렌들리는 하인이 비명을 지를 새도 주지 않고 배에 네 번 주먹을 날렸다. 그는 구토를 하며 돌바닥에 나동그라졌다.

몬자는 여자가 헉하고 숨을 들이쉬는 소리를 들었고, 그녀가 도망치려는 찰나 휘둥그레진 그녀의 눈을 얼핏 볼 수 있었다. 그녀가 한 발을 내디디려는데, 비타리의 목소리가 그녀 앞의 어둠 속에서 울려 퍼졌다. "오랜만이군, 칼롯 댄 아이더."

빨간 외투를 입은 여자는 몬자가 서 있는 문 쪽으로 뒷걸음질을 치더니 한 손을 들어 올렸다. "돈 있어요! 돈을 드릴게요!"

비타리는 주인집 정원을 거니는 못된 고양이처럼 느긋하고 편안하게 어둠 속을 느릿느릿 걸어 나왔다. "그래, 돈을 내놓아야지. 아리오 왕자가 가장 총애하는 창녀가 시파니에 있다고 해서 깜짝 놀랐지 뭐야. 네가 그의 침실에서 나오질 않는다더라고." 비타리는 그녀를 문 쪽으로 몰아세웠고, 몬자는 어두운 복도로 뒷걸음질 쳤다. 움직이기 시작하자마자 다리에 느껴지는 찌르는 듯한 통증에 얼굴을 찌푸릴 수밖에 없었다.

"여덟 기사단이 얼마를 줬든, 내가…….."

"나는 그들 밑에서 일하는 사람이 아니야. 그렇게 생각했다니 조금 상처받았어. 기억 안 나? 다고스카에서 말이야. 네가 구르쿨에 다고스카를 팔려고 했던 게 기억 안 난다고? 그러다 걸렸던 건?" 그녀가 돌바닥에 부딪혀 달그락 소리를 내는 뭔가를 떨어뜨렸고, 몬자는 그 모습을 지켜보았다. 십자가 모양 칼이 사슬 끝에서 달그락거리며 흔들리고 있었다.

"다고스카?" 이제 아이더의 목소리에서는 묘한 두려움이 묻어났다. "아니! 나는 그 사람이 시키는 대로 했어! 전부! 그 사람이 왜…….."

"아, 나는 이제 크리플 밑에서 일하지 않아." 비타리가 그녀에게 가까이 몸을 기울였다. "나는 이제 프리랜서야."

빨간 외투를 입은 여자는 휘청거리며 뒷걸음질을 치다 문지방을 넘어 복도 안으로 들어섰다. 뒤를 돌아본 그녀는 장갑 낀 손을 칼자루 끝에 얹고 안에서 기다리고 있던 몬자와 눈이 마주쳤다. 그녀는 그대로 얼어붙었고, 축축한 벽을 타고 그녀의 가쁜 숨소리가 울려 퍼졌다. 비타리가 등 뒤로 문을 닫았고, 딸깍하며 걸쇠가 걸리는 소리가 들렸다.

"이쪽이야." 비타리가 아이더를 밀치자 그녀는 자기 외투 자락 위로 넘어질 뻔했다. "조심해야지." 중심을 잡기도 전에 한 번 더 밀쳐진 그녀는 현관에 얼굴을 처박고 철퍼덕 엎어지고 말았다. 비타리가 그녀의 팔을 잡아끌었고 몬자는 이를 꽉 물고 그들을 따라 건너편 방으로 천천히 걸음을 옮겼다.

몬자 자신의 턱처럼, 그 방도 예전의 모습을 잃은 듯했다. 다 떨어진 석고 벽에는 검은 곰팡이 얼룩이 져 있었고, 다른 부분도 습기 때문에 울퉁불퉁하게 일어나 있었다. 탁한 공기에는 무언가 썩는 냄새와 양파 냄새가 배어 있었다. 데이가 한쪽 구석에 등을 기대고 서서 갓 생긴 멍 같은 색을 띤 자두를 팔에 쓱쓱 문지르며 속 편한 미소를 짓고 있었다. 그녀는 아이더에게 자두를 건넸다.

"드시겠어요?"

"뭐예요? 됐습니다!"

"마음대로 하세요. 하지만 정말 맛있는데."

"앉아." 비타리가 아이더를 낡은 의자 위로 밀쳤다. 방에 가구라고는 그 의자뿐이었다. 하나뿐인 의자를 차지하는 것은 보통 때 같으면 고마운 일이었지만 지금은 아니었다. "역사가 돌고 돈다고는 하지만, 세상에 우리가 다시 만날 줄 누가 알았겠어? 눈물이라도 흘렸어야 하나? 어차피 넌 곧 눈물을 흘릴 테지만."

하지만 칼롯 댄 아이더는 곧 눈물을 흘릴 것처럼 보이지 않았다. 그녀는 무릎에 양손을 올린 채 꼿꼿하게 앉아 있었다. 이런 상황에서 놀랄 만한 태도였다. 어떻게 보면 고귀해 보이기도 했다. 젊음의 생기는 한풀 꺾였지만 그래도 여전히 놀랄 만한 외모였고, 그 외모가 가장 돋보일 수 있도록 신중하게 다듬고, 가리고, 칠을 한 듯 보였다. 목에 반짝이는 빨간색 보석 목걸이가 둘려 있었고, 손가락에는 금반지가 끼워져 있었다. 그녀는 왕자의 정부가 아니라 백작 부인처럼 보였다. 쓰레기 더미 속의 다이아몬드 반지처럼, 그녀는 썩어 가는 방에 도무지 어울리지 않는 분위기를 풍기고 있었다.

비타리는 천천히 의자 주위를 맴돌다가 몸을 낮춰 그녀의 귀에 속삭였다. "좋아 보여. 넌 늘 현실을 사는 법을 알았지. 하지만 꽤 충격적인걸? 향신료 길드의 수장이던 네가 아리오 왕자의 정부가 되다니?"

아이더는 눈 하나 깜짝하지 않았다. "먹고는 살아야지. 원하는 게 뭐야?"

"이야기 좀 하자는 거지." 비타리가 약간 쉰 듯한 낮은 목소리로 연인에게 속삭이듯 그르렁거렸다. "우리가 원하는 답을 찾지 못하면 널 다치게 할 수밖에 없겠지만."

"네가 좋아할 만한 짓이네."

"먹고는 살아야지." 비타리는 아리오 정부의 갈비뼈에 주먹을 날려 그녀가 의자에서 몸을 비틀도록 만들었다. 그녀가 숨을 헐떡이며 몸을 숙이자 비타리는 그녀 쪽으로 몸을 기울이더니 다시 주먹을 들어 올렸다. "더 때려 줄까?"

"됐어!" 아이더가 한 손을 들어 올렸다. 그녀는 이를 드러낸 채 방 안을 둘러보더니 다시 비타리에게 시선을 돌렸다. "됐어…… 어…… 협조할게. 그냥…… 그냥 뭘 알고 싶은지 말해."

"왜 네 애인보다 먼저 여기 와 있는 거야?"

"연회 준비를 하려고. 의상, 가면 같은 걸……."

비타리의 주먹이 전과 같은 부위에 아까보다 훨씬 더 강력하게 꽂혔다. 날카롭게 쿵 하는 소리가 축축한 벽에 울려 퍼졌다. 아이더는 낑낑거리면서 팔로 몸통을 감쌌다. 그녀는 덜덜 떨며 숨을 쉬다 결국 기침을 토했고, 얼굴은 고통으로 잔뜩 일그러졌다. 비타리는 거미줄에 걸린 파리를 살피는 흑거미처럼 그녀를 향해 몸을 기울였다. "내 인내심이 바닥나고 있거든. 여기 왜 왔냐고 묻잖아?"

"아리오가…… 나중에…… 또 다른 축하연을 열어…… 그의 동생을 위해서. 동생 생일 축하연이야."

"어떤 축하연인데?"

"시파니에서 유명한 것들 있잖아." 아이더가 다시 기침을 하더니 고개를 돌려 침을 뱉었고, 그녀의 우아한 외투 어깨에 침방울이 튀고 말았다.

"어디서?"

"카도티의 별장에서. 별장을 밤새 빌렸어. 그와 포스카, 신사들이 모일 예정이야. 그 연회 준비를 하라고 날 먼저 보낸 거야."

"창녀들을 고용하라고 정부를 보낸다고?"

몬자가 콧방귀를 뀌었다. "아리오답군. 무슨 준비를 하는데?"

"광대들을 고용하고, 장소도 꾸미고. 안전한지 확인도 하고. 나를…… 믿으니까."

"어리석기도 하지." 비타리가 쿡쿡거렸다. "네가 누구 밑에서 일했는지, 지금은 누구의 첩자인지 알면 아리오가 어떻게 나올지 궁금하네? 우리도 아는 신문 기관의 그자, 폐하 직속 신문국의 절름발이 크리플 말이야. 연방 정부 밑에서 스티리아 사정도 계속 주시하고 있겠지? 네가 매주 누구를 배신해야 하는지 헷갈리지 않는 게 신기할 정도란 말이야."

아이더는 얻어맞은 갈비뼈를 여전히 팔로 감싼 채 그녀를 노려보았다. "먹고는 살아야지."

"아리오가 진실을 알게 되면 어차피 살아 있지도 못할 텐데? 편지 한 장이면 충분할 텐데 말이야."

"원하는 게 뭐야?"

몬자가 어둠 속에서 빠져나왔다. "아리오와 포스카에게 가까이 다가갈 수 있도록 도와. 너희가 연회를 여는 날 밤에 우릴 카도티의 별장에 들여보내 줘. 광대들은 우리가 원하는 사람을 원하는 시간에 원하는 방식으로 고용할 거야. 알아들었어?"

아이더의 얼굴이 하얗게 질렸다. "그들을 죽일 생각이야?" 누구도 입을 열지 않았지만, 답은 침묵으로 충분했다. "오르소는 내가 배신자라고 의심할 거야! 크리플도 마찬가지고! 세상에서 가장 적으로 둬서는 안 될 두 사람에게 의심을 사게 될 텐데! 차라리 날 지금 죽여!"

"좋아." 칼베즈의 검이 뽑히며 검집이 부드럽게 울리는 소리가 들렸다. 아이더의 눈이 휘둥그레졌다.

"잠깐만……."

몬자는 손을 뻗어 아이더의 쇄골 사이 움푹 들어간 곳에 번뜩이는 검 끝을 갖다 댄 다음 천천히 밀었다. 아리오의 정부는 의자 뒤로 고개를 넘긴 채 무력하게 손을 폈다 오므렸다 했다.

"아! 아야!" 몬자가 손목을 비틀자 가느다란 강철 날이 이리저리 기울어지며 번쩍거렸다. 검 끝이 아이더의 목을 아주 천천히, 조금씩 긁으며 나사처럼 파고들었다. 상처에서 흘러나온 검붉은 핏줄기가 가슴뼈를 타고 흘러내렸다. 그녀의 비명이 점점 날카롭고, 긴박해지면서 더욱 공포에 질린 소리로 변했다. "그만! 아! 제발!

그만!"

"그만할까?" 몬자는 아이더를 의자 등받이에 기댄 자세로 꼼짝 못 하게 만들었다. "아직 죽을 준비가 안 된 것 같지? 죽을 때가 오면 다들 그런 생각을 해." 그녀가 칼베즈의 검을 거두자 아이더는 휘청거리며 몸을 일으켰다. 그러고는 숨을 헐떡이면서 피가 흐르는 목에 떨리는 손가락 끝을 갖다 댔다.

"이해를 못 하는 것 같네. 오르소나 연방을 해치워서 될 문제가 아니야! 은행이 그들의 뒷배가 되어 주고 있다고. 발린트앤드벌크 은행. 그들은 은행 소유야. 피의 시대는 그들에게 사소한 구경거리일 뿐이야. 작은 충돌 같은 거지. 너희들이 누구 정원에 오줌을 싸려고 하는지 모르나 본데……."

"틀렸어." 몬자가 허리를 숙이자 아이더는 다시 등을 뒤로 젖혔다. "난 상관하지 않아. 모르는 거랑 상관하지 않는 건 다르지."

"지금인가요?" 데이가 물었다.

"지금."

데이의 손이 불쑥 나타나 아이더의 귀를 번득이는 바늘로 찔렀다. "아야!"

데이는 금속 쪼가리를 주머니에 넣으며 하품을 했다. "걱정 마요. 효과가 천천히 오는 물질이니까. 적어도 일주일은 걸릴걸요."

"뭐가 일주일이란 거지?"

"아파지기 전까지 남은 시간." 데이가 자두를 한 입 깨물자 과즙이 턱을 따라 흘렀다. "젠장." 그녀는 중얼거리면서 손가락 끝으로 과즙을 닦았다.

"아프게 된다고?" 아이더가 쉰 소리로 물었다.

"아주, 아주 아파지죠. 하루만 앓아도 지옥 문지기들과 인사하는 기분이 들걸요."

"우릴 도와주면 해독제를 얻을 수 있지. 적어도 도망갈 시간은 벌 수 있을 거야." 몬자는 칼 끝에 묻은 아이더의 피를 장갑 낀 엄지와 검지로 훔쳐 냈다. "우리 계획을 입이라도 뻥끗해 봐. 여기든 연방에서든, 오르소나 아리오, 혹은 우리 절름발이 크리플한테 말이야. 그랬다간……" 비타리는 자루 끝을 탁 소리가 나도록 쳐서 검을 검집에 딱 맞게 넣었다. "아리오는 연회에서 자기 정부를 만나지 못하겠군."

아이더는 한 손으로 목을 누르면서 그들을 하나하나 노려보았다. "악마 같은 년들."

데이가 마지막으로 자두 씨 부분을 오물거린 다음 뱉었다. "우리도 먹고살아야죠."

"이제 다 됐어." 비타리가 아리오 정부의 한쪽 팔꿈치를 잡아 일으킨 다음 그녀를 문으로 잡아끌었다.

몬자는 그들 앞을 막아섰다. "밖에서 얼어터진 하인을 다시 보면 뭐라고 말할 생각이야?"

"강도를…… 당했다고?"

몬자가 장갑 낀 손을 내밀었다. 아이더는 고개를 뒤로 쭉 뺐다. 그러고는 목걸이를 풀고 반지를 뺀 다음 몬자의 손바닥에 떨어뜨렸다. "이제 됐지?"

"잘 모르겠네. 네가 매를 부르는 유형인 건 확실한 것 같아." 몬자는 그녀의 얼굴에 주먹을 날렸다. 그녀는 꽥 하고 비명을 지르며 몸을 휘청거렸고, 비타리가 잡아 주지 않았다면 그대로 쓰러질 뻔했다. 그녀가 고개를 들자 코와 찢어진 입술에서 흐르는 피가 보였다. 그리고 아주 찰나의 순간 동안 그녀의 얼굴에 묘한 표정이 스쳤다. 그녀는 고통스러운 듯했다. 물론 두려운 기색도 역력했다. 하지만 그 두 감정보다 분노가 더 커 보였다. 발코니 밑으로 던져지기 전 몬자의 표정과 닮아 있었다.

"이제 다 됐네." 몬자가 말했다.

비타리는 아이더의 팔꿈치를 홱 잡아끌고 복도 밖으로 끌고 나가 현관으로 향했다. 지저분한 복도를 질질 끌듯이 걷는 그들의 발소리가 들렸다. 데이는 한숨을 한번 쉬더니 몸을 바로 세우고 벽에서 멀어져 등에 묻은 석고 부스러기를 털어 냈다. "깔끔하고 정확했어요."

"당신 주인한테는 하나도 고맙지가 않다고 전해 줘. 지금 그는 어디에 있지?"

"고용인이라고 해 주시면 좋겠네요. 처리해야 할 용무가 있다고 하셨어요."

"용무?"

"문제가 되나요?"

"나는 개가 아니라 주인한테 대가를 치렀거든."

데이가 미소 지었다. "멍! 멍! 모비어 선생님이 할 수 있는 건 저도 다 할 줄 알아요."

"그래?"

"그분은 나이가 있으시죠. 거만하기도 하고. 웨스트포트에서 밧줄이 일찍 끊어지는 바람에 거의 목숨을 잃을 뻔하셨죠. 의뢰인의 일을 방해할 수도 있는 그런 조심성 없는 실수는 저라면 하지 않았을 거예요. 그런 실수나 하라고 그만한 돈을 지불하신 건 아닐 테니까. 조심성 없는 독물학자보다 곁에 두지 말아야 할 사람은 없죠."

"그 문제에서만큼은 나랑 생각이 같군."

데이가 어깨를 으쓱했다. "저희 일에는 늘 사고가 따르죠. 나이가 들면 더 그렇고요. 사실 젊은 사람들이 해야 하는 일이라고 생각해요." 그녀는 어슬렁거리며 복도로 나갔고, 반대편에서 성큼성큼 걸어오는 비타리를 지나쳤다. 비타리의 날카로운 얼굴에서는 즐거워하는 기색이 사라졌고, 으스대던 태도도 더 이상 보이지 않았다. 그녀는 검은 군화를 신은 발을 치켜들더니 신경질적으로 의자를 한쪽 구석으로 밀쳤다.

"들어갈 방법이 생겼네요." 비타리가 말했다.

"그런 것 같군."

"내가 약속한 그대로 말이죠."

"당신이 약속한 그대로."

"아리오와 포스카, 두 형제를 한꺼번에 잡을 수 있겠어요."

"보람찬 하루네."

그들은 서로를 바라보았다. 비타리는 쓴맛이 느껴지는 듯한 입속을 혀로 훑었다. "그래요." 그러고는 앙상한 어깨를 으쓱했다. "먹고살아야죠."

주정뱅이의 삶

"한 잔, 딱 한 잔, 한 잔만. 어디 가면 한 잔을 할 수 있을까?"

유명한 용병인 니코모 코스카는 휘청거리며 골목 벽에 기대서서 손가락을 떨며 지갑을 뒤적거렸다. 하지만 지갑에는 회색 보푸라기 외에는 아무것도 들어 있지 않았다. 그는 보푸라기를 꺼낸 후 불었고, 팔랑거리며 바닥으로 떨어지는 보푸라기를 지켜보았다. 그가 가진 전 재산이었다.

"빌어먹을 놈의 지갑!" 그는 화를 내는 둥 마는 둥 하며 도랑으로 지갑을 던져 버렸다. 그러고는 마음을 고쳐먹고 노인처럼 끙끙거리며 허리를 굽혀 지갑을 주웠다. 그는 늙은 남자였다. 잊힌 남자였다. 죽은 남자였다. 혹은 마지막 숨을 그르렁거리며 죽어 가는 남자였다. 그는 천천히 무릎을 꿇고 돌길 자갈 사이에 고인 구정물에 흐릿하게 비친 자신의 모습을 내려다보았다.

그는 술을 한 모금이라도 마실 수 있다면 자신이 가진 모든 것을 내놓을 수 있을 것 같았다. 안타깝게도 그는 아무것도 가진 게 없었다. 그래도 그의 몸은 여전히 그의 것이었다. 왕자들을 도와 권력의 정점에 올려놓기도, 끌어내리기도 했던 손, 역사의 흐름이 바뀌는 순간을 목격했던 눈, 시대를 풍미한 미인들과 입맞춤했던 입술, 간질간질한 아랫도리와 쓰린 내장, 다 쉬어 버린 목, 모두 포도주 한 모금에 기꺼이 팔아넘길 수 있을 것 같았다. 하지만 그에게 술을 팔려는 사람은 어디에도 없었다.

"나답게…… 빈털터리가 됐군!" 그는 애원하듯 무거운 팔을 들어 올리며 어두운 하늘을 향해 울부짖었다. "누가 나한테 술을 좀 주게!"

"입 좀 다물어, 미친놈아!" 거친 목소리가 그에게 화답했다. 그리고 덜그럭거리며 덧창을 닫는 소리가 들렸다. 골목에는 전보다 짙은 어둠이 내렸다.

한때는 귀족들의 식탁에서 저녁 만찬을 즐기곤 했던 그였다. 귀족 부인들의 침대 위에서 밤을 보내기도 했다. 코스카라는 이름에 온 도시가 덜덜 떨던 때가 있었다.

"어쩌다…… 이렇게 되었을까?" 그는 토하고 싶은 기분을 억누르며 몸을 일으켰다. 그는 고동치는 관자놀이에서부터 머리칼을 쓸어 넘기고, 축 늘어진 콧수염 끝을 더듬었다. 그는 예전의 자신 같은 당당한 걸음걸이를 흉내 내며 길을 나섰다. 그는 유령 같은 건물들 사이 안개 속의 어슴푸레한 등불 아래를 걸었다. 불어오는 축축한 밤바람이 욱신거리는 그의 얼굴을 간지럽혔다. 가까이에서 발소리가 들려오자 코스카는 눈을 껌뻑이며 휘청거렸다.

"안녕하십니까 선생님! 제가 지금 당장 돈이 없어서 그런데, 돈을 약간만 빌려주시면……."

"저리 꺼져, 거지새끼야." 남자는 그를 밀치며 지나갔고, 그는 벽에 몸을 부딪히고 말았다.

코스카의 기름진 얼굴은 분노로 붉으락푸르락해졌다. "이 몸이 용병 니코모 코스카 님이시다!" 쉰 목소리가 갈라지는 바람에 그의 외침은 기대했던 만큼의 위세를 떨치지 못했다. "나는 천검단의 총사령관이다! 아니, 총사령관이었지." 남자는 안개 속으로 사라지며 그를 욕보이는 손짓을 해 보였다. "내가 만찬을…… 귀족들의 침대에서…… 공작들이랑!" 코스카는 마른기침을 발작적으로 뱉으며 무너졌다. 그는 떨리는 손으로 후들거리는 무릎을 짚으며 허리를 숙였고, 욱신거리는 갈비뼈에서는 낡은 풀무 같은 소리가 났다.

주정뱅이의 삶이었다. 주어진 시간의 4분의 1은 앉아서, 4분의 1은 바닥에 얼굴을 박고, 4분의 1은 무릎을 꿇고, 나머지는 허리를 굽힌 채 보내는 삶. 그는 거대한 가래 덩어리를 끌어 올렸고, 욱신거리는 혀끝에서 맴돌던 가래를 마지막 기침과 함께 뱉어 냈다. 이것이 세상에 남길 그의 유산이 될까? 수십만 개의 도랑에 뱉어 낸 가래가? 그의 이름은 쩨쩨한 배신과 탐욕, 낭비의 대명사가 될까? 그는 절망으로 가득 찬 신음을 뱉으며 몸을 일으키고 아무것도 없는 허공을 바라보았다. 별들조차도 모든 것을 덮어 버리는 시파니의 안개 뒤에 숨어 그를 외면하고 있었다.

"마지막으로 한 번만 기회를 주쇼. 딱 한 번만." 자신이 날려 버린 마지막 기회들이 몇 번이나 있었는지 기억조차 할 수 없었다. "딱 한 번만 더요. 신이시여!" 그는 한순간도 신을 믿은 적이 없었다. "운명이시여!" 그는 운명도 믿지 않았다. "뭐든!" 그는 눈앞에 놓인 술 한 잔 말고는 그 어떤 것도 믿지 않았다. "딱 한 번만 더…… 기회를."

"좋아. 한 번 더 주지."

코스카는 눈을 깜빡였다. "신이시여? 신…… 이십니까?"

누군가 쿡쿡거리며 웃는 소리가 들렸다. 여자의 목소리였다. 날카롭고 조롱하는 듯한, 도저히 신이라고 믿기지 않는 웃음이었다.

"원한다면 무릎을 꿇어도 돼요, 코스카."

그는 눈을 가늘게 뜨고 유유히 흘러가는 안개 속을 뚫어져라 보았고, 술에 절어 있는 뇌로 추측 비슷한 것을 하기 위해 안간힘을 쓰고 있었다. 그의 이름을 아는 누군가라면 그에게 좋은 사람일 리 없었다. 그는 친구보다 적이 훨씬 많았고 빚쟁이는 그 둘을 합친 것보다 훨씬 많았다. 그는 술에 취한 손놀림으로 금박을 입힌 검 자루를 더듬거리며 찾다가 몇 달 전 오스프리아의 전당포에 검을 맡기고 싸구려 검을 샀던 일이 떠올랐다. 그래서 그는 역시 술에 취한 손놀림으로 싸구려 검을 찾았고, 시파니에 처음 도착했을 때 그 검조차 전당포에 맡겼다는 사실을 깨달았다. 그는 떨리는 손을 늘어뜨렸다. 그리 손해도 아니었다. 사실 칼이 있었다고 해도 휘두를 수나 있었을지 의문이었다.

"거기 대체 누구쇼? 내가 돈을 빌렸으면, 내 목숨이라도……" 뱃속이 요동을 쳤고, 그는 곧 매운 트림을 길게 토해 냈다. "가져가겠소?"

그의 옆 어둠 속에서 어두운 형체가 갑자기 솟아오르자 그는 몸을 틀다가 발을 헛디디며 벽에 머리를 박고 말았다. 눈앞에 번쩍하고 별이 보였다.

"아직 살아 있군. 정말 살아 있는 거 맞지?" 키가 크고 날씬한 여자였다. 날카로운 얼굴은 거의 어둠에 가려 있었고, 짧게 깎은 머리칼이 옅은 오렌지 빛으로 빛나고 있었다. 그의 머릿속에서 느릿느릿 기억이 되살아났다.

"샤일로 비타리, 맙소사!" 그녀가 적은 아닐지 모르지만, 절대 친구라 할 수도 없었다. 그는 팔꿈치로 지탱하며 몸을 일으켰고, 길이 빙글빙글 도는 느낌이 들자 더 이상 일어날 수 없을 것 같다고 결론 지었다. "혹시 자네가…… 내게 술을 사 줄 생각은 없겠지?"

"염소젖은 어떤가요?"

"뭐라고?"

"소화에 좋다고 들어서."

"자네가 돌 같은 심장을 가졌다고 하더니, 나한테 우유나 마시라고 할 정도로 차가운 사람일 줄이야! 포도주 딱 한 잔만 하겠네." 한 잔, 딱 한 잔, 딱 한 잔만. "딱 한 잔만, 그게 마지막일세."

"오, 이미 할 만큼 한 것 같은데. 이번에는 얼마나 취해 있던 거죠?"

"이번 여름에 마시기 시작한 것 같은데. 지금이 언제지?"

"확실한 건, 해가 바뀌었다는 거죠. 돈은 얼마나 날렸죠?"

"다 쓰고 또 더 썼지. 이 세상에 잠시라도 내 주머니를 거치지 않은 동전이 있을까 싶을 정도일세. 하지만 지금은 돈이 없어. 그러니 자네가 내게 잔돈이라도 좀……."

"잔돈이라도 벌 생각을 해요. 쓸 생각 말고."

그는 몸을 일으켜 간신히 무릎을 꿇었다. 그리고 구부정한 손가락으로 가슴을 찔렀다. "쪼그라들고 오줌에 전 데다 실망 가득한 내 마음속의 선한 부분이 이 고통에서 벗어나게 해 달라고 비명을 지르는 소리가 들리지 않는가?" 그는 무력하게 어깨를 으쓱했고, 욱신거리는 몸은 점점 더 무너져 내렸다. "하지만 사람이 변하려면 좋은 친구의 도움이 필요하다네, 좋은 적이 도와주면 더 좋고. 내 친구들은 다 죽은 지 오래고, 내 적들은…… 나보다 더 나은 상대가 생겼다는 걸 인정할 수밖에 없군."

"다 그런 건 아니야." 다른 여자의 목소리였다, 어딘가 낯이 익고 오싹함이 느껴지는, 코스카의 등에 전율이 흐르게 만드는. 어둠 속에서 나타난 형상이 외투 자락을 휘날리자 그 소용돌이 속으로 안개가 빨려 들어가는 듯했다.

"아니……." 그가 꺽꺽거렸다.

그는 처음 그녀를 만났을 때를 기억했다. 허리에 칼을 차고 분노, 반항심 그리고 약간의 경멸이 섞인 매혹적인 눈빛으로 자신을 빤히 쳐다보던 헝클어진 머리의 열아홉 살 소녀. 지금 그녀의 얼굴은 어딘가 공허해 보였고 일그러진 입매는 고통의 흔적이 보였다. 검은 반대쪽에 매달려 있었고, 장갑 낀 오른손이 검 자루 끝에 힘없이 놓여 있었다. 그녀의 눈빛은 여전히 날카롭고 흔들림 없었지만, 그 속에 찬 분노와 반항심은 더욱 짙어져 있었고, 경멸은 전보다 훨씬 깊어 보였다. 누가 그녀를 비난할 수 있을까? 코스카는 경멸을 받을 만했고, 그 자신도 알고 있었다.

그는 그녀를 다시 만나면 반드시 죽이겠다고 천 번은 다짐했다. 그녀와 그녀의 동생, 안디체, 빅투스, 세사리아, 페이스풀 카르피, 혹은 그를 배신했던 천검단의 다른 쥐새끼들 누구라도 만나기만 하면 끝장을 낼 작정이었다. 그의 자리를 훔쳐 간 놈들. 그를 아피에리의 전장에서 도망치게 만들어 그의 명성과 차림새를 모두 걸레짝으로 만든 놈들.

그녀를 죽이겠다고 천 번은 맹세했지만, 어차피 이제까지 밥 먹듯 맹세를 깨뜨리기도 했거니와, 눈앞에 나타난 그녀에게 딱히 분노도 일지 않았다. 대신 그는 지긋지긋한 자기 연민에 빠져들었고, 반가움에 감정이 북받쳐 올랐다. 무엇보다 그녀의 표정에서 자신이 얼마나 망가졌는지가 느껴져 가슴이 저릿할 정도로 창피했다. 콧구멍과 뺨 뒷부분이 욱신거렸고 따끔거리는 눈에 눈물이 고였다. 평소에도 눈이 빨갛다는 사실이 처음으로 감사하게 느껴졌다. 그가 울더라도 아무도 알아차릴 수 없을 터였다.

"몬자." 그는 꼬질꼬질한 옷깃을 잡아당겨 단정히 펴려고 했지만 그러기에는 손이 너무 덜덜 떨리고 있었다. "자네가 죽었다고 들었는데. 물론 복수를 하려고 했지만……."

"나한테 아니면 나를 위해서?"

그는 어깨를 으쓱했다. "기억이 잘 안 나는군…… 술을 한잔하러 가던 길이라."

"이미 한 잔보다 더 한 것 같은데." 그녀의 얼굴에 실망한 기색이 보이자 그는 강철보다 강한 무언가로 심장이 찔리는 듯했다. "다고스카에서 살해당했다고 들었는데."

그는 그녀의 말을 흐트러뜨리려는 듯, 한 팔을 높이 들어 올려 휘저었다. "내 죽음에 대해 이러쿵저러쿵 헛소문이 많지. 많고 많은 내 적들의 희망 사항일 뿐이야. 동생이 안 보이는군?"

"죽었어." 그녀의 표정은 조금도 변하지 않았다.

"음. 유감이군. 마음에 드는 청년이었는데." 비열한 부랑자가 입에 침도 바르지 않고 내뱉는 거짓말이었다.

"동생도 당신을 좋아했어." 두 사람은 서로를 증오했지만, 굳이 그 사실을 짚고 넘어가야 할 필요가 있을까?

"그의 누이가 나를 따뜻하게 대해 주기만 했어도 상황이 많이 달라졌을 테지."

"그런 가정은 아무 도움도 되지 못해. 우리 모두 다…… 후회하는 일들이 있지."

몬자는 자리에 서서, 코스카는 무릎을 꿇은 채 두 사람은 오랫동안 서로를 마주 보았다. 꿈속에서 상상했던 재회와는 많이 다른 모습이었다. "후회라. 그게 바로 이 일의 대가라고 사자인은 말하곤 했지."

"과거는 과거 일로 묻어 두자고."

"나는 어제 일도 기억이 가물가물하다네." 그는 거짓말을 했다. 과거는 거인의 갑옷처럼 그의 어깨를 짓누르고 있었다.

"앞으로의 이야기를 해 보자. 당신만 괜찮다면, 맡길 만한 일이 있어. 일이 필요해 보이는데?"

"어떤 일인데?"

"싸움."

코스카는 얼굴을 찌푸렸다. "자네는 늘 싸움에 집착했어. 내가 몇 번이나 말했지 않나? 용병은 그런 헛수고를 하면 안 된다고."

"검은 뽑으려고 있는 게 아니라 휘두르라고 있는 거니까."

"여전하구먼. 보고 싶었네." 그는 생각을 거치지 않고 아무 말이나 뱉었다가 수치심을 삼키려 기침을 시작했고, 거의 폐를 토해 낼 뻔했다.

"프렌들리, 좀 도와줘."

덩치 큰 남자가 그들이 대화하는 도중에 소리 없이 나타났다. 키가 크지는 않지만 단단해 보이는 남자에게서 차분한 힘이 느껴졌다. 그는 힘도 들이지 않고 코스카의 팔꿈치를 잡아 일으켜 세웠다.

"마음씨 곱고 힘이 센 청년이구먼." 그는 밀려오는 어지러움을 참으며 골골거렸다. "이름이 프렌들리인가? 자네는 자선가인가?"

"범죄자요."

"범죄자가 자선가가 못 될 이유가 뭐가 있겠나. 어쨌든 고맙네. 혹시 술집이 어디 있는지 방향을 알려 주면……"

"한동안 술집은 못 갈 것 같은데." 비타리가 말했다. "와인 산업이 침체에 빠지겠군. 회의가 일주일 후 시작이니 술에 취해 있어서는 안 돼."

"나는 이제 깨어 있기 싫어. 고통스럽거든. 방금 회의라고 했던가?"

몬자는 여전히 실망 가득한 눈으로 그를 바라보고 있었다. "나는 일 잘하는 사람이 필요해. 용기도 있고 경험도 갖춘. 대공작 오르소를 거스를 수 있는 사람." 그녀의 입꼬리가 올라갔다. "당장 찾을 수 있는 사람 중에 당신이 제일 그 조건에 부합해."

코스카는 덩치 큰 남자에게 매달린 채 울렁거리는 거리를 딛고 서 있었다. "그런 조건이라면, 내가…… 경험이 많긴 하지?"

"그리고 하나 더 있어. 돈이 필요한 사람이어야 해. 당신은 돈이 필요한 것 같은데, 그렇지 않아?"

"젠장. 맞아. 하지만 술이 더 필요하다고."

"일을 제대로 마친 다음에 생각해 보자고."

"받아들이겠네." 그는 자신이 꼿꼿하게 선 채 턱을 치켜들고 몬자를 내려다보고 있다는 사실을 깨달았다. "옛날처럼 계약서를 써야지. 사잠이 그랬던 것처럼 좋은 펜과 잉크를 사용해서 꼬부랑 글씨체로 말이야. 빨간색 잉크로 서명을 하고…… 이런 밤중에 공증인을 어디서 찾는담?"

"걱정 마. 말만으로도 충분해."

"스티리아 전체에서 내게 그렇게 말할 사람은 자네뿐일세. 하지만 원하는 대로 하게나." 그는 마음을 굳힌 듯 길 아래를 가리켰다. "이쪽일세. 계속 가게." 그는 대담하게 걸음을 옮겼지만 다리가 푹 꺾이며 비명을 질렀고, 프렌들리가 그를 잡아 주었다.

"그쪽이 아니오." 깊고 느린 목소리였다. 프렌들리는 한 손을 코스카의 겨드랑이에 넣어 반쯤 들고 가다시피 반대 방향으로 그를 이끌었다.

"선생님은 신사시군요." 코스카가 웅얼거렸다.

"난 살인자요."

"살인자라고 신사가 못 될 이유가 뭡니까……." 코스카는 흐린 시야 속에 성큼성큼 앞서가고 있는 비타리를 빤히 보다가 이내 프렌들리의 무뚝뚝한 옆얼굴을 바라보았다. 기묘한 동행이었다. 어디에서도 환영받지 못할 이방인들끼리의 동행. 그는 몬자가 걷는 모습을 바라보았다. 그녀는 오래전처럼 힘차게 걷지 않고 절뚝거리고 있었다. 기꺼이 대공작을 거스를 사람들이라니. 미쳤거나 궁지에 몰린 사람들일 터였다. 그는 어느 쪽일까?

답은 간단했다. 궁지에 몰린 사람이 미치지 못할 이유가 무엇이란 말인가.

소외된 이들

프렌들리의 칼이 한 방향으로 스무 번, 다른 방향으로 스무 번 번뜩이며 입맞춤을 하듯 숫돌을 스쳐 갔다. 무딘 칼보다 나쁜 것은 없고, 날이 바짝 선 칼만큼 좋은 것도 없기에 그는 칼날을 손으로 쓸며 손끝에 느껴지는 차갑고 거친 느낌에 미소를 지었다. 칼날은 예리했다.

"카도티의 별장은 상인들의 오랜 궁전이에요." 비타리의 차갑도록 고요한 목소리였다. "시파니의 다른 집들처럼 나무로 지어졌죠. 삼면이 안뜰로 둘러싸여 있고 아주 가까이에 여덟 번째 운하가 있어요."

여섯 일행은 창고 뒤편에 펼쳐 놓은 기다란 탁자에 둘러앉아 있었다. 머카토와 시버스, 데이와 모비어, 코스카와 비타리였다. 탁자에는 삼면이 뜰로 둘러싸인 커다란 나무 건물 모형이 올려져 있었다. 프렌들리는 그것이 실제 카도티의 유흥장 크기의 36분의 1이라고 판단했지만, 정확하게 말하기는 어려웠고, 그는 정확하게 말하는 것을 매우 좋아했다.

비타리의 손가락 끝이 작은 건물의 창문을 따라 움직였다. "이쪽 1층에는 주방과 집무실, 허스크 방과 카드와 주사위 놀이를 하는 방도 있어요." 프렌들리는 손으로 셔츠 주머니를 눌러 갈비뼈를 누르는 주사위를 느꼈다. "뒤편으로 계단실이 두 개 있고요. 2층에는 방이 열세 개가 있는데 손님들에게 유흥을……."

"섹스를 제공하는 방이겠지." 코스카가 말했다. "우린 다 성인인

데 왜 솔직하게 말을 못 하나." 새빨간 그의 눈이 선반에 놓인 와인 병 두 개를 향해 번뜩였다가 다시 사람들에게로 돌아왔다. 프렌들리는 그런 그의 모습을 벌써 여러 번 목격했다.

비타리의 손가락이 모형 건물 지붕 쪽을 가리켰다. "그리고 꼭대기에 큰 방 세 개가 있는데…… 귀빈들이 섹스하는 방이죠. 귀빈실이라고 부르는 가운데 방은 황제가 써도 부족함이 없다더군요."

"아리오는 자신에게 어울리는 방이라 생각하겠군." 머카토가 낮은 목소리로 말했다.

일행은 다섯 명에서 일곱 명으로 늘어났다. 그래서 프렌들리는 빵 두 덩어리를 열네 조각으로 잘랐다. 칼날이 쓱쓱 빵 껍질을 파고들면서, 밀가루가 날렸다. 머카토는 많이 먹지 않겠지만 데이가 그녀의 몫까지 먹어 치울 터였다. 프렌들리는 빵이 한 조각이라도 남는 게 싫었다.

"아이더에 따르면 아리오와 포스카의 손님이 사오십 명은 된다고 해요. 그중에는 무기를 가지고 싸울 준비가 된 손님도 있을 거라고 하고요. 경호원도 여섯 명 있다고 합니다."

"믿을 수 있는 건가?" 북부 억양이 짙은 시버스의 목소리였다.

"아닐 가능성이야 얼마든지 있지만, 그 여자가 거짓말을 하진 않을 거예요."

"지키는 사람이 그렇게 많으면 싸울 사람이 더 필요하겠는데."

"죽일 사람이지." 코스카가 끼어들었다. "아까도 말했지만, 있는 그대로 이야기하자고."

"스무 명쯤." 단호한 머카토의 목소리였다. "당신들 셋하고."

스물세 명. 흥미로운 숫자였다. 프렌들리가 낡은 화로의 걸쇠를 풀고 문을 당겨 열자 얼굴에 열기가 훅 끼쳤다. 스물셋은 1 말고는 어떤 숫자로도 나눠지지 않았다. 조각 낼 수도, 분리할 수도 없는 수. 타협이 없는 수. 머카토와 똑 닮은 수였다. 그는 손을 천으로 감싸고 커다란 냄비를 꺼냈다. 숫자는 거짓말을 하지 않는다. 사람과는 다르다.

"몰래 스무 명을 어떻게 들여보내지?"

"축하연이잖아요." 비타리가 말했다. "광대들이 있을 거예요. 우리가 사람을 고용하면 되죠."

"광대를?"

"여기는 시파니예요. 한 집 건너 하나씩 광대 아니면 청부살인업자가 살죠. 둘 다인 사람을 찾기가 어렵진 않을 거예요."

프렌들리는 작전 회의에서 빠져 있었지만 신경 쓰지 않았다. 사잠은 머카토가 시키는 일을 하라고 했고 그거면 족했다. 자기 책임이 아닌 일에는 신경을 꺼야 삶이 편안하다는 사실을 일찍이 깨달은 터였다. 지금 걱정해야 할 일은 스튜를 끓이는 것뿐이었다.

그는 나무 숟가락으로 스튜를 떠서 맛을 보았고, 스튜는 맛있었다. 50점 만점에 41점은 줄 수 있는 맛이었다. 음식 냄새를 맡고, 모락모락 피어오르는 김을 보고, 화로의 장작이 타닥거리며 타는 소리를 듣고 있자니 세이프티의 주방에서 커다란 통에 스튜나 수프, 죽을 끓이며 느꼈던 편안함이 다시 느껴지는 듯했다. 오래전, 무거운 돌덩이만큼 안정적인 일상을 보내며 모든 일을 예측할 수 있었고, 모든 것이 이치에 맞았을 때.

"아리오는 한참 술을 퍼마실 거야." 머카토가 말했다. "도박도 하겠지. 멍청함을 뽐내면서. 그리고 귀빈실로 안내될 거야."

코스카는 갈라진 입술로 미소를 지었다. "물론 여자가 기다리고 있겠군?"

"검은 머리 여자 하나랑 빨간 머리 여자 하나겠지." 머카토가 비타리와 시선을 주고받았다.

"황제의 방을 쓰는 이에게 딱 맞는 깜짝 선물이군." 코스카가 실없이 쿡쿡거리며 웃었다.

"아리오가 눈 깜짝할 새에 저세상으로 가고 나면 옆방으로 옮겨가서 포스카에게 같은 선물을 줘야지." 머카토가 모비어를 쏘아보았다. "놈들은 자기들이 노느라 바쁜 와중에 주변을 경계하라고 방 앞에 경비들을 세울 거야. 당신하고 데이가 처리해."

"그래도 될까요?" 독물학자가 잠시 말을 멈추고 이죽거리며 자신의 손톱을 내려다보았다. "우리의 재능에 딱 맞는 목표군요."

"이번에는 도시 절반을 독살할 생각은 하지 말고. 쓸데없는 이목을 끌지 않고 두 형제만 죽여. 하지만 혹시 뭔가 잘못되면 그때 광대들이 들어갈 거야."

코스카가 건물 모형을 떨리는 손가락으로 쿡 찔렀다. "먼저 뜰로 들어가서 게임 방이랑 허스크 방으로 가야겠지. 거기서부터 계단을 지켜야 하네. 손님들을 무장해제 시키고 한곳에 모으는 게 좋아. 물론 정중하게, 최고의 예를 갖춰서 말일세. 통제권을 잡는 거지."

"통제권이라." 머카토는 장갑 낀 손 검지로 탁자 상판을 찍었다. "내가 여러분한테 최우선으로 당부하고 싶은 말이야. 아리오를 죽이고, 포스카를 죽일 거야. 다른 사람들이 문제를 일으키면 다들 할 일을 해. 하지만 살인은 최소한으로 해야 해. 대학살을 저지르지 않아도 이미 충분히 큰일을 일으키는 거니까. 알아들었어?"

코스카가 목청을 가다듬었다. "술을 한 잔만 마시면 약속을……."

"알겠어." 시버스는 그의 말을 가로막았다. "통제권을 잡되, 피는 최소한으로."

"죽일 사람이 하나, 그리고 하나 더." 프렌들리는 탁자 한가운데에 냄비를 내려놓았다. "스튜도 한 국자, 그리고 한 국자만 더. 더는 없소." 그러고는 국자로 스튜를 떠서 그릇에 담았다.

그는 모든 사람이 고깃덩어리를 똑같은 개수로 먹게 하고 싶었다. 당근과 양파 조각, 콩도 똑같은 개수만큼 먹었으면 했다. 하지만 그렇게 개수를 세다 보면 스튜가 다 식을 게 뻔한 데다 그 정도로 정확성에 집착하면 사람들 대부분이 싫어한다는 사실을 그는 알고 있었다. 한번은 세이프티에서 싸움까지 벌어졌고, 프렌들리는 두 사람을 죽이고 한 명의 손을 잘라 버렸다. 그는 지금 누구도 죽이고 싶지 않았다. 배가 고팠다. 그래서 모두의 그릇에 같은 횟수로 스튜를 떠 담는 것으로 만족했고 그러면서 드는 불편한 마음은 속으로 견뎌 냈다.

"맛있네요." 데이가 음식을 입에 한가득 넣고 우물거렸다. "훌륭해요. 더 있나요?"

"우리 친구는 요리를 어디에서 배우셨나?" 코스카가 물었다.

"세이프티의 주방에서 3년을 일했소. 나한테 요리를 가르쳐 준 사람이 볼레타 공작의 주방장이었소."

"그런 사람이 왜 감옥에 갔을까요?"

"아내를 죽이고 머리를 썰어서 스튜를 만들어 먹었다더군."

탁자 위로 정적이 흘렀다. 코스카가 시끄럽게 목소리를 가다듬었다. "이 스튜에 누구 마누라가 들어 있거나 하지는 않겠지?"

"푸줏간 주인이 양고기라고 했고, 그를 의심할 필요는 없을 것 같소." 프렌들리는 자기 포크를 집어 들었다. "그 값에 사람 고기를 구하기는 힘드니까."

프렌들리가 한 번에 세 단어 이상 말을 할 때 찾아오곤 하는 불편한 침묵이 탁자에 흘렀다. 그러다 코스카가 껄껄 웃음을 터뜨렸다. "상황에 따라 다르지. 몬자, 우리가 뮈리스를 포위했을 때 발견한 그 아이들 기억하나?" 그녀는 평소보다 훨씬 매서운 눈으로 그를 노려보았지만 나무라지는 않았다. "아이들이 있길래 노예상에게 팔려고 했을 때, 자네는 우리가……"

"그럼요!" 모비어가 날카롭게 말했다. "재미있군요! 고아들을 노예상에게 파는 것보다 즐거운 일이 어디 있겠습니까?"

독물학자와 용병이 서로를 죽일 듯이 노려보는 동안 탁자에는 또 한 번 어색한 침묵이 흘렀다. 프렌들리는 세이프티에서 그런 눈빛을 주고받는 사람들을 여러 번 봤다. 새로운 죄수가 들어와 방을 나눠 쓰게 되었을 때, 가끔 두 남자가 잘못 얽히는 경우가 있었다. 그런 이들은 만나는 순간부터 서로를 미워했다. 성향이 너무 다르거나 너무 똑같다는 이유였다. 물론 감옥 밖인 이곳에서는 상황을 예측하기가 힘들기는 했다. 하지만 세이프티에서라면 두 사람이 서로를 죽일 듯이 노려보게 될 경우 조만간 피를 보게 되어 있었다.

한 잔, 딱 한 잔, 딱 한 잔만. 코스카의 떨리는 눈동자가 거만한 무뢰한 모비어를 향했다가 그의 가득 차 있는 와인 잔으로 옮겨졌다. 곧 다른 사람들의 잔을 둘러보던 그는 마지못해 자신의 컵에 담긴 지긋지긋한 맹물을 바라보았지만, 결국 다시 탁자에 놓인 와인 병을 이글이글 타는 듯한 눈빛으로 바라보게 되었다. 신속하게 움직이면 와인 병을 잡을 수 있을 터였다. 사람들이 그의 손에서 병을 빼앗기 전에 와인을 몇 모금이나 삼킬 수 있을까? 이런 상황에서 코스카 자신보다 술을 빨리 들이켤 수 있는 사람은 없을 테지만…….

그러다 자신을 바라보고 있는 프렌들리를 발견했고, 그의 의기소침하고 우울한 눈빛을 보고는 생각을 고쳐먹게 되었다. 자신은 무려 니코모 코스카였다! 적어도 한때는 그랬다. 도시를 두려움에 떨게 만들던 인물이자…… 기타 등등 많은 일이 있었다. 너무 오랫동안 다음 술잔을 어떻게 채울지 말고는 아무 생각을 하지 않고 살았다. 지금은 더 멀리 봐야 할 때였다. 적어도 다음 술잔과 그다음 술잔만큼은 멀리 봐야 했다. 하지만 변화는 쉽지 않았다.

피부에 땀이 송골송골 맺히는 느낌이 들었다. 머리가 쿵쿵 울리면서 욱신거렸다. 그는 간지러운 목을 긁었지만 그럴수록 더 가려워지기만 했다. 자신이 해골 같은 미소를 지으며 말을 너무 많이 하고 있다는 사실을 알고 있었다. 하지만 미소를 짓고 말을 하지 않으면 터질 것 같은 머리를 잠재우기 위해 비명을 지르게 될 것 같았다.

"······뮈리스 포위 작전에서 내 생명을 구해 줬지, 몬자? 그게 뮈리스 맞지?" 그는 자신의 갈라진 목소리가 어떻게 그 주제로 흘러갔는지조차 생각할 수 없었다. "그 개자식이 갑자기 나타났지. 난 잽싸게 칼로 찔렀고!" 그는 손가락으로 찌르는 시늉을 하다가 물컵을 거의 넘어뜨릴 뻔했다. "그리고 몬자가 놈에게 검을 찔러 넣었다네. 분명 심장을 정확히 관통했을 거야. 내 목숨을 구해 줬지. 뮈리스에서 말이야. 내 목숨을······ 구했다고······."

그는 몬자가 그때 자신을 죽게 놔뒀으면 좋았겠다고 생각했다. 주방이 혹독한 폭풍을 만난 배의 선실처럼 빙글빙글 돌며 울렁거리고 이리저리 기울었다. 그는 잔에 담긴 와인이 출렁거리며 튀어나오지 않을까, 그릇에서 스튜가 흘러넘치지 않을까, 시소처럼 오르락내리락하는 식탁의 경사를 따라 접시들이 미끄러지지 않을까 생각하고 있었다. 폭풍은 자신의 머릿속으로 만들어 낸 환상이라는 사실을 알면서도 방이 심하게 기울어지는 느낌이 들면 탁자를 꼭 붙들었다.

"······몬자가 다음 날도 또 그 짓을 하지 않았더라면 그렇게까지 나쁘지는 않았을 텐데. 내가 어깨에 화살을 맞고 빌어먹을 해자로 떨어져 버린 거야. 아군도 적군도 그 광경을 봤다네. 친구 앞에서 창피를 당한 것도 모자라 적 앞에서까지······."

"기억이 잘못됐어."

코스카는 눈을 가늘게 뜨고 탁자 너머 몬자를 바라보았다. "그런가?" 사실 그는 술에 찌든 10여 년 전의 공성전은커녕 자신이 마지막으로 내뱉은 문장도 제대로 기억하지 못했다.

"해자에 빠진 건 나였고, 당신이 뛰어들어서 나를 꺼내 줬지. 목숨을 걸고. 그러다 화살을 맞았고."

"내가 그런 일을 했다니 놀랍군." 술에 대한 갈망 이외에 다른 것을 생각하기는 쉽지 않았다. "솔직히 말하면 자세한 내용이 기억나지 않아. 여러분 중에서 누군가 내게 와인 한 잔만 따라 주면 어쩌면……"

"그만하시지." 몬자의 눈빛은 그를 술집에서 끌고 나가던 때와 같았지만, 분노가 더 섞여 있었고, 더 날카로웠으며 실망한 기색도 더 짙었다. "죽일 사람이 다섯이나 더 남았고 또 누구를 구해 줄 시간은 없어. 멍청한 짓에 빠진 사람을 구원해 줄 시간은 더더욱 없고. 주정뱅이는 필요 없어." 탁자에 있는 모든 사람들은 땀을 삐질삐질 흘리는 그를 바라보며 아무 말도 하지 않았다.

"나는 주정뱅이가 아닐세." 코스카가 툴툴거렸다. "와인 맛을 좋아할 뿐이지. 몇 시간마다 마시지 않으면 심각한 고통에 시달릴 만큼 좋아할 뿐이라고." 그는 흔들거리는 방 안에서 포크를 꼭 붙들고 사람들이 쿡쿡거리는 소리가 멈출 때까지 얼굴에 미소를 띠고 있었다. 그는 사람들이 웃을 수 있을 때 웃게 내버려두었다. 어쨌든 마지막에 웃는 사람은 니코모 코스카였으니까. 물론, 토하지 않는다면 말이다.

모비어는 홀로 남은 것 같은 기분이 들었다. 그는 일대일로 사람을 만날 때는 의심할 필요 없이 재기 넘치는 이야기꾼이었지만 여러 명이 모여 있을 때는 늘 마음이 불편했다. 이 상황은 별로 떠올리고 싶지 않은 보육원에서의 저녁 식사를 떠올리게 만들었다. 나이가 많은 아이들은 그에게 음식을 던지며 즐거워했고, 그런 장난은 앞으로 다가올 일의 무시무시한 서곡에 불과했다. 기숙사에 캄캄한 어둠이 내리고 나면 수군거림과 폭행, 물고문 같은 괴롭힘이 이어지곤 했다.

머카토가 그에게 형식적으로도 조언을 구하지 않고 새로 구해 온 조수 두 명은 그의 마음을 뒤숭숭하게 만들었다. 샤일로 비타리는 고문관이자 정보원이었고, 유능하지만 성격이 거칠었다. 그녀와 같이 일을 한 적이 있었는데, 그다지 유쾌한 기억은 아니었다. 모비어는 자신의 손으로 직접 고통을 가하는 행위 자체를 혐오했다. 하지만 그녀는 시파니를 잘 알았고, 당장은 그녀를 참아 낼 수밖에 없다고 생각했다.

니코모 코스카는 그녀보다 훨씬 마음에 들지 않았다. 그는 파괴적이고 기만적이며 변덕이 심한 데다, 규칙도 양심도 없이 자기 이익만 좇기로 악명 높은 용병이었다. 광견병에 걸린 개만큼도 자제력이 없는 술고래, 방탕자, 오입쟁이. 자신에게 도취되어 자기 능력을 과대평가하며 배신을 일삼는 그는 모비어와 정반대의 인물이었다. 하지만 지금 그들 일행은 이 위험할 정도로 예측할 수 없는 인물을 신뢰하며 은밀한 계획에 끌어들였을 뿐만 아니라 비위까지 맞춰 주고 있었다. 심지어 자신의 조수인 데이마저도 입에 음식을 물고 있지 않은 순간에는 그의 농담에 깔깔거리며 웃었다. 솔직히 그런 순간이 드물기는 했지만.

"……버려진 창고에 진을 친 불한당이라니!" 코스카는 생각에 잠겨 충혈된 눈으로 탁자 주변을 한 바퀴 돌아보았다. "가면과 변장, 무기 이야기를 하다니? 나같이 유능한 용병이 이런 무리에 끼게 되리라고는 상상도 못 했지. 누가 보면 음흉한 일이라도 꾸미고 있는 줄 알겠군!"

"내 말이 그 말입니다!" 모비어가 날카로운 목소리로 끼어들었다. "결코 내 양심에 그런 오점을 남길 수가 없군요. 그래서 여러분의 그릇에 미망인의 꽃 추출물을 넣었답니다. 여러분 모두 고통스러운 마지막 순간을 즐기셨으면 좋겠군요!"

여섯 사람의 얼굴이 그를 향했고, 적막이 흘렀다.

"물론 농입니다." 그는 대화에 끼어들려는 노력이 헛수고로 돌아갔다는 사실을 깨닫고 침울하게 말했다. 시버스는 천천히 긴 숨을 뱉었다. 머카토는 못마땅한 듯 혀로 송곳니를 훑었다. 데이는 자신의 그릇을 바라보며 얼굴을 찌푸리고 있었다.

"차라리 주먹으로 얼굴을 맞았을 때가 더 재미있었네." 비타리가 말했다.

"독물학자의 유머 감각이란." 코스카가 탁자 너머를 노려보았지만, 떨리는 오른손에 쥐고 있던 포크가 덜거덕 소리를 내는 바람에 그리 위협적으로 보이지는 않았다. "내 애인 중 하나가 독살당했소. 그 후로 당신네 직업을 혐오하게 되었지. 당연히 그 직업을 가진 사람들도 말이오."

"이 직업을 가진 모든 사람들의 행동에 대해 내가 책임을 지길 바라는 건 아니겠지요." 사실 모비어는 자신이 그 일에 직접적인 책임이 있다는 사실은 이야기하지 않는 게 좋겠다고 생각했다. 약

14년 전 그는 오스프리아의 대공비 세펠린에게 고용되어 니코모 코스카를 독살하는 임무를 맡았다가 실수로 그의 정부를 죽인 적이 있었다. 그 일이 이제 와서 이렇게 골칫거리가 될 줄이야.

"나는 나를 쏘든 안 쏘든 말벌도 눈에 보이면 짓이겨 버리지. 내 생각에 당신 같은 사람들은, 물론 사람이라고 친다면 말이지, 다들 경멸을 받아 마땅해. 독물학자들이란 세상에서 가장 비열한 겁쟁이들이라니까."

"술주정뱅이도 둘째가라면 서럽지요!" 모비어가 윗입술을 파르르 떨며 받아쳤다. "그런 인간쓰레기들은 너무 혐오스러워서 동정심이 생길 정도입니다. 짐승만큼이나 예측할 수 없는 이들입니다. 주정뱅이들은 훈련된 비둘기처럼 술집을 찾고, 절대 바뀌지도 않습니다. 술을 마시는 게 본인들이 만든 비참한 삶에서 벗어날 수 있는 유일한 길이거든요. 술에 취하지 않은 삶은 오래된 실패와 새로운 두려움으로 가득 차서 숨이 막히니까요. 그게 진정한 겁쟁이가 아니고 뭐겠습니까." 모비어는 잔을 들어 만족할 때까지 오랫동안 와인을 꿀꺽꿀꺽 넘겼다. 그는 급하게 술을 마시는 데 익숙하지 않았고, 사실 구토를 하고 싶은 충동이 밀려왔지만, 메스꺼움을 참으며 얼굴에 미소를 지어 보였다.

코스카는 모비어가 와인을 마시는 모습을 바라보며 가느다란 손가락 마디가 하얗게 될 정도로 탁자를 꽉 잡았다. "나를 전혀 모르는군. 나는 원하면 언제든 술을 그만 마실 수 있어. 사실 이미 그렇게 하기로 결심했지. 당신에게 증명해 보이겠소." 코스카는 세차게 퍼덕거리며 손을 들어 올렸다. "이 망할 손이 떨리지 않게 와인 반

잔만 얻어 마실 수 있다면 말이지!"

　다른 사람들이 웃음을 터뜨렸고, 탁자 위에 감돌던 긴장이 풀어졌다. 하지만 모비어는 코스카의 날카로운 눈빛을 놓치지 않았다. 눈앞에 있는 늙은 주정뱅이가 동네 바보처럼 무해해 보일지 몰라도, 한때는 스티리아에서 가장 위험한 인물로 여겨지곤 했다. 그런 사람을 가볍게 여기는 것은 어리석은 일이었고, 모비어는 바보가 아니었다. 보육원에서 발로 차이며 어머니를 부르짖던 고아는 더더욱 아니었다.

　매 순간, 조심 또 조심해야 했다.

　몬자는 가만히 앉아 필요 이상으로 말을 하지 않으면서 평소보다 덜 먹었다. 어차피 식사용 나이프를 쥔 장갑 낀 손을 마음대로 움직일 수도 없었다. 탁자 머리에 앉아 있던 그녀는 일부러 다른 사람들과 거리를 두고 있었다. 장군이라면 병사들과, 고용주라면 고용인들과 두어야 마땅한 거리였고, 그녀의 판단에 따르면 수배 중인 그녀가 다른 사람들과 두어야 할 거리이기도 했다. 어렵지는 않았다. 그녀는 늘 베나가 대신 이야기를 하고, 웃고, 사랑을 받도록 두고 자신은 사람들과 거리를 유지했다. 지도자는 사람들에게 호감을 살 여유가 없었다. 특히 여자 지도자는 더더욱 그랬다. 시버스는 탁자 너머로 계속 그녀를 빤히 보고 있었고, 그녀는 그의 눈을 일부러 피하는 중이었다. 그녀는 자신이 웨스트포트에서 실수를 저질러 약점을 보였다고 생각했다. 다시 그런 실수를 할 수는 없었다.

"두 사람이 굉장히 친해 보이는군." 시버스가 그녀와 코스카를 번갈아 보며 입을 열었다. "오래된 친구인가 봐?"

"가족이라 할 수 있지!" 나이 든 용병은 옆 사람의 눈을 찌를 듯 격렬하게 포크를 흔들었다. "전 세계에서 가장 유명한 용병단인 천검단의 영예로운 용사로서 나란히 전투에 나가 싸웠다네!" 몬자가 인상을 찌푸리며 그를 흘겨보았다. 그의 고릿적 이야기는 그녀가 과거로 묻어 두었던 그녀의 행동과 선택 들을 다시 떠올리게 만들었다. "스티리아 전역을 다니며 싸웠지. 사자인이 총사령관이었고. 그야말로 용병의 시대였지! 일이…… 복잡해지기 전에는 말일세."

비타리가 코웃음을 쳤다. "피바람이 불기 전 말씀이시군요."

"같은 상황도 다르게 표현할 수 있는 법이지. 그때는 사람들이 더 잘 살았고, 겁도 많았지. 성벽도 지금보다 낮았고. 사자인은 팔에 화살을 맞고 팔을 잃더니 결국 죽었고, 내가 총사령관으로 뽑혔다네." 코스카는 자신의 스튜를 쿡쿡 찔렀다. "늙은 늑대 사자인을 묻으면서 나는 전투라는 게 얼마나 막중한 일인지 깨달았고, 현명한 장군들이 그렇듯, 나도 살인은 최대한 덜 하고 싶어졌지." 그는 몬자를 바라보며 초조하게 웃었다. "그래서 우린 용병단을 둘로 나눴네."

"당신이 둘로 나눴지."

"내가 용병단의 반을 맡고 몬즈카로와 동생 베나가 반을 맡았지. 우리가 해산할 거라는 소문을 퍼뜨렸고. 우리는 갈등이 있는 이들을 찾아가서 이쪽저쪽에 모두 고용되었다네. 그런 이들이 널렸거든. 그리고…… 싸우는 척했지."

"척을 했다고?" 시버스가 중얼거렸다.

코스카가 덜덜 떨리는 손으로 나이프와 포크를 들어 올려 공중에서 서로 부딪쳤다. "한 번에 몇 주씩 행군하면서 나라를 샅샅이 뒤지는 걸세. 그리고 이따금 보여 주기 식으로 가벼운 충돌을 일으키고, 전쟁철이 끝날 때면 전사자 없이 부자가 되어 떠나는 거지. 뭐, 죽어서 진흙 속에 묻힌 사람이 아예 없지는 않았지만, 진지하게 싸울 때만큼 돈은 많이 벌었다네. 우린 심지어 가짜 전투도 벌였지 않나?"

"그랬지."

"몬자가 탈린의 대공작 오르소에게 고용되어 가짜 전투를 그만하기로 하기 전까지 말이야. 경비를 철저히 세우고 검을 제대로 갈아 진지하게 휘두르기 전까지, 그리고 상황을 바꾸기로 결심하기 전까지 말일세, 그렇지 몬자? 더 이상 가짜 전투를 하지 않을 거라고 나한테 말을 해 줬어야지. 내 부하들에게 경고를 했으면 몇 명은 살릴 수도 있었을 텐데."

"당신 부하들?" 그녀는 코웃음을 쳤다. "당신이 당신 목숨 말고 다른 사람의 목숨을 생각하는지 몰랐네."

"내가 소중하게 생각하는 사람이 몇 있었지. 하지만 그들이 나한테 이득을 가져다주지는 않더군, 그들도 마찬가지였지만 말일세." 코스카는 새빨간 눈을 몬자에게 고정한 채 말했다. "자네 사람들 중에서 누가 등을 돌렸나? 페이스풀 카르피인가? 끝에는 별로 충직하지 않았을 거야. 그렇지?"

"한없이 충직했지. 나를 찌르기 전까지는."

"그럼 이제 그가 총사령관 자리를 차지했겠군?"

"그 의자에 엉덩이를 쑤셔 넣느라 고생한다더군."

"자네가 그 말라빠진 엉덩이로 내 자리를 차지했듯이 말이지. 하지만 다른 사령관들의 동의가 없었으면 아무것도 못 했을 테지. 아닌가? 좋은 사람들이었지. 안디체 그 개자식, 거머리 같은 세사리아, 비열한 굼벵이 같은 빅투스도 말일세. 그 탐욕스러운 돼지 새끼들은 자네 편이었나?"

"놈들은 먹이통에 코를 처박고 있지. 다들 나를 배신했어. 당신을 배신했듯이. 당신이 겪은 건 나도 다 겪었다고 보면 돼."

"결국 누구도 고마워하는 사람이 없다니까. 자네 덕분에 거둔 승리에도, 돈에도 고마워하질 않지. 결국 지겨워지는 거야. 좀 더 나은 무언가가 눈에 띄는 순간……."

몬자는 인내심을 잃었다. 지도자는 약한 모습을 보일 여유가 없었다. 특히 여자 지도자는 더 그랬다. "그렇게 사람을 잘 안다면서 친구도, 돈도 없이 주정뱅이가 됐다니 신기하단 말이지. 내가 당신에게 기회를 천 번도 넘게 줬을 거야. 당신은 다른 모든 것들과 함께 내가 준 모든 기회를 다 날렸어. 지금 유일하게 궁금한 건, 당신이 이번 기회도 날려 버릴 거냐는 거야. 내가 하라는 대로 할 수 있겠어? 아니면 내 적이 될 생각인가?"

코스카는 슬픈 미소를 지었다. "이 일을 하다 보면 적이 있다는 것 자체가 자랑스러운 거라네. 이제까지의 경험에서 배운 게 있다면, 가장 경계해야 할 사람이 바로 친구라는 걸세. 우리 요리사에게 잘 먹었다는 인사를 해야겠군." 그는 포크를 그릇에 던진 다음 자리에서 일어나 거의 똑바로 주방을 걸어 나갔다. 몬자는 떠나는 그를 바라보는 뚱한 얼굴들을 향해 인상을 찌푸렸다.

적을 두려워하지 말라. 하지만 친구는 늘 두려워하라. 버추리오는 말했다.

나쁜 놈들

창고는 외풍이 드는 동굴 같았다. 덧문 틈새로 들어온 차가운 빛이 먼지 쌓인 마룻바닥과 한쪽 구석에 쌓인 빈 상자, 창고 한가운데 놓인 낡은 탁자를 가로지르는 밝은 선을 남겼다. 시버스는 탁자 옆 낡은 의자에 앉았다. 몬자가 준 칼이 종아리 옆쪽을 지그시 눌렀다. 그가 왜 몬자에게 고용되었는지를 분명하게 상기시켜 주는 것 같았다. 그의 삶은 북부 고향에서보다 훨씬 어둡고 위험해져 있었다. 그는 더 나은 사람이 되려던 계획에서 날이 갈수록 멀어지는 중이었다.

그렇다면 대체 왜 아직 여기에 있는 것일까? 몬자를 원해서? 그는 인정할 수밖에 없었다. 웨스트포트 이후로 몬자가 그에게 차갑게 굴자, 그는 그녀를 더욱 원하게 되었다. 그녀의 돈을 원해서? 그것도 맞는 말이었다. 뭔가를 사려면 돈은 정말 중요한 물건이었다. 일자리가 필요해서? 물론 일자리도 필요했다. 그가 일을 잘해서? 일을 잘하기도 했다.

그가 일을 즐겨서?

시버스는 얼굴을 찌푸렸다. 좋은 일을 하도록 태어나지 않은 사람도 있는 법이었고, 그는 자신이 그런 사람 중 하나가 아닐까 생각하기 시작했다. 그는 날이 갈수록 더 나은 사람이 되기 위해 하는 노력이 그럴 만한 가치가 있는지 확신이 서지 않았다.

문이 쾅 닫히는 소리에 그는 생각 속에서 밀려났다. 코스카가 침실에서 나와 목덜미에 퍼져 있는 붉은 발진을 긁적이며 느릿느릿 삐걱거리는 계단을 내려왔다.

"좋은 아침이오."

늙은 용병이 하품을 했다. "그런 것 같군. 이런 걸 마지막으로 본 게 언젠지 기억도 나질 않는군. 좋은 셔츠야."

시버스는 그의 소매를 덥석 잡아챘다. 어두운 비단에 윤이 나는 소뼈 단추가 달려 있었고 소매 끝동을 빙 두르는 바느질도 빈틈이 없었다. 시버스가 고를 법한 것보다 훨씬 화려한, 몬자가 좋아하는 셔츠였다. "몰라봤군."

"나도 한때는 좋은 옷들만 입었지." 코스카는 시버스 옆 낡은 의자에 털썩 앉았다. "몬자의 동생도 그랬고. 내 기억에 그 애도 그런 셔츠를 가지고 있었네."

시버스는 이 늙은이가 무슨 말을 하려는지 알 수 없었지만 마음에 들지 않는 것만은 확실했다. "그래서요?"

"몬자가 동생 이야기를 많이 하던가?" 코스카는 시버스가 모르는 무언가를 알고 있다는 듯 묘한 미소를 지었다.

"죽었다고 하던데요."

"나도 그렇게 들었네."

"그게 화가 난다고 하더군요."

"확실히 그렇겠지."

"내가 알아야 할 게 있나요?"

"나도 잘 모르겠군. 하지만 그건 몬자 몫으로 남겨 두지."

"어디 있는데요?" 인내심이 다한 시버스가 대꾸했다.

"몬자 말인가?"

"달리 누가 있나요?"

"꼭 마주쳐야 하는 사람이 아니면 얼굴을 보이고 싶지 않다더군. 하지만 걱정은 말게. 난 세계 각지에서 전사들을 고용해 왔지. 광대들도 마찬가지고. 그 부분을 내가 맡는 데 불만 있나?"

시버스는 불만이 아주 많았다. 코스카가 오랫동안 책임을 져 온 것이라고는 술병밖에 없었다. 블러디나인이 시버스의 형을 죽이고 목을 쳐서 깃대에 꽂은 이후 아버지도 술에 빠졌다. 아버지는 술을 마시고 분노하며 손을 떨었다. 아버지는 좋은 결정을 내리지 못했고, 사람들의 존중을 받지 못하게 되었다. 결국 자신이 쌓아 온 업적마저 무너뜨리고 시버스에게 씁쓸한 기억만을 남긴 채 세상을 떠났다.

"나는 술을 마시는 사람은 믿지 않소." 그는 좋게 포장해 말하려는 노력도 하지 않고 투덜거렸다. "술을 마시면 점점 약해지다 결국 정신을 놓아 버리지."

코스카는 애처롭게 고개를 저었다. "거꾸로 알고 있구먼. 정신을 놓는 게 먼저고 그다음에 약해지다가 결국 술을 먹게 되는 걸세. 술은 증상이지 원인이 아니지. 걱정해 줘서 고맙기는 하지만 걱정할 필요가 없네. 오늘은 몸 상태가 훨씬 더 안정적이거든!" 그는 탁자 위로 팔을 뻗었다. 실제로 그의 팔은 예전만큼 심하게 떨리지 않았다. 격렬하게 흔들리는 게 아니라 가볍게 떨리는 정도였다. "자네들이 모르게 곧 최상의 상태로 돌아갈 걸세."

"정말 기다려지네요." 비타리가 팔짱을 낀 채 부엌에서 꼿꼿하게 걸어 나왔다.

"우리도 그렇다네, 샤일로!" 코스카는 시버스의 팔을 찰싹 때렸다. "하지만 내 이야기는 여기까지 하지. 시파니 구시가지의 축축한 뒷골목에서 어떤 전과자, 강도, 폭력배, 인간쓰레기를 찾아냈는지 볼까? 우리가 고용할 만한 청부살인업자 겸 광대가 있던가? 사람을 죽일 줄 아는 음악가는? 피도 눈물도 없는 무용수는? 검을 가지고 다니는 가수도 있던가? 곡예사 중에서…… 그……."

"살인할 줄 아는 사람이요?" 시버스가 말했다.

코스카가 환하게 웃었다. "자네는 늘 퉁명스럽지만 핵심을 정확히 짚는군."

"퉁명스러운 게 뭐요?"

"무뚝뚝하다고요." 비타리가 마지막 남은 의자에 앉아서 홈집이 많은 탁자에 종이 한 장을 펼쳤다. "먼저, 부두 근처에서 연주를 하고 있던 악단을 발견했어요. 하지만 그들의 주머니를 채우는 건 지나가는 사람들에게 세레나데를 불러서 번 돈이 아니라 강도 짓으로 번 돈인 것 같더군요."

"불한당들이라는 소리군? 우리가 찾고 있는." 코스카는 뼈만 앙상하게 남은 목을 울 준비가 된 수탉처럼 쭉 뺐다. "들어오시게!"

문이 삐걱거리며 열리더니 다섯 남자가 쭈뼛거리며 들어왔다. 시버스의 고향이었어도 거칠게 생겼다는 평가를 들을 외모였다. 떡 진 머리에 곰보 자국이 가득한 남자들은 거적때기나 다름없는 옷을 입고 있었다. 그들은 꼬질꼬질한 손으로 얼룩투성이인 악기를 든 채 실눈을 뜨고 의심 가득한 눈빛으로 방 안 이곳저곳을 살폈다. 발을 끌며 탁자 앞까지 걸어오는 동안 그들 중 한 명은 사타구니를 긁적였고 또 다른 한 명은 드럼 채로 콧구멍을 쑤셨다.

"자기소개를 해 보게."

"악단이오." 가장 가까이에 선 남자가 답했다.

"악단 이름이 있나?"

그들은 서로 눈빛을 교환했다. "아니요. 이름이 왜 필요합니까?"

"그럼 각자 이름을 말해 주게나. 무슨 악기를 연주하는지, 어떤 무기를 쓰는지도."

"내 이름은 솔터요. 드럼을 치고 철퇴를 씁니다." 그는 때 묻은 코트 자락을 젖혀 광택이 거의 없는 철퇴를 보였다. "솔직히 드럼 실력보다는 철퇴 다루는 솜씨가 더 낫소."

"나는 모르크요." 다음 사람이 말했다. "피리 담당이고 단검을 씁니다."

"올로핀이고 호른과 망치 전문이오."

"나도 올로핀이오." 그는 엄지손가락으로 옆 사람을 가리켰다. "이놈과는 형제요. 바이올린을 켜고, 칼잡이요." 그는 양쪽 소매에서 휙 하고 긴 칼들을 내리더니 손가락으로 빙글빙글 돌려 보였다.

마지막 사람은 코가 심하게 비뚤어져 있었다. 코가 휜 사람을 많이 봐 온 시버스가 보기에도 흉하다 싶을 정도였다. "거피요. 류트를 연주하고 무기로도 씁니다."

"류트를 무기로 쓴다고?" 코스카가 물었다.

"냅다 내리치는 거죠." 남자는 류트를 옆으로 휘두르는 시늉을 하면서 누렇다 못해 갈색이 된 이를 훤히 드러내며 웃었다. "안에 커다란 도끼가 숨어 있습죠."

"이런. 그럼 친구들, 한 곡 뽑아 보시게나. 이왕이면 신나는 걸로!"

음악을 별로 좋아하지 않는 시버스였지만, 그럼에도 그들의 연주가 훌륭하지 않다는 것쯤은 알 수 있었다. 드럼은 박자가 맞지 않았고, 피리는 음도 없이 빽빽거리기만 하는 데다 류트는 안에 들어 있다는 쇠도끼 때문인지 음이 너무 낮았다. 하지만 코스카는 이보다 감미로운 음악을 들어 본 적이 없다는 듯 눈을 감고 고개를 까딱거렸다.

"세상에나. 이렇게 다재다능한 인재들이 있었구먼!" 그가 몇 마디를 듣고 난 후 큰 소리로 외치자 소음이 더듬더듬 잦아들었다. "같이 일하세. 자네들 모두. 하루 저녁에 한 사람당 마흔 냥을 주지."

"한 사람당…… 마흔…… 냥요?" 드럼 연주자가 얼이 빠진 듯 말했다.

"임무를 완수하면 주겠네. 하지만 일이 고될 걸세. 몸싸움도 당연히 있을 테고, 연주도 해야 하네. 우리의 적들을 위한 송별 연주회가 되겠군. 할 수 있겠나?"

"한 사람당 마흔 냥요?" 이제 그들 모두의 얼굴에 미소가 번져 있었다. "예, 선생님! 하겠습니다! 그만한 돈에 못 할 일이 없죠."

"좋네, 제군들. 곧 연락하도록 하지."

비타리는 몸을 앞으로 기울여 악단이 밖으로 나가는 모습을 지켜보았다. "하나같이 정말 못생겼네."

"가면무도회의 장점 중 하나지." 코스카가 속삭였다. "광대 옷을 입혀 놓으면 아무도 알아채지 못할 걸세."

시버스는 자신의 목숨을 저런 자들에게 맡기고 싶은 생각이 없었다. "연주를 하면 티가 날 텐데요."

코스카가 콧방귀를 뀌었다. "음악이나 듣자고 카도티의 별장에 가진 않지."

"싸움 실력이라도 확인해야 하지 않나요?"

"연주하던 것처럼만 싸울 수 있으면 별로 걱정할 게 없을 게야."

"연주 실력도 형편없더군요."

"정신 나간 사람들처럼 연주하더군. 싸움도 그런 식으로 하면 운이 따라야 할 텐데."

"그렇게 싸우다간……"

"자네들이 이렇게 겁이 많은 줄 몰랐군." 코스카는 비아냥거리는 듯한 눈빛으로 시버스를 바라보았다. "자네는 인생을 좀 더 즐겨야겠군. 이길 가치 있는 승리는 늘 정력과 활기로 쟁취하는 걸세."

"정력과 또 뭐요?"

"되는대로 한다는 뜻이에요." 비타리가 말했다.

"돌진해서, 순간을 장악해야지." 코스카가 말했다.

"당신은 뭘 할 셈인데?" 시버스가 비타리에게 물었다. "정력인지 뭔지로 말이야."

"일이 계획대로 잘되면 아리오랑 포스카를 다른 사람들에게서 떼어 놓고……" 그녀는 날카로운 딱 소리가 나도록 손가락을 튕겼다. "누가 류트를 휘두르든 상관없죠. 어차피 시간이 없어요. 스티리아의 왕자님들이 회의에 참석하러 시파니로 납실 때까지 나흘밖에 안 남았으니까. 상황이 좋았다면 더 나은 사람들을 찾았겠죠. 하지만 지금은 그럴 수 없고요."

코스카는 거친 한숨을 뱉었다. "물론 그럴 수야 없지. 하지만 너무 마음 쓰지는 말자고. 짧은 시간에 다섯 사람이나 구했지 않나. 자, 이제 누가 나한테 와인 한 잔만 주면 모든 게……."

"와인은 안 돼요." 비타리가 목소리를 깔며 말했다.

"목도 마음대로 축일 수 없다니 참으로 애석하군." 늙은 용병은 시버스가 그의 뺨에 돋은 혈관들을 훤히 볼 수 있을 정도로 가까이 몸을 기울였다. "인생은 슬픔의 바다일세. 들어오게!"

다음번 들어온 남자는 창고 문을 간신히 통과할 정도로 덩치가 컸다. 키는 시버스와 손가락 몇 마디 차이였지만 무게는 훨씬 더 나가는 듯했다. 넓은 턱에 두꺼운 수염이 자라고 있었고, 곱슬머리는 회색빛을 띠고 있었지만 나이가 들어 보이지는 않았다. 그는 큰 덩치가 창피하다는 듯 몸을 살짝 굽힌 채 두툼한 손을 비비며 탁자 가까이 다가왔는데, 거대한 군화가 한 발짝씩 움직일 때마다 마룻바닥이 불평하듯 삐걱거리는 소리를 냈다.

코스카가 휘파람을 불었다. "이거, 이거, 대단한 덩치로군."

"첫 번째 운하 근처 술집에서 찾았어요." 비타리가 말했다. "엄청나게 취해 있었는데 다들 무서워서 부축할 엄두를 못 내더군요. 스티리아어는 거의 할 줄 모르고요."

코스카는 시버스를 향해 몸을 기울였다. "이 사람은 자네가 좀 맡아 주면 좋겠는데? 북부의 형제애를 보여 주게나."

시버스는 북부 사람들이 그렇게 대단한 형제애를 가졌는지 기억이 나지 않았지만 어쨌든 시도는 해 볼 만하다고 생각했다. 하지만 너무 오랜만에 북부 말을 하려니 어쩐지 어색하게 느껴졌다. "친구, 이름이 뭐요?"

덩치 큰 남자는 북부 말을 듣고 깜짝 놀란 듯했다. "그레이록이오." 그는 손가락으로 머리를 가리켰다. "날 때부터 이 색이었소."

"어쩌다 여기까지 오게 됐소?"

"일자리를 찾으러."

"어떤 일자리를 원하시나?"

"써 주는 데가 있다면 어디든."

"험한 일이라도 괜찮소?"

"괜찮은 것 같소. 북부 사람이오?"

"그렇소."

"남부 사람처럼 보이는군."

시버스는 얼굴을 찌푸리며 화려한 소맷자락을 당겨 탁자 아래로 숨겼다. "음, 아니오. 내 이름은 콜 시버스요."

그레이록이 눈을 깜빡였다. "시버스?"

"그렇소." 자신의 이름을 아는 사람을 만나자 그는 뿌듯함이 밀려왔다. 그의 자존심은 여전히 살아 있는 듯했다. "내 이름을 들어 본 적 있소?"

"어프리스에서 도그먼이랑 함께 싸우지 않았소?"

"맞소."

"블랙다우도 있었지? 듣기로는 대단했다던데."

"그랬지. 두세 명밖에 안 죽이고 도시를 점령했소."

"두세 명이라니." 덩치 큰 남자가 시버스에게서 눈을 떼지 못한 채 천천히 고개를 끄덕였다. "일을 정말 매끄럽게 처리했군."

"그랬소. 도그먼은 부하들을 잘 잃지 않는 좋은 대장이오. 그 밑에서 일할 때가 제일 좋았소."

"그렇군. 도그먼은 여기 없지만, 형씨 같은 사람과 나란히 설 수 있으면 내게 영광이겠소."

"좋소. 마찬가지요. 함께 일할 수 있으면 좋겠군. 합격이오." 시버스가 스티리아 말로 이야기했다.

"확실한가?" 코스카가 말했다. "눈빛이 뭔가…… 꽁한 게 있어 보여 걱정이 되는군."

"인생을 좀 더 즐기셔야겠군." 시버스가 툴툴거렸다. "정력인지 뭔지가 있잖소."

비타리가 코웃음을 쳤고 코스카는 가슴을 움켜쥐었다. "하! 내 발등을 내가 찍었군! 그래, 자네에게 친구가 하나쯤 있으면 좋겠지. 북부 사나이 두 명을 데리고 뭘 할 수 있으려나?" 그는 손가락 하나를 들어 올렸다. "재연을 해 볼 수 있겠군! 저 유명한 북부의 결투를 말일세, 자네도 알 거야. 공포의 펜리스라던가, 그리고…… 자네도 알 거야, 그의 이름이 뭐라더라…….”

시버스는 그의 이름을 말하며 등줄기가 쭈뼛 서는 것 같았다. “블러디나인.”

“들어 본 적 있나?”

“나도 거기 있었소. 결투가 한창일 때. 결투장 가장자리에서 방패를 들고 서 있었지.”

“멋지군! 그럼 역사적으로 정확한 재연으로 전율을 일으킬 수 있겠군그래.”

“전율?”

“짜릿한 거요.” 비타리가 낮게 이야기했다.

“그럼 처음부터 왜 짜릿하다고 하지 않지?”

하지만 코스카는 자기 아이디어에 감탄하기 바빴다. “폭력의 미학을 보여 주자고! 아리오의 손님들이 아주 좋아하겠군! 게다가 대놓고 무기를 들고 들어가기에 이렇게 좋은 핑계가 있겠나?” 시버스는 그다지 흥분되지 않았다. 자신의 형을 죽인, 그리고 자신도 거의 죽일 뻔했던 놈으로 분장하고 싸우는 척을 하라니. 그래도 그에게 류트를 연주하라고 시키지 않는 건 다행이었다.

“뭐라는 거요?” 그레이록이 북부 말로 웅얼거렸다.

“우리 둘이 결투를 하는 시늉을 하라는군.”

“시늉?”

“그러게 말이오. 하지만 여기선 별의별 걸 다 흉내 내더군. 우린 연극을 할 거요. 연기랑 뭐 그런 것들. 손님 접대용으로 말이오.”

“결투장은 웃음거리가 아니오.” 거대한 남자 역시 웃지 않았다.

"여기에서는 그렇소. 우선 연극을 하겠지만 진짜로 싸우게 될 수도 있소. 마흔 냥이면 충분하겠지."

"알겠소. 처음엔 연기를 한다. 나중에는 진짜 싸운다. 이해했소." 그레이록은 시버스를 오랫동안 바라보다 천천히 시선을 거두고 느릿느릿 사라졌다.

"다음!" 코스카가 고함을 쳤다. 주황색 스타킹과 밝은 빨간색 재킷을 입은 마른 남자가 한 손에 가방을 들고 문안으로 의기양양하게 들어왔다. "이름은?"

"내 이름은 바로……" 그는 멋들어지게 인사를 했다. "인크레더블 론코요!"

코스카의 눈썹이 치켜 올라갔고, 시버스의 가슴은 덜컥 내려앉았다. "예술가로서, 그리고 전사로서 잘하는 게 뭔가?"

"제가 잘하는 건 딱 하나뿐입니다, 선생님들!" 그는 코스카와 시버스를 향해 고개를 끄덕였다. "그리고 아가씨!" 비타리에게 하는 말이었다. 그는 천천히 빙 돌더니 몰래 가방에 넣었던 손을 얼굴에 갖다 대며 뺨을 부풀린 채 돌아섰고…….

부스럭 소리가 들리더니 론코의 입에서 화려한 불꽃이 뿜어져 나왔다. 불꽃이 어찌나 가까이 다가왔는지 시버스는 열기를 뺨으로 느낄 수 있을 정도였다. 시간이 있었다면 의자에서 뛰쳐나갔겠지만, 그는 자리에 얼어붙은 채 다시 어두워진 창고에서 시야가 확보될 때까지 눈을 껌뻑이고 숨을 헐떡이며 론코를 빤히 볼 수밖에 없었다. 탁자 위에는 아직 불꽃들이 타고 있었고 그중 하나는 코스카의 떨리는 손가락 끝 바로 앞에서 번쩍였다. 퍼덕거리던 불꽃이 조용히 사그라지면서 풍기는 역한 냄새에 시버스는 토하고 싶은 기분이 들었다.

인크레더블 론코가 목청을 가다듬었다. "아, 제 생각보다 살짝…… 격한 시연이었군요."

"하지만 정말 인상적이군!" 코스카가 손을 휘저어 얼굴 앞에서 뿌연 연기를 치웠다. "부정할 수 없이 재미있네. 게다가 치명적이기도 하고. 합격일세, 하룻밤 일당은 마흔 냥이고."

남자의 얼굴이 환히 빛났다. "일하게 되어 영광입니다!" 그는 아까보다 몸을 더욱 낮춰 인사했다. "선생님들! 아가씨! 이제…… 가 보겠습니다!"

"괜찮겠소?" 론코가 문으로 당당하게 걸어가는 동안 시버스가 물었다. "약간 걱정인데. 목재 건물에서 불장난을 하다니?"

코스카는 다시 조롱하듯 말했다. "나는 북부 사나이들이 다들 충동적이고 충치만 많은 줄 알았는데. 일이 잘못되면 목재 건물에 불을 질러 균형추 역할을 하게 할 수 있잖나."

"무슨 역할?"

"싸움을 공평하게 만든다고요." 비타리가 말했다.

이런 때 쓰기에 적당한 단어가 아닌 것 같았다. 북쪽의 언덕 지대에서는 죽음을 공평한 심판자라 불렀다. "실내에서 불을 지르면 우리가 모두 공평하게 끝장날 수도 있소. 혹시 못 봤을까 봐 말해주자면, 저자의 기술이 그리 정교한 것 같지 않아요. 불은 위험한 거요."

"불은 아름답지. 합격일세."

"하지만 혹시 저자가……"

"그만." 코스카가 조용히 하라는 뜻으로 손을 들어 올렸다.

"우린……"

"그만."

"나한테 이래라……"

"그만이라고 했잖나! 북부에는 '그만'이라는 단어가 없나? 머카토는 나를 완전히 믿고 나더러 광대를 뽑으라고 했네. 누구를 별장에 들일지 내가 정한다는 뜻이지. 투표를 하자는 게 아닐세. 자네는 아리오와 귀족들을 어떻게 즐겁게 해 줄지나 생각하면 되네. 계획은 내가 짤 테니. 알아들었나?"

"불구덩이로 뛰어드는 불나방처럼 말이지." 시버스가 말했다.

"불구덩이라니!" 코스카가 미소 지었다. "기다리다 목 빠지겠군. 이제 누가 남았지?"

비타리는 주황색 눈썹 한쪽을 치켜올린 채 목록을 살폈다. "바르티와 쿰멜요. 공중제비, 곡예, 칼춤과 줄타기 전문이라네요."

코스카는 팔꿈치로 시버스의 갈비뼈를 쿡 찔렀다. "줄타기라니. 자네가 좋아하는 위험하지 않은 묘기군?"

평화의 수호자들

안개의 도시에서는 보기 드문 맑은 날이었다. 공기는 맑고 쌀쌀했고 하늘도 완벽한 파란색으로 빛났다. 연방의 왕이 주최하는 평화 회의가 고귀한 막을 올릴 예정이었다. 낡은 지붕과 뿌연 창문, 칠이 벗겨진 현관문 앞은 스티리아 실세들의 행차를 구경하기 위해 열광적으로 모여든 사람들로 가득 차 발 디딜 틈이 없었다. 모든 인종이 뒤섞인 군중은 대로 양쪽에 난 도랑을 따라 줄을 지어 서 있었고, 그들을 막기 위해 배치된 무뚝뚝한 회색 군인 대열과 치열하게 힘겨루기를 하고 있었다. 군중들이 떠드는 소리가 공기를 가득 채우고 있었다. 수천 명이 웅성거리는 소리를 비집고 이곳저곳에서 행상들의 고함 소리가 들려왔다. 서로에게 경고하는 소리, 신이 나서 꽥꽥거리는 소리도 들렸다. 마치 전쟁을 치르기 전 군영 같았다.

잔뜩 긴장한 채 곧 불어닥칠 피바람을 기다리는 군중의 소리.

무너져 가는 창고 지붕에 다섯 개의 점처럼 앉은 이들의 모습이 오늘만은 특별해 보이지 않았다. 시버스는 커다란 손을 난간 밑으로 떨어뜨리고 아래를 빤히 내려다보고 있었다. 코스카는 딱지가 앉은 목덜미를 벅벅 긁으며 깨진 석조 장식에 군화를 걸치고 있었다. 비타리는 긴 팔을 앞으로 꼰 채 벽에 기대 있었다. 프렌들리는 옆으로 꼿꼿하게 서서 자기만의 세계에 빠진 듯 보였다. 모비어와 그의 조수는 다른 일이 있다며 자리를 비웠지만 몬자는 그 말을 믿을 수가 없었다. 그녀는 처음 독물학자를 만났을 때부터 그를 전혀 믿지 않았다. 웨스트포트 일 이후, 더 떨어질 것도 없었던 그에 대한 신뢰는 그야말로 바닥을 치고 말았다. 그리고 이 사람들은 그녀의 부대였다. 그녀는 쓸쓸한 숨을 길게 들이쉬고는 혀로 이를 한번 훑은 다음 저 아래 군중을 향해 침을 탁 뱉었다.

인간을 벌할 때, 신은 그에게 멍청한 친구와 영민한 적을 보낸다. 캔틱 성전에 적혀 있었다.

"사람들이 많군." 시버스가 쌀쌀한 햇볕에 눈을 가늘게 뜬 채 말했다. 몬자가 그에게서 기대할 수 있는 멋진 통찰이었다. "끔찍이도 많군."

"그렇군." 프렌들리가 군중을 힐끗 쳐다보았다. 그의 입술이 조용히 움직이자 몬자는 그가 사람들을 다 세고 있는 것은 아닌지 불안해졌다.

"이건 아무것도 아니지." 코스카는 시파니 인구의 절반을 쓸어버릴 것처럼 허공에 손을 휘휘 저었다. "내가 제도 전투에서 승리한 뒤 오스프리아 거리에 몰려들었던 인파를 봤어야 하는데! 공중에서 꽃도 뿌려 주었지. 사람들도 이것보다 적어도 두 배는 많았네. 그 광경을 봤어야 해!"

"나는 거기 있었어요." 비타리가 말했다. "많이 쳐도 이 사람들의 절반밖에 안 됐고요."

"자넨 내 꿈에 재를 뿌리면서 가학적으로 만족감을 느끼기라도 하는 건가?"

"조금은요." 비타리가 몬자를 향해 이죽거렸지만 몬자는 웃지 않았다. 그녀는 카프릴을 함락한 이후 탈린 사람들이 그녀를 위해 벌였던 개선식을 생각하고 있었다. 누구에게 묻느냐에 따라 카프릴에서 학살을 저지른 이후라고 할 수도 있을 테지만. 그녀는 자신이 얼굴을 찌푸리고 있는 동안 등자를 밟고 서서 건물 발코니를 향해 손 키스를 날리며 웃던 베나를 떠올렸다. 사람들은 그녀의 이름을 연신 불러 댔고 오르소는 생각에 잠긴 얼굴로 아리오와 나란히 뒤따라오고 있었다. 그때 알아챘어야 했다…….

"이제 오는군!" 코스카가 눈 양옆을 두 손으로 가려 햇빛을 막으며 난간 밖으로 위험하게 몸을 기울였다. "우리의 위대한 지도자들 만세!"

눈앞에 행렬이 보이자 군중의 소란이 점점 커졌다. 기수 일곱 명이 선두에 섰고, 창에 걸린 깃발은 모두 정확히 같은 각도로 펄럭였다. 평화 회담을 위해 모두가 평등하다는 환상을 심어 주려는 것이었다. 시파니를 상징하는 조가비, 오스프리아를 상징하는 흰 탑, 비세린을 상징하는 벌 세 마리, 탈린을 상징하는 검은 십자가, 그 옆으로 푸란티와 아포이아, 니칸테를 상징하는 깃발들이 불어오는 바람에 여유롭게 펄럭였다.

시파니의 수상인 소토리우스가 저명한 인사들 중 처음으로 모습을 드러냈다. 보는 관점에 따라, 악명 높은 인사라고 불려도 이상하지 않은 이들이었다. 소토리우스는 숱이 적은 흰머리에 수염을 기른 나이가 많은 노인이었고, 몬자가 태어나기 훨씬 전부터 차고 다녔던 관직 목걸이의 무게 때문인지 어깨가 잔뜩 굽어 있었다. 그는 많고 많은 아들 중 예순 살 정도 되어 보이는 맏아들에게 팔꿈치를 기댄 채 지팡이를 짚고 비틀비틀 완고한 걸음을 옮겼다. 시파니의 유지들이 대열을 맞춰 그 뒤를 따르고 있었다. 그들이 차고 있는 보석과 광택을 낸 가죽, 밝은색 비단과 금색 수를 놓은 옷들이 햇빛을 받아 반짝였다.

"소토리우스 수상일세." 코스카가 시버스에게 요란을 떨며 설명했다. "전통에 따라 회의 주최국의 수상은 걸어가야 한다네. 아직 살아 있군, 저 망할 늙은이."

"좀 쉬어야 할 것 같은데." 몬자가 웅얼거렸다. "누가 관짝 좀 가져다주지."

"내 생각엔 아직 멀었네. 한쪽 눈이 멀었는지도 모르지만, 통찰력은 누구보다 뛰어난 인물이지. 시파니를 오랫동안 중립으로 지켜낸 대가가 아닌가. 어찌 됐건 그 덕분에 시파니는 20년 동안 중립국 지위를 지킬 수 있었지. 피의 시대도 견뎠고 말일세. 제도 전투에서 내가 그의 코피를 터뜨린 이후부터 쭉 말일세!"

비타리가 콧방귀를 뀌었다. "오스프리아의 세펠린과 사이가 틀어졌을 때 그의 돈을 받은 걸로 기억하는데요."

"거절할 이유가 뭔가? 돈을 받고 싸우는 전사가 고용인을 너무 까탈스럽게 고르면 안 된다네. 이 일을 하려면 흐름을 탈 줄 알아야지. 충성심이 있는 용병은 갑옷을 입은 수영 선수나 마찬가질세." 몬자는 얼굴을 찌푸린 채 곁눈질로 코스카를 보면서 그 말이 자신을 겨냥한 것인지 의심했지만, 그는 누구에게도 별 의미가 없는 소리인 양 무심하게 떠들고 있었다. "어쨌든 저 늙은이 소토리우스와 나는 잘 맞지 않았어. 우린, 정략결혼이라고 해야 하나, 행복하지 않은 부부나 마찬가지였지. 승리를 거머쥔 후 우린 둘 다 기꺼이 이혼하기로 결심했네. 평화로운 사람들은 용병에게 할 일을 거의 주지 않거든. 시파니의 늙은 수상은 평화 속에서 풍요롭고 영광스러운 시절을 보냈지."

비타리는 건물 아래를 지나가는 부유한 시민들을 비웃었다. "평화를 수출하고 싶은가 본데요."

몬자는 고개를 저었다. "오르소가 절대 사지 않을 한 가지지."

여덟 기사단의 수장들이 뒤를 이어 등장했다. 오르소의 숙적이자, 절벽 아래로 구르기 전까지 몬자의 숙적이기도 했던 인물들이었다. 그들은 수백 가지 다른 제복을 입은 수행원들의 시중을 받고 있었다. 선두에 선 로곤트 공작은 거대한 검은 군마에 올라 고삐를 쥐고 있었고, 군중 사이에서 자기 이름을 외치는 소리가 들릴 때면 그쪽을 향해 고개를 끄덕였다. 유명한 인물인 그의 이름이 꽤 자주 불리는 통에 그는 칠면조처럼 고개를 까딱거리고 있었다. 샐리어는 다부진 적갈색 점박이 말 안장에 용케 몸을 욱여넣은 채 로곤트 옆에서 걷고 있었다. 금박을 입힌 제복 깃 위로 불룩 튀어나온 턱살이 힘겹게 움직이는 말의 움직임에 맞춰 이쪽저쪽으로 흔들렸다.

"저 뚱뚱한 남자는 누구요?" 시버스가 물었다.

"샐리어. 비세린의 대공작이지."

비타리가 킥킥거렸다. "이제 그렇게 불릴 날도 한두 달쯤 남았겠네요. 지난여름에 병사들을 어처구니없이 낭비했거든요." 몬자는 하이뱅크에서 페이스풀 카르피와 나란히 그들을 향해 돌격했다. "가을에는 식량을 낭비했고요." 성벽 주변의 들판을 신나게 불태우고 농부들을 쫓아낸 것도 그녀였다. "그리고 순식간에 동맹도 잃고 있죠." 캔틴 공작의 머리를 볼레타 성벽에 매달아 썩게 놔둔 사람 또한 몬자였다. "저 늙은이, 땀 흘리는 게 여기서도 보이네."

"안타깝군." 코스카가 말했다. "나는 샐리어를 좋아했거든. 자네들이 저이 성안에 있는 화랑을 봐야 하는데. 세상에서 가장 훌륭한 예술품들이 전시되어 있다네. 그의 말로는 그렇다더군. 예술을 정말 좋아했지. 전성기 때는 스티리아에서 가장 훌륭한 만찬을 열곤 했다네."

"그래 보여." 몬자가 말했다.

"안장 위에 저 덩치를 어떻게 올렸는지 궁금해지는군."

"도르래로 끌어 올렸나 보죠." 비타리가 끼어들었다.

몬자가 콧방귀를 뀌었다. "아니면 참호를 파서 말이 참호 안에 있는 동안 올라탔거나."

"옆에 있는 사람은 누구요?" 시버스가 말했다.

"로곤트. 오스프리아의 대공작이지."

"대공작답게 생겼군." 사실이었다. 그는 큰 키에 넓은 어깨, 잘생긴 얼굴에 어두운 곱슬머리를 가진 남자였다.

"그렇지." 몬자가 다시 침을 뱉었다. "하지만 외모 말고는 별 볼 일 없어."

"한때 내 고용인이었던, 지금은 고맙게도 고인이 된 세펠린 공작 부인의 조카일세." 코스카는 피가 나도록 목을 벅벅 긁었다. "신중한 왕자라고 불리지. 노파심의 백작, 꾸물거림의 공작이라고도 불리고. 모든 면에서 훌륭한 장군이지만 도박을 좋아하지 않는다네."

"저 사람한테 너무 관대한 평가인 것 같군."

"자네가 인색하게 평가하는 게 아니고?"

"그는 싸움을 좋아하지 않아."

"훌륭한 장군은 싸움을 좋아하지 않지."

"하지만 훌륭한 장군도 싸워야 할 때가 있지. 로곤트는 피의 시대에 오르소와 맞붙으면서 작은 충돌 외에 전투다운 전투는 한 적이 없어. 스티리아에서 가장 후퇴를 잘하는 놈이지."

"후퇴가 가장 어려운 전략일세. 아직 능력을 발휘할 때가 안 되었는지도 모르고."

시버스는 아득히 한숨을 쉬었다. "우리 모두는 때를 기다리고 있군."

"로곤트는 기회를 다 날렸어." 몬자가 말했다. "비세린이 무너지면 푸란티로 가는 길이 훤히 열릴 거고, 그 뒤로는 오스프리아와 오르소의 왕관만 남게 돼. 더 이상 꾸물거릴 수 없고, 신중하기엔 시간이 얼마 남지 않았다고."

정직하고 존중받아 마땅했던, 이제는 세상을 떠난 캔틴 공작과 함께 여덟 기사단을 조직해 오르소의 탐욕에 맞서 스티리아를 보호하려 한 이들이었다. 물론 관점에 따라 이익을 나눠 갖기 위해 오르소의 정당한 권리를 가로챈 이들이라 할 수도 있겠지만. 코스카는 멀어지는 두 사람을 바라보며 아득한 미소를 지었다. "오래 살다 보면 모든 게 망가지는 모습을 보게 된다네. 카프릴도 영광의 껍데기가 되었지."

비타리가 몬자를 향해 웃었다. "카프릴도 당신들 작품 아니었나요?"

"뮈셀리아는 성벽을 그렇게 튼튼하게 쌓고도 오르소에게 가장 수치스럽게 항복했지."

비타리의 미소가 더욱 환해졌다. "그것도 당신들이 한 거죠?"

"볼레타를 함락시킨 것도." 코스카가 애석해하며 말했다. "용감

했던 캔틴 공작이 죽었지."

"맞아." 비타리가 또 입을 열기 전에 몬자가 퉁명스럽게 끼어들었다.

"무적의 여덟 기사단이 다섯 명으로 줄었고, 곧 네 명만 남게 되겠지. 그중 셋은 기사단을 별로 중요하게 생각하지 않을 테고."

몬자의 귀에 프렌들리가 속삭이는 소리가 들렸다. "여덟…… 다섯…… 넷…… 셋……."

마침 그 세 사람이 뒤따라 나타났다. 반짝이는 옷을 입은 그들의 가신들이 오리 세 마리가 물 위에 남긴 흔적처럼 그들을 따라가고 있었다. 기사단의 하급 단원이라 할 수 있는 푸란티의 공작 리로지오는 정교한 갑옷을 입고 더욱 정교한 콧수염을 자랑하며 으스대듯 지나갔다. 아포이아의 코타르다 백작 부인은 창백한 안색에 어울리지 않는 옅은 노란색 비단옷을 입고 있었다. 그녀의 첫 번째 애인이라는 소문이 있는 그녀의 삼촌이자 제1고문이 그녀의 어깨 가까이 붙어 뒤를 따랐다. 니칸테의 일등 시민인 파틴은 제일 마지막에 등장했다. 머리를 아무렇게나 풀어 헤친 그는 거친 천으로 만든 옷을 입고 매듭을 묶은 밧줄로 허리띠를 대신하고 있었다. 신분이 낮은 백성과 자신이 다르지 않다는 것을 보여 주기 위해서였다. 소문으로는 그가 비단 속옷을 입고 금으로 만든 침대에서 지내며, 그의 침대를 드나드는 여자도 끊이지 않는다고 했다. 권력가의 겸손이란 그런 것이었다.

코스카는 이미 위대한 행렬의 다음 볼거리에 집중하고 있었다. "세상에나. 저 젊은 신(神)들은 누구인가?"

누구도 부인할 수 없는 멋진 한 쌍이 지나가고 있었다. 그들은 흰색과 금색으로 조화롭게 차려입고 회색 말 한 쌍 위에 앉아 있었다. 노력 없이도 자신감이 넘쳐 보였다. 여자의 눈처럼 흰 드레스는 믿을 수 없을 정도로 길고 날씬한 몸에 우아하게 감겨 있었고, 반짝이는 실로 장식된 뒷자락이 등 뒤에서 물결처럼 퍼졌다. 남자는 거울처럼 광이 나는 금색 흉갑을 입고 커다란 보석이 하나 박힌 단순한 모양의 왕관을 쓰고 있었는데, 보석이 어찌나 큰지 수백 걸음 떨어져 있는 곳에서도 보석의 광채를 볼 수 있을 정도였다.

"왕족에게 걸맞은 치장이군." 그녀가 비웃었다.

"위엄마저 느껴질 정도야." 코스카가 덧붙였다. "무릎이 성했으면 무릎이라도 꿇고 싶군."

"연방의 왕, 존귀하신 폐하시네." 비꼬는 듯 느끼한 목소리로 비타리가 말했다. "그리고 그의 왕비도 왔고."

"테레즈야. 탈린의 보석이지. 반짝반짝 빛이 나지?"

"오르소의 딸이야." 몬자가 꽉 문 이 사이로 말했다. "아리오와 포스카의 누이. 연방의 여왕이자 왕실의 창녀가 되었지."

비록 스티리아 땅에서는 이방인이고 야심 뒤에 꿍꿍이를 숨기고 있다는 의심을 받는 데다 오르소의 딸을 아내로 맞이하기까지 했지만, 군중은 늙고 병든 자신들의 수상보다도 이 이방인 왕에게 훨씬 더 크게 환호하고 있었다.

군중은 뛰어난 지도자보다 외모가 뛰어난 지도자를 훨씬 선호한다. 바이알로벨드는 말했다.

"중립적인 중재자라고 보긴 힘들지." 코스카가 곰곰이 생각하며 볼을 부풀렸다. "오르소와 그의 핏줄에 너무 단단히 묶여 있어서 틈을 찾기 어려울 지경이니 말이야. 탈린의 남편이자 매제이자 사위잖나?"

"물론 본인은 자기 자신이 그런 세속적인 이해관계를 초월할 수 있다고 생각하겠지만." 국왕 내외가 점점 가까워지는 모습을 지켜보며 몬자의 입술이 잔뜩 일그러졌다. 그들은 마치 화려한 이야기책의 한 페이지에서 우연히 말을 타고 나와 칙칙하고 끈적한 도시로 이끌려 온 듯 보였다. 말에 날개만 달려 있으면 완벽한 환상 동화가 될 것 같았다. 날개를 붙일 생각을 왜 아무도 하지 못했는지 의아한 생각마저 들었다. 테레즈는 거대한 보석들이 박힌 화려한 목걸이를 하고 있었는데, 똑바로 쳐다보기 힘들 정도로 눈이 부시게 반짝이고 있었다.

비타리는 고개를 저었다. "한 명에게 얼마나 많은 보석을 둘러 놓은 거지?"

"곧 보석에 파묻히게 생겼네." 몬자가 으르렁거리듯 말했다. 그녀의 목걸이에 비하면 베나가 선물한 루비도 어린아이 장난감처럼 보일 지경이었다.

"질투는 끔찍한 거라네, 숙녀분들." 코스카가 프렌들리의 갈비뼈를 쿡 찔렀다. "내 눈엔 좋아 보이는구먼. 그렇지 않나, 친구?" 프렌들리는 아무 말이 없었다. 그러자 코스카는 시버스를 향해 물었다. "아닌가?"

북부 사나이는 곁눈질로 몬자를 흘끗 보다가 시선을 거뒀다. "나는 딱히 모르겠군."

"음, 참 무미건조한 한 쌍이란 말이지. 자네들처럼 피가 차가운 전사들을 만나 본 적이 없다네. 내가 전성기는 지났지만 자네들처럼 침울한 표정을 지을 정도로 가슴이 시들해지지는 않았네. 사랑에 빠진 청춘 남녀를 보면 아직 감동을 받는다니까."

몬자는 두 사람 사이에 그 정도로 불타는 애정이 있을지 의심했지만 적어도 그들은 서로를 향해 미소 짓고 있었다. "몇 년 전, 테레즈 자신조차 장차 여왕이 되리라는 생각을 못 했을 때, 베나는 저 여자와 잘 수 있다며 내기를 걸었어."

코스카가 한쪽 눈썹을 치켜올렸다. "자네 동생은 자기 씨를 널리 뿌리고 싶어 했지. 그래서 어떻게 되었나?"

"베나는 테레즈의 취향이 아니더군." 테레즈는 베나보다 몬자에게 훨씬 관심을 보였다.

여덟 기사단과 그의 측근들보다 훨씬 더 많은 인원이 국왕 내외를 뒤따르고 있었다. 저마다 장신구를 주렁주렁 찬 시녀들이 적어도 스무 명은 되는 듯했다. 무거운 털옷을 입고 어깨에 금색 사슬을 두른 미덜랜드, 앵글랜드, 스타릭랜드의 영주들 몇몇도 보였다. 그 뒤로는 무장한 병사들이 터덜터덜 걷고 있었는데, 말들이 일으킨 먼지 때문에 갑옷에 뿌연 얼룩이 져 있었다. 그들은 자기 주인이 일으킨 먼지에 숨도 제대로 쉬지 못하는 듯했다. 권력의 추악한 진실이었다.

"연방의 왕이라고?" 국왕 내외가 멀어지는 모습을 지켜보며 시버스가 혼잣말을 했다. "세상에서 가장 힘이 센 사람들이겠네?"

비타리가 코웃음을 쳤다. "그 위에도 누군가가 있죠. 모든 사람은 누군가에게 무릎을 꿇게 되어 있으니까. 정치는 잘 모르나 보죠?"

"뭘 모른다고요?"

"거짓말이요. 연방을 통치하는 사람은 크리플이죠. 온몸에 금을 두른 저 사람은 그의 꼭두각시일 뿐이고요."

코스카가 한숨을 쉬었다. "크리플처럼 생겼으면 마스크를 써야 하긴 하지……."

왕과 왕비가 지나가고 나자 사람들의 환호성이 천천히 잦아들었고, 그 뒤에는 음울한 침묵만 남았다. 금칠을 한 마차가 대로를 따라 내려가는 덜컹거리는 소리가 들릴 정도였다. 음울한 군인들 몇몇이 오와 열을 맞춰 길 양옆으로 쿵쿵거리며 지나갔다. 그들이 가진 무기는 연방 군인들 것보다 덜 반짝거렸지만 더 실용적이었다. 옷을 잘 차려입은 군중과 아무짝에도 쓸모없는 귀족들이 그 뒤를 따랐다.

몬자는 오른손을 꽉 움켜쥐었다. 부러져 잘못 붙은 뼈들이 안쪽에서 뒤틀렸다. 손가락에서 손바닥으로, 팔로 고통이 전해졌고, 입술이 음침한 미소로 뒤틀리는 것이 느껴졌다.

"저기 오는군." 코스카가 말했다.

아리오는 쿠션에 몸을 늘어뜨린 채 오른쪽에 앉아 있었다. 마차가 흔들릴 때면 몸도 따라 들썩거렸고 그때마다 나른한 얼굴에 특유의 짜증스러운 표정이 떠올랐다. 포스카는 형 옆에 앉아 창백해진 얼굴로 작은 소리에도 고개를 이쪽저쪽으로 홱홱 돌려 대고 있었다. 털 단장에 한창인 고양이와 방정맞은 강아지 한 마리도 나란히 동행하고 있었다.

고바는 아무것도 아니었다. 모티스는 단지 은행가일 뿐이었다. 오르소는 어떤 아쉬움도 없이 주변 인물을 새로운 얼굴로 바꿀 수 있는 사람이었다. 하지만 아리오와 포스카는 그의 아들들이었다. 소중한 혈육이자 미래였다. 만약 몬자가 그들을 죽일 수 있다면, 오르소의 배를 가르는 것 다음으로 가장 신나는 일이 될 것이었다. 아들들의 사망 소식을 들었을 때 그가 어떤 표정을 지을지 상상하며 몬자는 환하게 미소를 지었다.

전하! 아드님 두 분이…… 돌아가셨습니다…….

어디선가 튀어나온 고함이 정적을 갈랐다. "살인자들! 쓰레기 새끼들! 오르소의 사생아 놈들!" 아래 군중 사이에서 누군가 팔을 마구 허우적거리고 있었다. 군인들의 저지선을 뚫고 행렬 안으로 들어가려는 듯했다. "넌 스티리아의 치욕이야!" 분노에 차서 웅성거리는 소리가 점점 커졌고, 구경꾼들 사이에서 불안감이 점점 퍼져 나갔다. 소토리우스는 시파니를 중립이라고 선언했는지 모르지만 시파니의 시민들은 오르소와 그의 핏줄을 좋아하지 않는 모양이었다. 그가 여덟 기사단을 파괴하고 나면 시파니가 그다음 차례라는 사실을 사람들은 알고 있었다. 권력자들이란 늘 더 많은 것을 원하곤 하니까.

말을 탄 귀족들이 검을 뽑았다. 군중 가장자리에 서슬 퍼런 강철 날이 드리우자 나지막이 비명을 지르는 소리가 들렸다. 포스카는 거의 서 있다시피 몸을 일으켜 소란스러운 군중을 살폈다. 아리오는 구부정한 자세로 몸을 의자에 파묻은 채 무심하게 손톱을 살폈다.

소란이 가라앉았다. 마차가 달그락거리는 소리가 다시 들렸고 귀족들도 다시 대열을 갖췄다. 탈린 제복을 입은 군인들이 쿵쿵거리며 그들 뒤를 따랐다. 제일 끄트머리에 있던 군인들이 창고 지붕 아래를 지나쳐 거리 아래로 사라졌다.

"쇼가 끝났군." 한숨을 쉬며 난간에서 멀어진 코스카는 계단으로 통하는 문으로 향했다.

"영원히 계속됐으면 좋았을 텐데요." 비타리가 돌아서며 조롱하듯 말했다.

"천팔백열둘." 프렌들리가 말했다.

몬자가 그를 빤히 바라보았다. "뭐가?"

"사람들. 행렬에 있던."

"그런데?"

"왕비 목걸이에 있던 보석은 백다섯 개."

"누가 물어봤어?"

"아니." 프렌들리가 다른 사람들을 쫓아 계단으로 향했다.

자리에 혼자 남은 그녀는 거세지는 바람에 얼굴을 찌푸린 채 군중이 흩어지기 시작한 거리를 노려보면서 주먹을 꼭 쥐고 턱을 꽉 깨물었다.

"몬자." 혼자가 아니었던 모양이었다. 그녀가 돌아섰을 때 시버스가 불편할 정도로 가까운 거리에 서서 그녀를 똑바로 쳐다보고 있었다. 그는 어떤 말을 해야 할지 모르겠다는 듯 입을 뗐다. "그러니까…… 우리가…… 웨스트포트 이후로…… 물어보고 싶은 게 있는데……."

"안 묻는 게 나을 것 같은데." 그녀는 쌩하니 그의 앞을 스쳐 지나갔다.

작당 모의

니코모 코스카는 눈을 감고 미소가 지어진 입술을 핥았다. 그는 기대를 가득 품은 채 코로 숨을 깊이 들이쉰 다음 병을 들어 올렸다. 한 잔, 딱 한 잔, 딱 한 잔만. 이에 부딪치며 느껴지는 익숙한 기대감, 혀에 닿는 시원한 액체, 액체를 삼킬 때 부드럽게 움직이는 목 근육…… 이 액체가 물이 아니었다면 좋았을 것을.

그는 땀으로 흥건한 침대에서 조용히 일어나 와인을 찾기 위해 축축한 잠옷 바람으로 주방으로 내려갔다. 와인이 아니라도 사람을 취하게 만들 수만 있다면 오래된 오줌이라도 마실 작정이었다. 먼지 가득한 침실이 길을 달리는 마차처럼 흔들리지 않도록 만들 수 있는 무언가, 피부 밑을 기어다니는 개미를 사라지게 하고 지끈거리는 두통을 씻어내 줄 무언가가 있다면 어떤 대가라도 치를 수 있을 것 같았다. 변화 따위 개나 줘 버리라지, 머카토의 복수도.

모두가 침실에 있길 바랐던 그는 화로 앞에서 아침 식사로 먹을 죽을 끓이고 있는 프렌들리를 보고 좌절감에 몸서리쳤다. 하지만 프렌들리가 그곳에 있어 어쩐지 다행이라는 생각이 들었다는 것도 인정할 수밖에 없었다. 프렌들리에게서 느껴지는 침착한 분위기에는 마법 같은 힘이 있었다. 그는 완전히 없는 사람처럼 지낼 수 있었고 다른 사람들이 어떻게 생각하든 신경 쓰지 않았다. 그는 코스카조차도 조금은 평온하게 만들 수 있었다. 침묵하게 할 수는 없었지만. 실제로 코스카는 덧창 틈 사이로 첫 새벽빛이 들어온 이후로 끊임없이 말을 하고 있었다.

"……내가 이 짓을 왜 하고 있는 걸까, 프렌들리? 이 나이에 싸움이라니? 싸움이라니! 용병으로 일하면서도 나는 싸움을 좋아했던 적이 없었어. 그리고 내가 자만심 빼면 시체나 다름없는 모비어 같은 해충과 같은 편이라니! 독물학자가 웬 말인가? 그건 사람을 죽이는 가장 비열한 방법일세. 그리고 나는 알고 있지. 내가 군인의 첫 번째 규칙을 어기고 있다는 사실을 말일세."

프렌들리는 한쪽 눈썹을 치켜올린 채 천천히 죽을 저었다. 코스카는 자신이 왜 이곳에 왔는지 분명 프렌들리가 알 것이라 생각했지만, 그렇다 하더라도 그는 그 이야기를 꺼낼 만큼 예의가 없지는 않았다. 그는 전과자치고 놀랍도록 정중한 인물이었다. 감옥에서 예의를 모르면 목숨을 위협받을 수도 있어서일까. "첫 번째 규칙?"

"약한 자의 편에서는 싸우지 않아야 한다는 걸세. 나는 늘 오르소 공작을 온 마음을 다해 경멸해 왔지만 사람을 싫어하는 것과 실제로 행동에 옮기는 것 사이에는 엄청나게 크고 치명적일 수도 있는 차이가 있지." 그는 카도티의 별장 모형이 살짝 흔들리도록 탁자를 주먹으로 쿵 하고 쳤다. "특히 나를 한번 배신했던 여자의 편에 서다니……."

애증의 새장으로 계속 돌아갈 수밖에 없는 비둘기처럼 그의 머릿속에는 아피에리에서 헛되이 보낸 9년의 세월이 떠올랐다. 긴 언덕을 따라 질주하는 말들과 그 뒤에서 빛나던 태양이 보이는 듯했다. 세계 이곳저곳의 악취 나는 방과 싸구려 여인숙, 빈민가의 낡은 술집에서 수백 번은 떠올렸던 그림이었다. 기병이 점점 가까워지고 있을 때, 그는 꽤 실감 나는 연기라고 생각했다. 그래서 술에 취한 채 잘 진행되어 가는 연극을 보며 웃음을 지었다. 말을 탄 병사가 속도를 줄일 생각이 없이 질주해오는 모습을 보았을 때, 머리가 차갑게 식는 듯했던 느낌을 그는 아직도 기억했다. 들쭉날쭉 서 있던 자신의 병사들이 무자비하게 공격받는 모습을 눈앞에서 보는 것은 숨 막히는 공포 그 자체였다. 허겁지겁 말 등에 올라타 도망치던 순간, 분노와 무기력함, 혐오, 그리고 숙취가 한데 섞여 그를 휘감았다. 오합지졸 같던 그의 용병단은 뿔뿔이 흩어졌고, 그의 명성도 그들과 함께 사라져 버렸다. 그때의 분노, 무기력함, 혐오, 숙취는 그 이후로도 그림자처럼 그를 바짝 따라다녔다. 그는 올록볼록한 유리 물병에 왜곡되어 비친 자신의 망가진 얼굴을 향해 얼굴을 찌푸렸다.

"우리의 영광스러운 기억들은 전부 사라진다네." 그가 속삭였다. "얄팍하고 얼토당토않은, 여느 팔푼이들의 거짓말과 다를 게 없는 멍청한 이야깃거리로 전락해 버리지. 실패, 실망, 후회는 조금도 변하지 않은 채 날것 그대로 기억 속에 남아 있는 걸세. 내가 받아주지 않은 예쁜 여자의 미소. 다른 사람에게 누명을 씌운 사소한 잘못. 며칠, 몇 달, 몇 년을 괴로워하게 만든 군중 속에서 부딪힌 모르는 사람의 어깨 같은 것들 말이야." 그가 입술을 삐죽 내밀었다. "이게 바로 과거를 이루는 것들일세. 우리를 지금의 우리로 만드는 비참한 순간들이지."

프렌들리는 아무 말도 하지 않았지만, 코스카는 어떤 위로의 말을 들었을 때보다 더욱 자신의 이야기를 털어놓게 되었다.

"그리고 몬즈카로 머카토가 나를 배신했을 때보다 더 쓰라린 기억은 없단 말이지. 그녀가 복수하도록 돕는 게 아니라, 그녀에게 복수를 했어야 하는데. 몬자와 안디체, 세사리아, 빅투스, 그리고 천검단의 다른 배신자 친구들까지 모두 죽여야 마땅하지. 그러니까 대체 내가 여기서 뭘 하고 있단 말인가, 프렌들리?"

"말을 하고 있지."

코스카가 콧방귀를 뀌었다. "언제나 그랬듯이. 나는 여자가 끼면 판단을 잘하지 못한다니까." 그는 갑자기 너털웃음을 터뜨렸다. "사실 나는 어떤 일에서든 좋은 판단을 내리지 못한다네. 그래서 이렇게 흥분이 넘치는 삶을 살게 되었지." 그는 병을 탁자에 탁 내려놓았다. "개똥철학은 이쯤 하세! 결국 나는 기회가 필요했고, 변했어야 했고, 가장 중요한 것은 돈이 절실히 필요했던 거지." 그는 일어섰다. "과거는 엿이나 먹으라지. 나는 니코모 코스카라고, 젠장! 두려움 앞에서도 너털웃음을 터뜨리는 자가 바로 나라네!" 그는 잠시 말을 멈췄다. "나는 다시 자러 가야겠어. 프렌들리 선생, 정말 고맙네. 오래 알았던 사람들과 나눴던 것만큼 진솔한 대화였어."

프렌들리는 잠깐 동안 죽에서 눈을 뗐다. "몇 마디 하지도 않았소만."

"바로 그걸세."

*

모비어의 아침 식사는 그의 작은 침실 안 작은 탁자에 차려졌다. 침실은 그가 늘 경멸해 온 시파니의 불결한 구역에 있는 버려진 창고의 저장실로 쓰이던 2층 방이었다. 일그러진 그릇에 담긴 차가운 귀리죽, 낡은 컵에 담긴 김이 모락모락 나는 차, 이가 나간 유리잔에 담긴 미지근하고 시큼한 맛이 나는 물이 그의 아침 식사였다. 그 옆에는 다양한 약병 열일곱 개와 병, 단지와 상자 들이 가지런히 놓여 있었고, 각각의 용기에는 투명한 것부터 흰색, 칙칙한 담황색, 전갈 기름의 청록색까지 갖가지 색의 반죽과 액체, 가루가 담겨 있었다.

모비어는 마지못해 귀리죽을 한 숟갈 떠서 입에 넣었다. 맛이랄 게 없는 죽을 씹는 동안 그는 앞에 놓인 용기 네 개의 뚜껑을 열고 바늘집에서 반짝거리는 바늘 하나를 꺼내 첫 번째 용기에 넣었다 뺐다. 그 바늘로 손등을 찔렀다. 두 번째 용기에도, 세 번째 용기에도, 네 번째 용기에도 같은 과정을 반복했다. 그리고 혐오스럽다는 듯 바늘을 치웠다. 찔린 자국 중 하나에 맺힌 핏방울을 보며 인상을 썼다. 그는 그릇에서 죽 한 술을 더 떠 입에 넣은 다음, 의자에 등을 기대고 앉아 어지럼증이 밀려오는 동안 머리를 뒤로 늘어뜨리고 있었다.

"빌어먹을 라링크 용액!" 하지만 그래도 나중에 누군가의 악의나 사고에 의해 대량으로 약물이 투여되었을 때 뇌에 있는 모든 혈관을 터뜨리는 것보다는 매일 아침 약한 농도를 투여해 약간의 불쾌함을 느끼는 쪽이 나았다.

그는 짭짤한 죽을 억지로 한 입 더 삼켰다. 그러고는 뒤쪽에 놓여 있던 상자를 열고 겨자 뿌리 가루 약간을 떠서 한쪽 콧구멍을 막고 다른 쪽 콧구멍으로 들이켰다. 가루가 콧속을 태우는 느낌이 들자 그는 온몸을 부르르 떨었고 입속에 불쾌하게 얼얼한 느낌이 퍼지자 치아를 핥았다. 차를 한 모금 크게 들이켜 봤지만, 그마저도 생각보다 너무 뜨거워서 도로 뱉어낼 뻔했다.

"망할 겨자 뿌리!" 이제껏 사용할 때마다 경이로운 효과를 보여주기는 했지만, 그 끔찍한 물질을 손수 삼키는 게 즐거워지지는 않았다. 오히려 반대였다. 입에 남은 매운맛을 없애려고 물을 입안 가득 머금고 입속을 헹궜다. 하지만 앞으로 몇 시간 동안 코 뒤쪽에서 매운맛이 계속 배어나오리라는 사실을 그는 잘 알았다.

그는 다음 여섯 개의 용기를 일렬로 늘어세운 뒤 나사를 풀고, 코르크를 풀고, 뚜껑을 열었다. 안에 든 물질들을 한 번에 하나씩 삼킬 수도 있었지만, 오랫동안 같은 아침 식사를 해 온 그는 그것들을 차라리 한꺼번에 삼키는 것이 더 낫다는 사실을 깨닫게 되었다. 그래서 그는 물컵에 각각의 물질들을 용기에서 짜고 털어 내고 떨어뜨린 다음 숟가락으로 조심스럽게 저었다. 그러고는 마음을 가다듬고 구역질을 참으며 세 모금을 삼켰다.

모비어는 잔을 놓고 눈가에 맺힌 눈물을 닦은 다음 축축한 트림을 뱉어냈다. 잠시 메스꺼움이 올라왔다가 곧 가라앉았다. 그는 20년 동안 매일 아침 이 과정을 반복했다. 그런데도 아직까지 익숙해지지 않는다니…….

그는 몸을 던지다시피 창가로 가서 덧창을 활짝 열고 창밖으로 머리를 내민 다음 잔에 남은 액체를 창고 옆 지저분한 골목에다 뿌렸다. 그러고는 끙끙거리며 뒤로 물러나서 코를 따끔거리게 만드는 콧물을 팽 하고 푼 다음 비틀거리며 세면대로 향했다. 그는 세면대에서 물을 퍼 얼굴을 벅벅 문지른 다음 눈썹에서 물이 뚝뚝 떨어지는 채로 거울 속의 자신을 빤히 보았다. 가장 안타까운 사실은 이미 배배 꼬여 있는 내장 안으로 귀리죽을 더 밀어 넣어야 한다는 것이었다. 남들보다 더 뛰어난 사람이 되기 위해 받아들여야만 하는 달갑지 않은 희생 중 하나였다.

보육원의 다른 아이들은 그의 특별한 재능을 대수롭지 않게 생각했다. 스승인 악명 높은 무마인벡 역시 마찬가지였다. 아내 역시 그를 알아주지 않았다. 견습생들이라고 다르지 않았다. 그리고 이제 보니 가장 최근에 그에게 일을 맡긴 의뢰인 역시도 불편함을 감수하며 헌신하는 그를 인정하지 않는 것처럼 보였다. 절대 과장하지 않고 사실만을 이야기하더라도, 그녀를 위해 영웅적인 노력을 쏟아붓고 있는데 말이다. 방탕하기 짝이 없는 늙은 술고래 니코모 코스카가 그보다 더 존중을 받고 있었다.

"나는 끝났어." 모비어는 절망적으로 중얼거렸다. "주고 또 주기만 하고 아무것도 받지 못하는 건 이제 끝이야."

문에서 노크 소리가 들렸다. 데이의 목소리였다. "준비되셨나요?"

"거의."

"아래층으로 다들 모이고 있어요. 카도티의 별장에 간다고 하네요. 밑 작업을 하러요. 철저하게 준비해야 한다나 뭐라나." 입안에 뭔가가 가득 들어 있는 것 같은 목소리였다. 실제로도 그럴 테고, 만약 그렇지 않다면 오히려 놀라울 것 같았다.

"곧 따라가겠네!" 그는 멀어지는 그녀의 발소리를 들었다. 거장다운 그의 솜씨에 충분히 감탄하고, 그에 걸맞은 존경심을 보이며 그의 높은 기대치를 뛰어넘는 사람이 적어도 한 사람은 있었다. 그는 자신이 그녀에게 기술적으로도, 감정적으로도 깊이 의지하게 되었다는 사실을 깨닫게 되었다. 어쩌면 더 조심했어야 할지도 몰랐다.

하지만 비범한 재능을 가진 모비어 같은 사람도 모든 것을 자기 뜻대로 할 수는 없었다. 그는 긴 한숨을 내쉬고 거울에서 돌아섰다.

광대 겸 청부살인업자들이 창고 여기저기에 흩어져 있었다. 프렌들리는 자신을 포함해 총 스물다섯 명인 인원수를 이미 파악하고 있었다. 가부좌를 틀고 앉은 거키쉬 무용수 세 명 중 두 명은 기름진 검은 머리 위에 화려하게 장식된 고양이 가면을 올려 쓰고 있었다. 다른 한 명은 가면을 얼굴에 쓰고 가느다란 눈 구멍 안에서 어두운 눈동자를 반짝이며 칼날이 굽은 단검을 조심스럽게 문질러 닦고 있었다. 악단은 깔끔한 검은색 재킷을 걸치고 회색과 노란색 줄무늬 스타킹을 신고 있었다. 그들은 음표처럼 생긴 은색 가면을 쓰고 그럭저럭 합을 맞춰 둔 춤곡을 연습하고 있었다.

시버스는 어깨 부분에 털이 빠져 얼룩덜룩한 가죽 튜닉을 입고 한 손에는 커다란 원형 방패를, 다른 손에는 무거운 검을 든 채 악단 가까이에 서 있었다. 맞은편에는 얼굴 전체를 가리는 철 가면을 쓴 채 징이 박힌 장갑을 끼고 커다란 몽둥이를 들고 있는 그레이록이 서 있었다. 시버스는 자신이 어떻게 검을 휘두를 것이며 그레이록이 어떻게 반응해야 하는지 북부 말로 빠르게 설명하면서 축하연에서 선보일 연극을 연습하고 있었다.

곡예사인 바르티와 쿰멜은 몸에 딱 붙는 바둑판무늬 광대 옷을 입고 연방어로 말다툼을 하는 중이었고, 누구인지는 구분할 수 없지만, 둘 중 한 사람은 말하는 동안 짧은 단검을 열정적으로 흔들고 있었다. 인크레더블 론코는 춤추는 불꽃을 닮은 쨍한 빨강, 주황, 노랑으로 색을 칠한 가면을 쓰고 그들을 바라보고 있었다. 그 뒤에 서는 저글링 하는 곡예사가 반짝거리는 칼 여러 개로 허공을 채우는 중이었고, 그늘진 허공 위를 날아오른 칼들이 번쩍거리는 빛을 내며 그의 손으로 떨어졌다. 그 밖에도 상자에 기대어 쉬고 있거나 바닥에 가부좌를 틀고 앉아 있거나, 깡충깡충 뛰어다니는 사람도 있었고, 칼을 갈거나, 의상을 매만지는 사람도 보였다.

프렌들리는 코스카를 거의 못 알아볼 뻔했다. 코스카는 화려한 은색 수가 놓인 벨벳 코트를 입고 높은 모자까지 쓴 채 손잡이를 금으로 입힌 길고 검은 지팡이를 들고 있었다. 목에 일어난 붉은 발진은 분칠로 가렸고, 희끗희끗했던 콧수염도 끝이 동그랗게 말린 채 반짝거리는 왁스로 고정되어 있었다. 군화에서는 은은한 광택이 났고, 가면은 반짝거리는 거울 조각으로 장식되어 있었는데, 거울 조각들보다 가면 너머 그의 눈빛이 더 빛났다.

그는 무대 감독에 걸맞은 의기양양한 웃음을 지으며 으스대는 걸음걸이로 프렌들리를 향해 걸어왔다. "나의 동지, 안녕하신가. 오늘 아침 이야기를 들어 주어서 다시 한번 고맙네."

프렌들리는 미소를 보이지 않으려 애쓰며 고개를 끄덕였다. 코스카에게서 풍기는 유머러스한 분위기에는 마법 같은 힘이 있었다. 그는 쉼 없이 조잘거릴 수 있었고, 사람들이 자신의 말을 듣고, 웃고, 이해한다는 사실을 알았다. 프렌들리조차도 이야기를 하고 싶게 만드는 사람이었다.

코스카는 뭔가를 꺼내 들었다. 두 개의 주사위 모양으로 만들어져 숫자 1이 있어야 할 자리를 눈 구멍으로 뚫은 가면이었다. "오늘 밤, 주사위 놀이 테이블을 자네가 맡아 주면 좋겠는데."

프렌들리는 떨리는 손으로 가면을 받아 들었다. "아주 좋소."

아침 안개가 걷힐 무렵, 우스꽝스러운 분장을 한 그들 일행은 구불구불한 거리를 따라 걷고 있었다. 그들은 잿빛 골목을 지나 좁은 다리를 건너, 안개에 잠긴 죽어 가는 정원을 가로지른 다음 축축한 터널로 들어섰다. 발소리가 음울하게 울려 퍼졌다. 시파니에서 음험한 물길은 언제나 가까이에 있었고, 시버스는 코끝에 풍기는 운하의 짠 내에 인상을 찌푸렸다.

도시의 절반이 가면을 쓰고 특이한 의상을 입고 있었다. 다들 축하할 일이 있는 것처럼 보였다. 시파니의 귀족으로서 축하연에 초대되지 않은 사람들도 자기들만의 연회를 계획했고 그중 많은 이들이 일찍부터 판을 벌인 모양이었다. 별로 파격적이지 않은 의상을 입은 사람도 있었다. 그들은 휴일에 입는 코트와 드레스를 입고 눈만 가리는 밋밋한 가면을 쓴 차림이었다. 그런가 하면 완전히 파격적으로 변신한 사람들도 있었는데, 그들은 거대하게 부풀린 바지를 입거나 높은 구두를 신고, 금과 은으로 장식한 가면을 쓴 채 짐승처럼 으르렁거리거나 미치광이의 미소를 짓고 있었다. 그 모습에서 시버스는 결투장에서 싸우며 피 묻은 악마처럼 미소 짓던 블러디나인을 떠올렸다. 무엇으로도 긴장을 떨칠 수 없었다. 북쪽에서 즐겨 입던 털과 가죽으로 만든 옷을 입고 밥 먹듯 사용하던 무기들과 다를 게 없는 무거운 검과 방패를 들었지만 도움이 되지 않았다. 노란 깃털 옷을 입고 거대한 부리가 달린 가면을 쓴 무리가 성난 갈매기 떼처럼 꽥꽥거리며 옆을 지나쳐 갔다. 여전히 그는 긴장을 떨칠 수 없었다.

안개 속에서 흐릿하게 모습을 드러낸 길모퉁이 너머 광장에는 더 기이한 형상들이 보였다. 그들이 웃고 떠드는 소리가 목재 건물 사이 골목을 따라 울려 퍼졌다. 그들은 괴물과 거인 들 같았다. 던브렉의 안개 속에서 사신처럼 모습을 드러내던 피오드가 떠오르자 시버스의 손바닥이 따끔거렸다. 물론 그 기이한 형상들은 과장스러운 분장으로 본모습을 감춘 얼간이들일 뿐이었지만, 여전히 긴장이 됐다. 사람들에게 가면을 씌우면 이상한 일이 벌어진다. 사람들은 외모가 변하면 행동도 달라지는데, 가끔은 사람이 아닌 다른 무언가로 보이기도 한다.

사람을 죽일 계획이 아니었다고 하더라도 시버스가 좋아하지 않았을 광경이었다. 마치 지옥의 경계선에 세워진 마을에 악마들이 쏟아져 나온 듯했고, 그들이 평범한 사람들과 섞여 있는데도 이상하게 생각하는 사람이 없는 것 같은 느낌이었다. 그는 그들이 만날 모든 기묘하고 위험하게 생긴 사람들 중에서 가장 이상하고 위험한 사람들이 자기 무리라는 사실을 계속 상기해야 했다. 도시에 악마가 있다면 시버스 자신이야말로 가장 무시무시한 악마였다. 그 생각으로 위안을 삼으려 했지만, 곱씹어 보니 전혀 위안이 되지 않는 결론이었다.

"친구들, 이쪽일세!" 코스카가 축축하고 앙상한 나무 네 그루가 심겨 있는 광장을 가로질러 그들을 안내했다. 안개 속에서 한 건물이 어렴풋이 나타났다. 안뜰의 삼면을 둘러싼 목조 건물이었다. 지난 며칠 동안 그들이 머무는 창고 주방 테이블에 올려져 있던 바로 그 건물이었다. 완전무장 한 경비병 넷이 인상을 찌푸린 채 쇠창살 문을 지키고 있었다. 코스카는 군화 뒷굽이 딱딱 소리를 내도록 경쾌하게 계단을 뛰어올라 가 그들에게 다가갔다. "좋은 아침이오, 신사분들!"

"오늘 카도티의 별장은 휴장이오." 가장 가까이 있던 경비병이 퉁명스럽게 말했다. "오늘 밤에도 마찬가지고."

"저희한테는 아니지요." 코스카는 요란법석으로 옷을 입은 일행들을 향해 지팡이를 휘둘렀다. "우리는 오늘 밤 비공개 행사에 동원된 광대들입니다. 아리오 왕자의 연인이신 칼롯 댄 아이더 님께서 특별히 고르신 인물들이지요. 자, 신속히 문을 열어 주십시오. 오늘 밤을 위해 준비해야 할 것들이 많답니다. 자, 제군들, 꾸물거리지 말고 어서 들어가세나! 귀하신 분들을 즐겁게 해 드려야지!"

뜰 안은 시버스가 생각했던 것보다 넓었지만 세계 최고의 매음소굴이라기에는 무척 실망스러웠다. 이끼가 낀 자갈 바닥에 금칠이 떨어져 가는 낡은 테이블과 의자가 놓여 있었다. 한쪽 구석에는 와인을 숙성하는 통들이 아무렇게나 쌓여 있었다. 허리가 굽은 노인이 숱이 없는 빗자루로 뜰을 쓸고 있었고, 뚱뚱한 여자가 속옷처럼 생긴 무언가를 빨래판에 올려놓고 방망이로 마구 때리고 있었다. 지루한 표정으로 테이블에 둘러앉은 깡마른 여자 셋도 보였다. 한 명은 한 손에 펼쳐진 책을 들고 있었고, 다른 한 명은 손톱을 다듬으며 얼굴을 찡그리고 있었다. 마지막 여자는 의자에 구부정하게 앉아 점토로 만든 작은 파이프를 빨며 줄지어 들어오는 광대들을 지켜보고 있었다.

코스카는 한숨을 쉬었다. "대낮의 매음 소굴만큼 재미없고 덜 자극적인 것도 없지, 그렇지 않나?"

"그런 것 같군." 시버스는 곡예사들이 한쪽 구석에 자리를 잡고 번뜩이는 칼을 비롯한 도구들을 꺼내는 모습을 지켜보았다.

"난 창녀가 되는 것도 꽤 괜찮은 삶이라고 생각해 왔네. 적어도 성공한 매춘부라면 말일세. 쉬는 날이 있고, 일하러 불려 나가더라도 누운 채로 일할 수 있으니 말이야."

"명예롭지가 못하잖소." 시버스가 말했다.

"똥은 꽃이라도 자라게 하지. 명예는 그만큼도 쓸모가 없는걸."

"하지만 나이가 들어서 아무도 자기를 원하는 사람이 없으면 어쩝니까? 내가 보기에는 절망의 순간을 미루면서 후회만 남기는 삶 같군요."

코스카는 가면 뒤에서 애잔한 미소를 지었다. "우리 모두가 그렇지. 모든 직업이 다 똑같고 우리 일도 다르지 않아. 전투라고 부르든 살인이라고 부르든 말일세. 늙으면 자넬 원하는 사람이 없어진 다네." 그는 시버스를 지나쳐 지팡이를 휘두르며 뜰로 성큼성큼 걸어 들어갔다. "어쨌거나 우리는 모두 매춘부일세!" 그는 여자 세 명 앞을 지나며 주머니에서 화려한 천 조각을 꺼내 흔들고는 그들을 향해 허리를 숙였다. "숙녀분들. 뵙게 되어 영광이올시다."

"웃기는 노인네네." 시버스는 그중 한 명이 북부 말로 중얼거리는 소리를 들었다. 그녀는 다시 파이프를 물었다. 연주자들은 그들의 실제 연주만큼이나 징징거리는 불쾌한 소리를 내며 이미 악기를 조율하고 있었다.

마당 밖으로 이어지는 높은 출입문 두 개가 보였다. 왼쪽은 게임방으로, 오른쪽은 허스크 방으로 가는 문이었고, 각 문 너머로 계단실이 이어졌다. 그는 습기를 머금어 거무죽죽해진 쐐기 무늬 벽을 덮은 담쟁이덩굴을 따라 시선을 옮겨 일렬로 좁게 난 2층 창문들을 차례로 살폈다. 손님들을 접대하는 방들이었다. 그리고 지붕 바로 밑에 있는 색이 입혀진 커다란 유리창들을 올려다보았다. 가장 귀한 손님들을 위한 특실이었다. 그들의 계획대로라면 몇 시간 후 그 방에서 아리오 왕차와 그의 동생 포스카를 맞이할 예정이었다.

"어이." 누군가 어깨를 건드리자 그는 돌아섰고, 눈을 깜빡였다.

키 큰 여자가 뒤에 서 있었다. 그녀는 윤이 나는 검은 모피 가운을 어깨에 두르고 긴 팔에는 검은 장갑을 끼고 있었다. 한쪽으로 넘겨진 검은 머리칼이 부드럽게 찰랑거리며 흰 얼굴 위로 휘날렸다. 그녀는 크리스털 조각들로 장식된 가면을 쓰고 있었고, 가느다란 구멍 너머 반짝이는 눈으로 그를 바라보았다.

"어……" 벌집을 본 곰처럼 시선이 자꾸만 그녀의 가슴골로 떨어져서, 시버스는 애써 그녀의 가슴을 못 본 체해야 했다. "뭐…… 도울 일이라도……."

"모르겠네. 있으려나?" 립스틱을 바른 그녀의 입술 한쪽 끝이 비웃음과 미소가 반씩 섞인 채 씨익 올라갔다. 어쩐지 귀에 익은 목소리였다. 치마의 트임 사이로 허벅지에 남은 긴 분홍색 흉터의 끄트머리가 살짝 보였다.

"몬자?" 그가 속삭였다.

"내가 아니면 이렇게 멋지게 차려입은 사람이 당신 같은 사람한테 말을 걸 리가 있어?" 그녀는 그를 위아래로 훑어보았다. "추억이 되살아나네. 처음 만났을 때만큼이나 야만인 같아."

"내 말이 그 말이야. 당신은, 음……." 그는 적당한 단어를 찾으려 애썼다.

"창녀 같다고?"

"엄청 비싼 창녀."

"싸 보이는 건 싫거든. 나는 위층으로 가서 우리 손님들을 기다릴 거야. 일이 잘 풀리면 창고에서 보자고."

"그래. 잘 풀리면." 시버스의 삶에서 일이 잘 풀리는 경우는 많지 않았다. 그는 스테인드글라스 창문을 보며 눈살을 찌푸렸다. "괜찮겠어?"

"아리오쯤은 충분히 처리할 수 있어. 너무 기대되는걸."

"알아. 내 말은…… 내가 가까이에 있어야 할 것 같으면……."

"당신은 아래층 일이 잘 돌아가도록 하는 데만 집중해. 내 걱정은 내가 할 테니까."

"충분히 집중하고 있고, 그래도 걱정이 돼."

"당신이 낙관주의자인 줄 알았는데." 그녀가 멀어지며 어깨 너머로 내뱉었다.

"낙관주의자가 별로라고 설득할 때는 언제고." 그는 그녀의 등에 대고 중얼거렸다. 그녀가 그런 식으로 말을 툭 던지고 사라지는 게 못마땅했지만 전혀 말을 걸지 않는 것보다는 나았다. 그는 돌아서며 자신을 노려보는 그레이록을 발견했고, 거구의 사나이를 향해 신경질적으로 손가락질을 하며 말했다. "거기 그렇게 서 있지 말라고! 늙어 꼬부라지기 전에 빌어먹을 가짜 결투장을 표시해야 할 것 아냐!"

몬자는 매우 불편한 상태로 휘청거리며 도박장을 지났다. 코스카가 옆에서 걷고 있었다. 그녀는 높은 신발에 익숙하지 않았다. 맨다리로 바람을 맞는 것도 마찬가지였다. 코르셋은 거의 고문이나 마찬가지였다. 게다가 심지 두 개를 없애고 길고 가는 칼을 대신 넣는 바람에 한층 더 불편했다. 칼은 날 끝이 날개뼈 쪽으로, 자루는 허리의 가장 잘록한 부분 쪽으로 향하도록 넣어져 있었다. 발목과 무릎, 엉덩이가 이미 욱신거리고 있었다. 늘 그렇듯 허스크 생각에 마음 한구석이 간지러워졌지만, 애써 그 생각을 밀어냈다. 지난 몇 달 동안 충분히 고통을 견뎌 온 그녀였다. 아리오와 가까워질 수만 있다면 이 정도 대가는 얼마든지 치를 수 있었다. 비웃는 그의 얼굴에 칼날을 꽂을 만큼 가까워질 수만 있다면. 그 생각만으로도 그녀의 발걸음이 약간 가벼워졌다.

칼롯 댄 아이더가 방 끝에 있는 회색 덮개가 씌워진 카드 테이블 두 개 사이에서 그들을 기다리고 있었다. 그녀는 위대한 여제에게나 어울릴 법한 빨간 드레스를 입고 꼿꼿이 서서 위엄을 뽐내고 있었다.

"우리 둘을 좀 봐." 그녀에게 다가가며 몬자가 비웃듯 말했다. "군인 대장은 창녀 같은 차림을 하고 창녀는 여제 같은 차림을 하고 있네. 모두가 다른 사람이 되는 밤이군."

"정치가 그런 거지." 아리오의 정부가 코스카를 향해 인상을 썼다. "이쪽은 누구지?"

"아이더 마마님, 뜻밖의 영광에 몸 둘 바를 모르겠군요." 늙은 용병은 모자가 바닥에 떨어질 정도로 허리를 숙여 절을 했고, 그 바람에 땀이 송골송골 맺힌 우둘투둘한 민머리가 드러났다. "다시 만날 줄은 꿈에도 생각지 못했지요."

"당신!" 아이더가 차가운 눈으로 그를 응시했다. "당신이라면 이 일에 끼고도 남지. 하지만 다고스카에서 죽었다고 들었는데!"

"죽는 줄 알았지. 하지만 그냥 아주, 아주 취한 거였더라고."

"나를 배신한 다음 꽁무니를 뺄 방법을 못 찾을 정도로 취하진 않았나 본데."

늙은 용병은 어깨를 으쓱했다. "정직한 사람들이 배신을 당하면 눈물 나게 안타깝지. 하지만 배신자가 배신을 당했을 때는 떨칠 수 없는 생각이 있단 말이야……. 보편적 정의가 실현됐다고 해야 할까." 코스카는 아이더와 몬자를 향해 차례로 미소를 짓더니 다시 말을 이었다. "우리만큼 충성스러운 세 사람이 같은 편이라니, 이 일이 어떻게 끝날지 궁금해 미치겠군."

몬자는 이 일의 끝은 피바다일 것이라 생각했다. "아리오와 포스카는 언제 도착하지?"

"소토리우스의 대연회가 파하기 시작할 때쯤. 자정 무렵일 거야."

"우린 여기서 기다릴 거야."

"해독제 줘." 아이더가 쏘아붙였다. "내 할 일은 끝났잖아."

"아리오의 목을 확실히 베고 나면. 그 전에는 안 돼."

"일이 잘못되면?"

"우리랑 다 같이 죽는 거지. 그러니 일이 잘 끝나길 바라고 있어."

"당신이 날 죽게 내버려둘지도 모르잖아?"

"페어플레이 정신과 올바른 행동으로 명성이 자자한 이 몸을 믿어 보지 그래?"

당연히 아이더는 웃지 않았다. "다고스카에서 나는 옳은 일을 하려고 했어." 그녀는 자신의 가슴팍을 손가락으로 콕 찔렀다. "옳은 일을 하려고 그런 거라고! 사람들을 구하려고! 그래서 내가 어떻게 됐는지 봐!"

"옳은 일을 하면 어떻게 되는지 배웠겠네." 몬자가 어깨를 으쓱했다. "나는 그런 문제를 겪은 적이 없어서."

"당신한테는 우습겠지! 매 순간을 두려움 속에 사는 게 어떤 기분인지 알아?"

몬자가 그녀 쪽으로 한 발을 성큼 내딛자 아이더는 벽 쪽으로 물러났다. "두려움 속에 살아?" 몬자가 으르렁거렸다. 두 사람의 가면은 이제 거의 맞닿아 있었다. "나는 일생이 두려움이야! 그러니까 그만 징징대고 오늘 밤 연회에서 아리오랑 그 동생 놈한테 웃어 줄 생각이나 하라고!" 몬자는 거의 속삭임에 가까울 정도로 목소리를 낮췄다. "그리고 우리한테 데려와. 그놈이랑, 그 동생도. 내 말대로 해야 행복한 결말을 맞을 가능성이라도 그나마 생길 거야."

그러나 몬자는 알고 있었다. 몬자 자신도, 아이더도 행복한 결말은 거의 불가능하다고 생각한다는 사실을. 오늘의 축제에서 행복한 결말을 맞는 사람은 그리 많지 않을 것이었다.

데이는 나무판자가 조용히 비명을 지르는 소리가 들릴 때까지 마지막으로 한 번 더 송곳을 돌린 다음 조심스럽게 손에서 내려놓았다. 빛 한 줄기가 다락방의 어둠을 비집고 들어와 그녀의 뺨을 둥글게 비췄다. 그녀는 모비어를 바라보며 미소 지었다. 모비어의 머릿속에는 촛불 아래에서 어머니의 미소 짓는 얼굴을 바라보았던 달콤하면서도 씁쓸한 기억이 갑자기 떠올랐다. "뚫었어요."

감상에 젖어 있을 시간이 없었다. 그는 차오르는 감정을 삼키며 서까래만 밟도록 최대한 조심조심 발걸음을 옮겼다. 검은 바지를 입은 다리가 천장을 뚫고 나와 미친 듯이 버둥거리는 모습을 오르소의 아들들과 경비병들이 보게 된다면 야단이 날 터였다. 그는 두꺼운 몰딩을 따라 아래에서는 보이지 않을 작은 구멍을 냈고, 구멍을 통해 아래를 내려다보니 화려한 패널이 덧대진 벽과 두꺼운 구르컬산(產) 카펫이 깔린 바닥, 그리고 커다란 문 두 개가 보였다. 그에게서 가까운 문의 위쪽 나무 벽에 왕관이 새겨져 있었다.

"완벽한 위치군, 데이 양. 귀빈실이야." 이곳에서라면 방해받지 않고 두 문을 지키는 경비병들을 볼 수 있었다. 그는 재킷 쪽으로 손을 뻗다가 인상을 찌푸렸다. 허둥거리며 재킷 주머니들을 두드리던 그의 얼굴이 일순간 불안감에 휩싸였다.

"젠장! 취관 여분을 안 가져왔잖아! 만약에라도……."

"제가 만일을 대비해서 두 개 더 챙겼어요."

모비어는 한 손을 가슴팍에 갖다 댔다. "운명의 신이시여 감사합니다. 아니! 운명은 집어치워. 데이 양의 세심한 계획성에 감사해야지. 자네가 없었다면 어찌했을까?"

데이는 순박하게 옅은 미소를 지었다. "이 자리에 덜 똑똑한 조수와 함께 계셨겠지요. 조심 또 조심하셔야 해요."

"참으로 맞는 말일세." 그는 목소리를 낮춰 속삭였다. "저기 오는 군." 분칠을 하고 옷을 차려입은, 혹은 이 별장의 다른 여종업원들처럼 옷을 거의 벗다시피 한 머카토와 비타리가 가면을 쓴 채 나타났다. 비타리가 왕관 아래 문을 열었다. 머카토는 천장을 한번 쓱 보고 고개를 끄덕인 다음 그녀를 따라 들어갔다. "안으로 들어갔군. 여태까지는 계획대로야." 하지만 재앙이 일어날 시간은 앞으로도 충분했다. "뜰은 어떤가?"

데이는 배로 기어 지붕과 서까래가 만나는 다락방 가장자리로 가서 건물 중정이 보이도록 미리 뚫어 놓은 구멍을 살폈다. "손님을 맞이할 준비가 된 것 같은데요. 이제 어떻게 할까요?"

모비어는 작고 더러운 창문으로 살금살금 다가가 손날로 거미줄을 치웠다. 낡은 지붕 뒤로 해가 넘어가면서 '속삭임의 도시'를 뿌연 주황빛으로 물들이고 있었다. "소토리우스의 궁전에서 곧 가면무도회가 시작되겠군." 카도티의 별장 뒤쪽, 운하 저편에는 이미 푸른 저녁이 내려앉아 횃불이 켜져 있었고, 그늘에 잠긴 주택의 창문에서는 등불이 새어 나오고 있었다. 모비어는 짜증을 내며 손가락에서 거미줄을 털어 냈다. "우린 이 곰팡내 나는 다락에 앉아서 아리오 왕자가 도착할 때까지 기다려야지."

쾌락과 죽음

어둠이 내리자 카도티의 별장은 완전히 다른 세상이 되었다. 별장에는 따분한 현실이 흔적도 없이 사라지고 환상의 세계가 펼쳐졌다. 게임 방은 촛불 삼백열일곱 개로 환히 밝혀져 있었다. 찰랑찰랑 소리를 내며 샹들리에가 들어 올려질 때, 프렌들리는 갓을 씌워 반짝이는 촛대에 꽂은 초들이 몇 개나 되는지 숫자를 세 두었다.

게임 테이블 덮개도 모두 벗겨져 있었다. 딜러 중 한 명이 카드를 섞고 있었고, 다른 한 명은 자리에 앉아 방 안을 둘러보고 있었다. 또 다른 딜러는 카운터에 조심스럽게 칩을 쌓는 중이었다. 프렌들리도 그와 함께 속으로 칩을 셌다. 방 저편에서 나이 든 남자 한 명이 행운의 바퀴에 기름칠을 하고 있었다. 프렌들리가 확률을 계산해 보니 바퀴를 돌려 행운을 찾기는 힘들 것 같았다. 확률 게임의 묘한 점이었다. 확률은 언제나 플레이어에게 불리하도록 설계되어 있었다. 한 번은 확률을 이길 수 있을지 몰라도 결국에는 지게 되어 있는 것이다.

모든 것이 숨겨진 보물처럼 반짝거렸고, 그중에서도 여자들이 가장 반짝였다. 그들은 옷을 차려입고 가면을 쓰고 따스한 촛불 아래 인간이 아닌 무언가로 변해 있었다. 길고 가는 팔다리에는 기름과 분과 반짝이가 칠해져 있었고, 금칠을 한 가면의 눈 구멍 너머 눈동자들은 은밀하게 반짝였다. 입술과 손톱에는 치명적인 부상에서 흘러나오는 피처럼 검붉은 색이 칠해져 있었다.

공기에 낯설고 긴장되는 냄새가 가득 차 있었다. 세이프티에는 여자가 없었기 때문에 프렌들리는 지금 몹시 초조했다. 그는 계속 주사위를 굴리고 점수들을 더하며 자신을 달랬다. 점수는 이제 사천이백 하고도……

여자 한 명이 앞을 지나쳤다. 그녀의 펄럭거리는 드레스가 사부작사부작 소리를 내며 구르컬산 카펫을 쓸었고, 한 발짝 움직일 때마다 긴 맨다리가 드레스 밖으로 모습을 드러냈다. 이백 하고도……. 그의 시선이 그녀의 다리에 고정되었고, 심장이 빠르게 쿵쿵 뛰었다. 이백 하고도…… 스물여섯이었다. 그는 시선을 홱 돌려 다시 주사위를 쳐다보았다.

셋과 둘이 나왔다. 매우 평범하고 아무것도 걱정할 게 없다는 뜻이었다. 그는 몸을 꼿꼿이 세우고 자리에서 기다렸다. 창밖으로 보이는 뜰로 손님들이 하나둘씩 입장하고 있었다.

"어서 오십시오. 친구들! 카도티의 별장에 오신 것을 환영합니다. 자라나는 소년에게 필요한 거라면 없는 게 없답니다! 주사위와 카드, 소질과 운이 필요한 게임들은 이쪽에 마련되어 있습니다! 허스크를 피우며 어머니의 포근한 품을 느끼실 분들은 저쪽 문이고요! 와인과 술은 얼마든지 마련되어 있습니다. 코가 삐뚤어지게 마셔도 좋습니다! 뜰에는 밤새 공연이 펼쳐질 것입니다! 춤, 곡예, 음악…… 그리고 피의 낭만을 즐기시는 분들을 위해 약간의 폭력을 곁들인 연극도 선보일 예정입니다! 숙녀분들을 원하시면, 그…… 건물 곳곳에…….”

가면을 쓰고 분칠한 남자들이 뜰로 쏟아져 들어왔다. 별장 안은 이미 비싼 맞춤옷을 입은 사람들로 북적였고 시끌벅적하게 떠드는 소리가 허공을 가득 채웠다. 한쪽 구석에서 악단이 즐거운 곡조를 뽑아냈고, 다른 쪽 구석에서는 곡예사가 허공에 유리잔을 줄지어 던지고 받는 묘기를 펼치고 있었다. 인파들 사이로 요염하게 걸어 들어가 남자 한 명을 붙잡고 귓속말을 한 다음 그와 함께 건물 안으로 사라지는 여자들이 때때로 보였다. 당연히 그들은 위층으로 갔을 것이다. 코스카는 무척 궁금해졌다. 잠깐이라도…… 여자들과 시간을 보낼 수는 없을까?

“참으로 매혹적이십니다.” 호리호리한 금발 여자가 살랑거리며 앞을 지나자 그는 그녀를 향해 모자를 기울이며 속삭였다.

“손님한테나 집중해요!” 그녀가 사나운 얼굴로 으르렁거렸다.

“기분을 띄우려고 했을 뿐이오. 도움을 주려고.”

“돕고 싶으면 손님들 비위나 맞춰요! 나는 이미 상대해야 할 사람이 차고 넘치니까!” 누군가 그녀의 어깨에 손을 얹자 그녀는 빛나는 미소를 지으며 돌아서서 그의 팔짱을 끼고 어디론가 사라졌다.

"이놈들은 다 누구지?" 시버스가 그의 귀에 대고 웅얼거렸다. "삼사십 명은 되는 것 같군. 들은 것과 다른데. 무장한 놈이 몇 명 있을 테지만 싸울 생각은 없다고 하지 않았나? 이미 무장한 사람이 예상보다 두 배는 더 들어와 있다고!"

코스카는 미소 띤 얼굴로 북부 사나이의 어깨를 두드렸다. "그러게나 말일세! 파티를 열었는데 예상보다 손님이 많이 오면 신이 나지 않나? 인기가 많다는 소리니까 말이야!"

시버스는 하나도 즐거워 보이지 않았다. "우리가 인기가 많아서 그런 게 아닌 것 같은데! 이 사람들을 다 어떻게 통제한단 말이오?"

"내가 답을 알 거라 생각하나? 내 경험상 삶이 예상대로 흘러가는 경우는 거의 없다네. 우리는 상황에 맞춰 최선을 다해 행동하면 돼."

"경비병도 여섯 명 정도라고 하지 않았던가? 그럼 저 사람들은 누구요?" 시버스는 음울한 표정이 되어 한쪽 구석에 모여 있는 남자들 무리 쪽으로 고갯짓을 했다. 그들은 모두 누빔 재킷 위에 윤이 나는 흉갑을 입고 있었고, 진짜 철로 만든 아무 장식 없는 가면을 쓰고 허리에는 장검과 큰 칼을 차고 있었다. 턱 윤곽만 보아도 표정이 잔뜩 굳어 있다는 것을 알 것 같았다. 그들의 눈은 위협을 찾듯 신중하게 뜰을 훑고 있었다.

"흠." 코스카가 곰곰이 생각했다. "나도 그게 궁금했다네."

"궁금하다고?" 코스카의 팔을 붙잡은 시버스의 커다란 손에 불편할 정도로 힘이 실렸다. "궁금함이 언제쯤 불안으로 바뀔 예정입니까?"

"나는 궁금한 게 많네." 코스카가 자신의 팔에서 시버스의 손을 떼어 냈다. "하지만 참 웃기지. 무서움은 잘 타지 않는단 말이야." 그는 인파에 섞여 사람들의 등을 두드리고 술을 주문하면서 광대들의 쇼에 손가락질을 하고 기회가 보이면 농담을 던졌다. 그는 익숙한 삶 속에 있었다. 사치스럽고 위험하며 타락한 삶.

코스카는 노화, 실패, 배신, 그리고 멍청이처럼 보이는 것을 무서워했다. 하지만 싸우기 전에 겁을 먹은 적은 없었다. 코스카가 가장 행복했다고 기억하는 순간들은 전투가 시작되기를 기다리며 시간을 보낼 때였다. 다고스카의 성벽으로 구르컬의 군인들이 떼를 지어 진군하는 모습을 보았을 때, 제도 전투가 시작되기 전 시파니의 군부대가 배치되는 모습을 보았을 때, 뮈리스 성벽에서 적들이 출격해 오는 모습을 보며 말에 올라탔을 때, 그는 행복했다. 위험은 그에게 가장 좋은 즐길 거리였다. 그 순간, 앞날에 대한 걱정은 사라지고, 실패했던 과거의 기억은 지워졌다. 오직 현재의 영광만이 남았다. 그는 눈을 감고 공기를 들이켰고, 가슴 속에서 기분 좋게 따끔거리는 공기를 느끼며 손님들이 신이 나서 떠드는 소리를 들었다. 심지어 더 이상 술을 마시지 않아도 될 것 같았다.

눈을 번쩍 뜬 그는 정문으로 들어오는 남자 두 명을 보았다. 주위의 다른 사람들은 굽신거리며 분주히 움직여 그들을 위해 길을 텄다. 위대하신 아리오 왕자 저하는 진홍색 코트를 입고 있었는데, 손을 절대 쓸 일이 없으리라고 단정 짓기라도 한 듯 수놓인 코트 소매 아래로 비단 셔츠 소매가 길게 내려와 있었다. 그는 위쪽에 색색의 깃털이 둘린 금색 가면을 쓰고 있었다. 그는 별 감흥 없이 주변을 둘러보았고, 시선을 돌릴 때마다 가면에 달린 깃털이 공작의 꼬리처럼 물결치듯 움직였다.

"전하!" 코스카가 모자를 벗고 허리를 낮게 숙이며 절을 했다. "이렇게 찾아 주셔서 진심으로 온 마음을 다해 영광입니다."

"그러시군요." 아리오가 말했다. "내 동생도 함께 왔습니다." 그는 옆에 서 있는 남자를 향해 나른하게 손을 뻗었다. 무늬 없는 흰 옷을 위아래로 맞춰 입고 황금빛 태양을 반으로 가른 듯한 가면을 쓴 남자였는데, 코스카의 눈에는 어쩐지 불안하고 떨떠름해하는 것처럼 보였다. 가면 뒤 남자는 분명 포스카일 터였다. 턱수염이 그에게 꽤나 잘 어울렸다. "그리고 우리의 친구 설퍼 경도 함께 왔습니다."

"아아, 나는 여기 있을 수가 없다네." 특별한 특징이랄 게 없는 남자가 두 형제 뒤에서 나타났다. 곱슬머리에 단순한 정장을 입은 남자가 희미한 미소를 짓고 있었다. "할 일이 너무 많네. 평화가 조금도 허락되지 않는다니까?" 그는 코스카를 향해 미소 지었다. 밋밋한 마스크 구멍 너머로 보이는 눈동자가 한쪽이 파랑, 한쪽은 초록으로 각각 다른 색을 띠고 있었다. "오늘 밤 탈린으로 넘어가서 아버님과 이야기를 나눠야 합니다. 거키쉬 놈들을 자유롭게 둘 수는 없으니까요."

"그렇고말고요. 거키쉬 놈들은 지옥에나 가라고 하세요. 설퍼 경은 안전히 돌아가시고요." 아리오는 고개를 살짝 숙여 인사했다.

"조심히 가십시오." 포스카가 딱딱하게 말했고, 설퍼는 문 쪽으로 향했다.

코스카는 모자를 다시 머리에 눌러썼다. "귀하신 두 분은 어서 들어오시지요! 모든 오락거리를 즐기시고요! 원하시는 건 뭐든 하실 수 있습니다!" 그는 장난스러운 미소를 흘리며 그들에게 조심스레 다가섰다. "별장 꼭대기 층은 두 분만 쓰실 수 있답니다. 귀빈실에 깜짝 선물이라고 할 만한 특별한 오락거리가 준비되어 있지요."

"어이, 동생. 적당한 때를 봐서 걱정들을 한번 떨쳐 보자고." 아리오는 악단을 향해 눈살을 찌푸렸다. "맙소사, 아이더는 도대체 뭘 보고 악단을 뽑은 건가?"

점점 많아지고 있던 인파는 두 왕자가 지나갈 수 있도록 양쪽으로 갈라졌다. 으스대는 귀족 신사들 몇 명과 검을 차고 갑옷을 입은 음울한 분위기의 남자 넷이 그 뒤를 따랐다. 그들이 게임 방으로 통하는 문안에 들어서자 코스카는 그들의 반짝이는 등갑을 바라보며 인상을 찌푸렸다.

니코모 코스카는 두렵지 않았고, 거짓말이 아니었다. 하지만 무장한 남자들을 어느 정도는 진지하게 고려해야 마땅할 것 같았다. 어쨌든 몬자는 사람들을 통제해 달라고 했다. 그는 서둘러 정원 입구로 가서 밖에 서 있는 경비병 중 한 명의 팔을 툭 건드렸다. "오늘 밤 손님은 이제 됐네. 이미 만원일세." 그는 놀라는 경비병을 뒤로하고 문을 닫은 다음 잠금장치에 열쇠를 넣고 돌렸다. 그리고 열쇠를 조끼 주머니에 넣었다. 아리오 왕자의 친구 설퍼 경은 오늘 밤이 정문을 마지막으로 걸어 나간 행운의 사나이가 되었다.

그는 악단을 향해 한 팔을 올렸다. "친구들, 좀 더 활기 넘치는 음악을 연주하게! 손님들을 즐겁게 해 드려야지!"

모비어는 다락방의 어둠 속에 무릎을 꿇고 몸을 웅크린 채 지붕 처마 밑에서 별장 안뜰을 내려다보았다. 화려한 의상을 입은 사람들 무리가 모였다가 흩어지고 여기저기 돌아다니며 건물로 통하는 두 개의 문을 드나들었다. 그들은 등불이 만든 빛 웅덩이에서 반짝거리며 빛을 냈다. 상스러운 고함 소리와 속삭임, 형편없는 음악과 다정한 웃음소리가 밤공기 속에 울려 퍼졌지만 모비어는 전혀 즐겁지 않았다.

"왜 이렇게 많아?" 그가 속삭였다. "우리가 예상한 인원은 이거 반밖에 안 되는데. 뭔가…… 잘못됐어."

강렬한 불꽃 한 줌이 추운 밤공기를 가르며 솟구쳤고, 박수가 터져 나왔다. 저 멍청한 론코 녀석은 그 자신과 뜰에 있는 모든 사람의 목숨을 위험에 빠뜨리고 있었다. 모비어는 천천히 고개를 저었다. 저런 쇼를 보이는 게 좋은 생각이라면 그는 황제도 될 수 있을 것…….

데이가 조용히 그를 불렀고 그는 오래된 나무가 나직이 삐걱거리는 소리를 들으며 서까래를 가로질렀다. 그러고는 구멍에 눈을 갖다 댔다. "누군가 오고 있어요."

계단에서 여덟 명이 나타났다. 그들은 모두 가면을 쓰고 있었다. 윤이 반짝반짝 나는 흉갑을 입은 네 사람은 분명 경비병인 듯했다. 여자 두 명은 보나 마나 카도티의 별장에서 일하는 종업원들일 것이다. 모비어가 주목한 사람은 가장 마지막에 등장한 두 남자였다.

"아리오와 포스카예요." 데이가 속삭였다.

"의심할 여지 없이 그런 것 같군." 오르소의 아들들이 짧게 이야기를 나누는 동안 경비병들은 문 두 개 옆에 자리를 잡고 섰다. 곧 아리오가 포스카를 향해 과장스럽게 허리를 굽히며 키득거렸고, 그 소리가 다락 안까지 희미하게 울려 퍼졌다. 그는 귀빈실로 향하는 포스카를 뒤로한 채 양팔에 여자를 한 명씩 끼고 으스대며 복도를 걸어 반대쪽 문으로 향했다.

모비어가 인상을 썼다. "뭔가가 아주 심각하게 잘못됐어."

*

귀빈실은 어떤 바보의 상상 속 왕의 침실을 그대로 옮겨 놓은 방 같았다. 모든 물건에 눈이 아플 정도로 무늬가 있는 데다 금실과 은실로 화려하게 장식까지 되어 있었다. 네 모서리에 기둥이 세워진 거대한 침대에는 온통 붉은색 비단 침구가 깔려 있었다. 뚱뚱한 보관장은 색색의 술이 담긴 병들로 터질 것 같았다. 어두침침한 몰딩이 붙은 천장에는 찰랑찰랑 소리를 내는 거대한 샹들리에가 너무 낮게 걸려 있었다. 벽난로 가장자리는 과일 접시를 들고 있는 헐벗은 여자 두 명의 모습이 조각된 초록색 대리석으로 둘려 있었.

한쪽 벽에 걸린 거대하고 반짝거리는 액자에는 유별나게 가슴이 큰 여자가 냇가에서 목욕을 하는 모습이 그려져 있었는데, 즐거운 척하고 있는 것처럼 보였다. 몬자는 왜 여자 가슴 한 쪽이나 두 쪽을 드러내야 좋은 그림 취급을 받는지 이해할 수 없었다. 어쨌든 화가들은 그렇게 생각하는 듯했고, 그림에는 늘 젖꼭지가 보였다.

"빌어먹을 음악 때문에 머리가 다 아프네요." 비타리가 손가락 하나를 코르셋 아래에 쑤셔 넣어 옆구리를 긁으며 툴툴거렸다.

몬자는 고개를 옆으로 까딱했다. "난 저 거지 같은 침대 때문에 머리가 아파. 뒤에 붙은 벽지 때문에 더." 벽지는 끔찍하게도 하늘색과 청록색 줄무늬 위에 금색 별까지 그려져 있었다.

"한 대 피우고 싶게 만드네요." 비타리가 침대 옆 대리석 탁자에 놓인 상아색 파이프와 무늬가 새겨진 유리병에 담긴 허스크 덩어리를 가리켰다. 그 물건들은 애쓰지 않아도 몬자의 관심을 끌었다. 지난 한 시간 동안 몬자는 탁자에서 시선을 거의 떼지 못하고 있었다.

"일에나 집중해." 그녀가 재빨리 시선을 거두고 다시 문 쪽을 바라보며 쏘아붙였다.

"늘 그렇게 하고 있답니다." 비타리가 치마를 휙 끌어 올렸다. "이 빌어먹을 옷 때문에 쉽지는 않지만요. 도대체 누가……."

"쉿." 바깥 복도에서 발소리가 들렸다.

"손님들이야. 준비됐어?"

몬자가 엉덩이를 움직이자 칼자루가 허리 가장 잘록한 부분을 찔렀다. "이미 되돌리기엔 늦은 것 같지?"

"저들이랑 한번 하겠다고 마음먹으면 얘기가 다르죠."

"그냥 죽이는 걸로 하지." 몬자는 오른손을 창틀에 얹으면서 자신이 매력적인 자세를 취하고 있길 바랐다. 그녀의 심장이 쿵쿵거렸고, 맥이 뛰는 소리가 고통스럽게 귓가를 울렸다.

문이 끼익 하고 몹시 천천히 열리더니 남자 한 명이 방으로 들어왔다. 키가 큰 남자는 위아래 모두 흰옷을 입고, 떠오르는 태양의 반쪽을 닮은 황금빛 가면을 쓰고 있었다. 턱수염은 흠잡을 데 없이 손질되어 있었는데, 턱 밑에 남은 우둘투둘한 흉터를 완전히 가려주지는 못했다. 몬자는 그를 향해 눈을 깜빡였다. 그는 아리오가 아니었다. 포스카도 아니었다.

"젠장." 몬자의 귀에 비타리가 속삭이는 소리가 들렸다.

얼굴에 침을 맞은 듯, 익숙한 얼굴 하나가 갑자기 머릿속에 떠올랐다. 남자는 오르소의 아들이 아니라 사위였다. 위대한 평화를 이룩하려는 바로 그자, 연방의 고귀하신 국왕 폐하였다.

*

"준비됐나?" 코스카가 물었다.

시버스는 한 번 더 목소리를 가다듬었다. 이 빌어먹을 공간에 걸어 들어온 이후 계속 뭔가가 목에 걸린 것 같은 느낌이었다. "되돌리기엔 이미 늦은 것 같소."

늙은 용병의 미소가 더욱 환해졌다. "저놈들을 싹 다 죽이겠다고 마음먹으면 얘기가 다르지. 신사 숙녀 여러분! 잠시 안내말씀 드립니다!" 악단이 연주를 멈췄고, 톱을 켜는 것 같은 바이올린 소리만 마지막까지 남아 낑낑거렸다. 여전히 시버스의 기분은 나아지지 않았다.

코스카는 지팡이를 휘둘러 뜰 중앙에 표시해 둔 원 밖으로 사람들을 밀어냈다. "물러서 주십시오! 그렇지 않으면 큰 위험에 처하시게 됩니다! 우리 위대한 역사의 한 단편이 의심 가득한 여러분의 눈앞에서 펼쳐질 예정입니다!"

"여자 엉덩이는 언제 주무를 수 있지?" 누군가 소리쳤고, 사람들이 웃음을 터뜨렸다.

코스카는 지팡이 끝으로 남자의 눈을 뚫을 듯이 앞으로 뛰어들었다. "누군가 죽어 나가고 난 다음에!" 북소리가 쿵, 쿵, 쿵 울리기 시작했다. 사람들이 흔들리는 횃불 아래 원 모양으로 둘러섰다. 새와 짐승, 군인과 광대, 음산한 해골과 미소 짓는 악마 가면을 쓴 사람들이 불빛에 비쳐 보였다. 가면 뒤 남자들의 얼굴은 술에 취했거나, 지루해하거나, 화가 났거나, 호기심이 가득했다. 사람들 뒤쪽에선 바르티와 쿰멜은 한 사람이 다른 사람의 어깨를 딛고 올라가 위태롭게 서 있었고, 위에 올라간 사람이 누군지는 몰라도 드럼 박자에 맞춰 박수를 치고 있었다.

"여러분의 교양을 고찰하고, 의식을 고양하고, 향락을 제공하기 위하여······" 시버스는 코스카가 무슨 말을 하는지 도통 알아들을 수 없었다. "카도티의 별장이 여러분께 선사합니다······" 그는 거친 숨을 한번 들이쉬고 검과 방패를 들어 올리며 원을 향해 사람들을 밀고 들어갔다. "저 유명한 공포의 펜리스와······" 코스카는 반대쪽에서 원 안으로 느릿느릿 걸어 들어가는 그레이록을 향해 지팡이를 치켜들었다. "로젠 나인핑거스의 결투입니다!"

"손가락이 열 갠데!" 누군가 소리치자 술에 취한 웃음소리가 물결처럼 퍼져 나갔다.

시버스는 사람들처럼 웃을 수가 없었다. 그레이록은 진짜 피어드에 비하면 무서운 축에도 끼지 못했지만, 마음을 놓을 수 있는 외모도 아니었다. 집채만 한 덩치의 그는 머리통 왼쪽을 빡빡 깎고 검은색 철 가면을 쓰고 있었고, 거대한 왼팔에는 파란색 칠이 되어 있었다. 그의 커다란 주먹에 쥐어진 몽둥이는 엄청나게 무겁고 위험해 보였다. 시버스는 계속 자신이 그와 한편이라는 사실을 기억해내야 했다. 이건 다 연극일 뿐이다. 연극일 뿐이야.

"신사분들은 자리를 좀 만들어 주십시오!" 코스카가 소리쳤고, 거키쉬 무용수 세 명이 검은색 고양이 가면을 쓰고 원 가장자리에서 통통 튀며 나타나 사람들을 벽 쪽으로 몰았다. "피가 튈 수도 있으니까요!"

"좀 튀면 좋겠군!" 또 한 번 웃음이 터졌다. "멍청이 두 명이 춤이나 추는 꼴을 보자고 여기 온 건 아니거든!"

구경꾼들은 함성을 지르고 휘파람을 불고 야유를 했다. 야유하는 사람이 제일 많은 듯했다. 시버스의 계획대로라면 몇 분 동안 허공에 몽둥이질을 하며 원 주위를 뛰어다니다가 그가 그레이록의 팔과 옆구리 사이를 찌르면 그레이록이 돼지 피가 든 주머니를 터뜨릴 예정이었는데, 이 빌어먹을 귀족 나리들에게 박수를 받기는 힘들 것 같았다. 그는 진짜 결투를 기억했다. 칼레온 성벽 밖에서 벌어진 결투의 결과에 따라 북부의 운명이 결정될 예정이었다. 입김이 날 정도로 차가운 아침이었고, 결투장은 피바다였다. 칼즈들은 결투장 주변에 모여 방패를 흔들면서 고함을 지르고 울부짖었다. 그는 그들이 말도 안 되는 지금 이 상황을 봤다면 어떻게 생각했을지 궁금했다. 삶은 예상치 못한 방향으로 흐르기도 하는 법이다.

"이제 시작합니다!" 코스카가 군중들 사이로 뛰어들며 외쳤다.

그레이록은 우렁찬 고함과 함께 몽둥이를 거칠게 휘두르며 앞으로 돌진하더니 시버스를 힘껏 내리쳤다. 시버스가 때맞춰 방패를 들었지만 너무 강력한 일격에 바닥에 엉덩방아를 찧으며 넘어지고 말았고, 왼팔 감각이 사라진 것 같았다. 그는 눈썹 가장자리가 긁힌 채 검과 함께 바닥에 대자로 뻗었다. 눈을 정통으로 맞지 않아 다행이었다. 몸을 굴리자 조금 전 누워 있던 자리에 몽둥이가 떨어지며 돌 조각이 튀었다. 그가 땅을 기고 있는 동안에도 그레이록은 목숨을 걸고 싸우는 사람처럼 공격을 멈추지 않았다. 시버스는 늑대 소굴에서 벗어나려는 고양이처럼 품위라곤 없이 허둥거리며 몽둥이를 피해야 했다. 그들이 이렇게 치열하게 싸우기로 했던가? 그레이록은 관객들에게 기억에 남을 만한 구경거리를 선사하기로 작정한 듯 보였다.

"죽여라!" 누군가 웃었다.

"피를 좀 보여 달라고, 멍청이들아!"

시버스는 검 자루를 쥔 손에 힘을 더했다. 갑자기 나쁜 예감이 밀려왔다. 전보다 훨씬 나쁜 예감이었다.

주사위가 구르는 모습을 보면 마음이 가라앉는 프렌들리였지만 오늘 밤은 아니었다. 나쁜 예감이 밀려왔다. 전보다 훨씬 나쁜 예감이었다. 그는 주사위가 구르고 통통 튀고 빙글빙글 도는 모습을 지켜보았다. 주사위들이 달그락거리는 소리가 축축한 피부 속을 파고드는 것 같았다. 주사위가 곧 멈췄다.

"둘과 넷이오." 그가 말했다.

"나도 보이거든!" 초승달 모양 가면을 쓴 남자가 쏘아붙였다. "빌어먹을 주사위, 더럽게 안 도와주네!" 그가 신경질적으로 던진 주사위들이 반짝거리는 나무 탁자 위에서 통통 튀었다.

프렌들리는 인상을 쓰며 주사위를 집어 든 다음 다시 조심스럽게 굴렸다. "다섯과 셋이오. 하우스가 이겼소."

"지는 데 버릇 들겠군." 함선 모양 가면을 쓴 남자가 으르렁거렸고 그의 친구들 몇몇이 짜증을 내며 웅얼거렸다. 모두 취해 있었다. 취한 데다 멍청하기까지 했다. 하우스는 늘 버릇처럼 이기곤 했고, 애초에 게임장에서 확률 게임을 주최하는 것도 그 때문이었다. 하지만 그렇다고 하더라도 프렌들리가 그들을 가르칠 이유는 없었다. 방 끝에 있는 누군가가 행운의 바퀴에서 자신이 고른 숫자가 나오자 기뻐서 비명을 질렀다. 카드놀이를 하던 사람들 몇몇이 은근히 무시하는 듯한 태도로 박수를 쳤다.

"빌어먹을 주사위." 프렌들리가 카운터에 놓인 칩들을 모아 이미 잔뜩 쌓인 칩들 위에 더하는 동안 초승달 가면을 쓴 남자가 유리잔에서 와인을 한 모금 들이켰다. 그는 숨을 쉬기가 불편했다. 공기에 향수, 땀, 와인 냄새와 허스크 연기가 섞인 이상한 냄새가 짙게 배어 있었다. 그는 자신이 입을 벌리고 있다는 사실을 깨닫고 얼른 닫았다.

연방의 왕이 몬자와 비타리를 차례로 보고는 다시 몬자를 바라보았다. 잘생기고 위엄 있지만 몬자가 절대 반길 수 없는 사람이었다. 몬자는 자신이 입을 벌리고 있다는 사실을 깨닫고 얼른 닫았다.

"무시하는 건 아니지만, 두 사람 중 한 명만 남는 게 좋겠군요, 나는…… 검은 머리를 무척 좋아합니다." 그는 손으로 문을 가리켰다. "둘만 남겨 달라는 부탁에 기분이 나쁘지 않으셨으면 좋겠군요. 화대는 드리겠소."

"관대하기도 하셔라." 비타리가 몬자에게 곁눈질을 한 다음 보일 듯 말 듯 어깨를 으쓱했다. 자기가 놓은 덫에서 빠져나갈 방법을 절망적으로 찾는 몬자의 심장이 뜨거운 물에 빠진 개구리처럼 펄떡펄떡 뛰었다. 비타리는 벽에서 멀어져 문으로 성큼성큼 걸어갔다. 왕의 앞을 지나면서는 손등으로 왕의 코트 앞자락을 한번 쓸었다. "빨간 머리가 이렇게 아쉬울 때가." 그녀가 조롱하듯 말했다. 문이 딸깍하며 닫혔다.

"정말로……" 왕이 목소리를 가다듬었다. "만족스러운 방이오."

"만족시켜 드리기가 쉽네요."

그는 코를 킁킁거리며 웃었다. "내 아내는 그렇게 생각하지 않을 텐데."

"남편 칭찬하는 아내가 흔치는 않죠. 그래서 다들 여길 찾고요."

"오해했군. 그녀는 내게 내린 축복이오. 지금 셋째를 가졌고, 그래서…… 하긴, 이런 이야기는 관심이 없겠군."

"무슨 이야기를 하든 흥미롭게 들어 드리죠. 그러라고 화대를 받았으니."

"물론이오." 왕이 긴장한 듯 손을 비볐다. "술을 한잔하는 게 좋겠소."

그녀는 보관장 쪽으로 고갯짓을 했다. "술은 저쪽입니다."

"한잔하시겠소?"

"아니요."

"당연하지. 왜 술을 마시겠소?" 병에서 와인이 흘러나오는 꼴꼴 소리가 들렸다. "당신한테는 새로울 게 전혀 없을 텐데."

"그렇죠." 마지막으로 창녀로 분장해 왕과 한방에 단둘이 남겨진 때가 언제인지 기억이 나지 않았지만 그녀가 대답했다. 그녀는 둘 중에 하나를 선택할 수 있었다. 그와 함께 침대에 눕거나, 그를 죽이거나. 둘 다 별로 내키지 않았다. 아리오를 죽이는 것만 해도 큰일이었다. 연방의 왕이자 오르소의 사위인 그를 죽여 버리면 훨씬 일이 복잡해질 터였다.

어두운 길 두 갈래 앞에 섰을 때, 장군이라면 더 밝은 쪽을 택해야 한다. 스톨리쿠스는 말했다. 그녀는 스톨리쿠스가 이런 상황을 상상한 적이나 있을지 의문이었지만, 어쨌든 달라질 건 없었다. 그녀는 한 손을 가장 가까운 침대 기둥으로 뻗은 다음, 몸을 낮춰 번쩍거리는 침구 위에 어색한 자세로 앉았다. 그녀의 시선이 허스크 파이프를 향했다.

어두운 길 두 갈래 앞에 섰을 때, 장군이라면 세 번째 길을 찾아야 한다. 파란스는 말했다.

"긴장하신 것 같네요." 그녀가 웅얼거렸다.

왕은 침대 발치까지 다가왔다. "이런 곳에 온 지가…… 아주 오래

됐다는 사실을 고백해야겠군."

"마음을 진정시킬 무언가가 필요하겠네요." 그녀는 그가 거절할 새도 주지 않고 등을 돌린 다음 파이프를 채웠다. 준비하는 데는 그리 오래 걸리지 않았다. 어차피 그녀가 매일 밤 하는 일이었다.

"허스크요? 내가 할 수 있을지……."

"이것도 아내의 허락이 필요하신가요?" 그녀는 그를 향해 파이프를 내밀었다.

"물론 아니오."

그녀는 자리에 서서 등잔을 들어 올린 다음 그에게서 눈을 떼지 않은 채 파이프볼에 불을 붙였다. 그는 첫 한 모금을 들이켜고 바로 기침을 뱉었다. 그리고 두 번째 모금은 좀 더 안정적으로 들이켜더니, 세 번째 모금은 완전히 속으로 들이켰다가 뿌연 연기 기둥을 내뿜었다.

"당신 차례요." 그가 끅끅거리면서 그녀의 손에 파이프를 쥐여 주며 침대에 털썩 주저앉았다. 담배통에서 아직 구불구불하게 피어오르는 연기가 그녀의 코를 간지럽혔다.

"저는……" 그녀는 허스크를 간절히 원했다. 너무 하고 싶어서 몸이 덜덜 떨릴 정도였다. "저는……." 바로 여기, 그녀의 손안에 허스크가 있었다. 하지만 지금은 자신의 욕구를 채울 때가 아니었다. 평정심을 유지해야 했다.

그가 입꼬리를 씩 올리며 바보 같은 웃음을 지었다. "당신은 누구의 허락이 필요하시오?" 그가 꺽꺽거렸다. "누구한테도 말하지 않겠다고 약속…… 엇."

그녀는 벌써 회갈색이 된 가루에 불을 붙이고 깊이 한 모금을 빨아들이며 연기가 폐 속을 채우는 느낌을 음미하고 있었다.

"빌어먹을 군화." 윤이 나도록 닦인 신발을 잡아당기며 왕이 말했다. "맞지도 않는데 말이지. 군화에…… 100마르크를…… 썼으면…… 신었을 때……." 군화 한쪽이 휙 날아가 벽에 부딪혀 자국을 남기며 떨어졌다. 몬자는 서 있기가 힘들어졌다.

"한 번 더 하세요." 그녀가 파이프를 건넸다.

"그게…… 왜 안 되겠소?" 몬자는 활활 타오르는 등불을 빤히 바라보았다. 등불은 때로는 은은하게, 때로는 화려하게 세상 모든 귀중한 보석들의 색을 흉내 내며 타올랐다. 주황빛을 내던 허스크 덩어리는 초콜릿 같은 갈색으로 변했다가 화려한 빨간색으로 타오르더니 쓸모없는 회색 재가 되었다. 왕은 그녀의 얼굴에 달콤한 향이 나는 연기를 길게 뿜어냈고, 그녀는 눈을 감고 연기를 들이마셨다. 허스크 연기가 가득 채워진 머릿속이 점점 부풀어 올라 곧 터질 것 같았다.

"이런."

"예?"

그는 주위를 둘러보았다. "저건…… 꽤나……."

"네. 맞습니다." 방 안이 빛나고 있었다. 통증이 느껴지던 다리는 기분 좋게 간질거렸다. 맨살갗이 찌릿찌릿하면서 콕콕 쑤셨다. 그녀가 털썩 주저앉자 엉덩이 밑에서 매트리스가 삐걱거리는 소리를 냈다. 매음 소굴의 못생긴 침대에 연방의 왕과 단둘이 걸터앉아 있게 되다니. 이보다 편안할 수 있을까?

왕이 느릿느릿 입술을 핥았다. "내 아내. 여왕 말이오. 당신도 알 거요. 내가 말했나? 그 사람이 여왕이오. 그 사람은 사실……."

"폐하의 아내분은 여인을 좋아하시지요." 몬자는 자신이 그 말을 했다는 사실을 한 박자 느리게 깨달았다. 그러고는 폭소를 터뜨렸고, 입술 위까지 흐른 콧물을 닦았다. "여인을 많이 좋아하시지요."

가면 눈 구멍 너머 보이는 왕의 눈이 분홍색으로 변해 있었다. 몬자의 얼굴을 바라보는 그의 눈동자가 느릿느릿 흔들렸다. "여자? 우리가 무슨 이야기를 하고 있었지?" 그는 몸을 앞으로 기울였다. "나는 이제…… 긴장이…… 풀렸소." 그는 몬자의 다리에 어설프게 손을 얹었다. "나는…… 그러니까……." 그는 눈을 까뒤집으며 침대에 대자로 털썩 쓰러졌다. 그의 고개가 천천히 옆으로 기울어지면서 가면이 비뚤어졌다. 곧 움직임이 없어지더니 몬자의 귀에 나직하게 코고는 소리가 들려왔다.

침대에 누운 그는 매우 평온해 보였다. 그녀는 눕고 싶었다. 그녀는 늘 생각하고, 생각하고, 걱정하고, 또 생각했다. 좀 쉬어야 했다. 그럴 자격이 충분했다. 하지만 뭔가가 마음에 걸렸다. 먼저 할 일이 있을 것 같았다. 뭐지? 그녀는 불안하게 휘청거리며 두 발을 딛고 일어섰다.

아리오.

"어, 그거네." 그녀는 침대에 뻗어 있는 국왕 폐하를 뒤로하고 문으로 향했다. 방이 이쪽저쪽으로 기울어 중심을 잘 잡아야 했다. 교활한 새끼. 그녀는 몸을 숙여 굽이 높은 신발 한쪽을 벗어 던졌고, 옆으로 휘청거리다가 거의 넘어질 뻔했다. 그러고는 다른 쪽 신발을 던졌다. 신발은 물속으로 가라앉는 닻처럼 공중에 한참을 붕 떠 있었다. 그녀는 문 쪽을 바라보기 위해 안간힘을 써 눈을 부릅떴다. 그녀와 바깥세상 사이에 파란색 유리 모자이크 벽이 있었고, 그 뒤에 켜진 촛불이 시야에 길고 뿌연 잔상을 남기고 있었다.

모비어는 데이를 향해 고개를 끄덕였고, 그녀도 그를 향해 고개를 끄덕였다. 희미한 어둠 속 새카만 형체가 몸을 웅크렸고, 한 줄기의 약한 푸른 빛에 그녀의 미소가 드러났다. 그녀 뒤에 보이는 대들보와 널빤지, 서까래는 모두 희미한 빛에 가장자리만 간신히 드러난 검은 윤곽이었다. "귀빈실 앞에 있는 두 사람은 내가 처리하지." 그가 속삭였다. "자네는…… 다른 둘을 처리하게."
"네. 하지만 언제요?"
다른 무엇보다 언제가 가장 중요한 문제였다. 그는 취관을 손에 든 채 구멍에 눈을 갖다 댔고, 엄지손가락으로 초조하게 다른 손가락 끝을 문질렀다. 귀빈실 문이 열렸고 비타리가 경비병들 사이에서 나타났다. 그녀는 얼굴을 찌푸리며 위를 쳐다보더니 복도를 걸어 내려갔다. 머카토나 포스카, 다른 사람들의 기척은 느껴지지 않았다. 이것 역시 모비어가 알고 있던 계획에는 없던 일이었다. 하지만 어쨌든 경비병들을 죽여야 했다. 그 일을 위해 돈을 받았고, 그는 언제나 계약된 임무를 수행하는 사람이었기 때문이었다. 바로 그런 점이 니코모 코스카 같은 음탕한 작자와 그가 가진 여러 가지 차이점 중 하나였다. 하지만 언제, 언제라…….
모비어가 얼굴을 찌푸렸다. 귀에 무언가를 씹는 소리가 들린 것 같았다. "뭘 먹고 있나?"

"그냥 빵이요."

"당장 그만둬! 우린 일을 하는 중일세! 내가 생각을 하고 있지 않나! 전문성을 눈곱만큼이라도 갖추는 게 그렇게 힘든가?"

무능한 악단이 뜰에서 연주하고 있는 엉터리 음악과 함께 시간이 계속 흐르고 있었다. 하지만 경비병들이 몸을 양옆으로 흔들며 나는 소리 말고는 아무 기척도 들리지 않았다. 모비어는 천천히 고개를 저었다. 이런 경우에는, 대부분의 경우가 그렇지만 지금이나 나중이나 별 차이가 없었다. 그는 숨을 깊이 들이쉬고 취관을 입에 가져다 댄 다음, 자신이 맡은 목표물 중 더 먼 쪽을 향해 취관을 조준했고……

아리오의 방문이 활짝 열렸다. 여자 둘이 나타났고 그중 한 명은 여전히 치마 매무새를 정리하고 있었다. 모비어는 숨을 참고 볼을 부풀렸다. 두 여자는 문을 당겨 닫고 복도를 따라 내려갔다. 경비병 중 한 명이 다른 한 명에게 뭐라고 말을 하더니 웃음을 터뜨렸다. 모비어가 취관을 불자 웃음소리가 뚝 끊겼다.

"아야!" 가까이 있던 경비병이 머리 위에 한 손을 얹었다.

"뭐야?"

"뭔가…… 모르겠어. 쏘인 것 같아."

"쏘여? 뭐에……" 다른 경비병도 곧 자기 머리를 문질렀다. "빌어먹을!"

첫 번째 경비병이 머리카락 사이에서 침을 찾아내 빛 아래 비쳤다. "바늘이야." 그는 더듬더듬 자신의 검으로 손을 뻗더니 곧 비틀거리며 뒷걸음질을 치다가 벽에 등을 기대고 주저앉았다. "좀 어지럽……."

두 번째 경비병은 불안하게 한 걸음을 내딛더니 허공으로 손을 뻗었다. 그러고는 팔을 뻗은 자세 그대로 바닥에 얼굴을 박고 쓰러졌다. 모비어는 만족스러운 듯 고개를 살짝 끄덕이고는 취관을 손에 든 채 구멍 두 개 위에 몸을 웅크리고 있는 데이를 향해 살금살금 기어갔다.

"성공했나?" 그가 물었다.

"당연하죠." 그녀는 다른 손에 들고 있던 빵을 한 입 베어 물었다. 모비어는 구멍으로 아리오의 방 앞에 서 있던 경비병 두 명이 움직임 없이 주저앉아 있는 모습을 확인했다.

"잘했네, 데이 양. 하지만 아쉽군, 우리에게 맡겨진 일이 이 정도뿐이라니." 그는 도구들을 챙기기 시작했다.

"일이 어떻게 흘러가는지 좀 더 지켜볼까요?"

"그럴 필요가 뭐가 있나. 우리는 저들이 죽기를 바랄 뿐이고, 사람이 죽는 건 전에도 여러 번 봤네. 자주 봤지. 믿어도 좋아. 죽음은 다 거기서 거길세. 밧줄을 가지고 있나?"

"물론이죠."

"도망칠 방법은 빨리 마련할수록 좋지."

"조심 또 조심해야 하니까요."

"아주 맞는 말일세."

데이는 짐에서 밧줄을 풀어 한쪽 끝을 대들보에 묶었다. 그러고는 한 발을 들어 작은 창을 틀에서 떨어뜨렸다. 모비어는 건물 옆으로 흐르는 운하에 창문이 풍덩 하고 떨어지는 소리를 들었다.
"아주 잘했네. 자네가 없었으면 어찌했을까?"

*

"죽어!" 그레이록은 결투장을 가로질러 시버스에게 돌진하며 거대한 나무 몽둥이를 머리 위로 높이 들어 올렸다. 시버스는 관객들과 함께 숨을 들이쉬었고 가까스로 몸을 피했다. 몽둥이가 일으킨 바람이 얼굴에 느껴졌다. 그는 거대한 남자를 엉거주춤하게 껴안듯이 붙잡았고, 두 사람은 휘청거리며 원형 결투장을 벗어났다.
"젠장, 대체 뭐 하는 거야?" 시버스가 그의 귀에 대고 속삭였다.
"복수다!" 그레이록은 시버스의 옆구리에 주먹을 날려 그를 멀찍이 떼어 냈다.
비틀거리며 밀려난 시버스는 중심을 잡으면서 자신이 그에게 앙갚음을 당할 만한 짓을 한 적이 있는지 머리를 쥐어짰다. "복수? 대체 뭐에 대한 복수를 말하는 거지?"
"어프리스에서 기억 안 나?" 그가 거대한 발을 한번 구른 후 몽둥이로 때리는 시늉을 하자 시버스는 뒤로 물러나 방패 너머로 그를 살폈다.
"뭐? 거기서는 죽은 사람도 없는데!"
"확실해?"
"부두에서 죽은 사람이 몇 명 있긴 했지만……."
"내 동생이었어! 겨우 열네 살이었다고!"

"그건 내가 한 게 아니야, 이 멍청아! 블랙다우가 죽인 거라고!"

"블랙다우는 지금 여기 없지. 어머니께 누구라도 대가를 치르게 하겠다고 맹세했어. 너도 그 일에 책임이 있으니 난 네놈을 죽여야겠어!" 시버스는 소녀 같은 비명을 지르며 뒤로 물러나 거칠게 날아오는 몽둥이를 한 번 더 피했고, 주변에 있던 구경꾼들이 환호하는 소리가 들렸다. 그들은 진짜 결투장의 관중만큼 피에 굶주린 듯했다.

결국, 복수였군. 그레이록이 양날의 검을 뽑은 셈이었다. 놈이 언제 그에게 그 검을 휘두를지 그로서는 전혀 알 수 없었다. 시버스는 몸을 일으켰다. 방금 날아온 몽둥이에 뺨이 긁혀 피가 흘러내리고 있었다. 그는 이 상황이 너무 불공평하다고 생각했다. 형이 늘 이야기했던 대로 옳은 일을 하려고 노력한 그였다. 더 나은 사람이 되고 싶었다. 아니었던가? 선한 마음을 먹은 결과가 이거라니. 결국 시궁창에 빠지게 되다니.

"하지만…… 난 최선을 다했어!" 그는 북부 말로 외쳤다.

그레이록은 가면의 입 구멍으로 침을 뱉었다. "내 동생도 마찬가지야!" 그가 시버스에게 돌진해 몽둥이를 세차게 휘둘렀다. 시버스는 몸을 돌려 몽둥이를 피한 다음 방패를 홱 들어 올려 가장자리로 그레이록의 턱을 올려 쳤다. 그는 피를 튀기며 휘청휘청 뒤로 물러났다.

시버스의 자존심은 여전했다. 자신을 위해 지켜 왔던 자존심이었다. 좋은 놈 나쁜 놈도 구분할 줄 모르는 덩치만 큰 얼간이한테 밀려 진흙탕을 구를 수는 없었다. 시버스는 고향 북부에 살던 시절,

전투가 한참 치열하게 벌어지고 있을 때처럼 목구멍에서 끓어오르는 분노를 느꼈다.

"복수라고?" 시버스는 고함을 쳤다. "복수가 뭔지 보여 주지!"

코스카는 시버스가 방패로 그레이록의 일격을 막고 옆으로 휘청거리는 모습을 보며 눈살을 찌푸렸다. 그는 북부 말로 살기가 느껴지는 몇 마디를 으르렁거리고는 공중에 검을 휘둘렀고, 손가락 한 마디 차이로 그레이록을 놓쳤다. 머리 위로 들어 올린 검이 구경꾼들 사이를 가르자 구경꾼들은 잔뜩 겁을 먹은 채 허둥지둥 비켜섰다.

"멋진 공연이야!" 누군가 헛소리를 지껄였다. "진짜 같군! 내 딸 생일에도 고용해야……."

사실이었다. 시버스는 멋진 공연을 선보이는 중이었다. 지나치게 훌륭한 공연이었다. 두 사람은 서로를 노려보며 결투장을 빙글빙글 돌았고, 때때로 둘 중 한 명이 한 걸음 앞으로 나가는 시늉을 하거나 허공에 무기를 찔렀다. 분노에 찬 두 남자는 조금만 실수해도 목숨을 잃을 수 있다는 사실을 잘 알고 신중하게 움직였다. 시버스의 피에 젖은 머리카락이 옆얼굴에 들러붙어 있었다. 그레이록의 가죽옷 가슴팍 부분에는 긁힌 자국이 나 있었고, 턱은 시버스의 방패 가장자리에 맞아 상처가 나 있었다.

구경꾼들의 외설적인 고함 소리가 멈추고 탄성을 지르는 소리와 숨을 들이쉬는 소리가 그 자리를 채웠다. 구경꾼들은 더 가까이 보고 싶은 마음에 앞으로 다가섰다가, 위협적으로 휘둘리는 무기를 피해 뒤로 물러서면서도 굶주린 듯한 눈빛을 투사들에게 고정하고 있었다. 그들은 뜰 안 공기가 심상치 않다는 것을 느꼈다. 거대한 폭풍이 오기 전 무거워지는 하늘처럼, 진짜 살기 어린 분노가 그들 머리 위에 드리워지고 있었다.

악단은 전투 음악으로 쓰기에 완벽한 연주를 하고 있었다. 시버스가 칼을 휘두르는 순간에는 바이올린이 날카로운 소리를 내고, 그레이록이 거대한 몽둥이를 치켜들 때는 드럼이 울리며 참을 수 없는 긴장감에 무게를 더했다.

누가 봐도 그들은 서로를 죽이려 하고 있었고 코스카는 그들을 어떻게 말려야 할지 방법이 떠오르지 않았다. 시버스의 방패에 다시 한번 몽둥이가 꽂혔고, 시버스가 자신의 발치에 거의 넘어질 뻔하자 코스카는 얼굴을 찡그렸다. 코스카는 고개를 들어 스테인드글라스 창문을 걱정스럽게 바라보았다.

어쩐지 오늘 밤 목숨을 잃는 사람이 두 명보다 많을 것 같은 예감이 들었다.

경비병 두 명의 시체가 문 옆에 널브러져 있었다. 한 명은 앉은 자세로 천장을 멍하니 보고 있었고, 다른 한 명은 얼굴을 땅에 박고 엎어져 있었다. 죽은 사람처럼 보이지 않았다. 그저 자고 있는 것 같았다. 몬자는 자기 얼굴을 찰싹 때리며 머릿속에 가득 찬 허스크 연기를 내보내려 애썼다. 문이 그녀를 향해 비틀거리며 다가왔고, 검은 장갑을 낀 손이 손잡이를 잡았다. 젠장. 내가 열려던 참이었는데. 그녀는 자리에 서서 비틀거리며 손잡이에서 그 손이 떨어지기를 기다렸다.

"오." 검은 장갑을 낀 손은 그녀의 손이었다. 그녀가 손잡이를 돌리자 문이 갑자기 홱 열렸다. 그녀는 뒤로 밀려나면서 거의 얼굴을 박고 넘어질 뻔했다. 그녀를 둘러싼 방이 울렁거렸고, 벽이 녹아 흐르면서 폭포처럼 흘러내렸다. 벽난로에서 반짝이는 크리스털 같은 불꽃이 튀었다. 창문 하나가 열려 있고 음악이 흘러들어 오고 있었다. 아래에서 남자들이 소리를 질러 댔다. 그녀는 소리가 보이는 기분이었다. 유쾌한 기운이 유리창을 감싸더니 방 안으로 밀려들어 와 그녀의 귀를 간지럽혔다.

아리오 왕자가 구겨진 침대보에 허연 몸이 다 보이도록 벌거벗은 채 대자로 누워 있었다. 아리오는 몬자에게 고개를 기울였고, 가면에 달린 깃털들의 그림자가 뒤쪽 반짝이는 벽에 길게 드리워졌다.

"더 하자고?" 그가 느릿느릿 와인 병에서 와인 한 모금을 삼키며 중얼거렸다.

"저하께서 아직…… 안 지치셨으면…… 좋겠네요." 몬자의 목소리는 누군가 멀리서 양동이를 쓰고 말하는 것처럼 들렸다. 그녀는 마치 요동치는 붉은 바다에서 길을 찾는 배처럼 붉은 카펫을 조심조심 걸어 침대로 발걸음을 옮겼다.

"나는 원하면 언제든 세울 수 있어." 아리오가 자기 아랫도리를 더듬거리며 말했다. "그런데 네가 나보다 유리한 것 같군." 그는 몬자를 향해 손가락을 휘저었다. "옷을 너무 많이 입고 있잖아."

"아." 몬자가 어깨를 으쓱하자 털코트는 바닥에 스르르 떨어졌다.

"장갑도 벗어." 그가 손을 휙 내저었다. "난 장갑은 싫어."

"저도요." 그녀는 팔뚝을 더듬거리며 장갑을 벗었다. 아리오는 그녀의 오른손을 빤히 보았다. 그녀는 오른손을 자신의 눈앞까지 치켜들고 눈을 깜빡였다. 팔뚝에 분홍색 흉터가 나 있었고 손은 얼룩덜룩했다. 일그러진 손바닥에서 뒤틀린 손가락들이 뻗어 나와 있었는데, 그중에서도 새끼손가락은 뻣뻣하게 앞으로 뻗쳐 있었다.

"아." 그녀는 자신의 손이 어떻게 생겼는지 잊고 있었다.

"손 병신이네." 아리오가 흥분하며 침대 가장자리로 기어 와 그녀에게 가까워졌다. 그가 엉덩이를 움직일 때마다 아랫도리가 덜렁거리고 머리 위로 삐죽 솟은 깃털들이 팔랑거렸다. "참으로…… 별나군."

"그렇죠?" 고바의 군화가 내리꽂히며 손을 박살 내던 기억이 머릿속에 스치면서 정신이 번쩍 들었다. 그녀는 자신이 미소를 짓고 있다는 사실을 깨달았다. "이건 필요 없지요." 그녀는 깃털을 움켜쥐고 그의 머리에서 가면을 벗겨 낸 다음 구석으로 던져 버렸다.

아리오는 그녀를 바라보며 웃었다. 그의 눈가에 분홍색으로 가면 자국이 남아 있었다. 그의 얼굴을 빤히 보고 있으니 머릿속에서 허스크 기운이 점점 사라지는 것 같았다. 베나의 목을 찌르고 테라스 밖으로 던진 다음 고작 손을 긁혔다며 불평하던 그의 모습이 눈앞에 선했다. 바로 여기, 지금, 그녀의 눈앞에 오르소의 후계자가 있었다.

"발칙하군." 그는 침대에서 몸을 일으켰다. "혼이 나야겠는데."

"저하께서 제게 혼이 나셔야겠네요."

그는 몬자가 그의 땀 냄새를 맡을 수 있을 정도로 가까이 다가왔다. "당돌해, 감히 내게 말대꾸를 하다니. 아주 당돌하군." 그는 손을 뻗어 그녀의 팔을 손가락으로 쓸었다. "그렇게 당돌하게 구는 여자는 몇 없는데." 그가 더 가까이 다가와서 그녀의 치마 아래로 다른 손을 넣어 허벅지를 쓸어 올린 다음 엉덩이를 꽉 쥐었다. "얼굴이 아주 낯이 익은 느낌이군."

아리오가 그녀를 가까이 끌어당기는 동안 그녀는 망가진 오른손으로 가면 모서리를 잡았다. "절 아시려나요?" 그녀는 다른 손을 등 뒤로 넘겨 칼자루를 쥐었다. "당연히 아시겠지요."

그녀는 마스크를 벗었다. 몬자의 얼굴을 살피는 동안에도 아리오는 여전히 미소 짓고 있었다. 그러다 곧 그의 눈이 휘둥그레졌다. "밖에 누구……!"

"이번 판에 1000냥 걸겠소!" 초승달 가면이 주사위를 치켜들며 소리쳤다. 방 안이 조용해지더니 사람들이 고개를 돌려 그를 쳐다보았다.

"100냥." 어차피 프렌들리에게는 아무런 의미가 없었다. 그의 돈도 아니었고 그가 돈에 관심을 가질 때는 돈을 셀 때뿐이었다. 돈을 잃든 따든 그에게는 매한가지였다.

초승달 가면이 손에 든 주사위를 흔들었다. "제발, 이 요망한 것들아!" 그는 테이블 위에 주사위를 난폭하게 던졌고, 주사위들은 이리저리 통통 튀고 굴렀다.

"다섯과 여섯이오."

"하!" 초승달 가면의 친구들이 함성을 지르고 키득거리며 마치 그가 주사위로 큰일을 해내기라도 한 것처럼 그의 등을 때렸다.

함선 모양 가면을 쓴 남자가 공중으로 팔을 뻗었다. "됐다!"

여우 가면을 쓴 남자가 우스꽝스러운 몸짓을 해 보였다.

촛불이 불편할 정도로 밝아진 것 같았다. 너무 밝아서 숫자를 세기가 힘들 정도였다. 방 안은 너무 덥고 꽉 막힌 데다 사람이 너무 많았다. 주사위를 모아 다시 던지는 동안 프렌들리의 셔츠가 그의 몸에 달라붙었다. 테이블 주변에 선 몇몇이 숨을 들이쉬는 소리가 들렸다. "다섯과 여섯이오. 하우스가 이겼소." 사람들은 어떤 숫자든, 심지어 서로 같은 숫자라도 나올 확률이 모두 똑같다는 사실을 잊곤 한다. 그래서 초승달 가면이 평정심을 잃은 것은 전혀 놀랄 일이 아니었다.

"이 사기꾼 새끼!"

프렌들리는 얼굴을 찌푸렸다. 세이프티에서라면 자신에게 그런 식으로 말하는 사람을 두 동강 냈을 터였다. 그래야 다른 놈들이 그에게 도전할 생각조차 하지 못하게 할 수 있었다. 세이프티에서라면 놈을 베고 또 베고 계속 벴을 것이다. 하지만 그가 있는 곳은 세이프티가 아닌 바깥세상이었다. 그는 방 안을 통제하기로 되어 있었다. 그래서 옆구리를 지그시 누르고 있는 도끼 손잡이의 따뜻한 느낌을 머릿속에서 지워 버렸다. 그리고 어깨를 으쓱했다. "다섯과 여섯이오. 주사위는 거짓말을 하지 않지."

초승달 가면은 카운터의 칩을 쓸어 담고 있는 프렌들리의 손목을 잡았다. 그는 몸을 앞으로 굽혀 술에 취한 손가락으로 프렌들리의 가슴팍을 쿡쿡 찔렀다. "네 주사위는 잘못됐어."

프렌들리는 얼굴 근육이 느슨하게 풀리는 느낌이었고, 목구멍이 아플 정도로 조이며 숨이 탁 막혔다. 이마와 등, 두피에서 흐르는 땀 한 방울 한 방울이 느껴졌다. 도저히 억누를 수 없는 차분하고 냉정한 분노가 몸 구석구석에서 솟구쳐 올랐다. "내 주사위가 어떻다고?"

쿡, 쿡, 쿡. "주사위가 사기라고."

"내 주사위가…… 뭐가 어째?" 프렌들리의 도끼가 초승달 가면은 물론, 그 뒤의 머리뼈까지 반으로 활짝 갈랐다. 그 광경을 본 함선 가면을 쓴 남자의 입이 벌어지자, 프렌들리의 칼이 그 속을 뚫고 들어가 머리 뒤로 삐져나왔다. 그는 칼자루가 피에 젖어 미끌미끌해질 때까지 푹, 푹 소리가 나도록 함선 가면 남자를 찌르고 또 찔렀다. 여자 한 명이 찢어질 듯한 비명을 오랫동안 질렀다.

프렌들리는 방 안에 있는 모두가 넋을 잃은 채 자신을 지켜보고 있다는 사실을 어렴풋이 느꼈다. 대충 넷 곱하기 셋 곱하기 넷만큼의 사람들이었다. 그가 주사위 테이블을 뒤집어엎었고, 그 바람에 유리잔과 칩, 동전 들이 공중에 휘날렸다. 여우 가면을 쓴 남자가 눈 구멍 너머로 눈을 동그랗게 뜬 채 그를 멍하니 보고 있었다. 뺨 여기저기에는 검붉은 뇌 조각들이 튀어 있었다.

프렌들리는 몸을 숙여 그의 얼굴 가까이 다가가 목청껏 고함을 질렀다. "사과해! 내 주사위에 사과하라고!"

"밖에 누구…….."

아리오가 울부짖는 소리는 숨을 들이쉬는 듯한 쌕쌕거리는 소리로 바뀌었다. 그는 아래를 내려다보았고, 몬자도 시선을 떨궜다. 그녀의 칼이 그의 시들어 가는 아랫도리 바로 옆, 허벅지와 다리가 만나는 부분을 찔렀고, 칼자루만 보일 때까지 살 속으로 점점 더 깊이 파고들었다. 그녀의 손으로 피가 줄줄 흘렀다. 아주 잠깐 동안 그는 아주 높은 음으로 끔찍한 비명을 질렀고, 몬자는 다른 칼로 그의 귀 아래를 찔렀다. 칼끝이 반대쪽 목 밖으로 삐져나왔다.

아리오는 눈이 툭 불거진 채 그녀의 맨어깨를 한 손으로 힘없이 잡아당길 뿐, 자리에서 꼼짝도 하지 못했다. 덜덜 떨리는 다른 손으로 칼자루를 더듬거렸다. 몸에서 솟구쳐 나온 찐득하고 검붉은 피가 손가락 사이를 비집고 나와 다리를 타고 흘러내렸다. 목에서 시작된 피는 가슴팍에 끈적한 검은 자국을 남기며 흘러내려 창백한 몸통에 온통 붉은 얼룩을 남겼다. 그는 입을 벌렸지만, 비명이 아닌 조용한 방귀 같은 소리만 새어 나올 뿐이었고, 목에 꽂힌 축축한 쇠붙이를 뚫고 숨이 새어 나오며 꼴깍거리는 소리도 들렸다. 그는 비틀거리며 뒤로 쓰러지면서 다른 팔을 공중에 허우적거렸다. 몬자는 그 광경을 넋 놓고 지켜보았다. 그의 창백한 얼굴이 그녀의 시야에 밝은 잔상을 남겼다.

"셋이 죽었네." 그녀가 속삭였다. "넷이 남았고."

그는 피로 물든 허벅지를 창턱에 부딪치며 쓰러졌다. 그러면서 머리로 스테인드글라스를 들이받았고, 그 바람에 활짝 열린 창문 밖 어둠 속으로 굴러떨어지고 말았다.

시버스의 머리뼈를 달걀처럼 으스러뜨릴 수 있을 정도로 세차게 몽둥이가 날아왔다. 하지만 어쩐지 힘이 빠진 엉성한 일격이었고, 그레이록의 왼쪽 옆구리에 틈이 생겼다. 시버스는 몽둥이를 피하면서 몸을 회전한 다음 크게 포효하며 육중한 검을 세차게 휘둘렀다. 그의 검은 고깃덩어리 써는 소리를 내며 푸른색으로 칠한 그레이록의 팔뚝을 깨끗하게 자른 다음 옆구리를 깊숙이 파고들었다. 잘린 팔에서 피가 뿜어져 나오면서 구경꾼들의 얼굴이 피범벅이 되었다. 몽둥이와 함께 그레이록의 손과 손목이 돌바닥을 데굴데굴 굴렀다. 누군가 비명을 질렀고, 다른 사람들은 폭소를 터뜨렸다.

"어떻게 저런 연출을 하지?"

그레이록은 문지방에 발가락을 찧은 사람처럼 비명을 지르기 시작했다. "젠장! 아프잖아! 아! 아! 내 팔이…… 네 이놈……."

그는 남은 팔 한쪽을 더듬더듬 움직여 검은 핏덩어리를 울컥울컥 쏟아 내고 있는 옆구리 상처에 가져다 댔다. 뒤이어 휘청거리며 한쪽 무릎을 앞으로 내디뎌 몸을 지탱하고 서더니 고개를 뒤로 젖히고 비명을 지르기 시작했다. 시버스가 그의 이마를 정통으로 내리치자 가면과 검이 부딪치는 챙 소리와 함께 울부짖는 소리가 뚝 끊겼고, 그레이록의 눈 사이에는 움푹 팬 자국이 생겼다. 그가 뒤로 쓰러지며 공중으로 날아올랐던 군화가 쿵 소리를 내며 떨어졌다.

그날 밤의 연극이 막을 내렸다.

악단이 불안한 음정으로 마지막 몇 마디를 토해 냈고, 곧 음악이 멈췄다. 게임 방에서 새어 나오는 희미한 고함 소리를 빼면 뜰은 고요했다. 시버스는 그레이록의 시체를 멍하니 내려다보았다. 망가진 가면 아래서 피가 뿜어져 나오고 있었다. 분노가 순식간에 눈 녹듯 사라지면서 팔에 통증이 밀려왔고, 식은땀에 젖은 머리가 따끔거렸다. 시버스는 서서히 두려움에 휩싸였다.

"왜 나한테 매번 이런 일이 생기는 거지?"

"왜냐하면 자네는 나쁜 놈이니까." 코스카가 어깨 너머로 그를 바라보며 말했다.

시버스는 얼굴에 그림자가 드리우는 것을 느꼈다. 그가 고개를 막 들었을 때, 발가벗은 몸뚱이가 결투장 한가운데에 머리부터 곤두박질쳤고, 이미 넋이 나가 있던 관중들은 피 세례를 뒤집어쓰게 되었다.

훌륭한 접대

갑자기 모든 게 혼란스러워졌다.

"왕이다!" 누군가 아무 이유 없이 비명을 질렀다. 한때 결투장이었으나 지금은 피바다가 된 자리는 순식간에 우왕좌왕하며 비틀거리는 사람들로 아수라장이 되었다. 모두가 비명을 지르고, 통곡하고, 고함을 쳤다. 남자들과 여자들이 내는 불협화음에 죽은 사람도 귀가 먹을 것 같았다. 누군가 시버스의 방패를 밀치자, 그는 본능적으로 그 사람을 떠밀었고, 두 사람은 그레이록의 시체 위로 넘어졌다.

"아리오 왕자다!"

"살인이야!" 손님 한 명이 검을 뽑자 악단 연주자 중 한 명이 차분하게 앞으로 걸어 나와서 망설임 없이 철퇴로 그의 머리뼈를 박살 냈다.

비명 소리가 더 커졌다. 무기가 부딪치고 갈리는 소리가 들렸다. 시버스는 거키쉬 무용수들이 날이 둥근 칼로 한 남자의 배를 가르는 모습을 보았다. 남자는 피를 토하며 검을 되는대로 휘두르다가 자기 뒤에 있던 남자의 다리를 찌르고 말았다. 유리가 깨지는 소리가 들리더니 노름이 한창이던 방 창문에서 시체 하나가 날아왔다. 혼란과 광기가 마른 들판에 불이 붙듯 삽시간에 퍼졌다.

저글링 곡예사가 던진 칼들은 뜰을 날아다니며 사람과 나무에 턱턱 꽂혔다. 적뿐만 아니라 아군에게도 위험한 기술이었다. 검을 잡은 쪽 팔을 누군가 움켜쥐는 느낌이 들자 시버스는 그의 얼굴을 팔꿈치로 내리찍고는 다음 일격을 준비하려 검을 힘껏 들어 올리다가 그가 피리 연주자인 모르크라는 사실을 깨달았다. 그의 코에서 피가 흐르고 있었다. 우왕좌왕하는 사람들 사이에 큰 폭발음과 함께 주황빛이 번쩍였다. 한층 더 처절해진 비명들이 무의식적인 합창을 만들어 냈다.

"불이야!"

"물을 가져와!"

"비켜!"

"저글링 하던 놈이야! 저놈을…….'

"도와줘! 도와줘!"

"경비병님들! 여기! 여기로 와 줘요!"

"왕자는 어디 있지? 아리오는?"

"누가 좀 도와줘!"

"물러나!" 코스카가 고함을 질렀다.

"에?" 그가 누구를 향해 소리치는지 알 수 없어 시버스가 되물었다. 어둠 속에서 날아온 칼이 그를 휑하니 지나쳐 몸부림치는 사람들 사이로 날아갔다.

"물러나!" 날아오는 검을 피한 코스카가 지팡이를 휘둘렀다. 지팡이에서 길고 가는 날이 튀어나와 눈 깜짝할 새에 남자의 목을 벴다. 그는 또 다른 사람에게 날을 휘둘렀지만 목표물을 놓치고 휘청거리며 하마터면 시버스를 찌를 뻔했다. 체스판 무늬 가면을 쓴 아리오의 경호원 중 하나가 검으로 코스카를 거의 벨 뻔했는데, 다행히 거피가 그 뒤에서 나타나 머리를 류트로 내려쳤다. 류트의 나무 몸통이 산산조각 나면서, 안에 있던 도끼날이 경호원의 어깨부터 가슴팍까지 파고들었다. 도륙을 당한 경호원의 시체가 돌바닥에 쓰러졌다.

불꽃이 한 번 더 솟구쳐 올랐고, 사람들은 비틀거리며 서로를 마구 밀쳤다. 혼비백산한 인파가 물결처럼 일렁였다. 갑자기 흩어지는 사람들에 떠밀린 인크레더블 론코가 허우적거리며 시버스를 들이받았다. 어느새 흰 불꽃에 휘감긴 론코는 마치 지옥에서 솟아오른 악마처럼 보였다. 시버스는 뒤로 비틀거리며 방패로 그를 내리쳤다. 론코는 벽에 내동댕이쳐졌다 튕겨 나와 다른 벽에 몸을 박았고, 그 바람에 불덩이가 액체처럼 사방으로 튀었다. 사람들은 이리저리 도망쳤고 칼날들은 마구잡이로 휘둘렸다. 마른 담쟁이덩굴에 옮겨붙은 불꽃이 처음에는 타닥타닥 소리를 내며 타다가 곧 포효하며 목재 벽까지 집어삼키기 시작했다. 아비규환이 된 뜰은 야성적이고 깜빡이는 빛으로 물들었다. 창문 하나가 깨졌다. 사람들은 내보내 달라고 비명을 지르며 잠겨 있는 정문을 철컹철컹 소리가 나도록 흔들었다. 시버스는 불이 붙은 방패를 벽에 비벼 불을 껐다. 론코는 여전히 불길에 휩싸인 채 물이 끓는 주전자처럼 가느다란 쉭쉭 소리를 내며 바닥을 구르고 있었다. 불길은 손님들과 광대들의 흔들리는 가면에 비쳐 광기 어린 빛을 냈다. 시버스가 보는 곳마다 괴물처럼 일그러진 얼굴들이 가득했다.

상황이 어떻게 된 건지 생각할 겨를이 없었다. 지금 가장 중요한 것은 누가 죽고 누가 살지였고, 그는 후자에 속하고 싶지 않았다. 그는 뒤로 물러서서 벽에 가까이 붙었고 그를 붙잡는 사람이 있으면 그을린 방패로 물리쳤다.

흉갑을 입은 경비병 둘이 인파를 뚫고 지나가려 안간힘을 쓰고 있었다. 그중 한 명이 바르티 혹은 쿰멜 중 한 명을 검으로 내리쳤고, 칼을 거두는 길에 아리오의 수행원 하나까지 베어 그의 두개골 한쪽을 박살 냈다. 수행원은 비명을 지르고 휘청거리며 한 손을 머리에 얹었다. 손가락 사이로 흐른 피가 황금색 가면을 물들이며 얼굴에 검은 줄기로 흘러내렸다. 바르티인지 쿰멜인지, 둘 중 살아남은 이가 검을 든 경비병의 정수리에 칼을 꽂아 넣었다. 칼날이 거의 보이지 않을 정도로 깊이 들어간 칼끝이 경비병의 가슴 앞쪽으로 미끄러져 나오자 바르티 혹은 쿰멜은 비웃듯 소리를 내질렀다.

갑옷을 입은 다른 경비병이 검을 높이 치켜들고 연방어인 듯한 언어로 무슨 말인가 외치며 시버스를 향해 달려들었다. 그가 어디 출신인지는 중요하지 않았다. 누군가를 죽이기로 마음먹은 게 분명해 보였고, 시버스는 그가 자신을 먼저 공격하도록 놔둘 수 없었다. 시버스는 으르렁거리며 있는 힘껏 검을 휘둘렀지만 경비병은 검을 피해 휘청거리며 물러났고, 시버스의 검은 퍽 하는 소리를 내며 경비병이 아닌 무언가를 베었다. 휘청거리다 우연히 옆을 지나가게 된 여자의 가슴이었다. 그녀는 벽에 등을 대고 쓰러져서 담쟁이덩굴 사이로 미끄러졌고, 그녀의 비명은 곧 꼴깍거리는 소리로 변했다. 반이 잘린 가면 아래 드러난 눈이 시버스를 빤히 쳐다봤다. 코와 입에서 터져 나온 피가 흰 목으로 쏟아졌다.

광기로 가득 찬 뜰이 번져 가는 불길에 환하게 빛났다. 야간 전투의 한 장면 같았다. 다만 아군도 적군도 없고 목적이나 승자도 없는 전투였다. 살아 있거나, 죽어 가거나, 몸이 박살 나거나, 피를 뒤집어쓴 공포에 질린 군중들의 발에 시체들이 이리저리 치이고 있었다. 거피는 부서진 류트 파편을 뒤집어쓰고 마구 허우적거리다 류트 줄에 엉켜 도끼조차 휘두를 수 없게 되었다. 시버스가 그 모습을 지켜보는 동안 경비병 중 한 명이 거피를 내리치자 타오르는 불꽃을 배경으로 검은 핏줄기가 뿜어져 나왔다.

"허스크 방으로!" 코스카가 그들 앞을 가로막는 누군가를 검으로 베며 외쳤다. 시버스는 코스카가 베고 있는 사람이 저글링 곡예사 중 한 명이 아닐까 생각했지만 알 길은 없었다. 그는 코스카를 따라 열려 있는 문으로 몸을 던진 다음 문을 당겨 닫았다. 손 하나가 문틈으로 쑥 들어오더니 문을 꽉 붙잡고 문틀을 밀기 시작했다. 시버스가 검 자루로 손을 마구 찧자, 그 손은 덜덜 떨리며 문틈 사이로 미끄러지듯 사라졌다. 코스카는 있는 힘껏 문을 닫고 걸쇠를 내린 다음 다급히 열쇠를 쑤셔 넣어 돌리고는 찰랑거리는 소리가 나도록 열쇠를 바닥 저편에 던졌다.

"이제 어쩔까요?"

늙은 용병이 이글이글 타는 눈으로 그를 빤히 보았다. "내가 그 답을 알고 있을 거라 생각하나?"

길쭉하고 천장이 낮은 허스크 방은 일렁이는 커튼들로 구역이 나뉜 가운데 여기저기에 쿠션들이 널브러져 있었다. 펄럭거리는 등불로 밝혀진 방에는 달콤한 허스크 연기 향이 가득했다. 뜰에서 들려오는 폭력적인 소음은 먹먹하게 들렸다. 누군가 코를 골고 있었고, 다른 누군가는 키득거렸다. 반대편에 한 남자가 벽에 등을 기대고 앉아 있었다. 그는 새 부리 같은 가면을 쓰고 환하게 웃고 있었고, 손에 허스크 파이프를 떨어질락 말락 아무렇게나 쥐고 있었다.

"다른 사람들은 어쩝니까?" 침침한 조명 때문에 눈을 가늘게 뜬 시버스가 속삭였다.

"이런 상황에서 자기 목숨은 자기가 알아서 챙겨야 하지 않겠나?" 코스카는 낡은 궤짝을 문 앞으로 끌어오려고 안간힘을 쓰는 중이었다. 누군가 이미 밖에서 문을 때리기 시작했는지 문이 마구 흔들리고 있었다. "몬자는 어디 있지?"

"게임 방을 통해 들어오는 게 아니었소? 지금쯤⋯⋯." 무언가 창문을 깨고 방 안으로 들어와 폭발하는 바람에 반짝이는 유리 파편이 사방에 튀었다. 시버스는 어둠 속으로 주춤주춤 나아갔다. 쿵쿵거리는 심장 소리가 망치질을 하듯 머리뼈를 울리고 있었다. "코스카?" 연기와 어둠, 창문 너머에서 번쩍거리는 불빛, 탁자 위에서 흔들리는 등불 말고는 아무것도 보이지 않았다. 그는 살랑거리는 커튼에 휘감겼고, 손을 마구 휘젓다가 레일에서 커튼 천을 찢어 냈다. 연기 때문에 목구멍이 칼칼했다. 이미 허스크 연기로 가득 찬 방에 창밖에서 들어오는 매캐한 연기가 더해지고, 또 더해졌다. 눈앞이 뿌예졌다.

그의 귀에 사람들의 목소리가 들렸다. 그의 왼쪽, 활활 타는 방에 있던 사람들이 황소처럼 서로 들이받으며 고함을 지르는 소리였다. "내 주사위! 내 주사위! 이 개새끼들아!"

"도와줘요!"

"누가 사람을 좀…… 누구라도!"

"위층으로! 왕이 위층에 있어!"

누군가 아주 무거운 물체로 문을 때리고 있었고, 뭔가에 맞은 나무가 충격으로 떨리는 소리가 들렸다. 그의 앞에 얼굴 하나가 나타났다. "실례하겠소. 혹시……." 시버스는 방패로 그 얼굴을 후려쳐 그대로 날려 버렸다. 그러고는 계단이 있을 것 같은 쪽으로 비틀거리며 앞으로 나아갔다. 몬자가 위층에 있었다. 꼭대기 층이었다. 그때 뒤에서 문이 터지는 소리가 들리더니 환한 불빛과 갈색 연기와 함께 사람들이 몸부림을 치며 허스크 방으로 쏟아져 들어왔다. 어둠 속에서 번뜩이는 칼날들이 보였다. "저기다! 저놈이야!"

시버스는 방패를 든 손으로 등 하나를 낚아채 가장 앞줄에 있던 놈을 향해 던졌지만 등은 그를 비껴가 벽에 맞았다. 등이 깨지면서 불이 붙은 기름이 커튼에 튀고 말았다. 사람들이 흩어졌고, 팔에 불이 붙은 누군가가 비명을 질렀다. 시버스는 인파를 거슬러 어둠 속에서 발목을 잡아채는 쿠션과 탁자 들 때문에 거의 반쯤 넘어질 뻔하면서 건물의 제일 깊숙한 곳을 향해 뛰기 시작했다. 누군가 발목을 잡는 느낌이 들면 검으로 그 손목을 내리쳤다. 숨 막히는 어둠을 뚫고 비틀거리며 가장자리로 빛이 새어 나오는 문 앞에 도착한 그는 문을 어깨로 밀쳤다. 당장이라도 등 뒤에 칼이 꽂힐 것만 같았다.

그는 나선형 계단을 한 번에 두 칸씩 오르기 시작했고, 가쁜 숨을 몰아쉬며 불타는 것 같은 다리를 끌고 손님을 접대하기 위해, 달리 말하면 섹스를 제공하기 위해 마련된 방들을 향해 걸음을 옮겼다. 마침내 나무 패널로 장식된 복도에 도착했을 때, 남자 한 명이 허겁지겁 뛰어나와 그를 거의 정통으로 들이받을 뻔했다. 그들은 가면 너머 서로를 빤히 보았다. 반짝거리는 흉갑을 입고 있던 놈들 중 한 명이었다. 그는 한 손으로 시버스의 어깨를 붙잡고 이가 훤히 보이도록 웃으면서 다른 손으로 검을 들어 시버스를 내리치려 했지만, 뒷벽에 팔꿈치를 박고 말았다.

시버스는 본능적으로 놈을 들이받았고, 놈의 코가 자신의 이마에 맞아 부서지는 소리가 들렸다. 검을 휘두르기에는 공간이 너무 좁았다. 시버스는 방패 끝자락으로 놈의 엉덩이를 마구 찍어 내린 다음 낭심을 무릎으로 찼다. 그러고는 비명을 지르는 그를 들어 올려 계단 아래로 내동댕이쳤다. 그는 구르고 또 구르며 계단 모퉁이를 돌았고, 그동안 그의 검은 쨍그랑 소리를 내며 바닥에 내팽개쳐졌다. 시버스는 숨 한 번 고르지 않고 계속해서 계단을 올랐다. 기침이 나오기 시작했다.

등 뒤에서 사람들이 고함치며 물건을 부수고 비명을 지르는 소리가 더 크게 들려왔다. "왕이 여기 있다! 왕을 구해야 해!" 그는 비틀거리며 계단을 한 칸씩 올랐다. 손에 쥔 검이 무겁게 느껴졌다. 방패도 다친 팔에 아무렇게나 매달려 있었다. 그는 아직까지 살아있는 사람이 누가 있을지 궁금해졌다. 그리고 뜰에서 여자를 죽이고, 문을 붙잡은 손을 짓이겼던 일을 떠올렸다. 계단 끝에 다다라 휘청거리며 복도로 들어선 그는 뿌연 연기를 물려 보려고 얼굴 높이에서 방패를 휘둘렀다.

그곳에도 시체들이 있었다. 창문 밑에 쓰러진 검은 형체가 보였다. 몬자도 죽었는지도 모른다. 누가 죽었더라도, 모두가 죽었더라도 이상하지 않았다. 기침 소리가 들렸다. 방문 위쪽을 넘어 복도로 쏟아져 들어온 연기가 천장 주변을 빙글빙글 돌았다. 그는 눈을 가늘게 뜨고 그쪽을 지켜보았다. 여자가 검은 머리를 늘어뜨리고 허리를 숙인 채 맨팔을 앞으로 뻗고 있었다.

몬자였다.

그는 숨을 참으려 애쓰며 짙은 연기 아래로 몸을 낮춰 그녀를 향해 달려갔다. 그리고 그녀의 허리를 팔로 감았고, 그녀는 끙끙거리며 그의 목을 붙잡았다. 그녀의 얼굴에는 피가 튀어 있었고 코와 입에 검댕이 묻어 있었다.

"불이야." 그녀가 꺽꺽거리며 말했다.

"이쪽으로 가." 그는 자신이 왔던 길로 돌아가려다 멈춰 섰다.

계단 꼭대기에 다다른 흉갑을 입은 남자 두 명이 복도 끝에 모습을 드러내고 있었다. 그중 한 명이 그를 향해 손가락질했다.

"젠장." 별장 모형을 떠올렸다. 별장 뒤편은 여덟 번째 운하와 맞닿아 있었다. 그는 한쪽 다리를 들어 올려 창문을 힘껏 발로 찼다. 바람에 흩날리는 연기 아래 바삐 흐르는 물결 위로 불길의 그림자가 일렁이고 있었다.

"역시 나의 가장 큰 적은 나 자신이라니까." 그가 이를 악문 채 말했다.

"아리오가 죽었어." 몬자가 그의 귀에 대고 느릿느릿 말했다. 시버스는 검을 바닥에 내동댕이친 다음 그녀를 번쩍 안았다. "이게 뭐 하는……." 그가 몬자를 창밖으로 던졌고, 몬자는 추락하기 직전 놀란 숨을 삼키며 비명을 질렀다. 그는 방패를 팔에서 느슨하게 떨어뜨린 다음 그를 향해 복도를 달려오고 있는 경비병들을 향해 날렸다. 그러고는 창틀로 올라가 밖으로 몸을 던졌다.

그와 함께 창밖으로 나온 연기가 그의 몸을 휘감으며 하늘로 피어올랐다. 바람이 그의 머리칼을 쓸어 올리며 얼얼한 눈과 열린 입 안으로 쏟아져 들어왔다. 가장 먼저 발이 물에 닿았고, 물은 곧 그를 삼켜 버렸다. 어둠 속에서 엄청난 물거품이 일었다. 차가운 물 온도에 깜짝 놀란 그는 자신도 모르게 물을 들이켰다. 어느 쪽이 위쪽인지도 모른 채 허우적거리던 그는 무언가에 머리를 부딪쳤다.

손 하나가 그의 턱 밑을 붙잡아 끌어당겼고, 마침내 그는 밤공기 속에 얼굴을 내밀 수 있었다. 공기도 물도 너무 차서 숨을 헐떡였다. 운하를 따라 끌려가면서 조금 전까지 들이마신 연기와 물, 그리고 지금 그를 둘러싼 썩은 물의 비린내 때문에 질식할 것 같은 생각이 들었다. 그는 경련을 일으키듯 허우적거리며 숨을 헐떡였다.

"가만히 있어, 멍청아!"

시버스의 얼굴에 그림자가 드리워지는가 싶더니 어깨가 돌에 긁히는 느낌이 났다. 그는 주변을 더듬어 낡은 쇠고리를 붙잡았고, 마침내 가까스로 물 밖으로 머리를 내민 채 기침과 함께 폐에 가득 찬 운하 물을 토해 냈다. 몬자는 바로 옆에 붙어 물속에서 제자리 헤엄을 치면서 그의 허리에 팔을 두른 채 그를 꽉 안고 있었다. 겁에 질린 그녀의 절박하고 거친 숨소리가 그의 숨소리와 섞여 찰박거리는 물결을 타고 다리 아치 아래로 메아리쳤다.

아치의 검은 윤곽 저편에 카도티의 별장 뒷벽이 보였다. 불길이 별장 주변 건물들 위로 높이 치솟고 있었다. 화염은 탁탁 소리를 내고 포효하기도 하면서 사방에 불티를 튀기고 재와 건물 파편을 떨어뜨렸다. 뭉게뭉게 피어오른 연기는 짙은 갈색 구름이 되어 하늘에 머물렀다. 불빛이 물 위에서 깜빡이며 춤을 췄고, 몬자의 창백한 옆얼굴을 붉은색, 주황색, 노란색으로 물들였다.

"젠장." 그가 속삭였다. 날이 추웠고, 전투가 끝났다는 생각에 피곤이 몰려오는 데다 광기 속에서 그가 저지른 짓을 생각하니 온몸이 덜덜 떨렸다. 그리고 눈시울이 뜨거워졌다. 흘러나오는 눈물을 도저히 멈출 수가 없었다. 그는 쇠고리에 간신히 몸을 의지한 채 덜덜 떨며 흐느꼈다. "젠장…… 젠장…… 젠장……."

"쉿." 몬자의 손이 그의 입을 틀어막았다. 그들 머리 위에서 발소리가 들리더니 이쪽저쪽에서 고함 소리가 울려 퍼졌다. 두 사람은 다리 밑 미끄덩거리는 돌기둥에 최대한 붙어 몸을 한껏 움츠렸다. "쉿." 몇 시간 전만 해도 그는 그녀와 이렇게 붙어 있게 되기를 간절히 바랐다. 하지만 바로 지금, 그런 간질간질한 감정은 온데간데없이 사라지고 없었다.

"뭐가 어떻게 된 거지?" 그녀가 속삭였다.

시버스는 그녀를 쳐다볼 수조차 없었다. "빌어먹을, 나도 모르겠어."

사건의 전말

악명 높은 용병 니코모 코스카는 그림자 속에 숨어 창고를 지켜보았다. 아무 소리도 들리지 않는 것 같았다. 틀이 다 썩어 가는 덧창에서도 전혀 빛이 새어 나오지 않았다. 복수심에 불타는 얼간이도, 소란을 피우는 경비병도 보이지 않았다. 그의 본능은 밤 속을 계속 걸으라고, 몬즈카로 머카토와 그녀의 복수 계획 따위는 잊어버리라고 이야기하고 있었다. 하지만 그는 돈이 필요했고, 이제껏 그의 본능은 개똥만큼의 가치도 없었다. 가면을 쓴 여자가 치맛단을 손으로 들어 올린 채 낄낄거리며 길을 걸어오자 그는 문간 안으로 몸을 숨겼다. 남자 한 명이 그녀 뒤를 쫓았다. "이리 와! 이 망할 년, 키스해 줘!" 그들의 발소리가 멀어졌다.

코스카는 전세라도 낸 듯 당당하게 길을 가로질러 창고 뒤편 골목으로 들어가서 벽에 바짝 붙었다. 그는 게걸음을 쳐서 뒷문으로 다가갔다. 그리고 희미하게 금속이 울리는 소리를 내며 지팡이에서 검을 뽑았다. 검날이 어둠 속에서 차가운 빛을 내며 번뜩였다. 그는 손잡이를 돌렸고 문이 스르르 열렸다. 그는 천천히 어둠 속으로……

"멀리까지 쫓아왔군." 그의 목에 차가운 금속이 닿았다. 코스카는 손에 힘을 풀어 검을 바닥에 떨어뜨렸다.

"끝났군."

"코스카, 당신이에요?" 검날이 물러났다. 비타리가 문 뒤쪽 어둠 속에 숨어 있었다.

"샤일로, 옷을 갈아입었군? 카도티의 별장에서 입었던 옷이 더 좋았는데 말이야. 좀 더…… 여성스럽달까."

"하." 그녀는 그를 지나쳐 어두운 통로를 따라 내려갔다. "그 속옷이나 다름없는 옷을 입다니, 고문이나 마찬가지였어요."

"꿈속에서나 보고 즐겨야겠군."

"카도티의 별장에서는 무슨 일이죠?"

"무슨 일이냐고?" 코스카는 뻣뻣한 허리를 숙여 두 손가락으로 검을 집어 들었다. "'피바다'라는 말이 아주 딱 어울리게 되었지. 거기다 불까지 났네. 솔직히 말하면…… 난 일찌감치 꽁무니를 뺐다네." 사실 그는 쓸모없는 목숨을 살리자고 허겁지겁 도망쳐 나온 자신이 혐오스러웠다. 하지만 한평생 비겁한 인생을 살며 몸에 밴 습관을 쉽게 바꿀 수는 없었다. "자네한테는 무슨 일이 있었나?"

"연방의 왕이 나타나셨죠."

"뭐가 나타나?" 코스카는 흰옷을 입고 떠오르는 태양 같은 가면을 쓰고 있던 남자를 떠올렸다. 포스카와는 닮은 구석이 없는 남자였다. "아아아아. 경비병들이 떼거지로 등장한 이유를 알겠군."

"광대들은요?"

"희생이 컸지. 아직까지 돌아온 사람이 아무도 없나?"

비타리가 고개를 저었다. "아직까지는."

"그렇다면 다는 아니라도 상당수가 희생된 것 같군. 용병이 늘 그렇지. 쉽게 고용돼서 더 쉽게 버려지고, 없어져도 아무도 그리워하는 사람이 없다네."

프렌들리가 어두운 주방에 자리를 잡고 앉아 탁자 위로 몸을 굽힌 채 딱 한 개 켜져 있는 등불 밑에서 주사위를 굴리고 있었다. 보기만 해도 위협적인 무거운 도끼가 나무 테이블에 놓여 번뜩이고 있었다.

코스카가 가까이 다가가 주사위를 가리켰다. "셋과 넷인가?"

"셋과 넷이오."

"일곱이군. 평범한 숫자일세."

"평균이지."

"나도 던져 봐도 되겠나?"

프렌들리는 고개를 들어 그를 바라보았다. "그러시오."

코스카가 주사위를 모아 테이블에 부드럽게 던졌다. "여섯이군. 자네가 이겼어."

"그게 문제요."

"그런가? 나는 늘 져서 문젤세. 무슨 일이 있었나? 게임 방에서는 아무 일이 없었고?"

"뭐, 약간."

등불 아래로 전과자 프렌들리의 목에 반쯤 말라붙은 기다란 핏자국이 어슴푸레 보였다. "여기…… 뭐가 묻었군." 코스카가 말했다.

프렌들리가 피를 쓱 닦더니 감정이라고는 전혀 느껴지지 않는 눈빛으로 붉은 갈색 물이 든 손끝을 내려다보았다. "피군."

"그렇네. 오늘 밤 선혈이 낭자하기는 했지." 코스카는 이제 안전에 가까워졌다. 아찔하게 몰아치던 긴장이 물러나기 시작했고 오래된 후회들이 밀려와 그 자리를 메웠다. 손이 다시 떨리고 있었다. 한 잔, 딱 한 잔, 딱 한 잔만. 그는 위층으로 올라가는 문을 지났다.

"아! 살인 서커스단의 단장이 오셨군!" 모비어가 계단 난간에 기대서서 비웃듯 아래를 내려다보았다. 뒤쪽으로 조금 떨어진 곳에서 데이가 난간 아래로 손을 늘어뜨린 채 느릿느릿 오렌지 껍질을 까고 있었다.

"우리의 독살자시구먼! 이렇게 살아 나온 모습을 봐서 유감이군. 어떻게 됐소?"

모비어의 입술에 조금 더 힘이 들어갔다. "우리 임무는 꼭대기 층 경비병을 제거하는 것이었습니다. 그 임무를 나무랄 데 없이 신속하고 은밀하게 완수했고요. 그 뒤에는 건물에 남아 있을 필요가 없었습니다. 사실 그러지 말라는 지시가 있었지요. 의뢰인께서 우리를 완전히 믿지 않으셔서 말입니다. 내가 무차별적인 학살을 저지를까 우려하신 모양입니다."

코스카가 어깨를 으쓱했다. "학살의 정의에 따르면 차별이란 게 있을 수 없긴 하지."

"어쨌든, 당신 임무는 끝났습니다. 이제 이걸 마셔도 뭐라 할 사람이 없을 테지요."

모비어가 손목을 까딱하자 어둠 속에서 무언가가 빛났다. 코스카는 본능적으로 물체를 낚아챘다. 금속으로 된 휴대용 플라스크에 액체가 담겨 있었다. 그가 들고 다니던 것과 똑같이 생긴 플라스크였다. 그 플라스크는…… 어디에 팔았는지 기억이 나지 않았다. 차가운 금속 플라스크의 감촉과 독주의 감미로운 맛이 머릿속에 떠오르면서 마른입에 침이 고이기 시작했다. 한 잔, 딱 한 잔, 딱 한 잔만…….

그는 술병 뚜껑을 반쯤 열다가 멈췄다. "독살자가 주는 선물을 덥석 받지 말라는 교훈이 떠오르는군."

"그 안에 당신이 수년 동안 들이켠 독 말고 다른 독은 안 들었습니다. 당신이 앞으로도 계속 들이켤 독이겠지만."

코스카가 술병을 들어 올렸다. "건배." 그는 술병을 뒤집어서 안에 든 독주를 창고 바닥에 쏟아 버린 다음 덜거덕거리는 소리가 나도록 구석으로 던졌다. 하지만 병 바닥에 술이 조금 남아 있을 수도 있다는 생각에 술병이 어디에 떨어졌는지 기억해 두었다. "우리 의뢰인은 소식이 없소?" 그가 모비어에게 물었다. "북쪽에서 온 의뢰인의 강아지도?"

"없군요. 앞으로도 소식이 없을 가능성을 생각해 둬야 할 것 같습니다만."

"맞아요." 빛을 등지고 주방 문가에 선 비타리는 검은 그림자로

만 보였다. "죽었을 가능성이 높죠. 그럼 우린 어쩌죠?"

데이가 손톱을 내려다보며 말했다. "저는 눈물을 펑펑 흘릴 게요."

모비어는 다른 계획이 있었다. "머카토 양이 여기에 가지고 온 돈을 나눌 방법을 생각해야……."

"아니." 어쩐지 그 계획에 거부감이 든 코스카가 딱 잘라 말했다. "기다릴 거요."

"여긴 안전하지 않습니다. 광대들 중 한 명이라도 당국에 붙잡혔다면 지금쯤 여기 위치를 불었을 텐데요."

"재미있겠군. 그렇지 않나? 일단 기다리자고."

"그러고 싶으면 그렇게 하시지요. 나는……."

코스카가 매끄러운 손놀림으로 칼을 휘둘렀다. 번뜩이는 칼은 쉭쉭 소리와 함께 어둠을 가르며 날아가서 모비어와 몇 센티미터 떨어지지 않은 나무 벽에 쿵 소리를 내며 박혔다. 그 충격에 벽이 살짝 떨렸다. "이건 내가 주는 선물일세."

독물학자는 칼을 보고 눈썹 한쪽을 치켜올렸다. "칼을 던지는 주정뱅이와는 상종하고 싶지 않군요. 원하는 자리에 못 맞혔으면 어쩔 뻔했지요?"

코스카가 미소 지었다. "원하는 자리에 못 맞혔소. 우린 기다릴 거요."

"충성심이 변덕스럽기로 정평이 난 인물치고는 한번 배신까지 했던 여인을 꽤나 믿으시는군요…… 당황스럽습니다만."

"나도 마찬가지요. 하지만 나는 늘 예측하기가 어려운 개새끼였소. 어쩌면 내가 바뀌었는지도 모르지. 이제부터 모든 임무에 충성을 다해 신중한 태도로 열심히 임하겠다고 굳게 다짐했는지도 모르고."

비타리가 코웃음을 쳤다. "내일 해가 서쪽에서 뜨겠네."

"얼마나 기다리자는 겁니까?" 모비어가 물었다.

"내가 떠나도 된다고 할 때까지."

"만약에…… 내가…… 먼저 떠나기로 한다면?"

"당신은 본인이 생각하는 것만큼 똑똑하지가 못하군." 코스카가 그의 눈을 빤히 보았다. "하지만 내 답을 생각할 수 있을 정도는 될 텐데."

"다들 진정해요." 비타리의 목소리 역시 흥분이 가득했다.

"당신 명령 같은 건 듣고 싶지 않아. 한물간 떨거지 주제에!"

"아무래도 내가 당신을……."

창고 문이 벌컥 열리더니 두 형체가 문안으로 불쑥 모습을 드러냈다. 코스카는 지팡이에서 검을 뽑았고 비타리의 사슬도 찰랑거리는 소리를 냈다. 데이는 어딘가에서 작은 석궁을 꺼내 현관을 향해 겨눴다. 하지만 문 앞에 선 이들은 수사 인력들이 아니었다. 두 사람은 홀딱 젖은 채 흙과 재투성이가 되어 숨을 헐떡이고 있는 시버스와 몬자였다. 그들은 시파니 구석구석을 가로질러 쫓긴 듯한 몰골이었다. 어쩌면 실제로 그랬는지도 모를 일이었다.

코스카가 미소 지었다. "호랑이도 제 말 하면 온다더니! 모비어 선생께서 자네가 카도티의 별장에서 불타 없어졌을 경우를 대비해 자네 돈을 어떻게 나눌지 상의해 보자고 제안한 참이었네."

"실망시켜 미안하게 됐군." 몬자가 쉰 목소리로 답했다.

모비어는 코스카를 죽일 듯이 노려보았다. "맹세코 전혀 실망하지 않았습니다. 수천 냥을 받기로 되어 있는데, 살아 돌아온 게 훨씬 낫지요. 다만…… 비상시 계획을 생각했을 뿐입니다."

"준비는 철저히 해 둬야 하니까요." 데이가 활을 내리고 오렌지 즙을 빨아들이며 말했다.

"어떤 상황에서나 조심 또 조심하는 게 좋지."

몬자는 비틀거리며 창고 바닥을 가로질렀다. 통증을 억누르려는 듯 이를 꽉 물며 신발이 벗겨진 한쪽 발을 질질 끌었다. 애초에 상상력을 발휘할 여지가 많지 않았던 그녀의 옷은 처참하게 찢어져 있었다. 코스카는 그녀의 가느다란 허벅지와 창백한 어깨, 닭살이 돋아 있는 팔뚝에 남아 있는 길고 붉은 흉터를 보았다. 그녀는 뼈만 앙상하게 남은 얼룩덜룩한 오른손을 가리려는 듯, 엉덩이 위에 올린 채 걷고 있었다.

코스카는 그녀의 몸에 남은 처참한 흔적을 보고 자신도 모르게 경악했다. 늘 동경하던 그림이 의도적으로 훼손된 모습을 본 것 같은 기분이었다. 혹은 남모르게 가지고 싶었던 그림이라 해야 할까? 그런 감정이 맞을까? 그는 코트를 벗어 앞을 지나는 그녀에게 건넸다. 그녀는 아무 대꾸 없이 그를 지나쳤다.

"오늘 밤 우리가 수행한 임무에 만족하지 못하시는 것 같군요?" 모비어가 물었다.

"아리오를 처리했어. 상황이 더 나빴을 수도 있고. 옷을 갈아입어야 해. 그리고 바로 시파니를 뜰 거야." 찢어진 드레스 자락으로 바닥에 쌓인 먼지를 쓸다시피 하며 절뚝절뚝 계단을 오른 몬자는 모비어를 어깨로 밀치며 지나갔다. 시버스는 창고 문을 닫더니 문에 등을 기대고 서서 고개를 뒤로 젖혔다.

"쌀쌀맞기도 해라." 비타리가 몬자의 뒷모습을 지켜보며 중얼거렸다.

코스카가 입술을 오므렸다. "나는 늘 그녀의 내면에 악마가 도사리고 있다고 이야기하곤 했지. 하지만 진짜 무자비한 건 몬자의 남동생이었네."

"하." 비타리가 다시 주방으로 향했다. "난 칭찬으로 한 말이었는데."

*

몬자는 간신히 문을 닫고 방 안으로 몇 발자국을 걸어 들어갔다. 갑자기 배를 한 대 얻어맞은 것처럼 내장이 뒤틀리는 느낌이 들었다. 숨을 쉬기 힘들 정도로 격하게 헛구역질을 했고, 쓰디쓴 침이 입술 아래로 대롱대롱 매달려 있다가 바닥으로 떨어졌다.

그녀는 역겨움에 몸을 떨면서 창녀들이나 입을 법한 드레스에서 빠져나오려 몸을 비틀었다. 옷이 살에 닿는 촉감에 소름이 돋았고 옷에 밴 썩은 물비린내 때문에 내장이 뒤틀리는 것 같았다. 감각이 없다시피 한 손가락으로 후크를 잡아 비틀고, 단추와 죔쇠를 마구 할퀴었다. 숨을 헐떡이고 끙끙거리며 마침내 걸레짝이 된 젖은 옷에서 벗어난 그녀는 옷을 아무렇게나 내팽개쳤다.

거울을 보니 등불에 비친 자신의 얼굴이 있었다. 그녀는 부랑자처럼 허리를 굽힌 채 주정뱅이처럼 몸을 떨고 있었고, 창백한 피부에 붉은 흉터가 평소보다 눈에 띄었다. 검은 머리칼은 축 늘어져 있었다. 물에 빠져 죽은 시체가 서 있는 것 같았다.

누나는 꿈이고, 환상이야. 전쟁의 여신이야!

배가 다시 찌르듯 아파 오자 그녀는 몸을 숙이고 비틀거리며 옷장으로 걸어가서 덜덜 떨리는 손으로 깨끗한 옷들을 꺼내 입기 시작했다. 그녀가 입은 셔츠는 베나의 것이었다. 잠깐이나마 베나의 품에 안겨 있는 것 같은 느낌이 들었다. 그녀가 베나를 느낄 수 있는 최선의 방법이었다.

그녀는 침대에 앉아 맨발을 모으고 두 팔로 스스로를 꼭 끌어안은 채 앞뒤로 몸을 흔들며 체온이 따뜻하질 때까지 기다렸다. 메스꺼움이 또다시 밀려왔고, 속에서 쓰디쓴 액체를 뱉어 냈다. 메스꺼움이 가라앉자 그녀는 베나의 셔츠를 벨트 안으로 쑤셔 넣은 다음 몸을 숙여 얼굴을 찡그리며 욱신거리는 다리를 군화에 집어넣었다.

그녀는 세면대에 손을 담그고 찬물을 얼굴에 끼얹으며 얼굴에 남은 화장용 물감과 분, 피와 검댕을 벗겨 낸 다음 귓속과 머리카락, 콧구멍을 닦아 냈다.

"몬자!" 방 바깥에서 코스카의 목소리가 들렸다. "귀한 손님이 찾아왔어!"

그녀는 가죽 장갑에 뒤틀린 손을 밀어 넣고 얼굴을 찌푸리며 굽은 손가락을 제자리에 쑤셔 넣었다. 그리고 떨리는 숨을 길게 내쉰 뒤 침대 밑에서 칼베즈의 검을 꺼내 허리에 찼다. 검을 찬 것만으로 기분이 한결 나아졌다. 그녀는 문을 당겨 열었다.

칼롯 댄 아이더가 빨간색 코트에 놓인 금색 자수를 반짝이며 창고 바닥 한가운데 서 있었다. 그녀는 절뚝거리지 않으려 애쓰며 계단을 내려오는 몬자와 그 뒤를 따르는 코스카를 지켜보았다.

"대체 이게 다 뭐야? 카도티의 별장은 아직도 활활 타고 있어! 도시 전체가 난리라고!"

"무슨 일이냐고?" 몬자가 거세게 대꾸했다. "무슨 일인지는 네가 말해야지! 포스카가 아니라 국왕 폐하가 납셨던데!"

아이더가 침을 삼키자 목에 아직 남아 있던 검은색 딱지가 움찔했다. "포스카가 안 간다고 했대. 두통이 있다면서. 그래서 매제를 대신 데려간 거고."

"그리고 경호원 열댓 명을 대동하고 왔더군." 코스카가 말했다. "국왕의 개인 경호원만 그만큼이 왔네. 우리가 예상했던 것보다 손님도 훨씬 많았고. 결국 누구도 행복할 수 없는 결말을 맞이했지."

"아리오는?" 아이더가 창백한 얼굴로 물었다.

몬자는 그녀의 눈을 빤히 보았다. "개만도 못하게 죽었지."

"왕은?" 그녀는 거의 속삭이고 있었다.

"살아 있었어. 내가 나올 때까지는. 하지만 건물은 계속 불타고 있었지. 사람들이 구했는지도 몰라."

아이더가 장갑 낀 손으로 관자놀이를 문지르며 바닥을 내려다봤다. "당신이 실패하길 바랐어."

"운이 나빴군."

"이제 대가를 치르게 될 거야. 이런 짓을 벌이고 대가를 치르지 않을 수는 없어. 예상했던 일이 벌어질 수도 있고, 예상 못 한 일이 벌어지기도 할 거야." 그녀는 한 손을 내밀었다. "해독제 줘."

"없어."

"나는 내 임무를 다했어!"

"독 같은 건 없었어. 그냥 빈 주사기로 찔렀을 뿐이야. 당신은 아무 이상 없어."

아이더는 몬자를 향해 절망적인 웃음을 터뜨렸다. "이상이 없어? 오르소는 나를 어떻게든 찾아내서 개밥으로 던져 줄 거야! 오르소보다 먼저 움직일 수는 있겠지만 크리플은 절대 못 이겨. 나는 그를 실망시켰어. 그가 끔찍하게 생각하는 국왕 폐하를 위험에 처하게 했으니까. 나를 절대 가만두지 않을 거야. 이런 일을 그냥 지나칠 사람이 아니라고. 이제 만족해?"

"선택지가 있었던 것처럼 이야기하는군. 오르소와 다른 놈들이 죽지 않으면 내가 죽어. 그뿐이야. 애초에 만족할 수 있는 선택지는 없었던 거라고." 몬자가 돌아서며 어깨를 으쓱했다. "얼른 도망쳐야겠네."

"편지를 보냈어."

몬자가 자리에 멈춰 아이더를 돌아보았다. "편지?"

"오늘 낮에 대공작 오르소 앞으로. 충동적으로 쓴 거라 내용이 다 기억나지는 않지만, 샤일로 비타리와 니코모 코스카라는 이름은 적혀 있었지."

코스카가 한 손을 휘저었다. "나는 늘 권력가와 원수를 지곤 했어. 어떻게 보면 자랑거리이기도 하지. 저녁 식사에서 좋은 씹을 거리가 되기도 하고."

아이더는 비웃듯 늙은 용병을 바라보다가 몬자를 향해 시선을 돌렸다. "그 두 이름과 함께 머카토라는 이름도 적었고."

몬자가 인상을 썼다. "내 이름이군."

"나를 얼마나 멍청하게 본 거지? 나는 당신이 누구인지 알고 있고 이제 오르소도 알게 될 테지. 당신이 살아 있고, 오르소의 아들을 죽였고, 당신을 돕는 이들이 있다는 걸. 하찮은 복수인지 몰라도 어쨌든 내가 할 수 있는 최선이었어."

"복수?" 몬자가 천천히 고개를 끄덕였다. "뭐, 다들 복수를 하지. 네가 편지를 안 보냈다고 해도 상황이 나아지지는 않았을 거야." 그녀가 자루에 손을 얹자 칼베즈의 검이 달그락거렸다.

"왜? 날 죽이기라도 하게? 하! 난 이미 죽은 목숨이나 마찬가지야!"

"그럼 굳이 죽일 필요 없겠군. 당신은 어차피 내 살생부에 있지도 않아. 잘 가." 아이더가 그녀를 잠시 노려보다가 무언가 말하려는 듯 살짝 입을 벌렸지만 곧 굳게 다물고 문 쪽으로 향했다. "나한테 행운이나 빌어 주지 그래?"

"뭐?"

"지금 보니 내가 오르소를 죽이는 게 당신한테 가장 이로울 것 같아서."

한때 아리오의 정부였던 여자가 문 앞에 멈춰 섰다. "그런 일이 잘도 벌어지겠다!" 곧 그녀는 문밖으로 사라졌다.

IV 비세린(상)

> "불이 나지 않는 전쟁은
> 겨자 없이 먹는 소시지와 같다."
> ─ 헨리 5세

천검단은 오스프리아의 편에 서서 뮈리스와 싸웠다. 그다음에는 뮈리스의 편에서 시파니와 싸웠다. 그다음에는 시파니의 편에 서서 뮈리스와 싸웠고, 그다음에는 다시 오스프리아의 편에 섰다. 용병 계약이 없을 때는 충동적으로 오프릴을 털었다. 그리고 약 한 달 후, 그들은 오프릴을 샅샅이 뒤지지 않았다고 생각하며 다시 약탈을 하고 마을을 불태워 잿더미로 만들었다. 그들은 모두를 대신해 누군가와 싸웠고, 누군가를 대신해 모두와 싸우면서 실제로 전투는 거의 벌이지 않았다.

강도질과 약탈, 방화와 침탈, 강간과 갈취라면 이야기가 다르지만.

괴짜이면서 낭만적으로 보이고 싶었던 니코모 코스카는 주변에 특이한 사람들을 두고 싶어 했다. 열아홉 살짜리 소녀 검객과 그녀에게 찰싹 붙어 다니는 남동생은 그의 조건에 딱 맞아떨어졌고, 그는 그들을 곁에 두었다. 처음에는 두 남매가 흥미롭다고 생각했다. 그리고 나서는 그들이 유용하다고 생각했다. 곧 그들은 없어서는 안 될 동료가 되었다.

그와 몬자는 차가운 아침에 결투 연습을 하곤 했다. 그럴 때면 검날이 서로 충돌하며 번뜩였고, 가쁜 숨을 몰아쉬는 소리가 들리는 가운데 뿌연 입김이 공중에 흩어졌다. 힘이 좋은 그와 민첩한 그녀는 좋은 맞수가 되었다. 두 사람은 서로를 조롱하고 욕하면서 함께 웃었다. 동료들이 몰려와 구경하기도 했다. 그들은 자신들의 대장이 자기 나이의 절반밖에 안 되는 어린 소녀에게 종종 패배하는 모습을 보며 즐거워했다. 모두가 웃음을 터뜨렸지만 베나는 아니었다. 그는 검객이 아니었으니까.

하지만 베나는 셈이 빨랐다. 그는 용병단의 장부를 맡아 보면서 필요한 용품을 구입하고, 전리품을 관리하거나 되팔고, 수익금을 나눴다. 그는 모두에게 돈을 벌어다 주는 사람이었고, 유한 성격 덕분에 모두의 사랑을 받았다.

몬자는 뭐든 금방 배웠다. 그녀는 스톨리쿠스와 버추리오, 바이알로벨드, 파란스의 가르침을 익혔다. 그 외에도 니코모 코스카가 가르치는 모든 것들을 배웠다. 전략과 전술, 책략, 병참 업무와 판세를 읽는 법, 적을 파악하는 법도 물론 배웠다. 처음에는 눈으로 보며 배웠고, 나중에는 몸으로 직접 부딪치며 배웠다. 그녀는 전사에게 필요한 모든 기술과 지식을 터득했다.

"네 안에는 악마가 살고 있구나." 코스카는 술에 취해 그녀에게 말했다. 드물게 일어나는 일은 아니었다. 그녀는 뮈리스에서 그의 목숨을 구해 줬고, 그도 그녀의 목숨을 구해 줬다. 모두가 웃었지만 베나는 아니었다. 그는 생명의 은인은 될 수 없었으니까.

늙은 사자인이 화살에 맞아 죽었고, 천검단 소속의 용병 부대 사령관들은 투표를 통해 니코모 코스카를 총사령관 자리에 앉혔다.

몬자와 베나도 그와 함께했다. 그녀는 코스카의 명령을 따랐다. 곧 그녀는 어떤 명령을 내려야 할지 그에게 조언했다. 나중에는 그가 술에 취해 곯아떨어진 동안 명령을 내리고 코스카의 명령인 척했다. 결국에는 코스카의 명령인 척을 그만뒀지만, 그가 취하지 않았을 때 내린 명령보다 그녀의 명령이 더 나았기에 아무도 신경 쓰지 않았다.

몇 달, 몇 년이 흘렀고 코스카가 술에 취해 있지 않은 시간이 점점 줄었다. 그는 늘 술집에서 명령을 내렸다. 그의 유일한 결투 연습 상대는 술병이 되었다. 천검단이 한 지역을 쓸어 버리고 다음 지역으로 이동할 때가 오면 몬자는 술집, 허스크와 매음 소굴 등을 돌며 그를 찾아 데려왔다.

그녀는 더 이상 그의 보호자 노릇을 하고 싶지 않았고 베나는 코스카를 돌보는 그녀를 못마땅해했다. 하지만 코스카는 그들이 기댈 자리를 마련해 준 사람이고, 그들은 그에게 빚을 진 셈이기에 몬자는 여전히 그를 챙겼다. 새벽녘이면 술에 취해 휘청거리는 코스카와 그런 그의 무게에 못 이겨 휘청거리는 몬자가 함께 진영으로 향하곤 했다. 그럴 때면 그는 몬자의 귀에 속삭이곤 했다.

"몬자, 몬자. 자네가 없었으면 어찌했을까?"

결국, 복수

반짝반짝 잘 닦인 간마크 장군의 기사용 군화가 반짝반짝 잘 닦인 바닥에 부딪혀 철컥철컥 소리를 냈다. 끽끽 소리를 내는 신을 신은 시종이 그의 뒤를 따랐다. 두 사람의 발소리가 반짝이는 벽에 반사되어 울렸고, 텅 빈 넓은 공간을 지나는 그들의 급한 발걸음에 햇살 줄기 속을 게으르게 떠다니던 먼지들이 소용돌이쳤다. 오래 신어 밑창이 말랑하게 닳은 솅크트의 부드러운 작업용 부츠에서는 아무 소리도 나지 않았다.

"공작 전하를 알현하시려면," 시종이 침을 튀겨 가며 급하게 말했다. "너무 빠르지 않게 앞으로 나아가시되 시선은 오른쪽이나 왼쪽을 향하지 말고 땅을 향하게 하십시오. 전하와 눈이 마주쳐서는 안 됩니다. 카펫의 흰 선에서 걸음을 멈추십시오. 흰 선 앞에서 멈추거나 넘어가시면 안 됩니다. 반드시 선에 맞춰 서십시오. 그리고는 무릎을 꿇고…….”

"나는 무릎은 꿇지 않소." 셍크트가 말했다.

시종은 모욕을 당한 올빼미처럼 그를 향해 고개를 돌렸다. "외국의 국가 원수들만 예외가 될 수 있습니다. 누구든…….”

"나는 무릎은 꿇지 않소."

시종은 숨도 제대로 쉬지 못할 만큼 분노했지만 간마크는 시종에게 쏘아붙였다. "이런 젠장! 오르소 공작의 아들이자 후계자가 살해당했네! 그 앙갚음을 할 수 있는 사람이 무릎을 꿇든 꿇지 않든 전하께서는 상관하시지 않을 걸세. 무릎을 꿇든 말든 알아서 하시게나." 흰 제복을 입은 경비병 두 명이 교차시켜 들고 있던 미늘창을 걷어 그들이 지나갈 수 있도록 해 주었다. 간마크는 두 짝짜리 여닫이문을 벌컥 열었다.

문 뒤의 방은 위압적으로 거대하고, 호화롭고, 웅장했다. 스티리아에서 가장 힘이 센 사람의 알현실로 딱 어울리는 방이었다. 하지만 이보다 더 대단한 방에 드나들며 더 대단한 인물들을 만나 온 셍크트에게는 더 이상 경외심이 남아 있지 않았다. 모자이크 바닥에 얇고 붉은 카펫이 깔려 있었고, 그 고독한 끝에 흰색 선이 그려져 있었다. 선 너머에는 연단이 높게 올려져 있었는데, 완전무장을 한 경비병 열댓 명이 그 앞을 지키고 있었다. 연단에는 황금색 의자가 놓여 있었다. 의자에는 탈린의 대공작 오르소가 앉아 있었다. 그는 온통 검은색 옷을 입고 있었는데, 찡그린 낯빛은 검은색보다도 어두워 보였다.

인종이나 덩치, 생김새가 다양한 예순 명 혹은 그 이상도 족히 돼 보이는 사람들이 낯설고 불길한 기운을 풍기며 오르소와 그를 둘러싼 수행원들 앞에 반원형으로 무릎을 꿇고 있었다. 그들이 지금은 무장하지 않았지만 평소라면 무기를 여럿 가지고 다니리라고 솅크트는 생각했다. 솅크트는 그들 중 몇몇을 알아보았다. 그들은 살인청부업자, 암살자, 인간 사냥꾼 들이었다. 만약 미장이와 벽화의 거장이 같은 일을 한다고 여길 수 있다면 그들이 그와 같은 일을 한다고도 할 수 있을 것이다.

그는 너무 빠르지 않은 속도로, 시선이 오른쪽이나 왼쪽으로 향하지 않고 땅을 향하도록 유지하면서 오르소와 눈을 마주치지 않고 연단을 향해 앞으로 나아갔다. 이윽고 반원형으로 모인 각양각색의 살인자들을 지나 흰 선에 정확히 멈춰 섰다. 그리고 간마크 장군이 성큼성큼 경비병들을 지나 왕좌를 향해 계단을 오르는 모습을 지켜보았다. 간마크는 몸을 기울여 오르소의 귀에 속삭였고, 그동안 오르소의 반대쪽 팔꿈치 옆에 선 시종은 못마땅한 자세를 취하고 있었다.

대공은 솅크트를 오랫동안 빤히 보았고, 솅크트도 그의 눈을 피하지 않았다. 그동안 장내는 거대한 공간에서만 느낄 수 있는 위압적인 적막 속에 싸여 있었다. "그래서 이자가 그자군. 왜 무릎을 꿇지 않지?"

"그는 무릎을 꿇지 않는답니다." 간마크가 말했다.

"다른 사람들은 다 무릎을 꿇는데. 자네는 뭐가 그렇게 특별한가?"

"특별하지 않습니다." 솅크트가 말했다.

"하지만 무릎은 꿇지 않고."

"예전에는 꿇었지요. 오래전에요. 이제는 아닙니다."

오르소는 눈을 가늘게 떴다. "만약 무릎을 꿇게 만들려는 사람이 있으면?"

"그랬던 사람이 있었지요."

"그래서?"

"그래도 무릎을 꿇지 않았습니다."

"그럼 일어서 있게. 내 아들이 죽었다네."

"유감입니다."

"목소리는 그렇지 않은 것 같군."

"제 아들은 아니니까요."

시종은 거의 질식할 듯한 표정이었지만 오르소의 퀭한 눈은 흔들리지 않았다. "자네는 솔직하게 말하는 것을 좋아하는군. 권력자들에게 직언은 귀한 자산이지. 자네에 관해 최고의 추천사를 들었네."

솅크트는 아무 말도 하지 않았다.

"케언에서의 일. 자네가 맡은 일이었다더군. 게다가 전부 혼자 한 일이라지. 일이 끝난 후 표적들은 시체라고도 부를 수 없는 몰골이 되었다던데."

솅크트는 아무 말도 하지 않았다.

"자네가 한 일이라고 인정하지 않는군."

솅크트는 오르소 공작의 얼굴을 빤히 볼 뿐, 아무 말도 하지 않았다.

"하지만 부인도 하지 않는군."

여전히 아무 답이 없었다.

"나는 입이 무거운 사람을 좋아하지. 동지에게 말을 적게 하는 사람이라면 적에게는 아무 말도 하지 않을 테니까."

침묵이 이어졌다.

"내 아들이 살해됐네. 쓰레기마냥 매음 소굴 창문으로 던져졌다더군. 아들의 친구들과 수행원들, 내 백성들도 여럿 죽었네. 연방의 왕인 내 사위는 불타는 건물에서 죽을 고비를 넘기고 간신히 빠져나왔다네. 연회의 주최자였던 시파니의 수상 소토리우스는 그 반송장 같은 몰골로 손만 비비적거리며 할 수 있는 게 없다는 말만 지껄이고 있지. 나는 배신당했네. 가족을 잃었고. 그리고…… 치욕을 당했지. 내가 말일세!" 공작이 갑자기 소리를 지르는 바람에 방 안이 쩌렁쩌렁 울리자 사람들은 일제히 움찔했다.

모두가 움찔했지만 솅크트는 아니었다. "그럼 복수를 하셔야지요."

"복수해야지!" 오르소가 의자 팔걸이를 주먹으로 짓눌렀다. "신속하고 끔찍한 복수를."

"신속한 건 약속드릴 수 없습니다. 끔찍하게는…… 가능합니다."

"그럼 천천히 가혹하고 무자비하게 복수하게나."

"백성들과 백성들의 재산이 해를 입을 수도 있습니다."

"어떤 대가를 치르든 상관없네. 놈들의 머리를 가져와. 남자, 여자, 아이 할 것 없이 이 일에 조금이라도 관련된 모두의 머리를 가져오게. 필요한 건 뭐든 하게. 놈들의 머리만 가져오면 돼."

"머리를 가져오지요."

"선금은 얼마를 주면 되나?"

"안 주셔도 됩니다."

"조금도……."

"임무를 완수한 후에, 놈들 수장의 머리를 가져오는 대가로 10만 냥, 조력자들은 한 명당 2만 냥을 주시면 됩니다. 아무리 많아도 25만 냥 이상은 주실 필요 없습니다. 그게 제 몫입니다."

"아주 비싸군!" 시종이 빽 소리를 질렀다. "그 돈을 가지고 뭘 하려고 그러나?"

"부자가 돼서 바보들의 질문에 답할 필요가 없어지면 돈을 세면서 웃어야지요. 제 일 처리에 만족하지 못한 의뢰인은 어디에서도 찾으실 수 없을 겁니다." 셍크트는 그의 뒤에 반원형으로 선 얼간이들에게 천천히 시선을 옮겼다. "그보다 적은 돈을 주고 저보다 못한 사람들에게 일을 맡기셔도 됩니다."

"그럴 생각이네." 오르소가 말했다. "저들 중에 먼저 놈들을 찾는 자가 있다면 말이지."

"다른 조건은 없으신 걸로 알겠습니다. 공작 전하."

"좋네." 공작이 으르렁거렸다. "그럼 시작하게. 다들 시작해! 내 이름으로…… 복수를…… 해 주게나!"

"해산하시게!" 시종이 날카롭게 소리쳤다. 암살자들이 자리에서 일어서서 거대한 방을 떠나는 동안 부스럭거리는 소리, 덜거덕거리는 소리, 찰랑거리는 소리가 이어졌다. 셍크트는 돌아서서 거대한 문을 향해 너무 빠르지 않은 속도로 오른쪽도 왼쪽도 보지 않으면서 카펫을 걸었다.

살인청부업자들 중 한 명이 앞을 가로막았다. 피부가 검고 보통 키에 덩치가 문짝만 한 남자였는데, 밝은색 셔츠 사이로 단단한 근육이 보였다. 그의 두꺼운 입술이 뒤틀렸다. "당신이 솅크트요? 내가 생각했던 것만 못하군."

"당신이 믿는 신께 당신 기대보다 더 많은 걸 볼 수 없게 해 달라고 기도하시오."

"나는 기도 따윈 하지 않소."

솅크트가 그에게 몸을 기울이고 그의 귀에 속삭였다. "이제부터라도 시작하는 게 좋을 거요."

보통 사람들의 기준으로 넓은 방이었지만 간마크 장군의 서재는 어수선해 보였다. 거대한 유벤스의 흉상이 벽난로 위에서 심술궂게 인상을 찌푸리고 있었다. 흉상의 대머리가 화려한 비세린의 색유리 거울에 반사되었다. 책상 양쪽에는 어깨높이까지 오는 거대한 화병 두 개가 세워져 있었다. 벽에는 금색 틀에 끼워진 그림들이 가득했는데, 그중 두 개는 아주 거대했다. 훌륭한 그림들이었다. 다닥다닥 붙어 있기에는 너무 훌륭했다.

"아주 인상적인 그림들이군요." 솅크트가 말했다.

"저건 콜리에의 작품이네. 원래 주인의 저택에 계속 있었으면 불탈 뻔했지. 저 두 개는 나서린의 그림, 저건 오러스의 그림이고." 간마크는 검지로 세심하게 그림들을 가리켰다. "그의 초기 작품이기는 하네만, 어쨌든. 저 화병들은 몇백 년 전 구르컬의 초대 황제에게 바친 공물인데 흘러 흘러 카프릴 외곽의 부잣집 저택까지 닿게 되었더군."

"그리고 여기까지 왔군요."

"나는 구할 수 있으면 구하고 본다네." 간마크가 말했다. "그렇게 하면 피의 시대가 끝나고 나서도 스티리아에 가치 있는 보물 몇 점은 남아 있을 테니까."

"혹은 장군님 댁에 남아 있거나요."

"불타는 것보다 내가 가지고 있는 게 낫지. 전쟁철이 시작됐으니 나는 내일 아침 비세린으로 떠나 도시를 포위할 생각이네. 작은 충돌과 약탈과 방화가 벌어지겠지. 행군과 후퇴가 이어질 테고, 기근과 역병도 발생할 걸세. 부상을 입히고 살인을 저지르는 건 말할 것도 없고. 이 모든 건 하늘에서 떨어지는 벼락처럼 끔찍이도 무작위적이라네. 집단 형벌 같은 거랄까. 누구에게나 이유 없이 일어날 수 있는. 전쟁이 그런 걸세, 솅크트, 전쟁이 그래. 나는 한때 고결한 사람이 되고 싶었네. 좋은 일을 하는."

"우리 모두 그런 꿈을 꾸지요."

장군은 한쪽 눈썹을 치켜올렸다. "자네도 그런 꿈을 꿨나?"

"저도 그런 꿈을 꿨지요." 솅크트가 자신의 칼을 꺼냈다. 구르켈의 도살업자가 쓸 법한, 작지만 분노의 여신만큼 예리한 낫이었다.

"자네는 계속 그 기쁨을 누리시게. 내가 할 수 있는 일은 그 모든 엄청난 낭비를…… 서사시가 되도록 노력하는 것뿐이지."

"낭비가 만연한 시대지요." 솅크트는 주머니에서 작은 나무토막을 꺼냈다. 나무토막 한쪽 끝에는 개의 머리가 조각되어 있었다.

"늘 그렇지 않나? 와인 한잔하겠나? 캔틴의 보관 창고에 있던 와인이라네."

"아니요."

장군이 유리잔을 채우는 동안 솅크트는 조심스럽게 칼을 움직였다. 그의 부츠 사이 바닥에 나무 조각들이 떨어졌다. 개의 엉덩이 부분이 서서히 모습을 드러냈다. 방에 있는 다른 작품들과는 비교할 수 없지만 어쨌든 그것도 작품이었다. 굽은 날이 규칙적으로 움직이는 모습, 나뭇조각이 팔랑거리며 떨어지는 모습을 보면 솅크트는 어쩐지 마음이 차분해졌다.

간마크는 벽난로 선반에 등을 기대고 서서 부지깽이를 집어 들고 공연히 불꽃을 쑤셨다. "몬즈카로 머카토라는 이름을 들어 본 적이 있는가?"

"천검단의 총사령관이지요. 가장 성공한 군인 중 하나이고요. 그녀가 죽었다고 들었는데요."

"솅크트, 비밀을 지킬 수 있겠나?"

"이미 무덤까지 가져갈 비밀이 수백 개는 넘습니다."

"그렇겠지. 물론일세." 그는 긴 숨을 내쉬었다. "오르소 공작이 그녀를 죽이라고 명령했네. 그녀와 그녀의 동생을 말일세. 그녀는 전투에서 연승을 거두면서 탈린의 유명 인사가 되었지. 너무 유명해져 버린 걸세. 공작 전하는 그녀가 왕좌를 노릴까 두려워하셨다네. 용병들은 충분히 그럴 수 있으니까. 놀랍지 않나?"

"저는 모든 종류의 죽음을 봐 왔고, 모든 종류의 동기도 봐 왔지요."

"그랬을 테지." 간마크는 불꽃을 바라보며 인상을 썼다. "그녀는 끔찍하게 살해당했네."

"끔찍하지 않은 살인은 없으니까요."

"어쨌든 그렇게까지 하는 건 너무했어. 두 달 전 오르소 공작의 경호원이 사라졌지. 그는 자기 한 몸 지킬 줄 모르고 사악한 무리들과 유흥이나 즐기면서 적을 많이 만든 우둔한 작자였으니 별로 놀랄 일은 아니었네. 나도 아무 의심하지 않았고."

"그런데요?"

"한 달 후, 공작의 은행가가 웨스트포트에서 절반이 넘는 은행 직원과 함께 독살당했지. 이번에는 달랐네. 그는 자기 몸을 매우 잘 간수하는 사람이었거든. 그를 독살하는 건 잔혹하면서 뛰어난 기술까지 지닌 전문가가 동원되어야 할 만큼 힘든 일이었지. 하지만 그는 스티리아의 정치에 광범위하게 손을 댔고, 스티리아의 정치는 자비 없는 이들이 목숨을 걸고 펼치는 게임이잖나."

"그렇지요."

"발린트앤드벌크 은행은 오랫동안 앙심을 품고 있던 그들의 라이벌 구르쿨이라면 살인 동기가 충분하다고 생각했지."

"발린트앤드벌크라."

"그 은행에 대해 잘 아는가?"

솅크트가 잠시 손을 멈췄다. "한때 제 고용주였던 적이 있습니다. 계속하시지요."

"하지만 이제 아리오 왕자가 살해되었네." 장군은 귀밑을 한 손가락으로 지그시 눌렀다. "베나 머카토가 찔린 바로 그 부위를 찔린 채 말일세. 게다가 높은 창문에서 떨어졌다지?"

"몬즈카로 머카토가 아직 살아 있다고 생각하십니까?"

"아들이 죽고 일주일 후 공작 앞으로 편지 한 통이 도착했지. 아리오 왕자의 정부인 칼롯 댄 아이더가 보낸 편지였네. 우리는 오랫동안 그녀가 연방에서 보낸 스파이일 거라고 생각해 왔네만, 오르소는 그들의 관계를 묵인해 주었지."

"놀랍군요."

간마크가 어깨를 으쓱했다. "연방은 우리의 확실한 우방일세. 구르컬과 연방은 끊임없는 전쟁을 이어 왔고 우리는 마지막 전투에서 연방이 승리하도록 도왔다네. 연방과 우리 둘 다 발린트앤드벌크 은행의 지원을 받고 있지. 연방의 왕이 오르소의 사위라는 사실은 굳이 말하지 않아도 알 걸세. 당연히 이웃으로서의 예의를 갖춰 서로 스파이를 심는다는 말이지. 어차피 스파이를 묵인해야 한다면, 매력적인 여성이면 좋지 않겠나. 아이더는 누가 봐도 매력적인 여인일세. 그녀는 시파니에서 아리오 왕자와 함께 지냈다네. 그가 죽은 후에는 사라졌는데, 편지가 도착했지."

"편지엔 뭐라고 쓰여 있던가요?"

"독극물로 협박을 당해 아리오 왕자가 살해될 것을 알면서도 도울 수밖에 없었다고 했네. 그리고 살해범 무리에 니코모 코스카라는 용병과 샤일로 비타리라는 고문 기술자가 포함되어 있고, 수장은 머카토라고 하더군. 살아 있는 게 분명해."

"그 말을 믿으십니까?"

"아이더가 우리한테 거짓말할 이유가 없지. 편지를 보냈다는 이유로 전하의 노여움을 피해 목숨을 부지할 수 없다는 사실을 그녀는 잘 알고 있네. 확실히 머카토는 발코니로 던져질 때 살아 있었네. 그녀가 죽는 모습은 보지 못했지."

"복수를 하려고 하겠군요."

간마크가 하나도 즐거운 기색이 없이 쿡쿡 웃었다. "지금은 피의 시대 아닌가. 모두가 복수를 하고 싶어 하지. 하물며 그녀는 탈린의 독사, 카프릴의 도살자 아닌가? 남동생 말고는 이 세상 무엇에도 정을 준 적 없는 인물일세. 그녀가 살아 있다면 지금쯤 분노에 활활 타고 있겠지. 그런 외골수 같은 원수는 어디에서도 찾을 수 없을걸세."

"그렇다면 저는 비타리라는 여자와 코스카라는 남자, 그리고 독사 머카토를 찾아야겠군요."

"그녀가 살아 있다는 사실을 누구도 알아서는 안 돼. 오르소가 그녀를 죽이려 했다는 사실을 탈린 백성들이 알게 되는 날엔…… 민심이 뒤숭숭해질 걸세. 심지어 반란이 일어날 수도 있지. 백성들은 그녀를 매우 좋아했으니까. 그녀는 행운의 부적이자 마스코트 같은 존재였어. 능력만으로 일어선 자신들과 똑같은 존재. 전쟁이 이어지고 세금이 점점 오르는 동안 공작 전하는…… 민심을 많이 잃었지. 자네가 이런 이야기를 떠벌리지 않으리라고 믿어도 되겠지?"

셍크트는 아무 말도 하지 않았다.

"좋네. 머카토의 조력자들이 아직 탈린에 있네. 어쩌면 그중 한 명이 그녀가 어디 있는지 알 수도 있지." 장군이 고개를 들었고, 그의 지친 얼굴 한쪽이 난로 불빛을 받아 주황빛으로 물들어 있었다.

"하긴, 내가 무슨 말을 하겠나? 사람들을 찾는 건 자네 일인 것을. 사람들을 찾고, 또……." 그가 번쩍거리는 숯을 다시 한번 찌르자, 공중에 불티들이 튀어 올랐다. "자네가 해야 할 일을 굳이 말로 하지는 않아도 되겠지?"

솅크트는 반쯤 끝낸 개 모양 조각과 칼을 집어넣고 문 쪽으로 향했다. "물론입니다."

내리막길

그들은 태양이 숲 저편으로 떨어지고 땅거미가 질 무렵 비세린에 도착했다. 몇 킬로미터 떨어진 곳에서도 탑들이 보였다. 여남은 개는 되는 것 같았다. 어쩌면 스무 개 가까이 될지도 몰랐다. 숙녀의 손가락처럼 높고 가느다란 탑들이 청회색 하늘 높이 우뚝 솟아 있었고, 높은 창문에서 등불이 타오르며 허공에 불빛을 흩뿌리고 있었다.

"탑들이 많군." 시버스가 혼자 중얼거렸다.

"비세린에서는 탑을 세우는 게 유행이었지." 코스카가 시버스에게 곁눈질을 하며 웃었다. "어떤 탑들은 몇 세기 전 신제국시대에 세워졌다네. 위대한 가문들은 가장 높은 탑을 세우려고 서로 경쟁했지. 자존심이 걸린 문제였으니까. 내가 어릴 때, 우리 집에서 세 블록도 떨어지지 않은 자리에 있던 탑 하나가 다 짓기도 전에 무너진 적이 있다네. 그 바람에 가난한 사람들이 살던 집들까지 파괴되었지. 부자들의 열망 때문에 피해를 보는 건 늘 가난한 사람들이야. 그럼에도 불평조차 하지 않지. 왜냐하면…… 음…….”

"그들도 자기 탑을 쌓는 꿈을 꾸기 때문인가?"

코스카가 쿡쿡 웃었다. "뭐, 그렇지. 나는 그렇게 생각하네. 그들은 높이 올라갈수록 더 높은 곳에서 떨어져야 한다는 사실을 모르니까."

"땅바닥에 코를 처박고 나면 알게 되겠지."

"정말 맞는 말일세. 비세린의 부자들 중 많은 이들이 곧 추락하겠군……."

프렌들리가 횃불을 밝혔고, 비타리가 뒤를 이었다. 데이는 수레 앞에 횃불을 달아 길을 밝혔다. 그들은 횃불에 둘러싸여 있었다. 어둠이 내린 들판에 작게 빛나는 불빛들이 바다까지 구불구불 뻗어 있는 길을 따라 이어지고 있었다. 다른 때 같으면 예쁜 풍경이겠지만 지금은 아니었다. 전쟁이 곧 시작될 참이고, 예쁜 풍경을 느낄 여유가 없었다.

도시에 가까워질수록 사람이 점점 많아지면서 길이 막혔다. 길양쪽에 쓰레기도 더 많이 버려져 있었다. 사람들 절반은 어떻게든 비세린 성안으로 들어가 몸을 숨기려는 듯했고, 나머지 절반은 도망칠 벌판을 찾아 성 밖으로 빠져나오려는 듯했다. 전쟁이 한창일 때 농부들은 어려운 선택을 해야 했다. 자기 땅을 지키려면 방화 또는 강도를 당하거나, 어쩌면 강간과 살인까지도 감수해야 할 수도 있었다. 도시로 가서 자리를 잡을 수 있다 해도 보호자 역할을 해야 할 이들에게 돈을 뜯기기 일쑤인 데다 도시가 함락되는 날에는 어차피 약탈을 당하게 되어 있었다. 산속으로 도망치면 추격자들에게 붙잡히거나, 굶어 죽거나, 추운 밤에 얼어 죽는 일이 허다했다.

전쟁 때문에 죽는 군인들이야 물론 있지만, 적어도 살아남은 군인들은 돈을 챙겨 노래를 부르며 따뜻한 불가에 둘러앉아 있을 수 있었다. 전쟁 때문에 죽는 농부들이 훨씬 많은데도, 살아남은 농부들에게 남는 것은 잿더미뿐이었다.

기분을 더 가라앉히려는 것인지 어둠 속에서 비까지 흩날리기 시작했다. 깜빡이는 횃불에 빗방울이 떨어져 쉭쉭거리는 소리가 났고, 비는 흰 줄기가 되어 그들 주위를 감싼 불빛 속을 지났다. 길이 질척질척한 진흙탕으로 변했다. 빗방울이 정수리를 간질였지만 시버스의 정신은 온통 딴 데 팔려 있었다. 지난 몇 주 동안 머릿속을 어지럽히는 생각이 있었다. 생각 속에서 그는 카도티의 별장으로 돌아가 그곳에서 자신이 저지른 일을 곱씹었다.

그의 형은 늘 그에게 여자를 죽이는 게 남자로서 저지를 수 있는 가장 비열한 짓이라고 말했다. 인간이 동물과 다르고, 칼즈가 살인자들과 다른 이유는 그들이 여자와 아이 들을 존중하고 전통을 따르며 자기가 한 말을 지킬 수 있기 때문이라고 했다. 그가 여자를 죽이려고 한 적은 없지만, 군중 사이에서 칼을 휘두른 이상 결과에 대한 비난을 피할 수는 없었다. 그가 되고자 했던 좋은 사람이라면 자신이 저지른 행동에 괴로워하며 손톱을 물어뜯고 있어야 했다. 하지만 그 여자의 가슴에서 떨어져 나온 피 묻은 살점이나, 그때 들렸던 공허한 소리, 벽을 등지고 스르르 주저앉으며 그를 빤히 쳐다보던 모습을 떠올려도 그곳을 벗어나 다행이라는 안도감 말고는 아무 생각도 들지 않았다.

매음 소굴에서 실수로 여자를 죽인 것은 살인이고 사악한 일이지만 전투에서 고의로 남자를 죽인 것은 고결한 일인가? 자부심을 가지고 노래를 부를 일인가? 추운 북부에서 불가에 모여 앉아 있었을 때는 단순하고 명백한 문제였을 터였다. 시버스는 예전처럼 두 죽음이 뚜렷하게 다르다고 생각할 수 없었다. 하지만 혼란스럽지 않았다. 오히려 한 가지는 분명해졌다. 사람을 죽이기 시작하면 멈출 수 있는 적당한 때는 없다는 것이었다.

"머릿속이 어두운 생각들로 가득 찬 표정이군." 코스카가 말했다.

"농담할 때가 아닌 것 같은데."

코스카가 쿡쿡거렸다. "내 스승 사자인은 살아 있는 내내 웃으라고 말했지. 죽고 나면 웃기 힘들어질 테니까 말일세."

"그렇소? 그래서 그분은 어떻게 됐소?"

"화살에 맞은 어깨가 곪는 바람에 저세상으로 갔네."

"절묘한 유언이군."

"그래, 인생이 농담이라면 아마도 어두운 농담일 걸세." 코스카가 말했다.

"그럼, 농담의 대상이 본인이 될 수도 있으니 안 웃어야겠군요."

"맞받아치게 유머 감각을 기를 수도 있지."

"이 상황에서 웃으려면 유머 감각이 단단히 비뚤어져 있어야 할 것 같은데."

코스카가 굵어지는 빗방울 속에 우뚝 솟은 검은 형체로만 보이는 비세린 성벽을 바라보며 목을 긁적였다. "솔직히 말하자면, 지금은 하나도 재미있지가 않군."

 불빛을 보아하니 성문 가까이에 사람들이 불쾌할 정도로 많이 몰려 있는 것 같았고, 가까이 다가갈수록 상황은 더 나빠졌다. 이따금 성문 밖으로 나오는 사람들이 보였다. 나이 든 남자, 젊은 아가씨, 아이를 안은 여자 들이 짐을 노새에 싣거나 등에 지고 진흙 바닥을 삐걱거리며 구르는 수레와 함께 성 밖으로 나오고 있었다. 그들은 긴장한 표정으로 화가 난 군중 사이를 헤쳐 나왔고, 반대 방향으로 들어가는 이는 별로 없었다. 공기를 무겁게 짓누르고 있는 공포가 느껴졌고, 사람들이 모일수록 공포는 더 짙어졌다.

 시버스는 말에서 내려 다리를 펴고 검집에서 검을 느슨하게 빼두었다.

 "좋아." 후드를 눌러쓰고 있는 몬자의 검은 머리칼이 찡그린 옆얼굴에 붙어 있었다. "내가 얘기할게."

 "성안으로 들어가는 게 맞다고 확신하십니까?" 모비어가 물었다.

 그녀는 그를 빤히 쳐다봤다. "오르소의 군대가 길어야 이틀이면 도착해. 간마크가 오겠지. 페이스풀 카르피도. 천검단과 함께 올 수도 있어. 그들이 있는 곳에 우리도 있어야 해. 그뿐이야."

 "제 의뢰인이시니 말을 따라야지요. 하지만 결과가 아주 뻔히 보이는 일도 있다는 사실을 말씀드리고 싶군요. 적군에게 곧 포위될 도시에 제 발로 들어가 갇히는 것보다 덜 위험한 다른 방법을 찾을 수 있을 겁니다."

"밖에서 기다린다고 방법이 생기지는 않아."

"우리가 모두 죽으면 방법이 있어도 소용이 없지요. 상황에 따라 유연하게 바꿀 수 없는 계획은 차라리……" 그녀는 그가 말을 끝내기도 전에 돌아서서 아치형 통로를 향해 사람들을 헤치며 나아갔다. "여자들이란." 모비어가 이를 악물고 씩씩거렸다.

"여자들이 뭐요?" 비타리가 낮은 목소리로 쏘아붙였다.

"우리 일행은 제외하고 말입니다. 여자들은 머리보다 가슴으로 생각하는 경향이 있지요."

"나한테 줄 돈을 생각하면, 머리나 가슴이 아니라 엉덩이로 생각한대도 상관할 바 아니죠."

"부자로 죽어도 죽으면 끝이지요."

"가난하게 죽는 것보단 낫지." 시버스가 말했다.

얼마 지나지 않아 경비병 대여섯 명이 사람들을 밀치며 가까이 다가왔다. 그들은 창을 휘둘러 사람들을 물리며 성문으로 향하는 길을 만들었다. 군인 한 명이 인상을 쓰며 다가왔고 몬자가 바로 그 뒤에 서 있었다. 그에게 동전 몇 닢을 건넨 성과일 터였다.

"당신들 여섯이랑 수레 하나," 군인이 장갑 낀 손으로 시버스와 다른 사람들을 가리켰다. "성안으로. 여기 여섯 명만이야."

성문 근처에 서 있던 성난 군중들이 웅성거리는 소리가 들렸다. 수레가 굴러가기 시작하자 누군가 수레를 발로 찼다. "젠장! 공평하지가 않잖아! 평생 샐리어 놈한테 세금을 갖다 바쳤더니 이제 와서 쫓아내?" 시버스가 말을 움직이려 하자 누군가 그의 팔을 덥석 잡았다. 떨어지는 빗방울 너머 횃불에 비친 모습을 보아하니 농부인 것 같았고, 다른 사람들보다 더 절박해 보였다. "이놈들은 왜 들여보내 주는 거요? 나는 가족이……."

시버스는 농부의 얼굴에 주먹을 날렸다. 그러고는 넘어지는 그의 코트 깃을 낚아채 끌어 올린 다음 한 방 더 날렸고, 그는 길가 배수로에 대자로 처박히고 말았다. 농부가 몸을 일으키자 황혼의 어둠 속에 거무죽죽하게 보이는 피가 얼굴을 타고 흘러내렸다. 문제가 생기면 문제가 시작되자마자 끝을 내야 하는 법이다. 따끔한 주먹 한 방으로 심각한 상황을 막아 낼 수 있다. 블랙다우라면 지금이 상황도 그렇게 처리했을 터였다. 그래서 시버스는 재빨리 걸음을 옮겨 농부의 가슴팍에 발을 올린 다음 힘껏 밀쳐 그를 다시 진흙탕에 처박았다.

"움직이지 마." 다른 사람들이 멀찍이 서 있었다. 남자들과 여자 하나, 그리고 여자의 양쪽 다리를 붙들고 있는 아이 둘이 어두운 윤곽으로 보였다. 한 소년이 뭐라도 해 보려는 듯 시버스의 얼굴에 시선을 고정한 채 몸을 숙이고 있었다. 아마도 농부의 아들인 듯했다. "나는 이런 짓을 하면서 먹고산단다, 꼬마야. 너도 길바닥에 자빠지고 싶으냐?"

소년은 고개를 저었다. 시버스는 말굴레를 다시 잡고 혀를 탁 차면서 아치형 통로를 통과했다. 그는 너무 빠르지 않게 걸었다. 혹시나 그의 인내심을 시험하러 달려드는 멍청이가 있을 때를 대비한 걸음걸이였다. 하지만 시버스가 몇 걸음을 걷기도 전에 사람들은 다시 열심히 소리를 지르는 데만 집중하기 시작했다. 그들은 자신들이 얼마나 특별한지, 다른 사람들은 성 밖에서 적에게 뜯기든 말든 자기들만큼은 성안으로 들어가야 하는 이유가 무엇인지 주절대고 있었다. 이 모든 상황 속에서 좀 전에 농부가 앞니 하나를 잃은 것쯤은 별일도 아니었다. 그들은 이가 부러지는 것보다 훨씬 나쁜 상황이 곧 닥치리라는 사실을 알았고, 그런 상황을 최전방에서 맞이하지 않을 방법을 찾는 데만 혈안이 되어 있었다. 그는 피부가 까진 손마디를 후후 불며 다른 일행을 따라 길고 어두운 아치형 통로를 걸었다.

시버스는 도그먼이 아두아에서 한 이야기를 떠올리려고 애썼다. 그때 이후로 시간이 100년은 흐른 것 같았다. 피는 피를 부르는 법이라고, 아직 더 나은 사람이 될 수 있다는 이야기였다. 좋은 사람이 되기에 늦은 때는 없다고 했다. 러드 스리트리스는 좋은 사람이었고, 그보다 좋은 사람을 시버스는 보지 못했다. 그는 사는 동안 늘 전통을 고수했고, 옳지 않다고 생각하면 절대 쉬운 길을 택하지 않았다. 시버스는 그를 대장으로 모시며 옆에서 싸웠다는 사실이 자랑스러웠다. 하지만 결국 명예로운 스리트리스는 어떻게 되었나? 그는 불가에 모여 앉은 눈가가 촉촉한 남자들의 이야깃거리가 되었다. 그들은 그의 명예, 고된 삶, 그리고 진흙탕에서 맞이한 마지막 순간에 대해 이야기했다. 블랙다우는 시버스가 아는 한 늘 피도 눈물도 없는 개새끼였다. 그는 뒤통수를 때릴 수 있는 한 적을 마주하는 법이 없었고, 조금도 망설이지 않고 마을 하나를 통째로 태워 버릴 수 있었으며, 맹세를 깨고, 결과를 뒤집을 수 있는 사람이었다. 전염병만큼도 자비가 없고 양심이라곤 개미 오줌보만 했던 그는 지금 스칼링의 자리에 앉아 있었다. 북부의 절반은 그에게 머리를 조아리고, 나머지 절반은 그의 이름을 말하는 것조차 두려워했다.

그들은 통로에서 벗어나 도시로 들어섰다. 무너진 도랑과 낡은 돌길에 빗물이 튀고 있었다. 비에 젖은 남자, 여자, 노새와 수레가 성 밖으로 나가는 줄에 서 있었고, 그들은 자신들과 반대 방향으로 터벅터벅 걷고 있는 시버스 일행을 지켜보았다. 검은 밤하늘 위로 높이 솟아 있는 거대한 탑에 가까워지자 시버스는 고개를 들었다. 얼굴로 떨어지는 빗방울 때문에 눈을 가늘게 떠야 했다. 일대에서 가장 높은 탑이 아닌데도 칼레온에서 가장 높은 건물보다 세 배는 더 높아 보였다.

시버스는 이제 제법 능숙해진 곁눈질로 몬자를 바라보았다. 그녀는 늘 그렇듯 정면을 응시한 채 인상을 쓰고 있었다. 길가에 걸린 횃불을 지나칠 때마다 불빛이 그녀의 얼굴 윤곽을 드러내며 움직였다. 그녀는 목표에 전념할 수 있고, 무슨 일이 있어도 목표를 달성해 내는 사람이었다. 양심과 결과 따위는 우습게 여겼다. 그녀에게는 복수가 최우선이었고 의문을 가지는 것은 나중 일이었다.

그는 입속에서 혀를 굴린 다음 침을 뱉었다. 보면 볼수록 그녀의 말이 맞았다. 자비와 비겁함은 같은 말이었다. 좋은 행동을 한다고 상을 받지는 않는다. 여기에서도, 북쪽에서도, 어디에서도 그렇다. 무언가를 원하면 얻어 내야 한다. 가장 많이 뺏을 수 있는 사람이 가장 훌륭한 사람이다. 세상이 그와 반대로 돌아갔다면 참 좋았으련만.

하지만 세상은 그렇지 않았다.

몬자는 늘 그렇듯, 몸이 뻐근하고 욱신거렸다. 늘 그렇듯, 화가 나고 피곤했다. 그 어느 때보다 허스크 한 모금이 간절했다. 설상가상으로 그녀는 비에 젖어 추위에 떨고 있었고, 안장에 앉아 있느라 다리까지 쓰라렸다.

그녀가 기억하기로 비세린은 반짝거리는 유리창과 우아한 건물들이 가득한, 아름답고, 음식이 맛있고, 웃음이 끊이지 않는 자유로운 도시였다. 마지막으로 비세린에 왔을 때, 그녀가 드물게 기분이 좋기는 했다. 그때는 추운 봄이 아니라 따뜻한 여름이었고, 그녀의 지시를 기다리는 사람들 없이 오직 베나와 함께였다. 죽여야 할 사람들이 네 명이나 있지도 않았다.

하지만 그렇다고 하더라도 지금 이 장소는 그녀가 기억하는 환하고 밝은 정원 같은 도시와는 완전히 딴판이었다.

등불이 켜진 집들은 덧창이 단단히 닫혀 있어, 덧창 가장자리로 새어 나오는 빛만 간신히 볼 수 있었다. 새어 나온 빛에 문 위 벽감에 놓인 작은 유리 조각상들이 반짝거렸다. 조각상들은 신제국시대보다도 더 오래전부터 내려온 전통으로, 번영을 가져오고 나쁜 기운을 물리치는 집의 정령들이었다. 몬자는 오르소의 군대가 도시로 쳐들어왔을 때 문 위의 유리 덩어리들이 어떤 좋은 기운을 가져올 수 있을지 궁금해졌다. 그것들이 할 수 있는 건 아무것도 없을 터였다. 거리는 공포로 가득 차 있었다. 불안이 짙게 깔리다 못해 몬자의 축축한 피부에 엉겨 붙은 것 같았다. 그녀 목덜미의 잔털이 쭈뼛 서는 느낌이었다.

비세린에 사람이 없지는 않았다. 부두나 성문 쪽으로 도망치는 사람들이 있었다. 챙길 수 있는 모든 것을 머리에 이고 등에 진 남자와 여자, 부모 손에 끌려가다시피 하는 아이, 그들보다 뒤처져 느릿느릿 걷고 있는 노인 들이 보였다. 짐 꾸러미와 상자, 매트리스와 수납장 같은 버려질 게 뻔한 온갖 종류의 쓰레기를 가득 실은 마차들이 성 밖으로 이어지는 길에 줄줄이 서서 달그락거렸다. 그들은 목숨을 부지하는 데만 써도 모자랄 시간과 인력을 허비하는 셈이었다.

도망치기로 했으면 할 수 있는 한 빨리 도망쳐야 한다.

하지만 피난처로 도시를 선택한 사람도 많았고, 자신들이 막다른 골목에 다다랐다는 사실을 깨닫고 엄청나게 실망하고 있었다. 그들은 거리 곳곳에 줄을 지어 앉아 있었다. 비를 피해 건물 현관 앞에 다닥다닥 붙어 앉아 담요를 뒤집어쓴 이들이 보였다. 텅 빈 시장의 어두운 회랑에도 수십 명이 들어차 있었는데, 군인 한 무리가 걸어오자 몸을 잔뜩 웅크렸다. 군인들의 갑옷에 방울방울 맺힌 빗물이 횃불 빛에 반짝였다. 어둠 속에서 소리들이 메아리쳤다. 유리가 깨지고 나무가 갈라지는 요란한 소리. 분노 혹은 두려움에 찬 고함. 이따금 노골적인 비명도 한두 번씩 들려왔다.

몬자는 도시의 시민 중 몇몇이 일찍이 약탈을 시작했으리라고 생각했다. 그들은 도시의 권력자들이 자신의 생사에만 관심을 두는 동안 묵은 원수를 갚거나 평소에 탐냈던 물건들을 훔치고 있을 터였다. 지금은 무언가를 공짜로 얻을 수 있는 드문 순간이었고, 그들은 오르소의 군대가 도시 바깥에 집결하는 동안 이러한 순간을 더욱더 누리려고 할 것이다. 문명의 흔적은 이미 희미해지고 있었다.

몬자는 말을 타고 천천히 거리를 지나는 동안 그녀 일행을 좇는 시선을 느꼈다. 두려움에 차 있거나 의심 가득하거나 그 밖의 다른 감정들이 담긴 눈들은 몬자 일행이 무방비 상태거나 부자인지를 가늠해 그들에게 강도 짓을 할 것인지 결정하려는 것 같았다. 고삐를 당길 때마다 손이 아팠지만 오른손으로 고삐를 잡고 왼손을 검 자루에 가까운 허벅지에 놓았다. 지금 비세린의 유일한 법은 칼날 끝에 있었다. 진짜 적은 아직 도착하기도 전이었다.

나는 지옥을 본 적이 있다. 지옥은 포위된 대도시였다. 스톨리쿠스는 말했다.

그들이 걷고 있는 길은 대리석 아치 아래로 이어졌다. 아치의 쐐기돌에서 긴 물줄기가 쏟아지고 있었고, 아치 위쪽에는 벽화가 그려져 있었다. 대공 샐리어가 왕좌에 앉아 있는 모습이었는데, 지나치게 비대한 원래의 모습 대신 보기 좋은 정도로 통통한 모습으로 미화되어 있었다. 그는 한 손을 들어 축복을 내리고 있었고, 자애로운 미소에서 자애로운 빛이 뿜어져 나왔다. 아래에는 낮은 신분에서 높은 신분까지 비세린의 시민들이 다양하게 그려져 있었는데, 그들은 모두 그의 훌륭한 통치 아래 주어진 특권을 겸허하게 누리고 있는 모습이었다. 빵과 와인, 부(富)가 그 특권이었다. 그들 아래 아치 꼭대기를 빙 둘러 사람 키만 한 크기로 *관용, 정의, 용기*라는 단어가 금색으로 새겨져 있었다. 진실에 고팠던 누군가가 아치에 올라가 황금색 단어 위에 줄줄 흐르는 붉은색 물감으로 *탐욕, 고문, 비겁함*이라는 단어를 겹쳐 써 놓았다.

"뚱뚱한 돼지 새끼 샐리어의 오만함이란." 비타리가 그녀를 곁눈질로 보며 싱긋 웃었다. 주황색 머리가 비를 맞아 어두운 갈색으로 변해 있었다. "그래도 마지막으로 허풍은 떨고 죽겠다는 거네요. 그렇지 않나요?"

몬자는 대답 대신 끙 하는 소리를 냈다. 비타리의 날렵한 얼굴을 보며 몬자는 그녀를 얼마나 더 믿을 수 있을까 하는 고민 말고는 아무 생각도 들지 않았다. 그들은 전쟁 중인 도시에 들어와 있었지만, 어쩌면 가장 큰 위협은 소외된 사람들로 이루어진 그녀의 일행 가운데 있을지 모를 일이었다. 비타리는 어떤가? 그녀는 돈이 필요해서 이곳까지 왔고, 몬자보다 주머니가 두둑한 사람은 어디에나 있었다. 돈은 위험하기 짝이 없는 동기였다. 코스카는? 충성심 없기로 악명 높은 주정뱅이인 데다 몬자에게 배신당한 적도 있는 그를 과연 믿을 수 있을까? 프렌들리는 어떤가? 그의 머릿속에 뭐가 들었는지 아는 사람이 있기나 할까?

하지만 모비어를 제외하면 다른 사람들은 모두 가족처럼 끈끈한 사이였다. 그녀가 어깨 너머를 흘끗 보니 모비어는 수레에 앉아 그녀를 향해 인상을 쓰고 있었다. 그는 그 자체로 독이었고, 이득이 된다면 진드기를 눌러 죽이듯 그녀를 죽일 수 있는 인물이었다. 비세린으로 들어가겠다는 그녀의 결정을 그가 못마땅해한다는 사실을 알았지만, 몬자는 자신의 생각을 설명하고 싶지 않았다. 오르소는 지금쯤 서신을 받았을 터였다. 그리고 발린트앤드벌크 은행의 돈으로 막대한 현상금을 걸었을 테고, 온 세상의 청부살인업자들에게 스티리아를 이 잡듯 뒤져 그녀의 목을 가져오라고 명령을 내렸을 것이다. 물론 그녀를 돕는 사람들의 머리도 함께.

그래서 몬자는 전쟁 속에 있는 편이 바깥에 있는 것보다 안전하리라고 판단했다.

시버스는 그나마 반쯤 믿을 수 있는 사람이었다. 거대한 덩치의 그는 구부정한 자세로 그녀 옆에서 조용히 말을 몰았다. 웨스트포트에서 끊임없이 횡설수설하며 그녀를 귀찮게 하던 그는 이제 완전히 입을 다물었고, 어쩐지 그들 사이에 틈이 생긴 것 같았다. 그는 안개의 도시 시파니에서 그녀의 목숨을 구해 줬다. 몬자의 목숨이 예전만큼 귀하지는 않지만, 어쨌든 그녀를 구해 준 그는 높게 평가받을 만했다.

"요즘 갑자기 조용해졌네."

시버스의 얼굴은 어둠에 가려 잘 보이지 않았고, 단단한 윤곽과 눈두덩이에 진 그림자, 푹 꺼진 뺨을 간신히 알아볼 수 있을 정도였다. "할 말이 별로 없어서."

"전에는 쉴 새 없이 말을 하더니."

"그랬지. 그냥 세상이 좀 다르게 보이기 시작했어."

"그래?"

"쉬워 보였는지 모르겠지만, 희망적으로 사는 것도 노력이 필요해. 그 노력이 보상을 받는 것 같지도 않고."

"더 나은 사람이 되는 것 자체가 보상인 줄 알았는데."

"노력에 비해서는 충분하지 않은 것 같아. 잊었을까 봐 말해 주는 건데, 우리는 지금 전쟁 중인 도시 한가운데 있어."

"걱정 마, 나도 전쟁이 어떤 건지 알아. 거의 사는 내내 전쟁 중이었으니까."

"그럴 확률이 얼마나 되지? 나도 마찬가지야. 이제껏 여러 번 경험해 본 바로는 전쟁 통에 더 나은 사람이 되기는 힘들더라고. 그래서 이제부터 당신 방식대로 해 볼까 해."

"아무 신이라도 골라서 기도해야겠네! 진짜 세상에 온 걸 환영해!" 그녀는 미소 짓고 있었지만, 가슴속에 밀려오는 찌릿한 느낌이 실망 때문이 아니라고 확신할 수 없었다. 그녀는 좋은 사람이 되기를 오래전에 포기했지만, 어쨌든 주변에 그런 사람이 있다는 사실이 좋았다. 그녀는 고삐를 당겨 말을 멈췄다. 뒤에서 수레가 덜컹거리며 멈췄다. "다 왔어."

베나와 몬자가 비세린에 사 둔 집은 도시에 튼튼한 성벽이 세워지기 전, 부자들이 개인 경비병을 두고 자신의 재산을 지키던 시절에 지어진 낡은 집이었다. 한쪽에 큰 연회장과 마구간이 딸린 다섯 층짜리 석조 저택의 1층에는 좁은 창문이 나 있었고, 지붕에는 총안을 낸 흉벽이 둘려 있었다. 어두운 하늘을 등지고 거대한 검은 형체로만 보이는 저택은 주변에 옹기종기 모여 있는 나무와 벽돌로 지어진 집들과는 확연히 달라 보였다. 그녀는 화려하게 장식된 문에 열쇠를 꽂으려다가 인상을 썼다. 문이 약간 열려 있었고, 문 가장자리 아래 돌바닥에는 빛이 고여 있었다. 그녀가 손가락을 입술에 갖다 대고 문을 가리켰다.

시버스가 거대한 발을 들어 올려 문을 찼고, 문이 벌컥 열리면서 안에 있는 무언가와 부딪혔는지 쾅 하는 소리가 났다. 몬자는 왼손을 칼자루에 올리고 문안으로 재빨리 들어갔다. 가구 하나 없이 텅 빈 부엌에 사람들이 가득 차 있었다. 지저분하고 피곤해 보이는 사람들이 흔들리는 촛불 아래 두렵고 놀란 표정으로 그녀를 바라보았다. 가장 가까이에 있던 건장한 사내가 한쪽 팔에 붕대를 감은 채 빈 술통 위에서 휘청거리며 일어나 기다란 나무 막대기를 집어 들었다.

"물러서!" 그가 몬자를 향해 소리쳤다. 꾀죄죄한 농부 옷을 입은 남자가 도끼를 휘두르며 그녀를 향해 성큼성큼 다가왔다.

시버스는 문틀 위쪽에 머리가 닿지 않도록 피해 가며 몬자의 어깨 뒤로 다가가서 꼿꼿하게 섰다. 뒤쪽 벽에 거대한 그림자가 일렁였고, 이미 검집에서 뽑은 검은 다리 옆에서 번뜩이고 있었다. "그쪽이나 물러나."

농부는 겁에 질린 눈으로 번뜩이는 칼날을 바라보며 그의 말을 고분고분 따랐다. "당신들은 누구지?"

"나?" 몬자가 쏘아붙였다. "이 집 주인이다."

"열한 명." 프렌들리가 다른 쪽 문으로 들어오며 말했다.

몬자 일행과 이야기 중인 남자 두 명에 더해 나이 든 여자 둘과 더 나이 든 남자 하나가 허리를 숙인 채 쪼글쪼글한 손을 앞으로 늘어뜨리고 있었다. 몬자 나이 정도 돼 보이는 여자가 아기를 안고 있었고, 쌍둥이로 보일 만큼 생김새가 닮은 여자아이 둘이 엄마 곁에 앉아 큰 눈망울로 그들을 바라보고 있었다. 그리고 열여섯 살쯤 돼 보이는 소녀가 꺼진 벽난로 옆에 서 있었는데, 한 손에 생선 내장을 손질하던 거친 단도를 들고 다른 팔로는 열 살 정도 돼 보이는 소년을 자신의 어깨 뒤로 숨기고 있었다.

남동생을 지키는 어린 소녀라니.

"검 치워." 몬자가 말했다.

"예?"

"오늘 밤 아무도 죽이지 않을 거야."

시버스는 그녀를 향해 숱 많은 눈썹 한쪽을 치켜올렸다. "낙관주의자는 나 아니었나?"

"내가 큰 집을 사서 다행인 줄 알아." 팔에 붕대를 감은 남자가 집 안의 가장인 듯 보였고, 몬자는 그에게 시선을 고정했다. "우리 모두가 묵을 방이 있으니까."

그는 몽둥이를 떨궜다. "우린 계곡에 살던 농부들입니다. 안전한 곳을 찾고 있었어요. 우리가 왔을 때 이미 집은 이런 상태였어요. 아무것도 훔치지 않았습니다. 문제를 일으키지도……"

"그러는 게 좋을 거야. 모두 가족인가?"

"내 이름은 펄리입니다. 여기는 제 아내……"

"이름은 알고 싶지 않아. 당신들은 여기 아래층에 머무르면서 우리 눈에 띄지 마. 우리는 위층 탑을 사용할 거야. 위층으로 올라오지 마. 알아들어? 그러면 아무도 다치지 않을 거야."

그가 고개를 끄덕였고 겁에 질린 얼굴에 안도감이 깃들고 있었다. "알겠습니다."

"프렌들리, 말들을 마구간에 넣고 수레는 길가에 세워 둬." 굶주린 농부 가족의 얼굴은 하나같이 무력하고 초라하며 절박해 보였고, 그런 모습을 보고 있자니 몬자는 기분이 언짢아졌다. 그녀는 부서진 의자를 발로 차며 걸음을 옮겼고 곧 어둠 속으로 이어진 나선형 계단을 오르기 시작했다. 하루 종일 안장에 앉아 있었던 탓에 다리가 뻐근했다. 네 번째 층계참에 다다랐을 때 모비어는 그녀와 거의 나란히 걷고 있었다. 바로 그 뒤에 코스카와 비타리가, 맨 뒤에는 가방을 든 데이가 서 있었다. 모비어가 챙겨 온 등불이 불만 가득한 그의 얼굴 밑에서 빛나고 있었다.

"저 농사꾼들은 분명 우리에게 위협이 될 겁니다." 그가 중얼거렸다. "하지만 쉽게 해결할 수 있지요. 독물의 왕을 쓸 필요도 없습니다. 표범꽃 추출액을 살짝 묻힌 빵 한 덩이만 던져 주면 저들은 곧……"

"안 돼."

그가 눈을 껌뻑거렸다. "저들을 아래층에 자유롭게 놔둘 생각이시라면 저는 강력하게 항의……"

"항의하시지. 내가 눈 하나 깜짝하나 보자고. 당신과 데이는 저 방을 써." 모비어가 어둠 속을 살피려 고개를 돌리자 몬자는 그의 손에서 등을 낚아챘다. "코스카, 당신은 프렌들리와 2층을 써. 비타리, 당신은 옆방을 혼자 쓰고."

"독수공방이라." 비타리가 벽에서 떨어진 석고 조각을 발로 차며 말했다. "내 팔자가 그렇지."

"나는 그럼 수레에 있는 내 장비를 카프릴의 독사 여인숙으로 가지고 들어와서 소작농 난민들에게 작업을 시작해야겠군요." 모비어는 층계를 향해 돌아서며 지긋지긋하다는 듯 고개를 저었다.

"해 보시지." 몬자가 그의 등 뒤에 쏘아붙였다. 그녀는 잠시 그 자리에 서서 모비어가 발을 질질 끌며 층계를 내려가는 소리가 들리지 않을 때까지 기다렸다. 코스카가 프렌들리에게 끊임없이 떠드는 소리가 점점 멀어지다가 층계참에 도착해 조용해졌다. 그리고 그녀는 데이를 그녀의 방 안까지 따라가 조용히 문을 닫았다. "이야기를 좀 해야겠어."

그녀는 이미 가방을 열고 빵 한 조각을 꺼내고 있었다. "무슨 이야기죠?"

"웨스트포트에서 했던 얘기. 당신 스승에 관한 이야기야."

"스승님이 거슬리시는군요. 그렇죠?"

"당신도 분명 거슬릴 텐데."

"3년 동안 매일 거슬렸죠."

"그 밑에서 일하기 좋은 인물은 아니더군." 몬자는 그녀에게서 눈을 떼지 않은 채 방 안으로 한 발짝 더 들어갔다. "대가로 인정받으려면 어쨌든 언젠가는 스승의 그늘에서 벗어나야 하잖아?"

"그래서 코스카를 배신했나요?"

그 말에 몬자는 잠시 말을 멈췄다. "그런 셈이지. 위험을 감수해야 할 때도 있는 거니까. 어려움을 겪어 내야 한다는 말이야. 하지만 당신은 나보다 훨씬 좋은 명분이 있으니까." 몬자가 당연하다는 듯 무심하게 말했다.

데이가 고개를 돌려 그녀를 바라보았다. "무슨 명분이죠?"

몬자는 놀란 척했다. "뭐…… 조만간 모비어가 날 배신하고 오르소에게 달려갈 거니까." 물론 확실하지 않지만 지금은 가능성에 대비해야 할 때였다.

"그런가요?" 데이는 더 이상 웃고 있지 않았다.

"그는 내 방식을 못마땅하게 생각해."

"저는 좋아할 거라고 누가 그러던가요?"

"모르겠어?" 데이는 손에 빵을 들고 있다는 사실도 잊은 채 눈을 가늘게 떴다. "그가 오르소에게 간다면 죄를 뒤집어씌울 사람이 필요하지. 아리오를 죽인 일로 말이야. 희생양이 필요하다고."

그녀는 이제야 몬자의 말뜻을 알아들은 듯했다. "아뇨." 그녀가 딱 잘라 말했다. "그는 내가 필요해요."

"얼마나 같이 일했지? 3년이라고 했나? 전에도 그런 일이 있지 않았겠어? 그가 여태 조수를 몇 명이나 뒀을까? 그 조수라는 사람들을 본 적은 있고?"

데이는 입을 벌린 채 눈을 깜빡거렸고, 생각에 잠긴 채 입을 다물었다.

"그가 계속 우리와 함께할 수도 있고. 그럼 우린 계속 행복한 가족이자 친구처럼 지낼 수 있어. 독물학자들은 대부분 알고 보면 좋은 사람이니까." 몬자는 귓속말이 들리도록 허리를 숙였다. "그가 오르소에게 가겠다고 한다면 내가 경고했다는 말은 하지 말고."

몬자는 손에 든 빵을 바라보며 인상을 찌푸리고 있는 데이를 남겨 두고 조용히 문밖으로 나가서 손가락으로 조심스럽게 문을 닫았다. 그녀는 층계 아래를 내려다보았지만 어두운 아래층까지 나선형으로 이어진 계단 난간만 보일 뿐, 모비어는 어디에도 보이지 않았다. 씨앗은 심은 셈이었으니 이제 싹이 트기를 기다리는 수밖에 없었다. 그녀는 지친 다리를 이끌고 탑 꼭대기까지 좁은 계단을 올랐다. 삐걱거리는 문을 지나 지붕 밑에 있는 방으로 향하는 동안 지붕에 비가 떨어지는 소리가 희미하게 들렸다.

그 방에서 그녀와 베나는 일거리가 없는 동안 행복한 몇 달을 보냈다. 그들은 전쟁에서 멀리 떨어져 웃고 떠들고 커다란 창문을 통해 세상을 구경했다. 그리고 그들이 전쟁에 뛰어들지 않고 다른 방법으로 부자가 되었더라면 누릴 수 있었을 삶을 살았다. 그녀는 자신도 모르게 미소를 짓고 있었다. 방문 위 벽감에 놓인 유리 조각상이 여전히 반짝이고 있었다. 그들 집의 정령이었다. 그녀는 베나가 손가락 끝으로 조심스레 조각상을 올려놓으며 어깨 너머로 그녀를 향해 미소 짓던 모습을 떠올렸다.

누나가 자고 있을 때 이게 누나를 지켜 줄 거야. 누나가 날 지켜 줬던 것처럼.

그녀의 미소가 서서히 옅어졌다. 그녀는 창가로 걸어가서 부스러기가 떨어지는 나무 덧창을 열었다. 비가 내리면서 어두운 도시는 비의 장막에 갇혔다. 거세진 빗줄기가 창틀에 마구 튀었다. 먼 곳에서 한 차례 번개가 치면서 땅 위에 다닥다닥 붙어 있는 젖은 지붕들이 잠시 모습을 드러냈고, 희미한 어둠 속에 탑들의 회색 윤곽도 어렴풋이 드러났다. 잠시 뒤 도시를 휘감는 우울한 천둥소리가 울려 퍼졌다.

"내 방은 어디야?" 시버스가 한 팔로 문틀을 짚고 담요 몇 장을 어깨에 걸친 채 문가에 서 있었다.

"당신 방?" 그녀는 그의 머리 위 유리 조각상을 한번 올려다보고는 다시 시버스의 얼굴을 바라보았다. 오래전, 어쩌면 그녀는 자신에게 너무 많은 기대를 했는지도 모른다. 하지만 그때는 베나가 있었고, 손도 멀쩡했으며 그녀가 거느린 군대도 있었다. 지금 그녀에게는 사회 부적응자 여섯 명과 좋은 검, 그리고 상당한 돈 말고는 아무것도 남아 있지 않았다. 장군은 자신의 병사들과 거리를 둬야 하는지도 모른다. 현상수배범인 여자라면 모두와 거리를 둬야 마땅할 수도 있을 것이다. 하지만 몬자는 이제 더 이상 장군이 아니었다. 베나는 죽었고 그녀는 무엇으로라도 그 빈자리를 채워야 했다. 불운에 눈물을 지을 수도 있지만 툭툭 털고 일어나 주어진 상황에서 최선을 다할 수도 있다. 비록 결과가 형편없을지라도. 그녀는 팔꿈치로 덧창을 밀어 닫고는 인상을 쓰며 침대에 앉아 등불을 바닥에 내려놓았다.

"당신은 나랑 이 방을 써."

그의 눈썹이 한껏 위로 올라갔다. "내가?"

"맞아, 낙관주의자 씨. 운이 좋은 밤이네." 그녀는 팔꿈치로 몸을 지탱하며 침대에 누웠고 낡은 침대가 삐걱거렸다. 그녀는 그를 향해 다리 한쪽을 들어 올렸다. "이제 문 닫고 들어와서 이 빌어먹을 군화나 좀 벗겨."

독 안에 든 쥐

코스카는 탑 지붕 위로 걸어 나가면서 눈을 가늘게 떴다. 햇빛이 그를 괴롭히려 작정한 것 같았지만 그는 자신이 괴롭힘을 당해야 마땅하다고 생각했다. 사방에 비세린이 펼쳐져 있었다. 벽돌과 목재로 지은 집들과 크림색 석조 저택들이 들쑥날쑥 지어져 있었고, 공원과 넓은 대로가 있는 곳에서는 잎이 돋아나기 시작한 나무들이 초록빛을 뿜내고 있었다. 어디를 보아도 반짝거리는 유리창들이 보였고, 덩치가 큰 건물들의 지붕을 따라 늘어선 색유리 조각상들이 아침 햇살을 받아 보석처럼 반짝이고 있었다. 수십 개쯤 되는 탑들이 이곳저곳에 우뚝 서 있었는데, 그가 서 있는 탑보다 훨씬 높은 탑들도 여럿 보였다. 도시 전체에 각각의 탑들이 저마다 드리운 긴 그림자가 뻗어 있었다.

남쪽으로는 청회색 바다가 보였다. 해안가 바로 앞에 있는 섬 위로 바닷새들이 미끄러지듯 선회하고 있었다. 섬에 있는 비세린의 특산품을 만드는 유리 공예 지구 위로 아직 연기가 피어오르고 있었다. 동쪽으로는 검은 뱀처럼 보이는 비세강(江)이 건물들 사이로 문득문득 모습을 드러내고 있었다. 반으로 나뉜 도시를 잇는 다리 네 개도 보였다. 그리고 강 한가운데 놓인 섬에 빈틈없이 샐리어 대공의 궁전이 자리를 잡고 있었다. 예술과 미식을 즐겼던 시절의 코스카도 그곳에서 귀빈으로서 즐거운 저녁 시간을 보내곤 했다. 그를 사랑하고, 두려워하고, 존경하는 이들이 아직 남아 있었을 때였다. 그 시절이 너무 오래전이어서 마치 다른 사람의 삶처럼 느껴졌다.

파란 하늘을 배경으로 몬자가 난간 앞에 미동도 없이 서 있었다. 그녀의 검과 탄탄한 왼팔이 어깨부터 날 끝까지 완벽하게 일직선을 그리며 뻗어 있었다. 검날이 번뜩였고, 중지에 끼워진 핏빛 루비는 화려하게 반짝였으며, 팔은 땀에 젖은 채 번들거렸다. 조끼가 땀 때문에 몸에 딱 달라붙어 있었다. 코스카가 그녀에게 다가가며 와인 단지를 들어 길고 호탕하게 한 모금을 들이켜자, 그녀가 검을 떨구며 말했다.

"그러지 않아도 얼마나 버틸지 궁금했어."

"안타깝게도 물밖에 안 들었다네. 내가 다시는 와인에 손도 대지 않겠다고 굳게 맹세한 걸 잊은 모양이지?"

그녀가 코웃음을 쳤다. "전에도 몇 번 들었지만 결국은 물거품이 되던데."

"나는 천천히 고통을 감내하며 내 삶을 고치는 중이라네."

"그 얘기도 들은 적 있어, 그 말은 물거품조차도 되지 못했지."

코스카가 한숨을 쉬었다. "진지하게 받아들여지려면 어떻게 해야 하나?"

"뱉은 말을 한 번이라도 지키면 되지 않을까?"

"과거에 수없이 부서졌던 나의 약하디약한 심장이여! 그런 날카로운 말을 견딜 수 있을지 모르겠군!" 그는 한쪽 발로 그녀 옆에 놓인 흉벽을 툭 찼다. "자네도 알다시피 나는 비세린에서 태어났네. 여기서 몇 블록 떨어지지 않은 곳에서 태어났지. 어린 시절은 행복했지만 젊은 시절에는 곡절이 너무 많아 힘들었다네. 용병으로 성공하기 위해 도시를 도망치듯 떠난 것도 그 곡절 중 하나고."

"당신 인생이 우여곡절로 가득하긴 하지."

"맞는 말이야." 사실 그에게는 즐거운 기억이 별로 없었다. 그는 곁눈질로 그녀를 보며 자신의 즐거운 기억들 대부분이 그녀와 관련된 것들이라는 사실을 깨달았다. 그의 생에서 최고로 행복했던 순간뿐만 아니라 가장 불행했던 순간들도 그녀와 관련되어 있었다. 그는 짧게 숨을 들이쉬고 손으로 눈 양옆을 가린 채 서쪽을 바라보았다. 도시를 둘러싼 회색 성벽 너머 조각보 같은 들판을 바라보며 그가 말했다. "탈린에서 오는 우리 친구들은 아직인가?"

"곧 도착하겠지. 간마크 장군은 약속에 늦는 인물이 아니니까." 그녀는 잠시 말을 멈추고 평소처럼 인상을 썼다. "그럴 줄 알았다고 언제 말할 생각이지?"

"뭘 그럴 줄 알았다는 건가?"

"오르소에 관해."

"내가 뭐라고 했는지 알잖나."

"고용주를 믿지 말라." 오스프리아의 공작 부인 세펠린과 함께일 때 비싼 값을 치르고 배운 교훈이었다. "그리고 지금 당신 고용주는 나고."

코스카는 터진 입술의 통증을 참으며 억지로 미소를 지었다. "하지만 모든 거래에서 서로를 의심하는 게 우리답지 않나?"

"물론이야. 당신한테는 내 똥 치우는 일도 믿고 맡길 수 없어."

"안타깝군. 자네 똥에서는 틀림없이 장미 향이 날 텐데 말일세." 그는 난간에 등을 기댄 채 몸을 뒤로 젖히고 태양을 바라보며 눈을 깜빡였다. "우리가 아침마다 결투 연습을 했던 거 기억하나? 자네가 실력이 너무 늘기 전까지 말이야."

"당신이 주정뱅이가 되기 전까지겠지."

"그 뒤로 내가 연습을 거의 못 하기는 했지. 아닌가? 아침 식사 전에 망신을 당하려면 적당히 당해야 해. 그건 칼베즈의 검인가?"

그녀가 검을 들어 올렸고 날을 따라 햇빛이 미끄러졌다. "베나를 주려고 만든 검이었지."

"베나? 그 녀석이 칼베즈를 가지고 뭘 하겠나? 사과를 끼워서 불에 구울 때 쓰려나?"

"그조차도 안 하더군."

"자네도 알다시피 나도 하나 있었지. 정말 좋은 검이었네만 카드놀이를 하다 잃었네. 마실 텐가?" 그가 단지를 내밀었다.

그녀는 단지를 받아 들었다. "나는……."

"하!" 코스카가 얼굴에 물을 끼얹는 바람에, 몬자는 빽 하고 비명을 지르며 비틀비틀 뒤로 물러났다. 물방울이 그녀의 얼굴에서 뚝뚝 떨어졌다. 코스카는 번개처럼 검을 빼 들어, 와인 단지가 바닥에 떨어져 산산조각 나기도 전에 이미 휘두르고 있었다. 그의 첫 번째 일격을 간신히 막아 낸 그녀는 두 번째 일격을 필사적으로 피하다가 발을 헛디디며 넘어졌고, 바닥에서 몸을 굴렸다. 코스카의 검은 방금 전까지 그녀가 있던 자리를 때렸고, 지붕에 바른 방수 납과 부딪쳐 날카로운 소리를 냈다. 그녀는 검을 집어 들고 몸을 웅크리며 일어섰다.

"많이 약해졌군, 머카토." 그는 지붕 중앙으로 걸어가면서 키득거렸다. "10년 전이었으면 늙은이한테 물 좀 맞았다고 넘어지지는 않았을 텐데."

"웃기는 양반이네. 지금 물 때문에 넘어진 게 아니거든." 그녀가 그에게서 눈을 떼지 않은 채 장갑 낀 손으로 느릿느릿 눈썹을 닦는 동안 젖은 머리카락 끝에서 물이 뚝뚝 떨어졌다. "물 뿌리는 것 말고 할 수 있는 게 없는 건가? 요즘 당신 검술이 고작 그 정도야?"

솔직히 말하면 그다지 틀린 지적도 아니었다. "한번 해 보지 그래?"

그녀가 앞으로 튀어 나갔다. 두 사람의 검날이 깃털처럼 가볍게 허공을 갈랐고, 금속이 부딪치고 긁히는 소리가 울려 퍼졌다. 그녀의 오른쪽 맨어깨에 긴 흉터가 보였고, 또 다른 흉터 하나가 팔뚝에서부터 휘어져 검은 장갑 속으로 모습을 감췄다.

그는 흉터를 향해 검을 흔들었다. "왼손으로 싸우고 있군? 늙은 이의 동정을 바라지는 않겠지."

"동정? 나를 잘 아는 줄 알았는데." 코스카는 몬자의 찌르기를 가볍게 피했지만 순식간에 한 번 더 공격이 날아왔다. 간신히 몸을 피하기는 했지만, 그녀의 검 끝은 그의 셔츠에 구멍을 낸 다음 휙 빠져나갔다.

그는 눈썹을 치켜올렸다. "마지막으로 술을 퍼마실 때보다 살이 빠져서 다행이야."

"내 의견을 묻는다면 더 빼라고 말해 주고 싶군." 그녀는 혀끝을 이 사이에 물고 그의 주변을 빙글빙글 돌았다.

"해를 등지려는 건가?"

"나한테 그런 치사한 수법들을 가르치지 말았어야지. 공평하게 당신도 왼손을 쓰지 그래?"

"이점을 포기하라고? 나를 잘 알 텐데?" 그는 오른쪽으로 움직이는 척하다가 방향을 틀어서 달려드는 그녀의 찌르기를 피했다. 그녀는 민첩했지만 오른손으로 검을 쓸 때만큼은 아니었다. 그는 그녀가 앞을 지날 때 그녀의 발을 밟아 넘어뜨렸다. 그의 칼끝이 그녀의 어깨를 할퀴며 흉터 위에 깔끔하게 긁힌 자국을 남겼고, 흉터는 십자가가 되었다.

그녀는 작은 상처를 내려다보았다. 상처 끝에 핏방울이 맺히고 있었다. "이 망할 늙은이."

"나를 기억할 거리가 하나 정도는 있어야지." 그는 검을 한 바퀴 돌리더니 공중에서 과시하듯 휘둘렀다. 그녀는 그를 향해 다시 한번 돌진했고, 둘의 검이 맞붙었다. 그들은 휘두르고 찌르고 피하기를 반복했다. 하지만 두 사람의 움직임은 마치 벙어리 장갑을 끼고 바느질을 하듯 어설펐다. 결투 시범을 보이던 시절이 떠올랐다. 세월이 흐른 지금 두 사람의 실력은 나아지기는커녕 오히려 무뎌져 있었다. "하나만 묻지……" 그가 그녀를 빤히 보며 웅얼거렸다. "왜 날 배신했나?"

"당신 농담에 질려서."

"물론 배신당할 만했어. 용병은 앞에서든 뒤에서든 칼에 맞아 죽는 법이지. 하지만 자네가?" 그는 그녀 쪽으로 칼을 찌른 다음 한번 휘둘러 그녀가 움찔하며 뒤로 주춤하도록 만들었다. "자넬 가르치고, 안전하게 지켜 주고, 돈과 머무를 곳까지 아낌없이 준 나를? 나는 자넬 내 딸처럼 대했어!"

"당신 어머니한테 하듯 했겠지. 진영 밖으로 나가서 바지에 똥오줌을 지릴 정도로 취하거나 하고. 내가 빚을 지긴 했지만, 그렇게 많이는 아니야." 그녀는 그의 주변을 돌며 틈을 찾았다. 두 사람의 검 끝은 손가락 한 마디만큼도 떨어져 있지 않았다. "나는 당신을 따라 지옥까지 갈 수 있었지만 베나를 지옥으로 데려갈 수는 없었어."

"왜지? 남동생에게 꼭 어울리는 장소 아닌가?"

"헛소리 마!" 몬자가 검을 휘두르는 척하다가 갑자기 각도를 바꾸어 코스카는 죽어 가는 개구리처럼 멋없이 폴짝 뛰며 물러나야 했다. 검투 연습을 하는 데 얼마나 힘이 들어가는지 그는 잊고 있었다. 벌써 폐가 타들어 가는 듯했고, 어깨, 팔뚝, 손목, 손에 맹렬하게 통증이 전해졌다. "내가 아니었어도 다른 사령관에게 배신을 당했을 테지. 세사리아든 빅투스든 안디체든!" 그녀는 날카롭게 칼을 휘둘러 그의 손에 든 검을 툭 건드리며 혐오하는 이름들을 목청껏 외쳤다. "그들은 아피에리에서 당신을 없애려고 안달이었어!"

"그 빌어먹을 장소는 입에 올리지 말자고!" 그는 그녀의 다음 일격을 피하고 예전만큼 빠른 순발력으로 공격을 이어 갔다. 그녀는 지붕 구석으로 밀려났다. 지쳐서 쓰러지기 전에 이 연습을 마무리 지어야 했다. 그는 그녀를 난간 쪽으로 밀어 중심을 잃도록 만들었고, 그녀는 난간 밖으로 허리를 젖히고 섰다. 두 사람은 서로의 보호구가 맞닿고 얼굴이 몇 센티미터밖에 떨어져 있지 않을 정도로 가까워졌다. 그녀의 머리 뒤로 저 아래 거리까지 아찔하게 이어진 높은 벽이 보였다. 그녀가 가쁘게 쉬는 숨이 그의 뺨에 닿았다. 아주 잠깐, 그는 거의 키스할 듯 가까이 다가갔고, 하마터면 그녀를 지붕 밖으로 밀어낼 뻔했다. 그가 둘 중 무엇도 제대로 하지 못한 이유는 아마도 무엇을 해야 할지 결정할 수 없었기 때문이었을 것이다.

"오른손을 쓸 때가 더 나았어." 그가 숨을 헐떡이며 말했다.

"당신도 10년 전이었으면 더 나았을 테지." 그녀는 그의 검 밑에서 빠져나오며 갑작스럽게 장갑 낀 새끼손가락으로 그의 눈을 푹 찔렀다.

"아야!" 그가 비명을 지르며 검을 잡고 있지 않은 손을 찰싹 소리가 나도록 얼굴에 가져다 댔다. 그녀는 무릎으로 소리 없이 그의 낭심을 걷어찼고, 그의 아랫배에서 목까지 찌르는 듯한 통증이 휘몰아쳤다. "으억……." 숨이 턱 하고 막혀 버린 그는 비틀거리며 꽉 쥐고 있던 검까지 떨어뜨리고 몸을 웅크렸다. "나를 기억할 거리 하나 정도는 있어야지." 반짝거리는 몬자의 검 끝이 그의 뺨을 쓸며 화끈거리는 상처를 남겼다.

"하!" 그는 지붕에 천천히 주저앉아 무릎을 꿇고 앉았다. 오래된 친구만 한 게 없다고 누가 말했던가…….

정신을 아찔하게 만든 통증을 뚫고 계단 쪽에서 누군가 박수 치는 소리가 들렸다. "비타리." 그는 꺽꺽거리면서 눈을 가늘게 뜨고 햇볕 아래로 느긋하게 걸어오는 그녀를 바라보았다. "왜 늘 자네는…… 가장 비참한 순간에…… 날 찾는 건가?"

"재미있으니까."

"여자들은 이 고통을 모르는 게…… 얼마나 행운인지 모를 걸세…… 거시기를 걷어차이는 고통을 말이야."

"애 낳아 봤어요?"

"흥미로운 제안이군…… 관련된 부위가 조금만 덜 아팠으면 자네와 같이 노력해 볼 수도 있었을 텐데."

늘 그래 왔듯 그의 농담은 무시당했다. 비타리의 관심은 이미 지붕 난간 너머 다른 곳에 가 있었고, 몬자도 마찬가지였다. 코스카는 어기적거리며 밭장다리를 하고 몸을 일으켰다. 도시 서쪽 탑 두 개 사이에 기병대가 일렬로 모습을 드러내면서 말발굽에 일어난 먼지 구름이 하늘을 누런색으로 물들이고 있었다.

"도착했네요." 비타리가 말했다. 그들 뒤 어디에선가 종이 울리기 시작했고, 이곳저곳에서 종소리가 잇따라 들려왔다.

"저기도 있어." 몬자가 말했다. 두 번째 기병대가 모습을 드러냈고, 한 줄기 연기가 피어올라 언덕 너머 북쪽으로 흘러가고 있었다.

코스카는 푸른 하늘 위로 천천히 떠오르는 태양 아래 서서, 점점 벗어지고 있는 정수리를 햇볕에 그을리며 오르소 공작의 군대가 성 밖 들판에 일사불란하게 대열을 정렬하는 모습을 지켜보았다. 성에서 쏘는 활이 닿을 수 없을 만한 거리에 연이어 도착한 연대들은 매끄럽게 자신의 자리를 찾았다. 강을 건넌 또 다른 대규모 병력은 북쪽을 에워쌌다. 기병들은 보병들을 가리며 깔끔하게 줄을 맞춘 다음 보병 뒤로 물러났다. 지난 전투에서 미처 약탈하지 못한 것들을 약탈할 준비를 마친 듯 보였다.

천막들이 세워지기 시작했고, 보급품을 실은 수레들이 도착해 전열 뒤 진흙탕으로 흩어졌다. 성벽을 지키는 몇 안 되는 수비 병력은 탈린의 병사들이 거대한 시계처럼 질서 정연하게 성벽 주변에 진을 치는 모습을 지켜볼 수밖에 없었다. 물론 코스카는 술에 취하지 않았을 때도 그런 전열을 맞춰 본 적이 없었다. 무예와 관련이 있다기보다는 공학적 기술에 가깝기는 했지만 감탄하지 않을 수 없는 질서 정연한 모습이었다.

그는 팔을 넓게 벌렸다. "포위된 비세린에 온 걸 환영하네!"

점점 빈틈없이 도시를 포위해 오는 간마크의 군대를 구경하기 위해 다른 일행들도 모두 지붕 위에 모였다. 몬자는 왼손을 허리에, 장갑 낀 오른손을 검 자루 끝에 걸친 채 서 있었다. 시버스는 코스카를 사이에 두고 몬자의 반대편에 서서 미간을 한껏 찌푸린 채 심술궂게 성 밖을 바라보았다. 계단으로 향하는 문 근처에 앉은 프렌들리는 다리를 꼬고 손안에 든 주사위를 굴리는 중이었고, 데이와 비타리는 난간 저편에 서서 작은 목소리로 말을 주고받고 있었다. 더 나빠질 수 없을 것 같던 모비어의 표정은 그 어느 때보다 훨씬 뚱해 보였다.

"포위같이 하찮은 일에 유머 감각을 잃을 순 없지! 동지들, 힘내게!" 코스카가 시버스의 넓은 등을 다정하게 툭 쳤다. "저렇게 큰 군대가 저렇게 질서 정연하게 움직이는 모습은 쉽게 보기 힘든 구경거릴세! 몬자의 친구 간마크 장군의 인내심과 통솔력에 찬사를 보낼 수밖에 없군. 편지라도 써야겠어."

"간마크 장군님 보세요." 몬자가 입을 오물거리며 혀를 안으로 말았다가 난간 너머로 침을 뱉었다. "친애하는 몬즈카로 머카토 올림."

"간단명료한 편지군요." 모비어의 평이었다. "간마크가 좋아하겠어요."

"군인들이 엄청 많군." 시버스가 툴툴거렸다.

프렌들리의 목소리가 조용히 허공에 울렸다. "1만 3400명쯤."

"대부분 탈린 병사들일세." 코스카는 망원경으로 그들을 바라보며 손을 흔들었다. "오르소의 옛 우방에서 보낸 병사들도 있군. 오른쪽 끝에 에트리사니의 깃발이 보여. 저쪽, 물가에 말일세. 중앙에는 시세일의 깃발들도 보이고. 모두 정규군이야. 하지만 우리의 옛 전우, 천검단은 보이지 않네. 안타깝군. 우정을 새로 다질 때도 됐는데 말이지. 몬자, 그렇지 않나? 세사리아, 빅투스, 안디체와 말일세. 물론 페이스풀 카르피도. 우정을 새로 다진 다음…… 옛 친구들에게 복수를 당하겠지."

"용병들은 다 동쪽에 가 있을 거야." 몬자가 강 건너편 쪽으로 고개를 까딱했다. "로곤트 공작과 오스프리아 군대가 이쪽으로 오지 못하게 막고 있겠지."

"다들 모여 재미를 보고 있겠군. 하지만 적어도 우리는 여기에 와 있지 않나." 코스카는 성 밖을 지나다니는 군인들을 향해 손짓했다. "간마크 장군은 아마 저쪽에 있겠군. 친구들과 행복한 재회를 하는 게 우리 계획인가? 자네 계획이 뭔가?"

"간마크는 교양이 있는 사람이야. 예술에 조예가 깊고."

"그래서요?" 모비어가 대꾸했다.

"샐리어 대공보다 더 많은 작품을 가진 사람은 없어."

"그의 수집품들은 인상적이지." 코스카는 그가 가진 와인과 함께 그의 수집품들을 여러 번 칭찬했다. 적어도 칭찬하는 척했다.

"스티리아에서 가장 훌륭하다더군." 몬자가 반대편 난간으로 성큼성큼 걸어가서 강 위의 섬에 지어진 샐리어의 궁전을 바라보았다. "도시가 함락되면 간마크는 한달음에 궁전으로 달려갈 거야. 혼돈 속에서 귀중한 작품들을 구하려고."

"자기가 차지하려는 속셈이겠죠." 비타리가 툭 내뱉었다.

몬자의 턱 근육이 평소보다 더 단단하게 굳어졌다. "오르소는 여길 최대한 빨리 포위하고 싶어 할 거야. 로곤트와 씨름할 시간을 최대한 벌어 놓아야 하니까. 여덟 기사단을 완전히 박살 내고 겨울이 오기 전에 왕좌를 차지할 생각인 거지. 곧 성벽이 뚫리고, 공격이 시작되고, 거리에 시체들이 널릴 거라는 뜻이야."

"멋지군!" 코스카가 손뼉을 쳤다. "거리에 웅장한 나무와 위풍당당한 건물들이 아무리 줄지어 있어도 시체들이 좀 널브러져 있어야 완성된 느낌이 드는 법일세!"

"우리는 시체들에서 갑옷, 제복, 무기를 챙겨서 머지않아 도시가 함락되면, 탈린 병사들로 변장할 거야. 간마크가 경비병들을 밖에 두고 샐리어의 수집품들을 빼돌릴 때 궁으로 들어가서……."

"놈을 죽여?" 시버스가 제안했다.

잠시 정적이 흘렀다. "계획에 극미한 결함이 있는 것 같군요." 모비어의 짜증 섞인 말투에 코스카는 머리뼈 뒤쪽에 못이 박히는 듯한 느낌이었다. "샐리어 대공의 궁전은 현재 스티리아에서 가장 방어력이 좋은 요새입니다. 우리는 그 요새 안에 있지 않고요. 초대를 받을 일도 없을 것 같습니다만."

"알려 주자면, 난 이미 초대를 받았다네." 모두 자신을 바라보자 코스카는 매우 흐뭇해졌다. "샐리어와 나는 몇 년 전까지 꽤 친했거든. 그가 푸란티 국경 문제를 해결하기 위해 날 고용했을 때였지. 일주일에 한 번은 함께 저녁 식사를 했는데, 나더러 비세린을 찾게 되면 언제든 궁에 찾아오라더군."

독물학자는 경멸이 고스란히 드러나는 표정을 짓고 있었다. "그러니까, 당신이 술독에 빠져 살기 전 이야기 아닙니까?"

코스카는 그가 자신을 무시할 때 늘 그랬듯 한 손을 아무렇게나 흔들었다. "길고 긴 감내의 시간을 견디며 주정뱅이로 변하는 중이었지. 애벌레가 아름다운 나비로 변하는 것처럼 말일세. 어쨌든, 초대는 여전히 유효하다고."

비타리가 그를 향해 눈을 가늘게 떴다. "그 초대를 어떻게 활용할 생각이죠?"

"궁궐 문 앞을 지키는 경비병들한테 얘기해야지. '나는 이름난 용병 니코모 코스카다. 저녁 만찬을 하러 왔다.'"

그가 전략을 제시한 게 아니라 거대한 똥이라도 던진 것처럼 불편한 침묵이 흘렀다.

"미안한데," 몬자가 웅얼거렸다. "당신 이름을 댄다고 해서 예전처럼 성문이 열리지는 않을 것 같거든."

"뒷간 문은 열어 줄지도 모르지요." 모비어가 비웃듯 고개를 저었다. 데이가 킥킥거리는 소리가 바람 속으로 흩어졌다. 시버스조차 미심쩍다는 듯 입꼬리를 한껏 올리고 있었다.

"비타리와 모비어가 맡아 줘." 몬자가 딱딱하게 말했다. "당신들 임무야. 궁궐을 잘 지켜보면서 들어갈 방법을 연구해 봐." 두 사람은 내키지 않는다는 듯 서로를 보며 얼굴을 찌푸렸다. "코스카, 당신은 군인들 제복을 잘 알 테지."

그가 한숨을 쉬었다. "나만큼 잘 아는 사람이 없지. 의뢰인이라면 자기가 부리는 사람들한테 제복을 입히고 싶어 하니까. 웨스트포트의 총독에게서 받은 제복이 하나 있는데 금실로 짠 옷감으로 만들어진 옷이라네. 납 배관 속에 기어들어 간 것마냥 불편해서…….”

"우리가 할 일을 생각하면 그것보단 눈에 덜 띄는 제복이 좋겠지."

코스카는 몸을 꼿꼿하게 편 다음 덜덜 떨며 경례를 했다. "머카토 장군, 명령을 받들기 위해 이 한 몸 바치겠습니다!"

"몸까지 바칠 필요는 없어. 당신 나이에 어디 부러지지나 않으면 다행이지. 공격이 시작되면 프렌들리와 함께 가." 프렌들리는 어깨를 한번 으쓱하더니 다시 주사위에 집중했다.

"가장 고결하게 시체들 엉덩이를 까 보세나!" 코스카가 계단을 향해 돌아섰다가 만에 펼쳐진 풍경을 보고 멈춰 섰다. "아! 오르소 공작의 함대도 재미를 보러 왔군!" 그의 눈에 수평선에 막 모습을 드러낸 배들이 들어왔다. 흰 돛에 탈린을 상징하는 검은색 십자가가 그려져 있었다.

"샐리어의 손님이 늘었네." 비타리가 말했다.

"그는 늘 정성을 다해 손님을 맞았네만, 한 번에 이렇게 많은 손님들이 들이닥치면 대접을 잘할 수 있을지 모르겠군. 도시가 완전히 고립되었으니 말이야." 그는 불어오는 바람을 맞으며 미소 지었다.

"감옥." 프렌들리가 한마디 덧붙이며 그에게는 미소라 할 수 있는 표정을 지었다.

"우린 독 안에 든 쥐나 마찬가지요!" 모비어가 딱 잘라 말했다. "그게 기쁜 일인 것처럼 말하는군."

"포위당한 적이 다섯 번 있는데 매번 즐거운 경험이었다네. 선택지를 좁혀 마음을 자유롭게 할 수 있는 좋은 방법이지." 코스카는 코로 길게 숨을 들이쉰 다음 만족스럽게 내쉬었다. "삶이 감옥 같을 때는 포로가 되는 것보다 더 자유로워질 방법이 없지."

헛된 희망

불이 타오르고 있었다. 밤이 되자 비세린은 불꽃과 그림자로 가득 채워졌다. 성벽이 부서지며 거대한 미로가 만들어졌고, 무너진 지붕들 사이로 서까래가 모습을 드러냈다. 어디서 들려오는지 알 수 없는 비명이 울려 퍼지는 악몽 같은 어둠 속에서 유령 같은 형체들이 이리저리 움직이고 있었다. 건물들이 어렴풋이 보였다. 건물들은 이제 내부가 처참하게 파괴된 껍데기에 불과했다. 창문과 현관은 틈이 벌어진 채 불을 토해 내며 비명을 지르고 있었다. 불길은 주변을 핥으며 어둠을 간지럽혔다. 하얀 불꽃이 검은 하늘로 치솟았고, 검은 재가 눈송이처럼 부드럽게 떨어졌다. 도시에는 새로운 탑이 세워졌다. 구불구불한 연기가 허공으로 피어올라 자신을 만들어 낸 불길과 함께 빛을 발하며 별들을 가려 버렸다.

"지난번에는 얼마나 찾았지?" 코스카의 눈동자에 광장에 번진 불길이 비쳐 노란색으로 빛나고 있었다. "셋이던가?"

"셋." 프렌들리가 낮은 소리로 말했다. 갑옷 세 벌이 그의 방 옷장에 보관되어 있었다. 두 벌은 탈린 병사의 갑옷이었고, 그중 한 벌에는 화살에 맞은 자국이 남아 있었다. 다른 한 벌은 무너진 굴뚝에 깔려 죽은 젊은 장교의 제복이었다. 죽은 장교가 운이 나쁘기는 했지만, 어차피 온 사방에 불을 지른 군인들 중 한 명이었으리라고 프렌들리는 생각했다.

성벽 너머에는 투석기가 있었다. 강의 서쪽에 다섯 개, 동쪽에는 세 개가 있었다. 항구에 떠 있는 흰 돛을 단 함선 스물두 척에도 투석기가 실려 있었다. 첫째 날 밤, 프렌들리는 새벽까지 잠을 자지 않고 투석기들을 지켜보았다. 불타는 돌덩이 백열한 개가 성벽을 넘어 도시를 불바다로 만들었다. 불길은 서로 합쳐지고 꺼지며 이리저리 움직여서 숫자를 셀 수가 없었다. 숫자는 프렌들리를 떠났고, 혼자 남은 프렌들리는 두려움에 휩싸였다. 평화롭던 비세린이 이렇게 되기까지는 고작 엿새, 사흘 곱하기 둘만큼의 시간이 걸렸을 뿐이었다.

도시에서 온전한 모습을 유지하고 있는 곳은 샐리어 공작의 성이 있는 섬뿐이었다. 머카토가 이야기하길, 그곳에는 그림들이 있다고 했다. 그리고 오르소 군대의 지휘관이자 그들의 표적인 간마크가 지키고자 하는 예쁜 물건들도 있다고 했다. 그는 수없이 많은 집들과 그 안에 살던 사람들을 불태우라고 밤낮으로 살인 명령을 내리면서, 살아 있지도 않은 그림들은 지켜야 한다고 생각하는 모양이었다. 프렌들리는 간마크야말로 세이프티로 보내져야 할 인물이라고, 그래야 바깥세상을 안전하게 지킬 수 있다고 생각했다. 하지만 간마크는 사람들을 거느리며 존경을 받고 있었고, 세상은 불에 타고 있었다. 모든 것이 뒤바뀌고 잘못된 것 같았다. 하지만 판사들이 말하길, 프렌들리는 옳고 그름을 구분할 수 없는 사람이었다.

"준비됐나?"

"됐소." 프렌들리가 거짓말을 했다.

코스카가 광기 어린 미소를 지었다. "그러면 친구여, 다시 한번 성벽 쪽으로 돌진해 보자고!" 그는 한 손에는 검을 쥐고 다른 손으로는 머리에 쓴 모자를 누르며 빠른 걸음으로 길을 따라 걸었다. 프렌들리는 침을 한번 삼키고 조용히 입 모양으로만 걸음 수를 셌다. 자신이 죽을 수 있는 방법들 말고 다른 셀 거리가 필요했기 때문이었다.

도시의 서쪽 끝으로 갈수록 상황은 더욱 나빠졌다. 불길은 소름이 돋을 정도로 거대하게 솟구쳐 올랐고, 삐걱거리고 으르렁거리는 거대한 악마가 되어 밤을 갉아먹고 있었다. 프렌들리의 눈이 화끈거리며 눈물이 흐르기 시작했다. 어쩌면 불이 아니었더라도 이렇게 아무 이득 없이 소모적이기만 한 광경에 눈물이 났을 것 같기도 했다. 뭔가를 원한다면서 불에 태우는 이유는 뭘까? 만약 원하지 않는다면 다른 사람에게서 빼앗기 위해 싸우는 이유는 뭘까? 세이프티에서도 수감자가 죽곤 한다. 죽는 사람은 늘 있었다. 하지만 이런 낭비는 없었다. 세이프티는 무언가를 파괴할 만큼 풍요롭지 않았다. 모든 물건 하나하나가 소중했다.

"빌어먹을 거키쉬 불꽃!" 짐승 같은 불길이 또 한 번 넓게 퍼져 나가자 코스카가 저주를 퍼부었다. "10년 전이었으면 이걸 무기로 쓸 생각조차 못 했을 텐데. 이걸로 다고스카는 잿더미가 됐고 애그리온트의 성벽이 뚫렸지. 이제 사람들은 포위 작전이 시작하기도 전에 싹 다 불태워 버리라고 아우성을 친다네. 우리 때도 본보기 삼아 건물 한두 개에 불을 붙이곤 했지만, 이런 건 없었어. 전쟁은 보통 돈 때문에 일어났지. 약간의 고통이 발생하는 건 안타까운 부작용 같은 거였네. 지금은 그냥 다 때려 부수는 게 목적이 됐고, 철저하게 무너뜨릴수록 성공적인 전쟁이라고 생각한다네. 과학일세, 친구여. 이게 과학이야. 과학이 발전하면 삶이 더 쉬워져야 하는 게 아니던가."

검댕이 잔뜩 묻은 군인들이 그들 옆을 지나쳤다. 그들의 갑옷이 불길을 반사해 오렌지 빛으로 빛나고 있었다. 검댕이 잔뜩 묻은 시민들이 물이 가득 찬 양동이를 하나씩 들고 그들 옆을 지나쳤다. 아무리 물을 부어도 꺼질 줄 모르는 불길에 그들의 표정에는 절망이 가득했다. 그들은 숨 막히는 밤, 검은 형체로 떠도는 성난 유령들 같았다. 그들 뒤로 거대한 벽화가 그려진 벽이 무너져 있었다. 갑옷을 입은 샐리어 공작이 준엄한 표정으로 승리를 기원하며 허공을 손가락으로 가리키고 있었다. 프렌들리의 기억에 그의 다른 손에는 깃발이 들려 있었다. 건물 꼭대기 부분이 무너지면서 깃발을 들고 있던 팔 부분도 사라진 듯했다. 불길이 일렁이며 벽화를 비추자 공작이 얼굴을 찡그리며 입술이 움직이는 것처럼 보였고 그 주변 군인들은 해변으로 돌진할 듯했다.

프렌들리가 젊었을 때 그와 같은 구역의 열두 번째 감방을 쓰던 노인이 옛날이야기를 들려주곤 했다. 구시대가 시작되기도 전, 이 세계와 지하 세계가 하나고, 악마가 지상을 돌아다니곤 할 때의 이야기였다. 수감자들은 그를 비웃었고 프렌들리 역시 그를 비웃곤 했다. 세이프티에서는 다른 사람들이 하는 대로 하며 튀지 않는 게 신상에 이로웠기 때문이었다. 하지만 그는 아무도 곁에 있지 않을 때 노인에게로 가서 외즈가 악마들을 쫓아 버리고 두 세계를 가르는 문을 막은 때가 정확히 몇 년 전이었느냐고 물었다. 노인은 정확한 숫자는 알지 못했다. 지금, 지하 세계로 가는 문이 다시 열려 비세린으로 불길이 번지고 세상에 혼란이 찾아온 듯했다.

그들은 활활 타고 있는 탑을 빠른 걸음으로 지났다. 창문으로 맹렬하게 타고 있는 불꽃이 보였고, 지붕의 무너진 틈 사이로 화염이 솟구쳐 오르는 모습이 마치 거대한 횃불 같았다. 프렌들리는 땀을 흘리고, 콜록거리고, 더 많은 땀을 흘렸다. 입이 쉴 새 없이 말랐고, 목은 쉴 새 없이 따끔거렸으며, 손끝은 검댕이 묻어 뻣뻣했다. 그는 거리 끝에 울퉁불퉁한 성벽과 그 아래 잔뜩 쌓인 돌무더기를 바라보았다.

"거의 다 왔네! 계속 따라와!"

"난...... 나는.......". 프렌들리의 목소리는 연기가 자욱한 공기 속에 흩어져 버렸다. 그들은 좁은 골목길을 따라 주춤거리며 내려갔다. 골목 끝에는 붉은 빛이 어른거리고 있었다. 달그락거리고 쨍그랑거리는 소리와 함께 파도 소리를 닮은 사람들의 성난 함성이 들려왔다. 세이프티에서 폭동이 이어지는 동안 들렸던 소리와 비슷했다. 폭동은 프렌들리를 포함해 가장 흉악한 수감자 여섯이 광란을 멈추기로 협의한 뒤에야 끝이 났다. 이곳에서는 누가 광란을 멈출 수 있을까? 땅이 흔들릴 정도로 커다란 폭음이 울려 퍼지더니 불그스름한 섬광이 밤하늘을 밝혔다.

코스카는 몸을 낮춘 채 그을린 나무 밑동까지 다가가서 등을 기대고 몸을 웅크렸다. 프렌들리가 조용히 그 뒤를 따르는 동안 소음이 점점 커져 굉음이 되었지만, 귀에 울려 퍼지는 심장 소리 때문에 거의 들리지 않았다.

백 걸음도 채 떨어져 있지 않은 부서진 성벽 틈 사이를 거칠고 검은 밤의 조각이 채우고 있었다. 그 앞에는 탈린 병사들이 가득했다. 그들은 무너진 성벽 파편과 각목 들이 아무렇게나 쌓여 만들어진 거친 경사면을 개미처럼 기어 내려와 도시 외곽의 불타 버린 광장으로 향했다. 처음 공격이 시작되었을 때는 질서 정연하게 대열을 유지하며 싸울 수 있었겠지만, 이제 대열 따위는 사라진 지 오래였고 광기 가득한 난투극이 벌어지고 있었다. 방어하는 이들은 비어 있는 건물 앞에 쌓아 놓은 바리케이드에서 쏟아져 나왔고, 공격하는 이들은 우왕좌왕하며 성벽에 생긴 틈 사이로 밀고 들어와 의미 없는 싸움에 힘을 보태고 대학살의 현장에 숨통이 끊어진 시체들을 계속 쌓아 올렸다.

도끼와 검날이 번뜩이며 부딪쳤고, 창들은 이리저리 휘둘리고 엉키기를 반복했다. 높은 곳에 걸린 찢긴 깃발들은 축 늘어져 있었다. 부서진 성벽 근처 바리케이드 안쪽에 있는 허물어져 가는 탑에서 비세린의 방어군이 쏜 화살과 성 밖에서 탈린 병사들이 쏜 화살들이 마구 빗발쳤다. 프렌들리가 지켜보는 가운데 성벽 꼭대기에서 떨어져 나온 거대한 석재 파편이 회전하며 공중을 날아와 성벽 아래에 잔뜩 몰려 있던 병사들 가운데 떨어지면서 땅에 커다란 구멍을 만들었다. 불타는 횃불과 불타는 돌덩이, 불타는 집 들이 뿜어내는 지옥 같은 열기 속에 병사 수백 명이 아등바등하다 결국 죽어 나갔다.

"비세린의 틈." 양손 엄지와 검지로 만든 네모난 틀 안에 그 광경을 담고, 그가 보고 있는 장면이 어느 부잣집 벽에 걸린 그림이라 상상하며 혼자 중얼거렸다.

두 사람이 서로를 죽이려고 맞붙을 때는 일정한 규칙이 있다. 대여섯, 혹은 열두 명쯤 되는 사람들이 맞붙을 때도 마찬가지일 것이다. 프렌들리는 그런 상황에서 늘 편안했다. 싸움에는 형식이 있었고, 더 빠르고, 더 힘이 세고, 더 민첩하면 살아남을 수 있었다. 하지만 지금 이 상황은 달랐다. 사람들은 정신이 나가 있었다. 언제 뒤에 있던 사람들에게 떠밀려 창에 꽂힐지 알 수 없는 노릇이었다. 끔찍하게 무작위적인 죽음이었다. 화살이나 돌멩이, 바위가 머리 위에서 언제 떨어질지 어떻게 안단 말인가? 죽음을 어떻게 예측할 수 있으며 어떻게 피할 수 있단 말인가? 그들은 목숨을 걸고 거대한 확률 게임을 하는 중이었다. 그리고 카도티의 별장 손님들이 즐기던 확률 게임과 마찬가지로 오래 붙들고 있으면 플레이어는 결국 패배할 수밖에 없었다.

"열기가 뜨겁군!" 코스카가 그의 귀에 소리쳤다.

"열기?"

"난 더 뜨거운 곳에도 있어 봤네! 뮈리스 성은 우리가 일을 마치고 나니 마치 도살장처럼 변했지!"

프렌들리는 머릿속으로 생각을 하느라 바빠서 거의 아무 말도 할 수 없었다. "거기에…… 있었소?"

코스카가 별거 아니라는 듯 손을 저었다. "몇 번. 하지만 미친 사람이 아니고서야 곧 지긋지긋해진다네. 재미있어 보일 수도 있겠지. 하지만 신사가 있을 곳은 아니야."

"누가 누구 편인지 어떻게 알지?" 프렌들리가 불만스럽게 말했다.

코스카의 미소가 검댕이 잔뜩 묻은 얼굴 위에 빛났다. "감으로 하는 거지. 그럴 때는 계속 적군이 오는 방향을 바라보며 서서 운을 믿는 수밖에…… 아."

아수라장 속에 무기를 든 병사들 한 무리가 떨어져 나와 앞으로 나아가고 있었다. 프렌들리는 그들이 포위를 당한 쪽인지 아니면 포위하는 쪽인지 알아볼 수 없었을 뿐만 아니라 인간으로도 보이지 않았다. 고개를 돌리자 창을 든 병사들이 반대쪽 거리를 따라 내려오고 있었다. 금속 갑옷에 반사된 빛이 돌처럼 굳은 병사들의 얼굴을 비췄다. 그들은 한 사람의 인간이 아니라 살인 기계 같았다.

"이쪽일세!" 프렌들리는 자신의 팔을 잡는 손길을 느꼈다. 그는 떠밀리다시피 거의 무너질 듯한 벽에 달린 부서진 문을 통과했다. 비틀거리다가 발을 헛디뎌 옆으로 넘어진 그는 숨 막히는 재 구름을 뚫고 반은 달리고 반은 미끄러지며 잔해 더미 아래로 내려갔다. 그리고 코스카 옆에 배를 대고 엎드린 채 위쪽 거리에서 벌어지는 전투를 지켜보았다. 사람들은 형체 없는 혼돈의 도가니 속에 서로 부딪치고, 죽이고, 죽었다. 그들의 비명과 분노에 찬 절규와, 금속이 날카롭게 부딪치는 소리 너머 프렌들리의 귀에 다른 소리가 들렸다. 그는 옆으로 시선을 돌렸다. 무릎을 대고 엎드린 코스카가 웃음을 참느라 몸을 부르르 떨고 있었다.

"지금 웃는 거요?"

나이 든 용병은 검댕이 잔뜩 묻은 손가락으로 눈가를 닦았다. "그럼 어쩌겠나?"

그들은 건물 잔해로 가득 찬 어두운 골짜기 같은 곳에 있었다. 이곳은 원래 길이었을까? 물이 빠진 운하였을까? 배수로였을까? 누더기를 걸친 사람들이 잔해 더미를 뒤지고 있었다. 멀지 않은 곳에 죽은 사람들이 엎드린 채 누워 있었다. 여자 한 명이 시체 옆에 웅크리고 앉아 축 늘어진 손에서 반지가 끼워진 손가락을 자르고 있었다.

"시체에서 물러나!" 코스카가 몸을 비틀거리며 일어나서 검을 뽑았다.

"이건 우리 거요!" 머리가 헝클어진 앙상한 남자가 손에 몽둥이를 들고 있었다.

"아니지." 코스카가 검을 휘둘렀다. "우리 걸세." 그는 한 걸음 다가갔고 시체를 뒤지던 남자는 주춤주춤 물러서다 그을린 수풀 위에 쓰러졌다. 여자는 마침내 칼로 뼈를 다 잘라 내고 반지를 빼서 주머니에 쑤셔 넣은 다음 코스카를 향해 손가락을 던지며 욕설을 퍼부었다. 그러고는 어둠 속으로 허둥지둥 사라졌다.

나이 든 용병은 손으로 검을 만지작거리며 그들의 뒷모습을 바라보았다. "탈린 병사일세, 저 사람 갑옷을 챙기자고!"

프렌들리는 멍한 상태로 느릿느릿 시체로 다가가서 갑옷을 풀기 시작했다. 그러고는 등갑을 잡아당겨 가방에 넣었다.

"빨리 움직이게, 친구. 쥐새끼들이 다시 돌아오기 전에."

프렌들리는 늑장을 부릴 생각이 조금도 없었지만, 손이 너무 떨렸다. 왜인지는 알 수 없었다. 평소에는 손을 떠는 법이 없는 그였다. 그는 병사의 정강이받이와 흉갑을 잡아당겨 벗긴 다음, 갑옷의 다른 부분들로 덜그럭거리는 가방에 넣었다. 이제 갑옷이 네 벌이 되었다. 셋 더하기 하나. 세 개만 더 찾으면 한 사람당 하나씩 돌아갈 수 있었다. 그러면 간마크를 죽일 수 있을 테고, 그는 모든 걸 정리하고 탈린으로 돌아가 사잠의 집에서 카드놀이나 하며 동전을 셀 수 있을 것이다. 지금 돌이켜 생각하면 그때가 정말 행복한 시절이었다. 그는 손을 뻗어 시체의 목에서 석궁 화살을 뽑았다.

"살려 줘." 속삭임보다도 작은 소리였다. 프렌들리는 자신이 꿈을 꾸는 게 아닌가 생각했다. 그때, 군인의 눈이 번쩍 떠지더니 다시 입술이 움직였다. "살려 줘."

"어떻게?" 프렌들리가 속삭였다. 그는 최대한 조심스럽게 단추를 풀고 누비천 재킷을 벗겼고, 피가 철철 나는 잘린 손가락 밑동을 건드리지 않도록 소매를 잡아당겼다. 그는 병사의 옷을 가방에 쑤셔 넣고 시체를 옆으로 굴려 처음 발견했을 때와 똑같이 엎어 놓았다.

"잘했군!" 코스카가 불에 다 타 버린 채 무너진 옆 건물 지붕 위에 위태롭게 기대고 있는 탑을 가리켰다. "저쪽으로 가세."

"왜 저쪽이지?"

"저쪽으로 가면 안 될 이유가 없으니까?"

프렌들리는 움직일 수 없었다. 무릎이 덜덜 떨렸다. "가고 싶지 않군."

"이해하네만, 우린 같이 다녀야 해." 나이 든 용병이 돌아섰고, 프렌들리는 그의 팔을 잡았다. 그러고는 참았던 말을 쏟아 내기 시작했다.

"숫자를 셀 수가 없소! 생각을…… 생각을 할 수가 없다고. 숫자를 몇까지 셌지? 어디까지…… 어디까지…… 내가 지금 미쳐 가고 있소?"

"자네가? 친구여, 아닐세." 코스카가 프렌들리의 어깨를 손으로 툭툭 치며 미소 지었다. "자네는 완전히 정상이야. 여기, 이 모든 것이야말로!" 그는 모자를 벗어 주변을 향해 휘둘렀다. "미쳐 가고 있는 걸세!"

자비와 비겁함

시버스는 한쪽만 열린 창가에 서서 불타는 비세린을 지켜보고 있었다. 그의 주위를 둘러싼 창틀이 꼭 액자 같았다. 그의 검은 윤곽은 성벽 쪽에서 활활 타고 있는 화염의 주황색으로 둘려 있었다. 수염이 듬성듬성 자란 턱 한쪽과, 넓은 한쪽 어깨, 긴 팔, 울퉁불퉁한 허리 근육과 벌거벗은 엉덩이 옆에 움푹 들어간 부분을 따라 불빛이 흘러내리고 있었다.

베나가 함께 있었다면 최근 들어 그녀가 무모한 모험을 하고 있다고 경고했을 터였다. 물론, 벌거벗고 있는 거대한 북부 남자가 누구인지부터 물었겠지만. 포위된 도시 한가운데, 죽음은 그녀의 목덜미를 간지럽힐 정도로 가까워져 있었다. 자신이 고용한 남자에게 이 정도로 경계를 풀고, 아래층에 침입한 농부들에게 애매한 태도를 취하며 그녀는 위험을 감수하고 있었다. 두려움과 흥분이 뒤섞인, 도박꾼들도 맛보지 못할 오묘한 감정을 느꼈다. 베나였다면 좋아하지 않았을 것이다. 하지만 그녀는 베나가 살아 있을 때도 그의 경고를 귀담아들은 적이 없었다. 가능성이 희박할 때는 위험한 도박을 할 수밖에 없고, 몬자는 늘 이기는 쪽을 고르곤 했다.

적어도 그들이 베나를 죽이고 그녀를 절벽 아래로 던져 버리기 전까지는.

어둠 속에서 시버스의 목소리가 들렸다. "이 집에는 어떻게 오게 된 거야?"

"남동생이 이 집을 샀어. 오래전에." 그녀는 베나가 창가에 서서 실눈을 뜬 채 태양을 바라보다 돌아서서 그녀를 향해 웃음 짓던 모습을 기억했다. 아주 잠시, 그녀의 입꼬리가 슬며시 올라가며 얼굴에 미소가 비쳤다.

지금 시버스는 뒤를 돌아보고 있지 않았고, 얼굴에는 웃음기도 없었다. "둘이 가까웠군? 당신과 남동생 말이야."

"친했지."

"나랑 우리 형도 친했어. 형을 아는 사람은 다 형하고 친하다고 생각했지. 그런 재주가 있는 사람이었어. 형은 블러디나인이라는 놈한테 살해당했어. 자비를 약속 받고 죽임을 당한 다음 머리통이 깃대에 꽂혀 전시되었지."

몬자는 건성으로 그의 이야기를 들었다. 이야기가 따분하기도 했거니와 듣고 있으면 난간 밖으로 던져지기 전 힘없이 늘어져 있던 베나의 얼굴이 떠올랐다. "우리가 이렇게 공통점이 많을 줄 누가 알았겠어? 복수는 했어?"

"꿈은 꿨지. 몇 년 동안 내 숙원 사업이었달까. 기회가 있었어. 한 번 이상. 블러디나인한테 복수할 기회를 얻으려고 목숨이라도 내놓을 사람이 많아."

"그런데?"

그녀의 눈에 시버스의 관자놀이 혈관이 꿈틀거리는 모습이 보였다. "첫 번째 기회가 왔을 때는 놈의 목숨을 구해 줬어. 두 번째는 그를 살려 보내 주고 더 나은 사람이 되기로 했지."

"그래서 그렇게 수레 끌고 떠돌아다니는 집시 같은 몰골로 사람들한테 자비를 설파하고 다닌 거야? 제안은 고맙지만 난 됐어."

"이제는 자비를 베풀라고 설득해야 하는지도 모르겠어. 나는 여태까지 좋은 사람인 체하고, 옳은 길에 관해 이야기하면서 옳은 일을 하며 살고 있다고 스스로를 설득시키려고 했어. 악순환의 고리를 끊어 내고 있다고. 그런데 사실 아니었어. 당신이 말했듯이 자비와 비겁함은 똑같은 거고, 악순환의 고리는 아무리 노력해도 끊어지지 않을 거야. 복수를 하는 건…… 어떤 질문에도 정답은 아닐 거야. 세상을 더 공평하게 만들거나 햇빛을 더 따사롭게 만들 수는 없을 테니까. 하지만 복수를 안 하는 것보다는 나아. 훨씬 낫지."

"당신이 스티리아 최후의 좋은 사람이 되기로 한 줄 알았는데."

"할 수 있으면 옳은 일만 하려고 했지. 북쪽에서는 나쁜 짓을 하지 않고서는 명예를 얻을 수 없어. 나는 할 만큼 했고. 블랙다우, 크럼목아이페일, 블러디나인과 나란히 전투에 나가곤 했으니까." 그는 콧방귀를 뀌었다. "여기 있으니까 당신이 피도 눈물도 없는 사람 같지? 내 고향에서 겨울을 한번 견뎌 봐." 그의 표정에는 그녀가 이제껏 보지 못한, 볼 수 있으리라고 기대하지 않았던 무언가가 담겨 있었다. "나는 좋은 사람이 되고 싶어, 그건 사실이야. 하지만 반대 방향으로 가려면, 그 길은 내가 잘 알지."

서로를 마주 보는 동안 잠시 정적이 흘렀다. 그는 창틀에 기대어 있었고, 그녀는 한 손으로 머리를 괸 채 침대에 누워 있었다.

"당신이 그렇게 차가운 심장을 가진 개자식이었으면 왜 돌아왔던 거지? 카도티의 별장에서 말이야."

"받아 내야 할 돈이 있잖아."

그녀는 시버스가 농담을 하는 건지 헷갈렸다. "마음이 따뜻해지네."

"그리고 이 빌어먹을 나라에서 당신은 내 친구나 마찬가지니까."

"내가 당신을 좋아하지 않는데도 말이지."

"여전히 나를 좋아해 주길 바라고 있지."

"그거 알아? 내가 어쩌면 목표를 거의 달성했는지도 몰라."

그녀는 창밖에서 들어오는 빛에 비친 그의 미소를 보았다. "나를 침대에 들이고, 펄리와 다른 사람들을 집에 머무르게 하고. 내가 당신을 잘 몰랐으면 당신이 내 말을 듣고 자비를 베푼다고 생각했을 거야."

그녀는 기지개를 켰다. "어쩌면 이 딱딱하고 아름다운 껍데기 안에 옳은 일을 하고 싶어 하는 말랑말랑한 농부의 딸이 들어 있는지도 모르지. 그런 생각 해 본 적 없어?"

"있다고 거짓말은 못 하겠군."

"어쨌든, 내가 뭘 할 수 있었겠어? 그들을 거리로 내쫓으면 사람들한테 우리 욕을 하고 다닐 수도 있어. 여기에 두고 우리한테 빚을 졌다 생각하게 하는 게 더 안전해."

"진짜 안전하려면 진흙 속에 묻어야지."

"그럼 아래층으로 가서 우리 모두가 마음을 놓을 수 있게 해 주지 그래, 살인자 씨? 블랙나우의 짐꾼이었던 영웅한테 별문제도 아니겠지."

"블랙다우."

"뭐든. 바지는 입고 나가는 게 좋겠지?"

"우리가 누굴 죽이거나 해야 한다는 게 아니라 사실을 말하는 거야. 자비와 비겁함은 똑같은 거라고 들었거든."

"해야 할 일은 하니까 걱정 마. 늘 그래 왔다고. 하지만 나는 모비어가 아니야. 나 편하자고 농부 열한 명을 죽일 생각은 없어."

"그 말을 들으니 안심이다. 모티스만 죽일 수 있으면 은행에서 몇 명이 죽어 나가든 상관없다고 생각하는 것 같았거든."

그녀는 인상을 썼다. "우리 계획은 그게 아니었어."

"카도티의 별장에서도 마찬가지고."

"몰랐을까 봐 얘기하자면, 카도티의 별장에서도 내가 생각한 대로 일이 풀리지 않았어."

"잘 알고 있어. 사람들이 당신을 카프릴의 도살자라고 부른다지? 카프릴에서는 무슨 일이 있었는데?"

"할 일을 했을 뿐이야." 그녀는 새벽녘 말을 타고 도시에서 피어오르는 연기를 보며 불안에 떨었던 기억이 떠올랐다. "어떤 행동을 하는 것과 좋아하는 건 다른 거야."

"결과는 같지 않나?"

"당신이 뭘 안다고 난리야? 거기 있지도 않았으면서." 그녀는 기억을 떨쳐 버리고 침대 밖으로 나왔다. 마지막으로 피운 허스크가 남긴 무심한 따스함이 사라지자 자신의 흉터 가득한 껍데기가 이상하리만치 어색하게 느껴졌다. 그녀는 시버스가 지켜보는 가운데 방을 가로질렀다. 실오라기 하나 걸치지 않았지만 여전히 오른손에는 장갑이 끼워져 있었다. 창밖의 도시와 탑들, 번져 가는 불길이 울룩불룩하게 세공된 유리창 너머로 뿌옇게 보였다. "내가 저지른 실수를 곱씹고 싶어서 당신더러 여기 머무르라고 한 게 아니야. 난 실수는 이미 충분히 했다고."

"안 그런 사람도 있나? 나를 왜 이 위에 머물게 한 거지?"

"왜냐하면 내가 속 좁은 거구의 남자한테 마음이 약해지거든. 어떻게 생각해?"

"아, 속이 좁아서 그런지 생각을 안 하고 싶네. 어쨌든 당신은 스스로 보이고 싶어 하는 것보다 무서운 사람이 아닌 것 같긴 해."

"그래?" 그녀는 그에게로 다가가서 가슴팍에 난 흉터를 만졌다. 그녀의 손끝이 그의 가슴털과 거칠고 주름 잡힌 흉터 위를 지났다.

"우리 모두 나름의 상처가 있는 것 같군." 그가 그녀의 엉덩이뼈에 난 흉터로 손을 가져다 대자 그녀의 아랫배가 단단하게 조여 왔다. 도박꾼의 두려움과 흥분, 그리고 약간의 거북함이 섞인 감정이 휘몰아쳤다.

"상처가 다른 사람보다 깊은 사람도 있지." 어쩐지 내뱉기 껄끄러운 단어들이었다.

"그냥 흔적일 뿐이야." 그는 엄지로 그녀의 갈비뼈를 가로질러 난 흉터를 쓸어내렸다. "나는 전혀 불편하지 않아."

그녀는 뒤틀린 손에 끼워진 장갑을 벗고 그의 코앞에 갖다 댔다. "이래도?"

"응." 그의 거대하고 따뜻한 손이 그녀의 다친 손을 부드럽게 감싼 다음 꼭 쥐었다. 처음에 그녀는 그가 시체를 만지기라도 하는 것처럼 화들짝 놀라며 손을 잡아 빼려고 했다. 그러자 그는 엄지로 그녀의 일그러진 손바닥과 엄지손가락 아래 통통한 부분, 뒤틀린 손가락들을 하나하나 어루만졌다. 놀랍도록 부드럽고, 놀랍도록 기분 좋은 손길이었다. 그녀는 눈을 감고 입을 벌린 채 손가락을 최대한 활짝 펴고 숨을 내쉬었다.

그녀는 그에게 더 가까이 다가가 그의 온기와, 그녀의 얼굴에 닿는 그의 숨결을 느꼈다. 최근 씻을 기회가 거의 없었던 탓에 그에게서는 땀 냄새와 가죽 냄새, 그리고 상한 고기 냄새가 약간 섞인 체취가 났다. 톡 쏘지만 기분이 나쁘지만은 않은 냄새였다. 그녀는 자신의 몸에서도 냄새가 난다는 사실을 알고 있었다. 그의 얼굴이 그녀의 얼굴을 쓸어내렸다. 그의 뺨과 단단한 턱이 그녀의 코끝에 닿았고, 그는 곧 그녀의 목에 얼굴을 묻었다. 그녀는 창문으로 들어오는 건조한 바람에 살갗이 짜릿해지는 것을 느끼며 반쯤 미소 짓고 있었다. 건물이 불타는 익숙한 냄새가 바람을 타고 들어와 그녀의 코를 간지럽혔다.

그의 한 손은 아직도 그녀의 손을 잡고 옆으로 뻗어 있었다. 다른 손은 그녀의 옆구리를 따라 미끄러져 내려가다 튀어나온 골반뼈를 스치듯 지나 젖가슴 아래로 향했다. 그는 서툴지만 기분 좋게 엄지로 그녀의 젖꼭지를 살살 간지럽혔다. 그녀는 다른 손으로 이미 터질 듯 부풀어 오른 그의 아랫도리를 위아래로 쓰다듬었다. 축축한 살갗이 그녀의 손에 착 감겼다. 그녀는 발꿈치로 회반죽 부스러기를 떨어뜨리며 한 발을 들어 올려서 창틀에 얹었다. 그의 손가락이 부드럽게 찌걱거리는 소리를 내며 그녀의 다리 사이를 들락날락했다.

그녀는 오른손으로 그의 턱을 감싸고 뒤틀린 손가락으로 귀를 잡아당겨 고개가 옆으로 기울어지게 했다. 그런 다음 엄지손가락을 입가로 가져가 그의 입을 벌리고 자신의 혀를 밀어 넣었다. 그들이 마시고 있던 싸구려 와인 맛이 느껴졌다. 그녀의 입속에서도 같은 맛이 날 테지만, 지금 그런 건 중요하지 않았다.

그녀가 그를 가까이 끌어당겨 몸을 밀착시키자 그녀의 살이 그의 위에서 미끄러졌다. 죽은 남동생도, 불구가 된 손도, 밖에서 일어나고 있는 전쟁도, 허스크도, 그리고 죽여야 할 인물들도 더 이상 생각나지 않았다. 그의 손가락과 그녀의 손가락, 딱딱한 아랫도리와 축축한 구멍만 생각날 뿐이었다. 대단하지 않을지 몰라도 위로가 되었다. 그녀는 위로가 필요했다.

"얼른 날 먹어 줘." 그녀가 그의 귀에 대고 속삭였다.

"좋지." 그가 쉰 목소리로 답을 하고는 그녀의 한쪽 무릎 아래에 손을 넣어 번쩍 들어 올린 다음 침대로 데려가 던졌다. 침대에서 삐걱거리는 소리가 났다. 그녀는 몸을 꿈틀거리며 뒤로 물러나서 그가 올라올 자리를 만들었고, 그는 그녀의 벌어진 다리 사이에 무릎을 꿇고 앞으로 움직였다. 그는 사나운 미소를 지으며 그녀를 내려다보았다. 안달이 난 그녀도 같은 미소를 짓고 있었다. 그녀는 허벅지 이쪽저쪽에서 미끄러지는 그의 물건 끝을 느꼈다. "이게 어디……."

"북부 사나이 씨, 의자를 줘도 앉질 못하네."

"의자랑 내가 찾는 구멍이랑 같지가 않잖아."

"자." 그녀는 한쪽 팔꿈치로 몸을 일으킨 다음 혀끝에 침을 모아 손가락에 뱉었다. 그리고 손을 아래로 뻗어 그의 물건을 잡고 조금씩 움직여 맞는 자리에 놓았다.

"아."

"아." 그녀는 퉁명스럽게 대꾸했다. "거기야."

"알겠어." 그는 엉덩이로 원을 그리며 점점 깊숙이 그녀 안으로 파고들었다. "바로…… 거기……." 그는 그녀의 허벅지를 쓸며 짧은 털 사이로 손가락을 넣어서 엄지손가락으로 그녀를 문질렀다.

"살살해!" 그녀가 그의 손을 탁 쳐내고는 그곳에 자기 중지를 갖다 대고 천천히 원을 그리며 문질렀다. "바보야, 호두를 깨려는 게 아니잖아."

"당신 거니까 당신이 잘 알겠지." 그가 몸을 앞으로 움직이며 자세를 고치느라 물건이 빠졌지만 그녀는 어렵지 않게 다시 밀어 넣었다. 그들은 조금씩 인내심 있게 리듬을 맞춰 갔다.

그녀는 계속 눈을 뜨고 그의 얼굴을 바라보았다. 그의 눈이 어둠 속에서 그녀를 향해 반짝이고 있었다. 두 사람은 서로 입을 벌린 채 거칠게 숨을 쉬었다. 그의 벌어진 입이 그녀의 입에 닿았고, 그녀는 고개를 들어 그의 입술을 갈구했다. 그럴 때마다 그는 뒤로 고개를 빼며 그녀와 거리를 유지했고, 곧 그녀는 온몸에 퍼지는 따뜻한 전율을 느끼며 한숨과 함께 털썩 드러누웠다.

그녀의 오른손이 그의 등을 타고 내려가, 단단해졌다 부드러워지기를 반복하는 엉덩이를 움켜쥐었다. 근육이 움직이는 속도가 점점 빨라졌고, 축축한 살갗이 서로 맞닿으며 철벅철벅하는 소리가 나기 시작했다. 그녀는 뒤틀린 손을 그의 엉덩이를 가로질러 엉덩이 골로 가져갔다. 그러고는 고개를 다시 치켜들고 그의 입술을 깨물어 이를 맞부딪쳤고, 그 역시 그녀의 입술을 잘근잘근 물었다. 두 사람의 입에서 신음이 새어 나왔다.

삐걱, 삐걱, 삐걱, 그녀의 발은 침대 밖으로 삐져나가 허공에 떠 있었고, 그의 손은 그녀의 머리칼 속에 파묻혀 있었다. 손가락으로 그녀의 피부 아래 동전을 어루만지던 그는 그녀의 머리를 잡아당겨 그녀가 자신을 보도록 했고, 그녀는 그의 혀를 빨아 당기며 깨물고 핥았다. 더 깊고, 축축하고, 갈구하는 듯한, 맹렬한 키스였다. 키스라고 할 수 없을 것 같기도 했다. 그녀는 손가락을 그의 항문에 거의 한 마디 가까이 집어넣었다.

"뭐 하는 거야?" 그는 마치 그녀가 뺨이라도 때린 것 같은 표정으로 그녀에게서 벗어났고, 여전히 그녀의 위에 있기는 했지만 잔뜩 긴장한 채 움직임을 멈췄다. 그녀는 얼른 오른손을 치웠지만 왼손은 여전히 다리 사이에서 바쁘게 움직이고 있었다.

"알겠어." 그녀가 조용하게 대꾸했다. "널 촌스럽게 본다거나 그러진 않을게. 네 똥구멍이니까 네가 잘 알겠지. 나는 손 안 대면……."

"그거 말고. 무슨 소리 못 들었어?"

몬자는 자신의 거친 숨소리와 아직 축축한 그곳을 위아래로 왔다 갔다 하고 있는 손가락이 찌걱거리는 소리 말고는 아무 소리도 들을 수 없었다. 그녀는 다시 그를 향해 엉덩이를 들었다. "이리 와. 아무것도……."

문이 부서지면서 박살이 난 잠금장치 부분에서 나무 파편이 튀었다. 시버스는 담요와 뒤엉킨 채 침대에서 굴러떨어졌고, 몬자는 눈부신 등불에 눈을 뜰 수가 없었지만 언뜻 밝은 금속 갑옷이 눈에 들어왔다. 곧 고함 소리와 함께 검을 휘두르는 소리가 들렸다.

금속이 쿵 하고 부딪치는 소리가 들렸고 시버스가 꽥 소리를 지르며 마룻바닥 저편으로 끌려갔다. 몬자의 뺨에 핏방울이 튄 것 같았다. 그녀는 칼베즈의 검을 몇 센티미터쯤 뽑았지만, 빌어먹을 습관 때문에 오른손으로 검을 쥐고 있다는 사실을 깨달았다.

"검은 안 쓰는 게 좋아." 부서진 문 쪽에서 석궁을 겨누며 한 여자가 다가오고 있었다. 머리를 하나로 묶은, 둥근 얼굴형에 부드러운 인상을 가진 여자였다. 시버스를 내려다보며 서 있던 남자도 손에 검을 든 채 몬자를 향해 다가왔다. 갑옷과 투구 외에 다른 특징은 잘 보이지 않았다. 다른 군인 한 명이 한 손에는 등불을 들고 다른 손에는 번뜩이는 도끼를 든 채 쿵쿵거리며 문안으로 들어왔다. 몬자는 칼베즈의 검을 쥔 손을 펼쳤고, 반쯤 뽑힌 검이 침대 밑으로 떨어졌다.

"훨씬 낫네." 석궁을 든 여자가 말했다.

시버스는 밝은 빛에 눈을 가늘게 뜬 채, 끙끙거리며 일어나려고 애썼다. 머리의 상처에서 난 피가 얼굴로 줄줄 흐르고 있었다. 석궁에 맞은 듯했다. 도끼를 든 남자가 앞으로 나서서 그의 가슴팍을 발로 찼고, 쿵, 쿵 하는 소리가 들리더니 그는 신음을 뱉으며 벽을 등지고 발가벗은 몸을 웅크렸다. 한 팔을 어두운색 천으로 감싼 네 번째 군인이 방 안으로 들어왔다.

"랭그리어 대위님."

"찾은 게 있나?" 석궁을 든 여자가 방 안으로 들어온 군인을 향해 물었다.

"이겁니다. 다른 사람들도 있어요."

"탈린 제복 같은데." 랭그리어는 몬자가 볼 수 있도록 재킷을 들어 올렸다. "할 말 있나?"

그녀를 얼어붙게 만든 충격이 가시자, 더욱 시린 공포가 물밀듯 밀려왔다. 그들은 샐리어의 병사들이었다. 그녀는 오르소의 군대와 간마크를 죽이는 데만 너무 집중한 나머지 그 반대편은 생각해 두지 못했던 것이다. 이제 그들은 그녀의 관심을 제대로 받게 되었다. 그녀는 허스크 한 대를 피우고 싶은 생각이 너무 간절해 온몸이 아플 지경이었다. "그런 게 아냐." 그녀는 꺽꺽거리듯 변명을 했지만, 자신이 야릇한 냄새를 풍기며 홀딱 벗고 있다는 사실을 깨달았다.

"내가 무슨 생각을 하는지 어떻게 알지?"

숱 많고 처진 콧수염을 기른 다른 군인 한 명이 문가에서 나타났다. "여기 방들 중 하나에 작은 병들이 잔뜩 있던데. 만지고 싶지 않게 생겼더군. 마치 독약 같아서."

"독약이라고 했나, 펠로 하사?" 랭그리어는 한쪽으로 고개를 꺾고 손으로 목덜미를 문질렀다. "음, 심하게 의심스럽군."

"해명할 수 있어." 몬자의 입이 말랐다. 그녀는 이 상황을 해명할 방법은 없다는 사실을 알았다. 이놈들이 그녀의 말을 믿게 만들 방법이 없었다.

"기회가 올 거야. 일단은 궁궐로 가야겠지만. 다들 포박해."

시버스는 도끼를 든 남자가 그의 손목을 등 뒤로 잡아당겨 수갑을 채운 다음 그를 일으켜 세우자 얼굴을 찌푸렸다. 다른 한 명이 몬자의 팔을 잡고 등 뒤로 거칠게 비틀며 수갑을 채웠다.

"아! 내 손!" 그들 중 한 명이 그녀를 침대에서 끌어내 문으로 밀치는 바람에 그녀는 거의 미끄러질 뻔했다가 우아함이라고는 눈곱만큼도 없이 허우적거리며 중심을 잡았다. 그 상황에서 우아할 수 있는 방법은 없었다. 베나의 작은 유리 조각상이 벽감에서 그들을 지켜보고 있었다. 집의 정령이라고 했던가. "적어도 옷이라도 입게 해 줘."

"굳이 그럴 필요 없어." 그들은 등불 하나가 환하게 켜진 층계참으로 그녀를 끌어냈다. "잠깐만." 랭그리어가 쭈그리고 앉아서 그녀의 엉덩이에서 허벅지까지 이어진 울퉁불퉁한 흉터를 관찰했다.

흉터 양옆으로 실밥이 드나들며 남긴 분홍색 점들은 거의 사라져 있었다. 랭그리어는 푸줏간에서 고깃덩어리가 썩었는지 확인할 때처럼 그녀의 흉터들을 쿡쿡 찔렀다. "펠로, 이런 흉터 본 적 있나?"

"아뇨."

대위는 몬자를 올려다보았다. "이 흉터는 어쩌다 남은 거지?"

"아래 털을 밀다가 면도날을 떨어뜨렸어."

여자가 침을 튀기며 웃었다. "좋아. 재미있네."

펠로도 웃었다 "재미있군요."

"유머 감각이 있어 보여 다행이야." 랭그리어가 일어서서 무릎에 묻은 먼지를 털어 냈다. "나중에 필요해질 거거든." 대위는 몬자의 옆통수를 손바닥으로 쳐서 그녀를 계단 아래로 날려 보냈다. 몬자는 쿵 하는 소리와 함께 어깨를 땅에 박고 넘어졌고 계단 층계가 그녀의 등을 세차게 때리고 무릎을 할퀴기 시작했다. 그녀의 다리가 허공에서 이리저리 팔랑거렸다. 폐에서 숨이 다 빠져나가는 듯했다. 그녀는 곧 벽에 코를 박고 바닥에 자빠져 비명을 지르며 끙끙거렸다. 한쪽 다리가 석고 벽에 부딪혀 꺾여 있었다. 그녀는 술에 취한 것처럼 어질어질한 머리를 들어 올렸고, 계단은 여전히 빙빙 돌고 있었다. 입에서 피 맛이 났다. 피는 뱉어 내도 곧 다시 채워졌다.

"으억." 그녀가 끙끙거렸다.

"농담을 더 해 보지 그래? 아직도 웃기고 싶으면 층계는 한참 남았어."

별로 그러고 싶지 않았다. 그녀는 바닥에 부딪힌 어깨뼈에 통증이 전해지자 신음 소리를 내며 몸을 일으켰다.

"이건 뭐지?" 몬자는 중지에 끼워진 반지를 누군가 거칠게 잡아당기는 것을 느꼈다. 고개를 돌리자 랭그리어가 반지를 등불에 비추며 웃고 있는 모습이 보였다. 루비가 불빛을 받아 반짝였다.

"잘 어울리십니다." 펠로가 말했다. 몬자는 아무 말도 하지 않았다. 이 위기에서 잃을 것이 베나가 준 반지뿐이라면 그녀는 정말 운이 좋은 셈이었다.

아래층에는 군인들이 더 많았다. 그들은 탑 여기저기를 돌아다니며 옷장과 상자에서 물건들을 꺼내고 있었다. 그들이 모비어가 가져온 상자들을 거꾸로 뒤집자 유리가 깨지며 쨍그랑하는 소리가 들렸다. 데이는 손이 뒤로 묶인 상태로 침대에 앉아 있었는데, 금발 머리가 얼굴을 가리고 있었다. 몬자는 데이와 눈을 마주쳤고, 잠시 시선을 교환했지만 서로 동정할 여유는 없었다. 적어도 데이는 그들이 쳐들어왔을 때 속옷을 입고 있었으니 운이 좋았던 셈이었다.

그들은 몬자를 주방으로 밀쳤고 그녀는 발가벗은 채 가쁜 숨을 쉬며 주방 벽에 기대섰다. 펄리가 그의 동생과 함께 주방에 있었다. 랭그리어는 그들에게 걸어가서 자기 뒷주머니에서 지갑을 꺼냈다.

"당신들이 맞는 것 같군, 스파이야." 랭그리어는 간절한 눈빛으로 기다리고 있는 농부 앞에서 동전을 꺼내 놓고 셌다. "한 사람당 은화 다섯 닢. 샐리어 공작이 여러분의 근면함에 감사를 표하셨다. 사람들이 더 있다고 했나?"

"넷 더 있습지요."

"탑을 계속 지켜보고 있다가 나중에 데려오도록 하지. 자네는 가족과 함께 지낼 곳을 찾는 게 좋을 거야."

몬자는 펄리가 돈을 받는 모습을 지켜보며 코에서 흐르는 피를 핥았다. 그리고 호의를 베푼 결과가 이것인가, 생각했다. 은화 다섯 닢에 팔리다니. 베나가 있었다면 몸값이 적다는 데 몹시 화를 냈을 것이다. 하지만 그녀는 그것보다 훨씬 큰 걱정거리를 안고 있었다. 농부는 비틀비틀 문밖으로 끌려가는 그녀를 마지막으로 쳐다보았다. 그의 눈빛에는 죄책감이 조금도 없었다. 어쩌면 그는 이 전쟁통에 가족을 위해 최선의 선택을 했다고 생각하는 것 같기도 했다. 심지어 그럴 용기를 냈다는 사실에 뿌듯해하고 있을지도 모른다. 어쩌면 그가 옳았을 수도 있지 않을까.

버추리오가 남긴 글은 그때도, 또 지금도 진리인 듯하다. *자비와 비겁함은 같은 말이다.*

이상한 짝꿍

모비어는 곰곰이 생각해 본 결과, 최근 자신이 이 꼭대기 방에서 시간을 너무 많이 보내고 있다는 결론을 내렸다. 이곳이 비바람에 노출되어 있다는 사실도 계획을 짜는 데 조금도 도움이 되지 않았다. 망가진 집의 지붕이 상당 부분 사라져 있어 차가운 바람이 그의 얼굴에 그대로 불어닥쳤다. 오래전, 어느 차가운 봄밤에 가장 예쁘고 인기 있던 두 소녀가 그를 보육원 옥상으로 부른 다음 잠옷 바람으로 옥상에 가뒀던 기억이 떠올라 기분이 나빠졌다. 그는 다음 날 아침, 입술이 시퍼렇게 변해 덜덜 떠는 상태로 거의 얼어 죽기 직전에 발견되었다. 그들이 얼마나 깔깔거리고 웃었던가.

그의 일행은 그를 전혀 따뜻하게 대해 주지 않았다. 샤일로 비타리는 어둠 속에 몸을 웅크리고 있었는데, 뒤에 펼쳐진 밤하늘 아래 뾰족뾰족한 머리의 윤곽선이 드러났다. 그녀는 한쪽 눈을 감고 다른 쪽 눈으로는 망원경을 보고 있었다. 그들 뒤에 펼쳐진 도시는 불타고 있었다. 독물학자에게 전쟁은 좋은 기회일 수 있지만, 모비어는 늘 거리를 둬 왔다. 사실 거리를 둔 것 이상이었다. 포위된 도시는 문명인이 있을 곳이 아니었다. 그의 과수원이 그리웠다. 고급 거위털 매트리스도 그리웠다. 그는 이미 세워 둔 코트 깃을 귀 끝까지 한껏 끌어 올린 다음 빠르게 흐르는 비세강 한가운데 긴 섬에 자리 잡은 샐리어 대공의 궁전에 다시 한번 집중했다.

"나같이 비범한 재능을 가진 사람이 왜 이런 현장까지 조사해야 하는지 전혀 모르겠군요. 내가 장군도 아닌데 말입니다."

"오, 당연하죠. 당신이 저지르는 살인 규모는 훨씬 작으니까요."

모비어는 옆을 보며 눈살을 찌푸렸다. "그건 당신도 마찬가지고."

"그렇죠, 하지만 나는 불평하지 않잖아요."

"전쟁 한가운데 들어와 있다는 사실이 화가 날 뿐입니다."

"여긴 스티리아예요. 봄이고요. 전쟁이 있을 수밖에 없죠. 계획대로 일이나 마치고 빨리 돌아가죠."

"하. 길 잃은 농업인들을 위한 머카토의 자선 단체로 말입니까? 독선과 위선의 악취 때문에 쓴 구역질이 올라오더군요."

비타리는 두 손을 모아 따뜻한 입바람을 불어 넣었다. "여기보단 낫잖아요."

"그렇습니까? 아래층에서는 농부 꼬마들이 밤늦게까지 빽빽 울어 대고 위층에서는 의뢰인께서 야만인 동지와 대놓고 정사를 나누느라 마룻바닥이 조용할 날이 없는데 말입니다. 남녀가……
……침대에서 뒹구는 소리보다 더 거슬리는 소리가 있는지 묻고 싶은데요?"

비타리가 미소를 지었다. "일리 있는 말이네요. 일을 마치기 전에 바닥이 부서지겠던데요."

"그 전에 내 머리뼈가 먼저 부서질 것 같습니다. 전문가답게 행동하라는 게 너무한 요구인지 당신에게 묻고 싶군요?"

"돈만 잘 준다면 무슨 상관이 있나요?"

"의뢰인의 부주의 때문에 내가 때 이른 죽음을 맞게 될까 걱정이 되지만, 어쨌든 맡은 일은 해내야겠지요."

"그럼 불평은 줄이고 몸을 더 움직이도록 할까요? 들어가는 길을 찾아요."

"찾아야지요. 스티리아 여러 도시의 고귀하신 지도자들께서는 사람들을 너무 믿으셔서 초대하지 않은 손님도 거주지에 덥석덥석……."

모비어는 세차게 흐르는 강물 위 깎아지른 듯 높은 건물의 정면을 조심스럽게 망원경으로 훑었다. 미술품 애호가로 유명한 인물이 사는 곳이라기에는 건축학적인 가치가 딱히 없어 보였다. 각종 양식의 지붕과 작은 탑, 원형 돔과 지붕창 들이 뒤죽박죽 어색하게 섞여 있는 가운데, 탑 하나가 하늘 높이 우뚝 솟아 있었다. 문루는 화살 구멍, 망루, 툭 튀어나온 총안, 도시와 연결되는 다리를 가로막는 금칠을 한 창살문을 갖춘 완벽한 요새와 마찬가지였다. 완전 무장 한 군인 열다섯 명이 그 앞에 모여 있었다.

"성문을 지키는 병력이 너무 많고, 성 앞부분이 너무 훤히 보여서 성벽을 넘거나 지붕이나 창문으로 올라갈 수도 없을 것 같군요."

"그러게요. 눈에 띄지 않으려면 북쪽 성벽을 통해 들어가는 수밖에 없겠어요."

모비어는 망원경을 궁전의 좁은 북쪽 면이 보이도록 움직였다. 이끼가 가득한 가파른 회색 돌벽에 불 꺼진 스테인드글라스 창문들이 뚫려 있었고, 성벽 꼭대기는 괴물 석상들로 장식되어 있었다. 샐리어의 궁전이 강을 거슬러 올라가는 배였다면 앞머리가 되었을 부분이었고, 세차게 흐르는 강물이 성벽의 경사진 기단에 힘껏 부딪치며 흰 거품을 일으키고 있었다.

"무서우신가요?" 망원경을 내린 모비어는 미소를 지으며 자신을 바라보는 비타리를 보고 짜증이 솟구쳤다.

"그게 아니라, 우리 성공 가능성이 희박하다고 이야기하고 싶은 겁니다. 당신이 밧줄에서 추락해 물거품이 이는 강물 속으로 사라질지도 모른다고 생각하니 가슴이 벅차오르기는 하지만, 내가 당신을 따라갈 수도 있다고 생각하면 그다지 기분이 좋지 않네요."

"그냥 무섭다고 하면 어디가 덧나나요?"

모비어는 그녀의 어설픈 조롱에 휘둘리지 않았다. 보육원에서도 휘둘린 적이 없었고, 물론 지금도 마찬가지였다. "당연한 말이지만, 배가 필요하겠군요."

"강 상류에서 어렵지 않게 찾을 수 있을 거예요."

그는 그들이 생각하는 작전의 좋은 점들을 생각하며 입술을 오므렸다. "계획대로 하면 후퇴할 방법도 생기겠군요. 머카토 양은 전혀 신경 쓰지 않는 부분이겠지만. 간마크를 처리하고 나면 변장한 채로 지붕으로 빠져나가서 밧줄을 타고 배로 내려올 수 있을 겁니다. 그러면 바다로 나가서……."

"저기 좀 봐요." 비타리가 아래쪽 거리에서 빠르게 움직이는 사람들을 가리켰고 모비어는 그들을 향해 망원경을 들었다. 갑옷을 입은 군인 열두 명이 손이 뒤로 묶인 채 나체 상태로 비틀거리며 걷는 두 사람을 가운데 두고 걸어가고 있었다. 한 명은 여자였고, 다른 한 명은 덩치 큰 남자였다.

"스파이를 잡은 모양이에요." 비타리가 말했다. "운이 나빴네요."

군인 중 한 명이 창 자루로 남자를 찔렀고, 남자는 맨엉덩이를 공중에 치켜든 채 도로에 쓰러졌다. 모비어는 낄낄거리며 웃었다. "그렇군요. 스티리아 감옥 중에서도 특히 샐리어 궁전의 지하 감옥은 평판이 더러운데 말입니다." 그가 망원경 너머를 바라보며 눈살을 찌푸렸다. "아니, 잠깐만요. 저 여자는……."

"머카토예요. 그들이라고요!"

"뭐 하나 쉬운 일이 없군!" 모비어는 전혀 예상하지 못했던 공포에 휩싸였다. 잠옷 차림으로 손이 뒤로 묶인 채 휘청거리는 사람은 데이였다. "젠장! 내 조수까지!"

"당신 조수가 뭐가 중요해요. 우리 의뢰인을 잡아갔는데! 내 돈줄을 가져갔다고요!"

모비어는 붙잡힌 사람들이 다리를 건너 궁전으로 끌려 들어가고 무거운 성문이 그들 뒤에서 빈틈없이 닫히는 동안 이를 가는 것 말고는 아무것도 할 수 없었다. "젠장! 이제 우리 저택도 안전하지 않군! 돌아갈 수 없게 됐어!"

"한 시간 전만 해도 그 집이 위선으로 가득 차고 야한 밀회의 소굴이라 참을 수가 없다면서요."

"하지만 내 장비가 다 거기 있단 말입니다!"

"아닐걸요." 비타리는 궁전을 향해 뾰족뾰족한 머리를 까딱했다. "저들이 가지고 들어간 상자에 들어 있겠죠."

모비어는 낮은 천장에 노출된 서까래를 짜증스럽게 탁 때렸고, 손가락에 가시가 박히는 바람에 입으로 빨아내야 했다. "젠장, 빌어먹을!"

"모비어, 진정해요."

"지금 진정하게 생겼습니까?" 이성적으로 생각하면 배 한 척을 구해서 샐리어 공작의 궁전을 조용히 지나 바다로 향해야 했다. 손해를 인정하고, 자신의 과수원으로 돌아가 새 조수를 교육하고, 머카토와 북부 촌뜨기가 자신들의 무지한 행동이 낳은 결과를 책임지게 만드는 게 맞았다. 조심 또 조심해야 하니까. 하지만…….

"내 조수를 여기 두고 갈 수는 없습니다." 그가 으르렁거렸다. "그럴 순 없다고요!"

"왜죠?"

"그, 그게……" 그는 이유가 생각나지 않았다. "다른 사람을 교육시키는 귀찮은 상황은 절대 피하고 싶으니까요!"

모비어의 심기를 긁는 비타리의 미소가 더 환하게 빛났다. "좋아요. 당신은 조수를, 나는 돈줄을 구하도록 해요. 계속 땅만 치고 있을 거예요, 아니면 들어갈 방법을 찾을까요? 나는 여전히 배를 타고 북쪽 벽까지 내려온 다음 밧줄과 갈고리를 사용해서 지붕 위로 올라가는 게 좋을 것 같은데."

모비어가 눈을 가늘게 뜬 채 희망 없는 눈빛으로 웅장한 석조 궁전을 바라보았다. "저 위로 갈고리를 던질 수 있을 거라 생각합니까?"

"전 파리 뒷구멍에도 갈고리를 걸 수 있어요. 전 당신이 배를 못 구할까 봐 걱정이네요."

그는 그녀에게 뒤지고 싶지 않았다. "나보다 힘센 뱃사공을 찾기도 힘들 겁니다. 나는 저것보다 두 배 더 빠른 물살 속에서도 배를 한자리에 멈춰 세울 수 있지만, 그럴 필요는 없겠지. 돌벽에 고리를 걸어서 저 바위들 사이에 밤새 배를 고정할 수도 있을 테니."

"좋으시겠어요."

"좋지. 좋다마다." 비타리와 말싸움을 하는 동안 모비어의 심장이 미친 듯이 뛰었다. 그는 그녀를 좋아하지 않았지만 그녀의 능력은 의심할 수 없는 수준이었다. 그녀는 이 상황에서 함께 일하기에 부족함 없는 동반자였다. 나름대로 외모도 뛰어난 편인 데다 보육원의 가장 엄한 보모들만큼이나 통제력 있는 사람이기도 했다…….

그녀는 눈을 가늘게 떴다. "지난번에 함께 일할 때 했던 제안을 또 하지는 않았으면 좋겠는데요."

모비어가 발끈했다. "그런 일이 절대 두 번 일어나지는 않을 겁니다. 맹세하지!"

"좋네요. 차라리 두더지랑 한 이불을 덮는 게 나을 것 같거든요."

"그건 그때도 확실히 말했던 것 같은데!" 날카롭게 쏘아붙인 그는 얼른 대화 주제를 바꿨다. "더 이상 지체할 수 없어요. 쓸 만한 배를 찾읍시다." 그는 다락방으로 돌아가면서 마지막으로 아래를 한 번 더 쓱 내려다보고 잠시 걸음을 멈췄다. "저건 또 누구야?" 누군가 궁전을 향해 위풍당당하게 걸어가고 있었다. 모비어는 또 한 번 심장이 내려앉는 것 같았다. 그 화려한 걸음걸이를 몰라볼 수가 없었다. "코스카군. 저 상종 못 할 늙은 주정뱅이가 무슨 일을 꾸미는 거지?"

"저 별종 인간 머릿속에 뭐가 들었는지 누가 알겠어요."

코스카는 샐리어가 아니라 자기가 궁전 주인인 것처럼 한 팔을 흔들며 경비병을 향해 걸어갔다. 모비어의 귀에 바람 소리와 함께 그의 목소리가 들려왔지만, 정확히 무슨 말을 하는지는 알 수 없었다. "뭐랍니까?"

"독순술은 쓸 줄 모르나 보죠?" 비타리가 웅얼거리며 말했다.

"모릅니다."

"당신이 세계 최고의 전문가가 아닌 분야를 하나 찾아서 좋네요. 경비병들이 코스카를 막았어요."

"당연히 그렇겠지!" 경비병들의 미늘창이 코스카의 가슴팍에 겨눠진 모습을 보니 그녀의 말이 사실인 듯했다. 나이 든 용병은 모자를 벗고 허리를 낮게 숙이며 인사했다.

"그가 경비병들한테…… 내 이름은 니코모 코스카라고 했어요…… 이름난 용병이었다고…… 여기에 온 이유는……." 그녀가 망원경을 아래로 내리며 인상을 썼다.

"그리고요?"

비타리가 곁눈질로 보았다. "저녁을 먹으러 왔다네요."

어둠

완벽한 어둠이었다. 몬자는 눈을 크게 한번 떴다가 실눈을 뜨고 허공을 응시해 보았지만 주변은 윙윙거리는 소리에 저릿한 느낌만 드는 암흑천지였다. 손을 코앞에 갖다 댄다 해도 보이지 않을 것 같았다. 하지만 그녀는 코앞은커녕 어디로도 손을 움직일 수 없는 처지였다.

그들은 그녀의 손목은 천장에 매달린 사슬에, 발목은 바닥에 붙은 사슬에 묶어 놓았다. 그녀가 몸을 늘어뜨리면 축축한 돌바닥에 발이 간신히 닿았다. 발끝으로 서면 팔과 갈비뼈, 옆구리에 밀려오는 통증을 어느 정도 덜 수 있었다. 하지만 얼마 못 가 정강이가 저리기 시작했고, 시간이 갈수록 고통스러워졌다. 이를 악물고 다시 몸을 늘어뜨려 까진 손목에 채워진 사슬에 매달리는 수밖에 없었다. 고통스럽고 굴욕적이고 무섭기도 했지만, 가장 절망적인 것은 이 상황이 그녀가 겪을 수 있는 최선의 상황이라는 사실이었다.

데이는 어디로 갔는지 알 수 없었다. 그 큰 눈을 깜빡여 닭똥 같은 눈물을 떨어뜨리면서 아무것도 모른다고 둘러댔는지도 모를 일이었다. 그들은 그녀를 믿어 주었을 것이다. 그녀는 믿고 싶게 만드는 외모를 가졌으니까. 몬자의 얼굴에서는 그런 구석을 찾아볼 수 없었다. 어쩌면 그녀는 그런 외모를 가질 자격이 없는지도 몰랐다. 시버스 역시 먹물 같은 어둠 속 어딘가에서 몸을 움직일 때마다 사슬이 흔들리는 소리와 함께 고통을 당하고 있었다. 그는 처음에는 북부 말로, 나중에는 스티리아 말로 욕을 했다. "빌어먹을 스티리아. 빌어먹을 보술라. 젠장. 젠장."

"그만해!" 그녀가 시버스를 향해 신경질적으로 말했다. "그러지 말고…… 어떻게 될지는 모르지만…… 힘을 아껴 둬."

"힘을 아끼면 도움이 될 거라 생각해?"

그녀는 침을 꿀꺽 삼켰다. "나쁠 건 없지." 도움도 안 되겠지만. 지금은 무엇도 도움이 될 수 없었다.

"빌어먹을, 오줌이 마려워 죽겠네."

"오줌을 싸." 그녀가 어둠 속에서 대꾸했다. "안 될 게 뭐야?"

끙 하는 소리가 들렸다. 돌바닥에 액체가 쏟아지는 소리가 들렸다. 방광이 두려움으로 단단히 굳어 버리지만 않았다면 그녀도 똑같이 하고 싶었다. 그녀는 다시 발끝으로 섰다. 숨을 쉴 때마다 다리가 욱신거리고 손목, 팔, 옆구리가 불타는 것 같았다.

"계획이라도 있어?" 시버스의 말이 무거운 공기와 함께 가라앉아 사라져 버렸다.

"도대체 내가 무슨 계획이 있을 거라 생각하는데? 놈들은 우리가 자기들 도시에 침입한 적군의 스파이인 줄 알잖아. 확신하고 있다고! 우리 입을 열려고 할 거고, 자기들이 원하는 말을 해 주지 않으면 우릴 죽일 거야!" 몬자는 떨리는 목소리로 짐승처럼 울부짖었다. "저들이 당신이 저항할 때를 대비해서 계획을 안 세워 뒀을 거라 생각해?"

"그럼 나보고 어쩌라고." 거의 흐느낄 것처럼 꽉 메이고 날카로운 목소리였다. "여기 매달려서 놈들이 나를 베러 올 때까지 기다릴까?"

"난……" 그녀는 목구멍에서부터 차오르는, 이제껏 느껴 본 적 없는 짙은 절망을 애써 삼켰다. 이 상황을 해결할 방법이 도저히 생각나지 않았다. 그야말로 속수무책이었다. 발가벗은 채 사슬에 묶여 깊은 지하 감옥의 칠흑 같은 어둠 속에 갇혀 있는 것보다 절망적인 상황이 있을까? "모르겠어." 그녀가 속삭였다. "나도 모르겠다고."

자물쇠를 여는 철컹 소리에 몬자는 머리털이 쭈뼛 곤두서고 고개를 들었다. 문이 삐걱거리며 열리더니 그녀의 눈 속으로 빛이 쏟아져 들어왔다. 누군가 손에 횃불을 들고 군화 굽을 끌며 돌계단을 내려오고 있었다.

"이제 여기 온 이유를 이야기해 보자고. 괜찮지?" 여자의 목소리였다. 그들을 처음 이곳으로 잡아 온, 몬자를 계단 아래로 내동댕이치고 반지를 빼앗아 간 랭그리어라는 여자였다. 같이 온 사람은 콧수염을 기른 남자 펠로였다. 그들은 둘 다 푸줏간 주인처럼 가죽 앞치마를 입고 두꺼운 장갑을 끼고 있었다. 펠로가 방을 빙 돌며 횃불을 밝혔다. 굳이 횃불을 두지 않고 등을 달 수도 있었을 터였다. 하지만 불길한 분위기를 만들기에는 횃불이 제격이었다. 그들은 지금 이 순간 몬자를 겁줄 필요가 있다고 생각하는 듯했다. 군데군데 이끼가 낀 습기 가득하고 거친 돌벽에 빛이 퍼져 나갔다. 방에는 테이블이 두어 개 있었고 그 위에는 무거워 보이는 무쇠 도구들이 놓여 있었다. 한눈에 용도를 알 수 있을 것 같은 도구들이었다.

랭그리어는 화로 위로 몸을 굽힌 다음 참을성 있게 숯에 입김을 불어 가며 불씨를 키웠다. 그녀가 숨을 내쉴 때마다 매끄러운 얼굴에 비친 주황빛이 밝아졌다.

펠로는 코를 찡긋했다. "누가 오줌을 쌌지?"

"남자." 랭그리어가 말했다. "그게 무슨 상관이겠나?" 몬자는 그녀가 숯불 속으로 강철 막대기 몇 개를 집어넣는 모습을 보며 목구멍이 턱 하고 막히는 듯했다. 그녀는 고개를 돌려 시버스를 바라보았고, 그도 아무 말 없이 그녀를 마주 보았다. 할 말이 있을 리가 없었다. "곧 둘 다 오줌을 지리게 될 텐데."

"대위님은 상관없으시겠지요. 걸레질을 할 필요가 없으시니."

"난 더한 것도 닦아 봤어." 그녀가 따분하다는 듯 몬자를 바라보았다. 그녀의 눈에서는 증오도, 무엇도 없었다. "놈들에게 물을 좀 줘, 펠로."

남자가 물 단지를 들이밀었다. 몬자는 그의 얼굴에 침을 뱉고 욕지거리를 퍼부어 주고 싶었지만 목이 말랐던 데다 자존심을 부릴 때도 아니었다. 그래서 그녀는 그가 단지 주둥이를 갖다 댈 수 있게 입을 벌렸고, 물을 몇 모금 삼킨 다음 기침을 토하고, 다시 물을 들이켰다. 그녀의 목을 타고 흘러내린 물은 맨발 사이 차가운 돌바닥에 뚝뚝 흘렀다.

랭그리어는 몬자가 다시 숨을 고르는 모습을 지켜보았다. "봐, 우린 그냥 사람들이야. 하지만 솔직하게 말할게. 너희가 우리를 도와주지 않으면 그 물이 너희가 여기서 나가기 전에 누릴 수 있는 마지막 친절일 거야."

"전쟁 중이니까." 펠로는 시버스에게 단지를 들이밀었다. "전쟁 중인데, 너흰 우리 반대편이고. 친절을 베풀 시간이 없지."

"어떤 정보라도 줘 봐." 랭그리어가 말했다. "내가 내 상관한테 갖다줄 수 있는 건 뭐든. 그럼 지금 당장은 너흴 내버려둘 수 있어. 그러면 우리 모두 행복할 수 있지."

몬자는 흔들림 없는 눈빛으로 그녀를 똑바로 보며 그녀가 자신을 믿도록 만들려고 애썼다. "우리는 오르소 편이 아니야. 반대편이지. 여기 온 이유는……."

"그쪽 제복을 가지고 있었지 않나?"

"그들이 도시로 쳐들어왔을 때 그쪽 편으로 위장하려고 했던 거야. 우린 간마크를 죽이러 왔어."

"오르소의 연방 장군 말인가?" 펠로가 랭그리어를 향해 눈썹을 치켜올렸고 그녀는 어깨를 으쓱했다.

"이년 말이 사실이거나, 이들이 탈린 쪽 스파이거나 둘 중 하나겠지. 공작을 암살하러 왔을 테고. 어떤 게 더 설득력 있어 보이나?"

펠로가 한숨을 쉬었다. "이 일을 하루이틀 하는 것도 아니고, 열에 아홉은 뻔한 답이 맞았죠."

"열에 아홉은 말이지." 랭그리어가 사과하듯 손바닥을 펼쳐 보였다. "그러니까 너희들은 지금보다는 노력해야 해."

"더 노력할 것도 없어." 몬자가 이를 악물고 씩씩거렸다. "내가 할 말은……."

랭그리어의 장갑 낀 주먹이 별안간 몬자의 갈비뼈에 꽂혔다. "진실을 말하라고!" 바로 이어 반대쪽 주먹으로 반대편 갈비뼈를 쳤다. "진실!" 이번에는 배에 꽂혔다. "진실! 진실! 진실!" 그녀는 몬자의 얼굴에 침을 튀기고 고함을 쳐 가며 마구 주먹질을 해 댔다. 날카롭게 쿵 쿵 울리는 소리와 몬자의 쌕쌕거리는 신음 소리가 감방 안 축축한 벽에 먹먹하게 울려 퍼졌다.

그녀는 자신의 몸이 간절히 바라는 어떤 것도 들어줄 수 없었다. 팔을 내릴 수도, 몸을 굽힐 수도, 주저앉을 수도, 편히 숨을 쉴 수도 없었다. 갈고리에 매달린 죽은 동물 시체만큼이나 무력했다. 몬자의 배를 때리는 데 싫증이 난 랭그리어가 물러서자, 몬자는 숨죽여 몸을 부르르 떨었다. 눈이 퉁퉁 붓고, 온몸 근육이 팽팽하게 경련을 일으켰다. 천장에 매달린 채 앞뒤로 왔다 갔다 흔들릴 때마다 사슬이 삐걱거리는 소리를 냈다. 그녀는 자신의 겨드랑이 쪽으로 물기가 흥건한 구토를 했고, 거의 체념하듯 숨을 내쉰 다음 신음을 뱉고 침을 흘렸다. 빨랫줄에 널린 젖은 수건처럼 축 늘어진 그녀의 얼굴에 헝클어진 머리카락이 축 흘러내렸다. 얕은 숨을 쉴 때마다 두드려 맞은 개가 낼 법한 낑낑대는 소리가 났지만, 멈출 수가 없었고 신경이 쓰이지도 않았다.

그녀는 랭그리어의 군화가 시버스에게로 다가가는 소리를 들었다. "저년이 멍청하다는 건 증명이 됐고. 이제 덩치 너한테 기회를 주지. 간단한 것부터 시작하자고. 이름이 뭐지?"

"콜 시버스." 겁에 질린 새되고 굳은 목소리였다.

"시버스라." 펠로가 쿡쿡거렸다.

"북부 촌뜨기들이란. 왜 이름으로 웃기지 못해 안달이야? 저년 이름은?"

"머카토라고 하던데. 몬즈카로 머카토." 몬자가 천천히 고개를 저었다. 자신의 이름을 말한 그를 비난하려는 것이 아니었다. 단지 그녀의 이름이 아무 도움이 되지 않으리라는 사실을 알았기 때문이었다.

"거참 신기하네? 카프릴의 도살자를 감방에서 만나게 되다니! 이 멍청한 친구야, 머카토는 몇 달 전에 죽었어. 좀 지루하네. 우리가 천년만년 살 거라고 생각해서 시간을 그렇게 허투루 쓰는 거야?"

"이놈들이 아주 멍청한 걸까요, 아니면 용감한 걸까요?" 펠로가 물었다.

"둘이 다른 건가?"

"잡고 계시겠습니까?"

"자네가 하겠나?" 랭그리어는 팔꿈치를 돌리며 인상을 썼다. "오늘 어깨가 아프네. 이런 날씨엔 늘 그렇다니까."

"대장님과 대장님 어깨를 위해." 펠로가 도르래에서 쇠사슬을 약간 풀자 금속이 덜그럭거리는 소리와 함께 시버스의 손이 머리 위쪽으로 떨어졌다. 그가 느낀 안도감은 오래가지 않았다. 펠로가 뒤로 와서 발로 등을 차는 바람에 비틀비틀 바닥에 무릎을 꿇고 주저앉게 되자 팔은 다시 높이 들렸다. 펠로는 종아리 뒤쪽을 군홧발로 밟아 그가 일어서지 못하도록 했다.

"이봐!" 공기가 쌀쌀했지만 시버스의 얼굴에는 땀이 송골송골 맺혀 있었다. "우리는 오르소 편이 아니라고! 그의 군대에 대해서는 아는 것도 없고. 난…… 난 아는 게 없다고!"

"사실이야." 몬자가 끙끙대며 말했지만 소리가 너무 작아서 아무도 그녀의 말을 듣지 못했다. 게다가 그 말을 뱉느라 기침까지 터져 나오기 시작했고, 기침할 때마다 만신창이가 된 갈비뼈에 칼로 찌르는 것 같은 고통이 전해졌다.

펠로는 한 팔을 시버스의 목에 감아 팔꿈치가 그의 턱에 오게 했고 다른 손은 그의 머리 뒤쪽을 단단히 잡아 머리가 기울어지도록 했다.

"안 돼!" 시버스가 소리쳤다. 몬자는 자신을 향해 곁눈질을 하는 그의 툭 불거진 한쪽 눈을 보았다. "저 여자야! 머카토라고! 저 여자가 날 고용했어! 남자 일곱 명을 죽이라고! 남동생의 복수라고 했어! 그리고…… 그리고……."

"단단히 잡았겠지?" 랭그리어가 물었다.

"그렇습니다."

시버스의 목소리가 더 높아졌다. "저 여자라고! 저 여자가 오르소 공작을 죽이고 싶어 한다니까!" 그는 이제 이가 달그락거리며 부딪치도록 몸을 떨고 있었다. "우리가 고바를 죽였고, 은행가도 죽였어! 은행가 이름이…… 모티스였어! 독살을 했고, 그리고…… 그리고는…… 아리오 왕자도! 시파니에서! 카도티의 별장에서! 이제는……."

랭그리어는 나무토막을 그의 이 사이에 끼워 말도 안 되는 자백을 강제로 멈췄다. "혀는 깨물면 안 되거든. 들을 만한 가치가 있는 정보를 말할 수 있으려면 말이지."

"돈이 있어!" 몬자가 꺽꺽거렸다. 그녀의 목소리가 돌아오고 있었다.

"뭐?"

"돈이 있다고! 금화야! 금화로 가득 찬 상자가 몇 개나 있다고! 지금은 없지만…… 허먼의 금이야! 날 풀어 주기만……."

랭그리어가 쿡쿡거렸다. "금을 땅에 묻어 놓고 여기에 와서야 기억해 내는 사람이 얼마나 많은지 알면 깜짝 놀랄 거야. 그런 핑계는 보통 잘 안 먹혀."

펠로가 미소 지었다. "이 방에 온 사람들이 주겠다고 약속한 돈의 10분의 1만 받았어도 부자가 됐을 텐데, 궁금할까 봐 말해 주자면 난 부자가 아니야."

"하지만 금화로 가득 찬 상자들이 있다고 해도 이제 와서 그걸 어디다 써? 뇌물을 먹이려면 몇 주 전에 왔어야지. 탈린 군대가 도시 주변을 에워쌌어. 여기서 돈은 필요가 없다고." 랭그리어는 자신의 어깨를 문지르며 인상을 썼고 팔을 한 바퀴 돌리더니 화로에서 인두를 뽑아 들었다. 금속 화로에 금속 막대기가 부딪치는 쇳소리와 함께 주황색 불꽃이 공중에 튀었고, 몬자의 뱃속에서는 두려움이 소용돌이치며 내장을 배배 꼬고 있었다.

"진짜야." 그녀가 속삭이듯 말했다. "진짜라고." 하지만 그녀의 몸에는 더 이상 힘이 남아 있지 않았다.

"당연히 그렇겠지." 랭그리어가 앞으로 다가와 뜨겁게 달궈진 노란색 막대기를 시버스의 얼굴에 대고 눌렀다. 팬에 베이컨이 떨어졌을 때와 비슷하지만 좀 더 큰 소리가 났고, 거기에 시버스가 정신없이 내지르는 흐느끼는 듯한 날카로운 비명 소리가 더해졌다. 그가 등을 활처럼 구부리며 낚싯줄에 걸린 물고기처럼 몸을 펄떡였지만, 펠로는 음울한 표정으로 그를 붙들고 있을 뿐이었다.

뿌연 연기가 피어올랐고, 시버스의 피부에 작은 불꽃이 피어오르자 랭그리어는 입술을 오므리고 능숙하게 바람을 불어 불꽃을 껐다. 그녀는 달궈진 인두로 그의 한쪽 눈을 문대면서도 마치 식탁을 닦는 것 같은 표정을 짓고 있었다. 자신에게 맡겨진 지루하고 불쾌한 일을 어쩔 수 없이 해내고 있는 것 같은 표정이었다.

지지직거리는 소리가 잠잠해졌다. 비명을 지르던 시버스는 곧 쌕쌕거리는 신음을 뱉기 시작했다. 폐에 마지막 남은 숨이 빠져나오며 팽팽하게 잡아당겨진 입술 사이로 침이 튀겼고, 이빨 사이에 끼워진 나무토막 가장자리에는 거품이 일었다. 랭그리어는 뒤로 물러섰다. 한 김 식어 어두운 주황색으로 변한 인두 한쪽에 검은 재가 묻어 있었는데, 아직 연기가 피어오르고 있었다. 그녀는 역겹다는 듯 인두를 다시 석탄 속에 집어넣었다.

펠로가 힘을 풀자 시버스의 고개가 푹 꺾이더니 목에서 골골거리며 숨이 빠져나오는 소리가 들렸다. 몬자는 그가 깨어 있는지, 의식은 있는지 알 수 없었다. 의식이 없길 바랐다. 감방에서 고기 익는 냄새가 났다. 그녀는 그의 얼굴을 보기가 힘들었다. 볼 수가 없었다. 하지만 봐야만 했다. 그의 뺨에서 눈까지 이어진 검은색 줄무늬들이 그녀의 눈에 들어왔다. 검은 줄 주변에는 울룩불룩 물집이 잡힌 붉은 살점이 드러나 있었고, 얼굴 지방이 익으면서 녹아내린 기름에 반들반들한 윤기가 돌고 있었다. 그녀는 눈을 부릅뜬 채 재빨리 땅으로 시선을 돌리고 목구멍으로 숨을 간신히 들이쉬었다. 피부가 강에서 건져 올린 시체처럼 차갑고 축축해져 있었다.

"됐다. 우리 모두에게 좋은 선택이었지? 비밀을 몇 분 더 지킬 수 있었잖아? 어차피 너희가 말하지 않은 게 있어도 나중에 금발 머리 계집한테 가서 물어보면 돼." 랭그리어는 시버스의 얼굴 앞에서 한 손을 휘저었다. "어휴, 냄새. 여자를 내려, 펠로."

몬자가 바닥으로 내려지면서 사슬이 철렁거리는 소리가 났다. 자리에 서 있을 수조차 없었다. 너무 무서웠고, 너무 아프기도 했다. 무릎이 돌바닥에 쓸렸다. 시버스의 갈라진 숨소리가 들렸다. 랭그리어는 자신의 어깨를 주물렀다. 펠로가 혀를 부드럽게 차며 그녀를 묶고 있는 사슬을 잡아당겼다. 몬자는 종아리 뒤를 파고드는 그의 군화 밑창을 느꼈다.

"제발," 그녀가 속삭였다. 이가 달그락거리는 소리를 내며 부딪칠 정도로 온몸을 덜덜 떨고 있었다. 피의 시대에 혼자 힘으로 일어선 카프릴의 도살자이자 탈린의 독사, 몬즈카로 머카토는 아주 먼 기억일 뿐이었다. "제발."

"우리라고 이게 재미있겠어? 우리라고 사람들이랑 잘 지내고 싶지 않겠냐고? 날 좋아하는 사람도 많아, 그렇지 않나? 펠로?"

"많지요."

"부탁이니 제발 쓸 만한 정보를 줘. 예를 들면……" 랭그리어는 눈을 감고 손등으로 눈을 비볐다. "예를 들면 네가 누구 명령을 받았는지라도. 거기서부터 시작하자고."

"알겠어, 알겠다고!" 몬자의 눈시울이 뜨거워졌다. "이야기할게!" 그녀의 뺨을 타고 눈물이 흘러내렸다. "이야기할 거야!" 그녀는 무슨 말을 해야 할지 생각이 나지 않았다. "간마크! 오르소! 탈린에 관해서!" 헛소리였다. 할 말이 없었다. 어떤 말도 떠오르지 않았다. "난…… 난 간마크 밑에서 일해!" 화로에 든 인두를 조금이라도 오래 피할 수 있는 무언가를 생각해 내야 한다. "나는 그가 하라는 대로 할 뿐이야!"

"장군한테서 바로 명령을 받는다고?" 랭그리어가 펠로를 향해 얼굴을 찌푸렸고, 그는 한쪽 손바닥에 생긴 굳은살을 떼다 말고 랭그리어를 마주 보며 얼굴을 찌푸렸다. "그러시겠지. 샐리어 대공 전하도 우리가 뭘 하는지 가끔 와서 확인하고 하시니까. 내가 바보로 보여?" 그녀가 몬자의 뺨을 한 대 치더니 연달아 반대 뺨도 한 대 쳤다. 몬자의 입술이 터지고 뺨이 화끈거렸다. 방이 이쪽저쪽으로 흔들리는 듯했다. "다 꾸며 낸 얘긴 거 모를 줄 알아?"

몬자가 정신을 차리려고 고개를 흔들었다. "무승 마를 해쓰면 조켔는데?" 입속이 너무 부어서 발음이 다 뭉개졌다.

"나한테 도움이 될 만한 거라고 몇 번을 말해!"

몬자의 터진 입술이 위아래로 움직였지만 흐르는 침 말고는 아무것도 나오지 않았다. 거짓말은 소용이 없었다. 진실도 소용이 없었다. 펠로의 팔이 뒤에서 나타나 올가미처럼 단단하게 그녀의 목을 감쌌고, 그녀는 고개가 들린 채 천장을 바라보게 되었다.

"안 돼!" 그녀가 비명을 질렀다. "안 돼! 안……." 시버스의 침으로 축축해진 나무토막이 입에 끼워졌다.

랭그리어가 몬자의 뿌연 시야에 들어와 한 팔을 흔들었다. "빌어먹을 놈의 어깨! 나야말로 누구보다 고통을 참고 있는데 아무도 도와주는 사람이 없네. 그렇지 않아?" 그녀는 화로에서 새 인두를 뽑아 들었다. 창백한 노란 빛을 내뿜는 인두가 그녀의 얼굴에 희미한 빛을 드리웠고, 그녀의 이마는 땀이 맺혀 번들거리기 시작했다. "다른 사람이 겪는 고통보다 따분한 일이 있을까?"

랭그리어가 인두를 치켜들자 몬자는 축축한 눈을 크게 뜬 채 아주 부드러운 지지직거리는 소리와 함께 자신을 향해 다가오는 창백한 인두 끝을 지켜보았다. 그녀의 목에서 떨리는 숨이 쉭쉭 새어 나오고 있었다. 뺨에 인두의 열기가 전해졌고, 벌써부터 아픔이 느껴지기 시작했다.

"멈추게." 그녀의 시야 끝에, 문가에 서 있는 희미한 형체가 보였다. 그녀는 파르르 떨리는 눈꺼풀을 한번 깜빡였다. 흰색 실내복을 입은 뚱뚱한 남자가 계단 꼭대기에 서 있었다.

"전하!" 랭그리어는 불에 덴 사람이 자신인 것처럼 인두를 화로에 쑤셔 넣었다. 몬자의 목이 펠로의 팔에서 풀려나고, 종아리도 더 이상 군화에 눌려 있지 않았다.

샐리어 대공의 커다랗고 창백한 얼굴이 보였다. 그의 눈동자가 몬자를 향했다가 시버스에게로 옮겨 갔다가 다시 몬자에게로 돌아왔다. "이들인가?"

"그렇습니다." 공작의 어깨 너머를 기웃거리던 니코모 코스카가 방으로 들어왔다. 몬자는 살면서 누군가를 보고 그렇게 기뻤던 적이 언제였는지 기억이 나지 않았다. 나이 든 용병이 인상을 썼다. "북부 사나이의 눈은 지켜 주지 못했군."

"그래도 목숨은 구했지 않나. 그런데 랭그리어 대위, 저 여자 피부는 어쩌다 저렇게 됐나?"

"이미 있던 흉터입니다. 전하."

"정말인가? 대단한 흉터군." 샐리어는 천천히 고개를 저었다. "사람을 잘못 보는 바람에 정말 유감스럽게 됐구먼. 이제부터 이 두 사람은 내 특별 손님일세. 옷을 가져다주고 최선을 다해 상처를 치료하게."

"물론입니다." 그녀는 얼른 몬자의 입에서 나무토막을 뺀 다음 고개를 숙였다. "착오가 생겨 정말 유감입니다. 전하."

"이해할 만하네. 전쟁 중이 아닌가. 사람들이 다치기 마련이지." 공작이 긴 한숨을 쉬었다. "머카토 장군, 궁에서 하룻밤을 묵고 내일 아침 조찬을 들고 가는 게 어떻겠소?"

덜그럭거리던 사슬에서 풀려난 손이 축 늘어지며 그녀의 허벅지로 떨어졌다. 그녀는 "예."라는 단어를 간신히 뱉어 낸 뒤 더 이상 말을 할 수 없을 정도로 아주 서럽게 흐느끼기 시작했고, 눈물이 얼굴에 주룩주룩 흘러내렸다.

공포와 고통 끝에 찾아온, 말로 다할 수 없는 안도의 눈물이었다.

예술품 애호가

그들은 공작이 틀림없이 많은 시간을 보낼 넓은 만찬실에 있었고, 누가 보더라도 평화롭고 풍요로운 평범한 아침처럼 보였다. 음악가 네 명이 먼 구석에서 은은한 미소를 지으며 부드러운 음악을 연주하고 있었다. 마치 적에게 둘러싸인 궁궐에서 최후를 맞이할 사람들을 위해 음악을 연주하는 것이 그들의 소원이었던 것 같은 표정이었다. 기다란 식탁에는 상다리가 휘어지도록 산해진미가 차려져 있었다. 생선, 갑각류, 빵과 페이스트리, 과일과 치즈, 디저트, 고기와 사탕 등이 장군의 가슴팍에 달린 훈장처럼 반짝거리는 금색 접시에 예쁘게 담겨 있었다. 스무 명이 먹기에도 많은 음식들이 세 사람을 위해 차려져 있었고, 그중 두 명은 그다지 배가 고프지도 않았다.

몬자는 상태가 좋아 보이지 않았다. 위아래 입술이 모두 갈라져 있었고 안색도 잿빛이었다. 양쪽 뺨은 잔뜩 부은 채 붉은 멍이 들어 반들거렸고, 충혈된 한쪽 눈 흰자에는 빨간 반점이 가득했으며 손가락도 덜덜 떨리고 있었다. 코스카는 그녀를 보며 마음이 쓰였지만 이만하길 다행이라고 생각했다. 안타깝게도 북부에서 온 친구에게는 코스카의 등장이 큰 도움이 되지 못했다. 그가 신음하는 소리가 벽 너머에서 밤새 들려온 듯했다.

코스카는 그릴 자국이 남아 있는 잘 익은 소시지로 포크를 가져갔다. 문득 시버스의 잘 익은 얼굴에 남은 검은 줄무늬가 떠오른 그는 목소리를 가다듬고 소시지 대신 삶은 달걀을 골랐다. 접시로 달

갵을 가져오던 그의 머릿속에 갑자기 달걀이 꼭 눈알 같다는 생각이 들었다. 메스꺼움이 올라와 얼른 포크를 흔들어 달걀을 접시에 떨어뜨린 다음 차로 속을 달랬다. 머릿속으로 그는 차에 브랜디가 가득 섞여 있다고 상상했다.

샐리어 공작은 영광이라는 것을 맛본 지 오래된 이들이 으레 그렇듯, 과거의 영광을 되새기느라 바빴다. 과거의 영광을 되새기는 건 코스카도 가장 즐기는 취미였지만, 만약 자신이 하는 이야기가 샐리어의 몇 분의 1만큼이라도 지루하다면 이제 그 취미를 버려야 할 때가 됐다고 그는 생각했다. "……아, 바로 이 방에서 얼마나 많은 연회들을 열었던가! 얼마나 많은 위대한 인물들이 바로 이 식탁에서 나의 극진한 대접을 받았던가! 로곤트, 캔틴, 소토리우스, 그리고 오르소도 있었지. 그 족제비같이 생긴 얼굴을 그때도 믿지 않았네만."

"스티리아의 권력은 사교댄스와도 같지요." 코스카가 말했다. "한 파트너와 오래 함께하는 법이 없거든요."

"정치가 그렇지." 샐리어가 어깨를 으쓱하자 턱을 둘러싼 지방 덩어리가 살짝 출렁거렸다. "밀물과 썰물이지. 어제의 영웅이 내일의 악당이 되기도 하는. 어제의 승리가……" 그는 빈 접시를 보며 얼굴을 찌푸렸다. "자네들 둘이 내 마지막 중요한 손님이 되겠군. 부디 이런 말을 하는 나를 용서하시오. 두 사람의 영광의 날도 다 과거가 되었구려. 어쨌거나! 한번 손님은 영원한 손님이고, 기쁘게 맞이하는 법이지!" 코스카가 지친 미소를 지었다. 몬자는 미소조차도 짓지 못했다. "다들 가벼운 농담할 기분이 아닌가 보군? 누가 보면 내 도시가 여러분의 우울한 얼굴 때문에 불에 탔다고 생각하겠소. 자네들 둘이 먹은 것보다 내가 더 많이 먹은 것 같군." 코스카는 몬자와 자신의 몸무게를 합친 것보다 공작의 몸무게가 두 배는 더 많이 나가리라고 확신했다. 샐리어는 흰색 액체가 든 잔을 들어 입술에 가져다 댔다.

"마시고 계신 게 뭡니까?"

"염소젖이라네. 약간 시큼하지만 소화시키는 데 엄청나게 도움이 되지. 이리 오게 친구, 혹은 적일 수도 있겠군. 권력자에게 좋은 적만큼 소중한 건 없으니까. 같이 한 바퀴 돌자고." 그는 한참을 끙끙거리며 의자에서 빠져나와 유리잔을 아무렇게나 식탁에 던진 뒤, 두 사람을 이끌고 통통한 손을 음악에 맞춰 휘저으며 타일이 깔린 바닥을 활기차게 걷기 시작했다. "자네들의 북부 친구는 좀 어떤가?"

"아직 많이 힘들어하고 있습니다." 몬자가 고통스러운 표정으로 웅얼거렸다.

"그렇군…… 음…… 정말 끔찍한 사고지. 전쟁이 그렇다네, 전쟁이 그래. 랭그리어 대위는 자네 일행이 일곱 명 있다던데. 금발 머리에 앳돼 보이는 여자는 우리가 데리고 있네. 말수가 적고 털린 군복을 가지고 온 사람은 아침 해가 뜨자마자 내 식품 저장실에 있는 모든 물품들을 하나하나 세고 있지. 그 친구처럼 비상한 셈 능력이 없어도 확실히 알 수 있는 건, 자네 일행 중 두 명이…… 아직 발견되지 않았다는 걸세."

"독물학자와 고문 기술자입니다." 코스카가 말했다. "아쉽군요.

일 잘하는 사람을 찾기가 쉽지 않은데 말입니다."

"주위에 유능한 인재들이 많구먼."

"보통 일이 아니니 보통은 넘는 인물들이 필요하지요. 그들은 아마 지금쯤 비세린을 떠났을 겁니다." 머리가 어떻게 되지 않고서야 그들은 스티리아를 거의 벗어났을 터였고, 코스카는 그들을 비난할 수 없었다.

"버림받은 셈이군?" 샐리어가 끙 하는 소리를 냈다. "그 기분 알지. 내 동맹들, 내 군사들, 내 백성들이 날 버렸다네. 심란하구먼. 나에게 위안을 주는 건 그림들뿐일세." 그는 통통한 손가락으로 아치형 통로의 깊숙한 곳을 가리켰다. 열려 있는 거대한 문으로 빛이 쏟아져 들어오고 있었다.

눈이 예리한 코스카가 석조 장식 가운데 깊게 파인 홈을 발견했다. 천장에 숨겨진 넓은 구멍 속에 뾰족한 금속 막대기 끝이 반짝거리고 있었다. 그의 생각이 맞는다면, 내리닫이 쇠창살 문이 숨겨져 있는 듯했다. "수집품들 보안이 철저하군요."

"당연하지 않나. 수집하는 데만 오랜 세월이 걸린 스티리아에서 가장 귀중한 물건들이니 말일세. 우리 증조부께서 시작하셨지." 샐리어는 그들을 이끌고 긴 복도 안쪽으로 들어갔다. 금실로 수놓은 카펫이 그들을 통로 가운데로 안내했다. 알록달록한 대리석이 커다란 창에서 들어오는 빛을 받아 반짝이고 있었다. 반대편 벽에는 반짝이는 금색 액자 속 거대하고 음울한 유화들이 빽빽하게 걸려 긴 행렬을 이루고 있었다.

"이 방은 물론 미덜랜드의 수장들에게 헌정되었지." 샐리어가 그림들을 둘러보며 말했다. 사나운 표정을 짓고 있는 대머리 졸러의 초상화를 비롯해, 해로드, 아르노, 카시미어 같은 역대 연방 왕들의 초상화가 보였다. 그들은 하나같이 금 똥이라도 싸는 사람처럼 자만심에 차 보였다. 샐리어는 유벤스의 죽음을 그린 기념화 앞에서 잠시 멈춰 섰다. 광활한 숲에서 피를 흘리며 길을 잃은 작은 형상과 낮은 하늘에 번쩍이는 번개를 그린 그림이었다. "훌륭한 붓놀림일세. 색감도 그렇고. 코스카, 그렇지 않나?"

"놀라운 작품입니다." 사실 그의 눈에는 이러나저러나 다 똑같은 붓질이었다.

"나는 이 작품들을 하나하나 뜯어보며 행복한 시절을 보냈더랬지. 거장들이 숨겨 놓은 의미를 찾으면서 말일세." 코스카는 몬자를 향해 눈썹을 치켜올렸다. 그가 죽은 화가들의 작품 대신 작전 지도를 하나하나 뜯어보았다면 스티리아가 지금 같은 꼴은 아니었을 것이다.

"구제국에서 가져온 조각들이네." 널찍한 두 번째 화랑으로 통하는 넓은 문을 지나며 공작이 말했다. 화랑 양쪽에 고대 조각상들이 줄지어 서 있었다. "캘시스에서부터 운송비가 얼마나 들었는지 알면 깜짝 놀랄 걸세." 영웅, 황제와 신 들의 모습을 본뜬 조각상들은 코나 팔이 부서지거나 흠집이 나고 구멍이 뚫려 있었고, 그래서인지 부상을 당해 놀란 표정으로 보였다. 10세기 전의 잊힌 영웅은 잘린 팔다리를 보며 혼란스러워하는 듯했다. 여긴 어딜까? 내 양팔은 어디로 간 거지?

"뭘 해야 할지 고민해 왔네." 샐리어가 불쑥 말을 꺼냈다. "그리고 자네 의견을 듣고 싶군, 머카토 장군. 자네는 무자비하고 성실하고 약속을 잘 지키는 용병으로 스티리아와 그 너머의 세계에서도 이름을 날리지 않았나. 나는 결단력 있는 사람이 아니라네. 어떤 일을 했을 때 잃게 될 것들에 너무 집착한단 말일세. 반드시 열어야 할 문 앞에 펼쳐질 가능성보다 문 하나를 엶으로써 닫힐 문들을 자꾸 아쉬워한단 말일세."

"군인으로서는 약점이 되겠군요." 몬자가 말했다.

"알고 있네. 나는 약한 사람이야. 어쩌면 형편없는 군인일지도 모르지. 나는 선의와 공정한 말과 정의로운 동기를 믿어 왔는데, 그에 대한 대가를 나와 내 백성들이 함께 치르게 된 셈이지." 대가를 치르는 이유에 적어도 그의 탐욕과 배신, 전쟁에 대한 끝없는 열망을 덧붙여야 할 것 같았다. 샐리어는 근육질 뱃사공의 조각상을 바라보았다. 아마도 영혼들을 배에 실어 지옥으로 나르는 사신(死神)의 모습인 듯했다. "어둠이 내리면 작은 배를 타고 도시를 버리고 도망칠 수도 있겠지. 강을 따라 바다로 나가서 내 동지인 로곤트 대공작에게 자비를 구하는 걸세."

"어차피 오래 못 갈 피난처입니다." 몬자가 말했다. "곧 로곤트 공작이 공격을 받게 될 테니까요."

"맞는 말이야. 그리고 내 지위를 생각하면 어떻게 도망을 치겠나? 채신머리없이 말일세. 아니면 자네의 오랜 친구인 간마크 장군에게 항복하면 어떻겠나?"

"어떻게 될지 아시지 않습니까."

샐리어의 매끈한 얼굴에 갑자기 심각한 표정이 그려졌다. "어쩌면 간마크가 오르소의 다른 심복처럼 무자비하지는 않을지도 모르잖나?" 실낱같던 희망이 꺼진 듯 그가 고개를 푹 숙이자 겹겹이 접힌 목살에 턱이 파묻혔다. "하지만 자네 말이 맞겠군." 그는 옆에 있는 조각상을 의미심장한 눈빛으로 바라보았다. 몇 세기를 지나는 동안 머리를 잃은 조각상이었다. "내 뚱뚱한 머리가 창살에 꽂히기만 기다리는 수밖에 없겠군. 좋은 친구였던 캔틴 공작과 그의 아들처럼 말일세. 아닌가, 머카토 장군?"

그녀는 그를 마주 보았다. "캔틴과 그 아드님처럼 되시겠지요." 아직도 창살에 머리를 꽂다니, 유행이 참 오래도 간다고 코스카는 생각했다.

모퉁이를 돌자 다른 방이 더 나왔다. 첫 번째 방보다 더 긴 방이었고, 벽에는 그림들이 가득 걸려 있었다. 샐리어는 손뼉을 쳤다. "스티리아 작가들의 그림이 걸렸다네! 우리 고향에서 가장 위대한 작품들일세! 우리가 죽고 잊힌대도 이들의 작품들은 영원히 남겠지." 그는 북적이는 시장의 모습을 그린 작품 앞에서 잠시 멈췄다. "어쩌면 오르소와 협상을 할 수도 있지 않겠나? 그의 숙적을 갖다 바치면서 아부를 좀 떤다면? 장자이자 후계자를 살해한 여자 말일세."

몬자는 눈 하나 깜짝하지 않았다. 그녀는 겁을 먹는 사람이 아니었다. "그나마 해 볼 만하네요."

"에잇. 어차피 하늘은 비세린을 버렸네. 오르소는 절대 협상하지 않아. 내가 그 아들을 살아 돌아오게 할 수 있더라도 말일세. 그리고 자네는 그럴 가능성이 전혀 없도록 일을 처리했더군. 우리에게 남은 건 자살뿐이네." 그가 검은색 액자 속 커다란 작품을 가리켰다. 반쯤 헐벗은 군인이 패배한 장군에게 자신의 검을 건네는 모습이 담겨 있었다. 명예롭게 마지막 희생을 치르기 위해서일 터였다. 인간은 명예를 위해서라면 그런 상황을 기꺼이 받아들이곤 하는 법이니까. "과거의 패배한 영웅들처럼 내 가슴팍에도 검이 꽂히겠군!"

다음 그림은 술통에 기댄 채 빛에 잔을 비춰 보며 거만하게 웃고 있는 와인 상인이 그려져 있었다. 아, 한 잔, 딱 한 잔, 딱 한 잔만. "어쩌면 독이려나? 와인에 독 가루를 탈 수도 있지 않겠나? 아니면 침대에 전갈을 풀 수도 있겠지. 내의 속에 작은 독사를 넣을 수도 있겠군?" 샐리어는 그들을 돌아보며 미소 지었다. "아닌가? 목을 매는 게 낫다고 보나? 목을 매고 죽은 남자들이 사정하는 경우가 있다고 들었네." 그는 두 사람이 자신의 말을 알아들었는지 확인이라도 하듯 사타구니를 손으로 탁 쳤다. "어쨌든 독살보단 흥미로운 것 같군." 공작은 한숨을 쉬더니 목욕을 하며 놀란 표정을 짓고 있는 여자 그림을 침울하게 바라보았다. "내가 그런 위업을 이룰 배짱이 있다고 믿는 척은 하지 말자고. 자살과 사정이 어찌 같겠나. 내가 몸은 이렇게 둔해졌어도 하루에 한 번씩은 사정을 한다네. 코스카, 자네도 그런가?"

"분수나 다름없지요." 허풍이라면 누구에게도 뒤지고 싶지 않은 코스카가 느릿느릿 말했다.

"하지만 어째야 하나?" 샐리어가 혼잣말을 했다. "어떻게······."

몬자가 앞으로 나서며 말했다. "제가 간마크를 죽일 수 있게 도와

주십시오." 코스카는 자기도 모르게 눈썹을 치켜올렸다. 심하게 다치고 적이 코앞에 와 있는데도, 그녀는 기어이 다시 칼을 뽑았다. 무자비하고 성실하고 약속을 잘 지키기로 유명한 그녀다웠다.

"왜 내가 그렇게 할 거라고 생각하나?"

"왜냐하면 그가 공작님의 수집품을 노리기 때문입니다." 그녀에게는 사람들의 예민한 부분을 긁는 재주가 있었다. 코스카는 그녀가 그런 재주를 발휘하는 모습을 여러 번 봐 왔다. 그녀는 특히 코스카 자신에게 자주 그 재주를 써먹곤 했다. "공작님의 그림과 조각품, 도자기를 모두 폰테자르모로 실어 날라서 오르소의 화장실을 아름답게 꾸미는 데 쓰겠지요." 화장실이라니, 자존심을 긁기에 충분한 단어였다. "간마크도 공작님 같은 예술품 애호가라고 들었습니다."

"연방의 개새끼가 어떻게 나랑 같나!" 샐리어는 목이 벌게지도록 벌컥 성을 냈다. "좀도둑 주제에 머릿속에 허풍만 가득 찬, 남색이나 즐기는 그 변태 새끼가 피 묻은 군화로 스티리아의 옥토를 더럽히고 있다네. 멀쩡한 땅은 두고 볼 수가 없다는 듯이 말일세. 내 목숨은 가져가도 내 그림들은 절대 안 될 말이지! 한번 두고 보게나!"

"제게 좋은 수가 있습니다." 몬자가 공작에게 가까이 다가서며 나직이 말했다. "도시가 함락되고 나면 간마크는 이리로 올 겁니다. 공작 전하의 수집품들을 챙기기 위해 서둘러 들어오겠지요. 우린 그쪽 병사들의 군복을 입고 기다리면 됩니다. 그가 궁으로 들어오면," 그녀가 손가락을 탁 튕겼다. "쇠창살 문을 닫아 꼼짝 못 하게 하십시오! 그를 전하의 손아귀에 넣는 겁니다! 제게 힘을 보태 주십시오."

 하지만 공작은 곧 흥미를 잃었다. 샐리어는 다시 눈을 반쯤 감은 채 무심한 표정을 짓고 있었다. "내가 가장 좋아하는 두 작품이네." 그는 매우 태연한 손짓으로 그림들을 가리켰다. "파르테오 가브라가 습작으로 그린 여성들이지. 한 쌍으로 그린 작품이라네. 그의 어머니, 그리고 그가 가장 좋아했던 창녀일세."

 "어머니와 창녀라니." 몬자가 비웃었다. "빌어먹을 화가 이야기는 집어치우시죠. 우리는 간마크 이야기를 해야 합니다. 도와주십시오!"

 샐리어는 지친 듯한 한숨을 뱉었다. "이런, 몬즈카로, 몬즈카로. 다섯 해 전에, 스위트파인스 일이 있기 전에 내 도움을 구했다면 얼마나 좋았겠나. 카프릴 일이 있기 전만 해도 좋았네. 작년 봄에 캔틴의 머리를 성문 앞에 전시하기 전에 도움을 구하지 그랬나. 적어도 그때였다면 우리가 함께 옳은 일을 도모하고 자유를 위해 일격을 날릴 수도 있었을 텐데. 아니면……"

 "전하, 제 말이 너무 직설적이더라도 용서해 주십시오. 저는 지난밤 고깃덩어리처럼 두드려 맞았습니다." 고깃덩어리라는 단어를 뱉으며, 몬자의 목소리가 살짝 갈라졌다. "제 의견을 물으셨지요. 공작께서 패하신 이유는 너무 힘이 없고 마음이 약하고 느리기 때문입니다. 선하셔서가 아니고요. 전하께서는 오르소와 같은 목표를 위해 싸울 때는 그의 옆에서 행복해하셨습니다. 그리고 오르소가 전하께 영토를 안겨 드릴 때는 그의 방식을 마음에 들어 하셨고요. 전하께 유리할 때는 군대가 불을 지르고 강간하고 살인을 저

지르도록 놔두셨지요. 그때도 자유를 사랑해서 그렇게 하신 게 아닙니다. 당시 푸란티의 농부들은 도움을 받는 대신 철저하게 짓밟혔지요. 순교자 행세를 하셔도 좋습니다. 샐리어 공작 전하. 하지만 저한테는 하지 마십시오. 속이 울렁거릴 지경이니까요."

코스카는 자신도 모르게 얼굴이 찌푸려졌다. 권력가가 듣는 곳에서 말하기에는 너무 노골적으로 진실된 이야기였다.

공작이 눈을 가늘게 떴다. "꽤나 직설적이군? 자네가 오르소에게도 그런 식으로 말을 했다면, 그가 자네를 절벽 밑으로 던진 게 놀랍지가 않군. 방금 나도 가까운 곳에 절벽이 있었으면 좋겠다고 생각했으니까. 요즘 솔직한 게 유행인가 본데, 말해 보게나. 어떻게 했길래 오르소가 그렇게 화를 내던가? 그가 자네를 딸처럼 좋아하는 줄 알았네만. 자기 자식들보다 더 좋아한다고 생각했지. 물론 그 세 녀석들이 하나같이 밉상이기는 하지만 말일세. 하나는 여우고 하나는 사마귀고 다른 하나는 쥐새끼 같지."

그녀의 멍든 뺨이 씰룩거렸다. "저는 오르소의 백성들에게 인기가 많았지요."

"그래서?"

"제가 왕좌를 차지하려 할까 봐 두려웠답니다."

"정말인가? 정작 자네는 차지할 생각이 없었고?"

"오르소를 왕좌에서 지키는 데만 관심이 있었죠."

"그런가?" 샐리어가 옆에 있는 코스카를 향해 빙긋 웃었다. "자네는 예전에도 충성으로 섬기던 이를 배반한 적이 있지 않았나?"

"저는 아무것도 하지 않았습니다!" 그녀가 발끈했다. "오르소 공작에게 승리를 가져다주고, 스티리아에서 가장 힘센 사람으로 만든 것 말고는 아무것도 하지 않았어요!"

비세린의 공작은 한숨을 내쉬었다. "몬즈카로, 내가 몸이 둔할지언정 머리까지 둔하지는 않다네. 하지만 자네 좋을 대로 하게. 자네가 완전히 결백하다고 믿어 주지. 카프릴에서도 학살을 저지르는 대신 케이크를 나눠 줬을 테지. 부디 비밀을 잘 지키게나. 지금 자네에게 얼마나 도움이 될지는 모르겠지만 말일세."

열려 있는 문을 지나며 코스카는 갑작스러운 빛에 눈을 가늘게 떴다. 그들은 소리가 쩌렁쩌렁 울리는 회랑을 지나 샐리어의 화랑 한가운데 있는 정결한 정원으로 향했다. 귀퉁이에 있는 분수대에서 물이 졸졸 흐르고 있었다. 기분 좋은 바람에 이제 막 핀 꽃들이 고개를 끄덕이고 관상용 나무의 잎사귀가 살랑거렸다. 비세린 공작의 눈을 즐겁게 하기 위해 바다 건너 자생지에서 공수해 온 게 분명한 술주크 벚나무에서 꽃잎이 휘날리고 있었다.

자갈이 깔린 정원 한가운데에 웅장한 조각상이 우뚝 서서 그들을 내려다보고 있었다. 실제 크기의 두 배가 넘는 크기로 제작된, 거의 반투명으로 보일 만큼 완벽하게 흰 대리석 조각이었다. 무용수처럼 날씬하고 격투기 선수처럼 근육이 많은 헐벗은 남자가 색이 어둡게 변하고 군데군데 초록색 녹이 끼기 시작한 청동 검을 정면을 향해 높이 쳐들고 있었다. 마치 강력한 군대를 식당으로 진두지휘하는 것 같은 모습이었다. 그는 투구를 머리 위로 밀어 올린 채 완벽한 얼굴을 찌푸리며 엄중하게 명령을 내리고 있었다.

"전사군요." 코스카가 중얼거렸다. 그의 눈가에 거대한 청동 검날의 그림자가 드리워져 있었다. 검날을 따라 햇살이 반짝였다.

"그렇다네. 스티리아에서 가장 위대한 조각가인 보나틴의 작품이지. 신제국의 절정기에 만들어진 이 작품이 아마 그의 최고 업적일 걸세. 볼레타의 의사당 계단에 놓여 있던 작품이지. 여름 전쟁이 끝난 이후 우리 아버님께서 배상금 대신 받은 거라네."

"아버님께서 전쟁에 나가셨습니까?" 몬자의 갈라진 입술이 뒤틀렸다. "이것 때문에요?"

"작은 전투였네. 어쨌든 싸울 만한 가치가 있었지. 아름답지 않나?"

"아름답습니다." 코스카가 거짓말을 했다. 굶주린 사람에게는 빵 한 덩이가 훨씬 아름다울 터였다. 집이 없는 사람에게는 지붕 덮인 집이 더 아름다울 터였다. 필요한 게 아무것도 없는 사람만이 바윗덩이에서 아름다움을 찾을 수 있는 법이다.

"스톨리쿠스에게서 영감을 받은 것 같아. 다르미엄 전투에서 그 유명한 돌격 명령을 내리던 그의 모습 말일세."

몬자는 눈썹을 치켜올렸다. "돌격 작전이요? 그런 작전에 나가는 사람이 바지도 안 입었을까요?"

"예술적 자유라고나 할까." 샐리어가 받아쳤다. "상상의 산물 아닌가, 작가가 원하는 건 뭐든 할 수 있지."

코스카가 얼굴을 찌푸렸다. "그렇습니까? 저는 진실에 가까운 주장일수록 더 가치가 있다고 생각해 왔습니다만……."

다급한 군화 뒷굽 소리에 그는 말을 끝마치지 못했다. 초조해 보이는 장교 한 명이 정원으로 급히 들어왔다. 그의 얼굴에는 땀이 맺혀 있었는데, 재킷 왼쪽에 길쭉하게 검은 진흙이 묻어 있었다. 그는 한쪽 무릎을 자갈 바닥에 꿇고 고개를 숙였다.

"전하."

샐리어는 장교를 쳐다보지도 않았다. "할 말이 있으면 하게."

"공격이 한 번 더 있었습니다."

"아침 식사 시간에 말인가?" 공작이 배에 손을 얹으며 얼굴을 찌푸렸다. "이 간마크라는 작자는 하여간 전형적인 연방 놈이라니까. 자네보다도 식사 시간을 존중하지 않는다네. 그래서 어떻게 되었나?"

"탈린 군대가 항구 쪽으로 성벽을 하나 더 뚫었습니다. 일단 후퇴하도록 만들었습니다만, 손실이 컸습니다. 병력 수가 크게 차이……"

"당연히 그럴 걸세. 가능한 한 자기의 자리에서 버티라고 명령을 내리게."

대령은 입술을 핥았다. "그 뒤에는……?"

"그게 다일세." 샐리어는 조각상에서 눈을 떼지 않았다.

"예, 전하." 남자는 문 쪽으로 물러섰다. 그는 이제 부서진 성벽 어딘가에서 영웅적이고 무의미한 죽음을 맞이할 터였다. 코스카가 늘 생각해 왔듯, 가장 영웅적인 죽음은 무의미한 죽음이었다.

"비세린이 곧 함락되겠군." 샐리어가 위대한 스톨리쿠스의 형상을 올려다보며 딱 소리가 나도록 혀를 찼다. "얼마나…… 암울한 상황인가. 내가 이런 사람이었다면 얼마나 좋을꼬."

"허리가 가늘어지고 싶으십니까?" 코스카가 웅얼거렸다.

"전쟁 능력 말일세. 하지만 어차피 안 될 거, 허리도 가늘어지길 바라면 어떤가? 머카토, 자네에게 감사하네……. 불편할 정도로 솔직한 조언을 해 줘서 말이야. 며칠 안에 결정을 내려야겠지." 그 며칠 동안 몇백 명이 덧없이 스러질 터였다. "그동안 여기에 머무르게나. 자네 두 사람과 세 친구 모두 말일세."

"손님입니까, 아니면 죄인입니까?" 몬자가 물었다.

"내가 죄인을 어떻게 다루는지는 이미 봤지 않나. 어떻게 할 텐가?"

코스카가 깊이 숨을 들이쉬며 느릿느릿 목덜미를 긁었다. 이미 답이 정해진 질문이었다.

사악한 질투

시버스의 얼굴이 거의 나아 가고 있었다. 이마를 가로질러 눈썹, 볼에 걸쳐 희미한 분홍색 줄이 남았다. 며칠만 더 있으면 모두 사라질 것 같았다. 눈은 여전히 아팠지만 다른 사람들 앞에서는 괜찮은 척했다. 몬자가 허리에 담요를 덮고 침대에 누워 있었고, 앙상한 허리가 그를 향해 있었다. 그는 잠시 서 있었다. 미소를 지으며 그녀가 숨을 쉴 때마다 부드럽게 움직이는 갈비뼈를 지켜보았다. 갈비뼈 사이 그림자가 넓어졌다 좁아지기를 반복하고 있었다. 그는 들여다보고 있던 거울에서 멀어져 열린 창문까지 발소리가 나지 않게 걸음을 옮긴 다음 밖을 내다보았다. 창문 너머 도시는 불타고 있었고, 불길이 밤을 밝히고 있었다. 하지만 이상한 일이었다. 그는 이곳이 어느 도시인지, 자신이 왜 이곳에 와 있는지 기억나지 않았다. 머릿속이 천천히 움직였다. 그는 볼을 문지르며 인상을 찌푸렸다.

"아파." 그가 불평했다. "젠장, 아프다고."

"아하, 그게 아프셔?" 그는 몸을 홱 돌리다가 비틀거리며 벽에 등을 부딪쳤다. 공포의 펜리스가 대머리로 거의 천장을 쓸다시피 하며 우뚝 서 있었다. 그의 몸 절반에는 작은 글자 문신이 새겨져 있었고, 나머지 절반에는 검은 금속이 둘려 있었으며, 얼굴은 끓는 죽처럼 울퉁불퉁했다.

"자넨…… 자넨 죽었잖아!"

거인 피어드가 웃었다. "완전히 죽었다고 봐야지." 그의 몸에는 검이 꽂혀 있었다. 한쪽 엉덩이에 검 자루가 박혀 있고 날 끝은 반대쪽 팔 밑으로 튀어나와 있었다. 그는 검 자루 끝에서 뚝뚝 떨어져 카펫에 번지고 있는 피를 엄지로 가리켰다. "진짜 아픈 건 이런 거지. 자네 머리 잘랐나? 예전 모습이 더 나았는데."

베소드가 핏덩이와 뇌, 머리카락, 뼈가 마구 뒤엉켜 있는 부서진 머리통을 가리켰다. "자네들 두 다 조용히 하게." 그는 입이 완전히 으스러져 말도 제대로 하지 못했다. "이 전도는 대야 아프다거 핫쑤 이찌!" 그는 피어드를 괜히 한번 밀쳤다. "저투에서 이기지 그랜나, 이 머저리 가튼 잉가나?"

"꿈을 꾸고 있군." 시버스가 혼잣말을 했다. 꿈에서 깰 방법을 생각하려 해도 얼굴이 너무 욱신거렸다. "꿈을 꾸는 게 분명해."

누군가 노래를 불렀다. "나는…… 죽음으로써…… 태어났다네!"

망치로 못을 박는 소리가 들렸다. "나는야 공평한 심판자!" 쾅, 쾅, 쾅, 망치질 소리가 들릴 때마다 시버스는 얼굴에 묵직한 통증을 느꼈다. "나는야 하이플레이스에 부는 폭풍!" 블러디나인이 시버스 형의 시체를 토막 내며 노래를 부르고 있었다. 허리까지 옷을 벗은 형의 시체에는 흉터가 가득했고, 뒤틀린 근육들은 피범벅이 되어 있었다. "그래서 이제 좋은 사람이 된 건가?" 그는 시버스를 향해 칼을 흔들며 미소 지었다. "애송아, 넌 좀 더 강해져야 해. 날 죽였어야지. 자, 낙관주의자 씨, 이리 와서 팔 자르는 거나 좀 도와."

"조상님들은 내가 이 개새끼를 좋아하지 않았다는 걸 아시지만, 이 새끼 말에도 일리가 있어." 시버스 형의 머리가 베소드의 깃대에 꽂힌 채 그를 내려다보고 있었다. "더 강해지라고. 자비와 비겁함은 같은 거야. 이 못 좀 빼 줄 수 있어?"

"너는 집안의 수치다!" 그의 아버지가 축 늘어진 뺨에 눈물을 흘리며 술병을 흔들고 있었다. "네 형이 살고 네가 대신 죽었어야 했는데! 이 쓸모없는 놈아! 쓸모없고, 배짱도 없고, 실망 덩어리인 놈아!"

"이건 개꿈이야." 시버스가 이를 악물고 으르렁거리며 불가에 다리를 꼬고 앉았다. 그의 머리 전체가 욱신거렸다. "그냥…… 개꿈일 뿐이라고!"

"뭐가 개꿈이지?" 툴 두루가 꼴깍거리며 말했다. 말할 때마다 잘린 목에서 피가 흘러나왔다.

"전부 다. 옛사람들이 나와서 의미심장한 말을 하는 거. 너무 뻔하지 않아? 이보다 더 나은 방법은 없었던 건가?"

"아." 하딩그림이 말했다.

블랙다우는 약간 지쳐 보였다. "이보게, 우리를 탓하지 말게. 자네 꿈이잖나? 자네, 머리 잘랐나?"

도그먼이 어깨를 으쓱했다. "네가 똑똑했으면 더 나은 꿈을 꿨겠지."

누군가 뒤에서 붙잡는 것 같은 느낌이 들어 그는 얼굴을 일그러뜨리며 고개를 돌렸다. 블러디나인이 옆에 서 있었다. 머리카락이 피와 함께 머리통에 달라붙어 있었고, 상처 가득한 얼굴에는 온통 검댕이 묻어 있었다. "네가 똑똑했으면 눈을 잃지 않았을 수도 있지." 블러디나인이 시버스의 눈을 자신의 엄지로 점점 세게 짓눌렀다. 그는 몸부림치며 몸을 마구 뒤틀고 비명을 질렀지만 빠져나갈 수가 없었다. 그는 이미 눈을 잃고 난 후였다.

그는 오늘도 비명을 지르며 일어났다. 요즘 늘 그렇게 잠에서 깼다. 이제는 비명이라고 할 수도 없었다. 목이 다 쉬어서 목구멍에 자갈이 박힌 듯한 소리만 작게 나올 뿐이었다.

어두웠다. 통증은 죽은 동물을 본 늑대처럼 그의 얼굴을 사정없이 물어뜯었다. 담요를 내던지고 무작정 걸었다. 인두가 여전히 그를 짓누르며 살을 태우는 것 같았다. 벽에 몸을 부딪쳐 무릎을 꿇고 주저앉았다. 허리를 굽히고 머리가 쪼개지는 것 같은 고통을 없애려는 듯 양손으로 옆머리를 꾹 눌렀다. 몸을 앞뒤로 흔들자 모든 근육이 터질 듯 부풀어 오르는 느낌이었다. 신음하며 낑낑대다가 으르렁거리며 침을 뱉고, 침이 줄줄 흐를 때까지 흐느껴 울다가 아무 말이나 중얼거렸다. 자신의 상처에 화가 났다가 정신이 혼미해졌다. 상처를 만지고 또 눌러 보았다. 덜덜 떨리는 손가락을 붕대에 갖다 댔다.

"쉿." 그를 만지는 손길이 느껴졌다. 몬자가 그의 얼굴을 손으로 감싸고 머리칼을 쓸어 넘겼다.

고통은 장작을 패는 도끼처럼 그의 눈이 있던 자리를 내리쳤고, 머리가 쪼개질 듯 아파 왔다. 그의 정신도 머리와 함께 쪼개져서 생각들이 머리 밖으로 마구 튀어나오고 있었다. "제발…… 멈춰 줘…… 젠장, 젠장." 그가 그녀의 손을 잡자 그녀는 움찔하며 헉하고 숨을 들이쉬었다. "죽여 줘! 죽여 줘. 이것 좀 멈춰 줘." 그는 자기 혀가 무슨 말을 내뱉고 있는지조차 알 수 없었다. "죽여 줘. 제발……." 그가 흐느끼자 남아 있는 한쪽 눈이 따끔거렸다. 그녀가 그의 손을 뿌리치자 그는 다시 몸을 앞뒤로 흔들기 시작했다. 고통은 나무 밑동을 자르는 톱날처럼 얼굴을 파고들었다. 좋은 사람이 되려고 노력했을 뿐인데.

"노력했어. 난 정말 노력했다고. 멈춰 줘…… 제발. 제발. 제발. 제발……."

"자." 그가 파이프를 낚아챈 다음 주정뱅이가 술병을 들이켜듯 게걸스럽게 한 모금을 빨아들였다. 폐가 아프든 말든, 그저 폐에 허스크 연기가 가득 찰 때까지 파이프를 들이켰다. 그동안 그녀는 그에게 팔을 둘러 꼭 안고 앞뒤로 몸을 흔들었다. 곧 어둠이 색으로 가득 찼다. 반짝이는 얼룩들이 여기저기에 묻어 있었다. 그를 짓누르며 불태우는 것 같던 통증도 이제 그에게서 한발 물러나 있었다.

숨소리가 부드러워지며 신음 소리가 새어 나왔고, 온몸이 욱신거리는 것 같던 느낌도 사라졌다.

그녀는 그를 부축해 몸을 일으켰다. 허스크 파이프가 그의 축 늘어진 손에서 떨어져 달그락 소리를 냈다. 열려 있던 창문이 흔들거렸고, 창밖에는 다른 세계가 펼쳐져 있었다. 지옥인지도 몰랐다. 빨갛고 노란 불꽃이 어둠 속에서 긴 붓질처럼 번지고 있었다. 침대가 솟아올라 그를 집어삼켰고, 그는 곧 침대 속으로 빨려 들어갔다. 얼굴은 여전히 욱신거리고 맥박이 뛸 때마다 둔한 통증이 전해졌다. 그는 자신이 고통을 겪게 된 이유를 기억해 냈다.

"죽은 사람들……" 그가 속삭였다. 한쪽 뺨에 눈물이 흐르고 있었다. "내 눈. 놈들이 내 눈을 태웠어."

"쉿." 그녀가 그의 다치지 않은 쪽 얼굴을 쓰다듬으며 속삭였다. "콜, 이제 말하지 마. 조용."

어둠이 다가와 그를 휘감고 있었다. 그는 어둠에 완전히 먹히기 전에 손가락을 서툴게 움직여 그녀의 머리칼을 붙들고 얼굴을 자기 쪽으로 끌어당겼고, 그녀는 붕대에 입을 맞출 수 있을 정도로 가까워졌다.

"너였어야 했어." 그가 속삭였다. "너였어야 했다고."

타인의 원한

"여기가 그의 집이오." 뺨에 종기가 난 남자가 말했다. "사잠의 집."

얼룩진 벽에 난 얼룩진 문에는 여덟 기사단을 찬탈자이자 밥 먹듯 범죄를 저지르는 악당으로 묘사한 낡은 벽보가 붙어 펄럭이고 있었다. 벽보에는 만화체로 그린 얼굴 두 개가 서로를 마주 보고 있었다. 통통 부은 샐리어 공작과 이죽거리는 로곤트 공작이었다. 생김새가 우스꽝스럽기로는 그림 속 인물들에 뒤지지 않는 범죄자 두 명이 문간에 서 있었다. 피부색이 어두운 남자 한 명과, 한 팔 가득 문신을 한 남자 한 명이 똑같이 험상궂은 얼굴을 하고 거리를 훑어보았다.

"고맙네 친구들. 이제 식사하게." 솅크트는 사람들의 지저분한 손에 각각 은화 한 닢씩을 쥐여 주었고, 어마어마한 돈을 보자 얼룩덜룩한 얼굴에 달린 눈 열두 쌍이 휘둥그레졌다. 몇 년은 고사하고 며칠 안에 그 돈은 흥청망청 사라질 것이었다. 그들은 머지않아 목숨을 잃게 될 부랑자, 좀도둑, 창녀 들이었다. 하지만 살면서 해로운 짓을 많이 해 온 솅크트는 가능하면 친절하려고 노력했다. 그 돈이 아무것도 바로잡지 못하리라는 사실을 그는 알았다. 하지만 동전 한 닢은 삶의 저울을 다른 쪽으로 기울이기에 충분한 액수였고, 어쩌면 그중 한 명의 삶을 구제할 수도 있었다. 한 명만 구제해도 충분히 좋은 일이었다.

그는 조용히 콧노래를 부르며 길을 건넜고, 그동안 문 앞의 두 사람은 그를 향해 찌푸리고 있었다. "사잠과 이야기를 하러 왔소."

"무기 가졌소?"

"늘 가지고 있지." 그와 어두운 피부색의 경비병은 잠시 서로를 마주 보았다. "언제든 재치로 사람들을 백발백중 웃길 수 있거든."

두 경비병 중 누구도 웃지 않았지만 어차피 웃기려고 한 이야기도 아니었기에 신경 쓰지 않았다. "사잠과 무슨 이야기를 한단 거요?"

"일단 '당신이 사잠이오?'라고 물을 거요."

"형씨, 우리가 만만해 보이나?" 경비병은 한 손을 허리띠에 매달린 철퇴에 얹었다. 자신이 위협적이라고 생각하는 게 분명했다.

"전혀 그렇지 않소. 여기서 좀 놀아 볼까 하고 주머니 두둑하게 왔고, 그게 다요."

"잘 찾아온 것 같군. 따라오쇼."

솅크트는 그를 따라 후끈한 열기가 느껴지는 어두침침한 방으로 들어섰다. 방 안은 기름기 섞인 연기와 뒤엉킨 그림자로 가득했고, 파란색, 초록색, 주황색, 빨간색 유리가 씌워진 등이 밝혀져 있었다. 허스크를 피우는 사람들이 주변에 아무렇게나 늘어져 있었다. 그들의 창백한 얼굴은 미소로 뒤틀려 있거나 공허하게 축 늘어져 있었다. 솅크트는 문득 자신이 또 콧노래를 부르고 있다는 사실을 깨닫고, 노래를 멈췄다.

때 묻은 커튼을 옆으로 걷자 씻지 않은 몸에서 나는 퀴퀴한 냄새와 허스크 연기, 토사물 냄새, 상한 음식물과 썩은 동물 사체 냄새가 배어 있는 커다란 뒷방이 나왔다. 온몸에 문신이 가득한 남자가 누렇게 땀 얼룩이 진 방석에 양반다리를 하고 앉아 있었고, 옆에는 도끼가 벽에 기대 세워져 있었다. 방 저편에 앉은 다른 남자는 칼로 고깃덩어리를 되는대로 썰고 있었는데, 접시 옆에는 사격 준비를 마친 석궁이 놓여 있었다. 머리 위로는 오래된 시계가 달려 있었다.

배를 난도질당한 시체에서 튀어나온 내장처럼 매달린 시계추가 시계 밑에서 딱, 딱 딱 소리를 내며 흔들리고 있었다.

방 중앙에 놓인 기다란 탁자에는 카드놀이에 필요한 용품들이 놓여 있었다. 동전과 칩, 병과 유리잔, 허스크 파이프와 양초 등이 보였다. 남자 여섯 명이 탁자 주변에 둘러앉아 있었다. 솅크트의 오른쪽에는 뚱뚱한 남자가, 왼쪽에는 말을 더듬으며 옆 사람과 농담을 주고받고 있는 빼빼 마른 남자가 앉았다.

"……노…… 놈이 여…… 여자를 따…… 따…… 따먹었다니까!"

싸구려 허스크와 싸구려 술을 마시고 싼값에 폭력을 휘두르는 거친 인간들이 거친 웃음을 터뜨렸다. 솅크트를 방으로 안내한 남자가 탁자 상석으로 걸어가 어깨가 넓은 남자에게 말을 전하기 위해 허리를 숙였다. 검은 피부에 머리칼이 하얗게 센 남자는 주름진 얼굴에 여유로운 지배자의 미소를 띤 채 손가락 마디 위에서 반짝이는 금화를 굴리고 있었다.

"당신이 사잠이오?" 솅크트가 물었다.

그는 느긋하게 고개를 끄덕였다. "우리가 어디서 만난 적 있소?"

"아니요."

"그럼 외지인이구먼? 여기에 외지인을 많이 들이지는 않소. 친구들, 그렇지 않나?" 남자들 두어 명이 건성으로 미소를 지어 보였다. "내 고객은 대부분 우리가 잘 아는 사람들이지. 이방인 양반이 이 사잠에게 원하는 게 있으신 것 같은데?"

"몬즈카로 머카토 어디 있소?"

깨진 살얼음 밑으로 가라앉는 돌멩이처럼 방이 침묵 속으로 빨려들었다. 하늘이 쪼개지기 직전에나 찾아올 무거운 정적이 흘렀다. 곧 무슨 일이 터질 것 같은 팽팽한 고요함이었다.

"탈린의 독사는 죽었지." 사잠이 눈을 가늘게 뜨고 웅얼거렸다.

셍크트는 주위 남자들이 천천히 움직이고 있다는 사실을 알아챘다. 그들의 미소가 소리 없이 사라지더니 일격을 날리기 좋게 발의 중심을 슬며시 고쳐 디디고, 손도 어느샌가 무기에 올려놓고 있었다. "그녀가 살아 있고, 댁은 그녀의 행방을 알고 있지. 그냥 이야기를 좀 하려는 거요."

"이 비……빌어먹을 새……새끼야, 네……네가 뭐라도 되……되는 줄 알아?" 깡마른 남자가 말했고, 몇몇 사람들이 웃음을 터뜨렸다. 긴장을 숨기기 위해 일부러 지어낸, 초조한 가짜 웃음이었다.

"그냥 어디 있는지만 말해 주쇼. 부탁이오. 그러면 우리 모두 마음 무거워질 일 없이 오늘을 마칠 수 있을 거요." 셍크트는 애원하는 데 거리낌이 없었다. 허영심 같은 건 이미 버린 지 오래였다. 그는 남자들의 눈을 바라보며 자신이 원하는 답을 이야기할 기회를 줬다. 가능한 한 모두에게 기회를 주면서 최대한 많은 이들이 기회를 받아들이길 바랐다.

하지만 그들은 그를 향해, 서로를 향해 미소 지을 뿐이었고, 그중에서도 사잠의 미소가 가장 환하게 빛났다. "난 늘 마음이 가벼운 편이어서."

셍크트의 옛 스승도 같은 말을 했을 터였다. "그런 사람이 있지. 복 받은 거요."

"이렇게 하지. 동전을 던지는 게 어떻겠소." 사잠이 환한 빛 아래

금화를 치켜들자, 반짝 빛이 났다. "앞면이 나오면 당신은 죽는 거요. 뒷면이 나오면 머카토가 어디 있는지 말해 드리리다……" 그는 검은 얼굴과 대비되어 유난히 환해 보이는 이를 드러내며 웃었다. "그리고 당신을 죽이겠지." 그가 동전을 던지자 조용히 금속이 울리는 소리가 들렸다.

셍크트는 코로 천천히 숨을 들이쉬었다.

금화가 공중에서 느릿느릿 돌았다.

이제 시곗바늘은 거대한 배의 노처럼 아주 천천히, 깊은 소리를 내며 움직였다.

쿵…… 쿵…… 쿵…….

셍크트는 뚱뚱한 남자의 오른쪽 배에 주먹을 거의 팔꿈치까지 깊이 찔러 넣었다. 남자는 비명을 지를 새도 없이, 눈이 툭 불거진 채 짧고 얕은 한숨만 뱉고 있었다. 잠시 후 셍크트의 다른 손 가장자리가 그의 놀란 얼굴을 내리찍자 머리통이 떨어질 듯 고개가 뒤로 푹 꺾이면서 목뼈가 종잇장처럼 부러졌다. 탁자에 튄 피는 검은 점이 되었고, 분노에 차 있던 주변 남자들의 표정은 충격에 휩싸인 표정으로 바뀌기 시작했다.

셍크트는 가장 가까이 있는 사람을 의자에서 끌어내 천장으로 던져 버렸다. 던져진 남자는 천장 들보 한 쌍에 몸을 박기 전까지 비명조차 지르지 못했다. 들보가 부서지면서 부스러기들이 흩날렸고, 남자의 찌그러진 몸뚱이도 묵은 먼지와 석회 가루와 함께 추락했다. 남자가 바닥으로 떨어지기도 전에 셍크트는 다음 사람의 머리를 쥐고 탁자에 내리찍었고, 그의 머리는 탁자를 부수고 거의 바닥에 닿을 뻔했다. 카드와 깨진 유리잔, 부서진 판자와 나무 부스러기, 그리고 살점이 공중에 구름처럼 흩어졌다. 솅크트는 그가 고꾸라지는 동안 그의 허리춤에서 반쯤 뽑혀 있는 도끼를 낚아챘다. 그리고 도끼를 방 저편으로 날려 몸에 문신이 가득한 남자의 가슴팍에 꽂았다. 쿠션에서 몸을 반쯤 일으키고 있던 그의 입술 사이로 싸움이 시작된 후 처음으로 비명이 터져 나왔다. 그의 가슴팍에 먼저 닿은 것은 도끼날이 아닌 손잡이 부분이었지만 어디로 맞으나 다를 게 없을 너무 강력한 한 방이었다. 그는 가슴팍에 구멍이 뚫린 채 장난감 팽이처럼 빙글 돌았고, 사방으로 피가 튀었다.

석궁이 발사되는 묵직한 소리가 왜곡되어 들렸다. 한껏 당겨진 활시위는 그를 향해 화살을 쏘아 냈고, 활시위를 떠난 화살은 화살대를 앞뒤로 휘어 가며 물엿 속을 헤엄치듯 느릿느릿 먼지 자욱한 공기 속을 통과했다. 솅크트는 공중을 날고 있는 화살을 낚아채서 옆에 있던 남자의 머리뼈에 박아 넣었다. 그의 얼굴은 거의 푹 꺼지다시피 부서졌고, 찢어진 피부 밖으로 살점이 삐져나왔다. 솅크트는 남자의 턱 아래를 움켜쥐고 손목을 한번 홱 움직여 축 늘어진 몸을 방 저편으로 날려 보냈다. 그는 석궁을 쏜 남자와 부딪쳤고, 두 사람은 서로 뒤엉킨 채 연체동물처럼 흐느적거리며 벽으로 돌진했다. 벽을 뚫고 나간 그들은 벽 너머 골목에 나동그라졌다. 벽에 난 커다란 구멍에서 석회 가루가 떨어져 나왔다.

문 앞에 서 있던 경비병이 철퇴를 들며 고함을 지르려고 입을 벌린 채 숨을 들이마셨다. 솅크트는 망가진 탁자를 가뿐히 뛰어넘은 다음 손등으로 그의 가슴팍을 내리쳐 갈비뼈를 부러뜨렸다. 그는 코르크 따개처럼 몸이 뒤틀린 채 비틀거렸고, 그의 힘없는 손에서 철퇴가 떨어졌다. 셍크트는 앞으로 걸어가서 아직 사잠의 손에 떨어지지 않은 동전을 공중에서 낚아챘다. 그의 손바닥에 금속의 감촉이 느껴졌다.

그는 숨을 내쉬었다. 시간이 다시 원래대로 흐르기 시작했다.

그에게 마지막으로 당한 몇 명이 바닥에 나동그라졌다. 벽에서 떨어진 석회 반죽은 얼른 바닥에 자리를 잡았다. 문신을 한 남자가 숨통이 끊어지며 다리를 부르르 떨자 왼쪽 군화가 바닥에 부딪혀 달가닥 소리를 냈다. 남자들 중 한 명이 끙끙거리는 소리가 들리다가 얼마 지나지 않아 잦아들었다. 천천히 낙하하고 있던 마지막 핏방울들도 깨진 유리잔과 나무 파편, 만신창이가 된 시체 위에 스프레이처럼 흩뿌려졌다. 뜯어진 쿠션에서 터져 나온 깃털들은 흰 구름이 되어 팔랑거리고 있었다.

셍크트의 주먹이 사잠의 축 늘어진 얼굴 앞에서 떨리고 있었다. 주먹에서 김이 모락모락 나며 손에 쥐고 있던 금을 녹였고, 손가락 사이로 삐져나온 금이 팔뚝을 타고 반짝거리며 흘러내렸다. 그는 손을 펼쳐 손바닥이 위로 향하게 한 다음 사잠에게 보였고, 손바닥은 군데군데 묻은 검붉은 피와 함께 은은하게 빛나는 금색 액체로 흥건하게 젖어 있었다.

"앞면도 뒷면도 아닌데."

"제…… 제…… 젠…….." 말더듬이 남자는 탁자가 부서지기 전 앉아 있던 곳에 그대로 있었다. 굳어 버린 손에 카드를 쥔 채 온몸에 크고 작은 핏방울이 튀어 붉은 점박이가 되어 있었다.

"거기." 솅크트가 그를 불렀다. "말더듬이 넌 살려 주지."

"제…… 젠……."

"너만 살려 줄 테니, 나가. 마음이 바뀌기 전에."

말더듬이 남자는 카드를 떨어뜨린 뒤 훌쩍거리며 도망치듯 문을 나섰다. 솅크트는 남자가 떠나는 모습을 지켜보았다. 한 명이나마 살렸으니 잘한 일이었다.

그가 고개를 돌리자 사잠이 자기 의자를 들어 그의 머리 쪽으로 휘두르고 있었다. 의자는 솅크트의 어깨에 맞아 부서졌고, 바닥에 떨어진 파편이 달그락 소리를 내며 사방으로 튀었다. 소용없는 짓이었다. 솅크트는 거의 아무것도 느끼지 못했다. 그는 손 가장자리로 사잠의 커다란 팔을 때린 다음, 죽은 나뭇가지를 꺾듯 팔을 꺾고 몸을 공중에서 휘휘 돌려 바다 저편으로 날려 버렸다.

솅크트는 사잠에게 다가갔다. 그의 닳고 닳은 작업화는 잔해들을 피해 걸음을 옮기는 동안 아무 소리도 내지 않았다. 사잠은 기침을 하고 고개를 흔들면서 등을 바닥에 대고 이를 꽉 다문 채 발로 몸을 밀어 도망치기 시작했다. 뒤집힌 손은 등 뒤에서 아무렇게나 질질 끌려오고 있었다. 자수가 놓인 사잠의 구르쿨산 슬리퍼 뒤꿈치가 바닥을 차며 움직였고, 피, 먼지, 깃털, 나무 부스러기 같은 잔해들이 가을 숲 바닥을 구르는 나뭇잎처럼 널브러진 방바닥에는 그가 주춤거리며 도망친 자국이 남았다.

"사람들은 깨어 있을 때에도 일생의 대부분을 잠으로 채우지. 시간이 거의 없는데도, 전혀 그 사실을 인지하지 못한단 말이야. 분노하고 좌절하고, 무의미한 것들에 집착하면서 말일세. 책상 서랍이 닫히지 않는다며 하루 종일 짜증을 낸다든가, 내 상대가 어떤 패를 가지고 있는지, 그 게임에서 얼마나 많은 돈을 얻을 수 있을지 궁금해한다든가, 키가 컸으면 좋았겠다고 아쉬워한다든가, 오늘 저녁은 뭘 먹을지 고민하면서 말이야." 셍크트는 망가진 시체를 부츠 앞코로 굴려 옆으로 치웠다. "우리가 정신을 바짝 차리고 땅이 아니라 하늘을 보도록 만들고, 현재에 집중하도록 하려면 이런 순간도 필요한 법이지. 이제 매 순간이 얼마나 소중한지 알았을 거야. 이건 내가 주는 선물일세."

사잠은 벽으로 가서 몸을 기대고 천천히 일어섰고, 그동안 부러진 팔은 축 늘어져 대롱대롱 매달려 있었다.

"난 폭력은 질색이야. 연약한 마음씨를 가진 사람들이 마지막으로 쓰는 도구거든." 셍크트는 걸음을 멈췄다. "그러니까 바보같이 굴지 말자고. 몬즈카로 머카토는 어디에 있지?"

사잠이 입을 열 용기를 북돋우기 위해 셍크트는 허리띠에 매달린 칼에 손을 가져다 댔다.

그런 다음 사잠의 쇄골뼈 밑 어깨와 가슴이 만나는 지점의 움푹 들어간 곳을 손가락으로 찔렀다. 손가락은 가슴팍을 주먹으로 세게 친 것만큼 강력한 힘으로 사잠의 셔츠, 피부, 살을 뚫고 들어갔다. 사잠은 벽으로 밀려났고, 살 속에 파묻힌 셍크트의 손가락 끝은 이미 견갑골에 닿아 있었다. 사잠이 비명을 질렀고, 손에 쥐고 있던 칼이 힘없이 바닥으로 떨어졌다.

"바보같이 굴지 말라고 했잖아. 머카토는 어디 있지?"

"마지막에 듣기로는 비세린에 있다고 했어!" 그의 목소리는 고통에 차 거칠게 변해 있었다. "비세린이라고!"

"포위된 도시에?" 피가 흥건한 윗니와 아랫니를 꽉 문 채 사잠이 고개를 끄덕였다. 비세린이 아직 함락되지 않았더라도 솅크트가 도착할 때쯤이면 함락되어 있을 터였다. 하지만 그는 일을 하다 마는 사람이 아니었다. 그는 몬자가 그때까지 살아 있으리라고, 계속 뒤를 쫓아야겠다고 생각했다. "누구와 같이 있는데?"

"이름이 시버스인가 하는 어떤 북부 촌뜨기! 내 쪽에서 보낸 사람은 프렌들리야! 전과가 있고! 세이프티에 있었지!"

"그런가?" 솅크트는 사잠의 살에 묻힌 손가락을 비틀었고 구멍에서 새어 나온 피가 손을 타고 내려와 팔뚝에 굳어 있는 녹은 금화 자국까지 흘렀다. 팔꿈치에 모인 핏방울이 똑, 똑, 똑, 바닥으로 떨어졌다.

"아! 아야! 내가 모비어라는 독물학자와 연결해 줬어! 웨스트포트에서. 시파니에서는 비타리라는 여자를 소개해 줬고!" 솅크트가 얼굴을 찌푸렸다. "일을 깔끔하게 처리하는 사람을 소개해 달랬어!"

"머카토, 시버스, 프렌들리, 모비어…… 비타리."

사잠은 절망적으로 고개를 끄덕였고 고통에 찬 숨을 들썩거릴 때마다 앙다문 입에서 침이 튀었다.

"그래서 그 용감한 일당이 다음엔 어디로 간다던가?"

"모르지! 으악! 일곱 명이라더군! 자기 남동생을 죽인 사람이 말이야! 아악! 아마 푸란티로 갈 거야! 오르소의 군대를 계속 앞지르려는 거야! 간마크를 죽이고 나면 페이스풀을 죽이려고 할 거라고!

페이스풀 카르피!"

"그럴지도 모르지." 솅크트는 희미하게 찌걱거리는 소리와 함께 손가락을 홱 잡아 뺐고, 사잠은 엉덩이가 바닥에 닿을 때까지 털썩 주저앉았다. 그는 고통에 휩싸여 땀이 흥건한 얼굴을 잔뜩 찡그린 채 덜덜 떨고 있었다.

"제발." 그가 끙끙거렸다. "내가 도움이 될 수 있네. 몬자를 찾게 도와주지."

솅크트는 피로 얼룩진 손을 바지 무릎에 얹은 채 그의 앞에 쭈그리고 앉았다. "이미 도움이 됐어. 나머지는 내가 알아서 하지."

"돈을 줄게! 얼마든."

솅크트는 아무 말도 하지 않았다.

"나는 조만간 그 여자를 오르소에게 갖다 바칠 거야. 몸값이 충분히 높아지면 말일세."

침묵이 흘렀다.

"자네 푼돈으로 달라지는 게 있겠나, 없겠나?"

침묵이 흘렀다.

"언젠가 내가 그년 때문에 죽게 될 거라고 그년한테도 말했는데."

"당신이 맞았군. 그걸로 위안을 삼도록 해."

"위안이 별로 안 되는군. 그때 죽여 버렸어야 했는데."

"그래도 돈을 벌 수 있는 기회였으니까. 마지막으로 할 말 있나?"

사잠이 그를 빤히 보았다. "무슨 말을 하겠나?"

"마지막으로 무슨 말이라도 남기고 싶어 하는 사람들이 있거든.

자넨 아닌가?"

"너 정체가 뭐야?" 사잠이 속삭였다.

"나는 많은 일을 해 왔지. 학생이었다가, 우체부였다가, 도둑이기도 했다가, 군인이었던 적도 있고. 권력자들의 하인이었을 때가 있었고, 큰 무대에서 연기도 해 봤다네. 지금은 뭐냐고?" 셍크트가 웅크리거나 대자로 뻗은 채 방 여기저기에 흩어져 있는 만신창이가 된 시체들을 둘러보며 불쾌하다는 듯 숨을 푸 하고 내쉬었다. "지금 생각해 보니까, 다른 사람 원한을 대신 갚아 주는 사람이 된 것 같군."

〈2권에서 계속〉

옮긴이 | 배지혜

뉴욕 시립대 버룩칼리지 경제학과를 졸업했다. 유학 시절 재미있게 읽던 작품을 한국어로 옮기고 싶다는 욕심이 생겼고, 현재 글밥아카데미를 수료한 뒤 바른번역 소속으로 활동중이다. 역서로는 『시체와 폐허의 땅』, 『구원의 날』, 『1984』, 『그녀가 테이블 너머로 건너갈 때』, 『미키 7』 등이 있다.

복수의 칼날은 차갑게 1

1판 1쇄 찍음 2025년 11월 20일
1판 1쇄 펴냄 2025년 11월 27일

지은이 | 조 애버크롬비
옮긴이 | 배지혜
발행인 | 박근섭
편집인 | 김준혁
펴낸곳 | 황금가지

출판등록 | 2009. 10. 8 (제2009-000273호)
주소 | 06027 서울 강남구 도산대로 1길 62 강남출판문화센터 5층
전화 | 영업부 515-2000 편집부 3446-8774 팩시밀리 515-2007
홈페이지 | www.goldenbough.co.kr

도서 파본 등의 이유로 반송이 필요할 경우에는 구매처에서 교환하시고
출판사 교환이 필요할 경우에는 아래 주소로 반송 사유를 적어 도서와 함께 보내주세요.
06027 서울 강남구 도산대로 1길 62 강남출판문화센터 6층 민음인 마케팅부

한국어판 ⓒ ㈜민음인, 2025. Printed in Seoul, Korea
ISBN 979-11-7052-674-2 04840 (1권)
ISBN 979-11-7052-676-6 04840 (세트)

㈜민음인은 민음사 출판 그룹의 자회사입니다.
황금가지는 ㈜민음인의 픽션 전문 출간 브랜드입니다.